LA TORRE DE
LA ENCRUCIJADA

L A T R A M A

La Torre de la Encrucijada

David Pulido

Papel certificado por el Forest Stewardship Council®

Primera edición: septiembre de 2019

© 2019, David Pulido
© 2019, Penguin Random House Grupo Editorial, S. A. U.
Travessera de Gràcia, 47-49. 08021 Barcelona

Printed in Spain – Impreso en España

ISBN: 978-84-666-6353-3
Depósito legal: B-13.041-2019

Impreso en Black Print CPI Ibérica
Sant Andreu de la Barca (Barcelona)

BS 6 3 5 3 3

Penguin
Random House
Grupo Editorial

A mis abuelos Teo, Goya y María.
Sus historias siempre formaron parte de mi Madrid.
Sus cuentos siempre formarán parte de mi historia

Y me permito hacerles un ruego:
Si en algún momento tropiezan con una historia, o con alguna de las criaturas que transmiten mis libros, por favor, créanselas. Créanselas porque me las he inventado.

encrucijada:
nombre femenino

1. Lugar donde se cruzan varios caminos o calles de distinta dirección.
2. Situación difícil o comprometida en que hay varias posibilidades de actuación y no se sabe cuál de ellas escoger.

PRIMERA PARTE

Los inquilinos

* * * * * *

Del asfalto emergían arañas amarillas que sorteaban el tráfico de la ciudad.

—¿Viste cómo vuelan ya? —preguntó con su voz hueca la vigía.

—El calor está remitiendo. Los espejismos desaparecen y el tiempo vuelve a estirarse —respondió con serenidad el hombre del bombín desde las alturas donde contemplaban la escena.

La vigía volvió la cabeza hacia su interlocutor. No solía apartar la mirada del frente más que un par de minutos al día. Por eso, pese a su expresión vacía, sus palabras reflejaban su gran preocupación.

—Nunca había oído tantos gritos de madrugada. Y ayer un hombre que limpiaba las ventanas contó que su hijo está empeñado en que sus peces quieren envenenarle. Están despertando, Pip.

—Hemos logrado acabar nuestra parte —volvió a decir con confianza el hombre del bombín mientras se secaba el sudor de la frente con un pañuelo verde esmeralda—. Ahora solo podemos rezar para que la suerte tire bien sus dados.

Pip golpeó el hombro pétreo de la vigía en un gesto de despedida; sin cautela, luego saltó la barandilla hacia el interior de la azotea y bajó por la trampilla hasta la escalera del hotel, desde donde continuó su descenso a pie de calle.

Al salir a la acera, varios transeúntes se fijaron en su estrafalario atuendo.

Un conductor provocaba un atasco al frenar para no atropellar arañas que solo él veía.

Nadie se dio cuenta de que, desde los edificios de la Gran Vía, una de las gigantescas estatuas que coronan sus tejados había alzado los brazos rezando una plegaria.

* * * * * *

1

Apartamentos individuales, amplios y modernos, en el centro de Madrid. Edificio histórico totalmente remodelado.

Se buscan inquilinos que disfruten la aventura de vivir en un lugar privilegiado con unas condiciones muy especiales. 204 euros al mes.

Más información y selección de candidatos en Liquidámbar (El Gallinero, caseta 234).

Solo hoy 1 de septiembre.

Germán se quedó unos segundos mirando fijamente aquel anuncio en la pantalla de su portátil. No estaba seguro de si lo releía o si trataba de asimilar su contenido. Se echó para atrás en la silla de la cafetería donde llevaba dos horas buscando en internet pisos de alquiler, como si necesitara tomar algo de distancia antes de empezar a entusiasmarse.

Lo de tomar distancia era algo que Germán sabía hacer muy bien.

Había pasado los últimos dos años en Londres, como tantos licenciados españoles sin futuro en su propio país. Pero él no pretendía encontrar trabajo, ni perfeccionar el idioma ni vivir una experiencia en el extranjero. Él había huido de Madrid con intención de empezar su vida desde cero.

Y en eso no se le podía negar que había tenido un éxito rotundo. Con veintisiete años llevaba poco tiempo en el mercado laboral, necesitaba urgentemente un piso y no contaba con nadie con quien pasar el tiempo libre en cuanto volviera a tenerlo.

Así que, como decía el anuncio, sí, estaba dispuesto a «disfrutar» otro tipo de «aventuras».

Se inclinó de nuevo sobre la web de viviendas, masajeándose la contractura del cuello que se le empezaba a formar después de pasar tres mañanas dedicadas a la búsqueda de piso.

La realidad es que el anuncio no aguantaba una segunda lectura sin que cualquiera con un poco de sentido común torciera el gesto. La manera en que estaba redactado sonaba a estafa publicitaria. Por no hablar del precio. Doscientos cuatro euros. Era tan ridículamente barato que el hecho de que no fuera una cifra redonda era lo de menos.

Con todo, la posibilidad de que aquel alquiler tuviera un mínimo de veracidad le impedía poder pasar al siguiente piso de la lista. Por ese precio estaba dispuesto a que solo la parte de «apartamento individual» o la de «en el centro» fuera cierta. Después de patearse Madrid, comenzaba a darse cuenta de que, con un sueldo de mileurista, querer vivir solo y querer hacerlo en aquella zona era casi incompatible, pero aún no había decidido a cuál de sus dos deseos renunciar.

Tras vivir en varios *flats* en Londres, con dos baños para siete personas y obligado a pedir turno hasta para usar la tostadora, ansiaba la privacidad que daba el no compartir. Pero si había renunciado al hogar familiar de la sierra, si había aceptado volver a España, era para vivir en el corazón de la capital. Ese era el discurso que había dado a todo el mundo para justificar su regreso. Cualquier otra cosa sería retroceder. Y estando en la casilla de salida en casi todo, no tenía más margen.

«Liquidámbar»: antes había creído leer «liquidación». ¿Era ese el nombre de la inmobiliaria? Tecleó la consulta en Google y esperó unos segundos a que terminara de cargar la página. Miró al resto de los clientes de aquella bonita cafetería de colores. Todos tenían cara de estar escribiendo o leyendo con desinterés cosas muy interesantes desde sus sillones y pufs mientras colapsaban con sus ordenadores la banda ancha. Probablemente de él estarían pensando lo mismo. La mirada de la chica detrás de la barra se cruzó con la suya y se sintió obligado a pedir algo más. Señaló su té y la chica le sonrió. Pero al mirar su móvil se dio cuenta de que no llegaría a la siguiente visita que tenía programada.

—Perdona, no, no me pongas otro. ¡Me voy enseguida! —gritó.

Solo si hubiera acabado la frase chasqueando la lengua y guiñando un ojo hubiera podido parecer más gilipollas. Al menos, los demás *hipsters* del establecimiento no molestaban a gritos a nadie.

Liquidámbar no tenía ningún resultado como inmobiliaria: floristería..., diseños de jardines... Dos establecimientos: uno en la provincia de Segovia y otro en la calle Joaquín María López, ahí en Madrid. Buscó en su aplicación de mapas la dirección que daban en el anuncio y entonces descubrió el engaño: El Gallinero era un asentamiento chabolista en la Cañada Real, una de las zonas más pobres de Madrid. Suspiró dejando escapar el aire y la tensión que había estado acumulando debido a la expectación que le había generado aquella inmensa broma.

Cerró el portátil y lo metió dentro de su mochila junto a la sudadera, una botella de agua medio llena y un libro. La arrastró hasta la barra para dar algo de tregua a su hombro.

—*It's five*... Oh, perdona, son cinco euros. Pensaba que eras extranjero —comentó la camarera al cobrarle el desayuno.

—¿Eh?

—Tienes pinta de sueco —aclaró ella aludiendo con gestos a la incipiente barba y el cabello rubio de Germán—. Nórdico.

—He estado en Londres mucho tiempo —dijo él como si eso fuera una explicación lógica—. Quiero decir que mucha gente me lo decía allí... Y aquí también me lo dicen, claro.

La camarera pareció agradecer el sacrificio de Germán de tapar su equivocación quedando él peor, y sonrió divertida mientras le daba el cambio.

Germán salió de la cafetería y buscó con su móvil cómo llegar lo más rápido posible al paseo de los Olmos desde la calle Costanilla de los Ángeles para seguir su ronda de pisos. Podía atravesar la plaza Mayor. Aunque ya era mediodía y le costaba acostumbrarse a aquel calor tras el clima inglés, pasear por el Madrid antiguo merecía la pena. Sobre todo si daba con ese chollo cuyo anuncio aún confiaba que podría encontrar colgado de un balcón, y compensar así aquella última decepción, la número nueve en lo que a pisos se refiere y que se llevaba la palma en originalidad: un piso de doscientos cuatro euros en la Cañada Real.

Ahora entendía lo que decía de una caseta. La única duda era si de verdad alguien alquilaba una chabola y lo anunciaba en la web *Buscapisosenmadrid* o si se trataba de una divertida y sofisticada emboscada para robar a quien se dejara caer por allí. Caminó por una calle en obras y echó un vistazo a su alrededor con detenimiento. Precisamente eran los inmuebles con desperfectos, sin ascensor o sin calefacción, o aquellos con escombros en los portales, los que podían tener un precio asequible al asustar a arrendatarios que no tuvieran la tozuda determinación de Germán. Pero no había ningún anuncio y tampoco vio a ningún vecino al que preguntar.

Un poco más adelante vio un cartel de «se alquila» en uno de los balcones. Marcó el número en su móvil y se encontró instintivamente cruzando los dedos. Tardó en contestar una señora mayor.

—Llamaba por lo del piso.

—Ah, sí, pero ¿por cuál? ¿En qué calle?

—En Arenal, al lado de la Puerta del Sol. Pone que es un estudio, pero no figura el precio.

—Bueno, es un piso antiguo pero muy céntrico, si conoce la zona. Son ochocientos euros. Y cien de comunidad. No es estudiante, ¿verdad?

—No, pero... ¿de cuántos metros es el estudio?

—Son casi treinta metros. Pero muy bien aprovechados.

Germán sintió el impulso de colgar ipso facto, pero la indignación le hizo ir un poco más lejos.

—Disculpe, si cobran cien de comunidad probablemente el trastero sea más grande que el piso.

—No, no tiene trastero. En el piso puede guardar lo que quiera siempre que no sea muy grande.

Su sarcasmo había rebotado contra el morro de aquella señora. Aquella respuesta merecía ser guardada en un catálogo de anécdotas cuando volviera a tener ganas de reírse... y gente a quien contarlas.

—Es igual. Gracias.

Sacó de la mochila la botella de agua y fue bebiéndosela despacio hasta que cruzó la plaza Mayor y salió por el arco de la Puerta de Toledo, desde donde divisaba La Latina, otro destino idílico para él. En aquel barrio de piedra de plazuelas y cúpulas había visto el primer día una de sus mejores opciones, aunque entonces no lo sabía. Pagar seiscientos cincuenta euros por un piso interior y viejo de una habitación empezaba a ser cada vez más tentador. Le había pedido al propietario algo de tiempo para ponerse a calcular si podría sobrevivir con lo que le iban a pagar en aquella empresa de turismo. Apenas había ahorrado nada en los últimos meses y no se arrepentía. Si no se hubiera permitido acudir a espectáculos y viajar por las islas, su estancia en Inglaterra hubiera sido aún más lamentable y vacía.

El paseo de los Olmos sonaba a lugar bucólico, pero el piso era de nueva construcción, carente de todo encanto. Su actual inquilino tampoco se esforzaba en hacer buena propaganda.

—Es exterior, pero se ve mejor si enciendes esta luz. La cocina y el salón aquí, todo junto. Es práctico, aunque te aconsejo que abras la ventana si cocinas. Yo es que lo hago poco.

Germán miraba a aquel hombre aburrido en aquel piso aburrido. ¿Ya eran así antes o uno había quitado la energía al otro? No creía en todas esas chorradas del *feng shui* ni tampoco aspiraba a ver un edificio histórico remodelado, como decía aquel timo de la web, pero ¿era tanto pedir un sitio medianamente acogedor que hiciera interesante a quien viviera en él?

«Tú lo que quieres es una buhardilla de esas de París, diáfana y con claraboyas, ¡pero que esté al lado del Rastro y que se la alquilen a precarios!», le había dicho su madre perpleja la noche anterior. Para ella, el hecho de independizarse pudiendo vivir los dos en el chalet adosado de la sierra ya era un capricho. El psicólogo al que iba su madre desde hacía dos años también lo consideraba innecesario, pero aun así lo interpretaba como una magnífica noticia y había pedido tener una sesión conjunta con Germán para remarcar aquella decisión tan terapéutica: «¿Qué es un capricho sino un deseo repentino e irracional? ¡Pero deseo al fin y al cabo! Que hayas vuelto a España y tengas de nuevo una motivación que perseguir es algo que tú, Carmen, deberías reforzar».

Germán no había vuelto a acompañar a su madre a la consulta desde que aquel loquero le dijera que irse a Londres era una manera extrema de evitación, semejante a la que había tenido su padre al dejarles. Germán le respondió que el que su madre se atiborrara a pastillas se le antojaba más extremo que divorciarse o irse a vivir a Londres. Él no había vuelto a terapia, pero, para ser justos, parecía que el psicólogo había hecho una buena labor ayudando a su madre a rehacer su vida. Él no hubiera podido hacerlo viviendo en aquella casa. Ni siquiera ahora era capaz, y prefería cargar con algo de culpa por seguir distanciado de su madre.

En esto también había ayudado el psicólogo: «Ahora tenéis que reconstruir vuestra relación en el mismo nivel de adultos y compartir actividades, tomaros un café... Seguro que Germán puede organizar algún plan cultural por Madrid. La independencia puede ser muy positiva para los dos». Su madre no se había atrevido a contradecir a su terapeuta, pero Germán estaba seguro de que ella confiaba en que sus exigencias a la hora de encontrar apartamento le harían fracasar y volver al nido.

Era la hora de comer. Germán miraba los carteles con los menús de los restaurantes de la zona, escritos también en inglés. En ninguno faltaba la paella. Quería convencerse de que vivir en el centro supondría convivir siempre con toda aquella masa de turistas arremangados hasta el hombro, que los precios eran desorbitados, que no resultaba un lugar tranquilo para quien ya no disfrutaba de salir de fiesta como antes... Pero cuando se compró un bocadillo en el bar menos turístico que vio y se sentó en una escalinata con la espalda apoyada en un muro centenario, ya estaba mirando de nuevo fachadas y balcones buscando anuncios. Apuntó un número de teléfono y repasó la lista de visitas del día. Tenía otra a las cinco en la calle Galileo. Y una más a última hora de la tarde, a las ocho y media, en la calle Amaniel. Ambas al norte de la plaza de España, por Chamberí. Tal vez no era una zona tan monumental como La Latina o Sol, pero se trataba de un barrio muy céntrico en el que le encantaría vivir y que probablemente tendría mejores precios. Las dos viviendas eran compartidas, repasó, pero grandes; el primero era un piso antiguo de techos altos y el segundo tenía una azotea con imponentes vistas que lucía presumida en el anuncio. Solo faltaba que sus posibles compañeros de piso fueran gente madura, solitaria y, puestos a pedir, que no vivieran allí nunca.

Renunció a ir andando. No se había vuelto tan ridículo aún como para caminar más de una hora a las cuatro de la tarde en pleno verano. El calor de Madrid en esa época era legendario, pero mucho más fácil de afrontar que en las ciudades costeras; al no haber humedad solo había que esquivar los ardientes rayos de sol como si fueran flechas de fuego. La sombra proporcionaba el mejor escudo, al igual que ir bajo tierra, no ponerse a tiro. Caminó hacia la estación de metro más cercana.

Al no ser un día entre semana había asientos libres, pero solo tenía una parada de transbordo, así que ni siquiera sacó su libro. Después, recorrió los túneles hasta la línea 2. Ya en el andén, vio que faltaban unos minutos hasta que llegara el siguiente. Había leído quejas en las redes sociales de cómo la frecuencia de trenes se había reducido en los últimos años con la coartada de la crisis, pero le pareció un tiempo menor, y la estación era mucho más moderna y cómoda que cualquiera del *tube* londinense. Comprendió que para el transporte no tenía un gusto tan bohemio como para el piso. Estaba tan abstraído en su contradicción que cuando extrajo el libro de la mochila ya llegaba el metro, así que lo guardó de nuevo deprisa. Se arrepintió de no tener nada en las manos un segundo después cuando, al levantarse, vio a Clara en uno de los vagones. Se cubrió como pudo mientras bajaba la cabeza y se dirigía a otra puerta para ocultarse en otro vagón. Finalmente prefirió no coger el tren y volver a esperar. Se sentó al fondo de la estación aún nervioso. Sacó su libro y lo sostuvo sin siquiera abrirlo. Ahora no estaba seguro de que la chica del vagón fuera Clara. Hubiera sido demasiada casualidad encontrársela allí después de tanto tiempo sin verla. Tal vez se había tratado de un espejismo o una manera que tenía su cerebro de ponerle a prueba; un simulacro que le mostrara lo poco preparado que estaba para reencontrarse con todos los que habían sido importantes para él. Y no había nadie en el planeta a quien quisiera evitar más que a Clara. No podía ser ella. Le había parecido que esa chica le miraba, y de ser Clara seguro que le hubiera dicho algo. Pese a la barba y las pintas tan distintas a las que tenía cuando era universitario, sin duda le habría reconocido.

Vino el siguiente metro y miró de manera estúpida antes de entrar. Como si tuviera más de una oportunidad en la prueba de «estoy listo para regresar» que acababa de suspender.

No pudo evitar pensar durante todo el camino en el pasado. Para colmo, al salir de la estación de metro se dio cuenta de lo cerca que estaba el número ochenta de la calle Galileo de todas aquellas calles de Argüelles que antes frecuentaba tanto y que se había ingeniado para no pisar ni una vez desde que regresó a Madrid.

Casi se alegró de que, al visitar el piso, el chaval con el que había hablado por teléfono le dijera que ya habían cubierto las dos habitaciones libres hacía un rato.

—Perdona que no te avisara, tío. Como teníamos dos habitaciones no pensé que fueran a ocuparse las dos y entonces han venido esta mañana dos hermanas francesas, y hemos conectado mi compañero y yo con ellas, ¿sabes?, mucha conexión. De todas formas, por esta zona hay muchos más pisos..., como está al lado del campus... Seguro que hoy mismo encuentras otro. Oye, si te apetece te vienes a la fiesta de inauguración que vamos a dar. —Hizo una pausa dramática desde el umbral de la puerta—. Son gemelas, ¿sabes?

—¿Qué?

—Las hermanas. ¡Son gemelas!

De vuelta en la calle, Germán apresuró el paso tratando de escapar de aquella zona para estudiantes universitarios. No podía imaginar peor escenario que compartir piso con alguien que salivara al contar a todo el mundo que vivía con gemelas francesas. También lo de la fiesta de inauguración le echaba para atrás de una manera visceral, marcando más que nunca la frontera entre el antiguo y el nuevo Germán.

En Londres se había relacionado con gente mayor que él, buscando un estilo de vida que no parecía ir acorde con los veinteañeros. No solo era una clara intención de cambiar sus hábitos o gustos. El hecho de estar con gente de su edad le recordaba demasiado al Germán que era. Al Germán que quería dejar de ser.

Y después de haber cumplido su penitencia en aquel Londres nebuloso donde la gente entraba y salía sin mezclarse mucho en las vidas de los demás, no podía bajar la guardia en una ciudad donde le había resultado tan natural hacer planes con cualquiera.

Comprobó que la última cita que tenía ese día, el piso de la calle Amaniel, estaba cerca, pero hasta las ocho y media de la tarde no podría verlo.

Se ubicaba al principio del mítico barrio rockero de Malasaña, que debía de haberse puesto muy de moda a juzgar por los precios. Todo aquello de «el Soho madrileño» sonaba impostado y pretencioso. Pero siendo honestos, él mismo también se sentía un impostor. Tal vez era una combinación adecuada.

«Joaquín María López», leyó al doblar una esquina. Ni siquiera le hacía falta repasar su lista para saber que allí no había ningún piso de alquiler de su lista, sino la dirección de esa supuesta inmobiliaria, Liquidámbar, que había visto antes. Puestos a seguir haciendo autocrítica bajo aquel calor que no aflojaba, tenía que reconocer que no había podido olvidar aún aquel anuncio de broma. Tampoco perdía nada por acercarse. Sería divertido que fuera una tapadera de un negocio ilegal de alquileres de pisos. De momento, estaba abierta un domingo por la tarde. En el interior de la tienda no había mucha gente, pero no parecía tener nada de turbio. Y menos de inmobiliaria.

—¿Inmobiliaria? No, ¡ya me gustaría a mí! O mejor no, calle, que la mitad de los negocios de esta calle cerró estos años. Plantas todo el mundo quiere de vez en cuando —dijo el encargado sudamericano.

—Pues tiene razón. Yo estoy viendo anuncios de pisos y no se crea que resulta fácil tampoco alquilar uno.

—Se van de madre siempre con eso —confirmó el hombre antes de que otro cliente entrara.

—Una cosa —dijo Germán para acabar—. Esto de Liqui... Liquidámbar. ¿De dónde viene el nombre?

—El liquidámbar es un árbol con flores. Muy decorativo. Aquí en España no hay muchos, pero seguro que ha visto alguno. Mire, es como ese —dijo señalando el letrero de la tienda donde había dibujado un tronco con hojas rojizas de distintas tonalidades—. ¿Y quería algo, pues?

Germán salió de la tienda. Miró el móvil. Faltaban casi tres horas para que le enseñaran el piso de la calle Amaniel. Vio que le había llamado su madre. Ella y los de la compañía telefónica eran los únicos que podían conocer su nuevo número de móvil, así que no la tenía siquiera ni guardada como contacto. Un lacónico mensaje que decía «¿Vienes a cenar?» acompañaba la llamada perdida.

«No, tengo para rato», le respondió también por el servicio de mensajería. Guardó el móvil y se puso a caminar hasta llegar a la plaza de España. Multitud de turistas tomaban el sol en los jardines, pero se le ocurrió que podía ir al parque de detrás, al Templo de Debod. No lo encontró más vacío, pero era lo suficientemente extenso para tirarse bajo un árbol y encontrar algo de paz. Sacó su libro. Antes de abrirlo cogió el móvil y, para acallar cierta sensación de culpa, mandó otro mensaje a su madre: «Si quieres mañana desayunamos juntos». Su madre contestó casi de inmediato con un «OK».

Estuvo un buen rato allí tirado leyendo su novela. Era la manera más rápida de que se le fueran las horas, aunque hubiera sido más responsable aprovechar para leer en el portátil todo el material que le habían enviado de su nuevo trabajo, una pequeña agencia de tours culturales por la ciudad donde empezaría a trabajar el martes, tres de septiembre. Quería comenzar dando buena impresión. Era una empresa que había arrancado con un par de guías ofreciéndose a los extranjeros para explicarles anécdotas a través de recorridos por Madrid y que había ido creciendo hasta convertirse en una agencia local de turismo con su propia oficina, que era donde estaría Germán haciendo tareas administrativas. Le habían contratado sin haber pasado antes por el puesto de guía y sin tener más formación que el dominio del inglés y su polvoriento título de Empresariales. El director había valorado en la entrevista personal su sinceridad, su buena disposición para aprender y su pasión por la cultura en general. Sorprendentemente para una empresa que se dedicaba a enseñar la ciudad, al hombre le había complacido que Germán llevara años fuera: «Tendrás una visión mucho más fresca de Madrid. Quien más sabe apreciar un lugar es aquel que viene de fuera. La gente hace aquí la carrera, luego un máster que le coloque en un puesto, y antes de que se dé cuenta, la ciudad es solo el lugar por el que uno transita del trabajo a casa y de ahí al bar de siempre. Lamentable. Seguro que, en estos dos años, no has dejado de descubrir Londres un solo día».

Germán asentía sin contradecir la que, con toda seguridad, había sido su entrevista de trabajo más fácil. Pero no estaba seguro de que su estancia londinense hubiera sido menos lamentable. Trabajaba de lavaplatos, leía sin parar, se perdía en museos y viajaba cuando la soledad le devoraba. Al regresar de sus escapadas se ponía a buscar otro trabajo y otro piso, y vuelta a empezar. Era cierto que en ningún momento sintió que su vida ni, más importante, él mismo se volvían rutinarios, pero no creía estar descubriendo nada. Tal vez porque todas aquellas cosas diferentes solo las hacía para olvidar su vida pasada. Un modo de anestesiarse sin tomar sustancias.

Vio venir un balón hacia él, pero no le dio tiempo a apartarse y le golpeó en el libro y contra el pecho. Un chico se disculpó desde el otro lado del parque y Germán se puso de pie y devolvió la pelota con la mano tan torpemente como su intento de esquivarla.

Tenía hambre y aún más sed. Buscó con la mirada una fuente y llenó la botella de agua que le acompañaba desde el día anterior. Desde el alto del Templo de Debod se contemplaba un magnífico atardecer sobre la Casa de Campo, la catedral y el Palacio Real... Sobre Madrid.

Vestido de naranja y oro, Madrid le estaba animando a que no se rindiera.

Tal vez compartir piso no fuera tan malo si existían sitios cercanos como ese donde pasar las tardes y esquivar las quedadas grupales. No se iba a meter en problemas por ser majo en el salón y poder desconectar cuando quisiera cerrando la puerta de su cuarto.

A la hora convenida, nadie respondía al telefonillo de aquel edificio de ladrillo de la calle Amaniel. No parecía tener mucho encanto, pero algo le seguía diciendo que aquel iba a ser el sitio.

Estuvo dando una vuelta a la manzana y vio plazas y callejuelas ocupadas por las terrazas de todo tipo de bares. Alguien tocaba un saxofón frente a un arco majestuoso de un edificio que no supo identificar. Empezó a entusiasmarse por el ambiente y volvió al portal del piso nervioso. Se puso a llamar al telefonillo de manera insistente. Pasaban ya veinte minutos de la hora acordada. Buscó el móvil de la chica con la que habló y tampoco le contestó.

Media hora después de insistir dándole a un botón y a otro, le devolvieron la llamada.

—Ay, es verdad, perdona, no llego hasta más tarde. Pero ¿no hay nadie en casa? Mira que les dije que a lo mejor venía alguien. Voy a intentar localizarlos, ¿vale?

Y veinte minutos después otra llamada

—Mira, perdona, pero es que ha habido un malentendido. Mi amiga pensaba que no era este finde y al otro chico no le localizo. Lo mismo está durmiendo la siesta o algo, pues ayer salimos. ¿Has probado a llamar mucho? Si no, yo mañana podría enseñarte la habitación a las siete... no, mejor a las ocho y media, como hoy.

No, «como hoy» no. Germán se despidió seco de aquella chica, recordando de nuevo todas las razones por las que no podía poner sus esperanzas en el comportamiento de los demás.

Eran las diez de la noche y ya no le daba tiempo a ponerse a buscar otro inmueble.

Otro día perdido.

Sin ganas de volver a la sierra se dejó caer en el siguiente bar que vio abierto, que resultó ser una bella cafetería con una segunda planta con balcones. No entendió por qué no había buscado antes por aquella zona. Se sentó en un chester de tres plazas y localizó un enchufe para cargar el móvil. Durante la espera, para no seguir alimentando ese vacío de no haber hecho nada productivo, abrió los archivos que tenía que empollarse de la agencia. Casi todo eran mapas y guías turísticas de la ciudad. Repasando los nombres de las calles le venían a la mente los diferentes pisos que había visitado o llamado en la paliza que se había dado esos días. Sin estar muy seguro de por qué se torturaba así, empezó a leer los textos que los guías memorizaban junto a las indicaciones de recorridos. Efectivamente, todo el Madrid que se había cruzado tenía siglos de historia, rincones repletos de leyendas, y en cada punto un chascarrillo que soltar al grupo, dependiendo del perfil de edades y la nacionalidad de los visitantes. El contenido de los archivos era semejante, sin una sola alusión a las cuestiones administrativas. ¿Sería un engaño lo del puesto de oficina y le tendrían de cuentacuentos andante por la Puerta del Sol? ¿Por qué iban a ser más fiables las entrevistas de trabajo que los anuncios inmobiliarios? Germán se imaginó ganándose la vida con gorra y paraguas rosa chillón, añadiendo de paso alguna anécdota personal a cada punto del recorrido. «Aquí llaman piso exterior a una ventana que da al hueco de un ascensor; en este otro cuenta la leyenda que una chica entró dos veces a visitar un piso haciéndose pasar por dos personas distintas porque sabía de las fantasías sexuales de sus depravados habitantes; aquí...»

Entonces algo le llamó poderosamente la atención. Lo leyó dos veces y después cerró el resto de las ventanas del navegador, como si necesitara que la pantalla de su portátil no le distrajera con nada más. Con el cursor subió por el texto hasta el título del documento: «El Madrid de antes». Era un anecdotario junto a un plano de la ciudad dibujado hacía siglos que habían escaneado: EL GALLINERO. Así figuraba un enorme e inconfundible rectángulo de jardines en medio de aquel mapa. Buscó la referencia. «Nombre jocoso que daba el pueblo en el siglo XVII al Parque Real del Retiro por haber sido un aviario de aves exóticas que...»

Así que El Gallinero del misterioso anuncio no era solo un poblado chabolista. Tragó saliva y recobró también algo de sensatez en el proceso. Seguía sin tener mucho sentido que una inmobiliaria usara esa denominación como indicación, y menos aún que estuviera ubicada en medio del gran parque de Madrid. No había viviendas ni oficinas en el recinto. Y el anuncio no apuntaba que estuviera próxima al Retiro, sino que daba un número exacto dentro de él, concretamente una caseta... Germán se echó las manos a la cabeza. ¡Las casetas del Retiro!

Cada mes de mayo se celebraba allí la Feria del Libro y todas las librerías y editoriales se organizaban en casetas construyendo de la nada un enorme poblado de casitas blancas.

Navegó con su móvil hasta dar con el anuncio de nuevo. Luego lo transcribió en su portátil antes de que volviera a apagarse. Sin darse cuenta había salido de la cafetería con el portátil abierto y la luz de la pantalla iluminando su cara, ajeno a lo que pudieran pensar de él los que estuvieran viéndole.

Más información y selección de candidatos en Liquidámbar (El Gallinero, caseta 234).

Se golpeó dolorosamente la rodilla con un bolardo de la acera, pero no se detuvo. ¿Habría alguna caseta que no desmontaran cuando acabara la feria? Todo aquello era demasiado absurdo como para ser un anuncio auténtico, pero como acertijo empezaba a tener algo de sentido. Ahora existía una coordenada.

Si quería asegurarse buscando más información, tendría que esperar de nuevo a cargar el móvil o encontrar algún sitio con wifi. Pero reparó en la hora. «Solo hoy 1 de septiembre.» En el anuncio no figuraba ninguna hora de cierre y aún era 1 de septiembre. Técnicamente debería seguir abierta. Una noche de verano no se antojaba la hora más razonable para hacer entrevistas, pero el ser capaz de hallar la inmobiliaria parecía en sí un filtro de selección. ¿Realmente le esperaba el alquiler de un piso a un precio irrisorio a quien descifrara el enigma o estaba dando un sentido profundo a algún reclamo publicitario? Germán no podía decantarse por ninguna de las opciones. Pero ahora no podía detenerse. Nadie le culparía de haber continuado adelante después de aquel hallazgo milagroso.

Ya en el metro, Germán miraba el letrero de las paradas mientras se sentaba y se levantaba del asiento del vagón, más nervioso que nunca por la posibilidad de toparse con alguien conocido en aquel preciso momento. Como si el encontrarse con alguien fuera radicalmente distinto si ya tenía un lugar para vivir; como si el que mañana o pasado apareciera alguno de sus antiguos amigos y, al sacar el tema de por qué había desaparecido tras salir del hospital, la conversación pudiera desviarse a hablar de su magnífico piso. Aquella idea era patética, pero más lo era que le encontraran ahora llegando al Retiro de noche y tuviera que añadir a la cara de tristeza con que los demás le solían mirar, el esfuerzo que tendrían que hacer para no reírse si les explicaba que estaba resolviendo el acertijo de una inmobiliaria fantasma.

Su corazón palpitó con fuerza cuando vio el portón del Retiro abierto de noche, como si acabara de abrirlo él con cada uno de sus latidos, ignorando que el cartel de horarios dejaba bien claro que el parque no cerraba hasta medianoche en verano.

Poca gente caminaba a esas horas por allí; nada que ver con la multitud de familias, parejas, turistas y corredores que, hicieran lo que hicieran, siempre acababan dando vueltas a su estanque como si estuvieran en una noria gigante. La mejor representación de un eterno domingo en Madrid.

—De pequeño pensaba que el Retiro solo lo abrían los domingos. Y que entre semana vaciaban el lago. No sé si yo lo razonaba así o tú me lo habías contado —le había dicho su hermano Javier una noche frente a la puerta cerrada del parque.

—¿Saltas o qué? —le había animado Germán como siempre, seguramente un paso por delante de él.

Habían saltado la verja, así que debía de ser mucho más tarde que ahora. Eso cuadraba con que estuvieran borrachos. Germán apartó el recuerdo de su cabeza un poquito, lo suficiente como para concentrarse en buscar un letrero que le indicara dónde colocaban cada caseta durante la Feria del Libro, puesto que se había quedado sin batería en el móvil.

No lo encontró, así que tuvo que recorrer toda la zona. No había casetas instaladas, por lo que parecía un loco vagabundo buscando la 234 por aquellos jardines.

Y sin ninguna ruta lógica que seguir, emergía de nuevo el recuerdo de la vez que se había colado con su hermano Javier en el parque. Solo estaban ellos dos, así que dudó de la veracidad de esa imagen que le escupía la memoria. Debía de estar alguno más del grupo con ellos. ¿Julián? ¿Miguel? Clara no, seguro. Cuando Clara empezó a salir con su hermano le había reformado totalmente. Había logrado centrarle y apartarle de los peligros nocturnos a los que Germán le arrastraba. De haber estado ya con su novia, Javier no le hubiera acompañado esas noches de *afters* y de hacer locuras como colarse en el Retiro de noche para robar una barca. Javier iba demasiado borracho como para remar y él era torpe incluso sobrio, así que, definitivamente, alguien más del grupo debía de ir con ellos, pero su memoria los había borrado a todos salvo a ellos dos, solos en aquella barca, para resaltar así el dolor de recordar a su hermano con vida.

Germán se dio cuenta de lo cansado que estaba y lo desesperado que debía de parecer caminando por allí. Miró hacia el estanque. No había barcas a la vista como entonces. Como si los remeros del Retiro supieran que Javier había muerto y ya no hiciera falta que las pusieran allí para que unos niñatos las pudieran robar.

—Si secaran este lago encontrarían de todo. Coches, electrodomésticos y puede que estatuas también, que viven ahí abajo —había dicho él tratando de impresionar a Javier.

—¿Estatuas también?

—Claro. ¡Y cadáveres! ¿No ves lo que cuesta meter el remo y lo oscuro que está el fondo? Ahí abajo hay de todo.

Su hermano debía de tener ya dieciocho años, pero retiró la mano del borde de la barca e instintivamente buscó con la mirada la orilla.

—¿Te da miedo que te ataque algo del agua? —había reído burlón alguien que no recordaba. Porque Germán no se reiría de las ocurrencias que tenía su hermano. O él no quería recordarse así.

—No. Pero que pueda haber todo eso bajo el agua y que nadie lo vea desde fuera... Me da vértigo, ¿sabes?

De repente Germán vio una caseta blanca al lado de unos árboles. Situada frente al camino principal, parecía la cabaña mágica del bosque. Una chica salió de ella y pudo vislumbrar por la puerta entreabierta que había luz y alguien más dentro.

La emoción le hizo volver al presente y, como una señal que hubiera entrenado todo ese tiempo, dio una palmada para recobrar el control de sus pensamientos. Porque aquel 1 de septiembre podía volver a empezar siguiendo un nuevo plan de vida, un plan en el que no fuera una locura apostar por sus propios sueños sin sentirse culpable de haber matado a su hermano pequeño.

—Adelante —dijo una voz cantarina cuando golpeó aquella puerta con los nudillos.

Justo cuando iba a empujar la puerta para entrar, en medio de toda la expectación, su cerebro registró la salida de la chica de la caseta. Se giró y la vio, ya de espaldas, avanzar a toda prisa entre los árboles del parque. No se había fijado en la expresión de su cara para poder deducir qué le esperaba dentro. No se atrevió a llamarla a gritos y ya era tarde para seguir a aquella persona que ya sabía si todo aquello iba en serio. Mientras intentaba dilucidar si era buena señal o no que se alejara tan rápido, reparó en el árbol que estaba al lado de la caseta. Un árbol pequeño, con hojas con forma de estrellas de un color tan rojo que se distinguía incluso a la luz de las farolas del Retiro. «¡El liquidámbar!», pensó a la vez que alguien le tocaba en el hombro.

—Disculpe, ¿quería pasar?

Se giró sobresaltado y se encontró con la mano que le tendía desde el interior de la caseta un hombre de baja estatura y amplia sonrisa. Vestía un traje morado que subrayaba aún más la descripción de «estrafalario» que sus lentes redondas y su bigote de maestro de ceremonias del circo ya apuntaban.

—Hola, soy Germán Soler. Vengo por lo del anuncio.

El hombre estrechó su mano con entusiasmo mientras Germán se percataba de que su propio aspecto no resultaba el más adecuado para causar buena impresión. Su camisa arremangada y sus chinos arrugados mostraban a las claras lo que era llevar todo el día bajo el sol. Además, no debía de oler bien. Había llegado a la caseta exhausto y triunfante como si cruzara la meta, olvidándose de que era ahora cuando tenía que estar más concentrado que nunca para conseguir ese piso.

—Encantado, Germán. Soy Phineas Imeldus, pero todos me llaman Pip. Adelante, por favor.

Aquel nombre absurdo, junto a su voz cantarina y potente, no ayudaba a que Germán se centrara en absoluto en su objetivo.

No digamos el tener la entrevista en un lugar así. La caseta era más pequeña de lo que pensaba, con el espacio aprovechado al milímetro. Había un mostrador inclinado lleno de papeles, tres estantes atiborrados de ficheros, un cuadro y una percha donde había colgado un bombín a juego con el traje. Podría pasar por una minioficina si no fuera porque en una de las baldas había una jaula con una gran iguana.

—Lo primero es darle la enhorabuena por haber sabido encontrarnos. Ahora, si se sienta un momento, le voy contando. —Apartó algunos papeles del mostrador—. No tengo sillas, pero puede apoyarse aquí mismo, y así yo voy...

—Perdone —interrumpió Germán sin poder remediarlo—. Pero todo esto es muy extraño.

—No me gusta tenerla ahí encerrada —dijo Pip como si el reptil de la jaula fuera la única rareza—. Pero este parque está lleno de ardillas y ya ha cazado demasiadas.

Había rastros de pelo dentro de la jaula. La iguana le miró y a Germán se le escapó una risa nerviosa. Con la mochila dio sin querer a uno de los estantes y se volcaron dos carpetas.

—Perdona... perdone... esto, no sé bien qué... Yo estoy buscando piso.

Pronunció aquella frase para reafirmarse en su objetivo. Después de todo lo que había pasado en esos días no podía ahora asustarse por toda aquella extravagancia.

—Pues ha venido usted al sitio adecuado, Germán. Porque nosotros estamos buscando diez inquilinos muy especiales para un lugar muy especial.

—Vi un anuncio donde decía... Y las condiciones resultaban muy llamativas. Pero ha sido difícil y... era intencionado, ¿no? Me refiero a que el anuncio, la oferta... Es todo como una de esas carreras con pruebas.

—¡Unas condiciones extraordinarias para gente extraordinaria! —exclamó Pip asintiendo—. Los próximos diez inquilinos de una torre antigua totalmente rehabilitada y lista para empezar a vivir en ella.

—¿Aquí en el centro? En el anuncio no constaba la dirección exacta. ¿Y son doscientos euros al mes? —Las preguntas salían disparadas sin que pudiera contenerlas.

—Doscientos cuatro euros al mes, sí. La torre da al Campo del Moro. ¿Sabe dónde es?

Quería sonarle, pero en ese momento Germán no habría reconocido ni la dirección de su casa de lo aturullado que estaba.

Pip extendió entonces un plano de Madrid sobre el mostrador y señaló un punto. La vista de Germán fue patinando en zigzag por el mapa: Ópera, la plaza de España, la calle Bailén, el Templo de Debod... hasta que alcanzó al dedo posado: una inmensa extensión verde al lado del Palacio Real. Los jardines del Campo del Moro.

No daba crédito. Aquel piso no es que fuera céntrico, ¡es que era el mismo centro! Entre los focos turísticos más importantes de la capital, sería como vivir dentro de un monumento. ¿Y había dicho que se trataba de una torre antigua?

Días atrás, Germán había ensayado una pose de indiferencia antes de ir a ver los pisos, para no mostrar excesivo entusiasmo por si tenía que regatear el precio o exigir condiciones. No le había servido aquella cara de póquer porque, en los que había visitado, bastante había hecho para que no se le cayera la cara al suelo. Y, ahora, cuando estaba ante el piso de sus sueños, era imposible disimular.

Aquel pequeño hombre lo sabía y le miraba sonriente. El joven trató de activar su disco repetido de preguntas.

—¿Son pisos individuales? ¿Cuántos metros?

—Hummm, creo que unos sesenta metros cuadrados: un dormitorio, un amplio salón con cocina y un cuarto de baño. Disculpe que no sepa las medidas exactas, pero han acabado de construirlos literalmente ayer y no sé cómo habrán quedado. No disponemos de un plano actualizado. ¡Pero sí le puedo decir que son pisos modernos, equipados y suficientemente amplios para una persona!

—¿Exterior?

—Todo lo exterior que puede ser estar en el interior de una casa, sí.

—¿Y son doscientos cuatro euros? ¿Al mes? —Aquello ya lo había preguntado, pero tenía que convencerse a sí mismo—. ¿No hay ningún otro tipo de requisito? Me gustaría ver el apartamento, claro.

—Mañana. Ni antes ni después. Si cumple las condiciones lo podrá ver mañana y si le gusta firmará allí mismo el contrato de arrendamiento. No pedimos fianza ni aval. Su firma es lo único que legitimará que pueda residir en nuestra torre, así que cumplido el trámite ya podrá mudarse. Está amueblado y equipado, listo para vivir en él.

La ilusión y la decepción peleaban dentro de Germán para coger turno.

—Espere. Dice que ayer acabaron de remodelarlo, hoy ponen un anuncio y mañana enseñan el piso. ¿Y directamente entramos a vivir en él? Eso es muy raro. —Germán no quiso mostrarse tan brusco—. Suena muy bien, pero todo esto es... inusual.

Sintió un vacío de desencanto en su interior. Las paredes de la caseta temblaron levemente y ambos pudieron oír al viento pasearse por entre los árboles cercanos.

Pip, sin pronunciar palabra, realizó un gesto a medio camino entre encogerse de hombros y extender los brazos haciéndole ver dónde estaban. Siguió en silencio mientras le miraba a los ojos y esbozaba una sonrisa.

Eso hizo que aquel joven inquieto dejara de plantear preguntas cuyas respuestas ni siquiera estaba asimilando y se pusiera en disposición de escuchar lo que Pip ya definía como «la explicación» y que empezaba siempre haciéndoles una pregunta a los entrevistados.

—¿Ha oído hablar de Plataforma Ciudadana, un movimiento que se creó en el mandato anterior del ayuntamiento de Madrid?

Germán no tenía ni idea de a qué se refería. Sabía que la anterior alcaldesa pertenecía a uno de esos gobiernos del cambio que surgieron tras las movilizaciones sociales durante la crisis. Durante años se hicieron propuestas novedosas para modernizar la ciudad, queriendo siempre implicar en su desarrollo a la ciudadanía, aunque esta siempre se mantuvo dividida entre los que aplaudían la valentía de una ciudad más humana y los que pensaban que Madrid estaba cayendo en un esperpento ridículo. En las recientes elecciones, una coalición de la oposición a tres bandas se había hecho con el poder dispuesta a borrar por completo la anterior gestión. Eso era todo lo que podía saber alguien que desde la muerte de su hermano había hecho lo posible por vivir fuera de su cuerpo hasta que al final pudo vivir fuera de su país.

Negó con la cabeza lentamente y aquel hombre le comentó que en aquellos últimos años se había creado una plataforma para impedir que edificios históricos y de relevancia cultural pasaran a ser propiedad del Estado, o lo que era lo mismo, de las entidades bancarias. Pero las protestas y las ocupaciones de aquella ingenua Plataforma Ciudadana no habían evitado que en una larga lista de edificios que Pip enumeró de carrerilla se hubiera conservado, en el mejor de los casos, únicamente la fachada.

Germán trataba de discernir la ideología de aquel hombre para poder caerle en gracia. Curiosamente, lo que de verdad parecía afligirle de todo aquello eran los edificios en sí.

—En rincones irreemplazables de esta ciudad se han perpetrado atrocidades que traicionan el espíritu de lo que una vez significaron... En el caso de esta pequeña torre de los jardines del Campo del Moro ni siquiera la dejarían en pie. Curioso mundo donde importa más el valor del suelo que lo que se yergue en él, ¿no cree?

Después le contó cómo él y otros habían entrado en la Plataforma Ciudadana y habían cambiado la estrategia.

—Se acabaron las reivindicaciones; los mejores ataques no se anuncian, ¡se dan por sorpresa! Y el punto débil de toda ley, de cualquier gobierno o cualquier época, es, querido Germán, la burocracia.

Le explicó que en el último pleno del curso del ayuntamiento, con la confusión de un partido saliendo y tres entrando, se revocó de manera chapucera la ley de protección histórica que mantenía en un limbo jurídico a varios edificios. Independientemente de que hubiesen pertenecido en el pasado a algún noble o que sus escrituras se hubieran perdido en las arcas del clero, todas esas propiedades pasarían de manera inmediata una inspección estatal y serían subastadas a sus nuevos propietarios.

Hizo una pausa dramática y entonces sonrió con picardía.

—Pero desde la revocación de la ley hasta que el nuevo ayuntamiento pueda realizar la inspección hay un lapso de tiempo interesante. Sobre todo con agosto de por medio. ¿No le parece increíble ese mes? En agosto todo se para, nada sucede. Y por eso mismo, todo puede ocurrir al mismo tiempo.

Aquel hombrecillo tenía experiencia a la hora de captar la atención de la audiencia, no cabía duda, introduciendo comentarios pintorescos como ese en explicaciones más técnicas y tediosas, que la cabeza de Germán intentaba seguir desacompasada, retenida en algún dato ya mencionado o anticipándose a lo que aún no había contado.

Pip le reveló que, durante el último mes, la torre había sido adaptada para ser habitada. Quiso detenerse en aclarar que usaba la palabra «adaptación» y no «reforma», porque las obras llevadas a cabo habían respetado la esencia de la torre. No estarían haciendo todo eso si aquella pequeña joya acabara transformada en un edificio de viviendas. Pero en el primer día hábil del nuevo curso, cuando se aprobara la inspección, la torre ya no sería un edificio histórico sino un inmueble inmune a la nueva ley de adjudicación. Y ese día era mañana: el lunes 2 de septiembre.

—Mañana, si un inspector hace la inspección, encontrará una alegre comunidad de vecinos con sus contratos de arrendamiento en orden. Si esto le parece una triquiñuela le aconsejo que se informe de cómo se adjudicaron las antiguas dependencias del claustro de los franciscanos. Pero esto es mucho más elegante, ¿no cree? Aprovecharse de la ley del enemigo y superarlos en inteligencia y rapidez.

Un vacío legal.

Germán había fantaseado con algo así cuando buscaba ese chollo que solo parecía existir en los foros de internet y nunca en la vida real: pisos de renta antigua, o que tuvieran aquello de la nuda propiedad, donde propietarios ancianos vendían su vivienda con ellos aún dentro para que no los desahuciaran, o ya puestos a soñar, millonarios buscando herederos a los que regalar sus propiedades a cambio de un poco de cariño.

Leyendas urbanas de casos que siempre parecían tocar a otros.

—Evidentemente, todo ha de estar bien atado. Como usted comprenderá debemos ser más rígidos que de costumbre con las normas del alquiler; una pequeña infracción podría ponernos en el punto de mira de cualquier gobierno con mal perder. Por eso hay varias condiciones.

Germán se apoyó en la mesa como le había sugerido Pip al principio y contuvo la respiración. Las condiciones, los peros, «todo esto será suyo si tan solo...», «no pague nada en los próximos meses...». De nuevo le embargó una ola de escepticismo y deseó que, por una vez, los sueños no tuvieran letra pequeña. Se relajó al escuchar peticiones mucho más razonables que las de los once apartamentos que había visto en los días anteriores.

Los inquilinos debían comprometerse a vivir en los apartamentos pagando escrupulosamente la renta. Por simbólica que fuera la cantidad, muy por debajo de su valor de mercado, había de abonarse para que el contrato fuera válido. La duración del contrato era de un mínimo de un año y finalizaría a los cinco años que marcaba la ley. La prórroga quedaba prácticamente descartada, por la singularidad del caso.

Por supuesto no era posible subarrendar el piso a otro inquilino o realizar arreglos de ningún tipo en el inmueble.

Todo aquello hacía más legal y creíble la oferta.

Algo más peculiar era que se exigiera por contrato un único titular por piso y que solo pudiera vivir de manera permanente una persona por apartamento. El anuncio especificaba que se trataba de apartamentos individuales, pero imponer que no se pudiera compartir aquella oportunidad con la pareja o la familia podría resultar inadmisible para alguien. No era el caso de Germán. Y entendía la razón de comprometer en aquella maniobra a diez personas y no que se diluyera la responsabilidad en docenas de conocidos.

Germán, cada vez más convencido, preguntó si en esa línea se debía guardar la dirección del domicilio en secreto. Pip sonrió ampliamente.

—¿De qué sirve vivir en un lugar si nadie sabe que vives en él? Pueden acudir tanto familiares como amigos de visita durante varios días (o varias noches, si esa es la naturaleza de la relación). No hay problema. Solo nos han de preocupar aquellas intrusiones que quisieran denunciar nuestra maniobra: las compañías telefónicas, las de los seguros... O las del gas y las de la luz, que se han fundido en una sola en avanzadilla de lo que acabarán haciendo las demás: convertirse en una única compañía, una entidad que diseñe las ciudades para colocar a cada persona en el sitio que mejor les conviene. O en la calle, llegado el caso.

—Entonces ¿en los apartamentos no habrá luz, ni teléfono, ni...? —planteó Germán con algo de apuro por interrumpir su teoría conspirativa con cuestiones tan pragmáticas.

—Oh, sí, sí, pero ya nos hemos ocupado nosotros mismos de dejar todo arreglado para que los inquilinos no tengan que solicitar gestiones externas.

También añadió que habría un portero en el edificio, un miembro de total confianza de la Plataforma Ciudadana, que se haría cargo de resolver cualquier avería o problema que surgiera en los apartamentos. Además, haría de enlace entre los inquilinos y la organización, así que podría solventar todas las dudas que el peculiar contrato suscitaba.

Pip no perdió la sonrisa cuando comentó que confiaba que no tuviera que mediar en conflictos de escalera. Es más, los miembros de la Plataforma esperaban que, aunque la selección se estaba haciendo de manera individual con perfiles de personas muy dispares, se creara un ambiente de respeto y cooperación entre los vecinos.

—Una comunidad unida significa una torre fuerte, Germán.

Se oyó un golpe en la puerta. O el viento cooperaba a darle dramatismo a la situación o alguien estaba llamando. Pero Pip siguió impasible describiendo las condiciones del contrato ante la emoción creciente de Germán.

Pensaban que sería mucho más fácil si la comunidad de vecinos se creaba desde el principio bajo las mismas condiciones, por eso mañana mismo todos los pisos estarían ocupados.

—Entonces ¿mañana tendríamos el contrato firmado y ya seríamos inquilinos legales? —La prudencia de Germán quiso rematar con una última frase—: Si todo es como me ha contado y el piso es como dicen en el anuncio, por supuesto.

—Que ustedes tengan un compromiso por escrito con el piso es la única manera de salvar la torre, Germán. Mañana lo firmarán aquellos a los que les guste... y sean seleccionados para ir, por supuesto—. Ya que aún no hemos hablado de usted.

Germán había olvidado que no solo se hallaba allí para comprobar la veracidad de aquel anuncio y para preguntar dos veces por el precio. Tenían que seleccionarle.

Pip hizo a un lado a Germán para abrir la puerta de la caseta y decir a alguien en la penumbra:

—¡Bienvenido! Espere unos minutos, por favor, estoy reunido con otro candidato.

Candidato. Ahora que aquello empezaba a cobrar forma, aunque fuera una forma muy puntiaguda, al joven le asaltó un escalofrío de miedo a quedarse fuera. Germán aprovechó mientras Pip atendía a su rival para arreglarse el pelo y ajustarse el cuello de la camisa. Le pareció que, en su jaula, la iguana movía la boca mofándose de él.

—Y bien, Germán, ¿puede demostrar que es la persona que buscamos?

—Claro. Tengo una copia de mi contrato laboral conmigo —dijo abriendo la mochila.

—Con ese precio irrisorio no creo que haga falta siquiera presentar el contrato de trabajo o una nómina. ¿No cree? Tampoco queremos cartas de recomendación o avales de ningún tipo. Esta ha de ser una decisión totalmente personal.

—Bueno, pregunte lo que quiera saber, entonces.

—Las preguntas solo admiten respuestas. Prefiero el relato de cómo nos encontró.

—¿Perdón? ¿En plan que le diga cómo...?

—Cuál de las pistas del anuncio ha hecho que ahora estemos conversando, Germán. Dedujo correctamente que esto era una prueba, pero esta carrera no se gana llegando el primero. Siempre he pensado que la manera de preparar una carrera y lo que hace justo después de cruzar la meta el corredor es lo que debería decidir quién es el ganador. Póngase cómodo, tenemos el tiempo que necesite.

Pip arqueó las cejas y abrió la boca sin emitir palabra, dando con un gesto el relevo a Germán.

Germán estaba mentalmente agotado, pero a la hora de contar cómo había descifrado el acertijo lo tenía fácil para hacerse valer. Podía hablar de su tenacidad, de su ingenio y colar alguna de las frases de su entrevista de trabajo sobre su capacidad de descubrir la ciudad con ojos nuevos. Pero quince minutos después Germán cruzó el peligroso límite de hablar de todo lo que siempre evitaba en cualquier conversación y que solo podría servir de carta de presentación para un programa basura de testimonios dramáticos.

Que El Gallinero era el antiguo nombre popular que se daba al Retiro le hizo contar que iba a empezar a trabajar en una empresa de turismo y de ahí comenzó a explicar que había estado en Londres dos años. Su estancia en Inglaterra no tenía nada que mereciera la pena comentar y pronto Pip ya le estaba preguntando cuánto le había costado dejar su vida en Madrid.

—Mi familia se desmoronó después de un suceso trágico. —Hablar usando esos ridículos términos, como si estuviera leyendo el titular de un periódico, le permitía caminar por la frontera del dolor—. Irme fue una manera de empezar de nuevo.

Pip le miró asombrado. No se lo esperaba. ¿Era solo interés o había un rastro de decepción en los ojos de aquel hombrecillo tan afable? Germán desvió su mirada, pero al dirigirla a los estantes vio que la iguana había salido de la jaula y, desconcertado, tuvo que volver a enfrentarse a Pip.

—¿Se marchó? Pero ¿no tenía aquí a nadie que le ayudara? ¿Nada más que hacer aquí?...

Ahora entendió que la había fastidiado. Estaban buscando gente que se comprometiera a permanecer en un sitio con unas condiciones peculiares y él acababa de relatar cómo había huido cuando las cosas se pusieron difíciles.

Pero sería aún peor dar más detalles. Admitir que cuando se fue ya no tenía nada de eso sería tener que contar meses de auto-destrucción, drogándose y maltratando a todos, hasta acabar tocando fondo. Concretamente, el fondo de la piscina de los vecinos, de la que le sacaron prácticamente ahogado. Después de un mes ingresado en la planta de psiquiatría del Gregorio Marañón, dos plantas más arriba de donde había estado ingresado tras la pelea en la que murió Javier por su culpa, decidió marcharse.

La iguana le contemplaba.

—No se preocupe por ella, Germán. No es posible tenerla siempre dentro de la jaula.

Lo surrealista de la situación, curiosamente, hizo tomar conciencia a Germán del presente y volver a centrarse.

—A mí tampoco. Después de una crisis hay que salir de la zona de seguridad y atrever a reinventarse —dijo recordando el tono del anuncio y tratando de imprimir convicción a un montón de frases comunes huecas—. Me gusta la aventura.

Volvieron a llamar a la puerta. Pip permaneció en silencio. Se subió al mostrador hasta dar con la iguana, que en sus brazos parecía aún más grande. Ambos le miraron y Germán deseó no haber mentido así. Había hablado de él en pasado. Poco quedaba ya de aquel chico al que le gustaban las emociones fuertes.

Pip volvió a meter en la jaula a la iguana. ¿Qué podía significar eso? Permaneció subido al mostrador mirándole muy serio. Y todavía desde las alturas dijo:

—Usted es lo que buscamos. Ojalá encuentre lo que busca mañana.

Germán sonrió aguantándose las ganas de dar un salto. Le salió darle la mano a Pip para cerrar el acuerdo, pero él interpretó el gesto como una ayuda para bajar y así lo hizo.

—Mañana a las ocho de la mañana hemos quedado con el grupo de posibles inquilinos en la plaza del Biombo. ¡No me diga que no es un nombre más que apropiado para descubrir este misterio! ¿Sabe dónde está? Al lado de la iglesia de San Nicolás, cerca del Palacio Real. Ah, sería bueno que adelantara algo de la mudanza y trajera un pequeño equipaje con usted, en caso de que firme el contrato. Así, desde el primer momento la casa parecerá realmente habitada.

—Allí estaré.

—Ni antes ni después —le dijo Pip mientras le estrechaba la mano.

Al salir, Germán sostuvo la puerta para que entrara el hombre que debía llevar por lo menos diez minutos aguardando fuera. Era un hombre mayor, fornido, y no le dio ni las gracias. Pero Germán sonrió sabiendo lo que le esperaba allí dentro.

Y, sobre todo, lo que le esperaba a él.

El entusiasmo le duró hasta que cogió el último tren a la sierra desde la estación de Recoletos. Pero cuando el paisaje subterráneo empezó a difuminarse por la ventanilla, también sintió que todo lo que Pip le había contado iba perdiendo consistencia a más velocidad que el tren en el que viajaba. Ciertos detalles no le habían quedado claros. Por ejemplo, ¿cómo habían conseguido la línea telefónica o la calefacción si tanto desconfiaban de aquellas compañías?

¿Realmente un grupo de activistas políticos iba a dejar en manos de extraños la protección de un edificio de valor histórico, por el mero hecho de que habían descifrado un acertijo? Y aquella inmobiliaria, ¿podía ser más rara? Desde luego, si hubieran querido ser más creíbles, habrían podido hacerlo mucho mejor, tal vez eso era buena señal..., salvo que pasar por aquel circo fuera el filtro para captar a diez idiotas de remate que acabaran haciendo el trabajo sucio de una ocupación ilegal.

Removiéndose en el asiento extrajo el móvil del bolsillo del pantalón y volvió a cargarlo aparatosamente en el portátil. Necesitaba buscar en internet algo de lo que había escuchado: Plataforma Ciudadana, ley de protección histórica, convento de San Francisco. De todo ello obtuvo referencias reales y a la vez ninguna información reveladora entre marañas de artículos, comentarios de toda índole y boletines del Estado. ¿Qué esperaba?

Si estuviera colgado todo en la red, no habría maniobra secreta alguna.

Abrió en la pantalla un mapa del Campo del Moro. ¿Dónde estaría exactamente la vivienda? Siendo una superficie tan extensa y visible desde tantos puntos, debería haber concretado más. Ante la dificultad de abrir varias ventanas en su móvil, ya lo hacía su cabeza, colapsándose. Hasta que, de un salto, Germán se levantó del asiento y corrió hacia la puerta con aire resuelto. Se bajaría en la siguiente estación e iría a ver esa torre ahora mismo, que era lo que debería haber hecho nada más salir de la caseta: comprobar su existencia.

Cuando el tren se detuvo, justo antes de bajarse, una frase le vino a la cabeza: «Ni antes ni después». Eso había dicho Pip después de remarcar una y otra vez que buscaban gente en la que confiar. ¿Qué ocurriría si alguien le veía merodeando por los jardines a la caza de información? Estaría demostrando que era el tipo de inquilino que no les interesaba. El temor a perder todo aquello por un impulso le hizo no descender del tren. Faltaban pocas horas para conocer al resto de los engañados o afortunados como él y entrar en esa torre. Fuera, o no, una estafa, solo tenía que esperar para obtener respuestas. Aun así, ya no se volvió a sentar y se quedó con la frente apoyada en la ventanilla de la puerta del vagón.

Ya en la sierra, deseó que su madre estuviera despierta. No había tenido tiempo de avisarla y tendría que coger el primer tren de la mañana si quería llegar puntual a la cita. Faltaban menos de siete horas, así que poco iba a poder dormir esa noche. Aunque no le importaba, pues dudaba que fuera capaz de conciliar el sueño y dormir a pierna suelta.

Después de varios minutos subiendo las cuestas del pueblo llegó a casa. Oyó el sonido de la tele en el dormitorio de su madre, pero ella estaba dormida. No quiso despertarla. Así, a oscuras, iluminado solo por los destellos del televisor, Germán parecía una imagen fantasmagórica que podría aterrorizar a su madre. Ese grito ahogado de su madre durante tantas noches de sobresaltos y pesadillas en las que se despertaba confundiendo lo que soñaba con la realidad, el pasado con el presente, a él con su hermano...: esos eran probablemente los momentos más duros que recordaba. El propósito de no asustarla le hizo andar hasta su cuarto de espaldas, procurando no hacer ruido, pero de nada sirvió cuando unos minutos más tarde, mientras trataba de sacar la mochila de acampada del armario, sus brazos no pudieron con el peso y acabó causando un enorme estruendo.

—¿Germán? ¿Qué haces a estas horas? Es la una de la mañana.

Desde el umbral del dormitorio su madre contemplaba el despliegue de objetos que Germán había ido recogiendo para guardar en la mochila. No muchos. De hecho, le había costado elegir algo que no fuera ropa para llevarse al nuevo piso. Si es que había nuevo piso.

—Perdona, he encontrado casa. He de ir allí a las ocho de la mañana, tengo que coger el tren muy pronto y... es todo muy precipitado, pero he hallado justo lo que quería, mamá.

Carmen miró a su hijo. Tenía un aspecto cansado y nervioso, pero atisbó en él algo de esa ilusión que había mencionado el psicólogo y de la que carecía cuando se había marchado hacía dos años. Tenía que ser comprensiva. Tenía que ser valiente.

—Bueno... pero ¿te lo enseñan y ya te lo quedas? ¿No quieres que te acompañe yo? Puedo llevarte en coche.

—Me tiene que gustar, claro, pero sobre el papel es perfecto. Prefiero ir yo solo... pero si quieres me puedes ayudar a decorarlo. Ya ves que no tengo aquí casi nada.

—¿Cuánto te cuesta? ¿Es céntrico? —dijo su madre abriendo el armario y poniendo una chaqueta horrible en su mochila. Pero Germán no puso pega alguna al verla claudicar de alguna manera.

—Muy céntrico y no tengo que compartir. Me piden solo setecientos euros. —Tenía que dar un precio más creíble. Solo le faltaba que su madre viviera angustiada pensando que su hijo estaba en las manos de una mafia.

—Pfff, setecientos euros es la mitad de tu sueldo... Setecientos euros que podrías estar ahorrando cada mes si no fueras tan sibarita de querer vivir por tu cuenta... En fin. —Puso algo más de ropa en la mochila y la apretó de esa forma que solo podían hacer las madres—. Te dejo algo de desayuno preparado y me voy a la cama, a ver si no me desvelan tus ideas de bombero.

Germán se quedó tranquilo. Había hecho bien en mentirle si pensaba que setecientos euros de alquiler era descabellado. Y prefería ver a su madre enfadada que triste. Terminó de hacer el equipaje con una alegre calma. Al hablar de ello, había logrado visualizarse viviendo allí. Había conseguido volver a dar algo de consistencia a la locura.

Se tumbó en la cama y, contrariamente a lo que había pensado, pudo dormir unas pocas horas. Soñó que vivía en el agujero de un árbol y que un enorme lagarto le esperaba fuera para devorarle.

2

La plaza del Biombo no era el lugar que uno podía esperar si pensaba en una plaza.

Parecía más bien un rincón agradable, casi de paso, comparado con todas las otras plazas solemnes de la zona. Ni rastro tampoco de algo que pudiera asemejarse a un biombo, o que invitara a divagar sobre misterios ocultos.

El único elemento distintivo de aquel lugar era una fuente antigua de cinco caños, frente a la que se congregaba el grupo seleccionado. Y no llamaba la atención la fuente en sí, de pared plana, sin ningún ornamento, sino el sonido del agua contra la piedra que salía de aquellas cinco aberturas y daba un grato murmullo a una escena ya de por sí bucólica, con la luz de primera hora de la mañana que se colaba en aquel espacio sin cerrar.

Germán había llegado quince minutos antes de la hora, pero tuvo la sensación de que los demás llevaban tiempo esperando. Al menos no estaba solo. Cuando se bajó del tren en Príncipe Pío y cayó en la cuenta de que se hallaba justo al lado del Campo del Moro y que debía alejarse bastante para llegar a la plaza del Biombo, le asaltó de nuevo la sospecha de que todo era un timo.

Puso la mente en modo automático para seguir las indicaciones y cogió el metro hasta Ópera, desde donde tenía un breve paseo hasta el punto de encuentro. Aunque aún era temprano y había poca gente por la calle, el Madrid antiguo no estaba vacío ni siquiera a esas horas.

Madrid era más de echar siestas que de dormir de noche. Durante el trayecto a pie, con su macuto al hombro, se distrajo observando a los transeúntes, jugando a adivinar qué clase de personas podrían ser sus nuevos vecinos.

Cualquiera que llevara un tiempo buscando piso hubiera aceptado aquella oferta, intentaba justificarse Germán, pero ¿quién habría encontrado aquella inmobiliaria y pasado la entrevista de Pip? Ahora ya sabía la respuesta.

Era un grupo heterogéneo, dividido en dos pequeños corros alrededor de las dos farolas que flanqueaban la fuente de piedra. Resultaba fácil imaginar a aquellas personas llegando a la plaza del Biombo en penumbra, apenas unos minutos antes, buscando aquellas luces para reconocerse los rostros y no añadir más inquietud a la ya misteriosa cita.

En un corro había cuatro personas y en el otro extremo de los chorros, otras dos, más mayores. Un poco más alejada, sentada en uno de los bancos, estaba una chica que lucía una cresta rosa en medio de su cabeza rapada. Junto a ella, de pie, una mujer muy alta y delgada enfundada en un vestido de cuero de color rojo, a juego con un paraguas que clavaba en el suelo, perfectamente alineado con su figura. Al lado de esta extravagante mujer estaba Pip con un traje blanco y pajarita como si fuera el presentador de un programa de televisión.

Deseando con todas sus fuerzas que no fuera una de esas galas para recaudar fondos a cuenta de reírse de diez idiotas, Germán le devolvió el saludo con la mitad de los aspavientos que el pequeño entrevistador le había dedicado al verle. Rápidamente desvió la mirada hacia el grupo más numeroso, buscando encontrar a alguien de aspecto más normal; alguien con quien compartir escalera o el más profundo de los ridículos si todo aquello resultaba ser una farsa.

Para su tranquilidad, el grupo de cuatro personas tenía un perfil mucho menos estrambótico y una emoción similar a la suya.

—Hola, ¿qué tal, tío?, soy Manuel —dijo un chico alto, de veintipocos años, dándole una palmada en el hombro—. Deja ahí la mochila; cada uno ha entendido una cosa distinta con eso de que trajéramos algunas pertenencias. Vamos a parecer una caravana de feria.

Advirtió acento de pueblo en aquel chaval desenfadado y de maneras bruscas.

—Germán, encantado —se presentó—. Ya veo que hay quien va a terminar hoy mismo la mudanza.

En un rincón había bolsas de deporte, maletas enormes, un tablón con fotos, todo tipo de adornos y, sobresaliendo entre los bultos, una mecedora.

—Hola, ¡yo soy Amanda! —dijo una mujer dándole dos besos. Debía de tener unos cincuenta años, aunque no lo pareciera al principio por su atuendo y su jovialidad—. Contigo somos ocho, porque la mujer del traje rojo es de la organización: nos lo ha dicho Pip, ¿sabes? Y mira, te presento: esta es Nuria. Es enfermera. Y él es Emilio. No nos ha contado a qué se dedica. ¡Misterio! Los tres somos de Madrid. ¿Tú?

—Encantado —dijo tendiéndole la mano un hombre de treinta y pocos, vestido con unos chinos y un polo de marca.

—Hola. —La chica llamada Nuria debía de ser de su edad. No era esbelta y tenía unos ojos grandes que le hacían la cara aún más redonda. Al darle dos besos le humedeció el cuello de la camiseta con su pelo mojado. Al advertirlo, Nuria se propuso dar la mano al siguiente inquilino y no seguir mojando a todo el mundo, pero producía cierta ternura imaginarse a la chica saliendo a toda prisa de donde quiera que viviera, sin tiempo siquiera para secarse el pelo.

Emilio tomó la palabra.

—Estábamos tratando de poner en común lo que sabemos, a ver si sacamos algo en claro. ¿Os dijeron a vosotros también que eran doscientos cuatro euros al mes? ¡Es increíble! Puede que...

—He preguntado a Pip y podemos hablar entre nosotros sin problema —interrumpió Amanda en tono confidencial—. Pero no nos has dicho de dónde eres, Germán.

Cada vez que alguien hablaba Amanda movía la cabeza asintiendo sin parar, mientras miraba a un tercero, creando una especie de incómoda reverberación.

—Soy de Madrid también. Bueno, de la sierra. Me alegra ver que no estamos locos y que a todos nos parece muy extraño eso de poner un anuncio en clave para elegir quién va a vivir en un edificio histórico aprovechando un vacío legal.

Germán se había preparado aquella frase que resumía la información más importante para comprobar si todos manejaban la misma versión.

Emilio y Manuel asintieron, y Nuria, además, le miró muy fijamente.

Antes de que ninguno pudiera hablar, Amanda le dio un codazo fuerte.

—Con lo bien que hablas y lo bueno que estás, yo te veo a ti de ganador... Estaba comentando que faltan mujeres. Damos más juego, ¿no?

Entonces Pip se dirigió a todo el grupo.

—¡En cinco minutos salimos! —exclamó tras consultar la hora en un reloj con cadena que llevaba bajo el traje—. Los que faltan llegarán a tiempo.

—Disculpadme, voy a hablar con los dos de allí antes de irnos —dijo Amanda de nuevo con tono juguetón—. No conviene aislarse en un grupito desde el principio

Aquella enérgica mujer avanzó unos pasos hacia el otro extremo de la fuente, donde estaban esperando en silencio un hombre y una mujer mayores que ellos; apenas habían cruzado entre ellos unas palabras. Germán se dio cuenta de que el hombre era el mismo que había entrado después de él en la caseta. A la luz tenía un aspecto aún más amenazante. Por sus canas y arrugas, debía de sobrepasar los cincuenta, pero era muy fornido. Vestía ropa ajustada y una cazadora de cuero muy vieja, como su maleta. Saludó con un gesto hosco a Amanda cuando se acercó. Luego todos oyeron cómo la mujer, latinoamericana, se presentó educadamente como Rosa.

Emilio habló en cuanto se aseguró de que Amanda ya no podía escucharle, como si llevara un rato conteniéndose.

—¡Amanda cree que todo esto es *Gran Hermano*! Está convencida de que va a haber cámaras y van a grabar nuestra convivencia en plan concurso de televisión. ¡Has dicho demasiado pronto lo de que no estábamos locos, Germán! —dijo desahogándose.

—La verdad es que a mí no me ha parecido la opción más descabellada —intervino Nuria con una sonrisa.

—Mis padres creen que me estoy metiendo en una secta —confesó Manuel encogiéndose de hombros—. Si les digo que es un programa de televisión, hasta les doy una alegría.

Nuria y él se echaron a reír.

Emilio resopló con frustración. Podía llegar a entender que Pip y su esperpéntica organización le hubieran hablado el día anterior con enigmas y no hubieran querido atenderle una segunda vez cuando fue con preguntas más concretas, pero confiaba en que el resto de los seleccionados tendría un mínimo de sentido común.

—Si de buen principio ya nos ponemos a desvariar, no vamos a llegar a la verdad de todo este asunto. Para empezar, el tema de derechos de imagen está totalmente regulado y habría que incluirlo en el contrato de arrendamiento. Soy abogado y llevo desde ayer empollándome todo tipo de cláusulas.

Germán le miró con sincero interés. Estaba bien que alguien del grupo supiera de leyes... Siempre que fuera quien decía ser, claro. La situación seguía siendo tan teatral que, mientras escuchaba al grupo hablar de las posibles implicaciones legales, se planteó si estaría todo guionizado, como el *reality show* al que se habían referido. O peor: si sería una estafa con algunos de ellos actuando como ganchos.

Se oyó el frenazo de un vehículo. Subiendo por una calle peatonal acababa de estacionar un taxi. Una chica de veintitantos, muy guapa, salió del vehículo, sonrió e hizo un gesto expresivo juntando las dos manos, pidiendo perdón por llegar casi tarde a la cita. Pip la saludó mientras gritaba:

—¡Justo a tiempo, Astrid, adelante!

El taxista sacó del auto unos lienzos enrollados, unos táperes de comida y una bandeja cubierta con papel de aluminio y los dejó en el rincón de pertenencias sin permitir que ella llevara nada, pese a su simpática insistencia.

—Esa sí que tiene un perfil ganador, ¿eh? —le comentó Manuel a Germán con una palmada cómplice.

Germán decidió pasar por alto aquella camaradería de vestuario masculino que tanto le incomodaba y observar la deslumbrante aparición de la tal Astrid mientras Emilio, el abogado, se dirigía a Pip.

—Pero las cocinas funcionan, ¿no? —inquirió tras percatarse de que aquella chica traía comida consigo.

—Estoy casi seguro de que así es. Pero ya saben que no he visto los apartamentos acabados.

—¿Cómo? ¿No hay electricidad? —dijo ahora preocupada Rosa, la mujer más mayor. Era enjuta y de rasgos duros y no se cortó en protestar y en dirigirse al maleante canoso—. ¿A usted le avisaron, Rafael?

Se generó un aluvión de preguntas solapadas hasta que la joven recién llegada destapó la bandeja enseñando una tarta de manzana.

—Perdonad, perdonad, no quería que se estropeara lo que me quedaba en la nevera. Además, por la noche me desvelé y me puse a cocinar la tarta. —Ofreció primero a la señora—. Es la primera que hago y no estará buena siquiera.

Rosa se calmó al instante y negó con la cabeza dulcemente. Germán también declinó la oferta, y antes de que pudiera decir algo ingenioso, Manuel se lanzó a por ella muy adulador. La chica de la cresta, que estaba sentada en el banco, se levantó y sin mediar palabra cogió un trozo y volvió a sentarse, como hubiera hecho una gata callejera. Astrid fue pasando la bandeja a todo el mundo hasta que reparó en que el taxista aún la estaba esperando. Le dio la bandeja con media tarta que quedaba.

—Toma, Félix. ¡Qué menos que tener un detalle por traerme a toda velocidad!

Aquella chica de melena rubia, cuerpo escultural y sonrisa permanente insistió hasta que el taxista aceptó. Por su conversación se deducía que le acababa de conocer, pero a nadie le extrañó que lo tratara con aquellas confianzas después de una carrera si con el grupo llevaba unos minutos y ya los había conquistado. Cuando finalmente el taxista se fue, Astrid se acercó a la fuente.

—Si no me llega a despertar la campana del horno, no vengo a la cita y prendo fuego a mi antiguo apartamento. Me hubiera quedado en la calle.

—O durmiendo en la casa de algún guapo bombero —dijo la atrevida Amanda provocando una carcajada en la recién llegada que hizo que el resto también sonriera.

Pero aquel momento de liberar tensiones duró poco. La mujer vestida de rojo abrió el paraguas del mismo color y anunció:

—Es la hora de irnos. Y no estamos todos.

Su rostro era afilado y su tono tan serio que, tras acabar de abrir un paraguas en un día que en pocas horas sería lo suficientemente caluroso como para asarla en su traje de cuero, aquellas palabras sonaron casi a sentencia de muerte.

Pip bajó la cabeza con inusitado pesar en él. No se esperaba que no fuera a aparecer el último candidato. Tal vez había sido la selección más arriesgada, pero era del que estaba más seguro de que no se echaría atrás. Tratando de ganar tiempo, señaló al grupo que fueran cogiendo el equipaje mientras acariciaba nervioso el colgante que llevaba bajo el traje.

Rosa se agachó para coger sus dos bolsas y por el rabillo del ojo vio la figura de alguien tras una esquina. Antes de que pudiera reaccionar, aquella presencia entró apresuradamente en la plaza, asustándola. Era un hombre gordo, de unos cuarenta y pocos años, con un sombrero de paja. Rosa gritó y dejó caer el contenido de una de las bolsas, que, para colmo, aquel hombre pateó en su avance atropellado hasta la fuente.

—Llego a tiempo, ¿no? Es lo que acaba de decirle a ella —reclamó a Pip con tono infantil y acusador.

También tenía acento sudamericano. Además del sombrero de paja, bermudas y sandalias, iba con una camisa de lino blanca que marcaba su barriga.

—¡Estaba escondido!, ¡ahí, agachado! —señaló alterada Rosa dirigiéndose al grupo que se había quedado inmóvil.

Pip sonrió ante aquel dato y miró a la mujer de rojo.

—Señorita Dalia, si Alexander ha estado ahí todo el rato, podemos concluir que sí estaba a la hora.

Su compañera no respondió, pero echó a andar la primera de la fila mientras Pip, claramente aliviado, exclamó:

—¡En marcha!

Una comitiva de diez personas cargadas empezó a caminar por las callejuelas de Madrid detrás de un paraguas y de un hombre con traje blanco y pajarita. Germán y Rosa iban los últimos del grupo, pues él se había entretenido echando una mano a la mujer mayor con las cosas que se le habían caído.

—Muchas gracias por la ayuda. ¡Qué susto me metió ese colombiano! Y si le seleccionaron como a nosotros, ¿por qué estaba ahí aparte, espiando?

La tal señorita Dalia y Pip se habían parado unos metros más adelante antes de cruzar la calle Mayor. En la esquina había un bar cerrado, aunque por un ventanuco se veía una luz encendida que no aclaraba si el establecimiento estaba a punto de abrir o algunos clientes no habían salido de allí en toda la noche.

—¡La nueva comunidad pronto conocerá la torre! —dijo Pip de manera rimbombante, reanudando la marcha.

Tras cruzar la carretera siguieron de frente por una callejuela cerrada a los coches por una cadena. Amanda tuvo problemas para pasar por allí llevando su maleta, una lámpara, un peluche y la mecedora, que, por supuesto, era suya.

Nuria, la joven enfermera, que iba con una mochila de montaña, como la de Germán, se vio forzada a ayudarla cuando constató que Rafael, el que parecía un matón jubilado, pasaba a su lado sin siquiera mirarla. Mientras avanzaban por aquella calle estrecha, Rosa le contó a Germán que era ecuatoriana, aunque llevaba muchos años viviendo en Madrid, trabajando de empleada de hogar. Su marido había regresado a su país y ella estaba intentando ordenar su vida.

Germán sintió cierta pena por la mujer. Tal vez aquella

oferta deberían aprovecharla gente con menos recursos. Como ella, o el tal Rafael, que por su aspecto parecía no haber tenido una vida fácil, y no jóvenes con el capricho de independizarse y vivir en el centro... Entonces se dio cuenta de que aquella compasión no solo era precipitada, sino también bastante clasista por su parte. ¿Qué sabía él realmente de cada uno de ellos y de sus circunstancias?

El grupo se había detenido ahora en una plaza grande que carecía de nombre. Germán sacó su móvil tratando de situar aquella explanada tan peculiar. Estaban justo detrás de la famosa plaza de la Villa, adonde se encaminaron instintivamente Emilio y Manuel antes de que Pip les corrigiera el rumbo.

—Ah, pensé que si estábamos dando este paseo era para ver algo turístico... Y con la plaza justo ahí al lado... —dijo Emilio sorprendido.

—Oh, pero no estamos paseando para ver monumentos —replicó Pip parado en mitad de la plaza—. ¡Los diez vecinos se encaminan a la torre!

Echó de nuevo a andar y todos le siguieron resignados. Germán agradeció el no tener que hacer una de esas visitas turísticas de las que se hartaría en las próximas semanas.

La plaza estaba elevada sobre un aparcamiento donde dormían algunos mendigos. O debían de hacerlo antes de que los gritos de Pip los hubieran despertado.

Tras andar unos pasos más empezaron a bajar por una calle muy empinada que, cuando se transformó en escalones, hizo resoplar al grupo.

Rafael emitió un gruñido y se subió la maleta al hombro a pulso.

Emilio retomó la queja.

—Yo es que pensé que si quedábamos en esa plaza era para ver el Madrid de los Austrias. Yo ya lo conozco, pero puede que la gente de fuera...

—Llevo viviendo aquí desde hace veinte años —dijo Rosa dándose por aludida.

—Ya, pero a lo mejor...

—Hubiera estado bien hacernos una foto todos juntos, ¿no? —comentó Astrid echando un cable a Emilio.

—Yo preferiría dejar primero la mochila antes de hacer fotos —dijo Nuria—. No sé si estoy entendiendo bien lo que estamos haciendo por aquí.

Se oyó un golpe y un crujido. Amanda acababa de rodar por el suelo con su mecedora.

Pip, que no parecía estar escuchando los comentarios, se paró y la ayudó a levantarse. Ella, agradecida, una vez de pie, dijo al resto:

—Pues estamos viendo las cosas desde otro ángulo. ¡Eso es lo que hacemos! Yo acabo de sentir que no necesito mi vieja mecedora. ¡Adiós y gracias! —exclamó abandonándola contra una pared, obviando que ya la había medio roto y casi se había matado tratando de transportarla aquellos doscientos metros.

Por fin llegaron abajo, a la calle Segovia. Un agente de tráfico los examinó durante unos segundos. Probablemente pensó que eran una compañía de teatro o una excursión de algún hospital psiquiátrico. Pip se hizo oír por encima del ruido del camión de la basura vaciando contenedores.

—¡La torre pronto conocerá a los inquilinos elegidos!

Al fondo, se veía la calle Bailén y empezaba a respirarse más vida, que contrastaba con aquel descenso incómodo. Pero cuando Pip cruzó y les hizo avanzar por la calle de la Morería, en vez de ir directos, los futuros vecinos volvieron a intercambiarse miradas.

—¿No es por ahí? —preguntó Nuria.

Pero la señorita Dalia y Pip siguieron la marcha y nadie más expresó en voz alta su desacuerdo.

Manuel se acercó a Germán, tras haber acompañado a Astrid todo el trayecto.

—Es fotógrafa. No de las de Instagram, sino de las de verdad. Como su padre. Y desde pequeña ha viajado por todo el mundo... Vamos, ¡que está muy viajada la niña! —le contó Manuel—. Ahora te toca a ti averiguar si tiene novio. Yo he querido hacerme el profundo. Y, oye, que gane el mejor.

La búsqueda de complicidad de Manuel, tratando de hacer amigos desde el minuto uno, chocaba de frente con el objetivo de Germán de no integrarse en ningún grupo, y menos si parecían la comitiva de bienvenida de un colegio mayor.

Astrid iba delante de ellos y hablaba con Alexander, el hombre grueso que semejaba el dueño de una plantación, y que tras su atropellada aparición había mantenido una pose petulante que provocaba cierta distancia en los demás.

—¿Y tú no llevas nada, Alexander? De equipaje, quiero decir.

—Sí, llevo esto: un vaso, una pastilla de jabón y papel higiénico —respondió sacando cada una de esas cosas del gran bolsillo—. Hay muchas diferencias en las costumbres antropológicas cuando uno forma un hogar, pero creo que las más sabias coinciden en relacionarse con el agua. Y estas cosas lo representan. Se sabe que desde el principio de los tiempos los exploradores decidían establecerse cerca de un río o donde pudieran hacer un pozo para sacar agua.

El tono pedante y afectado que empleaba el colombiano del sombrero no alejaba a Astrid de su vera. Amanda intentaba dar conversación a Rafael, que ni la miraba tratando de acelerar el paso. Emilio hablaba por el móvil con alguien. Rosa le estaba preguntando ahora a Nuria por su vida. Y la chica punki de aspecto desharrapado los seguía sin relacionarse con nadie. Hubiera parecido autista si no fuera porque clavaba la mirada en los ojos de quien la escudriñaba. Así que, pese a que era justo el tipo de persona que quería evitar, Germán seguía caminando y escuchando a Manuel.

Manuel era extremeño, pero estaba estudiando la carrera de Ingeniería en Madrid. O algo así, porque llevaba cuatro años para hacer dos cursos. Sus padres no querían seguir pagándole la residencia de estudiantes y le habían apretado las tuercas con el dinero. Le darían quinientos euros al mes para todos sus gastos y que se buscara la vida como quisiera, que para lo que estaba haciendo en la universidad... A ver si encontraba piso él solo.

—Era una trampa sin salida. Si me pongo a currar me dirían que para eso me vuelva a Badajoz. Si me vuelvo, que para qué invirtieron en mis estudios... Solo querían verme agobiado, que es la única manera de que no se agobien ellos. Pero les ha salido mal la jugada. Cuando ayer les dije que he encontrado piso por doscientos hasta se disgustaron. Que a ver dónde me meto, que si les estoy volviendo a contar trolas, que para lo que quiero bien que me aplico... Pero ¿en qué quedamos, joder? ¡Sin salida, macho!

A Germán se le escapó una sonrisa y a punto estuvo de bajar la guardia y comentarle algo sobre su propia madre, cuando se encontró en una pequeña explanada ocupada por las terrazas de algunos bares y un mirador frente a un enorme puente: desde allí, las vistas al Viaducto de Segovia eran impresionantes.

Recordó que hasta cursar el bachillerato había confundido el acueducto romano de la ciudad de Segovia y aquel viaducto madrileño, famoso por sus suicidios y de casi idéntico nombre. Cuando finalmente resolvió sus embrollos históricos y geográficos ya había llegado a la conclusión de que este puente era igual de solemne y bello que aquella otra joya histórica. Sobre todo de noche, cuando a través de sus arcos se veían los tejados iluminados. Precisamente por uno de sus arcos cruzaba un camino que Pip tenía la intención de seguir.

—Espera, que esto sí que no me cuadra. Ahora te llamo.

Emilio cortó la llamada.

—Disculpe, Pip, pero ¿por qué vamos por aquí? Nos hemos desviado y ahora no vamos ni por arriba ni por abajo —dijo señalando el gran desnivel que existía en aquella zona—. Si continuamos por aquí vamos a tener que ir pendiente abajo.

Pip dio un pequeño salto como si aquello le entusiasmara, pero Nuria y Rosa secundaron a Emilio.

—Perdone, pero ¿de verdad hay necesidad de que esto sea aún más raro de lo que ya es? —planteó Nuria destilando ironía.

La chica decidió sacar el móvil de un bolsillo y llevarlo en la mano. Más que pensar en telefonear a alguien o usarlo para buscar información, le hacía sentirse acompañada el hecho de que en cualquier momento, si lo necesitaba, podía compartir su experiencia en Twitter. Daba igual la hora, siempre habría alguien conectado que comentara sus impresiones.

—Vamos, vamos, no pierdan de referencia la importancia de este día en sus vidas —dijo Pip despreocupado—. Sin dar rodeos, no hubieran conseguido el piso. Van a vivir en el alma de una ciudad y es esencial escuchar sus latidos.

La chica de la cresta, más joven aún que Nuria, se había distanciado quedándose parada en la callejuela por la que habían llegado hasta allí, distraídos en sus conversaciones. No había dicho una sola palabra, y daba la impresión de que fuera a largarse corriendo dejándolos a todos plantados.

—Pip —dijo Astrid dulcemente—, creo que nos tranquilizaría a todos saber exactamente cuáles son esos latidos... para que podamos ir anticipándonos en el paseo. Eso siempre genera ilusión, ¿no?

Aquella chica, además de su belleza, tenía claramente un don para llegar a las personas. Aquella inteligente dulzura contrastó con la intervención del colombiano, que sacó una libreta de su bolsillo, por el que aún asomaba el rollo de papel higiénico.

—Diría que vamos a bajar por la Cuesta de los Ciegos, ¿no? —preguntó Alexander—. Y subir por el otro lado, el que da a la muralla árabe... Eso significa que vamos a entrar al Campo del Moro no por la entrada pública del paseo de la Virgen del Puerto, sino por otra privada. Probablemente en la cara norte. ¿Tal vez junto al Palacio Real?

La señorita Dalia miró impertérrita a Pip esperando que le respondiera, mientras este no quitaba ojo a la chica rezagada.

—Sobresaliente, Alexander. Seguimos el camino del antiguo valle hacia lo que fue la primera fortaleza en esta ciudad hasta llegar a los jardines.

Alexander guiñó un ojo a Astrid.

Algo rugió dentro de Germán. No sabía si era su corazón o su estómago. ¿Realmente iba a vivir dentro de los jardines del Campo del Moro? ¿Por eso no había especificado ninguna calle? Si esa iba a ser la localización, no le importaba en absoluto aguantar esa y mil rarezas más.

El saber la ubicación exacta y que el trayecto empezara a tener más lógica los animó a todos, y todos, incluyendo a la benjamina del grupo, echaron a andar bajo el arco.

En su móvil Nuria había buscado en Wikipedia lo de la Cuesta de los Ciegos, y mientras andaba comentó a Rosa, Manuel y Germán:

—Pendiente desde el Cerro de las Vistillas... donde había casuchas de músicos ciegos... escalinata de granito de doscientos cincuenta y cuatro escalones... Esperad, ¿aquí dice que hay túneles?

—Sí —confirmó Alexander, objeto ahora de mayor atención—, debajo de nosotros hay pasadizos medievales. Dicen que uno de ellos va del Palacio Real hasta allá arriba. De hecho, pensé que iríamos por uno de los túneles. ¡Qué lástima!

En cierto sentido, algo ciegos quedaron porque Nuria perdió la conexión a internet en aquel punto de la ladera y Emilio tampoco tuvo cobertura al intentar retomar su llamada.

—¡La torre volverá a estar habitada, cada planta representada! —exclamó Pip.

Descendieron desde aquel punto sin entrar, para alivio de la mayoría, en ningún túnel antiguo bajo el suelo.

La señorita Dalia y Pip subieron por los escalones de la ladera contraria y se detuvieron frente a uno de los pilares del viaducto, que ahora veían desde abajo.

Sonó eco cuando Pip dijo a voz en cuello:

—¡La comunidad de habitantes de la torre ha sido elegida y presentada!

Rosa estaba empezando a murmurar algo acerca de aquellas tonterías que iba soltando su guía, cuando el aire sopló fuerte desde el sur dando un tono épico a las palabras de Pip y un aspecto inquietante y majestuoso al grupo amparado bajo aquella imponente construcción de hormigón.

—Esto es como cuando Gandalf gritaba en *El Señor de los Anillos*... —intervino Manuel.

Astrid le interrumpió en seco y no le dejó acabar la frase.

—¡Callad! ¿No oís algo?

Germán prestó atención al murmullo del aire frente a los árboles y arbustos de aquella ladera ajardinada sin que pudiera distinguir nada. Cerró los ojos, incluso, queriendo captar lo onírico del momento. Pero cuando los abrió al siguiente instante, la escena se había vuelto extraña.

Pip señaló algo entre los setos. Su acompañante femenina cerró el paraguas rojo y, a modo de arma, lo esgrimió con rapidez hacia todos los frentes, como si defendiera al grupo de un ataque inminente.

Aquella reacción los tensó. ¿De qué se estaba defendiendo? La chica punki retrocedió de un salto y casi resbaló por la pendiente. Nuria, asustada, agarró instintivamente la mano de Manuel. Emilio parecía más enfadado que atemorizado por todo aquel número.

—¿Qué haces? —dijo a la mujer de rojo. Y luego al resto—: ¿Alguien está entendiendo algo?

Pip dio unos pasos hacia los setos. Lo hacía despacio, como si le estuvieran apuntando con un arma desde algún lado, que Germán, inquieto, intentaba descubrir. Pero Pip miraba lívido algo en los setos. Tragó saliva y se giró despacio hacia el resto.

—Quédense aquí. Ha habido un problema.

—¿Qué está pasando? —inquirió Manuel.

Rosa avanzó, valiente o curiosa, y apartando las hojas del seto reveló al resto lo que había:

—Son unas botas de piel. ¿Son de alguien?

Amanda, la estrafalaria fan de *Gran Hermano*, caminó a su lado para ver qué podían tener de peculiar para provocar aquel alboroto.

—Pip, ¿qué está ocurriendo? —exigió saber Emilio.

Volvió a soplar el viento. Astrid empezó a temblar. Alexander miraba en todas las direcciones asustado. Las reacciones de unos afectaban a las de los otros, provocando una escalada de tensión en la que su guía parecía ignorarlos. Pip sabía desde el principio los sacrificios que tendrían que afrontar, pero no contaba con que antes de llegar ya hubieran sufrido una baja tan importante para el plan.

La señorita Dalia le llamó sin perder su posición en guardia y Pip comprendió que no era momento para el duelo. La terrible pérdida no podía distraerle de que había que dar una respuesta. Se alejó del seto y con su brazo pidió a Rosa y a Amanda que retrocedieran también. Miró al frente, bajo el viaducto donde la señorita Dalia no había dejado de mirar en todo momento. Estaban pidiéndoles cuentas por aquella desgracia. Estaban todos en peligro. Más que nunca tenía que ejercer de diplomático. Sacó el colgante que llevaba al cuello. Todos vieron aquel prisma dorado enarbolado contra el viento.

—¡Por las Seis Esferas y el Pacto del Malabarista, dejadnos pasar! ¡No tenemos nada que ver con este horrible suceso!

Esas fueron sus palabras. Todo sonaba ridículo. Estaban ante un hombre vestido con un traje blanco y luciendo pajarita que gritaba frases rocambolescas a la nada mientras eran protegidos por una mujer que esgrimía un paraguas. Y, sin embargo, se había creado tal situación incómoda que nadie del grupo se reía.

Germán se volvió hacia Rafael. Si había alguien capaz de reaccionar con violencia ante la tensión era él. El hombre se había echado una mano al bolsillo interior de su chaqueta de cuero, donde parecía asomar algo. ¿Estaba armado? Aquello le dio aún más miedo. A lo mejor se habían dado cuenta los de la inmobiliaria y todo aquello era una emboscada para reducirle. Puede que en cualquier momento apareciera la policía y le detuvieran. O que aquel hombre empezara a dispararles a todos. Se apoyó en Emilio empujándolo, poniendo algo de distancia entre ellos y Rafael.

Pip continuaba mostrando solemne el amuleto que colgaba de su cuello. La mujer de rojo, blandiendo el paraguas, hombro con hombro con Pip, hizo un gesto a los demás para que siguieran esperando.

Aquella situación se prolongó lo suficiente como para que la tensión disminuyera. Emilio hizo una mueca de perplejidad y Manuel se atrevió, de la mano de Nuria, a avanzar por la carretera bajo el viaducto siguiendo la mirada de Pip y la señorita Dalia:

—No hay nadie... ¿A quién le están...?

Entonces la chica con pintas raras, a la que nadie había oído aún pronunciar ni una palabra, gritó:

—¿Qué es eso? ¡Viene hacia aquí, corred!... ¡¡Corred!!

Y toda aquella escena inquietante se convirtió en una despavorida huida. Germán no sabía por qué corrían, pero cuando Pip y la señorita Dalia rompieron la formación y empezaron a correr escaleras arriba detrás de la chica, el grupo se disgregó en todas direcciones. Germán sentía que iba a desmayarse mientras corría. Aquellas situaciones de peligro siempre le traían el peor de los recuerdos.

Oía la voz de Pip.

—¡Por aquí, por aquí, rectos hacia la catedral!

Emilio se dio cuenta de que seguía cargando con la maleta. Vio cómo Rosa cogía la mano a Germán. Nuria y Manuel no los seguían, sino que habían corrido por la calle en otra dirección.

Al terminar el loco ascenso estaban todos en la calle Bailén, al lado de la catedral y del Palacio Real. La vía pública se hallaba llena de gente. De vida. Al cambiar de escenario, aquel sobresalto por unas botas y el viento parecía absurdo. Como si supiera que iba a tener que dar una explicación, Pip los miró con expresión suplicante.

—Va... vamos allí, por favor, a la plaza de la Armería... —dijo al fin—. Bajo las estatuas. Nos reagruparemos allí.

Le siguió la chica de la cresta rosa, aunque de ser por ella, seguramente hubiera continuado corriendo, dejando atrás a Emilio, el escrupuloso abogado; a Astrid, la encantadora *happy flower*; a Germán, el intensito atractivo; a Rosa, la todoterreno protectora; a Amanda, la pizpireta chiflada, y a Alexander, el pedante del sombrerito, que iba el último, sofocado. Faltaban tres y algunos habían dejado parte de su equipaje al pie del viaducto. Algunos transeúntes los miraban, sobre todo a la mujer enfundada en cuero rojo. Pocos, sin embargo, eran capaces de sostenerle la mirada.

Al llegar a la enorme plaza entre la catedral y el Palacio Real, Pip se distanció unos metros del grupo, aún con el colgante en la mano, sin dejar de contemplar las alturas. Astrid se giró hacia el lado contrario a la carretera, allí donde se divisaban unos extensos jardines.

—¡El Campo del Moro! —exclamó Amanda, que reía ahora después del susto—. ¡Está justo detrás de nosotros, detrás del palacio! Ja, ja, ja. ¿Por dónde decís que tenemos que entrar?

Pero la fotógrafa se abrazaba a sí misma como si sintiera escalofríos.

—¿De verdad que no oíais aquello? Era un llanto desgarrador. Me parece que aún lo escucho entre los árboles de los jardines.

Emilio se rebeló.

—¿Qué juego es este, Pip? —espetó furioso mientras le agarraba del brazo.

La señorita Dalia apartó a Emilio fácilmente de un empujón y dijo a Pip:

—Cuéntales que esto era el entrenamiento.

Como si accionara un resorte, una enorme sonrisa se dibujó en el rostro del agente inmobiliario.

—«Se buscan inquilinos que disfruten la aventura de vivir en un lugar privilegiado...» ¿No era eso lo que decía el anuncio? ¡Bienvenidos a una nueva vida! Esta ha sido la última prueba para saber que son ustedes los indicados.

Amanda rio y empezó a aplaudir divertida; luego trató de abrazar a la chica de la cresta como si hubieran pasado una prueba, pero la joven desharrapada gritó furiosa:

—¡Una mierda! ¡Allí había algo!

Alexander se acercó a ella.

—Pero ¿qué fue lo que vio? ¿Cómo se llama?

—No lo sé explicar. Era enorme y venía... reptando por debajo del puente. Tenía largos... no sé... se desvanece de mi cabeza... —La chica se frotó la cresta rosa y pidió un cigarro a un turista sin muchos miramientos. Le dio dos caladas y algo más tranquila dijo—: Me llamo Bea.

Rosa había sacado una botella de agua y mojaba su mano para refrescar la frente de Germán, quien se había sentado en el suelo, exhausto, y que con aquel gesto maternal terminó de reaccionar, algo avergonzado de su ataque de pánico. Al levantarse, vio que pasaban por la calle Manuel y Nuria, y también Rafael, que era el otro que faltaba.

—¡Manuel! ¡Estamos aquí! —gritó.

Venían cargados con su equipaje y algunas cosas que el resto había dejado. También parecían estar más relajados, comentando la experiencia.

—... que soy la típica que en la peli de terror se muere la primera —se oyó decir a Nuria.

—Ni de coña, ¡pero si casi me hostias cuando te agarré para que te pararas! ¿Qué tal, gente? ¿Qué cojones ha pasado ahí abajo? —preguntó Manuel.

—¡Era la última prueba! —informó Amanda—. Mirad, desde aquí arriba ya se ve el Campo del Moro. ¿Dónde está la puerta?

Alexander seguía serio.

—Bea dice que vio algo...

Rafael se encendió también un cigarro.

—Ahí no había nada. Me he asegurado.

—Cuando nos dimos la vuelta, al ver que nos habíamos separado del grupo, nos encontramos con Rafael, que estaba allí recogiendo todo —corroboró Manuel.

Bea dio una calada al cigarro escrutando a aquel hombre maduro y curtido, buscando algún rastro de duda en su afirmación. Rafael hizo el mismo gesto con su cigarro y mantuvo firme la mirada en esa chica a la que sacaba una vida, confirmándole sin palabras que no había nada allí. Bea se frotó la cabeza y se la golpeó un par de veces. Al menos todo aquello había servido para que la chica extraña les dijera su nombre.

—Y eso de las Seis Esferas y el Pacto del Malabarista ¿qué es? —preguntó Astrid a Pip—. Aunque sea una prueba, esa frase tendrá algún sentido.

Pip se aclaró la garganta y empezó a hablar de nuevo con su voz cantarina, explicando que se trataba de palabras clave que usaban en la Plataforma Ciudadana para referirse a toda la operación, un juego malabar en el que las seis esferas eran las seis plantas de la torre que iban a ver en cuanto cesaran de hacer preguntas y se pusieran de nuevo en marcha. Aquello era coherente con el resto de las incoherencias que les había contado el día anterior, y en algo Amanda tenía razón: estaban ya muy cerca.

Salieron de la plaza y siguieron andando por la calle peatonal enfrente del majestuoso Palacio de Oriente, como también se conocía al Palacio Real de Madrid.

—¿Qué piensas, Germán? —le preguntó Emilio mientras caminaban, un poco retrasados del grupo—. ¿Crees que están chalados o esto era algún test para evaluar nuestra estabilidad mental? De ser así, la chica de la cresta no lo ha pasado. ¿Has visto su equipaje? Yo creo que vivía en la calle y ha venido colocada.

—Si probaban nuestra capacidad de aventura no hemos pasado la prueba ninguno salvo Rafael, pero es más fácil conservar la calma si se va armado. —Tenía que compartir sus sospechas con alguien—. Eso es peor, ¿no?

Pero Emilio parecía más preocupado por otra cosa.

—Oye, ¿he sido muy violento agarrándolo? ¿Crees que esa reacción penalizaría mucho... de ser una prueba?

Una voz dulce rompió su perplejidad.

—Hola. Soy Astrid. No nos hemos presentado. Con todo este lío...

Germán se presentó y le dio dos besos a la chica mientras Manuel, sin disimulo, ni tampoco envidia, le mostraba el pulgar sonriente. Acababan de dejar atrás los bellos jardines de Sabatini, la parte más turística y de diseño de toda aquella extensión verde, y estaban al final de la calle Bailén, donde se cruza con la Cuesta de San Vicente, al lado de varios túneles atestados de tráfico que no dejaban lugar a dudas de que ya no se hallaban ante ninguna atracción turística, sino en el corazón de la ciudad: al otro extremo estaba la plaza de España y la Gran Vía, y por el otro el Templo de Debod. Todo lo que esperaba Germán de aquella urbe vibrante.

Descendió emocionado por la cuesta. Eran las nueve de la mañana cuando llegaron a una verja de hierro. Al otro lado había una garita y unas casas antiguas de ladrillo, tal vez dependencias del Palacio Real, cuya parte trasera casi podían tocar desde allí.

—El Campo del Moro existe antes de su nombre y de su leyenda. Desde el mismo inicio de la ciudad —les explicó Pip—. Pero este maravilloso y extenso paraíso verde siempre ha permanecido discreto, tal vez porque la única manera de entrar para los ciudadanos es por su cara oeste, por una pequeña puerta con horario restringido. Pero ustedes podrán también entrar por aquí. Tendrán la llave de este candado. No son turistas. Aquí dentro está su casa.

La mujer de rojo empujó con sorprendente facilidad la pesada verja hasta que todos pasaron a la senda de su interior. Pip les recomendó que en otro momento leyeran con atención los carteles informativos con el plano y la historia del lugar y respondió negativamente a alguien que preguntó si en las casas antiguas vivía alguien o si en aquella garita iba a haber vigilancia. Pero Germán solo escuchó el comentario de Astrid en su oído, que ponía en palabras lo que el joven estaba sintiendo.

—Es como un cuento: vivir en los jardines de un palacio.

Amanda se giró y saludó a un punto indeterminado a las espaldas de todos. Iba a ser verdad que pensaba que estaba despidiéndose de una audiencia invisible. Pero ni su gesto, ni los comentarios entre dientes que hacía Alexander mientras apuntaba algo en su libreta, ni la mirada perdida de Bea, ni Rafael quitándose la chaqueta de cuero y doblándola con lo que fuera que tuviera dentro, contribuyeron a restar un solo ápice de alegría al momento. Al contrario; subrayaban una coreografía perfecta de personajes que entraban en escena. Y con todo, Germán no se permitió pensar más en montajes y actores de una estafa. Quería vivir ese instante de miedo y alegría que estremecía su cuerpo como hacía tiempo que no lo sentía.

—Señoras, señores... ¡la Torre de la Encrucijada! —clamó Pip.

La Torre de la Encrucijada. Ninguno de ellos había escuchado antes ese nombre. Pero no hubo preguntas, ni comentarios jocosos. No había recelos ni inquietud. Porque ante ellos se erguía una torre de piedra en una hondonada rodeada de enormes árboles. Era de planta cuadrada y ninguna de sus fachadas estaba ornamentada; solo había ventanas grandes y pequeñas que se alternaban en cada cara, y la hiedra que subía hasta tornar de verde el alto de la torre. Encima de aquel cuerpo de piedra de unos quince metros, había otro nivel, como un cubo en el que sobresalía un balcón a modo de mirador. Y arriba del todo, como la guinda del pastel, una cúpula de piedra de dimensiones reducidas. Pese a su sencillez, la torre lucía majestuosa por su rotundidad, o tal vez por estar aislada de cualquier conjunto arquitectónico.

—¿No os recuerda al faro ese? El de Galicia —dijo Manuel rompiendo el silencio.

—La Torre de Hércules —los ilustró Nuria—. Sí, es como si hubieran construido con materiales recientes una réplica de un torreón medieval, ¿no? En plan un millonario excéntrico de Las Vegas.

—Manuel tiene razón —dijo Astrid, que avanzó unos pasos y se situó bajo su sombra. Luego, sabedora de que su metáfora iba a ser más acertada que la de la enfermera, añadió—: Es un faro solitario en el siempre imaginado mar de Madrid.

Nuria no pudo evitar poner los ojos en blanco al oírla.

Amanda corrió hacia la entrada.

—¿Me dejáis que entre la primera? —Acarició la madera oscura de la gran puerta.

Pip habló de nuevo con tono ceremonioso.

—Primero entraré yo para asegurarnos de que todo está en orden para la visita. Daré la electricidad y dejaré abiertos todos los apartamentos —dijo mostrando un manojo de llaves.

Al dar la espalda a los futuros inquilinos y abrir la puerta, intercambió una mirada cómplice con la señorita Dalia, de esas que se lanzan queriendo tranquilizar a alguien y a la vez obtener valor. Después entró en la torre.

La señorita Dalia se mantuvo al lado de la puerta, como si fuera una vigía. Su silueta de cuero rojo al lado de aquella torre de piedra volvía a sumergirlos a todos en un cuento. En cuanto estuvieron solos, algunos de los futuros vecinos empezaron a rodear la torre para inspeccionarla. Astrid sacó una cámara profesional de la mochila y comenzó a hacer fotografías, mientras otros usaban los móviles con el mismo fin. Emilio extrajo el suyo para llamar a la persona con quien llevaba hablando desde que salieron. Germán se acercó al muro que daba a la Cuesta de San Vicente. Probablemente desde la acera solo se vería la cúpula de la torre. Y eso si alguno de los árboles que había entre esta y el muro no tapaba la visión. Por supuesto, desde la entrada pública cualquiera podría recorrer todo el Campo del Moro y llegar hasta la torre en aquella esquina, pero no dejaría de ser una torre antigua en un lugar histórico.

¿Cuántas veces él mismo habría pasado de largo sin fijarse en las iglesias, estatuas o edificios de Madrid? Entonces cayó en la cuenta de que el día anterior, mientras estaba tumbado en el Templo de Debod pensando en cuál sería su casa, acaso su mirada habría planeado por encima de aquella torre. Cuando volvió, sus futuros vecinos estaban esperando. Algunos se habían sentado en la hierba y otros seguían de pie, nerviosos. Pero nadie dejaba de mirar la torre.

—Me estaba diciendo Astrid que no es la primera vez que edificios así, históricos, se ponen en alquiler a precios muy bajos —comentó Manuel—. ¿En qué palacio pasaba eso?

—En el de Liria —aclaró ella sonriendo—. Las antiguas cocheras del Palacio de Liria son inmuebles con renta baja... o lo eran la última vez que estuve en Madrid. Eso sí, había que apuntarse en una lista de espera y podían tardar años en adjudicarte uno.

Emilio intervino señalando su teléfono.

—Sí, mi novia trabaja con inmobiliarias y justo me estaba diciendo que hay muchos pisos con lista de espera de futuros arrendatarios.

—Pero en este caso no hemos tenido que apuntarnos en ninguna lista —les recordó Nuria—, sino todo lo contrario. El anuncio y la entrevista fueron ayer y hoy ya nos teníamos que mudar. Aún no les he dicho a mis compañeros de piso que me mudo, porque no terminaba de creérmelo.

—Normal —dijo Rosa—. Yo es que vivo en un piso con mi hijo, su mujer y mis nietos y no me he tenido que pillar los dedos. Pero estoy deseando ver cómo son los pisos. Eso de que no los hayan visto acabados...

—La torre existe —repuso Astrid—. Hasta ahora todo lo que nos han dicho ha sido verdad. ¿Por qué no van a ser los apartamentos tal y como nos dijeron?

—Otra cosa —intervino Germán—. Si todo esto es como nos contaron... ¿por qué elegirnos a nosotros al azar? ¿Por qué no ocupar la torre con gente de la organización?

—Eso me lo explicaron a mí —aclaró Emilio—. El tema de la aleatoriedad es importante para probar que no ha habido ningún tráfico de influencias en la adjudicación, si como dicen el mismo ayuntamiento está detrás de esta maniobra. Casi es como convocar un concurso de empleo público en el que todo el mundo que se presenta tenga que pasar el mismo proceso de selección... Aunque sea una selección tan... Bueno... sí, hay muchas cosas que no cuadran.

Rafael pegó una patada al aire. Germán se sobresaltó de nuevo.

—¡Claro que no cuadran! Seríamos idiotas de pensar que no hay algo sucio en toda esta mierda... ¡Pero aquí estamos, ¿no?! Todos y cada uno de nosotros —dijo señalándolos—; porque nos creemos más listos que los demás o porque somos realmente idiotas. O porque a lo mejor cualquier trampa es preferible al lugar donde estábamos.

Cuando dijo esto varias miradas se dirigieron a Bea, quien realmente parecía haber estado viviendo hasta la fecha en la calle. Pero ella no se inmutó y siguió escuchando a Rafael, quien acabó su discurso como correspondía a un hombre de su catadura: escupiendo al centro del círculo que formaba el grupo.

—Todos hemos venido. Si ahora nos dicen que para quedarnos el apartamento les saquemos las llaves del culo, muchos de nosotros lo haremos. ¡Que nos engañen esos tarados, pero no os engañéis vosotros!

Hubo un incómodo silencio. Amanda se levantó y puso una mano en el hombro de Rafael mientras cerraba los ojos, como si quisiera transmitirle buenas vibraciones. Rafael ni se molestó en apartarla.

Alexander se quitó el sombrero de paja y se abanicó con él.

—El azar es mucho más que una simple coartada. La ley de causa y efecto es compleja y no se puede pensar que el número que sale cuando lanzamos un dado carece de significado. El azar puede ser su propia religión, y no creo que a esta gente le falte esa fe... Fíjense en los detalles del recorrido que hicimos por la ciudad... Y no hablo de lo que pasó debajo del puente... Hay varios...

Una voz le interrumpió desde la puerta. Era Pip, que, al lado de aquella torre y con su traje blanco y pajarita, parecía un niño vestido de comunión en el altar.

—¡Adelante! Todos los apartamentos están abiertos. Ya pueden entrar y examinar lo que deseen. Si tienen alguna pregunta estaré aquí abajo; no quiero subir con ustedes y condicionarlos de ninguna manera. Es importante que sientan en qué piso prefieren vivir, porque son ustedes los que decidirán dónde quiere vivir cada uno. Hay cinco plantas para elegir y dos apartamentos por planta. Además de ser todos vecinos, serán también por parejas hermanos de rellano.

—¡Yo en la quinta planta! —gritó Amanda—. ¿Quién quiere ser mi hermana de rellano?

Rosa se preocupó.

—¿Cómo? ¿Lo decidimos entre todos o cómo va? ¿Son muy diferentes los pisos, entonces?

El grupo entero se acercó a Pip para intentar entender mejor la situación.

—Ningún piso es exactamente igual, como ninguna persona es idéntica a otra.

—Por eso ¿qué ocurre si todos queremos vivir en el mismo piso? Tendremos que ponernos de acuerdo, ¿no? O atender a las necesidades de cada cual si son distintos —dijo Rosa con afán de cuidadora.

Pip se encogió de hombros.

—Es un vínculo único el que se establece entre una persona y su hogar. Cómo es uno determina dónde va a vivir. Y donde vive afecta a cómo uno acaba siendo. Normalmente las personas eligen vivienda según muchos criterios: oportunidades, presupuestos, opiniones de terceros... Pero seguro que todos saben que al final es una intuición inexplicable la que te dice cuándo se has encontrado tu casa. Y si no es así, es que aún se está de mudanza, por mucho tiempo que se lleve en un sitio. Cuando uno de ustedes sepa en qué piso va a vivir, que baje aquí; firmará su contrato y se le entregará la llave del piso que haya elegido. Por eso está aquí la señorita Dalia. Es la notaria que legalizará esa corazonada. Así hasta que estén todos los apartamentos repartidos.

Fue oír que el primero en apuntarse se quedaría el piso y Emilio, Amanda y Alexander corrieron como si hubieran escuchado el pistoletazo de salida de una carrera.

—Vamos, tío, esto es divertido... —dijo Manuel a Germán.

Al entrar en la torre contemplaron felices que la reforma era real. Por dentro parecía un inmueble moderno y nuevo. Había luz en la escalera y un ascensor. Y a cada lado del pequeño vestíbulo de la entrada, dos pisos: A y B.

Manuel subió por la escalera directamente, siguiendo a Amanda, que salía de uno. Nuria y Germán entraron en el A, en el que aún estaba Emilio. Era un piso absolutamente nuevo y maravilloso. Todavía se podía oler la pintura y el barniz. Lo habían amueblado al completo, con gusto y mobiliario moderno y cómodo. No se lo podían siquiera imaginar así. Mediría unos sesenta metros cuadrados, que era lo que constataba Emilio con un metro. La cocina estaba abierta al salón, que era muy amplio y con dos grandes ventanas. El dormitorio aparte, también exterior. No hubo sorpresas desagradables. No había un socavón en el suelo, paredes agrietadas o una distribución que solo hubiera podido ser diseñada por alguien que odiara la vida en la tierra.

Un piso así en esa localización debería costar al mes ocho o nueve veces más de lo que les estaban pidiendo.

Germán sintió que se emocionaba. Vio cómo Nuria tenía la misma mirada de ilusión mientras abría y cerraba grifos, encendía y apagaba luces como si estuviera descubriendo la civilización.

—No es muy luminoso, ¿no? —dijo entonces Emilio asomándose a las ventanas a ras del suelo—. Al dar los del A al norte, en invierno será algo oscuro. Dicen primera planta, pero realmente es un bajo.

A Germán le hicieron enfadar aquellas puntualizaciones de Emilio. Su similar edad y su profesión le habían hecho sentirle afín, pero esa necesidad de señalar cualquier fallo era muy irritante. No quería una voz en *off* que constantemente le sacara del sueño. Oyó que algunos subían la escalera. Alguien ya estaba usando el ascensor de hierro. Al dirigirse él también hacia la escalera, pudo ver cómo Rafael tiraba su maleta al suelo de uno de los pisos de la planta primera, o bajos, y salía para decirle a Pip:

—Me quedo con ese. No voy a jugar a las casitas.

La planta del segundo piso parecía más amplia ya que no tenía que ceder espacio a la gran puerta de entrada, ni había puertecilla en el ascensor para su parada.

—El ascensor no se detiene en todos los pisos —le reveló Manuel—. ¡Están los apartamentos de puta madre, eh!

Los pisos de la segunda planta eran idénticos a los del primero, aunque con más luz gracias a su altura. Y algo más. Algo que Emilio, Nuria, Rosa y Amanda estaban contemplando boquiabiertos. Se hallaban completamente equipados con todo tipo de electrodomésticos, objetos de decoración, cuadros...

—Joder, ¿cómo es posible que en este piso haya de todo? Microondas, televisión, ¡PlayStation!... y esos jarrones... ¿Han metido aquí el presupuesto de los demás? ¿En el resto de los pisos hay también todo esto?

Manuel gritó desde el tercero:

—No. Aquí no hay ningún aparato. Salvo telefonillo. Los demás no tienen, ¿no?

Se veía la codicia en el rostro del abogado, mientras que Nuria le confesó a Germán:

—Me vendría genial tener todas estas cosas. En mi piso casi todo lo compramos a pachas... Creo que voy a plantarme —añadió un poco para sí misma, como si estuviera en un concurso.

Mientras Nuria bajaba, Amanda llamó a Astrid desde el hueco de la escalera. Debía de estar ya en la quinta planta, por lo menos. Los pisos de la tercera planta eran estupendos también, aunque efectivamente sin todo aquel botín del segundo. Todos los pisos B daban al sur, a los jardines, y si te asomabas bien veías el Palacio Real. Por el A se veían los árboles y por encima de ellos, la ciudad y sus altos edificios. Al llegar al cuarto se dieron cuenta de que algunos móviles pitaban.

—Aquí hay conexión a internet. Coge datos de algún lado —dijo Astrid.

—¿En el resto de los pisos no hay? Debe de haber poca cobertura por los materiales de la torre. Que alguien baje y lo compruebe, yo solo he mirado que tuvieran entrada telefónica y de televisión —dijo el abogado a Alexander, quien parecía estar haciendo la visita en sentido inverso, de arriba abajo.

—No hable por todos, Emilio, si al final escogerá el suyo —replicó el colombiano con soniquete.

Emilio dudó y finalmente subió un piso más corriendo. No sabían si por no quedarse atrás en esa competición ya declarada o por alejarse de las ganas de quitarle el sombrero a Alexander de un guantazo. A Manuel la tensión le acabó sacando la risa.

—Parecemos los de la serie esa, los de la comunidad de vecinos locos, corriendo unos arriba y otros abajo. ¿Sabes cuál te digo? La española de...

—¡Astrid, sube, este te va a encantar! —Amanda volvía a gritar a la fotógrafa como si fuera su amiga de toda la vida.

Rosa acababa de subir a la quinta planta y estaba parada en el último escalón. No podía ser por el cansancio, pese a su edad aquella mujer era fuerte. Tanto que había tirado de Germán durante la loca carrera. Entonces rompió a llorar. No podía dar un paso de la emoción de ver los pisos.

—Ay, mis niños, si los míos vieran esto, ¡ay!

Con ella coincidieron Amanda, Emilio, Bea, Germán, Astrid y Manuel en la última planta de su recorrido. Pero el ascensor tampoco paraba allí.

—Va arriba —dijo Amanda—. Al mirador o lo que sea eso. ¡Pero mirad esta planta, por favor!

La hiedra de la fachada había entrado en el interior de la quinta planta y algunas de las paredes estaban totalmente cubiertas de vegetación.

—Es precioso —comentó Astrid.

—Sí —dijo Rosa—, pero tanta planta también traerá insectos, ¿no? Yo tengo maña con eso, pero...

—Y por no quitar la hiedra no han puesto enchufes: aquí no hay conexión telefónica, ¡ja!, ni de televisión —informó Emilio—. No me creo lo de las reformas inacabadas. Aquí han hecho cada planta diferente aposta.

—Me encantaría decir que puedo vivir desconectada, pero admito mis adicciones —confesó Astrid con una sonrisa.

—¡Pero si es la mejor manera de empezar una nueva vida! —exclamó Amanda.

Manuel dijo por lo bajo:

—Por Dios, que alguien le diga a esta mujer que sin una televisión en su casa para distraerla va a terminar de enloquecernos a todos.

Él, Astrid y Germán subieron a la última planta, la que desde fuera se encontraba en una estructura aparte. Efectivamente allí se encontraba el ascensor. Y una puerta cerrada en la que no había letrero con la letra del piso.

—¿Creéis que nos darán la llave? Sería genial poder compartir este mirador para todos los vecinos —dijo Astrid—. Chicos, estoy tan emocionada. ¡Esto es una maravilla!

Manuel les dio un abrazo a los dos. Germán estaba tan contento que no rechazó la muestra de afecto. Al bajar en el ascensor confirmaron que solo había dos botones, el uno y el seis.

—Los que se pidan los pisos de arriba pueden ir al sexto y luego bajar, ¿no? ¿Cuál os vais a pedir, chicos?

—A mí de verdad me da igual —respondió Astrid—. Es curioso el ser humano. Hace dos horas solo queríamos que todo esto no fuera un sueño y ahora ya estamos estableciendo comparaciones. Si puedo elegir, me encantaría el cuarto. Pero me da igual...

Germán esquivó el tema quedándose un poco más rezagado para cerrar la puerta del ascensor de la primera planta. Así disponía de unos momentos a solas para poder debatir consigo mismo. A él le gustaba el quinto, tal vez llevando al extremo su propio sueño de bohemia y postureo. Podría cambiar televisión por libros, y el no tener teléfono le daba cierta liberación. Lo único que le echaba para atrás era compartir rellano con Amanda. Pese a que no se la imaginaba proponiéndole salir de fiesta, había detectado cierta entonación especial cuando Pip habló de que serían «hermanos de rellano». Quizá ser compañeros de planta tuviera más implicaciones. Y no quería emparejarse en eso con alguien como Amanda. Aunque el que realmente le daba miedo era Manuel y su empeño en...

—¡Germán, he reservado la tercera planta para ti y para mí! —gritó Manuel eufórico desde el jardín, apelotonado junto al resto, alrededor de Pip y la señorita Dalia.

—Pero...

—Puedes elegir el A o el B. ¡Vamos a ser casi compañeros de piso, tío! ¡Los nuevos Chandler y Joey!

Germán sintió un golpe seco en el estómago, en la digestión de sus ilusiones. Desde ahí se gestó la ira que le subió hasta enrojecer su rostro. No sabía si contra aquel idiota que se le había adosado como una lapa o contra él mismo por contrariarse por una tontería como aquella.

—¿A mí me habéis cogido alguno? Si no, me quedo con el cuarto —dijo Astrid—. El A mismo, que seguro que otros preferirán el que da al palacio y a mí me encanta ver tejados.

—Cada uno firma el suyo —informó Pip, mientras Amanda

le pasaba el bolígrafo y la fotógrafa firmaba como si le diera igual el piso que precisamente más quería.

Qué bien se lo había montado Astrid. Y él allí parado sin reaccionar en el momento clave. Se acercó al cuadrante que sostenía Pip donde figuraba la distribución de los pisos.

Amanda había firmado en el quinto A, y en la casilla del B estaba el nombre de Bea. En el cuarto estaba Astrid. En el segundo Nuria, quien debía de haber firmado hacía un buen rato y ahora permanecía sentada en suelo mirando a Germán con cierta empatía al darse cuenta de su frustración. En el primero estaba Rafael.

—¿Cuál era el que estaba totalmente equipado? ¿El segundo? —preguntó Rosa, que también se sentía sobrepasada y no era capaz de tomar una decisión.

—Sí, pero ese me lo voy a coger yo, Rosa —intervino Emilio.

—Pues me cojo el primero —dijo Rosa después de un minuto.

—¿El primero? ¿El que pone primero? —especificó Emilio extrañado, no fuera que la señora se estuviera de nuevo refiriendo al suyo con ese lío de llamar primero al bajo.

Pero Rosa estaba segura. Germán vio cómo Rafael estaba detrás de ella asintiendo. Le pareció que antes de decidirse le había susurrado algo a la mujer. ¿Qué le podría haber dicho para escoger el que, a priori, era el peor? El peor. Debería darle vergüenza pensar así. ¡Eran todos perfectos, joder! «Sí. El tercero también», se dijo sacudiéndose el capricho de encima. Cogió el bolígrafo y firmó en el cuadrante del 3A; luego la señorita Dalia le dio a firmar el contrato de arrendamiento. Tenía que animarse. Le habría resultado más fácil si Manuel no hubiera parado de canturrear la sintonía de *Friends* mientras ponía su firma en el 3B.

—Yo quiero el cuarto, pero prefiero firmar de último —declaró Alexander.

Todo eso terminó de confundir a Emilio. ¿Por qué nadie quería el segundo? ¿Qué había en el cuarto?

—¿Y si lo cojo yo antes?

—Bueno, pues cójalo —dijo Alexander con una sonrisa.

Emilio, muy nervioso, eligió el segundo A. Alexander, el cuarto B.

Nuria advirtió cómo Pip suspiraba aliviado cuando tuvo el cuadrante completo y a cada uno leyendo y firmando su contrato. Por un momento la enfermera pensó que aquel hombrecillo cambiaría el gesto y les diría que habían caído en una trampa hipotecaria de yenes y que se pasarían toda la vida pagando sus deudas, vistiendo cuero de colores y portando paraguas. Pero no. Pip soltó una de sus frases frikis.

—¡La Torre de la Encrucijada ya está habitada!

Manuel adelantó en los aplausos a Amanda, y luego lo hicieron Astrid y Rosa, quien volvía a llorar. Al final se unieron casi todos para celebrar de aquella manera la firma del piso de sus vidas. Solo Rafael y Bea prefirieron ocupar sus manos en fumar.

Pip fue dándoles a cada uno tres llaves: la de la verja de hierro para acceder al recinto de los jardines, la de la puerta principal de la torre y la de cada apartamento.

—Rosa Llenas, el 1A, y Rafael Marquina, el 1B. Estupendo. Y aquí tenemos el de Emilio Ruiz, 2A, y Nuria Barberá, 2B, ¿verdad? En el tercero vivirán los chicos, Germán Soler y Manuel Herrera, A y B; tomen las llaves. Y encima, en el 4A, Astrid Pérez, y en el 4B, Alexander Álvarez . En la quinta planta tenemos a Amanda Omaña en el 5A y a Beatriz Madroñal en el 5B. No hay llave del buzón porque el correo tendrá que llegar por debajo de la puerta, a la antigua usanza.

Los que habían elegido primero, salvo Astrid y Germán, habían preferido la orientación B, la que daba por completo a los jardines y al Palacio Real. Para Germán, el contemplar la ciudad era la manera de recordarse que había cumplido su sueño de vivir en el centro. Ya reconciliado con su felicidad, le gustó coincidir en eso con su guapísima vecina.

—¿Y la llave de la puerta de la sexta planta? —preguntó Astrid—. ¿Podemos entrar en el mirador?

—Oh, no. No es un mirador —dijo Pip.

—Es otra vivienda. Pero no para vosotros —aclaró la señorita Dalia en tono de sentencia.

—¿Es la del portero? —quiso saber Rosa—. ¿Cuándo vamos a conocerle?

—Me temo que ha ocurrido un pequeño percance —respondió Pip sin perder la sonrisa—. El portero que se iba a hacer cargo del cuidado del edificio está de baja. Por eso no salió a recibirnos. Van a tener que coordinarse y estar algo pendientes ustedes de los pequeños detalles. Como de cerrar la verja del recinto cada vez que entren por ella, o de limpiar la escalera... Bueno... ya iremos ideando algo. De momento querrán hacer la mudanza y adaptarse a su nuevo hogar. Yo volveré para recaudar el alquiler dentro de un mes. Disfruten de su nueva vida. Les reitero nuestro agradecimiento por contribuir a que esta torre resista. No saben lo importante que sigue siendo luchar por causas que parecen perdidas.

La señorita Dalia, con los contratos en la mano, apretó el hombro de Pip antes de que el agente se emocionara delante de todos.

—¡Hasta pronto, inquilinos! —dijo Pip trazando un arco con su mano, despidiéndose por los dos.

Mientras dejaban a sus espaldas la torre y al grupo, en aquella mañana de finales del verano, la mujer de rojo contempló incómoda cómo Pip lloraba. Ya le había dicho, cuando se quedaron solos abajo, que todo estaba bien en la sexta planta, así que sus lágrimas debían de ser por aquellos diez, que ya no volverían a ser ellos mismos nunca más. Pero ¿quién podía asegurarles que sus vidas fueran a ser mejores de no haberlos conocido nunca? Esa alternativa se había barajado durante la elección de los candidatos. Aun así, la señorita Dalia, orgullosa de que el plan de salvación estuviera en marcha, se permitió el gesto de enjugarle las lágrimas con un pañuelo rojo y toda la ternura de la que era capaz de sentir.

Algunos vecinos releían sus contratos, mientras otros estaban entrando en sus apartamentos definitivos. En el acceso a la torre, otros anunciaban que irían cuanto antes a por el resto de sus cosas.

—Entonces ¿la puerta de la sexta planta iba a ser para el portero o es para otra persona? No me he enterado —dijo Emilio subiendo y bajando la escalera.

—Es mucha casualidad que esté de baja —comentó Nuria—, y no creo que se haya arrepentido de formar parte de este chanchullo si dicen que era alguien de confianza. Ha debido de pasarle algo. Tal vez esté arrestado.

Alexander reflexionó en voz alta desde el umbral de su piso.

—Creo que ese percance al que se refirió Pip fue lo que pasó en el viaducto. Así que no deja de darme vueltas en la cabeza por qué habrá dejado el portero allí sus botas. ¿Y adónde habrá ido descalzo?

Pero antes de que los demás pudieran siquiera dar sentido a aquella deducción, cerró la puerta.

3

La presión de la ducha era maravillosa. Un detalle doméstico que para Germán era realmente importante. Ponerse bajo un chorro potente, caliente incluso en verano, que golpeara su cuerpo inerte hasta que, pasados los minutos, muchos, pudiera empezar a domar el caudal, a girarse en la ducha, a moverse despacio y a elegir qué partes de él someter al choque del agua. Ese ejercicio de control corporal, que había ido evolucionando como una auténtica coreografía, le había ayudado a liberarse de la ansiedad insoportable que sufrió durante meses. Para él, permanecer bajo la ducha estaba asociado a la sensación de hogar. Además, eso compensó el no haber pasado buena noche.

Era lógico que, tras toda la tensión acumulada, tras haber vuelto a vivir una situación de peligro, no hubiera descansado a gusto. La inquietud en el duermevela derivó en una fuerte sacudida, esa que sucede en ocasiones cuando uno está a punto de quedarse dormido. Pero nunca antes se había caído de la cama. Tal vez no se había dado cuenta y estaba soñando con aquella carrera loca, pero lo cierto es que se levantó dolorido y frustrado de estar pasándolo mal en lo que debiera ser su noche inaugural. Se le ocurrió pasear por su apartamento nuevo, contemplando orgulloso todo otra vez hasta que pudo serenarse y logró conciliar el sueño.

Y ahora la ducha daba el descanso a sus músculos que no le había dado la cama. Hubiera estado más tiempo bajo el chorro de agua, pero oyó el timbre de la puerta. Ya había identificado el sonido porque, durante la mudanza del día anterior, los vecinos ya habían llamado un par de veces. Pero ahora eran las ocho de la mañana. Escrutó por la mirilla y vio a Manuel en calzoncillos frente a su puerta. Se cubrió con la toalla y abrió la puerta a aquel chaval.

—Anda, uno ya duchado y listo para el curro, ¿eh? Yo lo haré luego, que hoy estudio en casa.

—Hola, Manuel. Sí, voy para el trabajo. ¿Querías algo?

—Pues nada, de madrugada escuché un golpetazo. ¿Pasó algo?

—Me caí de la cama. Ya ves... perdona que te despertara.

—No, si yo también estaba despierto. Si no de qué iba a enterarme de nada. Me desvelé por completo.

—Es lógico, después del día que tuvimos. Pero seguro que hoy se nos da mejor.

Hizo ademán de cerrar la puerta. Pero Manuel seguía allí. Ahora se tocaba el abdomen y miraba por encima de Germán, contemplándose en el espejo del salón de su vecino.

—Tengo que perder aún un poco de peso, pero este verano me ha cundido, ¿no crees? Tú estás muy flaco... Podríamos ponernos ejercicios en plan reto. ¿Qué te parece?

Lo que se temía. No había tardado ni un día en programarle actividades. No estaba dispuesto.

—Perdona, Manuel, pero no quiero llegar tarde el primer día y si me he independizado es para ir a mi aire. ¿Entiendes?

No era la primera vez que se mostraba cortante con él. Pero todo rebotaba contra Manuel.

—Estoy esperando a mi padre, que viene con una furgoneta. Luego te lo presento. Hala, te dejo que te vistas, que pareces muy pudoroso.

Germán cerró la puerta en su cara sin despedirse. El día anterior creyó haber sido suficientemente borde para dejarle las cosas claras. Tras recoger su llave y subir al apartamento se había quedado tirado en el sillón del salón acabando de leer su novela, que ahora tenía que competir por la atención de Germán con las preciosas vistas desde su ventana. Al rato llamó Manuel con la propuesta de que pidieran comida a domicilio.

Parecía más interesado en compartir la responsabilidad de que entrara algún repartidor en la torre que en la pizza en sí.

—Les voy a decir que me la lleven al portal justo de enfrente de la Cuesta de San Vicente, ¿no? Que tampoco me cuesta nada y me ahorro el jaleo. ¿Te apuntas?

Germán declinó la oferta, aunque tenía hambre. Oyó en el piso de abajo una voz que no reconoció.

—Es la novia de Emilio. Se llama Manoli. Sí, Manoli, te lo juro. —Se rio unos segundos antes de arrepentirse de parecer chismoso—. Llevan hablando de dinero toda la mañana. Nuria me ha dicho que han entrado también en su piso para comparar si había cosas extra de más valor. Debe de ser que no es así, porque no se ha empeñado en cambiárselo, ja, ja, ja.

Cuando Manuel se fue, comprobó que los vecinos ya no estaban subiendo y bajando la escalera con sus mudanzas, así que pensó que era buen momento de llamar a su madre y pedirle que le trajera la ropa, el ordenador y alguna otra cosa.

Quería estar relajado para empezar esa nueva etapa con ella de la mejor forma posible. Mezclar a su madre con aquel grupo tan esperpéntico podría terminar de agotarle mentalmente, así que había esperado a que la gente se fuera desperdigando para telefonearla.

A Carmen le encantó la casa, como era lógico. Lo raro fue que lo reconociera abiertamente.

—Creí que estabas de broma cuando me abriste la verja y me enseñaste esta torre. Y por dentro el piso es precioso —dijo asomándose por la ventana—. Y qué céntrico, ¿no? Es como tú querías... Podríamos ir a cenar a aquel restaurante de Ópera, al que íbamos siempre en Navidades, ¡lo tienes al lado!

Le estaba ayudando a colgar todo en el armario empotrado del dormitorio, cuando llamaron por primera vez a su puerta. Era Rosa, su vecina ecuatoriana, que ahora ocupaba la planta baja.

—Disculpa, Germán. No se sabe nada del portero al final, ¿no? Le he preguntado a Alexander, que no sé por qué me pareció entender que él sabría algo del portero... Es que quería dejar sintonizada la televisión y todo eso, pero yo sola no me las arreglo. ¿Podrías ayudarme? Hola, buenos días —dijo al ver a Carmen.

Ambas mujeres podrían ser de la misma edad, aunque el joven sospechaba que eran de universos opuestos. Germán la acompañó abajo y le ayudó a conectar la televisión y todos los canales. Rosa ya había hecho un par de viajes y el apartamento lucía bonito con sus enseres personales. No parecía que se acabara de mudar hacía unas horas.

—Todavía me faltan cosas. El resto me lo traerá mañana un compañero de mi hija. A mí la tele me hace mucha compañía. No sé cómo va a hacer Amanda. ¿Y la otra chica? Yo creo que esa chica no está ni bien alimentada, date cuenta de lo que te digo. Gracias por la ayuda. Se lo hubiera pedido a Rafael, pero me dijo que se iba a dormir.

Rosa, agradecida, sintió que debía enseñarle algo a cambio a su vecino. Le llevó al dormitorio, donde había esquinado la cama, pegándola a la ventana, para dejar destapada una trampilla en medio del suelo.

—El resto de las plantas no tiene, pero mira... esta tiene sótano.

En efecto, la trampilla se abría y dejaba ver una pequeña escalera de mano, con apenas cinco peldaños, y una sala de unos diez metros cuadrados perfectamente habitables. Estaba vacía, pero Rosa ya había colocado allí algunas cosas.

—Yo no quiero llevarlo en secreto, ¿eh?, pero como me lo dijo en confianza Rafael, no quise perjudicarlo. Con poner algo de luz, se puede hacer ahí otra habitación, ¿no crees?

Germán entendió ahora que Rafael le había dado el chivatazo cuando Rosa estaba pensando en qué apartamento escoger. No parecía que el cincuentón supiera nada de los pisos, así que probablemente fue la suerte. Pero le alegró que lo hubiera compartido con Rosa, que se había mostrado tan atenta con todos.

Cuando subió de nuevo para su casa, pudo oír a su madre hablando con Manuel. Inquieto por lo que aquel muchacho sin filtro pudiera soltar, subió el tramo de escalera a toda prisa. Pero la conversación en el rellano parecía haber sido bastante trivial. No lo sería si se encontraba a la loca de Amanda, o si Alexander decidía volver a gritar por la escalera sus teorías paranoicas. Definitivamente era buena idea lo de ir a cenar fuera.

Antes de irse, Carmen echó un último vistazo al piso, recorriendo el salón grande con la cocina, el dormitorio y el baño. Respiraba con fuerza e incluso cerraba los ojos para expresar su emoción. Y así siguió durante el paseo hasta aquel pequeño restaurante al que iban cuando Germán y su hermano eran pequeños y bajaban al centro desde la sierra para ver Cortylandia y las luces. La tradición era pararse siempre en un callejón sucio y maloliente donde solía haber un montón de gatos sin que nadie supiera por qué.

—¡El Patio de los Gatos Locos! —dijo su madre cuando lo cruzaron—. Ahí los tienes.

Un buen número de gatos se lanzaban al aire, maullaban a la nada y hacían cabriolas en el espacio que había entre dos bloques de pisos y en donde se acumulaba basura frente a una caseta abandonada. «Como la de *Barrio Sésamo*», decía su hermano Javier entonces.

Sonrió con tristeza. Su madre y su padre no discutirían esta vez por dar una explicación racional al asunto, pero hasta eso lo echó de menos.

En el restaurante, ella seguía entusiasmada de ver a su hijo empezando algo y se atrevió a preguntarle por absolutamente todo el mundo que alguna vez había sido su amigo. Le insistía para que volviera a quedar con ellos. Que su madre fuera capaz de hablar del pasado con tanta alegría le hizo sentirse de repente muy cansado. Coincidiendo con la llegada de los postres, la mujer se atrevió a cruzar el límite del bochorno y animó a Germán a llamar a alguna de sus antiguos ligues a ver si les apetecía «rollito». Así lo dijo. Como Germán no levantaba la mirada del plato, Carmen cambió de estrategia.

—O conocer nueva gente. Mira, Manuel me ha contado que en cuanto haga una compra grande de bebidas va a organizar una fiesta en el piso. ¡Y que invitará a chicas de colegio mayor, que son las más sueltas! Más cerca la fiesta no la vas a tener.

No, desde luego. Cinco metros de puerta a puerta que el largo de Manuel recorría en dos zancadas.

—Puedes ir tú, mamá, si tantas ganas de pareja tienes. A papá le ha venido bien tener una nueva relación, ¿no?

No había vuelto a hablar con su padre, ni quería, pero sabía que mencionar al hombre que los había abandonado sería muy eficaz para que dejara de organizarle la vida. Tras un silencio prolongado, su madre pidió la cuenta y pese a la bella noche de verano, ambos dejaron de conversar.

De la verja salió Rafael trajeado. Con ese aspecto tan diferente tuvo que reconocerlo solo por los modales, ya que ni se paró a saludar.

Carmen le pidió a Germán que la acompañara a la puerta oeste, dando un paseo por los jardines. Llegaron a la fuente que llamaban de los Tritones. Una pareja se hacía una foto allí intentando captar la famosa perspectiva sur del Palacio de Oriente. Por la noche resplandecía con una luz blanca plateada.

—Fíjate, pasean sin saber que en aquella esquina está tu casa. Menudo sitio has encontrado, Germán. Me das mucha envidia.

Caminaba despacio por aquella pradera intentando ganar tiempo para encontrar la manera de que no se quedaran con el mal sabor de boca. Él lo sabía y no quería dejarla sola en el empeño.

—Me alegro de que te guste, mamá. Ya sabes que puedes venir cuando quieras. O si no triunfas en la fiesta de Manuel, puedes venir a dormir a casa.

—¡Idiota! —dijo escapándosele una risa—. ¿Sabes en qué he pensado cuando te he visto en la entrada de la torre? Lo mucho que a ti te gustaban las historias de fantasía cuando eras pequeño.

—Era a Javier a quien le encantaban esas cosas, mamá.

Hubo un silencio y un leve temblor en la mirada de los dos, pero esta vez aquella postal de cuento fue testigo de que ambos estaban aprendiendo a no responsabilizarse del dolor del otro. El abrazo de despedida fue largo y cariñoso.

Le costó no llorar de vuelta a la torre.

Al día siguiente, tras ducharse y volver a ver Manuel, Germán salió de la torre dispuesto a conocer su puesto de trabajo. La oficina estaba junto a la Puerta de Toledo. Un paseo de veinticinco minutos exactos desde el borde de su cama hasta un pequeño escritorio anexo al despacho del director para hacer el acordado trabajo de oficina.

—Ah, pero si te interesa un día puedes acompañar a los guías en sus paseos y conocer el trabajo a pie de calle. Aunque por lo general te necesito aquí cerca, Germán —dijo Jesús, su jefe.

Ni ese primer día ni los del resto de la semana entendió realmente en qué podía hacer falta porque apenas se le dio trabajo. Los guías que pasaban por la oficina antes de hacer los tours cogían ellos mismos el teléfono y se imprimían el listado de sus grupos, así que básicamente a Germán le iban a pagar por atender un par de llamadas y ayudar a Jesús con algún problema con el ordenador. Resultaba incómodo permanecer tan ocioso, pero su jefe le daba conversación y le animaba a que se estudiara la ciudad, así que aprovechó para leer las guías e informarse de todo lo que podía atraer a un turista de Madrid.

Maravillado, el joven volvía a constatar que en ese todo estaba ahora su propio hogar.

De esta forma supo que el Campo del Moro siempre fue esa hondonada de gran desnivel al lado del río Manzanares, sobre la que se erguía estratégica la primera fortificación musulmana que se fundó en Madrid; la misma en la que acampó otro caudillo musulmán en el siglo XII para reconquistar la ciudad en manos de los cristianos y que había dado el nombre del Campo del Moro a esos jardines en pendiente que ningún monarca logró nivelar hasta entrado el siglo XIX. Unos siglos en que el Campo del Moro había sido un foso defensivo natural y siglos en que habían querido allanarlo y convertirlo en ornamento ostentoso de los que reinaban. Esa disyuntiva se había mantenido a lo largo de la historia, y ahora Germán la encontraba una bonita metáfora de su propia vida: un bastión de defensa y un agujero que tapar.

Otro hecho que le fascinó fue que para esa nivelación del

terreno se habían empleado los escombros de las iglesias y las viviendas demolidas durante la reforma de la Puerta del Sol.

«No creo que haya un subsuelo más lleno de historia en toda la ciudad», pensó.

Y a ras del suelo también era mucho más que unos jardines para pasear. Además de las dos enormes fuentes neoclásicas, cuyos nombres eran de las Conchas y de los Tritones, había casitas de madera del siglo pasado, el Museo de Carruajes, e incluso la entrada de una gruta de un antiguo plan de un diseño de un pasadizo que conectara el Palacio Real con la Casa de Campo, al otro lado del río.

En el pasado, además de los monarcas que habitaron el palacio, en el Campo del Moro vivían trabajadores al servicio de la Corona o de mantenimiento de tan importante atracción turística, pero en la actualidad, aparte de los nuevos vecinos de la torre, solo lo habitaban aves diversas: tórtolas y palomas, faisanes y pavos reales.

También confirmó lo que su intuición le había apuntado: había más de setenta especies de árboles, pero si destacaban por algo los de aquellos jardines era por tener muchos ejemplares de gran altura y antigüedad.

En los días sucesivos su carga laboral siguió siendo la de un socio vip de un club de turismo, lo que comportó que continuara sin dormir del tirón. Más bien lo hacía con tirones. Sufría calambres en piernas y brazos y acababa amaneciendo en posturas imposibles que probablemente empeoraban el problema. «Síndrome de piernas inquietas» llegó a consultar en el buscador aprovechando que tenía conexión a internet en el trabajo. De haber tenido conexión en la torre, quizá hubiera tecleado en algunos de los momentos en que se despertaba cosas más absurdas y alarmistas como «envenenamiento por amianto» o «corrientes electromagnéticas». Empezaba a frustrarle que, viviendo en el mejor sitio del mundo, algo tan vital como el dormir no estuviera a la altura.

—Te digo que es ansiedad —le comentó un día Manuel, cuando Germán intentaba disculparse por hacer tanto ruido en la cama estando Manuel con problemas de sueño—. En la facultad mucha gente la tenía y a mí hasta ahora no me había dado.

—Pero ¿a ti te dan como espasmos también?

—¡Qué va! Yo noto lo típico: taquicardia, problemas con la digestión... No me ayuda lo de cenar porquerías, lo reconozco. Pero me tiro horas desvelado. A veces juego a adivinar por los ruidos que haces si te has caído o no de la cama.

No podía ser nada de aquella casa o los demás vecinos estarían igual. Y Manuel le había dicho que nadie salvo él practicaba el *running* en horizontal. Él prefería no preguntarle a nadie. Seguía en sus trece de mantener esa privacidad e independencia con la que había buscado piso. Pero no era fácil en una comunidad que se había constituido de golpe en tan peculiares circunstancias.

Logró esquivar el conocer al padre de Manuel y a otros amigos del extremeño que acudían a su casa. También había rechazado cordialmente la invitación directa y simpática para cenar que Nuria le hizo uno de aquellos días. Huía de los corros de conversaciones que se formaban en la escalera, pero trataba de ser amable y cortés si se cruzaba con algún vecino, casi siempre de su planta o plantas inferiores. Y no le quedó más remedio que entrar en un maldito grupo de WhatsApp que Emilio impuso casi como norma para poder dar respuesta entre todos a los cientos de preguntas inevitables que suscitaba vivir en un lugar así: por ejemplo, acordar que una vez a la semana cada uno se ocuparía de meter un contenedor de basura de la Cuesta de San Vicente por la mañana y empujarlo de vuelta por la noche una vez llenado.

Aun esforzándose en marcar las fronteras de su sociabilidad, Germán estaba lejos de ser el insociable de la escalera. No había vuelto a ver a Alexander ni a Bea, y esta última ni siquiera estaba en el grupo de WhatsApp.

Amanda tampoco se había prodigado mucho, pero luego entendieron por qué. Dedicada al bricolaje había fabricado un buzón de madera para plantarlo al lado de la verja para que el cartero pudiera localizarlos. Lo había pintado de un violeta intenso y puesto una dirección y número, tras fijarse en que en la acera de enfrente estaban los números pares y en todo el muro que flanqueaba los jardines no había una sola vivienda.

—El veintisiete, un número precioso. Ahora ya podemos recibir noticias de nuestros seres queridos. Volvamos a comunicarnos por correo como antes de internet, eso es muy humano.

Germán se preguntaba hasta cuándo aquella mujer seguiría creyendo que estaban en un aislamiento televisado. Recordó la historia del soldado japonés que había permanecido escondido en una isla durante casi treinta años convencido de que su país seguía en guerra.

Pasada la primera semana, Germán empezó a acostumbrarse a dormir en dos o tres intervalos. Con acostarse un poco antes cubría las mismas horas de descanso. Por suerte, durante el día no acusaba la falta de sueño ni sufría aquellos espasmos.

Se animó por ser capaz de amoldarse a la única pega que podía encontrarle a su día a día. Y cada mañana recibía con entusiasmo el ruido del tráfico que subía por la congestionada arteria de la plaza de España, convirtiéndose en una sinfonía de motores, amortiguada por los árboles que, además de ocultar la torre, silenciaban con su murmullo el ruido de la urbe.

Tras esas noches agitadas, el hecho de abrir la ventana para asomarse al corazón de la ciudad le producía una sensación maravillosa. Su trabajo de oficina no requería ningún esfuerzo y por las tardes disfrutaba leyendo en los parques y las terrazas del centro.

No fue un calambre lo que le despertó en la madrugada del jueves al viernes, sino el telefonillo de su apartamento. Esa noche se había celebrado la fiesta de inauguración del piso de Manuel, así que se había mentalizado de que hasta que no acabara el jolgorio en la casa y se fueran a algún bar, como Manuel le había prometido, iba a estar escuchando el eco lejano de la música y el alboroto. Manuel no había empezado aún las clases, así que seguía en su particular verano de seis meses. Nuria hacía turnos de diferentes horarios en la residencia de ancianos donde trabajaba. Por eso para ambos el celebrar una fiesta entre semana era algo perfectamente admisible y no parecía que al resto de los vecinos les molestara. Emilio, que cada mañana iba a su pequeño despacho de abogados, y Germán debían de ser los únicos que tenían unos horarios convencionales. El caso es que al final la fiesta no le había molestado tanto y hasta que sonó el telefonillo pudo dormir. Era una hora indeterminada de la madrugada y ya no se oía nada de la fiesta. Solo el sonido de ese telefonillo.

Atontado por el despertar abrupto, descolgó el auricular y escuchó una voz que decía:

—Se ha ido por el muro. Ha saltado.

Creyó reconocer la voz de Manuel. Iba a responder con algún balbuceo cuando de pronto cayó en la cuenta de que no había visto desde que llegó un panel de timbres al lado de la puerta de entrada al edificio. ¿Desde dónde le estaban llamando? Sintió un escalofrío.

Colgó y se alejó del telefonillo dos pasos. Volvió a sonar. Y le pareció que lo hacía también en el piso de Manuel porque creyó escuchar como su vecino respondía y abría la puerta. No era su imaginación. Escrutó por la mirilla antes de abrir él también la puerta y los vecinos de la tercera planta se contemplaron un instante desde el rellano.

—¿Quién está llamando? —Fue lo primero que se le ocurrió decir.

—¿Germán? ¿Qué...? —Manuel estaba más aturdido que él. Enseguida advirtió que iba borracho—. ¿No has llamado tú? Pensé que...

—No, yo estaba aquí arriba y también han llamado a mi apartamento. Pensé que eras tú o algún otro amigo de la fiesta.

—No, no, nos fuimos a un garito y acabo de volver. Son las cinco de la mañana... Oye, creía que el telefonillo no funcionaba.

Manuel empezó a bajar por la escalera.

—¿Qué haces? ¿Vas a bajar? —le preguntó Germán en voz baja, pues no quería despertar al resto de los vecinos.

—Quiero saber cómo han hecho para llamar —respondió Manuel con resolución.

Al girarse para seguir bajando la escalera se tropezó por culpa de su notable embriaguez. Germán salió a ayudarle a incorporarse.

—Manuel, si no esperamos a nadie, no deberíamos abrir.

—Vamos, Germán, vamos a ver. Quien llamó parecía muy apurado. Oye, ¿seguro que no eras tú? No me estaréis gastando una broma, ¿no?

Manuel seguía descendiendo deprisa, casi volcando su peso sobre los escalones. Germán, ya casi en la segunda planta, echó un vistazo hacia arriba a las puertas de sus apartamentos aún abiertas y con luz, contrastando con la oscuridad de lo que tenían delante. Germán encendió la luz del portal, pero no pareció menos peligroso. El estruendo que provocaba aquel joven grandote no había despertado a ningún otro vecino, pese a empezar a desear que alguien más saliera. Manuel comenzó a trotar y Germán solo podía ir detrás.

Al llegar a la planta baja, Germán volvió a sentir un escalofrío de miedo en el momento en que Manuel abrió la puerta de entrada de la torre. No había nadie al otro lado. Manuel acarició los muros exteriores junto al portal.

—No hay telefonillo en ningún lado, ¿verdad? —dijo mientras se apoyaba en la pared para no caerse.

Germán solo había dado un paso en su dirección cuando detrás de Manuel apareció un hombre. Estaba a un metro escaso de la entrada. Iba con la capucha de la sudadera puesta. Y lo que asustó del todo a Germán fue que, al verlos, se quedó quieto. Quieto y mirando al suelo. Y se le escapaba una risa nerviosa.

—¡Qué hace! ¡Fuera de aquí! —gritó Germán al encapuchado.

Su grito debió de escucharse en todo el portal, pero solo asustó a Manuel, que se giró y pudo ver al hombre mirando al suelo y riéndose justo antes de salir corriendo por los jardines.

—¡Joder, qué susto me ha dado! ¿Qué hacía ese hombre ahí? —dijo Germán agarrándose a Manuel, los dos en el umbral de la puerta.

Manuel se lo quedó mirando pasmado y luego señaló el hueco donde debían estar los timbres del telefonillo.

—Eso... eso es lo que me has dicho antes por el telefonillo.

—¿Qué?

—Me ha parecido que... joder... no puede ser —dijo Manuel con miedo.

Ambos oyeron de nuevo pasos y la risa de aquel hombre. Manuel lo tuvo claro.

—Vamos a por él, joder, que somos dos.

Corrió alrededor de la torre. Germán no podía ni moverse. Se giró y no oyó ninguna señal de sus vecinos. Rafael y Rosa, que vivían en los bajos, tendrían que haberse despertado. La luz automática del portal se apagó y Germán decidió salir. La presencia de un intruso en el jardín daba menos miedo que su imaginación a solas.

Manuel gritaba cada vez más embravecido persiguiendo al encapuchado, cuyos pasos entre las hojas cesaron de golpe. Manuel se dio la vuelta y caminó hacia Germán, aunque antes necesitó vomitar sobre un matorral. Germán le ayudó a inclinarse. Lo real y cotidiano del olor a vómito y el comentario de Manuel de que no debería haber bebido tantos gin-tonics le hicieron olvidarse del miedo hasta que Manuel le explicó:

—Se ha ido por el muro. Ha saltado.

Era la misma frase que había oído en su casa por el telefonillo. Dicha en el mismo tono. Manuel ya se había incorporado y se limpiaba la boca con su camiseta. Germán estaba paralizado por el estupor.

—Manuel... ¿qué oíste tú por el telefonillo?

—Ya te lo he dicho... alguien que parecía tú y que decía que le había dado un susto un hombre. Vámonos a casa. Ese ya no vuelve.

Germán sintió que se mareaba. ¿Cómo era posible que cada uno hubiera oído en el telefonillo la voz del otro diciendo algo que no habían dicho pero que luego dirían?

Manuel ya estaba entrando tambaleante en el portal y le siguió sin decir nada. Germán no creía que el chaval borracho pudiera entender nada en esos momentos, pero sobre todo no quería entenderlo él. Darle más vueltas sería perpetuar esa sensación de irrealidad tan aterradora. Subió con su compañero de rellano hasta la tercera planta. Las puertas de los dos apartamentos seguían abiertas. Manuel se despidió sonriente con los ojos ya medio cerrados de sueño.

Germán se obligó a no pensar en lo que había ocurrido. Cuando cerró la puerta se esforzó en no imaginar que en su ausencia alguien hubiera entrado en el apartamento y le esperara escondido en algún rincón. Apagó las luces. Cerró primero la puerta del dormitorio y luego cerró la de su mente, que daba a aquel recuerdo de un loco riéndose mirando al suelo.

Se despertó casi al mediodía, sorprendido de haber dormido tan bien precisamente aquella noche de terror. Lo mismo había un cupo de sobresaltos y ya los había gastado estando consciente. Se calentó un café de sobre y se asomó a la ventana. Si se atenía a los hechos de la noche anterior, lo único raro era que el telefonillo hubiera sonado, algo no del todo imposible si estaba hecha media instalación. Y viviendo en medio del Campo del Moro, aquella no iba a ser la última visita que tuvieran: chavales que treparan el muro para hacer botellón, curiosos, vagabundos...

Lo que había dado a todo un tinte sobrenatural era el haber oído aquellas frases antes de que fueran pronunciadas. Ahora no podría jurar que no hubiera sido un *déjà vu*, ese fallo de percepción donde uno cree haber visto o escuchado antes algo. Y ningún tribunal de la razón podría tener en cuenta el testimonio de Manuel, tan dormido como él y encima borracho.

Se vistió para ir a la agencia. Jesús le había ofrecido ir con él a hacer unos trámites en el ayuntamiento en vez de cumplir su jornada, pero él prefirió ir a la oficina. Tal vez sin Jesús presente, pudiera echar una mano a los guías que organizaban los grupos de turistas y que a buen seguro no faltarían en aquel verano interminable. Se sentía culpable de verlos siempre con tanto trabajo mientras él leía en su escritorio.

El sol pegaba ya fuerte. A la sombra de la torre se encontró a Emilio hablando con Nuria y con Astrid. Cuando le vio, el abogado se dirigió a él rápidamente.

—Germán, ¿es verdad que hubo un merodeador de madrugada? Me lo ha contado Manuel esta mañana.

—Con la cogorza que tenía hace unas horas no pensé que diera señales de vida hasta la tarde.

—Me llamó al timbre esta mañana para que fuéramos a desayunar fuera. Pero luego ha vuelto a la cama. Es como un bebé —dijo Nuria, que ya hablaba de su vecino como de un amigo más.

—Yo es que al final, con lo de que no hay casi cobertura dentro, estoy todo el día en la calle y acabo enterándome de todo —se justificó Emilio, que ya podía calificarse como la portera oficial del edificio.

Germán les contó lo que había ocurrido, dejando el detalle de las voces desplazadas en el tiempo para otro momento y ambiente, como esas tertulias donde cada uno cuenta anécdotas paranormales que jura que tuvieron lugar.

—Manuel y yo volvimos del bar a las tres y media de la madrugada y no vi a nadie —dijo Nuria.

—Cualquiera pudo saltar la verja. Lo raro es que no haya gente entrando de día a hacer fotos. Parecía un pirado, pero salió corriendo en cuanto nos vio. No creo que sea importante —aseguró Germán evitando mencionar el comportamiento tan escalofriante que había tenido aquel sujeto.

—No soy de la misma opinión. Creo que sí es importante. A mí me faltan cosas en el apartamento, y espérate a que haga recuento —replicó Emilio—. No sabemos si alguien más puede tener copia de nuestras llaves.

—Emilio, perdona, pero dijiste que te faltaba un *pen drive* y al día siguiente lo encontraste. ¡En tu bolsillo! Y ahora te falta una tostadora y una ensaladera. —Nuria resopló como si llevaran ya rato hablando de lo mismo—. ¿Tú crees que son cosas que se llevaría un ladrón? A lo mejor con tanto recuento de inventario del apartamento y las cosas que se ha llevado tu novia a su casa, te has acabado liando —dijo con un punto de reproche.

Emilio parecía agobiado por aquello, así que ella trató de ser más conciliadora.

—En los sitios nuevos donde vivimos no sabemos encontrar nada al principio, porque se pierden los puntos de referencia. Les pasa todo el rato a los abuelitos de la residencia.

Astrid no prestaba atención a la conversación entre Nuria y Emilio. En sus ojos apareció un brillo especial.

—Pero ¿por qué sonó el telefonillo en el momento en que se acercó alguien a la torre? ¿Habéis visto bien si hay algún botón por fuera que pudo apretar?

Germán se limitó a señalar el muro junto a la puerta de entrada. La misma que hacía unas horas le había parecido el umbral de una pesadilla ahora, a plena luz ardiente del día, no llegaba siquiera a la categoría de misterio.

Rosa entró cargada de bolsas junto a un joven y dos niños pequeños, de ocho o nueve años.

—Hola, buenos días —dijo algo nerviosa—. Este es mi hijo Luis José y ellos son Andrés y Alison. Mis nietos. ¡Saluden a los vecinos!

Los niños iban encantados saltando y no les hicieron ni caso. El joven pasó de largo saludándolos lánguidamente. Cuando echaron a andar hacia el interior, Rosa les dijo en privado:

—Mi hijo no anda bien con la pareja y mientras se arreglan les dije que se mudasen conmigo, que tengo espacio de sobra. Se quedarán solo unos días. Solo el fin de semana.

Cuando se fueron, Emilio reflexionó en voz alta.

—Es que, claro, nos pensamos que somos diez, por esto del contrato y tal, pero aquí va a venir todo dios... Y es un problema, ¿eh? No lo digo por Rosa, que seguro que su familia es encantadora —puntualizó cuando Nuria empezó a ladear la cabeza en señal de reproche—. A ver, que todo esto es raro ya lo sabíamos. Prácticamente nos hicieron un tour para que lo comprobáramos. Pero estén locos o no los de la organización, a mí me preocupa nuestra comunidad. Si uno de nosotros empieza a robarnos, ¿qué hacemos? No podemos acudir a la policía. Así que tendríamos que poder al menos saber quién entra y sale de la torre.

Rosa apareció de repente. La ventana de esa planta primera que no dejaba de ser el bajo se hallaba a escasos metros de donde estaban hablando, así que lo primero que pensó Emilio era que tal vez le había oído criticar que trajera gente. Pero lo que Rosa dijo le pareció igual de incómodo y mucho más perturbador.

—Yo también he sentido cosas raras. Por las noches oigo... un aullido.

—¿No será el aire? A veces en los edificios antiguos hay corrientes —dijo Germán pensando en su pequeño sótano, pero sin querer ser más explícito por si el resto seguía sin saberlo.

—No, es humano. Como si alguien me gritara desde muy lejos. La otra noche me levanté y me di cuenta de que venía del baño... como si hubiera allí algún pasillo desde el que gritara una mujer... o llorara... El caso es que miré por todos lados por si hubiera alguna trampilla o algo. Entonces gritó otra vez fuerte y me percaté de dónde venía... de detrás del espejo. Me asusté y me metí en la cama, pero a la mañana siguiente lo quité y solo había pared.

—Joder —se le escapó a Nuria.

—Esto es otro punto que corrobora la teoría del intruso.

—¿Qué quieren decir con intruso? —preguntó Rosa—. Amanda dice que hay más gente en la torre, pero que están aquí desde antes que nosotros.

—Ni caso. Amanda se ducha con bañador porque cree que hay cámaras —reveló Nuria.

—Escuchad —les dijo Emilio—. Amanda no rige bien, pero si tuviera que pensar en alguien que esté metiendo a gente me decantaría más bien por su compañera de planta. Creo que he visto a Bea solo un par de veces en los últimos días. ¿Alguien sabe qué hace o con quién se junta?

—Sí, yo he visto a un montón de okupas veganos usando tu ensaladera... ¡Emilio, por favor, no seas tan clasista!

Rosa no entendió bien la broma, pero tras desahogarse contando su inquietud se despidió de ellos.

—Estos días que está mi hijo me quedo más tranquila —dijo antes de marcharse—. Y me traje la estatua de la Virgen que les regalé. Estaremos bien.

Emilio, Nuria, Germán y Astrid permanecieron unos segundos en silencio, hasta que esta última dijo:

—Yo creo que la Torre de la Encrucijada es segura. Pero tiene algo mágico. Y nos lo está ocultando en secreto.

El calor empezaba a apretar y los vecinos sentían la necesidad de seguir hablando de lo que estaba pasando. Emilio sentía ansiedad de que se dejara de lado el tema de los robos y de la falta de confianza en los vecinos. A Nuria le preocupaba que ante el reto complicado que podía suponer vivir en aquel lugar, enseguida hubiera surgido la explicación de lo paranormal. Y Astrid quería continuar con la conversación. Así que propusieron irse a algún sitio con aire acondicionado para seguir hablando de todo aquello.

Germán estuvo tentado de ir, pero rehusó sabiendo que si se metía a debatir sobre aquello sería imposible no verse envuelto en las conversaciones de los siguientes días. Sintió una punzada en el estómago al darse cuenta de que Nuria y Astrid ya habían dado por hecho que él no iría.

En la agencia, los guías turísticos utilizaban la oficina los fines de semana de manera mucho más relajada, aprovechando que no estaba Jesús: pies en la mesa, música bastante alta y un alegre caos de llamadas y traspasos de carpetas turísticas mientras unos entraban y otros salían. La mayor parte de la plantilla la componían extranjeros, que se sacaban algún dinero usando sus conocimientos de la lengua durante su estancia en la ciudad y luego salían por las noches en grupo. Escuchando sus desenfadadas anécdotas sobre borracheras y planes locos, a Germán le venían imágenes de un pasado que parecían de otra vida. Alguien se dirigió a él preguntándole si alguna vez había salido de fiesta. Esa era la imagen que tenían de él. Mejor dicho, ese era el Germán que estaba mostrando a todo el mundo. Desde que había entrado en la adolescencia, Germán había sido un animal social, y no uno doméstico precisamente. Su máximo estrés durante sus estudios universitarios se lo creaba su agenda de planes y sus conversaciones por WhatsApp, sabiendo que incluso si salía cuatro días por semana siempre dejaría tirado a alguien, pero que se lo perdonaría en la siguiente borrachera o en la siguiente cita.

No fue fácil cortar con todo eso y convertirse en un ermitaño en un país extranjero. Más allá del dolor y la culpa, que le sumergieron de manera visceral en el abismo, había una línea racional de pensamiento, una estrategia, que apuntalaba su supervivencia y le ayudaba a no caer en los mismos errores.

Durante mucho tiempo se dijo que no crear lazos era imprescindible para poder reinventarse. No podía ser alguien distinto con los demás haciéndole de espejo. Reflejarse en algunos ojos suponía un constante recordatorio de sus irresponsabilidades, de sus pecados... Incluso rodeado durante todo ese tiempo de desconocidos, ingleses u otros exiliados como él, se ocupaba de no relacionarse mucho.

Cuando después de dos años decidió retornar, había cambiado de manera profunda. Pero para asegurarse de que al regresar a casa no volviera su antigua versión debía basar su vida social en dos principios fundamentales: no volver a perder el control, eso excluía las drogas y el alcohol, y no vincularse de manera estrecha con nadie.

No había cumplido dos semanas de su nueva vida en Madrid y ya dudaba de esa decisión. Claro que ni en sus mejores sueños había contado con que al mes escaso de estar en la ciudad ya tendría un buen trabajo y un piso estupendo donde vivir. Ya se había reinventado, así que no necesitaba marcar tanto los límites. Quizá había llegado el momento de relacionarse de nuevo con los demás, y sus compañeros extranjeros de trabajo que le hacían sentir que no había salido de Londres podían convertirse en un magnífico campo de pruebas.

Consciente de que su atractivo físico no había mermado en los últimos dos difíciles años, se acercó a una guía italiana. La acompañó en uno de sus paseos turísticos con la excusa de saber realmente cómo funcionaba el tour. Tras tres horas recorriendo el Madrid de los Austrias y mientras el grupo de turistas luchaba contra la deshidratación en uno de los restaurantes para guiris que iban a comisión con la agencia, la chica se atrevió a preguntarle por fin de qué conocía a Jesús y cómo había conseguido un puesto que no existía hasta entonces. Germán no había caído en eso. Las excepcionales circunstancias que lo habían llevado a encontrar alojamiento le habían hecho olvidar la suerte que tuvo al obtener el empleo, pero lógicamente su incorporación a la agencia había provocado el recelo de un grupo que cada día pateaba las calles con un paraguas rosa chillón por diez euros la hora y que se encontraba a un tío en la oficina del jefe leyendo libros. Le aclaró a la guía lo extraña que a él también le había resultado la entrevista. La italiana le confesó entre risas que entre sus compañeros le habían puesto el mote de «El Favorito» y circulaban todo tipo de teorías de cuál era su relación con el jefe. Tan solo un día después ya estaba escuchando las mismas bromas del resto del grupo, tomando unas cañas por Huertas. Ahora ya le invitaban a salir con ellos, aunque aún tuvo que soportar cierto cachondeo respecto a lo que hacía o no con Jesús. Yendo de terraza en terraza, por aquellas callejuelas tan ilustres y a la vez tan festivas, se divirtió bastante, probó más alcohol que el que había tomado en años, y empezó a sentirse libre. Hacía mucho que no recordaba sentirse liberado de sus cargas y de sus rígidos protocolos de actuación.

Volviendo a la torre pensó que ni siquiera debía sentirse culpable de gustarle en el sentido que fuera a su jefe. La vida se lo estaba poniendo fácil. O tal vez es que la vida era más fácil de lo que pensaba y solo había que aprovecharla bien. Como esa gente de todas las edades, que vio a la altura de Antón Martín volviendo a la torre, y que sentada en la plaza parecía tomar la luz de la luna como otros tomaban el sol.

Sintió ganas de compartir ese descubrimiento con su bella vecina de la cuarta planta y tras vez invitarla a un paseo para enseñárselo, y aunque sabía que probablemente era el alcohol el que pensaba por él, no sintió que estuviera perdiendo en absoluto el control.

Pero Astrid no estaba en casa y se quedó allí solo en el rellano de la cuarta planta, en medio de aquella escalera. Y sintió la misma punzada en el estómago de los últimos días.

Eran extrañas las escaleras de un edificio. Desde pequeño había vivido en un chalet adosado y en Londres en varios apartamentos que no parecían nunca formar parte de un edificio. Aquí conocía quién vivía en cada casa. Y a la vez no sabía nada de ellos. Lo que sentía era la soledad de quien camina entre la multitud. O la de quien vive a escasos metros de otras personas, pero separado por unas puertas. Y al otro lado de esas puertas, varios de sus vecinos eran totalmente ajenos a lo que pudiera pasar en la escalera, o en el portal, como la otra noche.

¿Quiénes eran realmente cuando estaban solos en sus apartamentos? ¿Qué estarían haciendo en ese preciso instante tras cada una de esas puertas?

Le vino a la mente la imagen de sus vecinos pegando la cabeza a la puerta, los ojos en la mirilla, viéndole subir en los intervalos de luz y oscuridad que se alternaban en los rellanos. No pudo aguantar más y bajó corriendo a su apartamento. Con cada paso acelerado iba disminuyendo el subidón de aquel día y, lo que es peor, se dio cuenta de la verdad de por qué se había alejado de la gente y por qué ahora volvía a juntarse a ella.

Todo aquello de no implicarse con los demás para poder reinventarse a sí mismo era una patraña. Había intentado justificarse de maneras enrevesadas para no afrontar lo que había sentido todo el tiempo en Londres o en Madrid. Desde el mismo momento en que apuñalaron a su hermano por defenderle en una pelea. Era miedo. Miedo a volver a pasar por aquello. Era el terror lo que le había hecho aislarse de los demás y no la excusa barata de encontrarse a sí mismo. Era el pasajero de un avión que tenía el único paracaídas de todo el aparato escondido bajo su asiento. Y si en algún momento se encariñaba con otro pasajero y tenía que compartir su paracaídas, las posibilidades de sobrevivir disminuirían.

El miedo le había hecho alejarse de la gente entonces. Y ahora el miedo ante lo desconocido punzaba su estómago animándole a que buscara refugio en los demás. A que no se quedara solo frente a lo inexplicable.

Vomitó en el baño. Y no era solo por haber bebido tras tantos años sin hacerlo.

Después, más tranquilo, en la cama, mirando las luces de la ciudad desde su ventana, supo que, entre todos sus autoengaños, aquel instante de felicidad volviendo a la torre había sido real. El tesoro que llevaba buscando tanto tiempo. Y no iba a perderlo sin luchar. Se propuso demostrarse todas las noches que lo irracional no podía vencerle.

La siguiente noche ascendió hasta la sexta planta, la del mirador cerrado. Se dio cuenta de que no había vuelto a subir allí desde el primer día. Se atrevió a pegar el oído a la puerta y no oyó nada. Se obligó a bajar en aquel extraño ascensor.

Otra noche escuchó un canto extraño. Como no parecía demasiado aterrador, sino más bien alguien cantando mal reguetón, se atrevió a indagar hasta dar con la procedencia de la voz, que no podía ser otra que Amanda. Cayó en que le habían avisado de que la última vez que habían visto a aquella desequilibrada mujer salir a la calle había sido para comprarse unos altavoces y unas mallas ajustadas.

Una mañana Germán regresó a la torre después de no haber dormido en su piso, sino en el de la guía italiana. Aunque su vida sexual se había calmado bastante, esos años no había dejado de pasárselo bien de vez en cuando con alguna chica que le atraía, sin buscar nada serio. Con la italiana estaba seguro de que aquella noche no tendría continuidad.

Era muy temprano y desde el portal oyó un estruendo en la segunda planta. Subió raudo hacia allí. Le hizo gracia sentirse como el vigilante de la torre, el que velaba cuando todos aún dormían. Creyó escuchar a Emilio lamentarse, así que se atrevió a llamar al timbre. Emilio le abrió casi aliviado de que hubiera alguien con quien compartir su angustia.

—Germán, ¡mira...!

Sostenía en la mano una cartera y en la otra una sartén. Lo que le hubiera dado un aspecto cómico si no fuera porque el abogado parecía a punto de echarse a llorar.

—Ayer me desapareció la cartera. Esta cartera. Fui a poner una denuncia a la comisaría y entonces la vi en el coche. Te juro que ya había buscado allí. Cuando volví, cansado, me puse a hacer la cena, pero no encontraba la sartén. Revolví toda la casa... ¡mira!

Le dejó pasar y Germán pudo comprobar que el piso de Emilio estaba patas arriba.

—No podía dormir. Ya son muchas las cosas que me faltan o que... que no encuentro. En un momento dado, volví la cabeza y allí, en la mesilla de noche, ¡estaba la sartén! Y dentro de la sartén... ¡¡la cartera de nuevo!! ¿Qué me está pasando?

—Sin duda estás nervioso, Emilio, y estás entrando en bucle. Con toda la casa así... ¿cómo vas a ser capaz de buscar algo dentro de un rato? Pero te están apareciendo las cosas, ¿no? Así que eso del ladrón...

—Sí... La ensaladera estaba en casa de Manoli... Pero casi preferiría que me estuvieran robando a pensar que estoy perdiendo la cabeza.

—Creo que la mudanza nos ha trastocado un poco a todos. Pero además de acostumbrarse, podemos tratar de ponerle algo de remedio. Mira, yo por las noches estaba... inquieto, demasiado alerta, hasta que empecé con mis salidas nocturnas y ahora ya lo llevo mucho mejor. Piénsalo.

Pese a las confiadas palabras que le dirigió a Emilio, él mismo siguió sintiendo inquietud de vez en cuando, como una noche que escuchó el ascensor subir y bajar varias veces o cuando al cruzar los jardines no podía evitar fijarse si lo que había detrás de un árbol era una sombra o una persona. Pero la única vez que pasó realmente miedo estaba seguro de que había sido solo su imaginación. De hecho fue una tarde en casa. Abrió la puerta de la nevera y vio las piernas de alguien al otro lado. Cerró de golpe y ya no había nadie. Se obligó a estar allí en vez de salir a la calle hasta que se convenció de que estaba más que sugestionado después de haber estado patrullando la escalera a diario.

Lo cierto es que, como le le había dicho a Emilio, cada vez podía dormir con menos inquietud. La punzada de malestar fue desapareciendo. Cada noche se enfrentaba a sus miedos irracionales y cada día salía un poco más de su soledad autoimpuesta. Cubriendo todos los frentes.

Estaba preparado para hacer algún plan con sus vecinos, pero decidió que su pequeña victoria bien merecía pasar un fin de semana entero en la sierra. Quería mostrar aquel Germán Soler a su madre y a todos los fantasmas de su pasado, así que se atrevió a salir de la casa, pasear por el pueblo y saludar, aunque fuera solo unos segundos, a algún conocido.

A la vuelta en el tren, la ventanilla le regaló unas nubes rojizas de verano, que tal vez anunciaban el esperado fin del calor. El tren se aproximaba a la estación de Príncipe Pío deteniendo poco a poco su marcha. «Si siguiera avanzando unos segundos más sin desacelerar, me dejaría en la misma puerta de la torre», pensó Germán. Entonces vio por la ventanilla un chico joven sobre una plataforma con ruedas junto a los rieles de las vías vecinas por donde discurría su tren. Parecía una cuadriga de gladiador tirada por caballos. Se lo señaló de manera instintiva a su compañero de asiento, quien en esos momentos se disponía a levantarse para dirigirse a las puertas ante la inminente parada.

—Hay gente que no está bien de la cabeza —dijo el hombre sin mucho interés.

Pero Germán se fijó en el rostro del chico. Parecía aterrado, como si no quisiera estar allí subido. Sostenía las correas torpemente, haciendo equilibrios para no caerse. Pudo ver una mueca de terror en el instante justo en que acabó cayendo de la plataforma a las vías. Algún animal que Germán no podía ver porque el tren iba en paralelo a la cuadriga siguió tirando del chico. Solo cuando este dejó de ser arrastrado pudo vislumbrar de manera fugaz que lo que le parecieron caballos eran dos perros gigantescos que se dieron la vuelta con ferocidad hacia el caído, desapareciendo del marco de la ventanilla que seguía avanzando hasta la estación. Germán no pudo ver qué había pasado con el chico. Todo había sucedido demasiado rápido, pero tenía un gran nudo en el estómago.

La gente salió del tren y él caminó hacia la parte trasera, hasta el mismo borde del andén, tratando todavía de luchar contra su miedo, tratando de averiguar qué había ocurrido. Los pasajeros iban en dirección contraria, ajenos a ese extraño accidente. Se quedó casi a solas con un par de personas que estaban en los bancos más alejados de la estación, oteando las vías.

No sabía a cuántos metros podría haber quedado tirado el chico, pero esperaba encontrar en cualquier momento una explicación racional: chavales riéndose por aquella broma, un disfraz o algo que hubiera dado aquel aspecto monstruoso a lo que tal vez fueran simples perros.

Un dedo puntiagudo le dio un golpecito en la espalda.

A punto estuvo de caer a la vía del susto cuando vio que se trataba del loco que había visitado de madrugada la torre diez días antes. Era una de las dos personas que estaban sentadas en los bancos del andén, pero no se había fijado en su cara. Porque volvía a estar mirando al suelo. El mismo loco que ahora reía y que le dijo:

—No vayas. Ya los puedes ver. Pero ellos también te están viendo a ti. ¡Mira, mira cómo te miran!

La adrenalina de Germán tomó el mando de los músculos insumisos ante su cerebro y empujó a aquel hombre antes de empezar a correr.

Su velocidad era tal que en la escalera mecánica de subida de Príncipe Pío adelantó a empellones a los pasajeros del tren en el que había venido. Corrió por el vestíbulo buscando el aire de la calle y el que le empezaba a faltar en los pulmones hasta que se paró en la Cuesta de San Vicente, a pocos metros de la verja de su casa.

Saltó como un resorte cuando sintió una mano sobre su hombro. No se lo podía creer. Era él otra vez. Le había perseguido y dado alcance. Germán se arrinconó contra el muro que separaba la calle de los jardines del Campo del Moro.

—Por favor... déjeme en paz —balbuceó mientras pegaba la espalda contra la tapia, casi encogido.

Había gente en aquel anochecer de septiembre. Gente a pocos metros delante de él, incluso a menos distancia detrás. En la carretera todos aquellos coches, y nunca se había sentido más solo.

—¡Han asesinado al guardián de la torre! No podéis tener paz. ¡Hasta que os invistan tenéis que espabilar!

Tenía ojos claros que movía de manera lunática. Barba de pocos días y un pelo enmarañado bajo la misma capucha de la sudadera que había visto aquella otra noche.

Oyó una voz cuesta arriba que le llamó.

—¿Germán? ¿Qué pasa?

Se giró y vio avanzar hacia él deprisa a una persona con aspecto igual de intimidante que su asaltante. Pero era Bea, la vecina del quinto. Fijó su mirada en ella sin valor para hacer nada hasta que llegó junto a él. Entonces se dio cuenta de que el loco se había ido

—¿Quién era ese? ¿Te estaba atracando?

—Un loco... el loco que se coló en el jardín el otro día. ¿Dónde ha ido?

—¿En qué jardín? ¿En el nuestro? Ha cruzado al otro lado sin mirar. Es un milagro que no le haya atropellado ningún coche.

Germán le contó a Bea el suceso de la otra noche, esta vez de manera atropellada en la que mezcló lo razonable con lo inexplicable. Y luego le reveló que había visto en las vías del tren una carrera macabra.

Todo su esfuerzo de los días previos había desaparecido en unos minutos. Solo quedaba el miedo. Allí, jadeando en la verja, debía de parecer un psicótico. Pero recuperó algo de calma al recordar que, durante el paseo a la torre del primer día, Bea era la que había sido tomada por loca. Tal vez ella podría entenderle.

—Joder, perdona, pero pensé que tenía todo esto controlado. Que era mi imaginación. Pero esto... esto...

—Todo esto es real, Germán —dijo la chica de la cresta—. Que no te lo hagan dudar ni un instante.

Abrieron juntos la verja camino hasta la torre. La chica le dijo que se iba a fumar un cigarro y él decidió acompañarla.

—Bea, después del primer día... ¿has pensado que esta torre puede estar... no sé... maldita? —le preguntó con la vista fija en la brasa del cigarrillo—. Que haya algo paranormal. Pero de verdad.

Germán estaba aún temblando y el hecho de que el terror no se hubiera ido de su cuerpo le permitía saborearlo, dejarse invadir y reconocerlo como el viejo amigo que vivía en él desde hacía años.

Aquella chica que era puro nervio en esa situación manifestaba una calma absoluta que contrastaba con la inquietud de Germán.

—Sí, lo creo. Pero aún no sé cómo ponerlo en palabras. Hasta luego.

—¡No, espera, Bea, por favor! —dijo Germán, casi suplicante—. Aunque no digas nada, déjame que al menos desvaríe yo. Necesito sacarlo. He leído que bajo este jardín están los restos de muchas iglesias. Podría ser eso, ¿no? Así pasa en las películas y... no sé... que todo este lugar esté embrujado.

Germán señalaba los árboles, las plantas, el Campo del Moro, así que Bea sí vio oportuno contarle algo.

—He arrancado la enredadera de mi apartamento. Me agobiaba. Una noche me vi a mí misma durmiendo en la cama. Como si me viera a través de esa maldita planta. No me despertaba así que no estaba soñando. Quise encender la luz, pero movía las hojas. Como si yo estuviera ahí metida en la enredadera. —Lo decía serena, pero apartó el cigarro y se acarició la garganta como si recordar aquello la agobiara—. Mira, ¿ves aquel árbol? Después de volver a poder moverme, me fui de la casa y acampé ahí.

—¿Dormiste... ahí? —preguntó Germán, que se creía valiente por haber subido un piso cada noche y haber bajado corriendo a su cama.

—Creo que todos sabéis que he dormido muchas veces en la calle. No pasa nada. Pero precisamente por eso, me di cuenta de que ahora que tenía una casa, no iban a arrebatármela, ¿comprendes?

Germán asintió. Él había sentido lo mismo que aquella sintecho con la que hasta entonces no había intercambiado una sola palabra. La chica dio otra calada y siguió hablando.

—Me di cuenta de que si no lograba superar ese miedo, la siguiente noche me iba a pasar lo mismo. Así que cogí el cuchillo y la arranqué por completo.

—¿Y ya no tienes esa sensación extraña?

—Esa no. Hay más. Siguen pasando cosas raras, no lo llames sensaciones. Pero si he vencido una, también podremos pelear contra las demás, ¿no?

La chica apagó su cigarro, tal vez de manera intencionada, contra el muro de la torre.

—Germán, me han pasado cosas en la vida muy malas. Cosas que no son extrañas, que todo el mundo sabe explicar. Y daban más miedo.

—A mí también me han pasado —le dijo mirándola profundamente a los ojos.

Bea subió a su piso, pero antes se despidió de él con la mano. Parecía un «hasta luego». Parecía que ella empezaba a encontrar las palabras para explicarse. Eso le hizo sentirse mejor y entendió algo por fin.

Para vencer al miedo debía hacerlo junto con sus vecinos. Y no solo para refugiarse en ellos, sino para enfrentarse al misterio de la torre. Porque ahora no estaba en un avión con un solo paracaídas. Ahora estaba a bordo de un avión con un rumbo desconocido, sin un solo paracaídas y que amenazaba con caer en picado en cualquier momento. El único modo de salir de allí con vida era encontrar entre todos los pasajeros la manera de evitar el desastre.

Aquella noche sonó de nuevo el telefonillo. Desde la cama pudo oír cómo sonaba hasta seis veces, sin que en ninguna ocasión se atreviera a levantarse para cogerlo. Luego pensó que también le estaría sonando a Manuel y pudo volver a dormirse.

No estaba solo.

4

Era la última semana de septiembre y aún no se vislumbraba el final del verano.

El principio del curso académico solía marcar el comienzo del verdadero año, el inicio de una nueva temporada para todos, estudiaran o hiciera décadas que ya habían abandonado las aulas. Pero en los últimos años el calor parecía haber entrado en una prórroga interminable que hacía más difícil el volver a las clases, al trabajo, a dar pulso a una ciudad que seguía llena de tardes en las terrazas y de noches sofocantes.

Germán no necesitaba que la temperatura o el calendario le dijera que se había abierto una nueva etapa después de los últimos acontecimientos.

Ya no podía descartar tener que dar respuestas que hacía tan solo unas semanas hubiera considerado de ciencia ficción.

Para confrontar todo aquel sinsentido, decidió ser lo más sistemático y riguroso posible en su indagación. Y también en la tarea de tender lazos con sus vecinos, uno a uno, preguntando qué les había pasado a cada uno en aquella torre, tratando de ser el nexo entre todos y estableciendo la estrategia a seguir.

Lo primero que pudo constatar era que la teoría de que la torre estaba embrujada empezaba a calar en casi todos los inquilinos.

Pero lo verdaderamente importante era que cada uno la había integrado en su cotidianidad sin caer en el pánico. Al tratarse de hechos inconexos a los que no podían dar una explicación racional, no podían hacer otra cosa que esperar a que un día pudieran entenderlo. O que dejara de suceder.

Ninguno había estado realmente en ese peligro que Germán quería evitar a toda costa.

Mientras tanto, eran solo anécdotas extrañas que compartían los unos con los otros como si jugaran a pasar miedo. Había otra explicación curiosa por la que habían aceptado el elemento sobrenatural. Desde que vieron aquel anuncio todos habían pensado que algo tan bueno no podía ser real. Y allí estaba: considerar que en la torre sucedían cosas extrañas era una contrapartida para todo lo que podían disfrutar. Una penitencia más que aceptable.

Como les ocurría a los ganadores de un sorteo, o a los supervivientes de un accidente, ese coste los hacía sentir menos culpables de haber sido elegidos.

El más claro ejemplo parecía Rosa. Primero decía que estar con su hijo le daba seguridad, pero aquel chico de pocos modales y turbia actitud raras veces estaba en la torre. Dejaba a Rosa cuidando de los niños y apenas aparecía por casa. Rosa aún no se había incorporado a su puesto de limpiadora y aun así estaba siempre ocupada atendiendo a sus nietos y a cualquier otra petición que pudieran tener los demás inquilinos, como la que le hizo su vecino el rubio. Fue muy acogedora cuando Germán se dejó caer dos veces por su casa para conocerla más a fondo.

Su apartamento estaba perfectamente amueblado, decorado y pulcro. Por eso resaltaba aún más, como un pegote, todas las cosas tiradas de su familia acoplada. A Germán le apenó aquella invasión.

—Rosa, ¿no crees que tu hijo podría vivir en otro piso? ¿No trabaja? Este te lo has ganado tú después de muchos años de esfuerzo.

Rosa miró a Germán intentando que no se le notara el enfado. Había conocido a muchos buenos chicos como aquel, privilegiados que eran incapaces de saber lo que era trabajar sin descanso por conseguir pequeños triunfos en una batalla ante la vida que estaba perdida desde el mismo momento en que habían nacido. Bebió un sorbo de su té y desvió el tema.

—No es solo eso, Germán. Mis nietos también oyen el grito. Ha sido importante para mí que ellos lo escuchen. Dicen que viene de mi dormitorio, fíjate; yo lo oía más fuerte en el baño.

Resultaba útil saber que cualquiera que viviera en la casa un tiempo, fuera o no inquilino, también podía tener esas experiencias. Germán se imaginó trayendo a alguna chica a su apartamento, que sería testigo de cómo él no paraba de moverse en la cama. Siempre era mejor que tener que oír una especie de grito del más allá aullando de desesperación.

No quiso opinar por qué Rosa seguía invitando a sus nietos si realmente ella pasaba miedo. Prefirió ser cordial con la sospecha de que pronto tendría otra sobremesa con ella. En efecto, le costaba ir al apartamento de Rafael. Aquel hombre que parecía tener tatuada la violencia dentro le imponía demasiado de momento, así que fue de nuevo a casa de Rosa a que le hablara de él, ya que parecía ser quien más le conocía.

—Rafael es portero en un par de discotecas de aquí cerca. Aunque parezca brusco, es de buen corazón. Pero no tiene a nadie. Ni familia ni amigos. Tal vez si conociera a alguien dejaría esas quedadas suyas. Yo no me quiero meter en cómo es cada uno ni con quién se relaciona, pero hay cosas que no están bien —dijo sin querer especificar más.

Germán no sabía a qué se refería Rosa. Lo de portero de un garito parecía más bien la nueva vía laboral a los gángsteres reinsertados, así que tal vez organizara timbas de póquer donde también se jugara a la ruleta rusa. No podía olvidar nunca la idea de que tal vez fuera armado. Una persona violenta es peligrosa. Pero una que va armada puede arruinar la vida de alguien en un instante.

—Él también dice que pasan cosas de brujas. Me contó que una noche que iba a trabajar, no pudo abrir la puerta. Decía que atravesaba el pomo como si fuera un espejismo. Estuvo mucho rato así, sin saber qué hacer, atrapado en el apartamento. Hasta que finalmente pudo abrirla. Dijo que tal vez estaba sonámbulo, pero que le preocupó que durara tanto.

No se imaginaba a Rafael preocupado. Pocas veces le había visto en un estado anímico que no fuera enfadado.

Una tarde sí que le vio de buen humor. O tal vez es que los otros inquilinos parecían saber relacionarse mejor con él. Coincidió bajando por la escalera de su planta a la calle con un grupo de amigos de Manuel, a cada cual más friki, que venían de jugar al rol en su casa. Obviamente les extasiaba el hecho de contar para sus historias de espada y brujería con una ambientación como la que daba la torre. Así que se vinieron arriba cuando vieron a Rafael bebiendo apoyado en la ventana, al nivel del jardín, y empezaron a vacilarle con que les pusiera una copa, como si el poyete de la ventana fuera la barra de un bar.

Rafael estaba con una camiseta de tirantes y calzoncillos, subrayando su corpulencia, pero se puso pantalones y camisa para salir al jardín.

Germán se apartó del grupo de manera cobarde, temiéndose lo peor.

Rafael se dirigió a los chicos.

—Es bueno. De Escocia. Echad un trago —dijo ofreciéndoles directamente de la botella.

Un par bebió de la botella. También lo hizo Manuel.

—Es cojonudo, Rafael, gracias. ¿Germán?

El aludido negó con la cabeza.

—Estoy retomando el alcohol poco a poco, gracias —dijo.

Rafael resopló. Como esta vez Germán no le rehuyó la mirada, como acostumbraba, vio que, tras aquel gesto, aparecía una sonrisa complaciente. ¿Habría sido así otras veces?

Rafael volvió a meterse en su apartamento mientras los jóvenes bromeaban en el jardín. Rafael sintió cierta nostalgia de aquella edad, que se había acrecentado durante la reclusión en el piso de la última semana. No se había encontrado en disposición de ir a trabajar ni de traer visitas nocturnas. Sin quitarse la camisa, se miró al espejo para comprobar que aquellos chavales no le hubieran visto el tono pálido grisáceo de su torso. El pantalón le estaba más suelto. Después se acercó sin que le vieran a la ventana y acompañó con la mirada a Germán, que ya se iba y que siempre le despertaba admiración. Había algo roto en ese chico. Y tenía pinta de haberse soldado él solo los trozos.

Nuria propuso a Germán quedar fuera de la torre, lo que resultaba chocante ya que, después de Manuel, era la persona que más parecía vagar por la escalera dejando entrar a gente en su casa o colándose en la de otros para proponerles planes. La chica insistió en verse en una cafetería cercana llamada El Jardín Secreto.

Nuria conocía bien la ciudad.

Llevaba tres años compartiendo piso en Madrid y tardaba bastante en llegar en transporte público hasta la residencia de ancianos donde trabajaba. Cuando ya había perdido la esperanza de encontrar algo más céntrico que pudiera pagar, no solo lo encontró, sino que además podía pagarlo ella sola.

Tenía un gran sentido común que siempre acompañaba con una dosis de sarcasmo.

El blanco favorito de su humor era ella misma. Desde antes incluso de que pudiera contar sus desventuras en las redes, ya se veía como la protagonista de una tragicomedia. Y más ahora que no se perdonaba haber hecho caso a aquel anuncio que le estaba complicando la vida. ¡Como si alguna vez algo le pudiera haber salido bien de primeras!

Su experiencia paranormal, como no podía ser de otra forma, era bastante surrealista.

—Estaba cenando en el sofá y, de repente, vi algo extraño que tapaba mi visión, como si se me hubiera caído algo encima, ¿sabes? Me levanté y se cayó un sombrero que tenía en la cabeza... pero que no lo llevaba antes. Es decir, no era mío, de hecho, era una pamela superridícula. La guardé en el armario pensando que, yo qué sé, que me lo habían puesto en la residencia o por la calle o no sé... Pero a la mañana siguiente me desperté con otro sombrero distinto. Lo metí en el armario junto a la pamela. Al día siguiente otro sombrero. Salgo de la ducha y un gorro de lana. Al final, cogí todos los sombreros y los llevé a la residencia. Ya dormía con la cabeza tapada con la sábana, para que no me aparecieran más sombreros. Y entonces, no sé cómo, veo que tengo un anillo en el dedo. Eso no puede ponérmelo nadie sin que me dé cuenta, vamos, ni siquiera yo, que me hice un daño para sacármelo que ni te imaginas. El anillo lo guardé, por si era mágico. Ya, ya sé que da risa, ¡pero también mucho miedo! Hoy mismo un collar... Vamos, ahora que han acabado con la cabeza, me están poniendo bisutería.

Germán pensó que aquello no tenía nada de cómico.

Fue al baño y cuando volvió sorprendió a Nuria escribiendo en el móvil:

Germán es de tarta de zanahoria, claro.

—¿Estás escribiendo sobre mí? —le reprochó.

—Ah, sí, bueno, pero no te preocupes, no es a nadie. Es en Twitter. Escribo todo en Twitter, pero con este avatar, ¿ves? Y no pongo apellidos ni nada de eso, así que no creo que... ¿Tú no tienes cuenta en Twitter?

Nuria trataba de mostrarse natural, pero la pillada había sido mítica.

—No. Durante los últimos años no he sido muy sociable.

—Pues a mí me está dando la vida. Lo de los sombreros que se me aparecen, por ejemplo. La gente es muy ocurrente y aunque seguro que todo el mundo piensa que me lo invento y me siguen la corriente, al final hacen que yo también me ría de mis miserias. ¡Ah, y fue por Twitter como descubrí este lugar!

Germán abrió los ojos como platos, así que Nuria le dio su móvil para seguir con el paripé de que no tenía nada que ocultar al vecino que la tenía totalmente enamorada. Fatal error. Germán no se manejaba bien con aquello e iba arriba y abajo leyendo sus tuits.

El espectro estilista ha vuelto a actuar. Y sigue sin dar con mi talla.

Emilio le suelta versos a Manoli cuando follan. Os apuesto a que son de canciones de Taburete.

¿Os acordáis del cachas del cine que creí que tonteaba conmigo la semana pasada? Acabo de encontrármelo en el portal. Igual de majo, me ha contado cómo se lo ha tirado mi vecino de abajo. #Storyofmylife

Acabo de enterarme de que a Germán, el dios nórdico que tengo por vecino, le gusta el jazz. ¿QUÉ HAGO? ¿ME MATO?

—¡No, no, sube para arriba! ¡Mira mis tuits del principio! —dijo al darse cuenta de lo que estaba leyendo
Germán, apurado, leyó en voz alta el de arriba del todo.

De guardia con la anciana loca. Hoy me ha agarrado de la mano y me ha dicho que la saque de allí y la lleve al curandero. Todo esto en coma. Abro hilo.

—No, ese es el que tengo fijado. Empecé a escribir mucho cuando entré en la residencia, para contar las anécdotas que me ocurrían allí. Esta señora lleva años sin despertarse, pero habla en sueños y... Espera, dame el móvil. Me refería a este:

Apartamentos individuales, amplios y modernos, en...

Nuria había tuiteado el anuncio de la torre, punto por punto, pidiendo en la red que la ayudaran a descifrarlo.
—Puse ese mensaje y me respondieron unos cuantos. Fíjate, uno me dijo lo de la caseta del Retiro. Así di con el sitio.
Les trajeron la cuenta y fueron paseando hasta la torre.
—¿Le has contado lo que te ocurre a Emilio?
Nuria volvió a sentirse avergonzada. Menudo día.
—No. Bastante mal lo está pasando. Imagínate que cree que soy yo la que está haciendo que a él le falten cosas y... Además, como cuento todo por ahí, a lo mejor me leía sin que yo tuviera que...

No me he atrevido, Germán.

Germán la miró comprensivo y le dio un medio abrazo que ella devolvió.

—¿Y tú qué vas a hacer? ¿Cuál es el siguiente paso? —le preguntó la chica.

—Te diría que relajarme escuchando jazz, pero no quiero que te mates, Nuria.

Nuria le empujó y le dio unos golpecitos en el brazo entre carcajadas.

No volvió a meterse en Twitter, así que Germán ignoraba lo que Nuria había escrito el día que quedó con Emilio y acabaron ingresándole por un ataque de ansiedad.

La visita comenzó bien. Emilio le explicó que estaba mucho mejor desde que había empezado a ir a terapia y a medicarse. Germán le animó contándole que a su madre le había venido muy bien tras una tragedia familiar muy dolorosa.

Emilio le escuchaba sereno, aunque se movía de manera lenta, producto de los psicofármacos que tomaba sin que los médicos hubieran podido dar aún con la causa de sus pérdidas de memoria.

—Mientras, intento no darle vueltas. Lo que desaparece, ya aparecerá. No hay nada tan importante como para que me esté afectando de esta manera. Manoli ya no puede más. Está harta de apuntarme todo lo que llevo y de comprobar conmigo una y otra vez lo que... lo que está delante de mí y lo que no. Mi psiquiatra dice que parece que me boicoteo a mí mismo por no aceptar la suerte que he tenido de encontrar un piso así.

—¿Le has hablado a tu psiquiatra de la torre? —preguntó Germán mientras le acompañaba a la cocina para servir refrescos.

—Claro. Tengo que ponerme bien, Germán. Y confiar en los médicos. He asumido muchas responsabilidades con todos vosotros, pero ahora he de ser egoísta y curarme. Estar tan expuesto a que todo el mundo me cuente sus problemas tampoco me está ayudando.

Recordó cómo Emilio le había parecido de primeras la persona más sensata. Lástima que incluso tan embotado por las pastillas su ego tuviera que poner siempre la puntilla a todo.

—¿Y no le ha parecido raro a tu psiquiatra que esto no solo te esté pasando a ti?

—¿Te refieres a la loca de Amanda o a que Rosa dice que la Virgen la protege de los gritos de su espejo?

Germán notó que se alteraba. Vio cómo miraba alrededor y empezaba a contar mentalmente las cosas de manera obsesiva. Así que paró.

Pero cuando, tras un rato de charla trivial, se levantó para despedirse y vio que había desaparecido la nevera de la que minutos antes habían sacado las bebidas, no pudo evitar señalárselo sin poder articular palabra y con los ojos abiertos como platos. Él mismo estaba flipando.

—Tú también lo ves, ¿no? —dijo Emilio temblando ante el hueco enorme de la cocina.

Empezó de nuevo el conteo obsesivo mientras se repetía angustiado cómo había sido capaz de mover algo tan grande.

—No la has movido. No sé qué ha pasado, pero ha desaparecido. También nos están ocurriendo cosas a los demás, Emilio. No las sabemos explicar, pero no estás loco.

Emilio empezó a gritar y la situación se escapó a su control. Lo único que Germán pudo hacer fue calmarlo lo suficiente para que avisara a Manoli.

Su novia apareció enseguida, como si estuviera siempre pendiente de esos ataques. Agradeció muchísimo a Germán el haberle acompañado durante la crisis, así que el chico se vio en la obligación de confesarle:

—Creí que sería liberador para él contarle lo que está pasando, lo siento.

—Si alguien tiene la culpa soy yo por ayudarle a conseguir este piso —dijo la mujer con un profundo cansancio.

Con Manuel no fue necesario quedar a propósito. El chico le podía dar palique mientras cocinaba o le acompañaba un rato a su trabajo o cuando dejaba la puerta de su apartamento abierta y le gritaba que entrara.

Su compañero de planta había sido inmune a sus borderías y ahora solo había que dosificarle para descubrir a un tipo verdaderamente amigable. Tal vez era el único rasgo distintivo de Manuel. Porque a aquel chaval alto y desgarbado de un pueblo de Extremadura parecía gustarle todo y a la vez no destacaba en nada. No era atlético ni gordo, ni guapo ni feo, dependía de cómo se arreglara, algo que también variaba cada día. Le gustaba el campo, la comida, las cosas sencillas y a la vez el cine, los cómics y pasarse horas viendo series en su portátil.

Ahora le había dado fuerte por practicar deporte, pero aún conservaba los amigos del club de rol de la universidad de los últimos años, que desde que vivía en la torre habían acudido varias veces a visitarle. Lo que no parecía encajar nunca en sus múltiples planes e ideas disparatadas era acabar la carrera. Germán veía siempre sus apuntes tirados por el salón y en esos días había vuelto a ir a clase, pero o tenía el horario más raro del mundo o ya se intuía que aquel año no se le iba a dar bien. Manuel era inasequible al desaliento. Lo bueno de no tener ni idea de qué hacer en la vida, de no haber destacado jamás en nada ni sentir aún que la vida le pertenecía era que tampoco tenía ninguna meta o prisa por llegar a ella. Al menos tenía la suficiente cabeza para darse cuenta de ello, así como de lo borde que había sido Germán con él, aunque nunca pareció importarle.

—Pues fíjate que yo pensé que te caía mal por Astrid —le comentó mientras observaba sentado en la encimera de la cocina cómo Germán cocinaba pasta.

—¿Por Astrid?

—Sí, el típico triángulo amoroso, ya sabes. Pero creo que estamos haciendo el pardillo los dos. Para mí que le van mayores.

Manuel le contó que subía a menudo al descansillo de la planta cuarta a conectarse a la red de internet que tenían allí, aunque solo lograba conexión durante unos minutos. Y que incluso de noche le había parecido que Astrid estaba en el apartamento de Alexander.

Germán veía imposible cualquier atracción hacia aquel hombre, así que le cortó preguntándole qué hacía él de noche conectado a internet.

—¡Pues dónde voy a estar, macho! ¡En Tinder! ¡Con este pisazo ya no tengo ni que currarme conversación para ligar!

Germán pulsó el timbre de Astrid. Sabía que esa tarde estaba en casa porque la acababa de ver asomarse a los jardines desde su ventana. Germán se dio cuenta de que había imaginado aquel momento varias veces.

La chica le recibió con unos pantalones vaqueros muy cortos, una camiseta de colores que dejaba sus hombros al descubierto y su permanente sonrisa.

—¿Qué tal, Astrid? Me preguntaba si podríamos hablar un rato.

—Claro, no sabía cuándo sería mi turno —dijo la chica dejando la puerta abierta y yendo hacia su dormitorio, donde sonaba la música que tenía puesta en un ordenador de pantalla enorme, instalado en una amplia mesa de estudio sobre la que colgaban decenas de fotografías e ilustraciones.

La luz de la tarde de verano se colaba en aquella habitación de artista dotándolo todo de una tonalidad que hacía destacar el turquesa de los ojos de Astrid, quien tenía la mirada clavada en Germán. Entonces se fijó en una foto reciente en blanco y negro: la cara de Alexander fumando asomado a la ventana con la ciudad de fondo, tomada desde la ventana de su vecina.

No era la mejor forma de iniciar una conversación, pero no pudo evitarlo.

—Creo que no he hablado con Alexander desde que llegamos. Es un hombre muy peculiar, ¿no?

—No sale mucho de su apartamento, pero nos vemos a menudo. Es muy interesante todo lo que dice. Creo que es la persona que más información va a poder darte. Me encanta que estés haciendo esto, por cierto. Ya era hora de que dejáramos de aparentar que lo que nos sucede es normal y nos uniéramos todos para resolver el misterio.

No creía que en eso Alexander hubiera sido de mucha ayuda, pero intentó abordar el tema sin dilación.

—Ya, el día del telefonillo no os conté todo lo que pasó. No quería que nadie pensara que estaba alucinando y, sinceramente, yo mismo tampoco quería darle demasiada importancia porque no sé cómo explicarlo

Germán le explicó lo de las voces en el telefonillo y lo escalofriante que era aquel hombre con el que luego se había encontrado en la estación. La joven le contemplaba absorta, tumbada en la cama con las piernas cruzadas, mientras que él se había dejado caer en la silla del escritorio. La distancia que los separaba era escasa.

Por un momento se sintió mal por pensar que le importaba más cautivar a Astrid con sus historias que lo que pudiera averiguar. Pero la relevancia de todo aquello se impuso al deseo.

—Un sistema de alarma. ¿No lo has pensado? Sonó cuando se aproximó un extraño. Normalmente una alerta avisa de lo que va a venir. En este caso no fue una imagen, sino que primero llegó la voz.

—Eso sería alucinante. Físicamente imposible, pero alucinante.

La chica rio y alzó la mano para cambiar una canción. Su brazo casi tocó el suyo. Lo que mostraba el monitor cambió y lo sustituyó un documento de texto

Rápidamente Astrid se levantó de la cama y cerró el documento en la pantalla del ordenador. Sin duda no quería que Germán viera lo que estaba escribiendo.

Germán quiso sacarla del apuro y se levantó con disimulo como si no se hubiera dado cuenta y estuviera mirando las fotos, casi todas de primeros planos captados de manera furtiva por la cámara.

Astrid le envió a ver una grande que había colgado en el salón.

Germán oyó el sonido que anunciaba una notificación de móvil. Era en el de Astrid, que había dejado su teléfono en el fregadero, en medio de los cacharros. Era un lugar demasiado extraño, pero no parecía que se le había caído, sino que lo había dejado allí. Sin querer fisgonear demasiado, Germán echó un vistazo a la pantalla y vio que tenía más de cien mensajes.

Astrid apareció de nuevo, muy sonriente.

—Perdona, te decía que de todas las cosas que hemos ido descubriendo Alexander y yo, esa no sería la más rara.

—Pero ¿cuánto tiempo lleváis investigando esto? —De nuevo la idea de que Astrid pasara horas en compañía de aquel hombre le resultaba más molesta que el hecho de que hasta entonces él hubiera ignorado lo que ocurría.

—Demasiado tal vez —dijo estirándose—. Alexander no quiere ni salir del apartamento para no perder la ventaja de esta planta.

—¿La ventaja? Ah, porque tenéis conexión a internet. No sé, yo me imaginaba a Alexander más proclive a visitar bibliotecas antiguas con su sombrero de arqueólogo.

Astrid iba a decir algo, pero se quedó mirando a Germán con aquellos ojos tan profundos, así que él intentó no sonar tan rabioso.

—Bueno, entonces ¿ya sabéis cuál es el origen de la maldición de la torre? ¿Cómo murieron las almas de los anteriores inquilinos?

—¿Así que tú también piensas que esto es una historia de fantasmas? —planteó Astrid con cara de interés, aunque si lo preguntaba era obvio que ella no lo pensaba.

—Seguro que habrá una explicación menos fantasiosa, pero empiezo a sentirme más ridículo tratando de analizar todo de manera racional que atribuyéndoselo a un ente sobrenatural.

—Menos fantasiosa no lo sé, pero más compleja desde luego. ¿Te has fijado en que hay un patrón paranormal específico para cada planta y casi antagónico por apartamento? Vosotros escucháis el telefonillo, tenéis problemas durante el sueño, pero de manera distinta. En la planta baja Rosa y Rafael han tenido alucinaciones. Pero las de Rosa parecen auditivas y las de Rafael visuales.

—¿Has hablado con Rafael?

Astrid no respondió, sino que continuó con su exposición.

—Luego está la enredadera de la quinta planta: a Bea le hace sentir que la atrapa, mientras que a Amanda le gusta y dice que la lleva en sueños a otros sitios. Y ya sabes lo de Emilio y lo de Nuria. ¿No te parece que hay cierta simetría que parece responder más a un orden establecido que a la actuación de un ente?

Germán se sintió herido en su orgullo. Pensaba que estaba promoviendo una gran iniciativa, y mientras aquellos dos habían tenido tiempo de saberlo todo. Pero no de compartirlo con él.

—No sé, Astrid. Vosotros parecéis saber mucho más. Yo solo estoy empezando y tratando de que todos estén al tanto de lo que ocurre en la torre. Todos estamos haciendo nuestras vidas, pero eso no quita que a veces lo pasemos mal por no saber qué sucede.

No quiso sonar tan quisquilloso, pero de todas formas, igual que Manuel parecía inmune a las críticas, Astrid era capaz de neutralizar cualquier reacción negativa. Asentía a las palabras de Germán dándole la razón mientras daba vueltas por el salón.

—Es que no tenemos aún las respuestas, Germán. Solo un puzle gigante que resulta casi imposible componer sin tener la imagen de la caja. Esas piezas desordenadas son las notas que viste antes en el ordenador. Créeme que nos estamos arriesgando para poder dar una explicación al resto de los inquilinos. Por ahora esos titulares sin contenido solo harían daño. Ya has visto cómo está de asustada Rosa. Y Emilio, desquiciado. Nuria, por su parte, a pesar de que en Twitter cuente lo suyo con humor... bueno, lo suyo y lo de todos...

Astrid le hizo un guiño y Germán sonrió con vergüenza.

—Seguro que tú sí podrías entenderlo —concluyó la joven—, pero si crees que el resto de los vecinos también debería saberlo... Déjame hablarlo con Alexander, ¿vale? Mientras tanto, si quieres que salga más de mi apartamento hay algo que sí puedes hacer.

—¿El qué?

—Terminar conmigo la provisión de helado que me queda. Así el próximo nos lo tomamos fuera.

Era imposible no aceptar aquel trato.

Germán y Astrid lucharon con dos cucharillas en el mismo envase y pronto pasaron a hablar de fotografía, de Londres...

Al cabo de dos horas sonó el timbre de la puerta y Astrid abrió a Amanda.

—Oh, Germán, estás aquí también. Así me ahorro bajar a tu casa. Este viernes es mi cumpleaños. ¡El 27! Voy a hacer una cena y quiero que estéis todos. Me había dicho Nuria que tú ibas a ser difícil de convencer, pero ya veo que estás integrándote mejor, ¿no?

Astrid le comentó a Amanda que precisamente estaba hablando con Germán de lo bueno que sería reunirse todos y apretó la mano de Germán. Fue un gesto de afecto y a su vez una confirmación de que los investigadores de la cuarta planta iban a poner en común lo que habían averiguado.

La fiesta en casa de Amanda aplazó la ronda de entrevistas de Germán. Aunque no estarían todos. Emilio no se sentía capaz. Era lógico. Más le fastidió que Alexander rehusara la invitación porque seguía escabulléndose de desvelar sus secretos. Pero esperaba no solo hablar con la anfitriona, que era la otra persona que le faltaba, sino también compartir sus avances con los demás.

El cumpleaños de Amanda iba a ser una terapia de grupo en toda regla.

Y todos parecían saber que la fiesta era solo una coartada, porque, según se iba aproximando la hora de la quedada, la comunidad al completo estaba agitada.

Germán había invitado a comer a su piso a Manuel, quien le estaba poniendo al día de todos los preparativos de la noche.

Nuria y Astrid se habían encargado de recaudar el dinero para comprar un regalo entre todos. La idea la había tenido el propio Manuel y era tan perversa como terapéutica: un pack de dos noches en algún hotel con encanto, para que Amanda se diera cuenta de que podía salir de aquella torre todo el tiempo que quisiera, y que su fantasía de *reality show* se desvaneciera cuando pudiera hablar con gente normal.

Manuel le contó que, aunque Rafael había dado los siete euros acordados sin poner ningún tipo de pega a las dos chicas, dijo que tenía que trabajar y que no iría.

También le contó que al parecer su apartamento estaba tan intacto como lo encontraron el primer día, salvo por los ceniceros llenos de colillas y un par de pesas grandes.

«Y una pistola escondida en algún lado», seguía pensando Germán.

—Manuel, ¿exactamente qué es lo que sientes tú por las noches? Me dijiste que tú no te movías en la cama como yo, ¿no? —dijo acordándose de la conversación con la fotógrafa.

—No, qué va... yo lo siento por dentro... No sé... Me pasaba más al principio. Yo creo que ya me he acostumbrado.

—Sí, a mí también. Creí que le estaba poniendo remedio siendo mucho más activo por las noches... pero ahora no estoy seguro de que eso tenga algo que ver.

—¿Crees que el espectro ese nos quería decir algo? De hecho, tú estabas muy parado cuando llegaste a la torre y a lo mejor te vino bien el meneo, y a mí me está diciendo que me cuide más las digestiones.

Germán se rio y le tendió un café con hielo.

—¿Te llegaste a imaginar cuando buscabas casa que estarías teniendo esta conversación?

Manuel se encogió de hombros.

—No... pero casi. ¡Llegué a buscar en Google «casas con fantasmas» para ver si había algún chollo! Pues, mira, aquí lo tengo. A ver, intento ser práctico y pensar que pese a todas estas cosas... ¿en qué me afecta realmente? ¿Que ha sonado dos veces el telefonillo? ¿Que he pasado malas noches al principio? Si me pongo a pensar, en la residencia estudiantil también pasaban cosas: obras al lado, un grifo que no se arreglaba ni a la de tres... A ver, que no lo estoy comparando, pero a efectos prácticos...

—Manuel se bebió de un trago el café—. ¿Te parece que estoy loco si te digo que me compensa vivir aquí?

—Te entiendo —dijo Germán—. Yo mismo cada día he estado escuchando y dedicándole tiempo a esto, ¿no? Y luego veo que sigo yendo a trabajar, que salgo, que me fastidia no haberme acordado de comprar tomates o que, joder, ¡que me aburro y todo, a ratos! Creo que todos somos capaces de seguir con nuestras rutinas más anodinas y aparcar las cosas extrañas que ocurren en la torre como si no hubiera pasado nada. Y sí, fijo que tendré que comerme mis palabras, Manuel, pero lo cierto es que yo tampoco me arrepiento de vivir aquí, en este sitio, con estas vistas, en este lugar...

—Es que lo mismo no tienes que comerte nada. Es que a lo mejor hay una explicación lógica para todo. ¡Anda que no han pasado cosas raras en la historia sobre las que al cabo de los siglos se ha encontrado la explicación más tonta! Puede que haya un cable suelto en el telefonillo, el aire en ese sótano, o que Emilio se esconde él mismo las cosas porque quiere dimitir de presidente de la comunidad —se rio él solo de aquella gracia—. Mientras tanto, aquí todos esperamos a que salga el fantasma y no saldrá nunca. Pues si aparece que lo haga antes del viernes.

—¿Por?

—Para tocar a cinco euros en vez de a siete. Que pagamos solo doscientos cuatro euros de alquiler, pero que hay que pagarlos, ¿me entiendes?

—Serás rata... —dijo Germán, y los dos se echaron a reír.

Las diez de la noche era la hora a la que estaban convocados al cumpleaños, con la esperanza de que el calor les diera tregua a la que ya de por sí podría ser una situación agobiante. A la ausencia de Rafael y Alexander se unía la de Nuria, quien a última hora no había podido cambiar su turno en la residencia, aunque fuera de las que más se habían volcado en la fiesta. En cambio, sí estaría finalmente Emilio. Cuando volvía de la agencia para prepararse, Germán se lo encontró discutiendo a gritos con su novia, que se alejaba dando un portazo de su casa. Por lo que creyó oír, Manoli estaba disgustada porque no se tomaba la medicación, y el abogado, por su parte, parecía empezar a asumir que tal vez no estaba loco. Así que le había dicho a una exultante Amanda que también acudiría a la celebración.

Germán se arregló un poco más de lo normal ante el espejo. El vapor cubrió todo el baño como una neblina de la que hizo una salida teatral para vestirse para la reunión. Había cogido algo de peso en los últimos días, pero le sentaba bien. Tal vez eso de estar más activo y a la vez más tranquilo le había despertado el apetito. Subió los dos pisos hasta el de Amanda y llamó a la puerta. Bea fue quien le abrió dejando escapar el ruido de una reunión animada en la que ya estaban casi todos dentro.

Resultaba irónico que aquel grupo tan absolutamente disfuncional en cambio fuera siempre tan puntual.

Bea estaba bastante callada, pero más integrada de lo que habría esperado, observando de pie en el rincón del salón con la cocina abierta cómo la gran mesa se llenaba de aperitivos. Su cresta había crecido, pero tanto su peinado como ella tenían un aspecto menos desahuciado que el día que la conocieron.

Amanda estaba apurada porque no le había dado tiempo a preparar el banquete que deseaba y Manuel y Astrid la estaban ayudando a dar una vuelta a algunos de los platos. Emilio permanecía apoyado en la ventana del salón tratando de invocar algo del frescor que aquellas noches les negaban, hablando con Rosa acerca del cambio climático.

Germán se quedó un rato de pie, mientras contemplaba la pared llena de hiedra, verde y frondosa que ocupaba ya solo el apartamento A de la quinta planta. Manuel, con el pretexto de mirar bajo el mantel cómo había encajado las mesas Amanda para hacer una grande, empezó a buscar cámaras. Tal vez aquella mujer tan pirada en el fondo se estuviera montando su propio programa.

—No te sientes aún, querido, que vamos a ir chico-chica-chico... Y yo estoy ahí presidiendo, que es mi cumpleaños —dijo Amanda más acelerada que nunca justo antes de acordarse de que tenía que dar a cada uno de sus invitados un vasito con gazpacho de fresas que servía de entrante.

Rosa acudió en su rescate y echó una mano en la cocina.

Germán se acercó a Emilio, que seguía junto a la ventana.

—La verdad es que desde aquí las vistas son magníficas —le dijo con su aspecto demacrado.

A Germán le pareció que lo decía con cierta pena de no haber escogido aquel apartamento. Sabiendo que en cada piso habían pasado sucesos muy distintos, era lógico que no parara de darle vueltas a cómo hubieran sido las cosas de haberse quedado con ese.

—Seguro que desde el de arriba se ve aún mejor, tiene un balcón, además. Ay, se me ha olvidado el guacamole —se lamentó Amanda.

—Ya ni lo hagas. Hay comida de sobra, Amanda —le dijo Rosa.

—Y para cuando nos sentemos ya habrá pasado tu cumpleaños —protestó Manuel impaciente.

—¿Y la planta? No ha dejado de crecer, ¿eh? La verdad es que el salón queda precioso con ella —comentó Astrid.

—Vale, sentaos. Pero estáis por orden, mirad los letreritos. A mi lado Germán; luego Astrid, claro; después Bea, donde pone Nuria ahora es tu sitio; Emilio, Rosa y Manuel aquí, a mi otro lado. Yo flanqueada por los chicos guapos de la tercera planta, ¿qué os parece, eh?

—¿Tu planta está igual, Bea? —preguntó Rosa.

—No. Yo la he arrancado —dijo Bea tajante en ese instante de silencio que se crea siempre una vez que todo el mundo se sienta y empuja la silla.

—Emilio, abre el vino, por favor; es caro, no le hagas ascos —trató de retomar la normalidad Amanda.

—No he estado bebiendo por los ansiolíticos y no sé si aún debería esperar —dijo Emilio rompiendo el tono trivial de la reunión.

—¿Y por qué la arrancaste, Bea? —preguntó Rosa, pero la chica calló y bajó la mirada.

Se produjo un nuevo silencio demasiado largo. Se podía oír cómo se servía el vino y el agua en los vasos de unos comensales mayormente tensos. Menos Astrid, que permanecía sonriente y siempre, cuando se servía o bebía, tocaba cómplice el brazo de Germán. Manuel comía sin parar a su bola, sin prestarles atención.

—La planta es muy bonita, pero da yuyu, ¿verdad? Como todo lo de esta torre —dijo Manuel sacando el tema clave.

—A mí solo me parece bonita —respondió Rosa, que de vez en cuando miraba el móvil por si su hijo o los niños la llamaban, sin darse cuenta de la falta de cobertura.

—Chicos, voy a serviros el pavo —dijo Amanda—. Espero que os guste como me ha quedado. La tarta la han hecho Nuria y Rosa.

—La dejé en mi nevera, luego bajo por ella en un momentito.

—Yo ya la he visto en foto en la cuenta de Twitter de Nuria —anunció Manuel—. Qué pena que no haya podido venir.

—Ay, era una sorpresa, cómo es esta chica con todo eso de internet.

—A lo mejor le sirve como una manera de poner distancia, como hago yo con la cámara —dijo Astrid.

Después del día en su apartamento, Germán había quedado otra vez con Astrid. Fue una cita en toda regla, aunque aún no había ocurrido nada entre ellos. Era tan claro que se gustaban y que tarde o temprano se liarían que disfrutaban sin prisa hasta que llegara el momento.

La chica le había informado de que Alexander no quería compartir todavía las teorías con los demás y que no era probable que acudiera al cumpleaños. Germán no había insistido aquel día, pero tenía claro que, aunque trataría de ser igual de agradable que lo era ella, no iba a seguir cubriendo algo así. La frase de Astrid le dio el pie perfecto.

—Son geniales las fotos, deberíais verlas. Aparte de ser preciosas, son muy interesantes... No sé si sabéis que Alexander y Astrid han estado estos días investigando.

Astrid no perdió la compostura ante aquella trampa que con astucia Germán le había tendido, y siguió sonriendo.

Germán se atrevió a devolverle la sonrisa para suplir con cierto encanto la presión.

—Aún no tienen todas las claves, pero sí el principio de una teoría. Ahora os la cuenta ella, pero os adelanto que no creen que sea un fantasma.

Por supuesto, Emilio fue el primero en reaccionar.

—¿Sabéis lo que está pasando? Por favor, estoy a punto de volverme loco. Si sabéis algo debéis contarlo. ¿Cómo es que lo sabéis?

Astrid miró a Germán algo más enfadada, lo que la hacía aún más adorable si cabe. Antes de que pudiera hablar, Amanda, involuntariamente, le dio tiempo.

—Tranquilos, chicos, si nos han elegido es por algo. Estoy segura de que cuando se desvele el personaje misterioso que falta, todo empezará a tener sentido.

—¿Le están haciendo casting aún, Amanda? —intervino Manuel con la boca medio llena.

—No, vive en el sexto. Yo he estado allí en sueños. Y allí estaba esa sombra triste. Y no estaba sola. Ah, yo tenía un vestido precioso, como de modelo. Creo que era uno que llevaba Paloma Lago en una gala de *Noche de fiesta*. ¿Alguien quiere repetir pavo?

Manuel se levantó de su silla. Pero no fue para rebañar la bandeja, sino para situarse al otro lado de Astrid y decirle:

—Astrid, a lo mejor lo que tenéis no os parece importante aún, pero esto está haciéndonos desvariar a todos.

Astrid agarró el brazo de Manuel, como antes había hecho con el de Germán.

—Vale —aceptó al fin—. Me hubiera gustado que estuviera aquí también Alexander, pero creo que hay algo relevante que podemos compartir y que nunca lo hemos hecho. ¿Cómo cada uno de nosotros llegó hasta aquí? El anuncio, ¿recordáis? ¿Cómo lo descifrasteis?

Amanda empezó a recoger y a anunciar que lo mejor de la

velada estaba por llegar. A saber si era para dar solemnidad a aquel momento o por el miedo a perder protagonismo.

—Pero eso qué tendrá que ver con... —protestó Emilio.

—Lo mío fue por la planta, liquidámbar, ¿os acordáis? —empezó Astrid para dar ejemplo—. Hice un reportaje una vez sobre plantas y recordé que había una en el Retiro, que era lo que más me podía sonar por lo de la caseta.

—Yo seguí ese rastro también —intervino Germán—, pero sin éxito. Al final por casualidad encontré un plano donde se mencionaba que El Gallinero era el nombre que se daba antiguamente al Retiro. Casi no llego antes del cierre, aunque creo que después de mí entró Rafael.

—Yo no hice nada —dijo Manuel—. Actualizaba una y otra vez la página del anuncio, en plan hacer cualquier cosa que no sea estudiar, y en una de esas, el texto se había transformado y ponía que fuera al Retiro. No sé si fue obra de un *hacker* o qué. A Nuria se lo dijeron en Twitter.

—Pues yo navegando no encontré nada y mira que busqué —declaró Emilio—. Manoli trabaja en una inmobiliaria y no sabía cómo se podía haber publicado algo así sin que nadie lo hubiera ya denunciado por falso. Habló con un excompañero suyo que coordina la web *Buscapisosenmadrid* y le pudo dar el móvil de quien había puesto el anuncio. Yo llamé varias veces hasta que me lo cogieron y me dieron la dirección.

Rosa se levantó para ayudar a Amanda.

—Yo se lo escuché a una compañera de trabajo. Al parecer la habían rechazado para la entrevista. Pedí ausentarme y vine yo.

—¿Se lo oíste a otros? Es como si le hubiera robado a otro la clave, ¿no? —comentó Emilio.

—A ella se lo dijeron en internet y a ti te lo dijo tu novia. ¿Cuál es la diferencia? —respondió Rosa muy ofendida.

—Yo ni siquiera sabía que era un anuncio —dijo Bea—. Estaba en el Retiro ganándome algo de dinero haciendo malabares cuando vi a Astrid. La seguí hasta la caseta y entré después a ver de qué iba eso.

—¿La seguiste? —preguntó Manuel—. ¿Para qué?

—Me pareció muy atractiva.

—¡Qué bueno! —exclamó Astrid halagada—. Yo no te recuerdo de aquella tarde.

—Pero ¿en plan de que te gustó? —insistió Manuel, algo azorado por aquel instante creado entre las dos chicas.

—¿Y tú, Amanda? —preguntó Germán.

—Yo quiero apagar mis velas —dijo la anfitriona, repentinamente muy triste—. Ya es hora, ¿no? ¿Podemos seguir con este asunto después de la tarta?

—Bajo a por ella —dijo Rosa—. ¿Alguien me acompaña?

Bea y Astrid intercambiaron alguna palabra, y Manuel parecía absorto con aquello. Emilio estaba demasiado agobiado, así que a Germán no le quedó otra.

—Esperadnos para continuar, ¿vale? —pidió Germán.

El joven estaba cerrando la puerta detrás de ellos cuando oyó a Rosa gritar a su lado en el descansillo.

Rosa señalaba una sombra en la oscuridad que reinaba antes de pulsar el interruptor de la luz. Pero había alguien allí. Estaba segura. Y no era uno de los vecinos. Era una silueta pequeña, inquietante, que los miraba desde el escalón.

A tientas, Germán palpó la pared, buscando el interruptor de la luz y buscando el timbre para avisar al resto, pero estaba demasiado nervioso para atinar a cualquiera de los dos, mientras Rosa, fuerte como siempre, recuperaba el aliento.

—¿Quién eres? ¿Qué haces ahí?

Por fin Germán logró llamar a la puerta y encender la luz. A menos distancia de la que había imaginado había una niña de unos cuatro o cinco años; tenía el pelo muy rubio y sucio y los miraba fijamente hasta que la luz de la escalera la hizo cubrirse el rostro.

Emilio acudió a abrir la puerta de Amanda.

—Hola —dijo sin saber qué pasaba—, ¿viene tu nieta a tomar tarta?

En ese momento la niña pegó un brinco y empezó a correr escaleras arriba.

—¡No es mi nieta! ¡Es el espíritu! —gritó Rosa.

Germán corrió instintivamente detrás, pero se detuvo a mitad de camino, cuando a pocos escalones del sexto piso vio cómo la puerta se abría y la niña desaparecía en su interior. Sintió mucho miedo y bajó casi de espaldas. En el descansillo estaban ya todos sus vecinos mirando en su dirección.

—¡Os dije que pronto conoceríamos a nuestros vecinos! —exclamó triunfal Amanda.

5

Alexander encendió su pipa mientras terminaban de contarle lo que había ocurrido. Sentía una intensa emoción porque todo empezaba a acelerarse, pero también algo de decepción por no haber estado presente. En aquella contradicción no tenía cabida el miedo. Además, era incapaz de entender que el resto de los vecinos no estuvieran tan eufóricos como él.

—Pero ¿entonces ustedes dos tampoco sabían que ni la torre ni las Seis Esferas existían antes de llegar hasta aquí? —Alexander trataba de recuperar la iniciativa preguntando a Rafael y a Nuria, que se habían incorporado a la reunión en el piso de Amanda.

Eran los que faltaban por contar su relato, aparte de él, claro. Su vecina de planta ya le había puesto al tanto de cómo habían llegado los otros a enterarse de la existencia de las viviendas que había disponibles en la torre. Llevaba tiempo detrás de esa información, que Astrid había sabido averiguar a la perfección.

Nuria seguía perdida. Estaba saliendo del trabajo cuando la llamó Manuel para que fuera corriendo al piso de Amanda. Por un instante olvidó dónde había ido a vivir y pensó que la llamaban porque la fiesta estaba en su mejor momento. En cierto modo, así era.

Los demás habían estado esperando con miedo y sin saber qué hacer desde que se habían acercado al piso cerrado de la sexta planta. Pero los intentos de abrir esa puerta fueron infructuosos, así que habían acudido a Alexander, quien estaba igual de sorprendido que ellos.

Los ánimos se iban caldeando. Las voces de unos y otros sonaban en toda la escalera. Al final decidieron esperar a que estuvieran todos para hablar de lo que había pasado. Volvieron al piso de Amanda y durante las siguientes dos horas comieron y bebieron sin ganas lo que había sobrado. Nadie volvió a mencionar la posibilidad de bajar a por la tarta.

Había pocas cosas que pudieran hacer perder el apetito a Manuel, pero esa era una de ellas.

—Joder, te juro que si algo me da miedo son los putos niños. ¿Y era normal? ¿Tenía los ojos rojos, o algo así? Mierda. ¿Flotaba? No me digas que flotaba, por favor.

—Ya os he dicho cómo era. No flotaba, pero muy normal no parecía —dijo Germán, que aún estaba recuperándose del susto.

Emilio, que había llegado a pensar que estaba loco, consideraba casi un consuelo la explicación paranormal, y el hecho de que hubiera algo concreto, tangible, como una niña correteando le había devuelto su aplomo habitual.

—Alexander, ya no es tu turno de hacer preguntas, ni de hablar con acertijos. ¿Qué son las Seis Esferas? —interpeló al colombiano.

—¿No es eso lo que mencionó Pip en el Viaducto de Segovia, justo antes de que todos saliéramos corriendo? —preguntó Germán, que trataba de reconducir la conversación.

—Sí, así es —respondió Alexander—. Lo que pasó allá, sea lo que sea, confirmó la existencia de esas esferas que había investigado durante años.

»Cada esfera representa un clan, una casta, una casa de individuos con una idiosincrasia propia. Antes yo no sabía ni el nombre ni el número exacto de esferas, pero el lugar donde nos citaron y luego toda esa procesión ceremoniosa para llegar a la torre me hicieron pensar en que eran una pista.

—¿La plaza del Biombo? —Germán lo interrumpió—. ¿Qué tiene de raro ese lugar?

Recordaba lo atractivo y enigmático del nombre. También el

comportamiento extraño de Alexander durante todo aquel paseo que ahora llamaba «procesión».

—Una fuente con cinco caños. Ahí fue donde esperamos. Cinco plantas. Diez inquilinos. Creo que cada una de las plantas representa una de las esferas.

—Esperamos nosotros. Tú estabas ahí escondido —dijo Rosa sin cortarse—. Como estas semanas en la torre.

—Y entonces, en el viaducto, cuando pasó eso tan raro, Pip mencionó las Seis Esferas, y esta torre tiene seis plantas, así que todo cuadraba —continuó Alexander sin inmutarse.

—¿Esferas de qué? ¿Alguien está entendiendo algo de lo que dice este hombre? —preguntó Manuel.

Alexander se levantó hacia la ventana y dio la primera calada a la pipa. Sabía que captaba la atención de todos. Era el momento, y algunas historias tenían que ser contadas con cierta solemnidad. Rafael aún no se había quitado la corbata, aunque tenía la camisa arremangada y la americana del traje doblada sobre las piernas. Al contrario que Nuria, él no había respondido a las llamadas que le hicieron. Después de haber estado un tiempo sin trabajar al sentirse enfermo, no podía permitirse el lujo de estar atendiendo el teléfono en la puerta del local. Pero al llegar a la torre oyó que le llamaban por la ventana desde el piso de Amanda. No había hablado más de dos palabras desde entonces, pero la ira que sentía tensaba su cuerpo.

Él no seguía con la mirada el deambular caprichoso de Alexander, aunque atendió su discurso pomposo.

—Yo soy profesor de historia en la universidad en Bogotá. Llegué a Madrid hace más o menos dos años para hacer una segunda tesis doctoral en antropología sobre sociedades secretas —habló por fin el colombiano—. Ya saben, logias, órdenes, sectas, cosas de esas. Un mundo fascinante, sí, aunque el foco de mi estudio antropológico no está en cómo funcionan esas organizaciones o las atrocidades que puedan hacer, sino en cómo han sabido ocultarse del resto de la sociedad; cómo operan y actúan sus miembros para comunicarse entre ellos o incluso para ejercer el poder sobre el resto del mundo sin que nadie se dé cuenta.

»No es un tema trivial. Vivimos en la era de la comunicación. Nuestra identidad y cada uno de nuestros actos son cada vez más públicos y estos grupos han tenido que adaptarse a eso, enfrentarse a las redes sociales, a los rastreadores de información, a las políticas de control de datos. Muchos han seguido en la sombra para tener sus pequeñas reuniones teatrales o para cometer actos que trascienden lo legal y lo moral. Por ejemplo, en Londres investigué algunos métodos más bien raros de financiación, reclutamiento y reunión que nunca pensé que hoy fueran posibles. Entonces contacté con Facundo Artiaga, un experto en el tema y que es profesor de la Complutense de Madrid. El profesor Artiaga aceptó dirigir mi tesis doctoral y me vine a seguir mi trabajo de campo aquí. Fue él quien me habló primero de esta torre.

En el salón de Amanda la atención de los inquilinos se alternaba con el nerviosismo por saber adónde quería llegar aquel hombre con esa cadencia tan incómoda, que intencionadamente dificultaba averiguar cuándo haría la siguiente pausa para que nadie pudiera interrumpirle.

—Artiaga era un experto en temas de ocultismo y gracias a su reputación le llegaban noticias de sucesos extraños. Después de mucho tiempo de investigación empezó a notar que había una correlación entre muchos de esos eventos, lo que le permitió llegar a una conclusión asombrosa: que en Madrid existe una sociedad secreta dividida en castas, con distintos niveles claramente diferenciados y que operan casi de manera independiente. Algo así como una estructura feudal dominada por otra más fuerte.

—¿Esas castas son las esferas? —interrumpió Nuria—. ¿Son como diferentes grupos sociales?

Astrid le indicó que sí con la cabeza mientras Alexander continuaba absorto en su propio discurso.

—La sociedad de las Seis Esferas fascinaba al profesor Artiaga. Y no porque explicaran varios de esos eventos asombrosos. Al fin y al cabo creía en el poder de la magia y les puedo asegurar que para él ya no era nada extraordinario encontrar o identificar comportamientos ancestrales que trascendieran la condición humana.

»Pero esa estructura de esferas tan bien diferenciadas entre sí y que, aunque podrían considerarse sectas distintas—, por alguna razón unieron sus destinos, es muy diferente de las tradicionales organizaciones sectarias que o se organizan por niveles de implicación o son simples grupos análogos que se enfrentan o se someten a luchas de poder. Lo particular de las Seis Esferas es que parece una sociedad mucho más compleja, poderosa y antigua sobre la que, en pleno siglo XXI, apenas si se puede encontrar información. Nadie sabe cómo logró instalarse, crecer y operar en la sociedad. Todo el mundo sabe que hasta la mafia más poderosa o la secta más oscura deja algún rastro, algún cadáver que pretende ocultar, pero que un día aparece de la nada, historiales policiales, desertores que hablan... ¡pero las Seis Esferas están fuera de esta realidad! ¡¿Se dan cuenta por qué mi fascinación?!

Su explosión de felicidad le hizo darse de frente con la reacción de sus vecinos.

—Espera... ¿piensas que detrás de esta torre hay una secta peligrosa y no nos has dicho nada al resto? —preguntó Emilio indignado—. ¿Y tú tampoco, Astrid?

—Hijos de puta —dijo Rafael mordiéndose el puño.

—Esperad, dejad que termine —intervino Germán antes de comprender que la situación ya estaba descontrolada.

—¡Una secta! ¡Tiene que ser eso...! Nos están drogando de alguna manera —exclamó Emilio—. Es lo primero que hacen en las sectas, drogar a sus víctimas para hacerles creer lo que no es cierto...

—Yo también he oído eso —dijo Rosa asustada.

—Parece que no me están escuchando —protestó Alexander—. Si no son capaces de abrir un poco la mente a lo que les estoy diciendo, ¡no podrán entender el alcance de todo esto!

—Una puta secta, la madre que me parió. ¡Es lo que me dijeron mis padres el primer día! —dijo Manuel, cada vez más pálido.

Astrid vio necesario intervenir.

—Alexander, creo que estás centrándote demasiado en tu tesis. Cuéntales lo que sabías de la torre y el rito de...

Alexander no tenía intención de cambiar el orden de un discurso que parecía tener muy ensayado, pero Rafael se levantó con violencia de la silla y de un salto puso su puño a dos centímetros de su cara. Emilio se levantó también para apoyar al segurata. Incluso Manuel parecía desear que le sacaran las palabras a golpes al colombiano. Amanda empezó a sollozar. Astrid, Nuria y Rosa se interpusieron intentando detener la pelea. Bea comenzó a gritar a todos que dejaran a Alexander terminar de hablar.

Entretanto, German permanecía inmóvil. Estaban a punto de empezar los puñetazos y él no podía moverse del sitio. Aunque al contrario que otras veces en que su mente también se bloqueaba, esta vez era capaz de analizar y de pensar. No podía dejar de dar vueltas a lo que acababa de oír: una secta.

Aquella no era solo la explicación más razonable hasta la fecha, sino que, de confirmarse, todo iba a desmoronarse rápidamente. Si esa secta les había abducido de alguna manera, no iban a conformarse con darles sustos o jugar con sus mentes como hasta ahora. Habría un plan para ellos. Un plan del que debían huir cuanto antes.

El antropólogo friki sacó un papel del bolsillo y lo enseñó tembloroso al resto. Era un esbozo de la Torre de la Encrucijada. Retomó sus explicaciones.

—Después de pasarse varios años intentando desentrañar aquella red, el profesor Artiaga decidió abandonar la investigación. Decía que le había destruido su vida y prefirió retirarse. Creo que se fue a vivir a la costa.

»Un mes después llegaron a la universidad todos los documentos que él había reunido y una nota en la que pedía que no lo involucraran nunca más con el tema. Mientras tanto yo seguía con mi investigación y entre los papeles del profesor encontré este dibujo. Durante meses me dediqué a buscar la torre hasta que un día di con ella en estos jardines. La estaban remodelando para habitarla.

»Debo decir que seguí el orden contrario a ustedes: primero encontré la torre y luego tuve que descubrir el anuncio y, lo que es peor, saber dónde estaría la caseta. ¡Ni se imaginan cuántas veces pasé frente a esa verja pensando que podría seguir a alguien! Pero no fue así. Entonces decidí descifrar la información que tenía. Pensé que si lo que querían era que la torre estuviera habitada de nuevo y que si para elegir a quienes la habitarían lo hacían a través de un anuncio que cualquiera podía leer, realmente estaban dejando el asunto al azar. Pensé también que la torre debería estar ubicada en un terreno que para las Seis Esferas fuera neutral. Entonces analicé de nuevo los mapas que tenía y me di cuenta de que eran pocas las opciones donde buscar. Finalmente aposté por el Retiro y entré a cinco minutos de que se terminara el plazo. ¡Fui el último candidato!

—Es importante que cuentes que le dijiste a Pip la verdad —dijo Astrid—. Cómo te habías enterado de todo.

—Sí, de acuerdo. El hecho es que me sentía tan presionado que no pude mantener mi, digámoslo así, actuación. Y no sé por qué ese hombrecito tuvo tanta facilidad para sacarme los detalles. Creo que Pip dudó, y al final se dio cuenta de mi farsa por culpa del detalle más tonto de todos: que la elección de un lugar entre todos los que tenía la dejara al azar. ¡Sí, lancé un dado! ¡Eso fue lo que hice! ¿Ahora entienden por qué les dije eso del azar el primer día?

Los demás no podían seguir sus razonamientos sin dejar de pensar en el peligro en que estaban inmersos.

—Escuchad. Creo que, si estuviéramos en peligro real, si hubieran querido engañarnos, no hubieran dejado que alguien que sabía cosas de esas esferas entrará en la torre, ¿no creéis? —comentó Astrid.

—Hay gente que entra en las sectas de manera voluntaria —dijo Nuria.

—Sigo sin entender el papel que tiene la torre en todo lo que nos estás contando, Alexander. Y, sobre todo, ¿qué pintamos nosotros en esto? —inquirió Germán.

—Creo que lo que quieren es construir o fijar algún punto

de encuentro entre todas las esferas —respondió el colombiano—. Por eso necesitan miembros nuevos. Creo que todo ha sido parte de una ceremonia desde el primer día... una ceremonia de iniciación o algo así para formar parte de este lugar.

—¿Por qué elegiste la cuarta planta? ¿Sabías algo en concreto de tu piso o de la esfera que representaba? —quiso saber Emilio.

—Yo estaba abierto a todo y, entonces, recibí un mensaje en mi móvil. Decía que esa era la planta de los Eruditos. Creí que era una señal —reveló Alexander.

Mensajes en el móvil, pensó Germán. Como los que le llegaban a Astrid. No es que tuvieran internet en la planta, es que les estaban dando información.

—Pero entonces tú lo sabías. Sabías que quien se instalara a vivir en la torre entraría a formar parte de esa secta —espetó Nuria moviendo la cabeza con incredulidad.

Manuel se levantó y corrió hacia el baño. No le dio tiempo siquiera a cerrar la puerta, así que todos pudieron oírle vomitar.

—Enseña el dibujo —exigió Bea.

Alexander se avino a hacerlo.

—Como pueden ver, dice «La Torre de la Encrucijada». Es un esquema de distribución de los pisos. Dos por planta. Cinco plantas en total, más otra, la sexta, donde aparece este dibujo.

Puso el papel encima de la mesa. Tenía manchas de grasa y alguna miga pegada. En efecto, bajo el titular «La Torre de la Encrucijada» figuraba un esquema de distribución de pisos. Dos por planta, excepto en la sexta, que solo había uno, y en ese espacio vacío aparecía un dibujo.

—Es un cisne inclinado. Y encima de él hay una corona —dijo Bea.

—Es la casa donde ha entrado la niña —les recordó Rosa.

—No ha entrado —la contradijo Amanda—. Vive ahí. Os dije siempre que sobre mi apartamento vivía gente.

—Pero no hemos podido entrar —dijo Emilio.

—A lo mejor esa era la vivienda del portero. ¿No decíais que pasó algo raro con él? —preguntó Manuel cuando volvió del aseo.

—Yo no creo que ese fuera el piso del portero —opinó Astrid—. Fijaos: quien viva ahí está asociado a la Sexta Esfera, que es la que posee mayor rango. Ahí tiene que vivir alguien más importante. Hemos intentado buscar mil maneras de entrar. Pero como jamás nos han abierto ni hemos visto a nadie, pensamos que tal vez había que esperar a su llegada y por eso no queríamos precipitarnos.

Rafael soltó a Alexander y se encaminó hacia la puerta.

—¡A la mierda, ya estoy harto! ¡Si arriba están los que manejan esto voy a tirar la puerta abajo, aunque sea a hachazos!

—¡Rafael, no debemos saltarnos las normas! —gritó Amanda.

—¡Al contrario! No debemos seguir jugando según las suyas —sentenció Rafael, y dio un portazo que sirvió para que varios fueran corriendo detrás.

—¡Abrid, sé que estáis ahí!

Los tremendos golpes retumbaban en la escalera donde se habían ido colocando los vecinos. Alexander, que no quería volver a perder su estatus, también había subido y no paraba de gritar la frase que tenía anotada en su libreta.

—¡En nombre de las Seis Esferas y del Pacto del Malabarista, abran la puerta!

—Vamos a por hachas y barras, ¿no? —propuso Emilio, envalentonado.

Entonces se oyó cómo la puerta se abría. Los que estaban un poco más abajo no podían ver bien qué sucedía, pero hubo un enorme silencio tras el chirriar de la puerta. ¿Qué podía haber hecho enmudecer a aquellos hombres tan dispuestos a entrar?

La escalera se quedó a oscuras y se oyó una voz infantil de niño que decía:

—Mi hermana no ha vuelto. Hay que encontrarla.

Nuria encendió la luz mientras Germán y Rosa subían apelotonados a la entrada de la sexta planta, donde tras esa puerta que finalmente se había abierto asomaba un niño con el cabello rubio revuelto y sucio, que debía de tener unos siete u ocho años.

Rafael miró por encima del niño el interior de la vivienda, pero el pequeño no retrocedía ante la intrusión de todos los vecinos amontonados en el umbral.

—No podéis entrar. Hay que encontrar a mi hermana. Dijo que volvería antes de que cayera el sol. Ha pasado algo.

—En nombre de las Seis Esferas, dinos quién es tu hermana —dijo Alexander, pero se vio interrumpido por el grito de Rafael.

—Hijos de puta... ¡han metido a niños en esto! —dijo empujando al niño y entrando.

El niño le empezó a golpear intentando que no pasara, pero Rafael era un ariete humano. Penetró en la vivienda, donde apenas estuvo un minuto, y cuando volvió al rellano llevaba en brazos a la niña de unos cuatro años que Germán y Rosa habían visto en la escalera.

Rosa cogió con suavidad a la criatura de los brazos de Rafael para que este pudiera defenderse de las patadas en las espinillas que le propinaba el niño. Cuando vio que eran ineficaces, el niño hizo un amago de salir, pero en la puerta estaban todos los vecinos. Estos lograron agarrarle, no sin llevarse algunos golpes.

—Entrad y cerremos —dijo Manuel, que sostenía al niño como podía.

—¿Ahí dentro? —preguntó Emilio—. ¿Y si vuelven los que los han encerrado? Hay que llamar a la policía

—¡Mi hermana, mi hermana! ¡Soltadme! —gritaba el pequeño.

—No he podido ver si dentro del piso hay alguien más —informó Rafael a los demás.

Entraron todos a empujones hasta el salón de aquel piso a oscuras. Parecía tener la misma disposición que el resto de las viviendas del edificio, pero en aquellos instantes parecía una trampa tenebrosa, el escondite de un asesino en serie, la guarida del dragón.

Alexander se adelantó y empezó a husmear cada rincón con la linterna de su móvil. El resto del pelotón fue avanzando detrás. Al dar la luz solo se encendieron algunas zonas de la casa, puesto que muchas de las lámparas o faltaban o carecían de bombillas. Aquel lugar parecía puesto del revés, como si hubiera sido saqueado.

En el dormitorio, por ejemplo, el colchón se había sacado al lado de la cama, que había sido cubierta por cojines, y con sillas se había fabricado otro pequeño lecho. Claramente se habían dispuesto tres sitios para dormir. La casa estaba mal ventilada, las ventanas que tenían contraventanas permanecían cerradas y un fuerte olor a comida y a basura lo inundaba todo, en especial la bañera, que era donde habían ido dejando los restos de latas y prendas sucias. Entre todos comprobaron rápidamente que, salvo los dos pequeños, por suerte no había nadie más allí.

El niño dejó de gritar cuando Rosa inspeccionó los armarios y vio leche y empezó a calentarla para dársela a la pequeña.

—No están desnutridos —dijo Nuria—, pero voy a bajar a por mi equipo y así les echo un vistazo. Ehhh, ¿alguien me acompaña? No quiero ir sola.

Emilio fue con ella. Nuria había sido siempre la más sensata y quería buscar un momento con ella a solas para comentar lo que estaba ocurriendo, ahora que empezaba a tener esperanzas de no haberse provocado él solo todo aquel infierno.

En la sexta planta, Astrid se agachó para ponerse a la altura del niño.

—¿Sois hermanos? —le preguntó—. ¿Quién os ha dejado aquí solos?

Amanda abrió las ventanas mientras miraba a todas partes. En un momento dado en que pateó sin querer algún objeto, Manuel, que vigilaba la puerta, pegó un brinco. Todos estaban al borde del sobresalto continuo.

—Joder, joder, joder... ¿Crees que estarán aquí secuestrados, Germán?

La cabeza de Germán iba a mil. Al menos no se sentía al borde del desmayo, como en otras ocasiones.

—Ha abierto la puerta. Y no parece que aquí estuvieran atados ni nada.

—Soy Astrid. Vivo en la Cuarta Esfera. ¿Y tú? ¿Quién os ha dejado aquí?

El niño la miró y dijo algo más tranquilo:

—Me llamo Mat, príncipe de la Sexta Esfera, infante del Cisne, segundo en la línea de sucesión del Trono de Todo.

Los demás intercambiaron miradas en la penumbra, sin saber qué decir. A Germán le recordó la primera vez que se vieron todos bajo las farolas de la plaza del Biombo.

—Mi hermana mayor está en peligro. Sin noticias de lo que ocurría en el exterior, partió en busca de nuestra madrina y dijo que volvería antes de que se fuera el sol. Ahora que estáis todos, hay que ir a buscarla.

—¡De eso se trataba! —exclamó Alexander—. Para abrir este nuevo nivel. ¡Teníamos que estar juntos todos los habitantes de la torre!

—Escondidos. Tal vez se esconden aquí de algo —dijo Rosa, que no podía preocuparse de otra cosa que no fueran los niños—. ¿Los están persiguiendo? ¿Quieren hacerles daño?

—Aquí estamos a salvo, pero fuera hay peligro. Por eso os he dejado entrar, para que encontréis a mi hermana —dijo el pequeño con orgullo.

—Está claro que son de una secta —dictaminó Manuel.

Alexander seguía registrando armarios y estanterías; Germán volvió a echar un vistazo a toda la casa. El televisor estaba desenchufado y volcado como si fuera una mesa, los electrodomésticos de la cocina apenas estaban usados, salvo los fuegos de la vitrocerámica, que estaba dañada por todas partes.

—Es como si no supieran usar los aparatos modernos. Deben de ser de una secta, sí. Tenemos que llamar a la policía —concluyó Germán.

—Espera —dijo Astrid—. Espera un momento, Germán. Mat, sois de la Sexta Esfera. ¿Sois los infantes del reino? ¿Es... es tu hermana mayor la heredera?

El niño asintió y Astrid se levantó lo suficientemente satisfecha como para lidiar con las miradas de recelo de sus vecinos, quienes cada vez tenían más claro que Alexander y ella jugaban en otra liga de información.

—Creo que no están secuestrados, sino escondidos. Creo

que son de la realeza de lo que quiera que sea esto. Se suponía que el portero de la torre iba a ser su guardián y al no haber venido... Han tenido que esperar de alguna manera hasta que han ido a contactar con los suyos. Puede que con Pip.

—¡Qué tonterías son esas! —protestó Rosa—. Da igual quiénes crean que son. ¡Hay que llamar a la policía y que vengan aquí!

—Pero entonces todo esto se acabará —intervino Amanda.

Germán no se podía creer que dijera eso. Le daba igual las condiciones de la torre y de su nueva vida. La alternativa de vivir bajo el poder de una secta que tenía a unos niños así...

—No. A la policía no —replicó el niño—. ¡Hay que ayudar a mi hermana antes de que sea tarde!

Rafael se acercó a donde estaban Manuel y Germán.

—Llamad a la policía —les dijo—. Pero será mejor que nos pongamos todos de acuerdo sobre qué contar. Nadie va a creerse que nos metimos aquí sin saber lo que estaba pasando.

—¡Pero si aún no lo sabemos! —gritó Alexander—. Y si tengo razón, si estamos en la Torre de la Encrucijada, no sirve de nada llamarlos. Tenemos que encontrar a su hermana y que nos cuente qué pasa.

Nuria y Emilio regresaron y cuando Amanda fue a abrirles la puerta, el niño salió corriendo por la vía despejada. Empujó a Emilio y escapó escaleras abajo. Todos fueron detrás de él, pero aquel pequeñajo iba a toda velocidad.

—¡Cogedle, cogedle! —gritaron Alexander y Rafael al unísono, coincidiendo por fin en algo.

Manuel y Germán apenas podían seguirle los pasos. Oyeron cómo se abría la puerta principal y el niño corría hacia los jardines. Cuando salieron, ya no podían verle en la oscuridad de la noche. Regresaron al portal de la torre.

—Lo hemos perdido. Ahora sí que hay que llamar a la policía —dijo Manuel a Bea y a Astrid.

—¿Y contarles qué? Antes tenemos que encontrarle, a él y también a su hermana —dijo Astrid.

El resto de los inquilinos ya había llegado al portal.

—¿Nosotros? —dijo Emilio—. Estoy seguro de que aún estamos bajo los efectos de las drogas o lo que sea que hayan usado para manipularnos todo este tiempo. No podemos fiarnos de nuestros sentidos ni de nuestras decisiones. Tenemos que pedir ayuda inmediatamente.

—Astrid tiene razón —intervino Bea—. Necesitamos que estén ellos. Tener alguna prueba, o acabarán acusándonos a nosotros de todo. ¿Qué vamos a decir si no sabemos siquiera qué ha sido real y qué no?

—Joder, lo que nos faltaba —se quejó Nuria—. Pero no tenemos ni idea de dónde estarán. El crío solo hablaba en acertijos.

Se quedaron unos instantes mirando a Alexander, que parecía igual de perdido que ellos. Entonces oyeron un pitido en la escalera. Al principio les costó identificar qué era aquello hasta que Manuel y Germán se miraron: el telefonillo. Estaba sonando de nuevo.

Subieron todos a la carrera a la tercera planta. Germán abrió la puerta de su piso y cuando cogió el auricular pudo escuchar una voz que decía:

—Le he tenido que rescatar del río, pero ha seguido corriendo. Los chicos han ido detrás.

Era la voz de Rafael, quien, por supuesto, no podía estar abajo diciendo eso porque estaba con el resto, mirándole expectante.

—Creo que sé dónde está —afirmó Germán.

Germán opinaba que tenían razón los que proponían encontrar a los niños primero y llamar a la policía después. Y que él prefiriera aquella opción, siendo tan cobarde como era, la validaba aún más. Si la hermana mayor estaba al tanto de todo, podría incluso darles las respuestas que necesitaban.

Se maldecía por no haberse dado cuenta de que se había metido en una secta. Eso explicaba la excentricidad de todos con los que se había encontrado: Pip, la señorita Dalia, el loco, y por qué alguien querría regalarles un piso. Era casi de manual. ¿Y las sensaciones raras, paranormales, el miedo? Se había compadecido de Emilio por estar tomando medicación y resultaba que todos ellos podían haber estado bajo los efectos de otro tipo de drogas. Sin tiempo aún para unir los cabos sueltos, tenía una cosa clara: solo podía confiar en las personas con las que compartía aquel edificio.

Cuando Germán les contó que alguien en el telefonillo le había dicho que el niño estaba en el río, aumentó la tensión nerviosa y la sensación de irrealidad. Y eso que ocultó que era la voz de Rafael o, mejor dicho, la voz de Rafael de un futuro próximo.

—Es como en las películas —repetía Manuel sin cesar, tratando de comportarse como los héroes de las aventuras que siempre seguía. Estuvo a punto de coger un cuchillo grande y metérselo debajo de la camiseta—. Un grupo reunido con una misión de salvar niños locos. La Comunidad del Anillo... No... ¡La Comunidad de la Torre!

Pero aquellos vecinos distaban mucho de ser un grupo.

Emilio dijo que él llevaría su coche y Alexander enseguida se apuntó a ir con él, probablemente porque no se fiaba de dejarle solo por si llamaba a la policía. Con ellos se fue Nuria, que estaba siendo muy útil con su botiquín y su experiencia en atender urgencias médicas. Amanda y Rosa se quedaron en la sexta planta cuidando de la pequeña e intentando poner un poco de orden que diera sentido a todo aquello. Así que, a pie, con Germán iban Astrid, Bea, Manuel y Rafael, quien quiso pasar un momento por su casa para quitarse el traje. Germán estuvo a punto de preguntarle si iba a traer su pistola, pero no estaba seguro de que fuera una buena idea.

El mensaje del río solo podía referirse al Manzanares, que tenían justo enfrente. Asomados desde arriba a su cauce, empezaron a rastrear allí donde las tenues farolas lo iluminaban. Lamentablemente no se les había ocurrido traer linternas ni nada que les sirviera a modo de equipo de salvamento. Aunque pronto se fijaron en que la profundidad era muy poca en aquella zona. ¿A qué se refería el mensaje entonces con rescatarle?

—Ahí, mirad, ¡está en el agua! ¡Donde La Riviera! —gritó Germán.

Justo en la intersección de las calles, abajo, al lado de un conocido local de conciertos estaba el niño de pie en medio del río, con el agua cubriéndole hasta el pecho.

Corrieron hacia allí. Era sábado de madrugada y mucha gente joven hacía cola enfrente para acceder al local. Podía oírse la música tecno de lejos. Por aquel lugar, el río transcurría casi en paralelo a la acera, sin necesidad de salvar la altura. Se aproximaron a la orilla y empezaron a gritarle. El niño parecía estar en trance. Era verano, pero si algo no era el Manzanares era un río donde apeteciera bañarse.

Manuel hizo amago de quitarse el calzado y meterse en el agua.

—No. Voy yo —dijo Rafael.

«Se ha vuelto a cumplir lo anunciado. Es Rafael quien se mete en el río a rescatarle», se dijo Germán. Sintió un escalofrío pensando cómo era posible que las drogas hicieran eso. ¿Les estaban sugestionando? Para resaltar aquel momento de epifanía, una luz les iluminó de espaldas. Luego se dio cuenta de que era el coche de Emilio con Alexander y Nuria, los cuales bajaron hasta ellos. Para entonces, Rafael ya estaba metido en el agua.

Los faros ayudaron a iluminar la escena y un grupo de chavales en corro en el césped de al lado empezaron a mirar.

Bea se estremeció de repente, casi contoneándose. Astrid la vio y se acordó de que había sentido algo así bajo el viaducto.

—¡Ten cuidado! —gritó a Rafael.

Cuando el hombre le agarró, el niño se sumergió del todo y debió de hacerlo con tal fuerza que Rafael se sumergió también. No cubría, pero ninguno salía a la superficie.

Manuel ahora sí que se quitó los zapatos y corrió hacia el agua asustado. Rafael emergió con el niño gritando a pleno pulmón. Con todas sus fuerzas trató de llevarlo hasta la orilla, pero apenas podía incorporarse y en dos ocasiones su cabeza volvió a hundirse en el agua. Manuel cogió de los brazos al pequeño y se lo pasó a Alexander para poder ayudar a Rafael.

Alexander agarró al niño tratando de taparle la boca, pero el crío se resistía como si le estuvieran matando. O eso creyó entender el grupo de chavales, quienes corrieron hacia él con el propósito de ayudarle.

—Oigan, déjenlo, ¿qué le están haciendo?

—¡Nada! ¡No les importa! ¡No es su asunto! —fue la torpe respuesta de Alexander.

—¡Mi hermana, mi hermana! ¡Está en peligro! —gritaba el niño.

Una de las chicas del grupo de curiosos se puso a llamar a la policía, mientras otro empezó a gritar y a hacer señales a otros jóvenes que estaban entrando en la sala de fiestas. La situación se complicaba por momentos.

Al menos Rafael había logrado salir del río, tosiendo agua y con dificultad para incorporarse. Nuria se agachó junto a él para atenderle mientras Astrid se dirigía gentil al grupo de chicos para tratar de calmarlos. Emilio no había salido del coche, pero lo puso en marcha en cuanto se vio rodeado por aquellos curiosos cada vez más hostiles.

El pequeño Mat se retorció y golpeó a Alexander en la tripa derribándolo con facilidad. Antes de que pudieran hacer nada, empezó a correr por la orilla del Manzanares. Bea salió corriendo detrás y Germán la siguió en aquel recorrido del río, por el mismo cauce y unos metros después corriendo por la acera. Vio que, detrás de él, solo Manuel le seguía. El resto, que no había reaccionado a tiempo, se había quedado lidiando con los adolescentes, que les pedían cuentas.

Bea era ágil y resistente, y si Germán no les perdía de vista debía de ser por la adrenalina, porque estuvo corriendo a toda velocidad por el paseo del Manzanares. Su cabeza bombeaba sangre como si fuera otro corazón en una interminable carrera hasta que el niño se paró. Bea le agarró y él no opuso resistencia. Estaba obnubilado frente a una enorme construcción.

Germán llegó con más aire del que pensaba y Manuel venía corriendo descalzo sin quejarse. No le había dado tiempo a volverse a poner el calzado.

—¿Dónde están los otros? —preguntó Bea sin saber cómo manejar aquella situación.

—Se han quedado atrás. ¡Joder con el crío! —dijo Manuel.

—«Situación más controlada. Contadnos si le cogéis.» —Germán leyó a los otros el mensaje de Astrid en el móvil; luego la llamó—. No me lo coge, deben de seguir dando explicaciones.

—Chaval —dijo Manuel—, queremos ayudarte, pero no puedes hacer estas locuras. ¿Qué hacías ahí en el río con los ojos cerrados?

—Preguntando dónde estaba mi hermana. Y ya me lo ha dicho. Está aquí, sola y lejos del río, donde no pueden ayudarla. Pero no tuvo otro remedio que refugiarse en este castillo. El Caos está a punto de atraparla. ¡Tenemos que ayudarla!

¿El río le había dicho todo eso? ¿Qué clase de mierda les habían metido en la cabeza a aquellos niños? ¿Y qué quería decir con lo del castillo?

Manuel estaba también mirando aquella construcción.

—Castillo... ¡Castillo colchonero!

Y Germán se dio cuenta de dónde estaban: en el Vicente Calderón.

El mítico estadio de fútbol abandonado, y que aún no había sido derribado del todo, podía verse como una fortaleza flanqueada por las catapultas excavadoras enemigas.

Germán, nervioso, no paraba de toquetear su teléfono móvil. Tentado de nuevo de llamar a la policía. A su madre. A alguien. El niño decía que la chica estaba en peligro... ¿y se había refugiado en un estadio abandonado? No tenía sentido, pero tampoco lo tendría a quien quisiera que se lo contaran. Bea, más decidida, empezó a buscar una manera de entrar por aquella estructura medio derruida en su parte frontal. Gritó para avisar de que una de las entradas parecía abierta.

Manuel apenas se hacía con el niño cuando vio que habían encontrado la manera de entrar y corrió con él junto a Bea.

Germán intentaba que el miedo no le nublara el juicio. El Vicente Calderón estaría siendo demolido, pero tendría que haber vigilantes de seguridad durante aquellas obras. Se giró hacia las excavadoras. Junto a las máquinas demoledoras había una caseta iluminada por una de las farolas del perímetro. Era sensato tener a algún guardia localizado. A pocos metros de él, en un haz de luz surgió una enorme sombra, monstruosa y distorsionada, solo para que un segundo después, entre las grúas, apareciera la criatura que la proyectaba. Y no era una distorsión de la luz: era igual de enorme y monstruosa.

Germán sintió que se le paraba el corazón al darse cuenta de que era uno de los perros gigantescos que había visto en las vías del tren y que ahora corría suelto buscando algo. Caminando para atrás hasta llegar a la entrada, Germán rezó para que no le hubiera visto. Después se giró y corrió por el túnel donde habían entrado los otros. El túnel estaba iluminado para luces de emergencia que propiciaban un escenario de pesadilla aún peor que la propia oscuridad. Al girar por uno de aquellos pasadizos se encontró a Bea y a Manuel con el niño, los tres allí parados. Germán gritó que corrieran, pero ellos no se movían, hasta que, al alcanzarlos, se dio cuenta de que había una figura bloqueándoles el camino. El terror de Germán no le permitía frenar y Bea aprovechó su irrupción para empujar a aquella figura que el joven no podía detenerse siquiera en identificar. Torcieron por un pasillo y continuaron corriendo. Manuel les seguía con el niño cogido en volandas.

—¿Qué era eso? ¡Qué cojones era eso! —gritó Manuel muerto de miedo.

Por fin los cuatro salieron a terreno descubierto.

Frente a ellos estaba el campo de fútbol del Calderón que, desprovisto ya de hierba e iluminado por la luz espectral que emanaba de algunos focos, bien pudiera ser un auténtico campo de guerra de batallas pasadas. En aquella vasta superficie cercada por miles de butacas vacías, sus ojos localizaron otras presencias, y sin que su cerebro fuera capaz de identificar o poner en palabras lo que ocurría, sí captaron lo que estaba sucediendo.

—Allí está... ¡Van a por ella! —gritó Germán.

En el centro del terreno de juego una chica corría al límite de sus fuerzas. Estaba descalza y su vestido, destrozado. Saltando al campo, uno de aquellos perros gigantes movía al unísono sus poderosas extremidades y fauces a pocos segundos de darle alcance. Había más de aquellos monstruos, corriendo salvajes entre las gradas, persiguiendo el mismo rastro.

Y aquellas fieras no eran los únicos seres irreales. Germán vio por lo menos a tres figuras muy altas y de ropaje oscuro. Su pose rígida y calmada, su rostro tan inexpresivo y aterrador como el de un muerto en un velatorio, contrastaba con los gruñidos y alaridos de los perros, pero Germán sabía por sus escasos gestos que estaban al mando de los perros y que, por tanto, ostentaban el poder en aquella cacería humana. Al verlos se dio cuenta, como si su mente ahora pudiera unir formas sin sentido, de que uno de esos hombres era el que había detenido a los otros en el pasadizo y que él había estado a punto de llevárselo por delante en su carrera. O a lo mejor todo aquel espectáculo estaba orquestado por una sinfonía de productos químicos incontrolables en su cerebro. No era el único en pensarlo.

—Pero ¿qué clase de droga nos hace ver esto, tío? —dijo Manuel, al borde del llanto.

Porque ambos sabían que, aunque sus sentidos les fallaran, aunque estuvieran viendo monstruos donde podía haber personas, la chica estaba rodeada de enemigos y la caza era real. A escasos metros bajo el túnel por el que habían emergido ellos, se hallaba uno de esos seres siniestros que de manera pausada y fría volvió la cabeza y los miró fijamente desde sus dos metros de altura. Le tenían al lado, pero aquello no detuvo a Mat, que gritó con todas sus fuerzas:

—¡Zenobia!

La chica alzó la mirada en su dirección y, aunque no podían distinguir su expresión desde tan lejos, reaccionó ante el grito de su hermano y empezó a correr con nuevo ímpetu hacia ellos.

Germán oyó un grito de aviso, pero el brazo de aquel ser ya le había cogido desde abajo fuertemente de la camisa y le arrastró hasta donde estaba él. Germán sintió cómo su cuerpo se estrellaba contra las butacas y deseó perder el conocimiento. Ni siquiera pedía despertar en su cama y que todo hubiera sido una pesadilla. Solo quería no estar allí. Su atacante le volvió a alzar con facilidad y le aproximó el rostro mortecino al suyo en un gesto de curiosidad que aquellos ojos sin vida no reflejaban.

Pero entonces algo le cayó desde la grada de encima. Un joven fornido y de modos brutos. Manuel le golpeó la cabeza con los puños sin zafarse de su espalda hasta que aquel ser soltó a Germán para no perder el equilibrio. No parecía sentir los desaforados golpes de Manuel, quien no cesó de golpearle ni siquiera cuando el monstruo se deshizo de aquella incómoda montura. Luego en su expresión inerte se formó un silbido agudo al que respondió el aullido de los canes desperdigados en el campo de fútbol. El amo estaba llamando a sus perros para que fueran en su ayuda. Germán se puso en pie dolorido y vio que algunos de los perros gigantes cambiaban su rumbo para dirigirse hacia ellos. En el campo seguía corriendo aquel que estaba detrás de la chica, pero, a toda velocidad, Bea había bajado y llegado hasta ella, y le tendió la mano para ayudarla a subir a las gradas.

—Germán, ¡coge esto! —le gritó Manuel señalándole una barra de hierro desprendida de alguna de las barreras del estadio en demolición.

Germán pudo ver que su compañero de planta tenía otra igual en la mano con la que castigaba al ser, que ya había caído entre las butacas, golpeándole sin control.

Por el pasillo, entre los asientos y en línea recta, apareció uno de los animales. Era del tamaño de un caballo y tenía un hocico desproporcionado para que pudieran caberle dientes que en unos segundos le desgarrarían la carne.

Germán agarró la barra con fuerza y no corrió porque ni siquiera el miedo podía darle esa salida. Todo sucedía de verdad. El problema de las pesadillas es que suelen acabar antes de saber qué ocurre al final. Pero ahora no estaba dormido ni medio inconsciente como cuando habían matado a su hermano. Ahora nadie le iba a librar de saber cómo terminaría todo.

El monstruo saltó sobre él y Germán le golpeó deseando ser lo suficientemente rápido, lo suficientemente fuerte como para que aquel primer acto de valor sirviera de algo. El monstruo no se detuvo y le derribó mientras la barra caía dando botes por el suelo. Que pudiera escuchar el sonido del metal rebotando significaba que su cabeza seguía sobre sus hombros, así que debía de haber acertado en su golpe. El monstruo malherido trataba de reanimarse para encontrar la carne bajo sus zarpas cuando un filo le cortó la garganta dejando caer chorros de sangre sobre un conmocionado Germán.

Cuando se levantó para sacudirse el cadáver de la fiera de encima, el pequeño Mat blandía una espada corta con la que había rematado al perro. De pronto el pequeño se giró para gritar a alguien. Manuel también lo hacía. El sonido viajaba descompasado a causa de la adrenalina, y Germán, aturdido, permaneció paralizado unos segundos. Entonces vio que Manuel y Mat gritaban a Bea y a la chica, que corrían gradas arriba hacia ellos, a punto de ser alcanzadas por otro de los perros.

Bea se volvió un instante y vio cómo la bestia saltaba hacia ellas. Valientemente cogió a la chica y se lanzó con ella hacia un lateral, dejando que el monstruo se chocara contra las butacas. Cuando la bestia salió de su aturdimiento, las chicas ya estaban al nivel de ellos y todos corrieron por el túnel por el que habían entrado.

Manuel iba el primero junto con Mat, que ahora no parecía adecuado llevar en brazos. Después Bea y aquella chica que debía de tener su misma edad y la misma determinación en su gesto, pero en versión princesa de cuento. Germán dirigió una última mirada al campo y pudo percibir, por encima de los aullidos y jadeos de los monstruos, cómo los amos de los perros clavaban en él sus miradas.

Mientras seguía al resto confiando en que supieran encontrar la salida, se dio cuenta de que podía moverse pese a haber sido lanzado por los aires y luego embestido por un perro gigante. Con la esperanza de salir vivo de allí, volvió a sentir el miedo de no lograrlo.

—¡Cuidado! —gritó a sus compañeros al salir a las obras del exterior—. ¡Hay más perros por aquí!

Entonces un coche rojo les pitó. Era Emilio. Desde su auto

los vio huir de un Vicente Calderón fantasmagórico y también tuvo que haber visto al perro que estaba por allí, porque tenía medio cuerpo fuera del coche y los miraba con terror mientras pisaba el acelerador hacia ellos. En cuanto entraron todos como pudieron en el vehículo, aceleró derrapando entre el terreno de zanjas y saliendo pronto a la carretera.

Nadie habló durante varios minutos. ¿Qué se cuenta después de vivir algo así? ¿Se puede intentar borrar lo que es inexplicable si se acuerda no ponerlo en palabras?

—Gracias —dijo Zenobia—. En nombre de las Seis Esferas y de los infantes del Cisne os doy las gracias por haberme ayudado a salir de allí. Sé que es pronto para que...

—Hay que llamar a la policía —la interrumpió Emilio cortante.

—Esto no es solo drogas... hay gente que quería matarnos de verdad —replicó Manuel.

—Hay que llamar a la policía —no paraba de decir Emilio, en parte para que se callaran y en parte para convencerse a sí mismo.

Germán tuvo miedo de que aquel coche sobrecargado, cuyo conductor no frenaba ni atendía a razones, siguiera avanzando durante muchos kilómetros hasta dejar Madrid muy lejos. Pero en un volantazo, Emilio cogió un cambio de sentido y en quince minutos estaban de vuelta en la torre.

En el jardín frente a la torre estaban todos. Incluso Rafael, que parecía no haberse recuperado aún del todo de la zambullida en el río, pero que se había negado a ir a un hospital hasta que estuvieran todos y pudieran aclarar la situación. Rosa sostenía a la niña pequeña, que, sin hacer ruido alguno, retorciéndose como una culebra, parecía querer ir hacia sus hermanos. Cuando Zenobia, la chica mayor, la cogió, le dejó que correteara alrededor de Mat.

—Gracias en nombre mío y de mis hermanos. Soy Zenobia, heredera del Trono de Todo.

La miraron en silencio un instante y después soltaron toda la tensión acumulada. Se abrazaban y hablaban todos a la vez. Los que se habían encontrado en medio de aquella turba de adolescentes furiosos en La Riviera, habían acabado inventándose que estaban jugando a una *gymkhana* para poder salir de allí. Lo del estadio fue mucho más difícil de explicar.

Cuando relataron que los habían atacado monstruos y que habían logrado rescatar a la chica, nadie supo qué decir, pero de alguna manera les creían. Amanda fue la primera en volverse de nuevo hacia los niños, tras lo que acarició la gasa del vestido rasgado que llevaba la niña mayor.

—¡Qué bonito el vestido, qué pena que se haya roto! ¿Lo hemos hecho bien? —dijo antes de dar un pequeño aplauso.

La chica, algo turbada, sintió que necesitaba darles una explicación.

—No quería dejar solos a mis hermanos. No deberíais habernos visto aún. Pero no encontré otro remedio. Quise hablar con nuestra madrina, pero el Caos ha avanzado más de lo que había supuesto y...

—Ay, Dios, ¡están heridos! ¿Qué les hicieron, niños? —interrumpió Rosa al darse cuenta de que Manuel y sobre todo Germán estaban llenos de golpes y sangre.

—Hay que ir al hospital. Y tú también vienes, Rafael. ¿Nos llevas, Emilio? —dijo Nuria con resolución.

Emilio no se movía mientras repetía su mantra:

—Hay que llamar primero a la policía.

—¿Y qué les vas a contar? —interpeló Bea—. Yo no creo toda esa historia de la secta. Tú también has visto a los monstruos. ¿De verdad pensáis que lo que está pasando es que nos están drogando? ¿Cuánto tiempo vamos a estar negando la realidad?

«Lo que está pasando niega la misma realidad», contestó Germán mentalmente a aquella chica desharrapada que no había dudado un instante en lanzarse a rescatar a una desconocida.

Nuria hizo otro intento para convencerlos de ir al hospital, pero Manuel se negó.

—Estamos bien. Casi nada de esta sangre es nuestra —dijo como si estuviera haciéndose el duro.

—Yo solo necesito una ducha —aseguró Germán, y se dio cuenta de que su frase no sonaba menos peliculera.

Tal vez a partir de ahora estarían condenados a hablar con esa intensidad dramática. «¿Dónde está la cámara para dirigirse a ella? Ay, Amanda, ojalá todo esto fuera de verdad un programa de la tele», pensó Germán.

Zenobia se había percatado de que aquella gente estaba confundida, enfadada y atemorizada, y puso una mano en el hombro de cada uno de los pequeños.

—Ha sido un día muy largo —dictaminó—. Reunámonos en otro momento.

Alexander intervino aprovechando que se movía con comodidad en aquel escenario inverosímil.

—Tenemos que hablar, alteza. Creo que es ridículo seguir esperando nuestra iniciación después de todo lo que hemos vivido hoy. Después de todo lo que parece estar en juego. Hablemos mañana, si está de acuerdo.

Zenobia asintió despacio, y al dirigirse al ascensor con sus hermanos a todos les pareció que, cuando no mantenía su pose aristocrática, era solo una adolescente.

Rafael no dijo nada antes de encaminarse a la entrada de su casa. Emilio empezó a llorar.

—Espera, Rafael... —dijo Nuria, sin dar crédito—. ¿De verdad queréis iros a dormir? ¿Ahora?

—No podemos hacer nada más. Tal vez mañana lo entendamos todo —respondió Alexander.

—Si no lo digo por eso, lo digo porque yo no quiero entrar ahí dentro.

—Eso es porque no has visto lo que nosotros, Nuria. Los monstruos están fuera, no dentro. Por eso no voy a salir. Ni al hospital ni a ningún sitio —dijo Manuel.

—Sube a mi piso, Nuria, dormimos juntas y ponemos alguna película —la animó Astrid.

—La teletienda —comentó Amanda—. Yo cuando tengo

miedo pongo la teletienda. Viendo esos anuncios es como si nunca pudiera pasar nada malo.

Al final las tres fueron a la cuarta planta, al piso de Astrid. Rosa y Bea se retiraron a sus apartamentos. Emilio se espabiló antes de quedarse allí solo.

—Voy a llamar a Manoli. Yo me largo de aquí hasta que esté tranquilo.

—Nos reunimos mañana —volvió a instarle Alexander—. Cuando sepamos qué está pasando tomamos una decisión.

Al llegar al descansillo de la tercera planta, Germán sintió que él también estaba a punto de llorar.

—Gracias, Manuel. Cuando esa cosa me cogió, me... me salvaste. Yo nunca he sabido luchar.

—¿Estás de coña? ¡Bateaste a un puto huargo!

Germán soltó una carcajada por la tensión. Manuel también rio. Tal vez esa era la clave: encontrar las palabras les permitía construir un relato. Además, era la única manera de poder encajar todo aquello. Si era así, todo el sentido que pudiera tener ahora su mundo dependía del relato de una chica vestida de princesa a la que acababan de rescatar.

6

Germán se despertó gritando en medio de la noche. Estaba aún vestido encima de la cama, en la que se había desplomado sin siquiera lavarse o mirarse al espejo. Comprobó que la puerta estaba bien cerrada y cerró la ventana por donde entraba algo de aire fresco. Arrojó su ropa al suelo y volvió a dormirse.

Por la mañana, en la ducha, se examinó concienzudamente para cerciorarse de que no tenía ninguna herida seria, aunque sus músculos seguían tensos, como si aún estuviera librando el combate de su vida. A lo mejor no había sido para tanto. La sugestión, las drogas... Aun así, aunque las manchas de su ropa podían no parecer de sangre y podía convencerse de haber exagerado el aspecto de aquellos perros o de sus amos, ninguna luz del sol podría trastocar la esencia de lo que había ocurrido. Y menos aquella luz tamizada por el primer día nublado en mucho tiempo.

Salió a la escalera y se alarmó al no oír a nadie. Eran las diez de la mañana. No habían quedado a ninguna hora concreta, pero no había otra cosa que hacer en sus vidas más importante que entender lo que pasaba, así que cuando terminaran de dormir, que era lo único vital que podía pedirles su cerebro, se irían reuniendo todos.

Se asomó a la planta superior y luego a la de abajo y al final decidió llamar al piso de Astrid. Recordó al segundo timbrazo que Amanda y Nuria también habrían dormido allí. Nadie le abrió, pero desde esa planta, la única con algo de cobertura móvil, se conectó al WhatsApp del grupo y escribió y borró y volvió a escribir hasta redactar algo tan ridículo como «Buenos días, ¿se sabe ya dónde es la reunión?». Nuria, siempre conectada, contestó: «Nosotras y Alexander estábamos haciendo tiempo desayunando en la plaza de España».

Por su parte, Rosa escribió: «He ido a mi antigua casa a dejar a mis nietos con su madre. Voy para allá».

Germán se fijó en el nombre de la red wifi de la cuarta planta. Allí estaba: «Eruditos». La red pronto le expulsó. Al parecer la conexión solo funcionaba para los inquilinos de la planta, de igual modo que solo Manuel y él podían atender el telefonillo.

Al alzar la vista del móvil se sobresaltó al encontrarse con la cara de Bea a un palmo de la suya.

—¿Estás hablando con los demás?

—Sí, mira, acaba de ponerse Manuel, que está abriendo el ojo.

—¿Y Emilio? ¿Ha respondido?

—Mmm, no, aún no. Y Rafael tampoco.

—No me fío de Emilio. He visto muchas veces esa mirada.

Bea estaba nerviosa, subía y bajaba escalones algo desquiciada. Germán no entendía que se juzgara lo que cada uno pudiera haber sentido durante los sucesos de la noche anterior.

—¿Su mirada? Estaba aterrorizado. Como todos. Tal vez se hallaba más apartado de la acción, pero estaba solo cuando debió de ver aquel perro casi tan grande como su coche.

—Espero que no haya ido a la policía o haya hecho alguna otra gilipollez.

Golpeó la pared y luego con la otra mano golpeó su propia cabeza. Durante la noche anterior, en medio del peligro, el nervio de Bea fue determinante. Germán recordó haberla buscado de manera instintiva en varias ocasiones durante la carrera. Se sentía protegido por todo aquel arrojo concentrado acabado en una cresta rosa. Pero en la calma Bea era lo contrario, un volcán que le ponía en guardia, como todas las personas violentas. Tal vez por eso saltó él también.

—Hay que tener huevos para decir lo que es una gilipollez y lo que no después de lo que hemos vivido. Nos han engañado,

Bea, estamos metidos en una maldita secta que hace cosas que no podemos siquiera explicar. ¿Tú no te fías de Emilio? ¡Yo ya no me fío de la puta realidad! Perdónanos a los que queramos pedir ayuda en vez de solventar las cosas a cuchilladas.

La chica dio otro golpe a la pared y bajó la escalera. Debía de estar dos pisos más abajo cuando gritó:

—¡Deja de llamarlo secta!

Germán tomó aire y esperó un rato antes de salir de la torre. Realmente debería haberse puesto algo encima de la manga corta. Empezaba el otoño sin aviso, como venía siendo habitual en los últimos tiempos en Madrid. El viento movía los árboles y trazaba ondas en la pradera de hierba. De día, los jardines seguían siendo hermosos y sin duda el otoño los engalanaría. Se lamentó de no haber tenido tiempo de disfrutarlos más.

Salió por la puerta sur, la que estaba abierta para el público, cruzándose con una familia y un grupo de chicas extranjeras que le pidieron que les hiciera una foto. Antes de que se diera cuenta, Germán estaba contemplando el Manzanares y el paseo por el que habían corrido hasta el Calderón. Sentía una fuerte necesidad de discernir qué parte había ocurrido de verdad y cuál podía ser producto de la alucinación. A lo mejor en un laboratorio se podrían analizar las manchas de su ropa y podrían identificar a qué animal pertenecían. Comprendió que si le decían que eran de una raza de perro jamás vista se desplomaría allí mismo, pero si le decían que era de un perro normal, tampoco les podría creer del todo. ¿Cuánto tiempo le iba a durar aquella sensación de irrealidad?

Fue caminando hasta la intersección con la discoteca La Riviera. El niño, Mat, dijo que el río le había hablado... ¿Por qué casi se ahoga Rafael? Era como si él mismo se estuviera haciendo ahogadillas, pero si no sabía lo que ocurría, ¿cómo podría haberse sugestionado así? Tal vez solo encontraría alguna pista en el estadio. Pero allí sí que tenía claro que no iba a volver sin estar escoltado por la policía.

Cuando se dirigía a la plaza de España oyó un fuerte sonido. Era el de un cuerno de viento, perfectamente audible. Se giró y emprendió el camino de vuelta a la torre.

Se oía cada vez más. No cabía duda de que venía de la torre. Una llamada que cualquiera podría oír. Si seguían soplando aquello, pronto el Campo del Moro se llenaría de curiosos. No era así. En la verja, mirando desquiciado, solo estaba Rafael.

—¿Oyes eso?

Germán asintió, y antes de que pudiera preguntarle por cómo se encontraba, el hombre añadió:

—Pues somos los únicos. ¡Mira! ¡Nadie más lo oye!

Germán se fijó en todo el mundo que pasaba su sábado por la mañana paseando por arriba y por abajo. Si lo oían, no parecía importarles. ¿Era de nuevo el efecto de las drogas o de algún tipo de condicionamiento mental el que les hacía oír aquello? ¿Les habrían puesto algún chip en el cerebro? Sonaba aún más extraño que el hecho de que aquel cuerno lo tocara un niño desde su balcón en lo alto de una torre de piedra en medio de los jardines. Envidió cómo los demás paseantes permanecían ajenos a aquella llamada y seguían adelante con sus paseos. Con sus vidas.

El resto de los vecinos también acudió y todos fueron subiendo hasta la última planta. Amanda les contó, subiendo la escalera, que oyeron el cuerno dentro de la cafetería-restaurante donde desayunaban y que les costó descifrar que aquel bramido intruso tuviera que ver con ellos.

El piso de la sexta planta seguía tan caótico como en la noche anterior, aunque ahora se había llenado de luz y de aire al abrir las ventanas y el balcón desde el que los saludaba Mat con el cuerno colgando del cuello. Se habían puesto los muebles unos encima de otros, despejando el salón y adquiriendo una forma extraña, una pirámide de armatostes en cuya cúspide se había sentado Zenobia. Como un trono.

Bea y Manuel ya estaban allí. Este último en calzoncillos, lanzado de la cama por el sonido del cuerno.

—Ya tenemos claro quién manda aquí, ¿no? Ahora nos van a llamar así, a ritmo de corneta —protestó Rafael.

—Esta vez déjenla hablar —dijo Alexander, que aún no había recuperado el aliento por acudir tan rápido.

Zenobia hizo un gesto de reverencia y Mat se cuadró firme a

los pies de la pila de muebles. La pequeñita imitó a su hermano, pero no tardó en distraerse, por lo que Mat le dio empujones disimulados para que volviera a su sitio.

—Como primogénita de la Esfera de los Soñadores, heredera del Trono de Todo y en nombre de las...

—La heredera no hablará hasta que no estén todos —dijo Mat, percatándose de repente y cortando a su hermana en seco.

Faltaba Emilio. Nuria empezó a escribirle desde su móvil. Bea evitó mirar a Germán.

—Se fue a la casa de su novia —dijo Rosa—. Tal vez tarde en volver.

—La Esfera de los Proveedores no puede estar en desventaja frente al resto. Si su investido no puede estar presente, solo un miembro de cada esfera escuchará a la heredera —sentenció Zenobia intentando mantener la compostura.

¿La Esfera de los Proveedores?

Esto confirmaba la teoría de la que habían hablado la otra noche. El proceso de elegir piso había implicado algo mucho más importante de lo que creían.

—¿Provequé? —preguntó Manuel que tenía un aspecto realmente cómico medio dormido y sin vestir—. ¿Alguien está entendiendo de qué habla?

—No, y no hemos venido a escuchar adivinanzas. Queremos respuestas —dijo Rafael.

Rosa le secundó con ansiedad.

Lo único que impedía a algunos vecinos agarrar por la solapa a los tres hermanos y darles unos azotes en aquel salón del trono de mentira era que los niños parecían las mayores víctimas de todo aquello. Y a su vez, los únicos que podían darles algunas respuestas. Zenobia miraba al infinito con el propósito de conservar un aire regio. Mat empezó a dejar de mirar al frente y a mirar antipático a los vecinos. La pequeña pronto se cansó de la espera y se puso a tirar de la mochila de Nuria, hasta que se abrió y vertió todo su contenido en el suelo. Estaba cargada de botellas de agua. Manuel cogió una y dio un trago sin pensar demasiado. Astrid miró extrañada a Nuria.

—¿Era eso lo que estabas comprando antes en la tienda?

—Me parece que voy a empezar a beber mi propia agua embotellada.

—¿Crees que la manera en que nos están manipulando mentalmente está en el agua? —le preguntó Germán.

Nuria recogió con dignidad todas las botellas que pudo y dijo muy seria:

—Tiene que ser eso. Es lo único que compartimos todos y que tomamos en cantidades suficientes como para que nos afecte durante tanto tiempo y de una manera tan...

Alexander no estaba dispuesto a aceptar una explicación tan obvia.

—El agua no hace eso...

—Pensé que era una tontería y luego me acordé de lo que dijiste el día que entramos. Que desde no sé qué tiempos inmemoriales y blablablá, cuando uno se instalaba en un lugar nuevo tenía que amistarse con el agua. ¿Casualidad o algo que ya sabías? ¿Has bebido de lo mismo que nosotros todo el rato?

Germán pensó en todo el tiempo que pasaba debajo de la ducha desde que se había instalado en el apartamento de la torre. Parecía un disparate, pero podría tener sentido.

—Ay, no habléis de agua, que no me disteis tiempo de hacer pis y me meo —dijo Amanda apurada.

Mat no pudo más y estalló.

—¿No estáis oyendo? ¡Solo puede quedarse uno de cada esfera? ¡Fuera, fuera de aquí!

Sacó la espada corta de su espalda. Rafael se dirigió a él furioso sin saber que aquel niño había segado la garganta a un perro gigante con ella. Rosa le agarró con fuerza.

—No, no, déjalo, es un niño, por Dios. ¿No ves que se sienten perdidos?

—Será mejor que salgamos —dijo Alexander.

Amanda bajó rápido a usar el baño de su apartamento. Manuel, a ponerse algo encima. Sin el sofoco de días pasados, gracias al viento que soplaba, fueron agrupándose en el jardín, a poca distancia de la puerta principal de la torre.

—Creo que... deberíamos llamar a los servicios sociales —planteó Manuel más despierto ya.

—Conozco a una psiquiatra infantil muy buena —dijo Nuria.

—Dile lo nuestro también y lo del agua —propuso Rosa—. Tal vez los médicos sepan darnos explicaciones.

—¡Buscar explicaciones! —gritó Rafael—. Yo ya fui al médico hace unos días a que me explicara qué cojones es esto.

Cogió un mechón de su pelo que se desprendió con total facilidad y se lo enseñó al resto. Después se desbotonó la camisa dejándoles ver el tono gris que ya casi cubría toda su piel. Ya no le preocupaba mostrar lo que le estaba pasando a su cuerpo. Si estaba enfermo, se lo habían provocado los que estuvieran manejando aquellos hilos. Nadie supo qué decirle. Le habían visto con algo menos de pelo y más delgado, pero hasta ahora no se habían dado cuenta de que podía tener algo grave.

—Me han dicho que no saben lo que es, que me mandarán a hacer pruebas, que no me preocupe, que a veces el cuerpo es un misterio. Pero toda mi puta vida he tenido la piel normal y esto ha empezado a suceder desde que vivo en la torre.

—Yo también noto mi piel distinta. Más tersa y rejuvenecida —dijo Amanda mientras Manuel empezaba a tirarse del pelo, aprensivo, para ver si a él se le caía.

—Entonces sí que nos están envenenando de alguna manera. Y no solo nos afecta mentalmente, sino que también está alterando nuestro cuerpo. Como si quisieran transformarnos mental y físicamente, integrarnos... ¿No crees que podría ser un método de esos que investigas? —preguntó Nuria.

Alexander asintió pensativo, aunque todavía había muchas cosas que no lo explicaban todo, así que le preguntó a Rafael:

—¿Y qué le pasó en el río? ¿Le fallaron las piernas? ¿Se sintió mal?

—Algo me agarró desde el fondo. No fueron imaginaciones mías.

De nuevo se generó un debate. Germán notó que sus músculos se hinchaban. Como si él también estuviera a punto de saltar.

Una persona los miraba desde un poco más arriba de la fuente. Hacía fotos y seguramente se había detenido con curiosidad al ver aquella extraña asamblea.

—Chicos, chicos, estamos llamando demasiado la atención —dijo Amanda.

—No, la estamos llamando demasiado poco para todo lo que está pasando —le contestó Manuel—. Drogados o no, está claro que hay gente peligrosa implicada en esto. ¿Sabéis cuando en las pelis de terror siempre hay un momento en que el espectador dice «Pero ¿por qué no se van de ahí? ¿Por qué nadie llama a la policía?». Aunque solo sea por no ser parte de un guion previsible, creo que debemos acabar con esto... ¡Yo tengo miedo, joder!

A Manuel le costaba admitirlo. Toda su vida había querido buscar la aventura. Ser el protagonista de su propia historia, y como en la vida real nunca le había pasado nada extraordinario, muchas veces su imaginación volaba hacia aventuras fantásticas. Pero en los videojuegos, en las películas, en las novelas... siempre hay un camino de vuelta pactado a la vida real. Ahora ni siquiera veía un camino. Sentía como si se hubiera arrojado a un abismo.

Germán le pasó un brazo por los hombros. Pocas veces se mostraba así de afectivo, pero, al igual que su compañero de planta, el sueño que perseguía se había convertido en una pesadilla. Tanto esfuerzo por no volver a ponerse en peligro para acabar en medio de toda aquella locura. Dolía solo de pensarlo.

—Yo también tengo miedo —se oyó decir a alguien.

Era Emilio quien hablaba. Él y Manoli acababan de incorporarse al grupo.

Ella empezó a repartir un documento entre los vecinos mientras él les daba explicaciones.

—Hay que llamar a la policía. Si no lo he hecho aún es porque puede que nos acaben implicando en un delito de estafa. Y quién sabe si no nos podrían acusar de algo más serio con niños por medio. ¿Os imagináis qué hubiera pasado si ayer hubiéramos perdido a ese pequeño? De haberle encontrado cualquier otra persona y acudido a la policía, eso nos habría puesto en una situación difícil.

—¿Que se perdiera? ¿Situación difícil? ¿Eso es lo que te

preocupa de todo lo que nos ocurrió ayer? ¿De verdad? —espetó Bea enfadada—. ¿Has puesto en este papel lo de esos monstruos horribles?

—No —dijo Emilio manteniéndole la mirada, fortalecido al lado de su pareja y decidido a poner sensatez—. Ni lo de los perros, ni que haya escuchado un cuerno desde Getafe ni lo de que desaparecían todas mis cosas. ¿Recuerdas lo mal que lo pasé, Beatriz? ¿Recuerdas cuando nadie me hacía caso? Aún no sé cómo han conseguido hacer algunos trucos. Pero ¿sabéis qué? No nos hace falta para poder ponerles fin. Es hora de actuar con responsabilidad contra los que nos han engañado para involucrarnos en esto con el propósito de volvernos locos.

»Como os decía, debemos poner una denuncia conjunta. He redactado estos puntos para que les echéis un vistazo y podamos ofrecer un mismo testimonio coherente.

—Pero ¿nos podrían culpar de algo a nosotros? —intervino Rosa angustiada mirando a todos sus vecinos—. Pero, Dios mío, si solo hemos querido ayudar a esos pobres niños.

—Tú eres el experto, Emilio —dijo Nuria mostrándole su apoyo al abogado.

—Pero en el tema de sectas el experto es Alexander —replicó Astrid—. ¿Por qué damos por hecho que la policía nos va a creer o, peor aún, que no están infiltrados en ella? ¿No creéis que a alguien más le habrá pasado esto? ¿Por qué los medios nunca han hablado de ello?

Manoli, que había terminado de repartir los papeles, se quedó pálida cuando escuchó esas palabras.

—Perdonad que me meta, pero yo también lo he pasado fatal viendo a Emilio estas últimas semanas. Creía que padecía algún trastorno mental. ¡Cómo iba a pensar en todo esto de la secta! Tenéis que salir de este lugar. No merece la pena, ¿entendéis? Da igual el alquiler o la ubicación... Pensad que dentro de unos meses todo esto se habrá olvidado.

A Manoli, a quien por primera vez veían sin maquillar y sin ir vestida de punta en blanco, le pasaba lo mismo que a su chico. Ganaban más cuanto más naturales y vulnerables se mostraban. Y ahora el consejo suplicante de la mujer sonaba realmente sensato.

Alexander lo advirtió y trató de convencerlos de lo contrario.

—Es cierto. Pero en ese caso nunca sabremos de qué se trataba todo esto —dijo el colombiano—. Estábamos a punto de descubrir algo único, estoy seguro. No es solo mi interés académico, sé que ustedes también se preguntan cómo es posible que haya ocurrido todo esto. Y que durante semanas cada uno de nosotros haya tenido su propio proceso... ¿Y si no es solo una droga? ¿Y si es algo más? ¿Y si esta sociedad secreta utiliza mecanismos que ni siquiera son reales? ¿Por qué negamos de entrada que las Seis Esferas usen la magia?

—¿Te das cuenta? Ya no sabes ni lo que dices. Esa droga es la que habla por ti —dijo Manoli.

Alexander la miró ofendido, pero antes de que pudiera responder, Bea lo hizo por él.

—Yo no creo que nos estén drogando. Una droga no explica ni la mitad de las cosas que nos han sucedido.

Germán meneó la cabeza. Después de encontrarse a aquel loco, Bea le había iluminado y proporcionado consuelo cuando más perdido estaba, pero por alguna razón la chica no estaba entendiendo nada de lo de la secta. ¿Qué era lo que estaría pasando por su mente?

—Por favor, leed el documento y no toquéis nada hasta que la policía registre este lugar y nos tome declaración —dijo Emilio sin hacer caso de Bea. Era lo que le faltaba ya por oír. Que aquella sintecho les diera una lección sobre drogas cuando había tantas vidas en peligro—. No os preocupéis, pronto desmantelarán todo esto y se harán cargo de esos niños.

—Si hacéis eso, nos condenáis a muerte —dijo Zenobia apareciendo en la puerta de la torre.

El viento movía su melena, pero estaba vestida con vaqueros y una camiseta, y los vecinos no sabían si el atuendo informal resaltaba más lo joven que era o su innato porte majestuoso. Lo que parecía más obvio era que al bajar hasta donde estaban en ropa de calle pretendía acercarse a ellos de una manera que no había hecho hasta el momento.

—¿Es ella? —preguntó Manoli.

Mientras Emilio asentía, Rafael farfulló:

—Vaya, mirad quién ha bajado del trono...

Manoli seguía empeñada en dar lo mejor de sí misma para ayudar. Cuando vio que la chica se aproximaba, trató de mediar.

—Voy a intentarlo, ¿vale? No sabemos cuánto tiempo han estado estos chicos sin contacto con el mundo exterior —dijo antes de dirigirse a ella—. Perdona, mi nombre es Manoli y mi novio también ha sido engañado, como tú. Seguro que te han metido miedo para que no acudas a la policía, pero puedes estar tranquila. En España tienes unos derechos y estás protegida de...

—Solo la torre nos puede proteger y solo el Pacto del Malabarista traerá la paz para todos —dijo la adolescente cuando Manoli se acercó a ella.

Zenobia no solo era bella. La manera en que sus ojos perforaban de manera fría a la novia de Emilio, mientras que con su mano rozaba cálidamente su brazo, demostraba un fuerte carisma.

—Sé que no lo entiendes. Ellos tampoco. Pero les debo una disculpa. ¿Puedes dejarnos solos, por favor? —pidió Zenobia a Manoli, quien se quedó bloqueada durante unos segundos hasta que Emilio, que se empezaba a sentir como un niño que había traído a su madre al colegio, le rogó que esperara fuera del recinto.

Manoli accedió, pero en vez de salir por la verja se alejó unos metros por el parque, cerca de la fuente, donde los vigiló expectante.

Zenobia se puso en medio del grupo. Cuando habló parecía realmente desesperada.

—Tenéis razón. Las maneras no deberían importar tanto como las palabras. El motivo por el que os sentís perdidos y engañados es porque nada de esto debería haber salido así. La torre iba a tener un guardián. Él se encargaría de guiaros poco a poco, en los primeros días, mientras el velo que cubría vuestros ojos iba cayendo. Después, cuando fuerais investidos por cada una de las esferas, ellas serían las que se encargarían de acogeros y enseñaros todo lo que necesitarais saber. Pero el guardián murió el mismo día que fuisteis elegidos y el equilibrio entre las esferas que sustenta nuestro reino está en claro peligro.

«¡Han asesinado al guardián de la torre! No podéis tener paz. ¡Hasta que os invistan tenéis que espabilar!», le había dicho aquel pirado a Germán. Casi sin pensar se vio formulando una pregunta.

—¿Qué pasó bajo el viaducto el día que entramos en la torre? ¿Se enteró Pip en ese instante de que el guardián había muerto?

—Lo que vio fue su cadáver. Fue muy duro. Kantor era un valioso mentor.

—Vimos sus botas —dijo Nuria—. Bueno, unas botas, de hecho, que podrían ser de cualquiera.

—Su cuerpo estaba ahí, pero no podíais verlo entonces —aclaró Zenobia—. Al igual que otros no podrían ver lo que veis ahora. Igual que el ojo se acostumbra a la oscuridad, a lo desconocido se acomoda. Y cada vez irá más rápido; prácticamente ya podéis verlo todo.

—¿Por qué apareció el guardián muerto en el mismo camino que teníamos que atravesar nosotros? —intervino Alexander con su soniquete habitual—. No puede ser casualidad. Y una criatura nos atacó. ¿Era la asesina del guardián?

Con pena, Zenobia negó rotundamente.

—No. Esa criatura pertenecía a la Quinta Esfera y le pidió cuentas a Pip por la muerte de Samuel Kantor. Nadie entendía qué había pasado y para evitar una confrontación lo más sensato fue traeros corriendo aquí, hasta que pudiera aclararse todo.

Nuria sentía que intentaba salir de una casa en llamas mientras alguien le explicaba cómo se producía una combustión. ¡Y el resto de la gente se paraba a escucharle!

—Disculpa, me he perdido. Me he quedado en la parte en que había un muerto. ¡Un muerto! Porque ahora resulta que aquí están asesinando gente, ¿entendéis?

—Eran dos botas, joder —replicó Rafael—. Si admitimos que hay muertos invisibles es que ya nos han ganado.

—Yo me pierdo. Ojalá estuviera vivo ese señor para guiarnos —dijo Amanda antes de gritar al aire—: ¡Gracias, Kantor, y descansa en paz!

—Da igual quién nos guiara o nos enseñara. ¡Nosotros no hemos decidido venir aquí! —gritó Nuria a punto de perder la paciencia—. Nos engañaron para entrar en esta secta y volvernos locos. Solo queríamos un alquiler barato, joder.

—Nadie decide lo que ocurre en su vida —aseguró Zenobia—. Ni en el reino ni aquí en el nuevo mundo. Al final el sitio que acabes ocupando en la vida depende del azar y de tu propia historia. Y esa ha sido la manera en que la torre os escogió para que la habitarais. Desde vuestras nuevas vidas estáis descubriendo cosas que requieren de vuestra acción.

Aquellas palabras sobre la toma de identidad de una persona con el sitio que elige para vivir le recordaron a Germán el discurso de Pip en la caseta. Algunas cosas que le había dicho aquella noche ahora adquirirían pleno sentido. Pero solo podía pensar en aplastar a aquel hombrecillo.

—Perdona. Has dicho el «nuevo mundo», ¿verdad? —preguntó Manuel— ¿Sois de otro planeta?

—No... —dudó Zenobia—, no es un punto que puedas ver en el cielo. Es otra cosa

—¿Otro plano dimensional? ¿Otra realidad alternativa? —preguntó Manuel cada vez con una voz más aguda.

—Nuestros sabios usaron esa palabra. Dimensión. Pero nada es plano. Y la realidad tampoco ha sido nunca real.

Zenobia se dio cuenta que todo aquello estaba abrumando aún más al resto de los habitantes de la torre. Ni ella misma estaba segura de dónde estaba. Pero sí de por qué:

—Mis hermanos y yo y una parte importante del reino hemos tenido que exiliarnos en vuestra dimensión —continuó—. Fue el último deseo de mi madre antes de morir. Ya algunos de los nuestros lo habitaban de antes. La idea de reinar desde aquí es arriesgada, pero confiábamos en que el Caos tardaría más tiempo en seguirnos hasta aquí. Nos equivocamos, así que más que nunca debemos mantener el reino unido hasta mi coronación. Vuestras acciones deben respetar el Pacto del Malabarista y a la vez son fundamentales para salvarnos a los dos mundos.

El discurso de la chica era disparatado, pero su oratoria era potente. Aun así, Alexander debía de pensar que para encontrar sentido a lo que decía Zenobia tenía que pegar tanto su oreja a la boca de la chica que estuvo a punto de sacarle un ojo con el ala del sombrero. Amanda sonreía y miraba a todos asintiendo sin que pareciera escuchar de verdad lo que decía la adolescente, aunque aplaudió lo de salvar los dos mundos. No era de extrañar que, en ese contexto, la chica punki fuera la más calmada del grupo.

—No sé siquiera si os importa —dijo Bea—, pero para depender tanto de nosotros nos habéis engañado. ¿Por qué no ir de frente? ¿Por qué andarse con tanto secreto si tanto nos necesitabais?

—El Pacto del Malabarista es lo único que ha mantenido el equilibrio entre las Seis Esferas tras la muerte de mi madre —respondió Zenobia—. Ni siquiera la certeza de que un reino fragmentado, con el Caos en nuestras fronteras, provocará nuestra inevitable destrucción ha logrado que las Seis Esferas olvidaran sus contiendas históricas. El Pacto del Malabarista conlleva un pacto de no agresión entre todos nosotros, la obediencia y restauración de la Corona y la creación de la Torre de la Encrucijada, en la que cada esfera estaría representada de manera justa y compensada por habitantes neutrales de este mundo.

»Como os digo, la labor de cada esfera consiste en informar, instruir y en último término investir a cada uno de vosotros. El plan era que vuestra incorporación sería gradual y solo si estabais preparados ante los cambios que vuestro nuevo hogar os proporcionaría...

—Bueno, basta —la interrumpió Emilio—. Ya sabemos lo que pretendíais. Esta es su sociedad secreta, Alexander: muchas sectas que se nos han repartido como mercancía. Ya has oído lo que somos: pelotas en manos de un malabarista. ¿Y tenemos que preocuparnos porque alguna de las sectas se ofenda con el resto? ¿O es que solo pretendes meternos miedo, chica?

—No le grites. Solo es una niña —dijo Rosa—. ¡No es responsable de lo que le hayan metido en la cabeza!

—Yo creo que para ser una víctima habla como si estuviera al mando de todos ellos —intervino Rafael.

—La policía va a flipar —dijo Manuel.

—No podéis ir a la policía —replicó Zenobia—. Vuestras autoridades no pueden hacer absolutamente nada para ayudarnos y nos sacarán de lo único que nos mantiene a salvo: esta torre. Habéis visto lo que hay fuera y lo que quieren hacernos. Tuvisteis la ventaja de que ellos tampoco os podían ver con claridad y demostrasteis que... que dentro de vosotros hay valor y entrega. Creo que ha sido la primera vez desde que llegué que siento que realmente la Torre de la Encrucijada puede ser la clave para devolver la estabilidad al reino. Pero la jauría son solo su avanzadilla; no podéis iros y poneros en riesgo.

—El exterior malo, el interior seguro, rito de iniciación... Es de manual, ¡de manual! —espetó Emilio, que, de repente, se había hecho un experto en sectas—. Y cuando sepamos cómo nos habéis envenenado la mente para ser receptivos a vuestros trucos, seguro que terminará todo este delirio en que nos metió aquel farsante.

—¿Veneno? ¿Trucos? Nadie os está mintiendo. ¿Es que acaso pensáis que esto no está ocurriendo?

Zenobia se dio cuenta por fin del abismo que los separaba. Sus palabras no lograrían cruzarlo. La noche anterior había intentado hablar con su madrina. Sabía que la ruta no era segura, pero quería volver a escuchar su opinión sobre todo lo que estaba pasando, aunque fuera una voz discrepante. Pero no podía correr riesgos esta vez. Debía acudir directamente al Cónclave y acordar unas nuevas medidas antes de que la Torre de la Encrucijada quedara deshabitada. Los inquilinos creían estar viviendo alguna especie de farsa que... Un momento... ¡Pip!

—Falta muy poco para que venga Pip de nuevo —les recordó—. A recoger el pago de la renta. Es el único que está autorizado a entrar en la torre. Yo voy a intentar que el Cónclave... nuestro gobierno en funciones... agilice sus decisiones, pero estoy segura de que Pip ya ha estado mediando en mi nombre entre todas las esferas. Pip es sabio y nos aconsejará cuál es el mejor paso que dar.

—Faltan solo tres días —dijo Astrid—. ¿Dices que él podrá darnos respuestas? Chicos, tal vez es una manera mucho más segura que intentar sacar todo esto a la luz...

—Yo no voy a pasar ni una noche más ahí dentro —replicó tajante Emilio—. Y la policía tampoco os va a dejar hacerlo.

—Pues entonces no cuente con mi declaración —dijo Alexander—. O, pensándolo bien, tal vez sí. Usted era el abogado. Diré que yo cogí este alquiler siguiendo sus recomendaciones.

—Eso es un golpe bajo —dijo Germán—. Cada uno de nosotros decidió por su cuenta. No podemos culpar a Emilio.

—Entonces en este caso que nos deje decidir a cada uno. Si se quiere ir, pues que se vaya, pero que no meta a la policía en esto. ¡Acabaremos peor de lo que estamos!

—¡Votemos! —propuso Amanda.

—Sí, bueno, como si esto fuera una reunión de comunidad para decidir si ponemos una rampa —objetó Manuel—. Oye, Zenobia, Amanda no será también de vuestro mundo, ¿no?

—Un poco sí que nos parecemos —dijo Amanda como si fuera un cumplido—. Manuel, escucha: llegamos aquí juntos. Nos repartimos nuestros apartamentos juntos. Ahora tenemos que decidir juntos. Es fácil: votemos.

Zenobia asintió despacio. Cada vez que todos los representantes actuaban juntos el equilibrio entre las esferas se mantenía. Sin decir nada más dio un paso atrás, como si supiera que no debía intervenir más en el debate.

—Os advierto que a mí nadie va a obligarme a quedarme en esta casa por mucho que se vote —dijo Nuria.

Germán pensó un momento y después habló midiendo bien sus palabras.

—Creo que la idea de votar no es ninguna tontería. Los diez inquilinos hemos vivido esto desde el principio y el estar juntos es lo único que hace que la situación tenga algo de sentido. Es algo de lo que me di cuenta incluso antes de pensar que éramos compañeros de psicotrópicos. Votemos si hacemos una declaración conjunta ante la policía para destapar todo esto de la torre. Es lo único que nos implicaría a todos. Cada uno después que obre en conciencia y se vaya o no libremente. ¿Qué os parece?

Salvo Bea, que volvía a permanecer callada y hostil, el resto estuvo muy a favor de su propuesta. Rafael incluso le guiñó un ojo. Aquel astuto chico había calculado, como él, que los que querían ir a la policía eran mayoría. Germán le devolvió una sonrisa.

—Pues yo primero —dijo Alexander—. Como siempre he sido el último en todo, me parece... eh... justo que yo vote primero. Además llevo años detrás de las Seis Esferas. Yo os animo a seguir descubriendo este aspecto de nuestra realidad y a seguir haciéndolo desde dentro —dijo como si les estuviera dando un mítin. No era casualidad que hubiera dejado de llamarlos de usted de repente.

—Voto por acudir a la policía —dijo Emilio—. No voy a participar en una estafa, no voy a dejarme manipular por ninguna secta. Y, sobre todo, no voy a poner en peligro la vida de nadie.

—Voto lo mismo —secundó Nuria—. Aún estamos a tiempo de salir de aquí.

—Yo también voto por informar a la policía —dijo Germán en tono neutro.

—Yo también. Es lo más sensato —apostilló Manuel.

—Lo más sensato no es siempre lo correcto —comentó Astrid dulcemente, aunque parecía desilusionada con Germán y Manuel.

Bea se encaró con ellos.

—¡Sois unos cobardes! ¿No habéis escuchado lo que ha dicho Zenobia? ¿Realmente creéis que la policía va a ayudarnos contra monstruos? ¿Dónde estaba la policía anoche? Nos sacarán de aquí, nos separarán y entonces sí que estaremos desesperados.

—¿Cobardes? —se indignó Emilio señalando a su novia, que

estaba unos metros más allá—. A lo mejor tú no tienes nada que perder, pero el resto sí teníamos una vida antes de entrar por esa puerta. ¿Sabes por qué no hemos sabido nada antes? ¡Por gente como tú, o como Alexander, que prefiere mantener siempre las cosas en secreto!

Astrid calmó a Bea. Cada voto era crucial y creía saber cómo persuadir a algunos de los que aún no habían votado.

—Bea, lo tuyo es un no, ¿verdad? Yo también voto por no llamar aún a la policía. Culpar a estos niños de lo que ocurre es cruel. Y no estamos escuchando lo que dicen. Ayer todos nos la jugamos por ayudarlos... ¿y hoy vamos a darles la espalda? Voto por concederles esos tres días que nos piden. Solo tres. Voto por protegerlos.

Alexander, Bea y Astrid. Ya habían hablado las tres personas que Germán había calculado que estaban dispuestos a seguir aquella locura. Aunque Amanda era impredecible.

—Estos putos chiflados han conseguido que vote a favor de algo que incluya a la policía. Otro motivo para querer romperles la cara —dijo Rafael votando sí.

—Aún no se nos ha desvelado qué tenemos que hacer —observó Amanda—. Creo que debemos seguir dentro de la casa.

—Amanda, no lo llames casa, por favor —protestó Manuel.

—Bueno, pues el programa de televisión, la secta o lo que sea. Fuimos elegidos entre mucha gente. ¿Queréis desaprovechar la oportunidad?

—Escuchadla. Su voto no puede valer —dijo Emilio—. No está entendiendo realmente la situación.

—Podría decir lo mismo de ti —repuso Alexander—. Su voto está claro.

Todos se volvieron hacia Rosa.

—Yo tampoco entiendo bien las consecuencias de todo esto. Si lo denunciamos a la policía, ¿adónde se llevarán a estos niños? Dicen que son refugiados. ¿Los deportarán?

El corazón maternal de Rosa acababa de dar un giro a la votación.

—No, Rosa. De hecho, los estaremos salvando. Los estaremos sacando de esta prisión. ¡Están aquí encerrados en esta secta! —exclamó Nuria.

—No es lo que dijeron. Deberíamos preguntárselo a Pip la semana que viene antes de que acaben quién sabe dónde —dijo Rosa—. Voto no.

Hubo unos segundos de silencio. El viento movía los árboles. La tensión era casi solemne hasta que la vocecita infantil de Amanda se hizo oír.

—Es un empate a cinco —dijo Amanda.

—Si quieres quedarte porque te gusta la casa para ti y tu familia, adelante, pero no te escudes diciendo que lo haces por ellos. Es muy hipócrita —le reprochó con rabia Emilio a Rosa.

—¿Nos vas a insultar a todos los que votamos diferente a ti? —preguntó Alexander con un tono tan provocador que Emilio se encendió y se encaró con él.

—Es un empate —secundó Germán a Amanda intentando poner orden.

Manoli se aproximó al grupo al ver a su novio alterado. Zenobia también se acercó, y parecía compungida.

—No os peleéis, por favor —rogó la adolescente—. Es importante que mantengáis la paz entre vosotros. Mientras estén las cosas así, no os representáis a vosotros mismos.

—Un empate no vale nada —dijo Rafael—. Alguien tiene que cambiar su voto.

—Que vote Manoli. También ha vivido aquí un tiempo, ¿no? —dijo Emilio.

Manuel mostró su disconformidad con esa idea. Resopló y luego se quedó mirando al cielo, esquivando las miradas de todos.

—¡Entonces que voten también los niños! Al final ellos son los legítimos habitantes —propuso Alexander.

—Estamos decidiendo sobre su destino, no pueden votar —protestó Emilio.

—También estamos decidiendo sobre nuestro destino. Viven en el sexto. Deberían votar —insistió el colombiano.

—¡Son menores, joder! —espetó Emilio.

—¡Bea también lo es! —dijo Amanda de repente.

A Bea no pareció gustarle que se revelara esa información, así que debía de ser verdad. Todas las miradas cayeron sobre la joven. Seguro que ya se habían hecho el retrato perfecto de ella: menor, viviendo en la calle, delincuente... Pero aprovechó la sorpresa de la revelación.

—Si viene la policía, no sé adónde se los llevarán a ellos, pero sí sé adónde iré yo. No creo siquiera que os convenga que aparezcan mis datos mezclados con los vuestros.

—Entonces tu voto no vale, hemos ganado —aseveró Emilio, sin hacer caso de la advertencia de Bea—. Por menor o por tener antecedentes, lo que quieras.

Bea se fue directa a su cara. Manoli se puso en medio y casi recibió el golpe.

—Su voto cuenta lo mismo que el de los demás. Es la que más se juega —dijo Germán—. Alguien tiene que cambiar su voto.

Se volvió hacia Rosa, que era la que parecía tener más dudas.

—¿Rosa? Rosa, piensa bien si crees que esto es lo correcto.

—Niña, ¿de verdad crees que no os ayudaremos si os sacamos de aquí? —preguntó Rosa a Zenobia.

La interpelada asintió.

Entonces Astrid tomó la palabra.

—Dijiste que estabas buscándote a ti mismo. Empezando de cero. ¿No crees que esta es la oportunidad que estabas esperando?

—Esto es exactamente lo contrario de lo que necesito —dijo Germán, y al mirarla se dio cuenta de que Astrid no le estaba mirando a él.

—Vaaale. Cambio mi voto. Me abstengo.

Manuel. Se estaba dirigiendo a Manuel.

Rafael se llevó las manos a la cara. Alexander y Emilio se pusieron nerviosos y empezaron a hablar a la vez. Nuria se dirigió a su amigo:

—Si te abstienes, ganan ellos la votación. Piénsalo bien, Manuel, porque toda la responsabilidad va a recaer sobre ti.

—Pues justo eso es lo que no quiero. Vamos a ver, son tres días, ¿no? Tampoco pasa nada por que esperemos y busquemos una solución que no sea pasar por encima de nadie.

Astrid le dio un abrazo a Manuel, sin ocultar su alegría. El resto parecía aún confundido, hasta que Rafael dijo:

—Pasaré por encima del enano con bombín como no nos dé respuestas el martes.

Acto seguido, se fue enfadado, pero su amenaza comportaba la aceptación de la votación que había salido. Rosa bajó la cabeza. Manuel no dejaba de mirar a Germán, buscado algún gesto en su compañero que le aliviara en algo la culpa.

Manoli consoló a Emilio.

—Bueno, así nos iremos antes. Ya no tienes que ocuparte de ellos. Ya has visto lo que han decidido.

Pero mientras acompañaba a su novio a recoger sus cosas del piso e irse de allí, no pudo evitar decirle a Zenobia:

—Enhorabuena, los tuyos eligieron bien a su portavoz para engañar a todos.

Zenobia miró a la pareja y luego al resto de los habitantes de la Torre de la Encrucijada.

—Esta es la primera vez en toda vuestra existencia que no vivís engañados. Ahora estáis despiertos.

Y se quedó allí, tan inmóvil y majestuosa al pie de la torre que por un momento pareció que era ella quien provocaba el viento.

Germán, encendido de ira, entró en el edificio a toda prisa y subió la escalera hasta su planta. Abrió y cerró con fuerza la puerta de su apartamento y luego la del dormitorio. Estaba demasiado nervioso para hablar con nadie. Nervioso y enfadado. Con sus vecinos por querer seguir aquel peligroso juego, con él mismo porque sabía que debía marcharse de allí. Con todos los que le habían engañado. Con él mismo otra vez por haberse dejado engañar. Debería dar una vuelta y despejarse, pero temió que, si se alejaba ahora de la torre, no regresaría siquiera a recoger sus cosas. No entendía a Astrid, a Rosa, a Manuel... y a la vez sabía que nadie más le entendería a él por mucho que lo intentara. Se imaginó a sí mismo tratando de explicárselo a su madre o a algún compañero del trabajo y se dio cuenta de lo solo que estaba.

Se tumbó en la cama y estuvo un buen rato allí hasta que un trueno le sacó de sus cavilaciones. Al levantarse para cerrar la ventana vio unas nubes de tormenta adornando de colores oscuros los altos edificios de la plaza de España, más allá del histórico jardín que rodeaba la torre. Se enfadó con aquel cielo que parecía haberse compinchado con los que querían engatusarle para que se quedara. Pero Madrid ya tenía el más bonito de los cielos desde antes de que Germán existiera, desde antes de que aquellos lunáticos hubieran intentado meterle en una esfera. Tendría que mantener a ese cielo al margen de su enfado y cuando se recuperara de aquella estafa volver a buscar una ventana desde donde admirarlo.

Dejó la ventana abierta para que el olor a lluvia y el aire frío se colaran dentro y volvió a tumbarse en la cama.

Permaneció allí contemplando la hermosa tormenta en la penumbra de la torre. Agotado, se quedó dormido hasta que otro trueno le despertó de golpe, y cuando fue a la cocina a beber agua, le asaltó la paranoia al abrir el grifo. ¿Volverían a trastear con su mente? Estaba claro: fuera cierto o no, no podía vivir en un lugar así. Bajó a la calle en medio de la lluvia a comer algo. Después regresaría y haría la maleta.

Caminaba por la calle Bailén cuando le sobresaltó el grito de Manuel. Sin duda tenía los nervios de punta. Su compañero de planta estaba con Astrid y Alexander en el jardín de estatuas, frente al Palacio Real. No sabía qué hacían allí, pero el conjunto era realmente pintoresco.

—¿Has venido a ver lo de las estatuas tú también? Tío, esto es acojonante.

—¿Eh? No, he salido a comer algo. No sé si quiero siquiera escucharlo.

Astrid y Alexander tardaron en reaccionar a su presencia.

Estaban absortos con algo. Astrid le pidió que se acercara con la mano sin siquiera girarse.

—Deja.que te lo expliquemos, tío. Es alucinante —insistió Manuel—. Rosa dijo que tal vez los niños necesitaran salir al aire fresco y oímos al pequeño pedirle a Zenobia que los dejaran venir aquí, a este jardín de estatuas.

—¿Por qué Rosa quería llevárselos a dar una vuelta? ¿Estamos locos?

—Bueno, Nuria quería llevarlos al hospital. A hacerles una revisión completa. Lo mismo lo de Rosa era una excusa. El caso es que Zenobia dudaba y el niño le dijo que aquí no les podía pasar nada.

—¡Espera, espera, Manuel..., creo que me he perdido algo! ¿Solo han pasado dos horas de la reunión y ya definitivamente se nos ha ido la pinza?

—Chis, chicos, bajad la voz —les pidió Astrid.

Germán vio su cara bajo la lluvia y sintió de nuevo rabia.

—Bueno, da igual... Me voy a comer algo.

—Si quieres vamos contigo en cuanto terminemos —dijo Manuel.

—¡Mirad, lo volvió a hacer! —exclamó Alexander chillando como un niño con zapatos nuevos.

—No, gracias. He quedado con mi madre —mintió Germán con lo primero que le vino a la cabeza y salió corriendo por la calle Bailén sin despedirse siquiera.

Sintió pena por dejarlos allí, como tres locos que correteaban por el jardín, detrás de las estatuas. Dentro de unos días llamaría a Manuel para preguntarle qué les había dicho Pip y trataría de convencerle de abandonar la torre. O a lo mejor se pasaba por el edificio y así hablaba también con Astrid. Él había sido quien había empezado aquel juego de envites, pero, tal vez por haber perdido, ahora sentía cierto enfado con ella.

Sonó su móvil. En la pantalla mojada por la lluvia vio que era Nuria. Lo guardó en el bolsillo sin ganas de hablar con ella tampoco. ¿Por qué ahora la sensata enfermera les seguía la corriente de esa manera?

Corrió más rápido, huyendo de aquellas ideas que calaban más hondo que la lluvia. Si intentaba entenderlos, si intentaba convencerlos, acabaría bloqueado de nuevo. Y no los ayudaría.

Se dio cuenta de que estaba yendo instintivamente al restaurante italiano de Ópera. Tal vez por la mentira que había dicho de que estaba citado para comer con su madre. Empezaba a escampar y las estrechas calles le servían de refugio, así que se sacudió como un perro mojado. Un grupo de turistas extranjeros bajaban riendo completamente empapados y ondeando sus ropas en el aire, como si celebraran la llegada del otoño. La gente empezaba a salir de nuevo. Algunas personas ni siquiera se habían movido de las terrazas, impasibles ante el chaparrón. En el callejón al lado del restaurante, los gatos volvían a acudir en masa y a maullar.

Y entonces lo vio.

Enfrente de la manada de felinos había una criatura. Un enano deforme. No, no era un enano porque no era un ser humano. Tenía la piel llena de escamas y una cabeza más grande que su estatura. Su lengua verde y bífida chasqueó de fastidio mientras intentaba espantar a los gatos. Germán sintió que se desmayaba, y probablemente hubiera vomitado si no llevara casi un día entero sin comer.

La criatura le vio y movió los hombros con resignación después de llevar años en los que había tenido que atravesar ese callejón desprendiendo un olor tan apetitoso para todos los gatos de los alrededores. Germán agarró a uno de los camareros que se disponía a secar las mesas de la terraza de la lluvia.

—¿Ve eso? ¡¡Ve eso!! —No sabía de dónde estaba sacando la fuerza siquiera para gritar.

—Son gatos. No hacen nada. Siempre están así, maullando. Vete a saber por qué.

Germán soltó al hombre. No lo veía. Igual que él o su familia jamás lo habían visto antes. Recordó las palabras de Zenobia: «Y cada vez irá más rápido: prácticamente ya podéis verlo todo».

Retrocedió. Miró alrededor mientras aquel ser se metía en la casucha abandonada y cerraba con llave la puerta.

Volvió a sonar el teléfono y lo cogió casi por instinto, aunque notaba que las manos le temblaban.

—Germán... Soy Nuria... La anciana me hablaba. Por favor, tienes que venir.

—¿Qué? ¿Qué anciana?

—La del coma. ¿Te acuerdas de mi tuit? Os he hablado de ella, es una de las internas de la residencia donde trabajo. La que sueña desde hace años. Hoy estuve más tiempo con ella. Y lo que decía... Germán..., hablaba de las Seis Esferas, de los hijos de la reina, de...

—Nuria, estamos teniendo una alucinación. Yo estoy teniendo otra. Han debido...

—¡No, Germán! —Nuria gritaba histérica—. Le he preguntado a la compañera que la atiende. Lleva hablando de esto desde hace meses. Esas mismas palabras. Está en los registros. Dice que quiere que la lleven al curandero para poder ver con sus ojos la Torre de la Encrucijada. Germán... han estado ahí desde siempre.

La voz de Nuria fue desvaneciéndose mientras en su cabeza solo podía recordar lo que les dijo Zenobia antes de volver a la torre: «Esta es la primera vez en toda vuestra existencia que no vivís engañados. Ahora estáis despiertos».

—¿Me entiendes, Germán? Por favor, ven... Estoy muy asustada.

—Nuria, ve a la torre, como nos dijeron. No puede pasarnos nada si estamos allí. Yo tengo... ¡Tengo que avisar a los demás!

Colgó el teléfono. La estatua de la reina Isabel II que presidía la plaza de Ópera le miró y asintió con pena.

Echó a correr, pero cuando llegó a la torre Emilio y su novia ya se habían ido. Creyó haberse cruzado en la calle con el Seat rojo del abogado. Pero si fue su coche o el de otro, nunca lo sabría, porque no volvió a ver a Emilio.

*　*　*　*　*　*

Ozz conocía bien los túneles, así que sabía que en ese punto tenía que dejar de seguir por aquel pasadizo abandonado y emprender el ascenso por alguna de las escalerillas ancladas en las paredes. Suspiró resignado mientras dejaba su ornamentado candil en el suelo para poder agarrarse mejor. A su edad debía temer más el caerse por llevar una mano ocupada que ascender en la oscuridad, a la que ya estaba acostumbrado. Pudo retirar sin demasiada dificultad la tapa metálica de la superficie y se animó cuando, nada más salir, vislumbró su objetivo en medio de todos aquellos carriles de hormigón.

Las luces de emergencia dispuestas en la carretera iluminaban aquel pequeño desvío de la M-30. Bajo la astuta fachada de ser un equipo de construcción haciendo obras en la carretera, un grupo de Proveedores se había asentado para rescatar al desdichado que había caído en aquella circunvalación mortal y que sería el investido de su esfera, si es que lograban salvarle a tiempo.

Cuando algún automóvil se desviaba siguiendo los falsos carteles hasta ese tramo en cuestión, si era un Seat rojo, lo detenían para ver si lo conducía el inquilino de la torre. No era un mal plan, tenía que admitir Ozz. A esas alturas, después de llevar atrapados dando vueltas durante horas, solo unas indicaciones nuevas podrían servirles de vía de salida.

El problema de los Proveedores es que eran escandalosos y anárquicos. Habían acudido más de una docena y los que no estaban disfrazados de obreros ya habían hecho una fogata y danzaban alrededor. Y los que tenían que inspeccionar los coches, tan pronto como veían que no se trataba del coche que buscaban, se salían de su papel de obreros y maldecían y pegaban patadas al vehículo para que se fuera.

Cuando Ozz se acercó al grupo, se pusieron en alerta y le rodearon.

Otro de los inconvenientes de tener que tratar con esa esfera era que resultaba imposible saber a quién dirigirse para pedir algo de cordura. Así que, casi al azar, le habló al que parecía más tranquilo.

—Soy Ozz de la Cuarta Esfera. Me envía el Cónclave en nombre de los herederos para ofreceros mi colaboración en la búsqueda de vuestro investido.

—Sabemos quién eres —dijo uno disfrazado de obrero con dos cascos a sus espaldas.

—Yo casi lo detuve al principio del todo. ¡Le tiré un contenedor de basura cuando pasaba! —explicó una señora con aspecto de mendiga—. Pero lo esquivaron y se metieron en la M-30, los muy estúpidos.

—¡Nos avisaron demasiado tarde! —se lamentó otro.

Lo realmente increíble había sido que el Cónclave hubiera resultado tan diligente para intervenir y coordinar a todas las esferas, tal y como estaba la situación.

Tuvo que ser una orden explícita de Zenobia. Pero tanto si la heredera lo había hecho porque estaba implicada con aquel grupo de humanos o si fue porque sospechaba que el Caos los acecharía tan pronto como abandonaran la torre, la coyuntura era en verdad inquietante.

—¿Cuánto hace que se metieron en la M-30?

—Tres horas ya. No debe de quedarles mucha gasolina, y si se paran y se les ocurre salir del coche... Las polillas llegarán a ellos antes que nosotros. Hasta una vulgar polilla puede matar a un humano exhausto.

—¿Ya tenían alguna polilla encima del coche cuando los viste? —preguntó Ozz a la señora disfrazada de mendiga.

—Dos —informó la interpelada—. Estaban esperándolos. De eso no hay duda.

Las polillas. Ozz las había visto muchas veces en los túneles. Pegadas a las paredes, con sus sonrisas burlonas en aquellas caras arrugadas. Criaturas realmente repulsivas que, sin embargo, no eran tan peligrosas cuando se les hacía frente con armas. De hecho, aquellos seres de un metro de estatura no se atrevían a entrar en los dominios de su esfera. Por eso atacaban escondiéndose, intentando permanecer cerca de sus víctimas para usar su nauseabunda aura, que alteraba la percepción de sus víctimas. El efecto no era inmediato. Tenían que permanecer un tiempo cerca de los cerebros que quisieran sabotear. Por eso, saltar a los capós de los coches y trastear con los conductores era su juego favorito. Solían hacerlo en carreteras solitarias y apartadas de las ciudades, hasta que descubrieron aquella construcción faraónica que rodeaba la ciudad. No había nadie más solitario y perdido que un conductor en la M-30.

—¿Y por qué te han enviado a ti? —preguntó otro de ellos, suspicaz—. ¿En qué nos puedes ayudar?

—¿Preferiríais que hubieran venido los de la Primera Esfera o los de la Quinta? Para asuntos de confianza, es mejor confiar en las esferas primigenias. Nuestros hermanos de la Tercera Esfera ya están dentro patrullando con su disposición suicida habitual. Yo he venido simplemente a manteneros informados —dijo mintiendo a medias.

—Esos soldados pescarían peces nadando detrás de uno. Cientos de nuestros ojos han corrido tras los coches, dos compañeros han sido atropellados como ardillas en medio de esa metralleta de coches hasta que se nos ocurrió echar la caña de esta manera. Solo un truco puede desmontar otro truco.

Un nuevo Seat rojo apareció en el campamento. En tiza habían dibujado sobre aquella carretera intransitada un retrato del tal Emilio y su novia dentro del coche rojo y cuando paraban un auto miraban de reojo el modelo trazado. No eran ellos. Los Proveedores se fiaban de manera tragicómica de sus métodos y no de los sistemas humanos, por eso hubiera sido inútil explicarles lo cómodo que habría sido haber anotado simplemente la matrícula.

—Bueno, pues hasta que vuestro anzuelo funcione, voy a tirar yo de mi sedal.

Viendo que no estaba en un ambiente hostil, Ozz se agachó y puso la palma de la mano en el suelo para llevar a cabo la parte que le había sido encomendada.

Pronto en la otra mano apareció una luz que empezó a fragmentarse en imágenes sobre su palma. Los Proveedores se acercaron y Ozz enunció con el respeto que la ocasión merecía:

—Esto es lo que ha sucedido. Lo que veis... ya ha pasado.

La luz se convirtió en un coche. En él estaba Emilio. Con la otra mano Ozz hizo un gesto para que empezara a oírse lo que había ocurrido en el interior del vehículo. Gritos y llantos y un conductor histérico que a la vez trataba de calmar a su desesperada acompañante. No podían entender todas las palabras, pero estaba claro que debían de llevar horas dando vueltas sin poder salir y sin comprender por qué ninguno de los otros coches paraba al oír sus gritos de socorro cada vez que volvían al punto de partida.

La imagen se desvaneció. El Cónclave les había dicho que los inquilinos de la torre pensaban que sus cabezas les estaban jugando una mala pasada. Terrible paradoja sucumbir ahora ante aquellos mestizos de humano e insecto.

Un automóvil desviado estaba detenido al fondo y sus ocupantes debían de estar asombrados de que nadie les respondiera qué hacían allí. Pero los Proveedores estaban todos atentos al relato de luces. Ozz se agachó y buscó en el asfalto un nuevo hilo de luz. Lo estiró hasta desprenderlo del suelo y lo alzó ante los miembros de la Esfera de los Proveedores. Antes de convertirlo en aquellas pequeñas miniaturas, Ozz ya sabía lo que iban a ver, así que los preparó.

—Se acabó la búsqueda. Los soldados de la Tercera Esfera han encontrado el auto. Pero no han podido rescatarlos.

Las imágenes mostraban ahora cómo Emilio salía del coche desesperado. Una de las polillas saltaba desde encima del auto y le derribaba. En el interior del vehículo, Manoli empezó a gritar. Ozz tuvo que bajar el volumen. Otra de las polillas agarró una roca y empezó a golpear la cabeza de Emilio. No eran criaturas fuertes, pero aquel humano no tuvo una sola oportunidad. Manoli salió del coche y otro auto la embistió accidentalmente y la lanzó contra el pilar de piedra.

Ante la mirada triste de Ozz y de los Proveedores, dos figuras inertes eran ahora atendidas por una ambulancia. Aún trataban de reanimar a la mujer hasta que certificaron su muerte. Ozz hizo un además y la escena desapareció.

Los Proveedores permanecieron en silencio unos instantes. Solo alumbrados ahora por las luces rojas que habían dispuesto en la carretera y por los faros de las grúas.

—Supongo que los soldados de la Tercera Esfera lograrán sacar el cuerpo de la morgue para llevarlo a vuestro rey —dijo Ozz con profundo pesar.

—¿Para qué? ¡No es de los nuestros! ¿No lo veis? —dijo uno al resto riéndose de rabia—. Ni siquiera llegó a ser investido ni quiso aceptar la protección de la torre.

—¡Es verdad! Es un humano más. ¡No es de los nuestros!

—¡No es de los nuestros! —gritaron al unísono mientras recogían a toda velocidad, tapando con mantas los conos de emergencia, sus cascos y hasta la grúa, que pareció desvanecerse cuando la envolvieron con sus telas y empezaron a correr en todas las direcciones.

Ozz se quedó solo. Ya no había prisa, así que con cuidado salió al arcén y empezó a caminar por los campos cercanos a la autopista mientras pensaba en las implicaciones de lo que había ocurrido.

* * * * * *

SEGUNDA PARTE

Las esferas

I

«En el principio de los cuentos, las esferas eran planas y los hombres se agrupaban en trozos de espacio y en intervalos de tiempo que llamaban reinos. Los reinos ansiaban tener más espacio y más tiempo. Por eso luchaban para ampliar sus fronteras y para perdurar más que los que les antecedieron.

Pero en el corazón de cada hombre también habitaba el deseo de tener más espacio y más tiempo: poseer más cosas que el otro y conseguir más poder para perpetuarse.

Así pues, los reinos se dividían en clases según las posesiones y la importancia de sus hombres. Fuera de sus clases, fuera de sus reinos planos, existía el Caos. El único propósito del Caos consistía en acabar con los espacios y los tiempos de los hombres. A los monstruos que habitaban en el Caos no los preocupaba el tener o el ser, y en consecuencia eran una fuerza indivisible.

Hasta que el espacio que ocupaban los hombres se redujo a un solo reino que resistía el embate constante de las criaturas del Caos.

Lo que parecía el fin del tiempo fue solo el principio.

Al reino llegaron los Hijos del Cisne: un nuevo linaje de hombres que ocupaba poco espacio y tenía poco tiempo, pero que soñaban que el mundo no era plano y guardaban un secreto del pasado.

Ese sueño los hizo crecer y durar, abriéndose paso entre todas las clases hasta llegar a la más alta. Uno de los Hijos del Cisne, una niña soñadora, que tenía un secreto del pasado y tres decisiones para el futuro, tomó el trono para salvar al reino.

Se llamaba Gadea.

El Caos ya había causado la primera grieta al reino. Para poder salvarlo, Gadea sabía que los hombres debían ser una fuerza única. Había que acabar con las clases que los dividían según sus posesiones y su importancia y organizar el reino según la esencia de cada hombre.

La primera decisión de Gadea fue ordenar a los hombres en cuatro esferas, según lo que pudieran aportar al reino: los Proveedores, los Centinelas y los Eruditos junto a la suya propia, los Soñadores.

El nuevo reino luchó unido y tras años de batallas proclamó la victoria y expulsó al Caos de unas fronteras que eran mayores que nunca.

Hubo un tiempo de paz y el reino creció próspero en posesiones e importancia.

Hasta que, sin darse cuenta, se convirtieron en una fuerza unida destructora de otro reino al que ignoraban y al que pertenecían desde antes incluso de existir. El reino de la naturaleza.

Una segunda grieta amenazó toda la vida en el reino cuando empezaron a agotarse los recursos, así que Gadea tomó una segunda decisión. Crear otra esfera para las fuerzas que formaban la naturaleza y darles así su lugar en el reino: los Ancestros.

Aquel nuevo bando confundió el corazón de los hombres. Los Ancestros ponían límites a sus deseos de tener posesiones y de perdurar en el tiempo. Los trataban como si fueran el Caos.

Una tercera grieta amenazó con destruirlo todo cuando las fronteras entre el bien y el mal comenzaron a difuminarse.

Gadea usó su tercera, y última, decisión: si los hombres se comportaban como los monstruos, también entre el Caos deberían de existir monstruos que ansiaran ser como hombres. Creó una última esfera, la de los Conversos, para mostrar que todos los que lucharan a su lado, fueran hombres, fuerzas de la naturaleza o monstruos, tendrían cabida en el reino.

La aparición de las dos esferas sumó nuevos apoyos a Gadea y evitó una segunda guerra dentro del mismo reino.

Pero el Caos se reagrupaba y el reino tenía tres grietas que no se habían cerrado nunca. El fin del cuento empezaba a adivinarse en el difícil equilibrio que las Seis Esferas mantenían.

Gadea había gastado sus tres decisiones de futuro. Pero aún le quedaba una última baza para enfrentarse al Caos: revelar su secreto del pasado.

Gadea reunió a sus tres hijos y a los representantes de las Seis Esferas y les contó el secreto que trajeron los Hijos del Cisne.

Que la historia del reino no era sino un cuento dentro de muchos cuentos.

Y se podía viajar a ellos porque el mundo no era plano.

En el nuevo cuento no había grietas. Las esferas empezarían de nuevo. Los hombres nuevos podrían volver a soñar.

Gadea murió al enviar allí a sus hijos y a las esferas para ponerlos a salvo.

Ahora todo depende de que los herederos vuelvan a ocupar el Trono de Todo antes de que el equilibrio entre las Seis Esferas se rompa y el Caos haga dormir al último de los Soñadores.»

La anciana, dormida en su cama desde hacía años, había contado aquel relato acompañada por el ruido de los ventiladores de la residencia que combatían el bochorno después de la tormenta. Nuria le cogió la mano cuando paró de hablar.

Los domingos era el día que los ancianos recibían más visitas, por lo que era más difícil controlar para el reducido personal quién entraba o salía de allí. No era casual que fuera el día que Nuria había decidido llevar allí a sus vecinos, Manuel y Germán, Astrid y Alexander, Bea y Rafael.

Los niños también habían ido a escuchar a aquella mujer que contaba el cuento de sus vidas, aunque ignoraban que había otra razón por la que Nuria los había llevado a la residencia donde trabajaba: hacerles el chequeo médico que habían esquivado hasta entonces. Hacía un momento que se los habían llevado a otra sala para realizarles un examen médico con la máxima privacidad, pero Nuria no podía disfrutar del éxito de su emboscada médica. Se echó a llorar ante aquella residente milagrosa.

Lloraba porque la anciana, cuya mano había sostenido en muchas guardias y cuyas frases sueltas compartía en la red, llevaba años contando un relato sin que nadie jamás se fijara en su relevancia. En verdad llevaba llorando desde que el día anterior descubrieran que no estaban en ninguna secta, que toda su realidad había sido siempre una mentira.

El sábado Nuria se había refugiado en casa de sus padres. Su familia se preocupó al verla tan mal, pero estaban casi seguros de que debía de tratarse de un tema de amores. La miraban compasivos y ella sentía más pena aún, porque nunca podrían entenderla, porque nunca podrían entender realmente nada de la vida.

Al menos al preguntarle por los candidatos a romperle el corazón de su pasado, se acordó de que Andrés había vuelto hacía poco a España desde uno de los campos de refugiados en los que trabajaba. Así que le pidió que se desplazara hasta la residencia con alguna enfermera de confianza para hacer el examen médico a los habitantes de la sexta planta de la torre.

«Son refugiados ilegales», le había dicho por teléfono pidiéndole total confidencialidad.

Sabía que le haría caso, aunque solo fuera por lo culpable que se sentía de que Nuria hubiera estado tanto tiempo pasándolo mal por no ser correspondida.

Aun así, a saber qué debió de pensar Andrés cuando, al entrar en la sala con dos enfermeras para llevarse a los chicos a otro cuarto, Mat se puso a gritar como loco.

—¡No estoy herido! —gritó en perfecto castellano, desobedeciendo lo que habían pactado anteriormente de aparentar ser extranjeros para que no les hicieran preguntas.

«Bueno, fijo que tampoco colaba lo de que eran refugiados. Con ese aspecto, como no estuvieran huyendo de Islandia...», se dijo Nuria. Los tres hermanos se habían aseado para la que seguramente era una de las pocas veces que habían abandonado la torre desde que habían llegado al nuevo mundo, y en verdad su aspecto parecía el de los príncipes y las princesas de cuento. Como Germán. Como Astrid. ¿Por qué tenían que ser rubios todos los personajes de cuento?

Zenobia estaba dispuesta a ayudar a los futuros investidos con lo que le pidieran, si eso hacía que estuvieran más tranquilos. No podía permitir que volvieran a alejarse de la torre, así que, con la misma determinación que había puesto en que sus hermanos probaran el agua y el jabón, corría detrás de Mat para que se comportara y dejara de gritar por los pasillos de la residencia, aunque a ninguno de los trabajadores, y mucho menos a los ancianos que vivían allí, pareciera molestarle algo de alboroto.

En la habitación, la anciana se incorporó con los ojos cerrados y gritó:

—¡¡Llevadme ante El Curandero, él sabrá amasar mi sueño!!

Todos se sobresaltaron, salvo Nuria, que sabía que la anciana solía gritar eso cuando hablaba mucho tiempo. Manuel escribió también aquello, apoyando la libreta contra la pared. Como la anciana repetía en bucle aquel cuento, se quedó allí hasta escucharlo tres veces. Daba ternura verle aplicarse y tomar notas cuando no había sido capaz de pasar de tema en dos años de universidad.

Germán, en cambio, no se estaba enterando de nada. Apenas había hablado desde el día anterior. Tampoco logró dormir. Y ya no era su cuerpo el que tenía sacudidas. Era su cabeza, pues no podía dejar de repetirse que su vida no tenía sentido. Todos estaban lidiando con eso, pero con lo que a él le había costado darle sentido a la suya, se sentía totalmente sobrepasado.

Astrid le miró y sintió su angustia. Sin atreverse a enfrentarse al dolor de su vecino, se centró en la anciana.

—¿Y cuenta más cosas aparte de esto? —le preguntó a Nuria mientras acariciaba su hombro para tratar de consolar a la enfermera.

—Sí... Dice frases sueltas —respondió Nuria—, pero este relato... este lo ha contado muchas veces. ¿Cómo no me di cuenta? ¿Cómo no la creí? Solo bromeaba con esto, ¿entiendes? Escribía bobadas ingeniosas en Twitter sin que...

Alexander se adelantó y se inclinó hacia la anciana para preguntarle cosas, pero Bea hizo un gesto con la mano y le detuvo. La chica de la calle, que había resultado ser una adolescente, seguía igual de hosca en sus formas, pero algo había cambiado de modo radical en ella. Aquella chica al margen de la sociedad estaba totalmente conectada a lo que ocurría. Como si ahora que todos los demás se hallaban ante un mundo nuevo, ella ya supiera transitar en él. Y no porque alguna vez hubiera pensado en toda esa historia de seres de otras dimensiones, sino porque su mundo había sido siempre el de la supervivencia.

Rafael escuchaba sin hablar o mirar al resto. Cuando antes de ir al trabajo los demás le habían empezado a hablar de que las estatuas se movían (y lo habían hecho siempre) y de que había un ser con escamas (que había estado allí siempre), lo último que quería era encontrar a esa anciana dormida que contaba la historia (y lo había hecho siempre). Sabía que aquel delirio era real, pero no podía enfrentarse a él así de enfadado. Se sentía furioso por no haberlo visto venir y no le consolaba que ningún ser racional hubiera podido hacerlo. Porque en el pasado ya se lo arrebataron todo por ingenuo y llevaba años constantemente en guardia, de manera literal como portero de la discoteca en que le habían dado trabajo tras perder su negocio, y metafóricamente, con la ira desenfundada siempre para lo que pudiera venir. Y, aun así, habían vuelto a pillarle por sorpresa y ahora sentía que iba a estallar. Contaba las horas para encontrarse de nuevo con Pip. Necesitaba desahogarse contra alguien.

Nuria le había insistido para que fuera a la residencia con el resto de los inquilinos, aunque Rosa no los acompañaría. Rosa no parecía querer investigar nada. A lo mejor era más sano así: creer que todo era parte de un misterio divino que debía aceptarse. Amanda tampoco había ido. Seguía sin querer salir de la torre salvo para comprar o darse un pequeño paseo. Ella también seguía los preceptos de su propia fe.

Así que allí estaba Rafael, escuchando cuentos de esferas, cuando los niños regresaron de que les hicieran las pruebas acompañados por un médico que ahora preguntó por él.

Rafael miró a Nuria dándose cuenta de lo que significaba aquello, y la chica se giró, con más enfado aún que él, como si supiera que era la única manera de enfrentarse a aquel viejo malhumorado.

—¡Mira, si he logrado que saquen sangre a esos niños, no vayas a ser tú ahora el complicado, eh! —le espetó—. Por favor.

La camisa de Mat estaba rota y Zenobia tenía un arañazo de la pequeña en la cara. Debió de ser todo un combate.

Rafael apretó los dientes con resignación y acompañó a Andrés.

Zenobia se acercó a la anciana y le tocó con suavidad la frente. Mat pasó del enfado a la curiosidad y preguntó a su hermana:

—¿Por qué conoce el cuento? ¿Le ha quitado el alma uno de los Conversos?

—No, Mat. Es una sonámbula.

Luego supieron que llamaban sonámbulos a seres de un mundo que habían sido iluminados con el conocimiento del otro. El cerebro de los humanos no estaba preparado para discernir ni para recordar el otro mundo. Por eso los llamaban durmientes. Pero había contadísimas excepciones que eran un imán para la revelación. Si ese conocimiento los volvía locos o lo convertían en su mayor secreto, era una decisión que afectaría a su vida entera.

De hecho, Zenobia aseguraba que todas las personas, incluso los durmientes, habían visto más allá de los límites en alguna ocasión. Espejismos que se olvidan, situaciones que al día siguiente pierden consistencia, como los sueños al despertar, y que ni siquiera merecen la pena dedicarles un momento de atención. Y si se compartían lo hacían convirtiéndose en anécdotas, en leyendas, en historias en las que importaba más la emoción que pudieran transmitir, fueran la risa o el miedo, que la explicación de su contenido.

La niña pequeña observó cómo su hermano se quitaba la tirita del brazo e hizo lo mismo. Sil, que así se llamaba la criatura, nunca hablaba. Tal vez el análisis médico pudiera confirmar si padecía algún trastorno del lenguaje. Solo su hermano Mat parecía comunicarse con ella de alguna manera.

Bea se acercó a Nuria.

—¿Tan preocupada estás por su salud? Yo los veo bien.

—No es solo su salud... Tener muestras de ellos, saber si son... si son humanos o yo qué sé... simplemente por si tenemos que identificarlos, ¿sabes? Que todo esto sea verdad no significa que no podamos actuar de forma sensata y racional.

Esos intentos de recoger evidencias le recordó otra cosa a Bea.

—¿Sabes algo de Emilio?

—Nada. Su móvil está apagado. Manoli me dio una vez el suyo, pero tampoco está operativo.

Aquello sacó a Germán de su trance.

Yendo hacia la residencia, había oído decir a Zenobia que había aprovechado su visita al Cónclave en un lugar llamado «La Bóveda de las Luces» para pedir que encontraran a Emilio, pues podía estar en peligro. Todos estaban empezando a preocuparse.

—Me voy solo —dijo Germán a los demás cuando abandonaron la residencia—. Quiero ir corriendo hasta la torre.

Correr era lo único que parecía calmar a Germán.

Hasta hacía unas semanas, su mayor reto físico era permanecer bajo el agua muy caliente de la ducha o calcular cuánto podía aguantar estirado leyendo sin que se le durmiera alguna extremidad. Después, cuando empezaron aquellos bailes de su cuerpo mientras dormía, sintió algo de alivio si se mantenía activo antes de dormir, subiendo y bajando la escalera o haciendo unas flexiones suaves antes de meterse en la cama. Ahora necesitaba directamente acción. Había tratado de racionalizarlo. Tal vez el ejercicio ponía todo su cuerpo en un modo automático que le permitía ejercer el control. Pero la verdad era que le producía simplemente placer.

Manuel le había acompañado a correr la mañana anterior para ver si bajaba el peso que había cogido y que, como todo lo que le solía ocurrir, lo achacaba a la ansiedad. Aunque era cierto que su compañero había engordado, aguantó bien su ritmo.

Cuando estaban los dos recuperando el aliento, estirados en los jardines del Campo del Moro, vieron cientos de arañas amarillas salir disparadas como un géiser de uno de los tejados.

Cada vez eran más comunes esos episodios. Ya era un ritual entre los vecinos observar cosas que desafiaban la lógica, mirarse entre ellos y volver a contemplar el fenómeno, sin que nada de eso pareciera ayudarlos a asimilar que así sería su vida a partir de entonces.

No. Que así era la vida y no lo habían sabido hasta entonces.

Era demasiado. Germán apretó el ritmo de la carrera queriendo que sus pulmones y cada uno de sus músculos estallara.

No sabía cómo dar sentido siquiera al relato de aquella anciana que ponía patas arriba todo lo que sabía del mundo. Pensó en todas las horas que había pasado encerrado en un aula, desde pequeño, aprendiendo historia, física, filosofía... Le habían arrebatado todo eso.

Llegó a la torre y, en cuanto recobró el aliento, llamó al trabajo y dijo que estaba enfermo. Le parecía frívolo siquiera tener que ocuparse de ir a trabajar.

Luego volvió a llamar a Emilio. Eso sí le preocupaba. Solo existía algo peor que el hecho de que su existencia hubiera sido una farsa. Y es que terminara. Porque si aquellos niños venían realmente de otra dimensión, si la magia existía y los monstruos campaban a sus anchas por Madrid, la persecución de la otra noche había sido real, los peligros de los que los advertían eran reales. La muerte era más real que nunca.

Llamaron a la puerta. Se aseguró dos veces de que sonaba el timbre de la puerta y no el del telefonillo y aun así preguntó antes de abrir porque, si los demás estaban fuera, no entendía de quién podía tratarse.

Era Rosa. Ni siquiera se había dado cuenta de que no había ido con ellos a la residencia de ancianos.

—Perdón, Germán, oí que subías la escalera. ¿Ya volvieron todos?

—Están en ello. Yo me he adelantado... ¿Qué tal, Rosa? ¿Cómo lo llevas?

—Bien, bien. Vine a verte por lo del alquiler. Es pasado mañana y, después de hablar con ese hombre, no me quedó claro tenemos que llevar ya el dinero del siguiente mes o... Uy, Germán, tienes esto hecho un asco. ¿Estás bien?

Rosa observaba el apartamento de Germán. Tan desordenado como su cabeza.

Pero a ella parecía preocuparle más que no tuviera nada en la nevera.

—Te vas a enfermar. Y eso sí que no te va a servir de nada. Mírate, ¡sudas como un pollo!

—Eso es de correr, Rosa... pero... estaré bien.

—Vamos, ve a ducharte mientras te subo algo de comer. Le dije a mi hijo que no podían seguir viviendo aquí, que había problemas con unos inquilinos y ya no era seguro para los niños, así que me ha sobrado mucha comida.

Germán no tenía fuerzas para rechazar aquella embestida de cordialidad y un rato después estaba comiendo como no había hecho en días. Mientras tanto, Rosa empezó a limpiar el apartamento y, como no iba a consentir aquello, él mismo acabó también fregando y ordenando su casa. Y sus ideas, de paso.

—¿Así que te inventaste algo para que se fueran tu hijo y tus nietos? Creo que haces bien en no mezclarlos en esto.

—Empecé por ahí, pero a Luis José le dio lo mismo, así que tuve que decirle cosas que no quería escuchar. No ha sido fácil... ¿sabes, Germán? He sido muy blanda con él. Apenas tenía diez años cuando me vine a trabajar aquí. No sé si me lo ha perdonado, pero cuando vino a España no me sentí con el derecho de decirle cómo tenía que vivir su vida, aunque lo viera cometer un error tras otro.

»Hasta que empezó a hacerle daño a los demás. A esa chica que debería mandarlo pal infierno y a esos dos niños que son mis tesoros. Pero todo lo que haga, echarlo de casa, irme yo... también lo acaban pagando ellos. Hasta esta casa que debía ser la mía, la de Rosa..., volvió a ser la de ellos. Sé que doy un paso al frente y dos atrás, pero no he sabido hacerlo mejor. Y entonces ocurre una desgracia como la de esos niños de la sexta planta y ves todo más claro. Nos preocupa haber dejado la ropa tendida afuera cuando empieza a llover, Germán, pero si la tormenta es fuerte deja de importarnos. Y cuando deja de llover y se aclara el día, también se nos despeja la cabeza. Vemos lo que es importante y lo que no. Que mis niños estén bien es lo primero. Después pensaremos en el trabajo, en el dinero del alquiler o lo que sea...

Germán estaba atónito. Rosa no parecía enajenada como Amanda. Si realmente estaba encajando así las cosas, era envidiable.

—Rosa... ¿cómo puedes pensar en el dinero del alquiler o en todo después de lo que hemos averiguado? Para mí es como si ya nada tuviera sentido.

Ahora la atónita era ella.

—¿Cómo que ya nada tiene sentido? No entiendo cuál es la diferencia en que todas esas cosas hayan empezado a pasar desde que vinimos a vivir aquí o que ya pasaran antes. Ahora es cuando tenemos que hacerlas al paso, ¿o no? Todo esto los está afectando mucho y en vez de tomarlo poco a poco, llevan ya dos días enredándose aún más. Mira a Nuria, está muy mal. Y Rafael, aunque le cueste decirlo.

—Pero Rosa, si lo que dicen esos chicos es verdad, hay cosas que no podemos explicar, ¡es como si existiera la magia y lo sobrenatural! Y ya sé que tú crees que es obra de Dios y todo eso, pero esto es distinto. Afecta a todo lo que hacemos o hemos hecho hasta ahora... ¿Entiendes lo que te digo?

Rosa observaba cómo el chico fregaba los cacharros, con más pericia de la que le hubiera otorgado. Por eso calmó algo la rabia que sentía cuando alguno de aquellos jóvenes, mucho más privilegiados que ella, intentaba darle lecciones de vida.

—Cuando yo era niña creía mucho en la magia y esas cosas. Me imagino que como todos los niños. Y con el tiempo también dejamos de creer en ella y tenemos que volver a entender todo de otra manera. Cada día tenemos que buscar nuevas respuestas.

—Pero ya no somos niños. No es cuestión de creencias. Es que no sabemos realmente las leyes de la física, ni la historia, ni podemos entender los mecanismos de la sociedad...

—¿Y de adulto sí entiendes cómo funciona la sociedad? Mira, Germán, yo vine acá hace veinte años cuando ya tenía treinta y cinco, con mi vida totalmente hecha en Ecuador. Y en más o menos un mes, así como ha pasado aquí, todo cambió de repente. La crisis financiera se lo llevó todo por delante. Tuve que dejar a mi hijo y venirme con mi marido. ¿Sabes qué era lo que más me llamaba la atención de Madrid? Que decían que había una Puerta del Sol. Ya ni me acuerdo qué era lo que me imaginaba...

»Nos habían dicho que en España había trabajo. Que aquí las cosas funcionaban, como dices tú. Unos primos que nos iban a ayudar a instalarnos acabaron debiéndonos dinero y nunca consiguieron los papeles. Yo tuve que trabajar mucho. ¿Sabes cuánto tiempo pasó hasta que pude ver con mis ojos que esa Puerta del Sol no era ninguna puerta? ¿Sabes cuándo tuve un par de horas libres y las ganas para venir a dar un paseo al centro? Cuatro meses, Germán. ¡Ni cuando era una niña había estado tan equivocada respecto a de qué iba la vida! Yo también me he sentido enfadada y angustiada. Pero ¿con quién? Aquí la crisis llegó unos años después. ¿Recuerdas que la gente protestaba por cosas que pensaban que eran importantes hasta que las importantes también se las quitaron? Mi hijo llegó y mi marido se marchó. Ninguno de los dos ha sido capaz de adaptarse a las nuevas situaciones. ¿Sabes cuál es el secreto?

—¿Creer que Dios te protege? —dijo Germán sin pizca de ironía.

—Sí. Pero primero tienes que creer en ti. Eso es lo que Dios te dice. Tienes que creer que estás haciendo las cosas bien. Luchar por lo que tienes cerca. ¡Se preocupan por lo que no ha llegado todavía y tratan de ver más allá como si antes no hubiera más cosas que hacer por aquí! Limpiar la casa, por ejemplo.

Rosa volvió a sus quehaceres y Germán tuvo que perseguirla por la casa.

—Al final te adaptas, Germán; te adaptas y piensas que aunque las cosas sean distintas a como una soñó de niña o le vendieron de adulta, puedes estar bien si haces las cosas bien.

Quiso creer a Rosa y sintió que algo dentro de él se asentaba.

Cuando la mujer dio por terminada la limpieza del apartamento, la acompañó a la puerta y le agradeció la charla. Rosa se sintió responsable del efecto que había causado en Germán.

—No creas, yo también lo pasé mal al principio —le confesó—. Me angustiaba el grito de mi piso porque no sabía si alguien estaba pidiéndome ayuda. Y he sentido miedo de no saber qué hacer con todo lo de esta casa. Ahora que hemos decidido ayudarnos unos a otros estoy mejor. Y en mi piso ya no se oyen los gritos. No creo que sea casualidad.

Germán no creía que todo fuera a ser tan fácil como irse a dormir con la conciencia tranquila, pero sabía que mucho de su dolor lo provocaban sus demonios interiores.

Aunque era cierto lo que había dicho Rosa sobre que había cosas que hacer allí antes.

Un rato después fue a casa de Manuel para que le explicara lo que se había perdido del relato de la anciana. Manuel empezó serio y solemne a leerle sus apuntes. Pero cuando mencionó que la tercera planta, la suya, era la Esfera de los Centinelas hizo una pausa dramática y miró a Germán. Luego se levantó la camiseta enseñando su enorme barrigón.

—Los guerreros, dice, ¡que somos los guerreros de la torre!

Germán y él se echaron a reír. Casi había deducido que la planta de Emilio y Nuria era la de los Proveedores, con todo aquel botín inicial y las cosas que aparecían y desaparecían. Y era evidente que Alexander y Astrid estaban en la planta de los Eruditos con toda aquella red de información.

—Bueno, tú sabes manejar armas, ¿no? Seguro que no hay tanta diferencia a hacerlo en la vida real que en un juego de rol —dijo irónico Germán.

—¡Qué cabrón! Al menos tú estás poniéndote fuerte. A mí me van a suspender aquí también. Lo que me faltaba ya.

Volvieron a reírse.

—Da igual que esté haciendo deporte —comentó Germán—. Te aseguro que de todos los vecinos soy el que menos aguantaría en una pelea. Recuerda en el Calderón con los huargos esos... Tú me ayudaste, yo estaba en shock.

—Joder, es verdad. ¡Qué negativos somos, macho! Allí lo hicimos bien, ¿no? Vale que aún no nos podían ver con claridad, pero fijándonos solo en nuestra parte, estuvo bien.

—¿Qué es eso que dijo Zenobia de que no podían vernos bien?

—Pues igual que nosotros a ellos. Hay una especie de tiempo de adaptación hasta que somos capaces de percibirnos mutuamente. Y luego, dicen que la gente lo acaba olvidando o quitando importancia. Dicen que las cosas se «atenúan».

Germán se acordó de la primera vez que vio a los huargos o a la jauría, como Zenobia la había llamado, torturando a un inocente que a buen seguro no lo olvidaría. Pero es cierto que su compañero de asiento del tren le quitó importancia. También recordó las palabras de aquel loco: «Ya los puedes ver. Pero ellos también te están viendo a ti».

Manuel siguió hablando:

—A lo mejor esa gente sabe que por dentro somos héroes, aunque no nos lo creamos, y por eso nos han puesto de Centinelas.

—¡Pero qué dices que nos han puesto, si elegiste tú el puto apartamento! —le recordó Germán.

—Bueno, podría ser peor. Rafael y Rosa son la Esfera de los Conversos. Los demonios esos que ahora son parte del reino. Tiene cojones, pobre Rosa. Y lo de la hiedra esa de los...

Germán cogió el cuaderno de Manuel para echarle un vistazo, pero volvió a perder la seriedad. «Vivís en Matrix», leyó en la portada de la libreta. Y junto a las palabras de la anciana había anotado comentarios graciosos y hasta hecho dibujitos.

Decidieron no guardarse las carcajadas para ellos y bajaron a casa de Nuria a rescatarla de su pozo.

—Provéenos de un copazo, señora, que estamos de catarsis colectiva.

Nuria pensó que traían ya el copazo encima, a juzgar por su estado mental. A Manuel le había visto otras veces en ese plan, pero no recordaba haber visto nunca a Germán reírse así. Ella también acabó sucumbiendo cuando los padres de Manuel le llamaron por teléfono y se puso a darles explicaciones.

—Sí, sí, muy bien... He estado en el estadio del Atleti y todo. Sí, sí, he cambiado de equipo. Estoy cambiando mucho, madre. No, no se me olvida lo del alquiler. ¡Como para olvidarlo! ¿Qué? No te preocupes, he estado currando de canguro. Sí. No, mamá, no he bebido, solo el agua, que tampoco te coloca. Ya te lo digo yo.

Reían desde el absurdo y la desesperación, y no por haber empezado siquiera a digerir lo que estaba pasando. La prueba la tuvieron esa misma noche. Cuando salieron a cenar los tres vieron a un pequeño trasgo coger de la mano a un niño cuyo padre leía el periódico y llevárselo unos metros más adelante. ¿Cómo no iba a afectarles que Madrid estuviera infectado de criaturas imposibles?

A la mañana siguiente, cuando Germán estaba intentando volver a la rutina del trabajo que tal vez le diera algo de estabilidad, vio cómo cruzaba la Castellana un carruaje entre los coches. Nadie más lo veía, pero su aparición detuvo el tráfico y los conductores se pitaban unos a otros culpándose de aquel embotellamiento de la nada. De la nada, esporádicamente, sin acordes previos de aviso como en las películas de terror, en medio de la cotidianidad de la ciudad, los veía.

Y Germán no se podía limitar simplemente a apartar la vista, a frotarse los ojos y a obviar su existencia, porque esos seres habían estado allí desde siempre y eran la causa de los fugaces misterios diarios que ocupaban una pequeña parte de nuestro cerebro, como el porqué se había parado el tráfico de repente. Preguntas que la gente dejaba de hacerse al poco tiempo, pero que él ya no podía ignorar.

Sobre todo porque algunas de aquellas criaturas también los veían a ellos.

Si la noche anterior, cuando Manuel, Nuria y él habían salido a cenar, el trasgo soltó al niño y salió corriendo fue porque los oyó gritarle. El padre pensó que se lo decían a él y les agradeció que hubieran estado atentos cuando su pequeño se había alejado de su lado.

Y el carruaje se detuvo pasado el semáforo, donde estaba él. Una mujer de aspecto terrorífico sacó la cabeza por la ventanilla para escudriñarle, como si no pudiera creerse que Germán estuviera allí.

Solo el hecho de que los seres de cada mundo tuvieran complicado verse entre sí evitaba que los humanos enloquecieran al encontrarse todo aquel mundo fantástico conviviendo con ellos. O que aquellos monstruos provocaran una masacre.

Pero si el muro que los separaba era cada vez más fino, ¿cuánto tardarían aquellos seres en dirigirse a ellos? Tal vez por eso Germán iba corriendo a todas partes. Algunos pensaban que lo hacía para estar en forma, él se decía que era para calmarse y quizá se trataba de la cobardía de siempre.

Hubo otro motivo para que Germán saliera de su piso, además de tener que ir a trabajar. Un audio de Astrid apareció en su móvil sin que pudiera precisar cuándo se lo había enviado. Se alejó de la torre para buscar cobertura.

La voz de la chica sonaba tan seductora y dulce como siempre, pero había un tono reflexivo y profundo que dio aún más relevancia a aquellos treinta segundos en los que le invitaba a un pequeño pícnic fuera del centro.

Germán no pudo contestarle porque la chica le avisaba de que no llevaba el móvil... pero que no pensaba moverse de aquel parque hasta que anocheciera. Ahora ya solo había que atreverse a desplazarse hasta Vallecas.

Después de pensar en llevar los más extraños objetos en su mochila por si le hicieran falta, se armó solo con una sudadera para aquellas noches que empezaban ya a ser frías. Por alguna razón se sintió más seguro en un autobús que en el metro. Así, en cada parada podía saber quién subía o bajaba y tener una vía de escape por la otra puerta.

Tardó una hora en llegar. No recordaba haber nunca ido a aquel parque, aunque sí había oído antes su singular nombre: Parque de las Siete Tetas. Buscó a Astrid mientras paseaba entre los muchos visitantes que aprovechaban aquella tarde tan agradable para contemplar el ocaso de luces naranjas que bien podría considerarse la retransmisión del final del verano en vivo y en directo. Astrid estaba en uno de los mejores miradores. No podía ser de otra manera. Debía de haber estado tomando el sol en las horas en que aún pegaba porque ahora su piel tan blanca se había teñido de un tono rosado que la hacía aún más encantadora.

No se levantó a saludarle, simplemente hizo un pequeño hueco en la manta que había traído, y cuando Germán se sentó a su lado le señaló con la cabeza:

—Yo vivía en ese barrio de pequeña. Antes de Londres y Estambul. Antes de que a mi padre le dieran el trabajo en el *National Geographic*. No recordaba casi nada del parque. Pero sí recuerdo la luz. La luz de este cielo de colores de Madrid, y concretamente de Moratalaz.

»He estado en muchos lugares en el mundo tan altos que creía que podía tocar las estrellas, tan despejados que parecía estar en un lienzo mucho más grande, pero la luz de este cielo no se ve en ningún otro lado.

—¿Era esto lo que querías decirme?

Se sorprendió a sí mismo por no quedarse callado al lado de aquella chica contemplando el horizonte. Sentía rencor y ella lo sabía.

—No, esto son reflexiones mías mientras te esperaba durante todas estas horas —dijo volviendo a cautivar a Germán. Se volvió hacia él con aquellos enormes ojos azules y añadió—: A ti solo quiero pedirte perdón.

—Astrid, debisteis decírnoslo antes; puede que no os hubiéramos creído pero eso sería nuestro problema. Decidisteis por nosotros. Decidisteis investigar por vuestra cuenta y no contarnos nada.

—No era nuestra investigación, Germán. Alexander es un fanático de las sectas, sí, y yo he tratado de devanarme los sesos uniendo las piezas. Pero la mayor parte de lo que sabemos nos lo han contado ellos... a cambio, entre otras cosas, de no revelar nada a los demás inquilinos.

—¿Ellos?

—Los Eruditos. Los miembros de nuestra esfera. La ventaja de la cuarta planta es que te van dando información por conectarte a su red, que ni siquiera creo que sea de internet. Muy pocas veces respondían nuestras preguntas concretas. Pero así ha sido: en nuestros correos electrónicos, en nuestros móviles... pidiéndonos que no lo supieran las otras plantas, pues eso pondría en riesgo el Pacto del Malabarista. Al principio no entendíamos qué era, pero...

—¿Pero le disteis más crédito a eso que a confiar en nosotros?

—Tampoco nos conocíamos, Germán. Cada uno de nosotros vino aquí solo.

Germán asintió en silencio. No podía culparla de lo mismo que él había hecho.

—Dices que entre otras cosas os pidieron silencio. ¿Qué más habéis tenido que hacer?

—Conseguir información conectándonos a su red siempre ha sido a cambio de que nosotros también la diéramos: «Un espacio de intercambio de datos» lo llaman. Nos hacían preguntas triviales, y cuanto más sabíamos de ellos, más sabían de nosotros. Nos han dado pistas, pero de alguna forma han espiado nuestras vidas. Saben cosas personales nuestras.

—¿Os chantajean con ellas?

—No, no, han sido extremadamente amables y prudentes siempre. Y son pequeños detalles: cómo se llaman mis padres o la marca de puros que fuma Alexander... Pero... me he ido sintiendo aún más indefensa de lo que la torre ya me hacía sentir. Estaban accediendo incluso a la parte de mi vida que no tenía nada que ver con la decisión de trasladarme al edificio. Tal vez eso me ha hecho ir más a lo mío, no sé... O quería ser yo la protagonista de la trama. Me ha pasado otras veces —dijo, mostrándose demasiado dura consigo misma.

—Eso es algo que has de responderte tú —replicó Germán, y ahora sí que se sintió mal por seguir estando tan borde con ella. De hecho, se acordó del móvil de Astrid entre todos los cacharros del fregadero. Tal vez sí que pensaba que la estaban vigilando y no quería que el móvil estuviera cerca. De hecho...—. Por eso me has traído aquí, ¿no? Sin tu móvil y lejos de la torre, para que no puedan seguirte.

—Solo quería estar tranquila —dijo sin contradecirle.

—Está bien. Escucha. No podemos seguir culpándonos por cómo hemos actuado hasta ahora. Tenemos que ser prácticos de una vez y empezar a aprender. ¿Hay algo que sepas que puedas unir a lo que nos han contado Zenobia y la anciana de la residencia? Sería bueno poder contrastarlo todo mañana con Pip.

Astrid cerró los ojos unos instantes y luego miró al frente.

—Básicamente es lo mismo, aunque el relato de los Eruditos es menos solemne y mucho más cínico. A los Proveedores los llaman tramperos sin conciencia y a los Centinelas os consideran mascotas sin cerebro. Pero dicen que siempre han mantenido una relación de hermandad con esas esferas, las Primigenias.

Los rayos del atardecer le daban de frente haciéndole entrecerrar los ojos igual que ella. Sentía el calor mitigado por una suave brisa que soplaba entre las colinas de aquel parque de extrarradio. Escuchaba cerca la respiración de Astrid y pensó que en su voz todo sonaba menos raro. Incluso lo de llamarle «Centinela».

—Aseguran, en cambio, que el Pacto del Malabarista con las nuevas esferas es imposible. De los Ancestros hablan como si no fueran seres vivos. Y dicen que los Conversos mudaron su piel, pero no su alma de demonio, y que aceptarlos en el reino fue el principio del fin. De la Esfera de los Soñadores apenas comentaron nada. Nunca nos dijeron, por ejemplo, que los herederos vivían con nosotros en la torre. Aun así, proclaman su fidelidad a la Corona hasta el punto de que nos aconsejaron que hasta que no pudieran reunirse con nosotros, si estábamos en peligro acudiéramos a la Guardia Real de los Soñadores. Que eran los únicos que podían protegernos a todos, al igual que hacían con los niños.

Los dos se incorporaron en la manta. Germán para preguntarle por lo que acababa de contarle. Todo lo que fuera estar protegidos era importante. Astrid para intentar dar algo de seriedad a lo que estaba a punto de explicar respecto a la Guardia Real de la Sexta Esfera.

—Aun después de todo lo que ha ocurrido, me sigo sintiendo ridícula por decir esto pero... Son las estatuas. Dicen que acudamos a las estatuas, Germán. Es como si... como si las estatuas de Madrid estuvieran vivas.

—¿Qué estatuas?

—Todas.

—¿Me estás diciendo que todas las estatuas de Madrid son de la Sexta Esfera?

—Sí. Pero solo se mueven las de color negro. Las blancas son vigías.

Germán tuvo un flash y por sus recuerdos desfilaron un montón de rostros pétreos. La estatua de la plaza de Ópera que había simpatizado con su miedo, el Palacio de Oriente estaba lleno de ellas... A ellas había acudido gritando Pip cuando lo que fuera bajo el viaducto le culpó de la muerte del portero de la torre. También pensó en las de las iglesias, las de los tejados, las de los parques. Cada estatua que había visto alguna vez en la ciudad. Y se detuvo en una: la que había frente al Cuartel del Aire, en Moncloa, donde su hermano moribundo había dejado de respirar. Se puso a temblar sin poder remediarlo.

En el Parque de las Siete Tetas se había hecho el ocaso y la mente de Germán volvió a la noche en la que Javier murió. Cuando arrastró el cuerpo de su hermano por aquellas callejuelas tratando de que alguien los ayudara. Se iba acercando a Moncloa, como si instintivamente quisiera coger el autobús que le llevaría de regreso a casa. Javier se desplomó al lado de una terrible estatua negra de un águila que impasible contemplaba cómo Germán gritaba desesperado, hasta que después de unos minutos que se le hicieron interminables la gente se acercó a ayudarle. Pero ya era tarde.

Germán empezó a llorar en el mirador del Parque de las Siete Tetas. Y se dio cuenta de otra razón por la que no era capaz de aceptar aquella nueva visión del mundo. Le costó meses ver la inutilidad de replantearse todas las decisiones que influyeron en aquella noche, cada uno de los «y si» que hubieran evitado aquel fatídico final. Pero ahora acababan de aparecer de golpe muchos más factores. Si la magia existía, la muerte de su hermano era aún más cruel, aún más absurda. Porque no había podido salvarle. A él, que siempre había creído en esas cosas. Javier había muerto sin saber que la magia existía. Tras vivir una vida de mentira.

Astrid le cogió la mano, aunque Germán pensó que no había nada que pudiera hacer para que dejara de llorar. Se equivocaba.

—Da igual que todo haya sido así siempre, si los humanos no éramos capaces de verlo, para nosotros no había existido. Nuestra vida fue todo lo real que podía ser. No podemos repasar cada detalle de nuestra vida con lo que ahora sabemos. Lo que ganamos y lo que perdimos ya forma parte de nosotros.

Germán apretó fuerte la mano de Astrid. Últimamente estaba recibiendo grandes consejos, pero nadie sabía realmente hasta dónde llegaba su pérdida.

Astrid quiso ir un poco más lejos:

—La culpa es terrible. E inútil. Solo añade dolor a una tragedia tan grande como la tuya.

¿Qué acababa de decir Astrid?

Germán no había contado nada de esto a nadie. Ni a Manuel, ni a Nuria... Estuvo a punto de contárselo a Bea, pero no lo hizo.

—¿Cómo sabes eso? —preguntó.

—¿El qué? —dijo Astrid desvelando en su titubeo que sabía que había dicho algo que no debía—. Es obvio que te ha pasado algo grande, Germán. Nunca hablas de amigos ni de familia...

—¿También me han espiado a mí? —dijo quitando la mano y levantándose de golpe—. ¿Les dijo algo Pip a los Eruditos o lo han averiguado espiándome?

—Germán, tienes que confiar en mí. Cuando logre encontrarme con mi esfera y pueda entender bien lo que...

—¿Qué quieren de mí? ¿Te han ordenado que me des este mensaje? ¿Para eso me has traído aquí?

Germán se dispuso a irse y ella se puso en pie y tiró de él.

—Te he traído al lugar donde empezó mi vida porque necesito entenderla. Cuando era pequeña hubo un accidente. Tenía unos ocho o nueve años y mis padres viajaban mucho por su trabajo. Yo me quedaba muchas veces con mis primos. Una noche la casa se incendió. Mis tíos y mis primos sobrevivieron de milagro. Uno de ellos aún tiene quemaduras. Yo salí ilesa, Germán. ¿Sabes por qué? Según los bomberos y la policía yo fui quien prendió fuego a la casa, harta de que mis padres me dejaran allí. ¿Sabes lo que les conté yo? Que un duende hecho de llamas se coló por la ventana y yo solo pude correr asustada mientras él saltaba entre risas quemándolo todo. Juraba que era eso lo que había pasado. Los psicólogos, por supuesto, dijeron que era una fantasía que había creado para justificar algo tan terrible. Mis tíos y mis primos jamás me lo perdonaron y pronto mis padres decidieron que nos mudáramos de país. Lejos de todos los que me conocían pude superarlo. Si había sido capaz de bloquear algo que había pasado, ¿cómo no iba a dejar todo aquello atrás? Si era capaz de mentir así, ¿por qué no seguir inventándome que era quien quería ser? En cada país, en cada nuevo colegio, era una nueva oportunidad de ser quien quisiera... Esa ha sido mi vida. Pero ¿y si de verdad lo vi, Germán? ¿Y si simplemente fui una niña que vio un ser de fuego y a la que nadie creyó nunca?

»Tú te lamentas de no haber sabido nada de esto para evitar una tragedia. Mi tragedia tal vez la provocaron ellos. Y cambió mi vida que nadie creyera a una niña de nueve años...

Astrid rompió a llorar. Se agarraba el vientre doblada de dolor en un grito de angustia. Germán la abrazó con fuerza. No iba a dejarla sola. La existencia de aquellos seres había vuelto a remover su tragedia personal, agitando de nuevo el dolor de lo que pudo ser y no fue, pero a Astrid la culparon de una tragedia que ahora podía tener otra explicación. Era solo una niña. Nadie la creyó. Ella misma no se creyó. No, no pensaba dejarla sola. Las caras de los dos se unieron por las lágrimas mientras sus cuerpos se estremecían en sacudidas de llanto. Como dos tripulantes abrazados a un mástil mientras la tormenta zarandea el barco.

Cuando pasó la tempestad siguieron abrazados y las sacudidas de dolor se habían convertido en un estremecimiento acompasado. Sus bocas se buscaron y se unieron con pasión. Los cuerpos cayeron a tierra como un puente levadizo que atraviesa las murallas. Siguieron besándose mientras sus manos buscaban la piel con el único pudor de la oscuridad creciente que fue cubriendo el Parque de las Siete Tetas. Se besaban queriendo atrapar un trozo de realidad al que asirse, y, aunque en el rostro de ambos las lágrimas tardaron en desaparecer, rodaban por la hierba abrazados mientras el deseo hacía que se arrancaran uno a otro la ropa que se interponía en su arrebato. Solo pararon cuando los dos sintieron el fogonazo sin saber hasta dónde habían llegado a fundirse.

Se estiraron boca arriba, sudorosos y con los botones de todas sus prendas desabrochados, sobre el terreno desierto de posibles curiosos escandalizados. Germán miraba el cielo sin estrellas y las copas de los árboles encima de ellos. Sin apartar la mirada, estrechó con fuerza el cuerpo de Astrid contra el suyo. Sabía que en cuanto se incorporara y viera que había llegado la noche sentiría de nuevo el miedo y el vértigo, que volverían todas aquellas emociones en conflicto en vez de la única que había imperado en todo ese tiempo.

Astrid debió de sentir algo parecido, ya que buscó cobijo en el cuerpo de Germán, y aun así tenía algo de frío. Se vistieron y cogieron un taxi hasta el Campo del Moro. Al entrar en la torre, Germán recordó que su casa estaba recogida gracias a Rosa. Se alegró también de estar albergando una preocupación tan mundana y trivial como el tener un dormitorio presentable donde llevar a una chica. Pero Astrid prefirió irse a su propio apartamento.

—Eres increíble —dijo—. Quiero repetir esto cuando no estemos tan frágiles.

Germán torció el gesto. ¿Había sido aquello sexo por pena? ¿De quién a quién? Ella lo notó porque se despidió con un último beso y le dijo:

—Será mejor que durmamos algo. Mañana viene Pip, acuérdate.

Germán se fue enseguida a la cama sin ducharse siquiera, antes de que desapareciera el hechizo. Y trató de dormirse recreándose en el recuerdo de lo vivido, pero en sueños se le aparecían rostros de estatuas. Esa noche tampoco durmió bien.

No se había acabado de despertar por la mañana cuando oyó gritos en la escalera. Se dirigió allí rápidamente tras identificar la voz de Rafael y empezar a entender que estaba gritándole a Pip. Al bajar corriendo, vio en el umbral del portón de entrada a la iguana. Aquel reptil escalofriante que estaba en la caseta del Retiro durante la entrevista. De nuevo le miraba a los ojos.

Bea, que también había bajado a gran velocidad hasta donde estaba él, no pudo ocultar su miedo.

—Odio ese bicho —dijo.

Rosa abrió su puerta, donde Rafael casi había empotrado al hombrecillo de la inmobiliaria.

—¡Rafael, no!

—¡Ha tenido los santos cojones de pedirme sonriente el dinero del alquiler! ¡Como si no pasara nada!

Pip se agitaba sin posibilidad de escape y, aunque le temblaba la voz, mantenía su tono alegre.

—Rafael, por favor, estoy enterado de su situación y vengo a traerles respuestas, pero el pago es un requerimiento imprescindible y el cobrárselo la manera que tengo de poder llegar a ustedes.

Pip podía entrar en la torre. El día de la llegada se había mantenido al margen para no interferir en la crucial decisión de elegir la planta y, por tanto, a qué esfera pertenecerían, pero había subido antes dejándolos abajo con sus cavilaciones. Les había dicho que iba a comprobar que estaba la corriente dada, pero en verdad había ido a visitar a los infantes del Cisne.

Había subido a la sexta planta y comunicado la terrible noticia: Samuel Kantor, que había sido designado por el Cónclave para ser el guardián de la torre y uno de los pocos hombres que tenía la confianza de todas las esferas y el cariño de esos niños, había sido asesinado. Les pidió que se mantuvieran serenos y que no salieran de la torre hasta que encontraran una solución entre todos. Tampoco debían dejarse ver por el resto de los inquilinos. No estaban preparados.

Después había abandonado el piso y contemplado la puerta cerrada de la sexta planta. La había acariciado con su mano deseando que, si la pena que había dejado en el corazón de aquellos niños no podría salir de allí, tampoco pudiera entrar el peligro que acechaba fuera.

Eso fue entonces.

Un mes después era el portador de otra triste noticia. Pero, de nuevo, al igual que la otra vez, también trajo algo de esperanza a la Torre de la Encrucijada.

—¿Ha venido la señorita Dalia? —dijo Amanda detrás de él. Iba vestida con un traje de fiesta y zapatos de tacón.

Los demás también estaban llegando. Se estaban apelotonando todos en el rellano.

—No, hoy no necesitamos firmar nada... ni protegernos de nadie. Rafael, ¿me suelta para que pueda ir haciendo los cobros? Pueden preguntarme lo que quieran cuando pase por los pisos de cada uno.

—¿Vamos a ir por turnos? —preguntó Germán.

¿Estaba esa iguana haciendo guardia para que no pudieran salir de allí hasta que se cobrara el alquiler?

Entre las protestas generalizadas resaltó la de Astrid.

—Pip, creo que necesitamos hablar contigo de manera conjunta. ¿No hay otra forma en que podamos hacerlo sin incumplir ningún pacto?

Rafael soltó a Pip y este recogió su bombín, que había debido de caerse al primer guantazo.

—Hmmm, creo que se me acaba de ocurrir una idea ingeniosa. Dejen que suba.

—¿Y el bicho se va a quedar ahí suelto?

Junto a la puerta había un enorme bulto tapado con una manta. Debía de ser la jaula con la que Pip la había transportado hasta allí.

—Oh, Colorín es todo lo contrario a peligroso. Colorín quería venir a verles de nuevo, y siempre es una garantía de que las cosas van a acabar bien.

Colorín era el nombre que menos podía pegarle a aquella iguana. Tal vez hubiera sido adecuado para un pequeño camaleón que alguien guardara en un terrario en su habitación, pero no para aquel reptil más grande que un gato que los escudriñaba con la mirada, como si se metiera dentro de sus cabezas. Germán se sintió así cuando hizo la entrevista y ahora sabía que podía ser literalmente eso: un reptil con poderes telepáticos. Y lo único extraño de aquello era que no se hubiera dado cuenta entonces.

Pip les pidió a todos que fueran a sus plantas y se acercaran si querían a la escalera mientras él subía hasta la sexta planta. Las nueve cabezas fueron asomándose al hueco de la escalera. Los tres hermanos también habían salido a su puerta, aunque ellos no podían asomarse porque en su planta estaba aquel ascensor caprichoso. Precisamente en la base del ascensor Pip se colgó de un gancho con una cuerda atada a los tirantes que llevaba sobre la camisa y se dejó caer por el hueco de la escalera.

Como un péndulo. El largo de la cuerda le hacía quedarse al nivel de la quinta planta, teniendo que poner las manos y los pies para no golpearse cuando oscilaba de un lado a otro, pero aun así estar allí balanceándose en el aire en el hueco de la escalera del ascensor debió parecerle una brillante idea de neutralidad. Que, por supuesto, no fue aceptada por los vecinos.

—¡Se va a quedar ahí colgado! —gritó Rosa desde abajo.

—De verdad, necesitamos hablar contigo —dijo Bea, que a intervalos casi podía chocar su cabeza con la suya.

—¡Hablen, pregunten, a eso he venido además de a cobrarles la renta! —los animó Pip sujetándose el sombrero.

—¡Esto es ridículo! ¡Se está riendo de nosotros de nuevo! ¡Lo ha hecho desde el principio y lo hace ahora que nuestras vidas están jodidas! —gritó Rafael furioso metiéndose para dentro y haciendo que su cabeza desapareciera de la vista.

—Ay, ¿es esto más ridículo que su propia burocracia? La

cantidad de papeles que necesitan para conseguir un permiso que les diga que pueden coger más papeles. ¿No es esto más rápido?

La cabeza de Alexander también desapareció un instante, pero lo hizo para coger un trozo de papel donde había anotado varias preguntas. Se aclaró la voz y empezó a hablar. El eco parecía resaltar aún más su irritante tono. Cuando hubo lanzado varias preguntas, Nuria empezó a gritar las suyas. Algunas coincidían, porque no siempre se oían claramente los unos a los otros. Germán intentó que el espectáculo que siempre montaba aquel hombrecillo no le despistara. «Nos hizo la entrevista en una caseta de la Feria del Libro, nos hizo marchar en procesión y todo ha tenido al final un sentido...», se recordó a sí mismo.

Así que se unió al resto de las cabezas que miraban a un hombre con bombín colgar del hueco de la escalera.

Pip les confirmó el relato que habían escuchado de la anciana.

En otro mundo (decir «en otra dimensión» no lo hacía más fácil) una mujer había llegado al trono, organizado el reino en esferas y ganado la batalla al Caos hasta que, como en todos los imperios, su expansión y guerras internas lo habían puesto en peligro. Tras la desaparición de Gadea, la esperanza recaía ahora en Zenobia para coronarse reina y así detener el alcance del Caos. Pero en el camino a la coronación necesitaban una representación de las esferas lo más neutral posible. Ahí era donde entraban ellos en juego, como habitantes de una torre y futuros mediadores de aquello que llamaban el Pacto del Malabarista.

Eso último lo dijo casi aplaudiendo, exaltando su permanente y desesperante optimismo. El balanceo del interlocutor y el hablarse a voces desde la escalera no ayudaba a que se tomaran en serio lo que cada vez estaba más claro.

—¡Una embajada! —concluyó Alexander—. La Torre de la Encrucijada es una embajada y nuestra misión es representar esas Seis Esferas. Humanos escogidos al azar para que nos fuéramos integrando en la cultura de su planta hasta que seamos investidos. ¡Somos diplomáticos!

—Eso es una locura. ¿Cómo depositan en unos extraños

toda esa responsabilidad? —preguntó Manuel—. Joder, no me he sacado la carrera y quieren que medie en un conflicto de hace siglos entre seres de otra dimensión.

—Yo creo que lo estás haciendo estupendamente —dijo Amanda—. Deberíamos organizar más fiestas, eso sí.

A Manuel aquello le sacó de quicio.

—Vale, ¡ya sabemos la razón por la que te han metido a ti, loca! Pero ¿nos ven igual de mal al resto para aceptar algo así? ¿O es que valían también otras taras? ¿Quiénes somos? ¿Los más tontos, los que menos tenemos que perder, los más desesperados? Joder, no pensaba que estaba tan mal.

Germán se acordó de que contar la tragedia de su familia fue lo que obtuvo el sí definitivo. Pero haber tocado fondo no era algo que se pudiera aplicar a todos sus vecinos. A la mitad, tal vez, pero no a todos.

—Nada de eso, Manuel. Somos los que el azar eligió mientras nosotros buscábamos un nuevo comienzo. Eso es lo único que nos une. Y no hay nada más justo y objetivo que el azar —dijo Alexander.

—¿Justo? ¿Qué hay de justo en que nos hayan engañado? —protestó Nuria—. Yo solo buscaba estar más cerca de mi trabajo, no que cambiara mi vida para siempre.

Aquella frase se lanzó potente al hueco de la escalera, pero Pip no la temió.

—Cambiar el lugar donde se vive cambia la manera de vivir —respondió el hombrecillo con contundencia—. Se quiera o no. Se puede elegir el sitio, pero no es posible predecir el modo en que ese hogar modificará nuestra vida. De repente, nos coloca en un lugar más cerca de personas que podrán ser importantes, o determinará de cuánto dinero disponemos para nuestros planes... Por qué ventana entre el sol transformará el orden en que hacemos las cosas tanto como el silencio que reine por las noches determinará nuestros ritmos biológicos. Cada rincón y sus enseres, cada metro de distancia que recorramos. No lo pensamos y a la vez no queremos hacerlo. Porque todos creemos que la vida cambia solo cuando nosotros queremos o cuando algo enorme nos sacude: una desgracia, la lotería, una torre... Es más fácil entenderlo así. Pero cambiamos todo el rato en función de las cosas más insignificantes...

¿Podría ser que su movimiento oscilante tuviera algo del péndulo de un hipnotizador? Porque para Germán aquellas palabras tenían realmente sentido.

—Y ya saben que el engaño es aquel en el que viven todos los demás. Todos ustedes ya saben la verdad. La mudanza ha sido más brusca de lo que pensábamos. Y no han estado guiados. Eso es lo que tenemos que lamentar. Es culpa del Caos. El mismo que debemos detener o estaremos todos perdidos.

El tono de Pip se tornó triste durante unos segundos, y para compensar aquella anomalía en su manera de proceder, rápidamente añadió:

—Y también es cierto que no pensábamos que todo iría tan rápido y que antes del primer mes iban a experimentar todos estos cambios. La Torre de la Encrucijada es un auténtico amplificador, ¿no creen?

—¡Aquí todo se magnifica! —gritó pletórica Amanda.

Ella y Alexander eran los únicos que parecían disfrutar del discurso de aquel hombrecillo colgante.

—Algo bueno ha tenido, sin embargo, que los acontecimientos se hayan precipitado...

Pip alzó la cabeza y elevó la voz para que su mensaje fuera directo a los herederos.

—Alteza... el Cónclave se ha dado cuenta de que la situación requiere nuevas medidas y un esfuerzo por parte de todos. La coronación va a adelantarse.

Incluso sin verlos, pudieron notar la expectación que aquello generaba en los chicos.

—¿La coronación? ¿Y eso por qué tiene que ser bueno para nosotros? —preguntó Nuria.

—Porque es allí donde acaba el Pacto del Malabarista, donde acaba la misión del Cónclave, donde termina el propósito de la Torre de la Encrucijada. Conseguir que el orden se restablezca. Una nueva reina en el Trono de Todo.

—¿Y por qué no lo hacen ya? No puede ser tan difícil organizarla si han sido capaces de montar esto otro —dijo Manuel señalando los muros que los rodeaban.

—¿O es que alguien se opone? —planteó Alexander.

—No. Es la ceremonia lo que requiere tiempo —aclaró Pip—. Hay que traer el trono desde el otro lado. El trono no es solo un asiento majestuoso. Es un instrumento de enorme poder. Todas las esferas han de colaborar en su traslado desde allí hasta esta ciudad. Pero si todos nos esforzamos al máximo... podríamos tenerlo en tres meses.

Tres meses. Aquel punto de no retorno parecía tener un último tren de regreso a casa.

—¿Tres meses y podremos salir de aquí? —preguntó Nuria.

Hasta Rafael salió de nuevo al descansillo al oír aquello. Los niños de la sexta planta parecían ilusionados, como si a un niño corriente le hubieran dicho que los Reyes Magos podían venir la semana siguiente y no tener que esperar al 6 de enero.

—¿Tenemos que esperar solo tres meses y todo habrá terminado? —preguntó Alexander, que casi parecía decepcionado.

—Algo no pinta bien —dijo Rafael—. No me creo que hayan pasado de querer tener aquí a diez desgraciados un año entero a dejarnos salir en tres meses porque de repente tengan remordimientos.

—El velo entre los dos mundos es más fino que nunca —explicó Pip—. Por eso la integración de todos ustedes ha sido más rápida. Pero también significa que el peligro del Caos es mayor. No podemos permitir que el Caos conquiste este mundo. Nadie estaría preparado. Cuanto antes alguien se siente en el Trono de Todo, antes evitaremos esa desgracia.

—Pero si desde siempre han estado los seres del este mundo entre nosotros —se atrevió a plantear Astrid—. ¿por qué ahora estamos en peligro? Cuesta distinguir quién está de nuestra parte cuando todo nos es tan extraño.

Otros de sus vecinos no se atrevían ni a fijar su mirada en aquel despliegue de seres y situaciones extrañas que empezaban a presenciar.

—Siempre ambos mundos han estado conectados. Algunos llevan viviendo muchísimo tiempo aquí. Pero el avance del Caos ha obligado a un éxodo de gran parte de nuestro pueblo, incluyendo a los dirigentes de cada esfera, para constituir aquí el reino, esperando algún día poder volver a reconquistar el mundo que dejamos —respondió Pip—. Pero el Caos ha encontrado la manera de entrar también aquí. Si no están atacando de manera directa a la población es porque también ellos, como nosotros antes y ustedes ahora, están adaptándose a este mundo. Pero cada vez vagan de manera más sólida por las calles de Madrid.

Todos tragaron saliva.

—Los seres de las esferas no osarán atacar a los futuros investidos de la torre —continuó explicando Pip—. Al contrario. Se están encargando de velar por ustedes hasta que sepan defenderse por sí mismos. Por eso deben encontrar las esferas que les corresponden a cada uno. Para preparar la coronación solo es necesario que haya un representante de cada planta, con uno solo es suficiente...

Se oyó un murmullo generalizado.

—... pero a todos les vendrá bien que los invistan. Les guiarán en el proceso de cambio y les enseñarán a protegerse del Caos —concluyó el hombrecillo del bombín.

Aquello de tener que elegir quién hacía esa iniciación en cada esfera no era sino un recordatorio de que habían sido reclutados para algo mucho más grande de lo que podrían imaginar nunca. A ellos. Que solo querían un piso barato.

Nuria miró la puerta cerrada del apartamento donde vivía Emilio. Ella ni siquiera tenía la posibilidad de que otro de su planta fuera en su lugar.

Pip captó la preocupación de Nuria y anunció la buena noticia que traía.

—Cuando Zenobia sea coronada podrán elegir. Salir de la torre y continuar sus vidas con casi total normalidad. No olvidarán nunca su estancia en la torre, pero todo lo que han vivido aquí irá atenuándose hasta que deje de importarles. Como le pasa a cualquiera de los durmientes si alguna vez se topa con nosotros.

»O podrán quedarse. Ser los privilegiados mestizos de dos realidades. Les aseguro que si logramos alejar a esos seres del Caos, es una vida gloriosa.

»¡Vamos! Solo quedan tres meses. Trabajando unidos este cuento tendrá un final feliz para los dos mundos.

Germán notó cómo empezaba a crecer la ansiedad que acompaña siempre a la esperanza. La posibilidad de que todo pudiera acabar bien alejaba la idea de quedarse en el camino.

Rafael se movía nervioso por la planta baja. Se agarraba la cabeza como si fuera a arrancársela de los hombros.

—¿Por qué solo uno de cada planta? ¿Por qué nos plantean tantas elecciones? ¡No! Es una trampa. Como cada vez que nos han pedido que eligiéramos algo. ¿Queréis que nos enfrentemos entre nosotros? ¿Es eso?

Pip siguió sonriendo, pero alzó la voz para que Rafael pudiera oírle con claridad. Tal vez por eso su tono no parecía tan calmado como era habitual en él.

—Rafael, por favor. ¿Cómo vamos a querer que se peleen entre ustedes si la razón de todo esto es que las esferas tengan nuevos miembros que puedan traer la paz a este reino? Lo dijo Alexander antes, es mejor que se vean a ustedes mismos como diplomáticos...

Pero Rafael ya había entrado airadamente en su piso y unos segundos después salió llevando en la mano la misma maleta que había traído justo hacía un mes.

—No voy a esperar tres meses ni voy a formar parte de todo esto. Lo dije el otro día. Que todo esto haya resultado ser real lo hace aún más peligroso y no cambia que no haya elegido formar parte de ello. Adiós, chicos.

Pip miró a la iguana y lo que fuera que viera en su semblante de reptil le hizo interrumpir todo el número. Sin tiempo para descolgarse, optó por desabrocharse los tirantes y caer por el hueco de la escalera entre el grito horrorizado de los vecinos. Pip se agarró a la barandilla de la escalera de unas plantas más abajo, de ella saltó al lado contrario de la planta inferior y desde allí cortó el paso a Rafael, alineándose con la iguana en la puerta de salida.

—No, Rafael, no debe irse. Por favor, vecinos, ayúdenme a convencerle.

Rafael miró hacia sus vecinos, que empezaban a bajar desde sus posiciones.

—¿Lo veis? Dicen que podemos elegir, pero cuando lo intentamos, se cambia el cuento.

—No lo entiende. Hasta que no pase la coronación, el Caos puede atacarlos —insistió Pip—. Solo los muros de la torre pueden protegerlos.

En la boca de aquel hombre que siempre parecía hablar para dar paso a la publicidad, aquella frase sonó especialmente devastadora. Aun así, una pregunta quebró la solemnidad del momento.

—¿Y qué pasa con los que la hayan abandonado ya? —intervino Nuria—. ¿Dónde está Emilio? No logramos localizarle. ¿Qué le ha sucedido?

En aquel instante, los inquilinos tomaron conciencia de la posibilidad real de que alguien podía haber dejado de existir.

—Emilio ha muerto. El Caos le ha asesinado. Y a su novia también.

Hubo un silencio sepulcral cuando los temores se confirmaron. Germán tuvo que agarrarse a la barandilla para no caerse.

—Por eso es importante que no abandonen la torre. Esta torre es lo único que los protege de...

—¡Hijo de puta! —aulló Rafael.

—¡Vosotros le metisteis en esto! —se oyó una voz—. Luego le hicisteis pensar que estaba loco, y cuando intentó salir de aquí...

Germán tardó en darse cuenta de que era él quien gritaba. Bea empezó a llorar, como casi todos. Pero no habían visto a aquella chica romperse en ninguna circunstancia y ahora su llanto era el más desgarrador. Rafael cogió a Pip de nuevo por el pescuezo. Sin preocuparle que aquel hombrecillo acabara de descender desde la última planta como si fuera un superhéroe y que llevara a modo de escolta una iguana enorme.

—Vais a sacarnos de aquí, sabemos que hay otra forma; vais a sacarnos de aquí.

Y entonces Rafael extrajo de su bolsillo un arma y la presionó contra la sien de Pip. Era el arma que Germán había creído ver el día que llegaron a la torre. Un golpe de realidad en forma de un revólver. Los vecinos no se atrevían a reaccionar, pero cuando el pequeño Mat bajó gritando que soltara a Pip, Astrid y Rosa se colgaron de Rafael intentando que no sucediera otra desgracia.

Bea y Manuel también se acercaron. Ya estaban todos apelotonados en la planta baja.

Pip procuró hablar, más frustrado que asustado.

—Deje que se lo muestre. Por favor —dijo señalando el bulto de la entrada.

Rafael soltó finalmente al hombrecillo. Pero no el arma. Germán era el único de sus vecinos que no había bajado al portal. Hasta Alexander estaba allí, balbuceando, pero más valiente que él.

Entonces Pip destapó lo que había dejado junto a la puerta. Lo desató con cuidado y dio un paso de nuevo al interior de la torre. No era la jaula de la iguana como había creído. El saco se revolvió unos segundos en el jardín hasta que una horrenda criatura salió de él. Tenía la piel amarillenta y llena de pliegues asomando por los harapos que la cubrían.

Se quedó allí quieta desorientada, mirando hacia el jardín.

—¡Qué es eso! —gritó Manuel.

—Es una polilla —informó Pip—. Un grupo de estos seres atacaron a Emilio y a su novia. Como ven, no son muy grandes y son bastante primitivos, pero con sus habilidades sibilinas tendieron una emboscada a nuestro inquilino.

Pip entonces salió de la torre y atrajo la atención de la pollia. Todos pudieron ver ahora la cara del monstruo. Dos minúsculos ojos y una boca enorme que abrió con ferocidad antes de empezar a correr hacia Pip.

Pip dio un paso y entró en la torre. Todos saltaron hacia atrás de manera instintiva. El monstruo se quedó en el umbral. Sintieron un vértigo que iba más allá del miedo.

Rosa se santiguó y Amanda empezó a gritar.

—¡Cógelo, me da miedo! ¡Por favor, sácalo de aquí!

—No puede entrar —dijo Alexander.

Parecía que aquella criatura se topara con un enorme cristal que cubriera la puerta abierta. Pip estaba a escasos centímetros de ella, totalmente sereno.

—No. No puede —confirmó Pip—. Ninguna criatura del Caos puede ver la torre ni entrar en ella. Es el lugar más seguro de este universo. Y ustedes viven en él.

Se giró dándole la espalda, imperturbable.

—Emilio no lo sabía —continuó diciendo—. Ustedes sí. No deben irse de la torre. Si no quieren ayudarnos en la coronación es su elección, pero, por favor, manténganse a salvo.

Zenobia se acercó y alzó la mano de Rafael, que sostenía el arma. El portero de discoteca supo lo que le quería decir. Pip se apartó de la entrada y Rafael descargó varios tiros contra la polilla, que reventó como si estuviera hecha de pulpa.

La iguana se subió a los brazos de Pip.

—Y ahora, para que sigan disfrutando de esta inmunidad, es preciso que me paguen el alquiler, por favor. Lo necesitaré en efectivo. Muchas gracias.

II

Para Germán, la muerte de su hermano fue como el rayo de una tormenta que te atraviesa. Una pena que te fulmina antes de que puedas siquiera ver el resto de la tempestad. No puedes sentir la lluvia o estremecerte por el viento, o asustarte por las nubes negras que lo envuelven todo. Porque tu cuerpo yace en tierra electrocutado. Y cuando, poco a poco, de una manera que parece antinatural, porque no es natural querer seguir viviendo, uno se levanta, es cuando se da cuenta de que por allí pasó una tormenta y que otros también debieron de sufrirla mientras tu corazón había dejado de latir.

En este caso, ni a él ni a ninguno de sus vecinos la muerte de Emilio, a quien al fin y al cabo conocían de hacía un mes, los había derribado. Así que Germán pudo ver venir la tormenta de ira y de pena que se desató en la Torre de la Encrucijada cuando Pip les dio la noticia y reconocer en él y en todos sus vecinos la culpa y el miedo ante la ausencia del inquilino del 2A.

Cada vez que pasaban por la puerta de su casa, al mover el contenedor de basura por las noches o leer su nombre en el grupo de WhatsApp del que Emilio seguía siendo en muerte el administrador, sentían la rabia de haberse visto envueltos en los asuntos de las Seis Esferas, y a la vez se arrepentían de no haber creído más en lo que les decían. Sentían la pena de pensar que alguien que había estado pasando lo mismo que ellos desde el principio ahora no estuviera. La ilusión del primer día. La angustia que debió de sentir antes de morir. Y también Manoli, que había encontrado su mismo final. Se consolaban diciéndose que los había matado el Caos. Como a muchos seres humanos, aunque nunca lo hubieran sabido. Trataban incluso de imaginar que tal vez ese habría sido su final si ni siquiera algún día hubieran pensado en irse a vivir allí.

Todas esas elucubraciones, dejarse invadir por la ira o la tristeza era la manera de no enfrentarse al miedo. Miedo inabarcable a lo sobrenatural y un miedo mucho más mundano a la muerte. La muerte que había sobrevenido a Emilio y que podría estar acechando a todos los demás.

Y cuando se juntaban, se centraban en encontrar la ruta de salida de aquella locura. Al fin y al cabo, por vez primera desde que se habían congregado en la plaza del Biombo tenían unas instrucciones claras, encontrar las esferas para que pudieran protegerlos, y una meta: aguantar hasta la coronación, que se había precipitado para garantizar la salida de los jugadores de la Torre de la Encrucijada.

Eso los mantenía más serenos que el milagroso anuncio de que en la torre se hallaban a salvo del Caos. Porque la existencia de un lugar seguro convertía automáticamente en lugares peligrosos todos los demás.

La paranoia constante les hacía encontrarse en sus inmediaciones, en el paseo de la Virgen del Puerto o en la Cuesta de San Vicente, con evidentes signos de llegar corriendo de algún otro lado ante la menor aparición de cualquier cosa extraña que fuera, o no, una falsa alarma.

Sin alejarse de ella, los inquilinos más jóvenes, Bea, Astrid, Manuel, Nuria y Germán, trataban de obtener más información recorriendo las plantas de la torre. Si cada una de ellas representaba a una esfera y si su destino había sido sellado el día que cada uno de ellos eligió apartamento, la pista debía de encontrarse subiendo y bajando aquella escalera.

—Los Conversos. Se supone que en esta esfera hay antiguos seres del Caos, ¿no? —iba recitando Astrid de memoria.

—Qué mal rollo, joder —dijo Nuria.

—Eso explica que les estén pasando cosas chungas, ¿no? Que Rosa oiga gritos y note presencias y que Rafael cada vez tenga un aspecto más demacrado —comentó Manuel.

—No sé si en el resto de las plantas pasan cosas peores. ¿Qué pensáis? —preguntó Astrid—. ¿Dónde buscaríais vosotros?

—Tal vez en una iglesia antigua, ¿no? O una antigua mezquita o sinagoga que se «convirtiera». ¿Estará ligado a la historia real de Madrid? —planteó Germán dándose cuenta de que, de ser así, su trabajo en la agencia turística podría ser providencial.

—Ni idea —respondió Bea.

Rosa no apareció cuando llamaron a su puerta.

—No he visto a Rosa en estos días. Está más callada que nunca. Y tampoco ha estado aquí su familia. Me preocupa —dijo Nuria.

Ella también estaba más triste, como si el ser huérfana de planta le hiciera estar más desprotegida aún.

—Yo creo que Rosa tiene mayor capacidad de adaptarse que todos nosotros. Lo único que le fallaba es su hijo y creo que ya le estaba poniendo límites —explicó Germán.

—Nos toca tu planta, Nuria. La de los Proveedores. ¿Te dice algo esto? —preguntó Astrid.

—Estos apartamentos tenían un montón de cosas gratuitas. Pero igual que aparecían cosas, también desaparecían. ¿Unos grandes almacenes? ¿Qué es lo que provee a Madrid?

—¿El resto de las comunidades autónomas por la excesiva centralización? —intervino Manuel con sorna—. Por cierto, ¿crees que es Madrid la única ciudad de la Tierra donde está pasando esto?

—Joder... es que entonces nos volvemos locos —dijo Nuria—. Yo ya estoy deseando que todo esto acabe y que se me vaya borrando de la cabeza. ¿Cómo creéis que será? Da también un poco de yuyu eso, ¿no? Que de repente no nos acordemos o...

Astrid asintió pero Bea fue más tajante.

—Si no logramos encontrar nuestras esferas y no nos enseñan a protegernos, no vamos a tener que preocuparnos por nada más —dictaminó—. Yo necesito preguntarles muchas cosas. Necesito que me enseñen.

Se miró las manos de manera extraña mientras el resto ya había subido a la planta de Manuel y Germán.

—Vale, ¿y la nuestra? La de los Centinelas. ¿Hay algún lugar donde se luche en plan Coliseo? —dijo Manuel—. Germán al menos ha empezado a coger fondo. Yo el otro día casi me mato al salir de la ducha. Menudo combatiente estoy hecho. Mira, Nuria, la brecha que me hice...

—¿Y el ejército? ¿O la policía? —preguntó Germán.

Aunque nunca había estado más en forma que en ese momento, también a él le parecía demasiado irónico eso de acabar formando parte de un cuerpo de seguridad.

—No tienes nada, Manuel, no seas tan exagerado. ¿Por qué no imaginas que esto es como un juego de rol? Anda que no te habrás cansado de jugar a cosas así a veces, ¿no?

—El sueño de todo friki, sí. Te juro que a veces hasta me siento mal de no disfrutar de todo esto, pero aquí el peligro es... Bueno. Ya sabéis. De verdad.

Los otros cuatro sabían que había querido decir que allí la gente moría de verdad.

—El Caos no puede entrar aquí —dijo Bea cambiando de tema—. Pero ¿qué hay de los seres de las otras esferas?

—Yo le pregunté lo mismo a Pip cuando subió a por el alquiler —repuso Astrid—. Solo funciona contra el Caos. Tiene sentido porque si no, cuando nos investieran, no podríamos vivir dentro de sus muros.

—Pues yo no sé qué me da más miedo. Los monstruos o los pirados como el que perseguía a German y que se presentó aquí —dijo Manuel—. ¿De qué esfera sería ese?

—Aunque puedan entrar, tienen prohibido hacerlo. Y siendo tan ridículamente cautelosos con eso de no romper el Pacto del Malabarista dudo que alguna esfera quisiera entrar por su cuenta aquí e interferir —opinó Astrid—. Creo que podemos confiar plenamente en los miembros de todas las esferas.

—Una cosa es que no quieran hacernos daño y otra que acaben haciéndolo —objetó Nuria—. Como Rafael. Joder. No quiso explicar de dónde había sacado el arma... Supongo que del trabajo. Ya habéis visto que está casi al límite, por lo de su enfermedad en la piel o por lo que sea. ¿Y si un día se le va la olla de verdad y se pone a pegar tiros?

—A mí me da más miedo Amanda —confesó Manuel—. En cualquier momento se pone a nominarnos y expulsarnos, y verás tú. ¡Esa sí que ha cumplido el sueño de toda tarada de los *realities*!

Todos rieron.

—¿Te está ayudando Amanda con lo de la búsqueda de las esferas, Bea? —preguntó Germán algo más relajado.

—Regular. Dice que ella ya ha encontrado la Esfera de los Ancestros. Pero me pide que le haga la compra y se la deje en la puerta, así que ya me diréis cómo va a buscar nada si no sale de casa.

—No puedo con ella —suspiró Manuel—. En fin, ¿algo más de nuestra planta? ¿Lo del telefonillo?

—Si los Centinelas actúan a modo de guardia real, es lógico que vosotros seáis una especie de centinelas de la torre, ¿no? Creo que acerté cuando dije que os avisaba del peligro. Sois los que bajáis el puente levadizo —dijo Astrid haciendo un mimo a Manuel.

—Es fácil acertar teniendo las pistas —replicó Germán con algo de malicia.

Astrid sonrió ante la pulla de Germán. No habían vuelto a verse a solas desde que habían hecho el amor en el parque. Sabía que a él no le hubiera importado compartir su tristeza, pero ella había necesitado estar a solas los últimos días para digerir todo lo que le estaba pasando. Estaban acumulando tensión sexual, que a veces se escapaba en forma de miradas o comentarios provocadores.

—Mi planta es la de los Eruditos —dijo Astrid—. Así como en la vuestra se comerciaba con enseres, Nuria, nosotros hemos estado recibiendo información a través de esa red wifi exclusiva.

Siempre que nosotros les contáramos también cosas a ellos. Una contraprestación como la del telefonillo o como la de tener un sótano extra.

Astrid habló con tal naturalidad que Germán se convenció de que, aunque él no se hubiera adelantado, ella habría compartido todo aquello con los demás.

Al llegar a la cuarta planta, la chica los animó a pensar la respuesta de dónde estaría su esfera.

—Entonces ¿qué? ¿Una biblioteca? ¿La universidad? ¡Un monasterio!

Alexander estaba allí. Su puerta abierta. Debía de llevar un tiempo escuchándolos porque dijo:

—Creo que estáis enfocando mal el enigma. Os estáis basando únicamente en el nombre de la esfera. Yo no creo que la naturaleza de cómo nos afecta en cada piso influya en su localización. Aunque podamos extrapolar que los habitantes de cada esfera tengan esas características, como mucho eso solo señalaría lo que nos ocurriría después de la investidura. Yo creo que debemos saber más de cómo las esferas han ido ocupando Madrid. Las claves están aquí, en esta ciudad.

Alexander se puso el sombrero y empezó a bajar por la escalera. El resto le acompañaba cuando oyeron a alguien entrar y se asomaron por el hueco de la escalera por si se trataba de Rosa. Pero era Rafael, que volvía del trabajo. Se había afeitado la cabeza y se le marcaban los huesos de los pómulos y las venas del cráneo y el cuello. Hablaba esquivando sus miradas.

—¿Ocurre algo?

—No... estamos intentando seguir las pistas que nos dieron.

Rafael esperó a que Alexander saliera por la puerta para decirles a los chicos:

—Cuando quieran encontrarnos lo harán. Creo que solo quieren darnos la falsa ilusión de control... o como llamen a eso.

—¿Qué quieres decir?

—Hace pocos años, treinta y tres mineros chilenos se quedaron enterrados bajo tierra —empezó a explicar Rafael—. Después de que se enteraran de que estaban vivos, todo el puto mundo intentó sacarlos de ahí. Cuando llegó la NASA, les encargó que desde dentro también tenían que ayudar a excavar el túnel. Les puso objetivos y horarios. Pero era todo una farsa. Lo que esos pobres mineros podían hacer desde ahí abajo apenas tenía relevancia comparado con la tarea de rescate principal. ¿Sabéis por qué lo hicieron? Para mantenerlos ocupados. Para que creyeran que estaban haciendo algo y no se volvieran locos esperando. Eso es lo que significa toda esa tontería de las esferas.

Rosa entró en ese momento por la puerta. Estaba mojada y tenía mal aspecto.

En la mano sostenía un periódico cuyas hojas estaban humedecidas.

—Hablan de la muerte de Emilio y de su novia. Dicen que los asaltó una banda de delincuentes. También que el asesinato puede estar relacionado con un asunto inmobiliario por la profesión de ella. El periódico es de hace dos días. Ya se celebró el funeral.

Las hojas mojadas mostraban una foto del lugar del crimen. Y una más pequeña, ya borrada, de la pareja.

Sin más palabras Rosa les dio el periódico y entró abatida en casa. Germán se dijo a sí mismo que tenía que hablar con ella. Tal vez había asegurado demasiado pronto que la mujer llevaba bien la situación. Rafael también parecía preocupado.

Astrid y Bea echaron un vistazo a aquel trozo de papel mojado que se deshacía prácticamente entre sus dedos. Aquel suceso pronto sería parte del pasado. Y nadie, jamás, sabría la verdad. Por eso mismo no podían dejar que su memoria se deshiciera como papel de periódico.

—Creo que tenemos que despedirnos nosotros también. Hay que celebrar algo.

Todos aceptaron participar en una sencilla ceremonia de despedida. No tenía nada que ver con las creencias religiosas sobre la muerte, sino con lo que habían compartido en vida. El funeral de Emilio y Manoli había sido una farsa. Y ellos eran los únicos que sabían lo que realmente había sucedido y, por tanto, los únicos que podrían cerrar el capítulo.

La primera opción fue hacer esa pequeña reunión en algún rincón bucólico de los Campos del Moro. Se dieron cuenta de que seguían buscando instintivamente no alejarse de la torre. Pero por eso mismo no parecía adecuado hacerlo allí, a los pies de aquella torre de la que la pareja había querido huir.

Zenobia pidió asistir cuando se enteró de lo que estaban organizando los vecinos y del miedo de adentrarse en la ciudad para llevar a cabo su despedida.

—Tras el anuncio del adelanto de la coronación, cada esfera está más preparada que nunca para que los encontréis —quiso animarlos—. Saben quiénes sois. Y aunque la rivalidad entre ellas les haga priorizar por la seguridad de sus respectivos investidos, si vais todos juntos la responsabilidad de protegeros recaerá en más esferas. De hecho, aunque no pudieron hacer nada por Emilio, hasta tres esferas se unieron en su búsqueda. Esa alianza ya muestra el principio de algo. Y contad también con nosotros y con nuestra guardia. La Sexta Esfera os necesita a todos para la coronación.

Aunque no lo dijo explícitamente, ya todos sabían que la guardia de la que hablaba la chica eran las estatuas de la ciudad. Germán y Astrid se habían ocupado de informar al resto de los vecinos de aquella inexplicable ayuda que podrían obtener si estaban en peligro. Nadie quería ver a una estatua moverse. No solo era terrorífico, sino que además verlas actuar significaría que algo aún peor los acechaba. Pero saber que velaban por ellos les daba seguridad. Se habían acostumbrado a buscar con la mirada las estatuas oscuras y a pararse en sitios donde hubiera alguna, como quien se mueve de liana en liana en esa selva que era Madrid.

También había una estatua de un ángel negro en la pequeña iglesia que escogieron para el funeral.

Acudieron todos, así que, paradójicamente a cómo había sido la estancia de Emilio en la Torre de la Encrucijada, su funeral se convirtió en una terapia contra el miedo. Había algo poético en eso.

Una vez dentro se quedaron en silencio, sin saber bien qué hacer a continuación. Rosa recurrió a hacerse la señal de la cruz y rezar en voz alta un padrenuestro, que casi nadie siguió, pero que rompió la barrera que separaba lo mundano de lo espiritual.

Amanda empezó a contar algo de Emilio, pero se rompió en sollozos histriónicos. Era la primera vez que la veían fuera de la torre. Pese a ello no tenía mal aspecto. Seguía vistiendo con ropas juveniles y hablando con mucha vitalidad. Durante el camino, Manuel la había provocado preguntándole cosas para después radiar al resto sus respuestas. Pero ahora la miraba preocupado. Nadie estaba seguro de si entendía realmente lo que había pasado o estaba reproduciendo al milímetro los rituales de despedida cuando un concursante era eliminado de los programas de televisión que ella veía con frases del tipo «no me ha dado tiempo a conocerle mejor» o «era muy importante para mí aquí dentro».

Nuria sacó su móvil y empezó a leer algunos de los tuits que había escrito acerca de Emilio. De las ocurrencias que había tenido desde el primer minuto.

Aquello tocó directamente a Germán, que fue incapaz de prestar atención al poema que Astrid leyó después. Esos mensajes cotidianos habían traído a la vida a Emilio. Un tuit en concreto se le quedó grabado: «Emilio tiene miedo de que lo próximo que pierda sea la cordura. De que nadie le crea, de que acabe loco y olvidado en una residencia. Y todo porque le ha desaparecido una pulsera Power Balance de la teletienda que nunca ha usado. La vida es jodida».

Esa angustia premonitoria, sus anhelos, su necesidad de ser entendido... para haber encontrado ese triste final. Otros morían sin haberlo visto venir. ¿Cuál era la mejor manera de desaparecer? Germán siempre se hacía esa pregunta cuando se trataba de la muerte de alguien.

Por último, Astrid pidió un minuto de silencio. Germán puso la mano en el hombro de Nuria y la chica se abrazó a él y se echó a llorar. Si bien era extraño ver a Amanda fuera de la torre, más chocante era ver a Bea participar de aquella celebración en semejante sitio. No decía nada y no había vuelto a llorar, pero sus gestos rebeldes y sus arranques habían ido transformándose en una pose de desafío casi majestuosa. Justo en el instante en que acabó el minuto de silencio que cerraba el breve acto, fue la primera en alzar la cabeza hacia el resto y los miró haciendo un gesto de unión. Como si les dijera a todos que iban a poder con aquello. Su cresta también había crecido y lucía más erguida que nunca.

Cuando abandonaron la iglesia estaba anocheciendo. Algunos se demoraban en salir. Rosa se había quedado arrodillada frente a unas velas

La espera sirvió para que Manuel expresara en voz alta lo que le atormentaba desde hacía días.

—Si no hubiera cambiado mi voto, Emilio no se hubiera ido.

—Si no hubieras cambiado tu voto, estaríamos todos muertos —sentenció Rafael.

La frase del guarda de seguridad fue un bálsamo contra muchas angustias. Y eso que llevaba puesta una gabardina que le cubría la mitad del rostro, dándole un aspecto siniestro. No hacía tiempo aún para tanto abrigo, pero las temperaturas habían bajado drásticamente. Germán necesitaba comprarse ropa. La que se había traído de Londres ya no le valía. Se había ensanchado bastante, alejado de la huraña vida que llevaba en la capital inglesa y con su creciente necesidad de hacer ejercicio. Sopló el viento. Ya era casi de noche.

«Las estaciones cambian ya sin transición; lo anuncian los expertos, lo comentamos a diario; bromeamos sobre ello y al final acabamos normalizando que el clima se haya tornado hostil y extraño —reflexionó Germán—. Pip dijo que no siempre los cambios vienen de acontecimientos importantes. De cómo las cosas más insignificantes también pueden conllevar hondas transformaciones en nosotros mismos. Y en este caso el clima sí es relevante, crucial para la supervivencia, y millones de personas lo hemos aceptado sin protestar. Tal vez no sea una locura poner algo de cotidianidad en esto también.»

—Manuel y yo queríamos ir a comprar ropa. ¿Alguien se apunta?

Su compañero de planta también se había quejado de que no le cabía ya nada.

Manuel llevaba el aumento de peso con su calma habitual, aunque se mostró algo incómodo cuando Astrid decidió acompañarlos. Tal vez no era por evidenciar sus kilos de más, sino por no ser el tercero en discordia. Ya resultaba evidente para casi todos que entre la fotógrafa y Germán había algo. Pero como Nuria también dijo que se apuntaba, se quedó más tranquilo de ir de tiendas con aquella parejita de anuncio. Amanda, Alexander y Bea se fueron de vuelta con Zenobia a la torre. Rafael se fue a trabajar envuelto en aquella gabardina que le protegía de las miradas curiosas. Rosa se quedó en la iglesia más de dos horas. Miraba indistintamente la gran cruz del altar y la pequeña que colgaba de su cuello. Después de muchas plegarias se pinchó con el crucifijo en el dedo, en un gesto repetido en los últimos días. Una gota de sangre negra salió de su dedo índice. Y siguió allí arrodillada para que Dios no la abandonara. Rezando en voz alta en la oscuridad.

En el centro comercial de las afueras que escogieron para hacer las compras había bastante gente, pese a ser un día de diario. Todo el mundo parecía querer estrenar una nueva imagen para la temporada de otoño.

Astrid y Nuria esperaban junto a los probadores de uno de los establecimientos. Parecían contentas con la tarea de aconsejar, casi de vestir por completo a los chicos. Introducía algo de normalidad en su vida. Manuel asomó la cabeza tras la cortina y les devolvió una camisa y un pantalón que le habían traído.

—Nada, que tampoco, joder, parezco un chorizo embutido.

—Es de dos tallas más, ¿eh? Pues sí que va a ser que te has pasado con las pizzas, sí —comentó Nuria.

—No nos damos cuenta porque nos vemos todos los días. Espera que pregunto al encargado —dijo Astrid.

Las chicas salieron de la zona de los probadores y Manuel, desesperado, se agarraba la tripa. Germán permanecía muy callado, así que entró directamente en su cubículo. El rubio estaba más atlético que nunca. Musculado, directamente.

—Hijoputa, pero si te has puesto a correr hace apenas una semana.

Germán no respondió. Ni siquiera reaccionó cuando Manuel entró con esas maneras de colega de vestuario de gimnasio que tanto odiaba. Pero es que llevaba varios minutos contemplándose en calzoncillos frente al espejo. Bajo la luz anaranjada eléctrica, su cuerpo parecía verdaderamente esculpido en un gimnasio. Jamás en su vida había estado siquiera la mitad de fibrado que ahora. Sintió una fascinación casi erótica con la visión de su propio cuerpo hasta que la interrupción de Manuel le hizo pasar del hedonismo al miedo.

—Este no es mi cuerpo, Manuel. Esto no es normal.

—Joder, llevo diciéndote semanas que estás más fuerte.

Era verdad. Su propia madre se lo había dicho. Algún guía de la agencia también le había lanzado algún comentario. Él se había visto en el espejo del apartamento infinidad de veces. ¿Cómo no lo había notado antes?

El tiempo cambia. Ayer fue verano y hoy ya es historia y nos vemos en ropa de abrigo como si lleváramos así toda la vida. Con los cuerpos pasa igual. Cuando en Londres se había dejado crecer el pelo y la barba, ni siquiera lo había notado hasta que una vez paseando se dirigieron a él como el tío de la barba y la melena. No se había dado por aludido. Los cuerpos cambian. El tiempo cambia. Pero nos engañamos cada día diciendo que todo está igual que siempre.

—Esto no es natural, Manuel... ¡Mírame, joder!

—¡No, mírame tú a mí! —exclamó Manuel en un rapto, inusual en él, de enfado—. Soy una puta mole. No he parado de coger volumen. ¿Me estás diciendo que esto tiene que ver con la torre y que a ti te ha puesto como un vigilante de la playa y a mí me está volviendo un elefante?

Los dos se contemplaron de nuevo el uno al otro. Luego se giraron buscando que un espejo les confirmara lo que se habían negado a aceptar. En ese instante se descorrió la cortinilla. Una de las empleadas estaba convencida de que aquellos dos jóvenes estaban haciendo algo más que probarse ropa.

—Los probadores no son para meterse mano —dijo.

Hubo risas y apuro en la tienda. El guardia de seguridad de la entrada no intervino siquiera, seguro de que aquella humillación haría que la situación no fuera a mayores. Astrid y Nuria, que se encaminaban ya con una pila de ropa cada una hacia el probador, se echaron a reír ante la escena. Germán y Manuel, más que vestirse, se echaron la ropa encima a toda prisa y salieron del cubículo. Al verles la cara, Astrid dejó de reírse, comprendiendo que había pasado algo más.

—¿Habéis visto alguna cosa?

—A nosotros —dijo Germán.

—Nuestros cuerpos —especificó Manuel—. La torre nos ha transformado.

—¿Como a Rafael?

Joder. Rafael. Todos se habían dado cuenta de que algo le pasaba a su cuerpo, pero no se habían percatado de lo que ocurría al suyo. El mismo efecto que tiene ver lo gigantesco de un grano, lo brusco de un trasquilón, un chupetón en el cuello y no darnos cuenta de la mayor transformación que sufre el ser humano, viva o no en una torre que reclamaba cada vez más de ellos mismos: el crecer, el envejecer, el dejar de ser los que habían sido.

La alarma pitó al salir y la dependienta, que ya estaba cansada de ese grupo que había salido soltando la ropa de golpe sin terminar de ponerse la suya, les gritó que se pararan.

—Quítate ese jersey —le exigió a Nuria, quien bajo el mismo llevaba puestas varias prendas de la tienda.

Manuel la miró alucinado de que Nuria se hubiera puesto a robar ropa. Astrid y Germán se dieron cuenta enseguida de lo que pasaba. Era lo que le ocurría a Nuria en su apartamento con los sombreros, el anillo, el collar... La extraña maldición de los artículos que aparecían de repente en su cuerpo se había materializado en el momento más inoportuno. Y fuera de la torre.

—Perdónala, es muy despistada —dijo Astrid encantadora al guardia de seguridad—. Nuria, cariño, se te ha olvidado quitarte lo que te estabas probando.

—Enséñame el bolso también —dijo impertérrito el vigilante señalando el gran bolso de tela de la enfermera.

Nuria se quedó pálida al abrir el bolso. Hurgó desesperada sin terminar de creer lo que veía y sin importarle que todo aquello fuera delante de un guardia de seguridad que la estaba acusando de ladrona. De hecho, tendió el bolso abierto a todo el mundo.

—Es el móvil de Emilio. Y su cartera. No sé cómo han llegado aquí.

El guardia cogió rápidamente el bolso y examinó su contenido. Después empezó a llamar por el walkie-talkie. Nuria se echó la mano al pecho, agobiada, y al hacerlo tocó el colgante en forma de flor que Manoli siempre llevaba y que ahora tenía ella; se puso a gritar y a llorar mientras intentaba quitárselo, aún con el jersey a medio sacar. Todo el mundo se les quedó mirando; a la chica que ofrecía degustaciones de zumos en el centro comercial, se le cayó la bandeja.

Manuel intentó calmar a su amiga, mientras Germán confiaba de manera ingenua en aquel guardia de seguridad para que pusiera orden. Su estúpida sumisión a quien le pudiera proteger del peligro. Pero Astrid estuvo más rápida y los empujó a los tres a un rincón.

—Nuria, Emilio fue asesinado —le recordó—. Tú tienes todas sus cosas y están avisando a la policía. Puede ser grave.

Fue el equivalente a darle una bofetada para calmarla.

Entonces Manuel se dirigió al guardia.

—No puede quedarse con el bolso ni retenernos —dijo con firmeza.

El guardia, que examinaba la cartera y en ese momento leía el nombre del titular del carnet de identidad, le hizo un gesto de que se relajara sin mirarle siquiera.

—No podemos quedarnos aquí —dijo Astrid—. Si viene la policía será peor.

—Pero... mi bolso... ahí está todo, mis datos... ¡las llaves de la torre! No me puedo ir.

El guardia se dirigió a ellos y a la multitud de curiosos.

—Va a venir la policía —anunció—. Por favor, despejen el paso. —Y agarró a Nuria por el brazo.

—No puede retenernos. ¡Vámonos! —dijo Manuel agarrando a Nuria del otro brazo.

En ese momento una bandeja metálica surcó el aire como un disco que impactó en la cara del empleado de seguridad y le rompió la nariz. Cuando el guardia se agachó en un gesto de dolor, se tiró encima de él la dueña de la bandeja, la joven que estaba haciendo las degustaciones de zumo, y tras derribar al vigilante y ahuyentar a los curiosos, le dijo a Nuria:

—¡Escapa! No puedes dejar que te coja la policía.

—¿Qué? Pero yo... —farfulló Nuria.

—¡En la cárcel no podremos protegerte! ¡Corre! —dijo aquella mujer, que a continuación recogió la bandeja del suelo y amenazó con ella a los que se acercaban.

Manuel tiró de Nuria y echaron a correr por la escalera mecánica hacia la planta baja del centro comercial. Astrid y Germán no lo dudaron tampoco e hicieron lo mismo.

La gente los señalaba y los empleados de otros locales avisaron a más guardias de seguridad del centro comercial, quienes empezaron a correr detrás de ellos. Los jóvenes lograron alcanzar la puerta de la calle, pero cuando tuvieron que decidir cómo alejarse de allí, las sirenas de dos coches de policía ya anunciaban su llegada. Corrieron torpemente en una dirección y luego en la contraria mientras los coches patrulla frenaban frente a ellos.

Nuria se dio cuenta de que sus compañeros no iban a dejarla sola y pensó que si se entregaba, los demás podrían hacer algo desde fuera. Así que alzó las manos y corrió hacia la policía esperando que Germán, Manuel y Astrid entendieran lo que estaba haciendo. Ellos no reaccionaban viendo a Nuria correr hacia las luces azules. La adrenalina no lograba vencer la sensación de estar dentro de una película y de no ser más que meros espectadores.

Entonces una furgoneta chocó a toda velocidad contra uno de los vehículos de la policía con tal potencia que hizo que se empotrara contra el otro coche patrulla. Uno de los agentes salió despedido por el parabrisas y el que se disponía a ir al encuentro de la sospechosa fue arrastrado en aquella carambola destructiva de metal.

Siempre hay un minuto de inexplicable silencio que sucede a cualquier accidente, tras el más desgarrador de los estruendos y antes de que empiecen a escucharse los gritos de auxilio, las sirenas y la respuesta de la gente tratando de ayudar. En ese instante aún de asombro en el que los sentidos están intentando volver a reactivarse, alguien gritó en la entrada del centro comercial:

—¡La Casa de los Proveedores al rescate!

Nuria no supo procesar siquiera quién estaba gritando. Se había quedado paralizada frente al accidente. Manuel y Germán corrían hacia ella, pero antes de que pudieran llegar, un hombre con pinta de vagabundo se había acercado a Nuria con un carro de supermercado y, al oír aquel grito de sus compañeros desde la entrada del centro comercial, la metió dentro y corrió empujándolo a gran velocidad, alejándola de allí y de sus amigos.

Otro carro justo detrás de ellos se llevó por delante a uno de los guardias de seguridad que les había seguido hasta la salida y que había permanecido a la espera de que actuara la policía. Otro de los guardias, que había acudido a ayudar en el accidente, se vio cercado por varios carros de supermercado que giraban en torno a él empujados o pilotados por los asaltantes.

Cada vez había más carros de metal, liberados de sus enganches para rodar descontrolados, y no paraba de aumentar el número de sus pilotos, hombres y mujeres andrajosos de maneras circenses que iban descendiendo por cuerdas de la fachada del edificio, como si estuvieran abordando un barco.

—¡La Casa de los Proveedores al rescate! —volvieron a gritar.

Aquellos hombres y mujeres, que vestían como vagabundos pero se movían como piratas, parecían perfectamente coreografiados: soltaban más carros de supermercado, los hacían rodar mientras se los pasaban de unos a otros o se intercambiaban los puestos para pilotarlos con el objeto de generar más y más caos.

Manuel, Germán y Astrid habían perdido de vista a Nuria, como si ella fuera la canica de un trilero en aquella improvisada pista de coches de choque a la entrada del centro comercial.

—Por allí, en ese carrito, ¡mirad! —exclamó Astrid.

Nuria, tras pasar por varios brazos y varios carros, descendía por la cuesta hacia el aparcamiento conducida ahora por una señora mayor. Dos mendigos que empujaban dos carros les cerraron el paso como si fueran una compuerta. Germán no se lo pensó y agarrándose con una mano al carro saltó por encima como si fuera el potro que odiaba de la clase de gimnasia, con una agilidad que sabía que no había tenido nunca. Pero ahora no podía reflexionar sobre ello. No podía dejar que Nuria desapareciera de su vista.

Cuando llegó al aparcamiento vio cómo Nuria tenía en las manos una barra de hierro que introdujo bajo las ruedas del carro de supermercado haciendo que se detuviera de golpe y provocando que tanto ella como el secuestrador salieran despedidos. Germán corrió hacia ella. Nuria, aturdida por la refriega, estuvo a punto de golpearlo con la barra a él también.

—¡Soy yo, soy yo! —exclamó Germán—. ¿Estás bien?

Sin tiempo para reponerse, vieron que estaban rodeados. Frente a ellos tenían a más de esos hombres y mujeres. En vez de ayudar al que había transportado a Nuria, se burlaban de él por haberse caído. Otros danzaban. Germán se dio cuenta de que eran vagabundos de mentira. Como si estuvieran disfrazados de mendigos en una función escolar. Pero todo eso los hacía aún más inquietantes.

Germán tuvo ganas de salir de allí a puñetazos. Lo desconcertante de ese impulso le bloqueó lo suficiente para que Nuria pudiera reaccionar.

—¿Qué queréis? ¿Sois de la Esfera de los Proveedores? ¿Mi esfera? ¿Por qué me secuestráis?

Se rieron. Germán escuchó también risas detrás y vio que se acercaban por la rampa del aparcamiento algunos de los que habían provocado el caos en la entrada del centro comercial y que ahora conducían allí también a Manuel y Astrid.

—No os secuestramos. Os estábamos salvando, *milady* —dijo uno en tono teatral.

—¿Salvarme? ¡Habéis atentado contra la policía! Solo iban a llevarme a comisaría a que explicara por qué tenía las cosas de...

—De Emilio —dijo uno que hasta hacía un instante había estado hablando con otro sin prestar mucha atención—. Era de los nuestros. No podemos perderte a ti también.

Una mujer anciana que tal vez sí pudiera pasar por una vagabunda borracha se adelantó y habló.

—Si te hubieran metido entre rejas estarías perdida, pues allí vive uno de los señores del Caos. Está al acecho. Pero, tranquila, nosotros lo estamos más —y le guiñó un ojo.

Se oyó un silbido desde la superficie. Todos se miraron y empezaron a desperdigarse en todas las direcciones. Germán hubiera jurado que algunos tiraron sus abrigos y que bajo ellos vestían trajes de chaqueta. Otro se tiró al lado de una columna y extendió una manta como si fuera realmente un sintecho que viviera en el parking. Por último, uno puso en marcha un coche e hizo pasar a los cuatro al asiento de atrás, donde se apretujaron. Ni por esas Nuria soltaba su barra de hierro.

—Os llevaré a la torre —dijo mirando a través del retrovisor sin que pareciera quedar rastro de que alguna vez había sido un mendigo. Ni un pirata.

El coche salió del aparcamiento y esquivó la carretera cortada, donde las ambulancias y los servicios de emergencias se hacían cargo del desastre. Aceleró antes de que pudieran pararse demasiado a pensar en los heridos, los inocentes, en esa causa secreta en que estaban inmersos. El conductor no dijo nada más, y en menos de diez minutos estaban en el centro. Ya relajado, el conductor puso la radio.

Y entonces escucharon la voz de un hombre.

«Oh, qué es este botón... ¿Hola? No oigo nada. No debe de funcionar. ¿Que apriete este otro? No, dejadlo, no estaría bien que el rey Jerónimo quisiera dar un mensaje a los habitantes de la Torre de la Encrucijada. Oh, no, ¡sería ilegal!»

Manuel se fijó en que el conductor iba dando vueltas despacio, sin rumbo, sin mirar siquiera a la radio, pero estaba claro que quería que escucharan aquel mensaje.

«No debemos saltarnos las normas de todas las esferas, ¡qué importante es obedecer el Pacto del Malabarista! Como rey debo dar ejemplo... aunque parece que al mencionado malabarista siempre se le caen al suelo las bolas del mismo color. ¡Qué mala suerte tenemos siempre los Proveedores! Ojalá nuestra futura investida encuentre pronto nuestra guarida y podamos explicarle todo mejor. ¡Qué no daría yo por decirle que cuanto antes nos reunamos, antes aprenderá a que no aparezcan cosas ajenas en sus manos... siempre que ella no quiera, claro!

»¿Perdonad? ¿Qué decís? ¿Que si se me está oyendo? ¡Insensatos! ¿Quién ha sido el que ha traído este aparato? ¿Tú? Menos mal que yo estaba cantando sin más... pero a ti habrá que matarte entonces.»

Se oyó ruido de desenvainar armas y un grito gutural demasiado cómico para ser real, demasiado grotesco para ser fingido. De fondo se empezó a escuchar una música de violines hasta que el conductor apagó la radio.

—¿Quién era ese rey Jerónimo? ¿Es el jefe de vuestra casa? —preguntó Nuria.

—Es la radio —respondió el conductor encogiéndose de hombros.

—Esta farsa es ridícula. Por favor, dinos qué tenemos que hacer. Dónde tenemos... tengo que ir...

El conductor detuvo el coche de inmediato y los obligó a salir. Sin despedirse siquiera arrancó y se fue. Allí quedaron los cuatro en la acera. Ya era de noche y tenían frío. Al final no habían comprado nada de la ropa de abrigo que necesitaban porque sus cuerpos habían cambiado, porque de alguna manera su esfera los estaba transformando a cada uno a su imagen y semejanza.

Cuando hay tantas cosas por asimilar uno acaba quedándose

en el detalle más tonto que antes ha despertado una emoción en ti. En el caso de Manuel, la del cabreo.

—No solo estás cuadrado como un héroe de acción, sino que te mueves como uno. Fantástico —dijo en alusión a Germán—. Yo puedo ser el tío Barril... Joder, Nuria, deja la barra esa ya, me estás poniendo nervioso

—Apareció en mis manos. Como toda aquella ropa antes. Como las cosas de Emilio. Como la hamburguesa cuando me encaminaba a casa tras un turno de noche. Pero esta vez lo deseé. Esta vez pedí algo que me sirviera para parar ese carro. Y traje la barra hasta mí. ¿Entendéis lo que estoy diciendo?

—Que tienes poderes. Como Germán. ¿Tú también, Astrid? —dijo Manuel.

Astrid parecía pensativa.

—Vale, la policía tiene tus cosas, pero no sabe dónde vives, ¿no? —la preguntó la chica a Nuria—. Tienes que estar atenta por si van a interrogar a tus padres o a tus antiguos compañeros de piso o...

—Tengo que encontrar la Casa de los Proveedores. Eso es lo que tengo que hacer —replicó Nuria.

—No tienes que hacerlo sola. Tenemos que resolver juntos el misterio —intervino Germán.

—¡No! —gritó Nuria, estallando en lágrimas al fin—. No lo llames misterio. Es real. Saco cosas de la nada. La torre me ha cambiado y a vosotros os está cambiando también. Tenemos que aceptarlo todo de una puta vez y que nos ayuden a hacerlo. Solo ellos pueden.

Echó a andar, y los otros tres chicos fueron tras ella, incapaces de consolarla ni de rebatir sus argumentos. Atravesaron las calles iluminadas por los escaparates de las tiendas, donde entraban y salían las gentes de Madrid para prepararse ante el otoño que ya había llegado.

Al día siguiente Germán fue decidido a primera hora a la agencia. Durante la noche no había logrado conciliar el sueño, más incómodo en su cuerpo que en la cama. Incluso se levantó una vez para ir a mirarse al espejo del baño, por si había sufrido algún otro cambio. Pero no era la cucaracha de Kafka, sino un apolíneo atleta. Se sentía orgulloso de su aspecto y a la vez ajeno a su propio cuerpo. Su desasosiego terminó con una revelación. Si tenían que empezar a buscar las esferas por la ciudad, su trabajo era el más adecuado para ello. Así había encontrado la torre. Tenía acceso a todas las leyendas, anécdotas y recorridos de Madrid. Podía conseguir permisos para entrar a ciertos lugares o hacer pasar a sus vecinos como un grupo de turistas.

Jesús, su jefe, se sorprendió gratamente de verle tan temprano por allí empezar a abrir guías y tomar notas.

Los Centinelas... La historia de Madrid encerraba muchos más combates que el del Campo del Moro. El último, en la Guerra Civil, con todas las trincheras en las que se había luchado bajo el lema de «No pasarán». ¿Debía buscar en la universidad, en el Puente de los Franceses? Estaba desplegando un mapa de la ciudad cuando oyó a Jesús por teléfono contar algo de unas jornadas que iba a organizar la Universidad Complutense bajo el título «Un Madrid insólito» con ponencias y encuentros entre diferentes sectores del turismo de Madrid para mostrar aspectos de la ciudad que no eran tan conocidos. Era la oportunidad perfecta, así que Germán se apuntó rápidamente. De nuevo Jesús le felicitó por su interés masajeándole los hombros con confianza. Tal vez aquella muestra de afecto fue más prolongada de lo aceptable o tal vez Germán se sentía de forma distinta en ese cuerpo marcado que había tratado de camuflar bajo un jersey ancho, pero saltó como un resorte. Y en vez de apartarse, agarró el brazo de Jesús con fuerza apartándolo de él.

—¡Para! —dijo bruscamente levantándose y encarándose a Jesús.

Su jefe primero se quedó totalmente cortado, casi asustado. Pero al ver que Germán también parecía sorprendido de su propia reacción, rápidamente pasó a la indignación

—¿Hay algo que te moleste de mi trato? ¿Tienes alguna queja?

—No es eso. Es que... —Se dio cuenta de que seguía muy tenso. Así que hizo un gesto de disculpa con la mano y se fue de allí sin decir nada más.

A Germán no le molestaba gustar a quien fuera ni las muestras de afecto. Sabía que Jesús tenía un trato preferencial con él, pero contrariamente a los rumores, nunca le había hecho ninguna proposición. Yendo hacia la torre se dio cuenta de que tal vez a Jesús sí que le habían llegado esos comentarios y por eso había respondido como si estuviera preparado. O tal vez realmente deseaba otra cosa de él. Daba igual.

Lo que tenía que analizar era por qué había saltado él así. Le habían dado aquel puesto de trabajo privilegiado sin condiciones, pero saber que no solo era injusto, sino que además no había tenido nada que ver en ello, le hacía sentirse tramposo, culpable, y lo que era peor, ajeno a ello. Aquel regalo le hacía sentirse como un objeto. Y exactamente lo mismo que le había pasado con ese cuerpo que ahora tenía. Tenía un trabajo y un cuerpo que no le pertenecían, y cuando ambas cosas se juntaron en ese gesto de su jefe, fue demasiado.

Estaba llegando a casa con aquellas cavilaciones, cuando vio frente a la verja varios coches de policía. Miró su móvil y no encontró ningún mensaje de Nuria o acerca de ella. Nadie le impidió entrar a los jardines y acercarse a la torre, pero estaba claro que la policía estaba investigando el lugar. ¿Cómo habrían dado con Nuria tan rápido? Del interior del edificio salieron varios agentes hablando con Rafael, quien pareció decirle con la mirada que le dejara hablar a él.

—Es una vecina. No sabemos más. Ya tienen mi declaración. Este es Germán... otro vecino. ¿Desean también preguntarle?

—De momento no. Aun así, dejaremos un coche patrulla de vigilancia por si regresa. Y vendremos con una orden judicial para entrar en ese apartamento. No nos constaba que viviera aquí, pero eso ha asegurado la niña.

¿La niña? Germán se fijó entonces en que la nieta de Rosa estaba con los agentes. ¿Qué tenía que decir una niña de siete años de Nuria y su incriminación en la muerte de Emilio? Germán y Manuel habían contado al resto de los vecinos lo que había ocurrido en el centro comercial, así que cuando se fueron los policías le preguntó a Rafael:

—¿Dónde está Nuria? ¿La han cogido?

—Cuando vi llegar la policía, le dije a Manuel que se fuera corriendo a la residencia de ancianos para avisar a Nuria de que no se acercara por aquí. Como tú, pensaba que venían a por ella... pero no... Venían a detener a Rosa.

—¿A Rosa? ¿Qué...?

Esta vez Rafael no bajó la cabeza. Alzó su rostro gris para decir de manera adecuada lo que le había contado la policía.

—Ha asesinado a su hijo.

A Germán se le heló la sangre. Era increíble y, sin embargo, sabía que así había ocurrido.

—Los vecinos oyeron gritos de discusión y... su nieta al parecer estaba allí y dice que Rosa le mató. Dice que... le daba golpes contra las paredes de la casa. Cuando su abuela la vio, salió corriendo y nadie ha vuelto a verla.

—¿Golpes? ¿Cómo va Rosa a...?

—Eso es lo que no se explica la policía tampoco. La víctima tenía todos los huesos rotos. Necesitan encontrar a Rosa para interrogarla.

Rafael se encendió un cigarro. Miró con expresión triste a Germán.

—La policía volverá para registrar el apartamento en cuanto tengan la autorización del juez. Alucinaron con que este sitio pudiera estar habitado. Así que ya tenemos a la policía encima y antes o después se darán cuenta de que aquí pasa algo raro. Esto es un desastre. No queríais que Nuria acabara en comisaría... pero con esto vamos a ir todos... ¡uno a uno! Y Rosa... Ella nunca hubiera querido hacer daño a nadie.

Germán no sabía qué decir. Solo podía acordarse de lo contenta que estaba Rosa cuando vio la torre, que ni podía subir la escalera de la emoción.

Germán recordó la historia que había contado de los mineros. De si realmente tenían capacidad de decidir o si estaban en manos de otros. De si tenían que esforzarse en encontrar a quien pudiera darles respuestas, o si solo podían resistir de alguna manera.

«Sea como sea, ojalá nos saquen de aquí... como a los mineros... Ojalá salgamos de esto con vida», rogó Germán para sus adentros.

III

Cualquier día de la semana en la Puerta del Sol se parecía al de un domingo en la plaza de cualquier pueblo. Si en algo coincidían los turistas que se hacían fotos junto al Oso y el Madroño y los madrileños que la transitaban a diario era en pensar que Madrid era un pueblo grande.

Y la Puerta del Sol, su principal plaza.

Entraba y salía la misma cantidad de gente por la mastodóntica estación de transporte, conocida como «el Tragabolas», ya fuera día laborable o festivo; los mismos hombres disfrazados de muñecos pidiendo dinero por una foto, los mismos corros alrededor de una actuación o un discurso por un altavoz, las mismas personas que se paraban y andaban y se saludaban e ignoraban. Nadie acudía a la Puerta del Sol para pasar un rato allí o para contemplarla.

La Puerta del Sol era el kilómetro cero: un lugar donde quedar y no donde quedarse. Donde el ambiente especial que se generara no dependía de ningún calendario, sino del punto de vista de cada cual y de los que acordaran entre varios; esa, tal vez, era la magia de aquel lugar. La manera tan rápida que tenía de adquirir un nuevo significado para sus moradores. Por eso había sido el inicio de movilizaciones, de celebraciones y de rituales, del que el más importante era la celebración de la llegada del nuevo año.

Germán estaba allí recordando otro significado: el que Rosa

le había dado cuando se mudó a la ciudad. A un Madrid que habría de arrebatarle su tierra, su marido y ahora su hijo. Todo sin haberse rendido jamás. ¿Cómo podían dejarla sola ahora? Germán apretaba el puño mirando en todas direcciones desde un lado de la plaza, exigiendo, más que deseando, encontrarla, porque hubiera tenido todo el sentido que, después de no haber sabido nada de ella en los últimos días, pudiera localizarla siguiendo esa pista que la propia Rosa había dejado caer en una ocasión.

Nuria le acompañaba en ese pálpito que había tenido. Al fin y al cabo, ella llevaba ese mismo tiempo siguiendo todas las intuiciones que le pudieran decir dónde hallar su esfera. Había estado cogiendo taxis y pidiendo que giraran el dial de la radio que arrancaba todo tipo de comentarios ideológicos de los taxistas. La noche anterior, sin ir más lejos, había estado pidiendo comida a todas las plataformas de repartidores de la ciudad.

«¡Tenía sentido! Proveedores, ¿no? —les había mandado en un audio a sus compañeros—. ¡Pues qué son sino esos de las bicis que, además, han aparecido hace nada y ahora son una plaga! Pues nada, que yo he ido a preguntarles si estaban esperándome para ser investida. Ni os cuento el resto.»

Todo esto lo había estado haciendo desde casa de sus padres, donde había pasado los últimos dos días ante la tesitura en la que se encontraba: tener que estar alejada del único lugar que la protegía de los monstruos... o quedarse y correr el riesgo de ser arrestada y llevada a esa cárcel de la que tanto la había prevenido su esfera. En ese dilema se imaginaba en un juicio viendo fotos del cuerpo destrozado de Emilio mientras sus padres lloraban desde el banco reservado al público. Era curioso cómo, incluso con la vida en juego, eran esos detalles los que inclinaban la balanza. Prefería exponerse al Caos que a la posibilidad de ser detenida.

Pero como la policía no había vuelto a aparecer por allí, no sabía cuánto debía esperar. ¿Estarían teniendo problemas para conseguir una orden de registro de un edificio que no constaba en ninguna parte o es que las investigaciones policiales no eran como las de las películas?

«¿Sabéis si cuando la policía investiga a alguien lo hace de seguido o lo espacia un poco? Es para una amiga», tuiteó antes de decirle a Germán:

—Oye, movámonos al sol, por favor, que me quedo fría. Ya podríais haber entrado en mi apartamento como os pedí y traerme el abrigo y algunas otras cosas.

—Zenobia nos dijo que no lo hiciéramos. Imagínate, con lo sagrada que es la neutralidad, que uno de otra esfera invadiera tu apartamento.

—¿Qué os dijo de Rosa? ¿La están buscando? —Se sintió egoísta por preocuparse por un abrigo cuando Rosa estaba desaparecida. Como lo estuvo Emilio.

—Sí. De nuevo ha pedido al Cónclave que todas las esferas, y no solo la de los Conversos, la busquen. A lo mejor es más complicado dado que... que está acusada de un crimen. —Aún no era capaz de creérselo—. O lo mismo es que no son tan diligentes protegiendo gente como tus Proveedores.

—Eso díselo a los moratones que tengo por todo el cuerpo, pero sí... debería estar agradecida, perdona.

—Tienes derecho a quejarte —dijo Germán—. De hecho, tiene huevos que ahora estés sin ropa cuando te has tirado un mes con ropa encima que no era tuya.

Nuria se rio mientras buscaba el rayo de sol de octubre y casi choca con un par de agentes de policía que daban vueltas a la plaza.

—Tal vez debería haber ido yo al antiguo piso de Rosa. Seguro que no estaba tan vigilado como esto.

—Sí, claro, lo que te faltaba. Que te pillaran husmeando y al identificarte vieran que ya se te relaciona con otro crimen. Es mejor que hayan ido los otros.

Los otros eran Manuel, Astrid y Bea, que habían ido a investigar por su entorno a ver si podían saber algo más de lo que había ocurrido.

—¿Y que te identifiquen por Twitter no te preocupa? Mucha gente te responde, ¿no? —señaló Germán al móvil de Nuria, que no paraba de parpadear.

—Sí. Todo el mundo lo hace y a ratos parecía incluso que mucha gente seguía la historia desde el principio. Pero es Twitter, ¿sabes? Luego levantan la mirada y continúan con sus vidas. Todo se comenta hasta la saciedad un día, y al siguiente ya no nos acordamos de por qué era tan importante aquello.

—No solo es Twitter. Ni tampoco lo que tenga que ver con la magia. Yo también he estado reflexionando sobre cómo aceptamos los cambios, como dijo Pip. Sucede en la vida real. Con las cosas reales. Dan ganas de gritar a toda esta gente, ¿no crees? Subirse al borde de la fuente y gritar que están pasando cosas, que están pasándoles cosas, las que sean... y no pueden estar ahí...

—¿Dormidos? Estás a un tris de llamarlos «durmientes». *Muggles* era menos ofensivo. Anda, vamos para el Rastro. En metro, que no estoy yo para andar después del hostión del carrito.

Los dos rieron y Germán asintió. Luego volverían a la Puerta del Sol. Pero Nuria quería investigar otro pálpito: los Proveedores tal vez se escondían en el Rastro, uno de los mercados callejeros más famosos del mundo.

—¿Tú crees que tenemos síndrome de Estocolmo? —le preguntó mientras subían por una de las callejuelas—. Nuria, ¿qué pasa?

Nuria se había quedado clavada viendo la actuación de una violinista callejera a la entrada de uno de los grandes almacenes de Callao.

—¿Oyes eso? ¿No te suena a la misma melodía que se escuchaba en el audio del rey Jerónimo?

—No sé... no creo...

Pero Nuria esperó a que la violinista terminara de tocar y se acercó.

—Perdona, ¿eres de los Proveedores?

La artista no debía ni hablar castellano, así que Nuria se giró y gritó al corro de espectadores:

—¿Alguien de aquí conoce al rey Jerónimo?

Ya estaba. Ya eran como esos pirados que se hacían virales en las redes. Un mensaje de Alexander en el móvil concentró toda la atención de Germán, olvidándose del ridículo.

—Nuria, es Alexander. ¡Dice que ha hecho un descubrimiento y que vayamos todos a la torre! Espera. Dice que no tiene nada que ver con Rosa. Que es sobre su esfera. Pero que vayamos de inmediato si queremos enterarnos.

—Ve yendo tú. Irás más rápido —dijo Nuria sin mucho interés.

—No voy a dejarte sola.

—No lo estoy. Seguro que están todos vigilándome. Y... créeme, guapo, si realmente estoy en peligro caminando a plena luz del día por el centro... tú no vas a suponer ninguna diferencia —comentó burlona.

La preocupación de Germán desapareció en el instante en que echó a correr por la Gran Vía rumbo a los Campos del Moro. Sus músculos se llenaron de energía dándole una velocidad y una resistencia que jamás había experimentado. Era una sensación poderosa. Sus reflejos impedían que se llevara a algún viandante por delante mientras esquivaba personas y obstáculos como si fuera el campeón de *parkour*. Y se sentía vivo, como si estuviera dándole al cerebro lo que le demandaba. Poder ejercitarse le hacía sentir que ese cuerpo sí era el suyo y alejar las sombras de la culpa. La desaparición de Rosa había quitado importancia al incidente en la oficina o al hecho de que aquel privilegio no pudiera compartirlo con Manuel.

Por eso se limitaba a hacer a solas alguna prueba de fuerza o de reflejos en los jardines de la torre, y hasta ahora no había podido dejarse llevar así.

Alexander le vio llegar y le gritó desde el jardín. Rafael, que se había quedado haciendo guardia en la torre, por si Rosa volvía, salió corriendo para mandarle callar, después de la discreción y normalidad que habían intentado llevar en los últimos días.

—¡Vecinos, vecinos! ¡Lo encontré, lo encontré! —anunció jubiloso mientras ocultaba algo bajo su abrigo.

Sacó con cuidado los brazos de dentro del abrigo y mostró una esfera de luz. Una bola de descargas azuladas que brillaba en las caras asombradas de Germán y Rafael hasta que se abrió, como si fuera un huevo de Pascua, y una imagen holográfica del mismo color apareció en la palma de su mano. Era la imagen de un hombre anciano con un sombrero que se quitó haciendo una reverencia.

—Saludos, habitantes de la Torre de la Encrucijada. Mi nombre es Ozz y os hablo en nombre de la Esfera de los Eruditos. Un futuro investido nos ha encontrado.

Alexander sonreía orgulloso.

—¿Qué es eso? ¿Una especie de mensaje? —dijo Germán, que estaba seguro de haber visto algo similar en alguna película.

—Sí, me lo dio el mismo Ozz cuando lo encontré.

El holograma del anciano esperó unos segundos y después continuó.

—El hallazgo se ha producido en un momento de gran necesidad para todos nosotros, con otro de los habitantes desaparecido, así que el Cónclave me ha concedido la gracia de que pueda reunirme para ayudaros. Seguid mi dedo, por favor.

El holograma de Ozz señalaba un punto y variaba su indicación, como si fuera una brújula en las manos que un exultante Alexander ponía en forma de cuenco. Una brújula de luz con forma humana.

Rafael y Germán no tuvieron otro remedio que seguir a Alexander, que echó a andar; antes Rafael subió y bajó corriendo para pedirle a Amanda que se quedara a la espera en la torre y que echara un vistazo a los niños de la sexta planta. Germán habló precipitadamente con Manuel por teléfono mientras veía que habían salido de la torre y estaban volviendo al centro.

—Sí, con Rafael... Alexander ha encontrado a un miembro de su esfera. Y parece que quiere ayudarnos con lo de Rosa. ¿Por allí no habéis visto nada? Normal que su nuera se haya llevado a los niños a otra casa... Claro... No, no sé adónde vamos... Vosotros id volviendo cuando podáis. Amanda está con los niños en... Joder, Manuel, ¡no había nadie más para que se quedara con ellos! Nuria estará de camino y... espera, que estos dos se van a matar.

La discusión entre Rafael y Alexander se había agriado. Ya desde el primer día había quedado clara la nula afinidad entre los dos hombres, cuyas personalidades no podían ser más opuestas. Cuando Germán se acercó, entendió que Rafael quería saber cómo había dado con su esfera.

—No creo que estemos autorizados para decirlo. Cada uno de nosotros debe encontrar su camino a su...

—¡Escucha, imbécil! Dicen que las esferas pueden protegernos. A Emilio ya no podrán protegerlo. Si Rosa necesita ayuda y tú te lo callas...

—¡Yo no sé cómo llegar a tu esfera! ¡Solo di con las claves para encontrar el camino a la mía! —empezó a chillar Alexander.

Resultaba difícil discernir si el colombiano temía la ira de Rafael o si le preocupaba que aquella miniatura de Ozz que llevaba en las manos pudiera oírle y quisiera quedar bien.

—Eso es lo único que pedimos —intervino Germán—. Saber cómo lo has logrado y ver si eso nos sirve. Nos han convocado aquí, ¿no? ¿Crees que si no quisieran dar información estaríamos aquí los tres?

—Bueno, por lo que he averiguado —dijo Alexander queriendo darse importancia—, Ozz es un hombre distinguido no solo en su esfera, sino también en todo el reino. Si él lo autoriza, por mí no hay problema.

Rafael miró a Germán, y este supo exactamente lo que le quería decir con la mirada. Aunque apenas tenían relación los dos, sabían entenderse bien solo con gestos. En este caso, lo que le estaba diciendo era: «Dependo de este puto imbécil, así que tendré que seguirle la corriente». Aun así, Rafael gruñó cuando se dio cuenta de que la esfera de luz desaparecía y que habían llegado al lugar de encuentro.

—Para ser tan distinguido, tu mago de Oz nos ha traído a un antro de turistas.

Las Cuevas de Sésamo. Aquel bar de nombre tan sugerente estaba en muchas de las guías del centro. Una bodega subterránea donde servían sangría cara entre cuadros y adornos del arte español, por lo que era un buen reclamo para los extranjeros. Pero Germán había leído que aquel lugar realmente había sido antaño un lugar de encuentro de bohemios y tertulianos.

Les señaló la frase escrita sobre el arco que daba acceso al sótano: «Depende de quién pasa que yo sea tumba o tesoro. Amigo, no entres sin anhelos».

Antes de bajar el tramo de escalera, Germán echó un vistazo al móvil y se dio cuenta de que tenía un audio de Nuria sin escuchar. Aquellos once segundos terminaron de añadir dramatismo a la situación: «Germán, los he encontrado. Estoy entrando en la Casa de los Proveedores. Tengo que ir yo sola. Pero en cuanto pueda vuelvo a llamaros, ¿vale?... Bueno... solo eso».

¿Nuria había encontrado su esfera? Les dijo a los otros dos que fueran bajando porque dentro no había cobertura. El móvil de Nuria estaba apagado. Echó un vistazo a su Twitter y vio que había compartido algo similar allí. Se sintió menos responsable que si hubiera sido el único destinatario del mensaje. Y, consciente de que no podía hacer nada, entró en las cuevas.

Abajo había un salón con mesas pegadas contra la bóveda y sonaba música de piano. Al lado de páginas de libros enmarcadas un camarero esperaba con un semblante que parecía decir: «Aquí seguimos, setenta años después, aquí seguimos», como si la clientela siempre fuera la misma, aunque la mayor parte de ella ya hubiera muerto hacía años.

El aire estaba tan condensado que parecía que hubiera una neblina. Los fantasmas de las Cuevas de Sésamo estarían todos borrachos con aquel vaho de humedad y de sangría que impregnaba el sótano. En los lustrosos muros había aquí y allí citas literarias y versos. Germán vio que Rafael y Alexander ya estaban sentados a una pequeña mesa en una esquina, donde podrían hablar guarecidos de las risas de numerosos grupos de estudiantes que bebían demasiado rápido algo que parecía haberse creado para beber con calma.

Alexander sacó un pañuelo para secarse el sudor. El clima de aquellas cuevas podría ser el de su Colombia natal. Rafael se cambió de asiento para poder apoyar la espalda contra una pared, en la que se podía leer como una solemne advertencia: «Date prisa, es más tarde de lo que imaginas».

Pero rápidamente se irguió.

—Ese es —dijo señalando al hombre que tocaba el piano.

Alexander se levantó para dirigirse al representante de su esfera, para dejar claro que él ya le conocía, aunque hasta ese momento no se hubiera percatado de su presencia.

Ozz siguió tocando el piano sin mirarle hasta acabar la pieza. Después cogió el sombrero y estrechó la mano afectuosamente a Alexander. Aunque le costó que Alexander la soltara. Ozz se levantó y se dirigió a la mesa de Rafael y Germán.

—Os doy las gracias por venir. Sentémonos a hablar. La situación requiere una actuación coordinada y por eso es tan importante que tengáis toda la información de lo ocurrido.

Un camarero trajo una jarra de sangría, más oscura que el propio vino tinto, y cuatro pequeños vasos.

—Rosa ha asesinado a su hijo y se ha dado a la fuga. Es necesario encontrarla antes de que lo haga el Caos y de que el suceso atraiga a tantas personas a la torre que ya sea difícil de ignorar.

La mano de Ozz subrayaba lo que su voz profunda marcaba con acertadas pausas y cambios de volumen. Era un experto tertuliano. ¿Tal vez por ello los había llevado a aquel sitio?

—Su esfera ya está buscándola para ponerla a salvo —continuó mientras se iba ladeando poco a poco hacia Rafael—. Y los Conversos son imparables cuando persiguen algo. Pero sus métodos no son inofensivos. Ni ellos los más colaboradores con el resto de las esferas.

—Rosa es incapaz de matar a nadie —objetó Rafael, que sin saber nada de todas aquellas tramas, sí sabía cómo era su vecina de planta.

—La Rosa que conocíamos sí... pero todos hemos cambiado —dijo Alexander con algo de reparo.

Germán se avergonzó de no poder negar una acusación tan grave. A Rosa no le había descolocado descubrir que la realidad no era la que conocía. Parecía imperturbable ante el descubrimiento de que la magia pudiera existir, pero Germán sabía que la relación con su hijo era muy difícil y sí que la afectaba. Rosa había estado abatida y errática los últimos días.

—Su hijo se aprovechaba de ella. A lo mejor actuó en defensa propia —dijo Germán.

Rafael miró extrañado a Germán y se levantó del asiento.

—Vine para intentar desmontar esta locura, no para que la tratemos como a una criminal que se ha dado a la fuga. No me lo trago.

La mano de Ozz empezó a brillar con una luz plateada, como aquella imagen de él mismo que había traído Alexander a la torre.

—Que no podamos creer algo no significa que no esté sucediendo. La mudanza más grande que habéis hecho ha sido instalaros en lo imposible. Pero hasta que no ha caído el velo de vuestra mente y habéis comenzado a ver por vosotros mismos, no habéis empezado a creer. Tal vez mi don os ayude, pues permite ver donde no están nuestros ojos.

Una miniatura apareció en la palma de la mano de Ozz. De nuevo ese holograma de luz que parecía tener viva propia. Rafael volvió a sentarse.

A Germán le costó reconocerlo, pero esa figurita era el hijo de Rosa. Un hombre gordo de gestos cansados. Se bajó con esfuerzo de la mano de Ozz y empezó a caminar por la pequeña mesa. Germán y Alexander le contemplaban anonadados, pero Rafael tuvo la prudencia de mirar alrededor. Esa luz podría llamar la atención del resto de la gente. Pero aunque sus ojos se cruzaron con los de otros clientes, nadie parecía estar fijándose en aquel teatro de luces.

La miniatura de luz con la forma del hijo de Rosa subía una escalera, boceteada con varas de luz que iban apareciendo a medida que el movimiento las iba necesitando, hasta que llamó a una puerta, que también se materializó. Se oyó un breve sonido de timbre, puesto que los hologramas o lo que fuera aquello también tenían audio.

Y allí apareció Rosa abriéndole y dejándole entrar en la que debía de ser la casa donde vivía antes con su hijo y su familia y que había resultado que pagaba ella en su totalidad. El salón fue dibujándose con hilos de luces: una estantería, un sofá cama, una mesita auxiliar llena de retratos. De la nada surgió un decorado alrededor de la jarra real de sangría en el centro de la mesa. Era tal el grado de detalle que podían percibir hasta que el hijo de Rosa estaba borracho y que en el rostro de la madre aparecía la decepción y luego la ira. Empezaron a discutir. Alguien ahora sí que alzó la mirada hacia la mesa, aunque sin mucho interés, pero Ozz hizo un gesto con la otra mano de reducir el volumen y al instante el sonido bajó al mínimo. Las dos figuras discutieron de manera casi inaudible hasta que el hijo empujó a Rosa y la mujer cayó al suelo. La figurita casi resbala por el borde de la mesa, y Germán tuvo el rápido impulso de poner la mano debajo, como si eso importara ahora, como si no estuviera viendo nada más que una representación de lo que ya había ocurrido.

La figurita de Rosa se levantó. Su cuerpo entero temblaba, y entonces el hijo empezó a levantarse del suelo. Primero el joven se asustó, pero después siguió increpando a Rosa con una furia que desdibujaba su rostro. Incluso a aquel mínimo volumen pudieron oír que la llamaba bruja. Rosa alzó una mano y su hijo salió lanzado contra el techo. Luego alzó la otra y la misma fuerza invisible lo tiró contra la mesita auxiliar, contra la estantería, contra la otra pared. Agradecieron que el sonido estuviera tan bajo que no pudieran escuchar el chasquido de sus huesos al romperse cuando fue empotrado. Rosa quedó inmóvil frente al cuerpo inerte de su hijo.

Ozz levantó la copa de Alexander, donde había escondida detrás otra figurita. Su nieta. Al verla, Rosa salió corriendo y cada píxel que componía el decorado fue haciéndose de menor resolución hasta convertirse en luces amorfas que se desvanecieron.

Rafael apuró de un trago su vaso. Alexander le sirvió otro.

—Siento que hayáis tenido que ver esto —dijo Ozz—, pero cuando la realidad puede mostrarse las opiniones dejan de importar. ¿Entendéis ahora por qué es tan importante que encontréis vuestras esferas y que os enseñen a usar los dones que la torre os ha dado?

—Ella no pidió poder... poder... hacer esas cosas. Ninguno lo hicimos.

—No. Ahora tenéis capacidades que os son totalmente nuevas, pero con o sin telequinesia. Rosa algún día habría tenido este combate. Y sin haber vivido en la torre, puede que lo hubiera perdido.

—Seguro que se siente muy agradecida por ello —espetó Rafael—. Yo me he ido consumiendo como si fuera una colilla. Durante todo este tiempo mi piel me ha dolido como si quemara. He perdido peso y se me marcan los huesos y los músculos, como si mi piel fuera varias tallas más pequeñas. Pero soy el único que ha sufrido esa transformación.

—Yo también he cambiado por la torre —dijo Germán.

Alexander le miró asombrado. No sabía de qué hablaba. Rafael sí. Pero no pensaba que fuera por la misma magia que a él le había ido degenerando.

—Pero a Rosa no se la veía distinta. Estaba bien, joder.

—Aparentemente —matizó Ozz—. Nadie podía saber cómo la Torre de la Encrucijada iba a afectar a los habitantes de este mundo. Al no tener guardián, no hemos podido ir examinando esos cambios, pero sí sabíamos de antemano que cada planta actuaría de manera distinta. Y cada apartamento. Recordad que algunos elegisteis una orientación y otros otra. La energía de cada esfera fluye, pues, en dirección distinta. Hacia dentro y hacia fuera.

Germán ni siquiera había pensado en ello. Él había elegido la letra A porque prefería ver la ciudad. ¿Cómo algo tan trivial podía marcar tantas diferencias? Pero no tenía sentido. Rafael era de la letra B. ¿Qué significaba eso de dentro y fuera? Miró su fuerte mano, que agarraba el vaso, y la de Rafael con todas las venas marcadas, como si estuvieran llenas de la sangría que estaban bebiendo. Sacó su móvil para ver si Nuria había vuelto a escribir y Ozz soltó un pequeño quejido.

—Por favor, aleja el móvil de mí. Aquí hay poca cobertura, pero temo que hay la suficiente para que me duela —dijo guiñando un ojo—. Mi don permite una comunicación sin igual con el tiempo y el espacio, pero temo que esos aparatos le afectan demasiado.

Germán apagó el móvil y lo guardó y Ozz siguió hablando.

—Como veis, los dones tienen siempre sus contrapartidas. Por eso es importante que os guiemos como a Alexander, ahora que nos ha encontrado —continuó Ozz, atento a las cavilaciones de sus oyentes—. Como lo harán los vuestros cuando los encontréis. Pero tenéis que hacerlo por vuestra cuenta. Nosotros todavía estamos esperando a que Astrid nos encuentre.

—Nuria ya lo ha hecho, así que supongo que los Proveedores ya están al completo —dijo Germán tratando de saber si aquello alegraba a Ozz o le encelaba como claramente le había pasado a Alexander.

Rafael miró a Germán. No sabía si era un farol, pero acababa de hacer que aquel hombre callara y probara la sangría. Así que siguió por la línea de conversación que había marcado Germán.

—Lo que no entiendo es que, si no sabes dónde está Rosa y no puedes decirnos cómo ir a nuestras esferas, ¿por qué has venido? ¿No has quebrantado vuestro pacto quedando con nosotros a solas y no con todos y antes de que lo hagan nuestras respectivas esferas? ¿No dijiste que la mía era poco razonable? Dinos, ¿ha merecido la pena solo por tener esta charla?

Rafael era un hombre atemorizante. Desde que se había cruzado con él entrando en la caseta de Pip o cuando adivinó que llevaba un arma, su presencia siempre había dado miedo a Germán. Pero ahora que tenía ese aspecto que oscilaba entre el de un enfermo terminal o el de alguien caracterizado de Nosferatu, Germán se sentía cada vez más cómodo con la sensación de pelea que vaticinaba siempre el portero de discoteca.

Ozz terminó su vaso y volvió a servir a todos.

—En cuanto al Pacto del Malabarista, al ser nuestra esfera la primera en ser visitada, me vi en el derecho de pedirle al Cónclave que, dada la complicada situación que estamos viviendo, me dejara visitaros y asegurarme de que los Hijos del Cisne están bien. Y las otras esferas no se opusieron.

»Los Conversos quieren encontrar Rosa y seguro que el que os haya informado de lo que ocurrió les terminará de parecer bien. Los Proveedores ya actuaron por su cuenta con la única elegida que les queda, justificados, eso sí, por el inquietante rumor de que en las comisarías vive un gran señor del Caos.

»Los Centinelas, por su parte, no han puesto reparos. Nuestras esferas han sido aliadas desde el otro lado del tiempo...

Aquel hombre estaba hablando de las esferas de una manera más tangible que esos estratos que Germán imaginaba cuando subía y bajaba por la torre, así que intentó retener toda la información. Ya había oído sus nombres, pero procuraba memorizar los datos. Se suponía que los Conversos de Rosa y Rafael eran seres del Caos arrepentidos. Viendo el aspecto de Rafael y lo que habían visto hacer a Rosa, empezaba a tener sentido. También resultaba claro que estaba al tanto de que los Proveedores habían rescatado a Nuria. Eso probaba la existencia de ese Cónclave al que Zenobia se había dirigido.

Le seguía sonando ridículo que se dirigieran a él y a Manuel como «Centinelas» solo porque Manuel hubiera decidido por los dos coger la tercera planta. Pero ahora, teniendo a Ozz delante, por primera vez se planteó qué habría pensado cada esfera de ellos cuando supieron quiénes les habían sido asignados. Realmente no era lo mismo investir a Astrid que a Amanda. ¿Estarían echándose las manos a la cabeza por haber dado a alguien con fobia a las peleas esos poderes? Iba a ser verdad que tenía síndrome de Estocolmo. Ellos al menos sabían de la existencia de los dos mundos. Sus vecinos y él no. Se acordó de lo contenta que estaba Rosa porque su planta tuviera sótano. Sintió que se le humedecían los ojos y disimuló mirando el móvil absurdamente porque lo había apagado. Apuró su vaso y siguió escuchando. Rafael acababa de preguntarle a Ozz por qué solo había mencionado aquellas esferas que estaban de acuerdo con su idea.

—Bueno, los únicos que están en este lado de la esfera reinante, la de los Soñadores, son los propios niños, y ellos estarán encantados de que pueda hablar con ellos. Los pequeños apenas me recordarán, pero fui mentor personal de Zenobia.

Faltaba una esfera. La de Bea y Amanda. Las criaturas que decían que no eran humanas.

—Y sí, los Ancestros pusieron reparos como a casi todas las decisiones en común que hemos tomado. Jamás han estado de acuerdo con la idea de la Torre de la Encrucijada. Nada extraño en criaturas que en ocasiones han atacado incluso a humanos durmientes. Una de sus criaturas más conocidas finalmente ha accedido a cambio de que ella también pueda hablar con sus ahijados cuando lo requieran.

—¿Ahijados? ¿Esa es la madrina de la que hablaban Zenobia y Mat? —preguntó Germán—. Joder, Rafael... en el Manzanares... Mat dijo que estaba hablando con ella. ¿Estaba allí de verdad?

—Si lo estaba, intentó matarme —dijo Rafael seco.

Germán se acordó justo cuando lo mencionaba. ¿Acaso la madrina de los niños era una criatura marina? Por supuesto, Alexander tenía otra pregunta menos obvia.

—¿Por qué alguien de otra esfera ejerce un cargo tan importante sobre los niños? —quiso saber Alexander—. ¿Y cómo que la esfera más importante es la que menos representación tiene en este plano?

Ozz obvió la segunda pregunta.

—Gadea le concedió ese honor —respondió—. Creo que fue su manera de reforzar la humanidad de un ancestro tan poderoso e inestable.

»Les deseo toda la suerte a vuestras compañeras en la búsqueda de una esfera que no desea colaborar en esto —añadió Ozz alzando su vaso a modo de brindis antes de empezar a levantarse—. Ahora que ya hemos tenido esta pequeña charla, ¿os parecerá bien que nos veamos por los alrededores de la torre con más frecuencia? Decídselo al resto también. Será hermoso retomar mi papel de consejero de la corte.

—Claro, nos encantará que nos sigas instruyendo —dijo irónico Rafael.

—Si piensas que esta charla no ha sido útil, estás lejos de mi capacidad de ayuda, Rafael —comentó Ozz despidiéndose de todos con un suave ademán.

Ozz dio un billete al camarero y se marchó subiendo la escalera que salía de aquella gruta. Alguien empezó a tocar otra canción al piano.

Los tres hombres se quedaron en silencio. Rafael apuró su vaso y le dijo a Germán:

—Vámonos. Tenemos que intentar encontrar a Rosa y ver si los demás pueden ayudarnos. A este hombre —señaló a Alexander— le interesa más anotarse un tanto que lo que le pueda pasar a cualquiera de nosotros.

—Lo que tenéis que hacer es encontrar vuestras esferas. Si no superáis la prueba no podréis...

Rafael no siguió escuchándole. Se levantó bruscamente y se largó.

Al seguirle con la mirada, Germán leyó una cita de César Vallejo: «Me moriré en París con aguacero, un día del cual tengo ya el recuerdo» y luego se quedó mirando a Alexander.

—Desde el principio has ido por libre —habló Germán al fin—. Escondido en la plaza del Biombo, con tus pequeñas investigaciones que has compartido solo para presumir ante todos de ser el que más sabía, nunca porque realmente te importara que los demás entendiéramos lo que pasaba. ¿Y sabes lo peor? Que te ha ido bien. Enhorabuena. Los que se han preocupado por cómo nos iba a los demás... como Rosa... o incluso como Emilio tratando de coordinarnos, no parece que vayan a superar esta prueba. Alexander, no lo sabes, pero no creo que tuvieras más motivos que yo para alejarte de la gente. Pero no lo hice. Por miedo o por caridad, no lo hice.

Era el alcohol el que hablaba por él. También era el que andaba por él, arruinando su salida dramática tras haberle soltado al profesor colombiano todo aquello, cuando casi se cae dos veces por la escalera en su camino hacia la salida.

El aire frío del oscuro atardecer le despejó la cabeza y a la vez le produjo náuseas. No sabía si llovía o no. Tardó unos instantes en darse cuenta de que un poco más adelante Rafael le estaba esperando para volver juntos a la torre.

—¡Un momento, esperad!

Alexander corría detrás de ellos. Torpe y beodo los alcanzó en la plaza de Santa Ana:

—El día que llegamos a la torre. ¿Os acordáis Ya os dije que aquel paseo sin sentido era una ceremonia. La forma en que Pip nos hizo pasar por esos lugares, cómo anunciaba nuestro paso... Era una auténtica procesión. Era un ritual de iniciación. Nos presentó cinco veces en momentos diferentes. Creo que, aunque no lo viéramos, nos estaba presentando a un representante de cada esfera. Zenobia me confirmó más tarde que en el viaducto, la quinta parada, había una criatura de la Quinta Esfera...

—Pero en el resto de lugares no pasó nada. No había nadie. O no podíamos verlos por aquel entonces —tuvo que admitir Rafael.

—Claro que sí... Había gente pasando, trabajando. En esos lugares sucedían cosas. Todo representaba algo. La mejor manera de encontrar nuestra esfera es volver al primer lugar donde la conocimos. Eso fue lo que yo hice.

Alexander no pudo evitar sonreír al verlos tan perdidos. Pero ese pequeño triunfo sobre los que se burlaban constantemente de lo que hacía no fue la razón por la que se había dado esa carrera para alcanzarlos. Sacó de su abrigo su cuaderno de notas.

—Este es el recorrido que hicimos el primer día con todas las anotaciones del momento, y aunque después he ido añadiendo cosas con otro color, lo más importante lo escribí antes de saber en qué planta íbamos a vivir o de que nos pidieran hacer silencio, entonces no creo que puedan decirme nada. Podríais haberlas leído antes. Sería como si... Como si hubiera compartido todo con vosotros desde el principio.

Alexander sonrió con una mezcla de ternura y culpa y les tendió aquel cuaderno lleno de datos. Rafael lo cogió sin interés y sin decir nada más reanudó la marcha.

—Gracias, Alexander —dijo Germán—. Vamos a ayudar a Rosa. Vamos a ayudarnos todos.

Alexander parecía no saber qué hacer con las manos ahora que no sostenían su cuaderno, así que hizo un gesto de despedida y se alejó.

Cuando Germán alcanzó a Rafael, este iba hojeando el cuaderno mientras andaba. Empezaba a llover y algunas gotas mojaban las hojas. Alguna hoja suelta se cayó al suelo y al recogerla la arrugó más de lo necesario. Le podía el ansia de saber qué había escrito Alexander, aunque no se lo hubiera querido mostrar a aquel repelente pelota.

—Lo apuntó todo... ¡todo! Mira la descripción que hizo de mí... Hasta hizo un dibujo, el subnormal. Joder, no sé cómo vamos a descifrar toda esta mierda.

—Todo no —dijo Germán leyendo por encima de su hombro lo que había escrito sobre su vecino—. Él no se dio cuenta de que ibas armado aquel día. Me acojonaste vivo.

Rafael levantó la vista y se encontró de frente con la mirada del joven.

—Será mejor que miremos todo esto a resguardo. ¿Quieres tomar una cerveza? ¿O un café? —dijo abriendo la puerta de un bar.

—Aunque pueda parecer patético, creo que estoy borracho. No quiero tomar nada.

Rafael se encogió de hombros y cerró la puerta.

—Bueno. Pues nos quedamos, aquí fuera hasta que pare de llover.

Estaban en los soportales de la plaza Mayor. Durante unos minutos Rafael no dijo nada y se limitó a mirar al suelo.

—Y te he seguido acojonando mucho tiempo, Germán, ¿no?

—Me dan miedo las armas —admitió con rotundidad—. No estamos en una película. Ni en Estados Unidos. Entiendo que siendo portero de seguridad...

—No tiene nada que ver con mi trabajo actual. Era en el otro donde acabé juntándome con gentuza. De aquí. Y peor que los de las películas.

Notó cómo Germán bajaba la mirada nervioso. Le estaba asustando otra vez. O tal vez prefería no mirar la estatua de Felipe III que presidía la plaza Mayor. Una oscura y enorme estatua que parecía que en cualquier momento pudiera embestirlos.

Aun así, Rafael se dio cuenta de que cuanto más intentara explicarse por encima, peor imagen iba a dar. Los titulares de su pasado eran realmente catastróficos. Necesitaba contarlo bien, aunque fuera mirando la extraña pareja que hacían sus dos sombras sobre el empedrado de la plaza en aquella noche. Así que le contó a Germán cómo fue propietario de un gimnasio después de haber sido deportista profesional de joven. Su local tenía una gran reputación en las afueras. No era como esos modernos con frases motivadoras en los espejos y clases de zumba y *spinning*. Era un gimnasio de los de antes, con pesas y sacos de boxeo y gente que quería entrenar duro y no subir la pose a Instagram. De hecho, cuando empezaron a ser más populares otras técnicas de lucha, su gimnasio fue de los pioneros en organizar torneos. Así fue como Rafael entró en el circuito de la competición y de las apuestas. Le contó que no se metía en demasiados líos porque él simplemente ejercía de anfitrión de esa red de gente cada vez más ambiciosa y marginal. Hasta que se enamoró de uno de los boxeadores y todo se complicó.

Rafael observó la reacción de Germán al decir aquello. El chico le miró empático sin el menor rastro de sorpresa. Era extraño porque siempre que había dicho que era homosexual a todo el mundo le había sorprendido. Aunque se lo podía haber chivado alguno de sus vecinos, tenía que darse cuenta de que para aquella generación ya era algo normal. Sonrió al percatarse de que hubiera preferido escandalizar un poco a Germán, siempre tan contenido y recto, que tener su aprobación.

—Vamos —dijo—. Ya llueve menos.

Germán no percibió que se estuviera mojando menos, pero se limitó a seguir el paso rápido de su vecino mientras continuaba su relato.

El caso era que Jonathan, que era como se llamaba el boxeador, le cameló lo suficiente como para sacarle dinero y meterle en problemas con su mánager y su séquito de mafiosos. Rafael cayó en un pozo de deudas y vicios, pero era incapaz de darse cuenta estando tan enamorado, y después fue incapaz de salir estando tan destrozado al descubrir que el amor de su vida nunca le había querido. El día que rompió con él fue el día en que casi le rompen la cabeza. Le quitaron el gimnasio y su futuro. Después, aquellos mercenarios lo vendieron a una gran empresa y se fueron del país. Como un virus tras infectar a su anfitrión.

Tardó varios años en levantar cabeza. Un antiguo amigo le consiguió el trabajo de portero y otro le consiguió el arma. El piso en la Torre de la Encrucijada lo halló él solo.

Estaban llegando a la plaza de España. No sabía si habían dado el rodeo para que le diera tiempo a contar su final trágico o porque habían preferido el ajetreo de aquellas calles al silencio de las callejuelas antiguas y monumentales.

—Y esta es mi historia, chico. Un día me tienes que contar la tuya. ¿Quién te rompió el corazón?

—¿Seguro que quieres oírla? Te adelanto que, aunque también es sobre un ajuste de cuentas, no tiene sexo como la tuya, y su final es aún peor, Rafael.

—Llámame Rafa. Y toma tú el cuaderno de Alexander. ¿Cómo crees que deberíamos hacer para...?

Un fuerte pitido los asustó. Una limusina enorme, de color azul celeste, estacionó junto a la verja de los jardines del Campo del Moro, adonde habían llegado ya. Medía nueve metros y volvió a pitar. De su interior salió una anciana que abrió la puerta para dejar salir a Nuria. Tenía el rostro cansado, pero estaba contenta.

—¡Nuria! ¿Estás bien?

La limusina arrancó y Rafael abrió la verja mientras le preguntaba quién la había traído.

—Son ellos. Los Proveedores. Me han traído de vuelta en ese coche.

—¿En ese coche? ¿No decías que eran mendigos? —preguntó Rafael.

—¿Cómo los has encontrado? —quiso saber Germán.

Por el camino se acercaron Manuel, Bea y Astrid. Estaban esperándolos desde hacía un rato en la torre cuando oyeron los pitidos.

Las preguntas se multiplicaron, así que Nuria les pidió que entraran en el apartamento. Quería contarles todo. Se dejó caer en el sillón agotada, tratando de asimilar lo que había vivido. Tardó en darse cuenta de que llevaba tres días sin pisar su piso pero al verlos a todos allí, en el salón de la torre, sintió que estaba en casa.

No debía preocuparse demasiado por la policía. No esperaba que fueran a interrogar a los vecinos de noche, y al día siguiente por la mañana volverían a buscarla para seguir su investidura.

Sus vecinos no paraban de preguntar. No solo para saber su historia. Al parecer, Ozz también había contactado con su esfera y Germán tenía noticias para todos.

—Será más rápido si me dejáis hablar y que os lo cuente todo desde el principio —dijo Nuria—. Estaba en Callao. Acababa de abordar a un músico callejero toda paranoica pensando que era una pista de los Proveedores. Germán se había ido y seguí allí un rato, chafada, perdida... Me quedé parada.

»No sé si habéis estado en esas calles parados alguna vez. No es lo normal. Subimos y bajamos desde Gran Vía hasta Sol sin detenernos. Todo son tiendas y gente... todo te empuja a moverte todo el rato. Y si te quedas quieta un momento, para escuchar una de las actuaciones, o porque se te cae algo al suelo, se te acercan para pedirte dinero. No hablo de los que quieren una moneda, sino de esos que van con la sonrisa y la carpetita para apuntar, y que trabajan para una ONG que pretende que te hagas socio. ¿Sabéis de qué os hablo?

Todos asintieron. Nadie que hubiera estado en aquellas calles comerciales se había librado de que lo abordara alguien que, a cambio de una mísera comisión, trataba de convencerte de que apoyaras a una ONG. Había cuotas y causas para todos los gustos.

Entonces Nuria se levantó del sillón exaltada.

—¡Pues no! ¡No tenéis ni puta idea! ¿Qué te dicen, Manuel? ¿Cuáles son las condiciones, eh, Astrid? ¿Tienes que darles tu número de cuenta allí mismo o te llaman después por teléfono? ¿Alguien lo sabe? —se les iba encarando uno a uno, interrogándolos—. ¿Sabéis por qué lo ignoráis? Porque ni vosotros ni nadie, nunca en su vida, se ha parado a escucharlos hasta el final.

Nuria se calló un instante y pensaron que era para calmarse. Pero, al contrario, la velocidad y el volumen de sus palabras se dispararon.

—Porque si alguien lo hace, si alguien no los esquiva cuando se acercan preguntándote si te gustan los animales o si quieres ayudar a los refugiados o lo que sea, y se quedara allí escuchando paciente su charla, oiría cómo la última frase que te sueltan es: «Los Proveedores se esconden en las Galerías Canalejas».

»Eso es lo que oiría cualquiera. Cualquiera, ¿me entendéis? No es que uno de esos locos se hubiera disfrazado para darme a mí el mensaje. ¡Es lo que los captadores de socios de Callao dicen a todo el mundo! Solo que nadie los atiende. Estuve allí más de una hora. Solo varias personas aguantaron el rollo entero: una pareja de japoneses que no entendía nada y una señora con su hija que se esforzaron más en disculparse que en comprender que al final les habían dicho: «Los Proveedores se esconden en las Galerías Canalejas».

Se dejó caer de nuevo en el sillón riéndose nerviosa.

—Increíble —dijo Manuel.

—Muy del estilo de la Torre de la Encrucijada —comentó Astrid.

Y tenía razón, pensó Germán. Ese era el tipo de sucesos que les venían pasando. Esa era la manera en que la magia habitaba en Madrid. Tenía que tenerlo presente para buscar su propia esfera. Aunque Nuria había tenido algo de ayuda con la pista del músico. O a lo mejor no. A lo mejor fue otra casualidad. ¿Qué decían de que la suerte era lo que guiaba a esas esferas?

La sangría que se evaporaba de su cuerpo le produjo una última imagen: esferas que chocaban unas con otras haciendo carambolas aleatorias.

Se sentó él también, mientras Bea urgía a Nuria a que continuara su relato.

—Las Galerías Canalejas están a dos minutos andando de allí. O lo estarán, porque ahora son un inmenso edificio en construcción. Serán unas galerías comerciales de lujo que van a hacer en lo que fue el emblemático Banco Hispanoamericano. Y, esperad, que aún falta lo más simbólico de todo: el edificio está en obras. Lleno de andamios y con parte de la calzada cortada, pero sobre las ruinas han puesto una lona publicitaria en la que está dibujado el edificio tal y como será. Una auténtica fachada.

»Aparté la lona y entré dentro de las obras. En la planta baja había un grupo de mendigos, supongo que para ahuyentar a los curiosos. Yo seguí adelante, muy nerviosa, y al llegar a la primera escalera pude escuchar perfectamente el ruido. Aquel edificio estaba habitado, iluminado por antorchas, y se oía música. Pero no imaginaba que cuando subí arriba habría millares de ellos. Os lo juro, el sitio era enorme, pero había como tres por metro cuadrado. Fijaos que había mesas de madera larguísimas y algunos estaban sentados frente a ellas, otros encima y había también gente debajo. Decir que era de locos es quedarse corto.

»¡Era como el Gran Festival de la Fiesta Okupa!

No pudo evitar dirigirse a Bea al decir esto, y todas las miradas se posaron en ella. Pronto Nuria se dio cuenta de que la chica poco tenía que ver con aquellos inestables y nerviosos seres que había conocido. Bea se mostraba orgullosa, seria y dura. Germán también había notado ese cambio en Bea, pero ahora se preguntaba si no era solo una cuestión de irla conociendo. Tal vez había cambiado su aspecto, igual que Rafael o él mismo. Parecía más mayor y no solo más madura, y aún con su cresta rosa y su *piercing* cada vez tenía un aspecto más imponente. Mientras todos la miraban, ella se limitó a preguntar:

—¿Dices que había mesas de madera y antorchas? ¿No había nada moderno?

—Sí, tenían cosas modernas, pero es como si prefirieran estar ahí bebiendo, comiendo, bailando encima de las mesas o jugando a las cartas bajo ellas. Había gente tocando música pero... ¿sabéis qué era lo que hacían sin parar? Cambiarse el puesto los unos con los otros. El que estaba colgado de una lámpara pasaba a cazar una rata y el de la rata se ponía a teclear en un ordenador. Y no solo se cambiaban de sitio, sino que también intercambiaban la ropa. Había gente de todas las edades, y unos eran mendigos, pero otros eran ejecutivos. Y de repente el que iba de mantero cogía un móvil y una corbata y un maletín de alguien que se tiraba al suelo para ensuciarse la ropa. No sé cómo os lo puedo describir. Era como un campamento de adultos disfrazados o... ¡una taberna pirata!

—La Corte de los Milagros —dijo Astrid—. Era un lugar en París donde los mendigos se reunían por la noche para divertirse. Lo llamaban así porque parecía que todos aquellos tullidos y leprosos que pedían limosna durante el día perdían sus males allí de repente.

—¡Algo así! De hecho, es como una corte porque todos sirven al rey Jerónimo —reflexionó Nuria—, aunque él se hizo esperar. Yo me movía por allí sin que nadie me echara o me hiciera caso tampoco. Había algunos peleándose, bueno, muchos, como si estuvieran de broma. Pisé sin querer a uno que estaba lleno de sangre y malherido y me pareció que al fondo a otro le cortaban la mano con una guillotina y los demás reían.

—Joder, qué acojone. ¿Sacaste la barra de hierro? —le preguntó Manuel.

—Es que enseguida todo volvía a cambiar... Cada uno adoptaba una posición o un rol diferente y se creaba una nueva escena... No parecía real, ¿sabéis? Era como estar en medio de unos dibujos animados. Y así hasta que llegó el rey Jerónimo. Todos se apartaron a su paso y al de una comitiva ridícula que le tiraba flores y tocaba instrumentos. Ah, uno se equivocó y en vez de una flor le tiró un laúd a la cara y el rey le dio un cabezazo. También pateaba a los que estaban en el suelo o demasiado borrachos para guardar la compostura ante su presencia.

»Él sí que me daba miedo. Hasta que empezó a hablar. Parecía uno de esos frikis empastillados de YouTube. Os lo juro. Gracias a Dios no estaba yo como para reírme porque por fin tenía alguien que se dirigía a mí y al que poder dirigirme sin todo aquel mareo.

»El rey Jerónimo me dio la bienvenida a su esfera. Pidió una oración por el alma de Emilio, pero imaginaos en ese salón a todos esos tratando de rezar. Esperpéntico. Me dijo que debería ir allí cada día e ir conociendo cómo vivían los Proveedores, que tenían que colaborar con las otras esferas para la coronación... Pero hablaba como si todo aquello no le importara demasiado, como si estuviera totalmente pirado. Su corte fue rompiendo filas poco a poco, hasta que la algarabía era tan grande que me gritaba a la cara. Le pregunté si me ayudarían a usar el poder y me dijo que sí, pero que sería mejor que echara mano de ellos y no de mis dones, no me fuera a teleportar a la cara una granada abierta. Eso me dijo. Que era mejor que si me veía en peligro me dirigiera a cualquiera de sus súbditos y pidiera ayuda, que actuaban como un enjambre. Claro, yo me vi tan perdida que le dije que me resultaba imposible conocer a toda esa gente si cambiaban sin cesar de ropa y de función, cosa que por cierto me explicó que lo hacían porque los Proveedores tienen todo teniendo nada. Eso lo recuerdo bien. El caso es que me dijo que como regalo de bienvenida me permitía dar un nombre a dos de ellos. Así podría reconocerlos siempre, y al tener una identidad fija no se intercambiarían demasiado con los otros. De repente puso delante de mí a una anciana y a un hombre con traje de albañil. Ambos me sonaban, pero vete tú a saber. Son ellos los que me han traído hasta aquí. Pero... joder... era todo tan raro que cuando me comentó lo del nombre yo dije: "Perdón, no entendí" y el rey dio un manotazo a la anciana primero y luego al otro y sentenció: "Pues ya tenéis nombre: Perdón y Noentendí".

»Así que ya veis... Dos de ellos van a estar conmigo siempre y resulta que se llaman así. Perdón me ha traído en la limusina y creo que Noentendí duerme al otro lado de la calle, haciendo guardia.

Se quedó mirando a sus compañeros y se echó a reír. Los demás también prorrumpieron en carcajadas. Incluso Bea. Era inevitable.

Astrid la abrazó y Germán deseó no tener que contarles lo de Ozz y lo que había hecho Rosa. Al menos la velada había acabado con una sonrisa.

A la mañana siguiente Manuel le abordó incluso antes de salir del apartamento. Germán les había contado a todos su idea de volver a hacer el recorrido del primer día mientras leían las notas de Alexander para tratar de averiguar la ubicación de las esferas, y se habían apuntado a la excursión. Pero su compañero de planta aparentemente ya había descubierto la localización.

—¡La Umbraesfera! Joder, cómo no he caído antes.

—¿La qué? —preguntó Germán mientras se terminaba de atar las zapatillas.

Manuel le contó que en Malasaña había una placa de granito que señalaba la entrada a otra dimensión. Decía la leyenda que un día había aparecido allí puesta sin que nadie supiera qué era aquello.

—Pero si eso fuera tan conocido... todo el mundo lo sabría, ¿no? Ya has visto que la manera que tienen las esferas de estar por aquí es distinta. Y que no parece que se relacione con otras leyendas que hubiera...

Como Bea tardaba en bajar, mientras esperaba en la Cuesta de San Vicente con Rafael y Astrid, Germán se puso a comprobarlo en internet.

—Mira, aquí dice que las placas de granito las ha diseñado un tipo y que hay muchas por todo el mundo. Te la han metido pero bien.

—¿La Umbraesfera? —intervino Astrid—. ¿En la plaza de la Luna? Alexander siguió ese rastro sin éxito.

Bea no aparecía, así que Germán subió de nuevo a buscarla. Manuel le siguió detrás, inasequible al desaliento.

—Pero fíjate que alrededor de ella hay un montón de tiendas de cómics y de juegos de rol. Como si atrajera lo mágico... No puede ser casualidad.

—Claro que no. Dios os cría y vosotros os juntáis. Es que con eso ya me lo has dicho todo. ¡Atrae a frikis, no la magia!

Entonces oyeron gritos en la planta quinta y subieron corriendo. Bea estaba en el umbral del apartamento de Amanda tratando de que saliera de allí.

—Déjame, no quiero ir a ningún lado.

—Ayudadme, por favor, es imposible que lo entienda.

—Amanda, vamos a ir todos juntos, como el primer día, ¿recuerdas? El otro día saliste y te sentó bien, ¿a que sí? —dijo Germán.

—Pero si yo salgo, ¿eh? Es que pensáis que voy por libre, pero estoy colaborando mucho con todos. Los niños me adoran.

—Claro que sí, Amanda, pero ahora tenemos que buscar nuestra esfera... ¡Nos lo ha pedido la organización! —insistió Germán mientras Bea tiraba de Amanda hacia fuera y Manuel apretaba los dientes.

—Yo no. Yo hoy he ganado la prueba de inmunidad y no me voy de la isla.

—¿La isla?

—La madre que la parió —espetó Manuel—. ¡Ha cambiado de *reality* ahora!

Bea logró sacarla de la casa, pero la mujer empezó a llorar.

—¡No me echéis, para mí está siendo una gran experiencia y estoy descubriendo cosas de mí misma que no sabía, por favor!

Era inútil. Bajaron sin ella y se unieron al grupo.

Por el camino Germán se dio cuenta de que Rafael estaba muy distante. Especialmente con él. Ya en casa de Nuria había estado callado. ¿Tal vez se sentía raro tras contarle su triste historia? Él no se lo había pedido.

Astrid seguía distanciándose de él y la relación con Manuel tampoco era fluida desde que habían descubierto que la torre les daba un trato tan desigual. Le costaba compartir lo que le pasaba cuando se sentía mal por su amigo.

A lo mejor todo eso solo estaba en su cabeza, como si se hubiera esforzado por reproducir el mismo clima de tensión que habían vivido aquel amanecer en la plaza del Biombo. El tiempo también parecía haber querido simular lo mejor posible aquel día, porque volvía a hacer sol y bastante calor. Allí estaban de nuevo, al menos la mitad de ellos.

Bea echó un vistazo a la fuente. Rafael se encendió un cigarro y Manuel le hizo a Astrid un comentario burlón sobre su llegada en taxi.

Germán abrió el cuaderno, con intención de leer en voz alta las anotaciones del colombiano.

—Para que hagamos esto bien, os iré diciendo el orden de marcha que tuvimos. Alexander lo apuntó todo. ¿Estáis preparados? Pues...

Un grupo de señoras apareció en medio de la plaza y se quedó allí charlando. Daban ganas de gritar «¡Corten!», pero Germán les pidió a todos que se acercaran para no hacer el ridículo. Se dio cuenta de que había mucha más gente por la calle que aquella mañana de septiembre en que aún era verano. Pero por algo más que esperaba que no fuera importante. Ahora era mediodía y no la primera hora de la mañana.

—«¡En marcha!» —dijo leyendo el cuaderno.

La primera parada era frente a un bar. Alexander había anotado que concretamente Pip dirigió la frase a lo que debía de ser la ventana del baño del bar. Ahora el lugar estaba abierto y no parecía nada especial.

—«¡La nueva comunidad pronto conocerá la torre!» ¿Creéis que debo seguir diciendo estas frases? Quiero decir, ahora no nos están esperando.

—No perdemos nada por decirlas. De hecho, estás muy gracioso —dijo Bea.

Todos se sonrieron. Menos Rafael.

—Es aquí mi supuesta parada, ¿no? —dijo Rafael—. Pues yo me apeo. Me quedo a ver si aparece alguien mientras me tomo un carajillo.

Germán no quiso perder el tiempo explicándole que tal vez no era el lugar en sí, sino otros elementos de la escena. Alexander había apuntado en el cuaderno que había pasado alguien montado en bicicleta, que la señorita Dalia se había cruzado de brazos, que no se oía ningún pájaro... Pero estaba claro que Rafael no quería estar con ellos.

Llegaron a la plaza elevada, aquella sin nombre; Alexander había anotado y subrayado inteligentemente que había mendigos durmiendo bajo ella. Ni Germán ni Manuel se acordaban de eso, pero Astrid y Bea sí. Aquello demostraba que Alexander tenía razón. No solo le había servido para encontrar su esfera a él, sino que en aquel paseo ceremonial estaba la clave para dar con el resto de las esferas. Y ahora tocaba la suya. La de los Centinelas.

Ya había leído la noche anterior algo crucial, pero se lo había reservado hasta mostrárselo a Manuel *in situ* y asegurarse bien, porque precisamente en aquel tramo Alexander había escrito con letra temblorosa y a toda prisa por el susto que se había llevado cuando vio rodar una persona.

Manuel lo recordó bajando por la callejuela hasta la calle Segovia.

—Aquí es donde se cayó rodando Amanda con su mecedora. ¿Os acordáis?

—Sí, no sabía que Alexander había pensado que le arrollaba adrede. Hay varias líneas dedicadas a la caída... Y a ella.

—¿Y del lugar qué dice?

—«Pip se para a ayudar a Amanda. Cruce calle Segovia. Agente de tráfico [rodeado por un círculo]. Camión. Ruido. No seguimos el recorrido.»

—¿Agente de tráfico? ¿Nos encontramos aquella mañana con un agente y no nos detuvo? Estábamos como para hacerlo, ¿eh? —comentó Manuel.

—Yo me acuerdo. Era de tráfico —puntualizó Bea—. No un policía. No te puede detener.

Exacto. Con todo el miedo que les habían metido de que no se dejaran coger por la policía sería ilógico que la Esfera de los Centinelas fueran policías, por mucho que se encarguen de vigilar las calles. Pero si era de tráfico era distinto. Todo aquello del camión, del ruido, de cruzar la calle por una vía distinta... Parecían todos elementos de tráfico.

—La Jefatura Provincial de Tráfico está en la calle Arturo Soria, al nordeste. No está en el centro —dijo Manuel tras consultarlo en su móvil.

Nuria había dejado caer que, si los Proveedores ocupaban el centro, tal vez las otras esferas estaban en otra parte de Madrid, ateniéndose cada una a unos límites territoriales.

—¿Qué te parece, Germán? Cierran por la tarde, pero mañana mismo podríamos ir.

—«¡La torre pronto conocerá a los inquilinos elegidos!» —leyó esta vez como señal de entusiasmo.

Pero aún faltaban las chicas. Tuvieron que caminar un buen rato hasta llegar al Viaducto de Segovia, construido para salvar el enorme desnivel entre la basílica de San Francisco el Grande y el Palacio Real. Alrededor de ese puente se había invocado a las dos últimas esferas. La de los Eruditos al atravesar el arco y llegar a la Cuesta de los Ciegos en la pendiente.

En ese tramo del recorrido, la anotación del cuaderno de Alexander hacía constar: «No hay cobertura». Por supuesto, al tratarse de su propia esfera, Alexander le había prestado una atención especial y era sobre la que más había escrito en días posteriores agregando algunas hojas, que Germán dio a Astrid. Pero lo que más le sorprendió es que también era la esfera sobre la que más había escrito el colombiano el día que se habían mudado a la torre. «Cuesta de los Ciegos. Pasadizos subterráneos. Subterfugio de las esferas. Espionaje. No hay cobertura. Ciegos a la información. Cuarta parada. Comprobar equivalencia en la torre.»

Germán recordaba cómo Alexander había elegido directamente la cuarta planta. Ahora creía que lo había hecho porque era la que más interés le había suscitado en un principio. Y al final resultó adecuado que a los Eruditos fuera el más erudito de ellos. Había jugado en otra liga desde el principio.

Astrid no las tenía todas consigo. Revisaba las hojas sin mucho interés.

—Astrid, ayer con Ozz... estuvimos en un bar subterráneo y había poca cobertura. Dijo que las ondas de los móviles le dañaban. Creo que hay una constante clara.

—Sí, aquí están todas nuestras investigaciones sobre la esfera. Gira todo alrededor de lo mismo, que puede resumirse en esto de aquí —dijo señalando una de las hojas. Luego leyó en voz alta—: «Una red de pasadizos sin cobertura».

—¿El metro? —preguntó Germán—. Hay algunas estaciones que no tienen cobertura, ¿no?

—Sí. Más de las que pensaba. Como si no fuera pequeño el metro de Madrid y no lo recorriera un millón de personas al día. Es otra ciudad ahí abajo.

—Pero Alexander lo ha encontrado. ¿No te ha ayudado eso a concretar un poco?

—Alexander lleva días que no deja ni que me acerque —confesó Astrid con inusual cara de enfado. No estaba acostumbrada a que no contaran con ella.

Germán tomó nota para aplicarse el reproche él mismo, pero tuvo que interrumpir la conversación porque Bea ya había bajado por su cuenta a los pies del arco. De todas las paradas aquella había sido la única en la que hubo un incidente. Allí habían descubierto el cadáver de Kantor y también habían tenido que huir de algo. Algo que no habían podido ver y que ahora seguramente sería peor si lo veían.

—¡Bea, espera! —le gritó.

—¡No! ¡Tengo que hacerlo sola!

Así que Bea era plenamente consciente de que aquello podía volver a tornarse peligroso y no quería que los demás se arriesgaran por su propia búsqueda personal.

Pero ante los gritos de los otros que amenazaban con despeñarse bajando corriendo detrás, la más joven de los inquilinos les pidió con voz potente para hacerse oír:

—¡Id vosotros arriba al viaducto! ¡Así tendremos una visión de todo!

Germán, Manuel y Astrid le hicieron caso y subieron por arriba. Al fin y al cabo, no estaban abandonando a Bea en el fondo de un foso. Aquel puente no cruzaba ningún río o barranco. Bea se hallaba en los jardines laterales de la gran calle Segovia, una calzada de doble sentido y, por supuesto, transitada.

Los tres miraban desde el viaducto sin poder asomarse porque había una mampara de cristal ortopédica, pero necesaria, ya que durante muchos años aquel había sido el lugar preferido de Madrid para tirarse al vacío. Manuel sonreía tranquilizando a los viandantes que pasaban y se les quedaban mirando, tal vez pensando que aquellos chicos podían ser potenciales suicidas.

Astrid, pegada al cristal, no quitaba ojo a Bea. Aquella primera mañana había sentido algo, un escalofrío desgarrador que no podía explicar. Pero la que en realidad vio algo ese día fue Bea. Los demás pensaron que la joven con pintas iba colocada con alguna droga. Ya nadie lo pensaba. Bea esperaba tensa.

Germán sacó el cuaderno para leer la frase que Pip había pronunciado en aquel punto del recorrido. Pero no hizo falta. Porque lo que fuera que los había atacado el día de la presentación no emergió para formar parte de la ceremonia. Vivía desde siempre allí, en el Viaducto de Segovia. Y de nuevo había despertado.

El aire cambió de consistencia. Se agitó y se volvió frío, como si se hubiera levantado el viento. Pero se estaba concentrando en una figura espectral gigantesca. Tenía una decena de tentáculos sobre los que se apoyaba reptando y se erguía para mostrar una faz que solo tenía fauces. Pese a ser traslúcida, era una visión demasiado horrenda como para ser ignorada.

Todos gritaron. Bea ya se temía encontrarse con algo así, pero no pudo evitar empezar a caminar hacia atrás, y cuando cayó en la pendiente, a arrastrarse sin de quitar ojo a aquel ser. La enorme boca rodeada de tentáculos se volteó y vio al grupo justo encima de ella. Uno de sus tentáculos, que parecían hechos de viento y luz, impactó contra el cristal. Pudieron ver claramente las ventosas dentadas de aquellas extremidades. Los chicos retrocedieron sin saber cuánto tiempo aguantaría la mampara las embestidas del monstruo.

Pero la que estaba abajo con esa bestia terrorífica y el resto de sus tentáculos era Bea, así que Astrid se asomó desde otro lado del puente. Aquel monstruo se hallaba prácticamente encima de ella y le había cortado la vía de escape.

Manuel se giró hacia Germán.

—Tío, ¡ayúdala!

—¿Qué?

—Joder, con tus poderes, ayúdala.

Pero Germán estaba paralizado. ¿Cuál era el poder que le decía a uno qué tenía que hacer? ¿Cómo enfrentarse a algo así? ¿Qué poder quitaba el miedo?

—¡Bea! —le gritó Astrid, y luego se dirigió a los chicos para advertirlos—: ¡La va a atrapar!

Un hombre se paró y preguntó a Astrid si estaba bien. Hasta ese momento no se habían dado cuenta de que no estaban solos. Porque era como si lo estuvieran cuando el resto de las personas que caminaban por la zona no percibían aquella cosa, aquel terrible peligro.

Abajo, un coche casi golpea al ser, que se columpió sobre sus tentáculos para esquivarlo. No paró. Quien sí lo hizo fue una madre con un niño, que vio a Bea en el suelo. El niño empezó a llorar tan fuerte que al final la madre siguió andando.

Germán seguía bloqueado. Solo se le ocurría usar su agilidad para saltar por encima de la mampara del viaducto. Pero esa idea de abortar una situación de peligro saltando al vacío era habitual en él y no sabía cómo actuar a continuación.

Manuel empezó a gritar frases de las esferas, de las seis casas, del pacto, como un loco, pero aquella criatura no parecía tener en cuenta nada de eso. Ya estaba casi encima de Bea; las babas que segregaba entre sus hileras de colmillos eran reales, así como el crujido que hacían sus mandíbulas cuando estiró uno de los tentáculos para atrapar a Bea y llevársela a la boca. Entonces Bea paró con su mano aquel enorme tentáculo, como si se hubiera topado contra un muro invisible. Aquello sorprendió al monstruo, que volvió a atacar. Pero Bea sentía esa fuerza invisible con la que había bloqueado el ataque y la extendió ahora para detener otros dos tentáculos. Había generado alrededor de ella un escudo, hecho de la misma sustancia que el monstruo, que la protegía de él. No estaba segura de lo que estaba haciendo o de cuánto aguantaría. Quería huir. Así que miró a sus compañeros y se propulsó hacia ellos con esa misma energía que ahora poseía, como si hubiera sido lanzada por una catapulta gigantesca. Pero antes de llegar a ellos, chocó contra la mampara. Pudo agarrarse con sus manos antes de caer y se quedó colgando justo debajo de ellos. Después hizo fuerza para encaramarse a la antigua barandilla de hierro del viaducto, al otro lado de la mampara. Solo el cristal los separaba. Germán se encaramó para ayudarla a pasar al otro lado pero Bea negaba tajante con la cabeza. Se había dado cuenta de que algo impedía que pudiera sobrepasar aquella pantalla antisuicidios, así que fue trepando como pudo por el otro lado. Apenas tenía espacio, así que a veces tenía que descolgarse y ayudarse con los brazos. Los demás corrieron al extremo del puente rezando porque aquel kraken de energía no la atrapara. Pero Bea ya estaba al otro lado, en la calle Bailén, tratando de recuperar el aliento. Miraron hacia abajo y no hallaron rastro del espectro.

Germán no entendía nada. Él los había animado a repetir el recorrido, pero aquella cosa casi devora a Bea. Si su propia Esfera la había atacado ya sí que estaba totalmente perdido.

—Volvamos a la torre —dijo, tras asegurarse de que Bea podía andar.

Bea parecía aturdida y pidió un cigarro a unos chicos con quienes se cruzaron. Al ver que tenían una botella de agua, se la pidió también y cuando se la dieron se echó lo que quedaba por encima de la cabeza. Se sacudió como un perro mojado y se encendió el cigarro. Quién sabe lo que pensarían esos chicos o cualquiera de los que la vieron allí. Que acababa de escaparse de un horror invisible seguro que no.

—¿Y esos poderes con los que te has enfrentado a Cthulhu? —intervino Manuel, a quien el monstruo le había recordado a la criatura de Lovecraft—. Germán es ágil, pero tú casi volaste y... tenías como unos campos de fuerza, ¿no? Fíjate que con tu cresta y siendo de una esfera así como de la naturaleza yo pensaba que ibas a dominar el clima. Me seguís, ¿no?

—Nadie puede seguirte, Manuel —dijo Bea. Pero había aprendido que era útil tratar de poner en palabras lo que estaba pasando, así que lo intentó—. Es como si absorbiera la energía de las cosas raras del otro mundo y por un momento pudiera replicar lo que ellas hacen. Me pasó con los perros gigantes del Vicente Calderón. Y me ha pasado ahora con este ser. De alguna manera conecté con él. Es un monstruo peligroso, pero no malvado. Definitivamente era de mi esfera.

—Tal vez eso explique que no hayan actuado ellas —dijo

Astrid señalando a las estatuas que los miraban desde la catedral de la Almudena cuando pasaron por delante.

—O no sé... Por muy negras que sean, son santos. ¿Qué iban a hacer? ¿Rezar por nosotros? A lo mejor en este mundo unos hacen cosas muy guais y otros tenemos capacidades absurdas. ¿Tú también haces cosas, Astrid?

—Creo que yo tengo una especie de intuición...

—Vamos, que tú eres como yo y estos santos.

Astrid rio y no dijo nada. Germán se dio cuenta de que ni siquiera habían podido comentar con ella las transformaciones que estaban sufriendo. Pero no era el momento. En el jardín, al lado de la torre, estaba Zenobia sentada con sus dos hermanos menores. Y con Ozz. Vistos desde lejos hubieran parecido una familia. Zenobia se acercó corriendo a ellos. Ozz también se intentó levantar, pero la pequeña Sil se le echó encima jugando y tardó un poco más.

—¿Estáis bien? La Guardia Real me avisó de lo que pasaba, pero no sabíamos si intervenir. ¿Te encuentras bien? —dijo Zenobia tocando el hombro a Bea. Parecía que se le estaba formando un moratón.

—Sí... pero no sé por qué me atacó el pulpo ese. Ya sé que no puedes decirnos nada, pero puesto que han intentado devorarme, podría tener al menos una pequeña pista.

—La Esfera de los Ancestros es imprevisible. Cada una de sus criaturas actúa casi por su cuenta. Tal vez deberías hablar con nuestra madrina directamente. Nunca ha estado de acuerdo con la investidura, pero sé que ella no te hará daño.

Ozz llegó hasta ellos con Mat encima a caballito y Sil colgada de su mano. Mientras Bea hablaba con Zenobia, se acercó a saludar a Germán y a presentarse a Manuel y a Astrid.

—¡Queridos! ¿Estáis bien? Menudo susto habéis debido de pasar.

—Por tanto sí que nos han vigilado, al menos, pero nos dijisteis que las estatuas nos protegían. No es lo que ha pasado hoy —protestó Germán.

Ozz se agachó y sacó una pelota de luz de la oreja de la pequeña Sil, como si estuviera haciendo un truco de magia. La pelota se transformó de nuevo en un muñeco de luz, en este caso, la estatua ecuestre del Palacio Real, que había salido de su pedestal y trotaba por la calle Bailén.

—Claro que sí. Pero no hizo falta gracias a la destreza de esta valiente joven. Y tú pronto también podrás hacer maravillas —le dijo a Astrid guiñándole un ojo.

—Ozz, enseña otra vez cómo estos tres se quedaron sin saber qué hacer —le pidió Mat muerto de risa, como quien pedía volver a ver un vídeo en el ordenador.

—Calla, Mat, no es fácil enfrentarse a una criatura así. Como la mayoría de los Ancestros, llevan mucho tiempo asentados en esta ciudad y aunque eso les ha hecho evolucionar poco, su poder primario es legendario. Pensé que incluso los habitantes de este mundo sabían lo peligroso que es ese puente y la cantidad de gente que ha perdido la vida en él.

—¿Y por qué íbamos a saberlo si no podemos ver al bicho? —preguntó Manuel—. El único riesgo que había antes de que pusieran esa mampara era que te cayera un suicida desde arriba.

—Oh, ¿crees que esa barrera está para que no se tiren los de arriba? No, querido, nadie se ha tirado nunca desde el viaducto. Era ese Ancestro, que cada cierto tiempo necesita alimentarse y caza a los humanos que pasean solos. —Ozz sonrió con picardía—. La barrera no la pusimos para que no se tiraran los de arriba, sino para que el de abajo no los atrapara.

IV

Hasta que cayó la noche Germán estuvo todo el tiempo estudiando los papeles de Alexander. No había otra cosa que pudiera hacer porque ya nada más tenía sentido. El ocio y el trabajo habían dejado de ser motivos en los que ocupar las horas. Aun así, le costaba permanecer sentado. Su cuerpo le pedía estar todo el rato en movimiento. Repasaba en voz alta para concentrarse en no salir de su apartamento.

Bea y Rafa viven en el B. De fuera a dentro, ha apuntado Alexander. Tanto ellos como Manuel y yo hemos cambiado físicamente. ¿Y Rosa y Amanda? ¿Qué relación tienen los pisos y los poderes?

La palabra «poderes» le seguía pareciendo ridícula, y a Manuel, en cambio, le resultaba de lo más natural, como si todo lo que pasara siguiera una lógica interna que solo los amantes de los cómics podían entender, así que cerró aquella vía de investigación hasta que su compañero estuviera presente y volvió al tema de la búsqueda de las esferas. El paseo de ese día no los había ayudado a descubrir ningún lugar concreto, pero les había dejado a todos importantes pistas que rumiar.

Rafael se había quedado en aquel bar y desde entonces no le habían vuelto a ver. Astrid había decidido continuar explorando las líneas de metro. De hecho, trató de seguir a Ozz en cuanto este se despidió en los jardines de los niños y de los vecinos, ya que no osaba entrar en la torre.

Bea se había ido con Zenobia. Tal vez había logrado que le presentara a esa criatura acuática a la que llamaban «madrina». Y Manuel y él tenían pensado ir a la DGT el lunes, cuando pasara el fin de semana... Aunque parecía una tarea más burocrática que peligrosa, no estaría de más ir preparados por si salía un tentáculo detrás de un mostrador. Volvió a levantarse, de nuevo tentado para salir a hacer ejercicio.

Pero entonces sonó el telefonillo.

Antes de descolgar abrió la puerta de su apartamento, y al cabo de unos segundos también se abrió la de Manuel. Ambos se miraron en la penumbra del rellano de la escalera. Tenían acordado que cada vez que sonara aquel mágico artilugio de vigilancia iban a descolgarlo a la vez y atender juntos el mensaje.

Al otro lado oyeron la voz de Zenobia.

—¿Por qué fueron en busca de Rosa? ¡Tendrían que haberme avisado!

Ya sabían que esa frase que ahora oían en el telefonillo se pronunciaría antes o después frente a la puerta principal de la torre. Y no era una frase trivial, como ninguna de las que captaba el telefonillo de la tercera planta. Se trataba de un aviso importante.

Germán se puso la chaqueta tres cuartos mientras Manuel se calzaba. Pudo ver que su amigo estaba nervioso. Debía de ser difícil para el extremeño, que tanto hablaba de los poderes de los demás, no haber descubierto en él aún ninguna capacidad, pero se equivocaba si pensaba que ser más rápido, más fuerte o más ágil disminuía el miedo con el que tenían que enfrentarse a lo que estuviera al otro lado de la puerta de la torre.

Una vez abajo, mientras abría el portón, Germán le hizo un gesto de ánimo.

—Niños no, por favor, niños no —dijo Manuel asomándose al exterior.

No había nadie en el jardín, pero oían una carcajada que salía de la nada. Se giraron para ver de dónde procedía, pero no lograron ver a nadie. Solo se escuchaba la risa. Manuel se puso detrás de Germán. La risa fue adquiriendo un carraspeo particular y, justo cuando Germán identificó la voz de Rafael, este apareció tirado en medio del jardín. A escasos metros de donde estaban ellos. Donde hasta hacía unos instantes no había nada.

Luego volvió a desaparecer. De manera instintiva Germán fue hacia allí y chocó con algo invisible. Notaba cómo su vecino se asía con torpeza a sus piernas mientras seguían oyendo su voz.

—¿Has visto lo que hacemos los Conversos? —dijo Rafael claramente borracho.

—Rafa... ¿estás bien? ¿Los encontraste?

—Para encontrar a los Conversos hay que perderse... —respondió como si repitiera la lección, a la vez que se volvía visible de nuevo.

Llevaba la misma ropa que por la mañana y apestaba a alcohol.

—¿Te han enseñado a hacerte invisible? —preguntó Manuel yendo hacia él con la intención de sujetarle entre los dos, pues no se podía poner en pie.

—Y también a... espera... ¿cómo era? Mierda, no me sale —dijo Rafael con la mirada perdida, como si estuviera tratando de concentrarse—. Llevo más de doce copas encima. Puto antro.

—¿En el bar? ¿Los encontraste allí? —le preguntó Germán—. Manuel, vamos a llevarle a la cama. Como se haga invisible otra vez lo tenemos claro.

—Eso querríais, ¿eh, cabrones?, llevarme a la cama. ¡Soy más difícil que todo eso!

A Germán le dio pudor que hablara en ese estado. Pero cuando empezaron a arrastrarle Rafael se resistió.

—Esperad, esperad... que tenemos que... ayudar a Rosa... No he venido solo.

Manuel y Germán se dieron la vuelta; detrás había dos niños. Dos niños en pijama en mitad de los jardines.

—¡Joder, he dicho que niños no, niños no...! —exclamó Manuel viviendo su peor pesadilla.

Rafael aprovechó para zafarse, pero cayó redondo al suelo.

—Son los nietos de Rosa —dijo Germán, atando cabos con

lo que habían escuchado en el telefonillo, más que por haber reconocido a aquellos dos críos que los miraban fijamente. De hecho, le avergonzó admitir que no sabía sus nombres.

—¿Qué hacéis aquí? Somos amigos de vuestra abuela, ¿os acordáis?

—Venimos a llevaros adonde está ella, antes de que la encuentre el Caos —dijo la niña.

—Hay que darse prisa. Seguidnos —pidió el niño.

—Ni de coña, Germán, tío, ¿qué está pasando? —protestó Manuel—. Rafa, despierta, ¿dónde has encontrado a los críos?

Los niños se miraron entre ellos y en una sacudida, como la que se tiene al despertar de una pesadilla, se transformaron ante sus ojos. El niño, en una mujer con ropa de hospital y el pelo cortado a trasquilones. Y la niña se transmutó en el loco. El loco que una vez había asaltado la torre. El loco que había asustado a Germán en Príncipe Pío.

El grito de terror de Manuel contradijo lo de que los niños fueran lo que más miedo le daba en el mundo. Germán sentía su cuerpo bombear sangre.

—¿Quiénes sois? ¿Qué queréis?

—Son de... son de mi esfera —aclaró Rafael con los ojos cerrados, sin que apenas se le entendiera—. Hay que... ayudar a...

—Somos Morrison y Carrà. Conversos. Hermanos de Rafael. Hermanos de Rosa. Hay que ir en su ayuda de inmediato y nuestro investido no puede echarnos una mano después de haber bebido así para encontrarnos.

Manuel y Germán no se movieron del sitio. ¿Morrison? ¿Carrà? ¿Qué clase de nombres de matones de película mala eran esos? La mujer con bata se transformó entonces en un motorista con casco.

—Vámonos, Morrison —dijo a su compañero—. Hemos intentado seguir el protocolo, pero no tenemos un minuto que perder.

El loco se transformó en otro motorista, aunque llevaba el casco en la mano, lo que dejaba ver un enorme traumatismo en la cabeza. Prácticamente le faltaba un trozo de cráneo.

Se giró antes de irse y espetó:

—Pensaba que harías lo que fuera por no perder a nadie más.

Se lo dijo a Germán. Solo a él.

Germán sintió un impulso irrefrenable de abalanzarse contra él. No había estado más cerca en años de golpear a alguien, pero se quedó a medio camino yendo hacia el motorista y Manuel lo interpretó como una señal de que había aceptado acompañarlos.

—La verdad es que si son Conversos no pueden hacernos daño... —dijo Manuel—. Puede que realmente nos necesiten para ayudar a Rosa.

Germán respiró hondo.

¿Aquel loco era un Converso? Le había atacado cuando aún no sabían nada de la torre. No. No le había atacado. Le había asustado, amenazado, recordado lo débil que era. Pero tenía que dejar de decirse que le había atacado. Ahora era él quien seguía a Manuel. Caminaron hasta la verja, donde había dos motos aparcadas. El llamado Morrison le tendió su casco a Germán.

—Tú ven conmigo.

Carrà se subió a la otra moto y le ordenó a Manuel que se subiera detrás.

—¿Y yo no tengo casco? ¿Adónde vamos?

Miró a Germán y metió las manos en los bolsillos.

—Joder. No tengo el móvil. ¿Qué hacemos? ¿Nos vamos sin más?

No solían coger el móvil porque no había cobertura dentro de la torre. Pero no haría falta. Y ese era otro motivo para aceptar aquella propuesta tan arriesgada.

La moto de Manuel salió primero y después la de Morrison con Germán sentado detrás.

—Recuerda el telefonillo —le había dicho a Manuel antes de subirse a la moto—. Zenobia va a saber adónde vamos.

La moto cruzó la Gran Vía a toda velocidad. Adelantaba al poco tráfico que había a esas horas de la noche y se atrevía a subirse a la acera para apurar aún más los giros. Germán creía que no podía estar agarrado más fuerte hasta que se dio cuenta de que no era él: sus manos se habían fundido con la ropa de cuero del piloto.

Intentó calmarse pensando que, aunque estuviera libre, tampoco era un buen momento para saltar de la moto. Pero empezó a alarmarse cuando, al pasar por la Puerta de Alcalá, el tal Morrison alzó la cabeza destrozada hacia arriba. Aparte de que tampoco era un buen momento para dejar de mirar el asfalto, se dio cuenta de lo que estaba haciendo. Algo que hacían sin cesar él mismo y el resto de los vecinos los últimos días. Vigilando para ver si había estatuas, pero, al contrario que ellos, el Converso no iba buscándolas, sino que trataba de ocultarse de ellas cambiando la moto de carril y sorteando las pétreas miradas.

—¡Para! ¡Suéltame!

Morrison ignoró sus gritos y solo desaceleró para alinearse con otros dos moteros que aparecieron en la calzada. Comprobó que ninguna de las dos era la moto que llevaba a Manuel. Uno de los otros motoristas no tenía brazos siquiera para coger la moto. Le dijo algo a Morrison y este se desvió de la dirección en la que iban las otras motos y se dirigió a un edificio inquietantemente hermoso, que recordaba a una construcción árabe. Tal vez por eso no tenía estatuas en la fachada. No era casualidad.

Cuando la moto se detuvo y Germán se vio libre, saltó hacia un lado, rodando por el suelo. «Esto es lo que Manuel no entiende —pensó—. Que aunque haya cambiado, sigo siendo por dentro el mismo torpe de siempre.»

Al ponerse en pie vio que estaban cerca del Retiro y en algún lugar del barrio de Salamanca, el vetusto y adinerado barrio de Madrid. Todos aquellos edificios señoriales iluminados mostraban la cara más clásica y señorial de la capital. Así que debían de haber parado en la Casa Árabe.

—¿Dónde está Rosa? —preguntó.

—Cerca. Pero ha habido un cambio de planes —respondió Morrison.

Dentro de aquel recinto Germán vio una escultura en forma de busto, pero miraba hacia dentro y no hacia ellos. Tal vez si la distraía lo suficiente podría salir corriendo hacia ella.

Su conductor, tal vez su secuestrador, con su cráneo partido y su mirada ida, volvió a transformarse. Esta vez en una adolescente guapa, con ropa ceñida pero descolocada y el maquillaje de más corrido por la cara.

—Tal vez así te dé menos miedo —le dijo.

—La verdad es que no —replicó Germán de manera tan sincera como astuta para ganar tiempo—. ¿Os podéis transformar en otros? Es escalofriante.

—No nos transformamos. Los Conversos no podemos vivir en este mundo como el resto de las esferas. No se nos ha concedido aún la residencia... por así decirlo. Así que para poder estar aquí cogemos temporalmente las almas de otros robando a la vez su aspecto.

—Eso suena aún más terrorífico. Y mientras ¿qué hacen esas personas en las que os convertís? ¿No han sufrido ya demasiado los nietos de Rosa para vagar sin alma?

Germán calculó que le separaban apenas unos cinco segundos de carrera de aquel busto, al que podría pedir ayuda para que sus vecinos supieran qué estaba pasando.

—Solo podemos tomar aquellas que quieren salir de sus cuerpos, así que tan malo no será este viaje para esas personas: niños que padecen pesadillas, enfermos en la cama, borrachos sobre la barra de un bar, locos que hace tiempo que vagan por sus laberintos mentales... Esta chica, por ejemplo, llevaba dos horas de botellón en el Parque del Oeste, rodeada de amigas que ignoran lo que sufre porque el chico que le gusta no sabe ni su nombre. Se aleja a vomitar a un rincón sin conseguirlo y se queda tirada apoyada en un árbol llorando. Yo cojo su alma y ella permanece allí quieta mirando al infinito durante unos minutos, inmune al frío, dejando que las luces de los móviles de los otros grupos del parque le parezcan estrellas que no van a permitir que se quede sola.

—Entonces su cuerpo sigue allí mientras tú con su alma tienes también su aspecto... ¿Qué pasa si alguien la ve en dos sitios a la vez? ¿Recordará algo de esto?

Morrison seguía mirándole fijamente mientras hablaba, así

que Germán empezó a moverse aparentando calma, esperando la oportunidad de escapar.

—Se dan situaciones muy divertidas con los humanos: «¡No me mientas que te vi salir de la discoteca tan tranquilo!» o «Dicen que en ese momento tuvo el accidente, pero yo le vi por la ventana y me saludó». ¡Y no se dan más situaciones de ese tipo porque cuando tomamos a los niños, por ejemplo, tratamos de que no nos vean correr de madrugada por las azoteas! Algo siempre recuerdan, claro... «¿No me llevasteis en moto en ningún momento, tía?», dirá esta chica confusa. Pero si somos tan desleales con lo que creemos haber vivido, imagínate lo rápidamente que se convencerán de haber soñado estas mentes tan desapegadas de la realidad que cogemos prestadas...

No sabía adónde quería llegar Morrison con todo aquello, pero sí sabía adónde quería llegar él: al busto a dar la alarma. Necesitaba distraerle, así que le lanzó un último reproche:

—Pues podrías haber elegido otra alma con otro aspecto, si no querías aterrorizarme.

Tal y como pretendía, Morrison volvió a tomar la forma del loco al que habían visto a la entrada de la torre y que luego le amenazó en Príncipe Pío, y en ese instante, Germán se giró para echar a correr. Entonces oyó:

—Quise que me vieras con el mismo aspecto que cuando nos conocimos, Germán Soler.

Germán se detuvo en seco al oír su nombre completo.

—Tranquilo, no me tomo a mal que no me hayas reconocido. No estabas en condiciones en el hospital para quedarte con las caras. Como este otro pobre interno. Tú al menos saliste de allí y rehiciste tu vida. Este ha salido poco del ala psiquiátrica del Gregorio Marañón.

Germán había escuchado decir una vez que las cosas nos dan miedo porque abren las puertas a nuestro pasado: cuando éramos niños y la noche era eterna, o más lejos aún, cuando éramos animales y el mundo era bosque. Germán ya no era un niño cuando la muerte de su hermano le llenó de traumas, y el terror del mundo que le abrió la Torre de la Encrucijada no podía asemejarse a nada que hubiera conocido, pero al oír aquellas palabras entendió el significado de aquella frase. El miedo primario que aquel hombre le había producido desde el principio estaba conectado a algo mucho más oscuro que no sabía siquiera que recordaba.

Enmudecido, siguió escuchándole.

—Raúl se llama este enfermo. Le caíste bien hace dos años. Creo que envidiaba todas las visitas que tenías en aquellos días, aunque nunca quisieras hablar con ellas. A mí me parecías un poco aburrido en el hospital, por eso nunca intenté coger tu alma. ¡Imagínate que lo hubiera hecho! Que ya hubiera habitado en ti antes de que tú habitaras la torre, ja, ja, ja... Habría sido todo más complicado. Fue más bonito así, descubrir hace unas semanas que eras uno de los elegidos. Que no escogieras la primera planta de la torre también estuvo bien para que nadie pueda acusarme de nada. Ha sido una coincidencia que me hubiera encantado celebrar contigo. Pero, cuando vi que no te acordabas, esperé una ocasión mejor. Eso no quita que fuera a dejar que te quedaras cerca de la jauría en la estación. Puede que no seas de mi esfera, pero pensé que podríamos ser amigos.

Germán estaba desconcertado. Aquella sonrisa infantil y trastornada ahora le parecía sincera.

—Habría sido más fácil si hubieras dicho eso en vez de perseguirme desde el andén y amenazarme.

—No te amenacé. Fue un aviso. Te dije que espabilaras. Y como la otra vez sirvió, estoy intentando hacerlo de nuevo. ¿Podrás ya escucharme? No tenemos mucho tiempo. Las estatuas ya están allí. No hace falta que te preocupes por ellas.

—¿Y por qué te preocupan a ti? —fue lo único que se le ocurrió decir para defenderse—. Las estatuas son como la Guardia Real... nos protegen a todos los miembros de las esferas.

—Eso querríamos. Pero Sabina, una de nuestras hermanas, murió unos días antes que Samuel Kantor, el que iba a ser vuestro guardián. Todo el plan de la coronación se ha puesto en peligro. Tuvisteis que salir de la torre a rescatar a la heredera, ha muerto uno de los elegidos y a lo mejor esta noche perdemos al segundo. Perdona que no me sienta protegido.

—¿Qué quieres de mí? —No podía expresarse de manera menos dramática.

—Rosa no ha sido capaz de controlar el poder de la planta primera. Eso ya es grave de por sí para que podamos investirla. Pero se ha cobrado una vida y creemos que las demás esferas no van a dejarlo pasar fácilmente. Esperábamos llegar a ella antes que las estatuas que ha mandado el Cónclave, pero necesitábamos la presencia de otros futuros investidos para que ejercieran de testigos. Ya que no hemos llegado a tiempo, espero que al menos puedas interceder por ella cuando sea preciso. Rafael está al borde del coma etílico. Y sabemos que, después de él, eres el más cercano a Rosa. —Sonrió de nuevo—. Y a mí.

Subió a la moto sin cambiar ya su aspecto, quedándose con el del tal Raúl, aquel antiguo compañero de hospital de Germán.

—Ella no merece nada de esto —dijo Germán, antes de volver a montarse en la moto—. Prométeme que haremos todo lo que sea necesario para salvarla —le exigió. Su tono era tanto de aviso como de amenaza.

El resto de los padres se había ido, pero Rosa seguía en el salón de actos. Emocionada aún tras la ceremonia de graduación y orgullosa después de haber oído a su hijo cantar. Rosa sabía que Luis José no era el más listo ni el mejor de los alumnos, pero cantaba como los ángeles. Buscaba con la mirada al director para agradecerle que le hubieran dado esa beca con la que había podido traerse a su hijo de Ecuador hacía muchos años. Cuando aún no era tarde.

No veía bien. Habían apagado las luces, así que encendió un par de velas de un pequeño altar. Eso era lo que le gustaba del colegio del Pilar. Tenía esos detalles religiosos por todas partes. Y la educación, claro. Quien estudiara allí podría llegar lejos. Era todo lo que deseaba para su hijo y para sus nietos.

Las velas temblaron cuando recordó a sus nietos. ¿Luis José tenía hijos? ¿Cómo podía ser eso si era aún un niño? Algo no estaba bien.

—¿Luis José? —le llamó.

No había nadie. Se hallaba completamente sola en aquel lugar. Se dirigió a la puerta, que estaba derribada en el suelo. ¿Quién la había tirado? Se giró con miedo y vio que las velas flotaban en el aire y la seguían. Las estaba moviendo ella sin usar las manos. De la misma manera que había echado abajo la puerta del colegio. De la misma manera que había matado a su hijo.

—¡Dios mío! —gritó angustiada al recordarlo todo y salir de la ensoñación en que se hallaba inmersa desde que había huido.

Sintió algo de esperanza cuando vio que unos ángeles se le acercaban en la penumbra. ¿Habría escuchado Dios sus plegarias? Pero cuando pasaron al lado de las velas pudo ver que no eran seres de luz, sino de fría y monstruosa piedra.

—¡No! —gritó. Y los bancos volaron por los aires haciendo que las estatuas retrocedieran.

Uno de los bancos rompió una vidriera y fue a parar al patio del colegio que Rosa había profanado en medio de la noche. Cayó justo a los pies de Manuel, agazapado tras una columna.

Junto a él estaba Carrà con su aspecto de paciente de hospital. Llegaron al boquete enorme en la entrada del salón de actos a la vez que las estatuas. Ver entrar a aquellos gigantes de piedra no le tranquilizó como pensaba que haría. La Conversa se dirigió a ellos para pedirles tiempo mientras Rosa parecía estar soñando despierta en el interior de la sala. Pero tan pronto como Rosa se puso a gritar, las estatuas decidieron que debían entrar y Carrà sabía que no podría detenerlas.

—Quédate aquí... es peligroso... —le dijo a Manuel.

—¿Y por qué nos habéis traído? ¿Dónde está Germán?

Carrà también esperaba que Morrison y Germán llegaran cuanto antes. No había podido acercarse a Rosa y no sabía de qué manera las estatuas lograrían contenerla. Desde los ornamentados tejados del colegio religioso, otra de los Conversos, una niña de no más de cinco años con un pijama rosa, le avisó de que la situación acababa de empeorar señalando a un punto de la noche.

—¡Viene el Caos! ¡Hay que darse prisa!

A Manuel le pareció ver una marcha de antorchas que se dirigía hacia ellos cuando una moto entró directa al claustro. Era Morrison con su amigo.

—¡Germán! ¡Viene el Caos! ¡Las estatuas han entrado! ¡Y Rosa está en plan telequinética superloca! —le gritó Manuel.

—Vamos —dijo Morrison—. Os cubrimos. Tratad de hablar con ella.

Cuando entraron, una estatua estaba a punto de atrapar a Rosa, pero esta se revolvió con tanta fuerza que la lanzó contra la pared ocasionando un enorme destrozo. Las otras dos se dispusieron a golpearla. Morrison tenía razón. No parecía que fueran a hacer otra cosa que abatirla.

Carrà se transformó en un hombre con una pistola apuntándose en la boca. Había cogido el alma de alguien a punto de suicidarse. Rápidamente dejó de morder el cañón y disparó al techo, obteniendo la atención de todos para que Germán y Manuel pudieran acercarse. Las estatuas se quedaron sorprendidas, sin saber cómo reaccionar.

—¡Son los investidos! ¡Dejadlos pasar! —ordenó Morrison a aquella guardia de piedra.

Germán cruzó entre las estatuas negras. La que Rosa había lanzado contra el muro era enorme, con alas. Debía de pesar toneladas. ¿Qué les haría a ellos si los estampaba contra la pared?, se planteó Germán con temor. Pasó junto a la estatua más expresiva, un letrado con mirada triste y la boca abierta. La más pequeña de las estatuas, que aun así era más grande que ellos, estaba totalmente armada con lanza y espada. De cerca eran todavía más impresionantes.

Se concentró en Rosa.

—Rosa, soy yo... Germán... ¿te acuerdas?

—¡Germán! —gritó la mujer y se abrazó a él—. Luis José... mi hijo... ha muerto.

Manuel llegó hasta sus compañeros y se unió al abrazo. Todo con tal de evitar mirar a las estatuas.

—Quiero irme a casa, Germán. ¿Qué está ocurriendo?

—Claro, Rosa, venga, vámonos, tranquila. Como me dijiste, ¿recuerdas? Un paso cada vez.

—No puede irse —intervino la estatua del ángel que se había puesto en pie y taponaba la salida, entre Manuel, Rosa y Germán y los Conversos Morrison y Carrà—. Volverá a descontrolarse. Necesita ser contenida en su propia esfera.

—Hablo en nombre de Händel y los Conversos —dijo Carrà bajando el arma—. Los humanos no pueden entrar en nuestra esfera sin alterar su conciencia. ¡Mirad su estado! En este momento eso desencadenaría un desastre.

—Su esfera no puede hacerse cargo y fuera tampoco puede estar —replicó la estatua del letrado enumerando las opciones.

A Germán le pareció escuchar cómo la piedra se tensaba ante aquel dilema imposible.

—Ha sido un accidente —dijo Manuel—. ¡Aprenderá a controlar sus poderes! ¡No es culpa nuestra!

—¿Qué está pasando, Germán? ¿No podemos estar aquí? Es un colegio tan bonito. Aquí traía a las hijas de la señora en... Germán... creo que he hecho algo horrible.

Morrison y Carrà insistían de nuevo ante las estatuas.

—Solicitamos ayuda de las otras esferas para cuidar a nuestra investida. No tenemos otros medios.

Algo impactó contra el tejado. Carrà salió fuera para ver qué estaba pasando justo cuando una bola de fuego atravesó el ventanal y cayó a pocos metros de ellos.

—¡Al suelo! ¡El Caos ha llegado! —gritó Morrison.

Germán y Manuel se agacharon entre los bancos, pero Rosa seguía en pie sin entender nada, así que Germán saltó por encima de ella y, aun a riesgo de que su vecina le lanzara por los aires, la tiró al suelo para cubrirla con su cuerpo. Manuel asomó la cabeza y vio que el fuego había llegado extrañamente al otro extremo de los bancos de madera del salón de actos. Se dio cuenta de que aquella llama se movía por el aire, y en el momento en que una de las estatuas lo agarró, el fuego se retorció como si estuviera vivo.

Carrà gritó a las estatuas:

—¡Impedid que entren, mis hermanos y yo iremos fuera a combatir a los demonios de fuego!

«Demonios de fuego.» La temperatura en el interior había aumentado y por los cristales rotos y la puerta derribada que ahora levantaba la estatua de ángel para tratar de cerrarles el paso, Manuel veía el fulgor rojo del fuego. Se oían gritos desde el exterior. Gritos de gente que se quemaba y gritos de llamas que se apagaban.

La estatua del ángel movió el portón para dejar pasar a unos recién llegados.

—¡Rosa! ¡Están ahí! —Era Bea.

Y había venido con Zenobia y con dos estatuas más escoltándolas. Debió de costarles atravesar el cerco porque ambas parecían asustadas y sudorosas y una de las estatuas estaba al rojo vivo y humeante.

—¡Proteged a la heredera! —dijo la estatua pequeña.

—¿Qué está ocurriendo? —preguntó Zenobia a Morrison—. ¿Por qué los trajisteis aquí?

—Alteza, necesitamos su intervención. Nuestra investida está en peligro. La Esfera de los Conversos no puede...

Una viga cayó del techo. Por toda la bóveda se colaba un humo denso.

Los demonios intentaban entrar fundiendo los muros, o bien sus llamas ya habían prendido en la estructura. Fuera como fuese, estaban atrapados en medio de un incendio. Iban a morir quemados o asfixiados, si es que aquel antiguo colegio resistía lo suficiente para que no se les cayera encima antes.

—¡No podemos quedarnos aquí! —gritó Manuel.

Antes de entrar, Bea había visto cómo en toda la manzana se había desatado la batalla entre seres de fuego contra las estatuas y un grupo extraño de gente. Aún no era capaz de asimilar lo que ocurría, pero Manuel tenía razón. Había que darse prisa. Pero no podían irse sin Rosa, que era la que parecía haber desencadenado todo aquel desastre.

—¿Puede ayudarla? —preguntó a Zenobia.

Germán seguía teniendo a Rosa protegida bajo su cuerpo. La mujer rezaba con los ojos cerrados, así que Zenobia se acercó y le tocó la frente. Manuel la miró esperanzado. Tal vez pudiera exorcizar a lo que se había metido dentro del cuerpo de su vecina.

Pero la adolescente parecía perdida.

—No puedo deshacer el poder de la torre en ella. Solo puede hacerlo ella misma... antes de que sea tarde.

Otra bola de fuego atravesó una ventana. Ahora podían distinguir que tenía rostro y cuerpo de demonio. Carrà y otro ser cambiante, que debía de ser también uno de los Conversos, entraron para hacerle frente. El combate cada vez estaba más próximo a medida que el cerco se iba estrechando. El calor y el humo empezaban a ser insoportables.

—Rosa, escucha —dijo Germán, sabiendo que debía llegar a ella, por encima de sus rezos a Dios—. Recuerda lo que me dijiste, que no hace falta creer en Dios. Solo tienes que hacer las cosas bien y él ya creerá en ti.

Los ojos de Rosa se abrieron en una expresión de horror y enseñó las heridas de sus brazos. Una sangre negra salía de aquellos pequeños cortes. Germán entendió por qué la mujer había perdido el control de su vida. En el instante en que le hablaba, Germán supo lo que había preocupado a Rosa, atormentándola, llevándola al límite y finalmente haciendo que cometiera el peor error de su vida.

Y, sobre todo, en aquel momento Germán comprendió por qué iba a enloquecer de nuevo.

Aquella mujer fuerte y luchadora podía adaptarse a casi cualquier cosa. Había sido capaz de aceptar que la realidad no era como ella creía y que el mundo jamás funcionaría de manera fácil para todos. Pero aun así había sido capaz de seguir adelante... porque ella seguía siendo la misma, obrando de manera correcta ante cada nueva situación. Hasta que se dio cuenta de que ella había cambiado también. Que su sangre ya no era la misma. Que el alma que había gritado en el espejo de su piso era la suya propia. Que ahora podía hacer cosas que siempre se había negado.

Rosa descubrió que ya no podría creer en ella misma porque ya no haría nunca las cosas bien.

—¡No! —gritó Rosa.

Germán, que se había dado cuenta del motivo de su furia, pudo saltar a tiempo y apartar a Bea y a Manuel de la trayectoria de la palma abierta de Rosa. Pero Zenobia estaba justo enfrente y fue propulsada a tal velocidad que impactó contra la pared.

Si antes pensaban que estaban en peligro, en ese momento todo se volvió loco.

Una de las estatuas que había entrado con ella salió corriendo a atender a Zenobia mientras que otra se lanzó a por Rosa. Carrà se puso instintivamente en medio y recibió el golpe de piedra, cayendo derribada al suelo. Dos Conversos fueron en su ayuda sin saber ya cuál era el enemigo del que debían protegerse. Entretanto, los demonios de fuego llegaron hasta donde estaban ellos.

Germán imploró con la mirada a Morrison para que hiciera un último intento.

Pero Rosa empezó a usar su poder y a su alrededor se formó un ciclón de objetos que se levantaban por los aires. Las llamas de los demonios se avivaron más con todo aquel vendaval y los rostros de todos se iluminaron con el rojo y el amarillo de las llamas.

Un fragmento del techo del colegio de Nuestra Señora del Pilar se precipitó justo sobre ellos. Germán logró levantar a tiempo un banco por encima de sus hombros y escudó a Manuel y a Bea de las piras llameantes que cayeron.

El aire empezó a ser irrespirable.

—Como sea. Hay que detenerla como sea —dijo Manuel angustiado a Bea y a Germán.

Germán apretó los dientes mientras ponía de nuevo todo aquel peso en el suelo. Un demonio de fuego saltó sobre él y se encontró con Bea, que le paró apretando sus manos contra las suyas. Bea empezó a arder. Germán gritó de horror hasta que se dio cuenta de que Bea no se estaba quemando, sino que ardía de manera uniforme. El fuego salía de ella. Desde la cresta hasta el último rincón de su cuerpo era una antorcha humana. Otro demonio de fuego se fundió con el primer atacante para aumentar la fuerza del pulso que tenían con la joven. Pero Bea no retrocedía.

—¡Hay que parar a Rosa ya! —les dijo.

Manuel cogió un cascote del suelo y se lo tiró a Rosa en la cabeza. Por duro que fuera lo que acababa de hacer, el ciclón perdió fuerza. Si la detenían, todo aquello se detendría también.

Pero Rosa no estaba abatida. Se giró hacia ellos fuera de sí. Germán levantó la cabeza despacio, en un gesto de plegaria. La estatua del ángel, arriba en el techo y rodeada de fuego, solo se ocupaba de sacar volando a Zenobia de allí. Así que la salvación no vino de los cielos.

Morrison comprendió que la desesperación final de Rosa era una oportunidad. Invocó su alma y se transformó en ella mientras la original quedaba momentáneamente bloqueada. Con su forma cogió la pistola de Carrà que estaba en el suelo y dio un paso hasta apuntar a la cabeza confundida de Rosa.

El alma de Rosa disparó a Rosa.

Por absurdo que pareciera, la poesía de aquel final hizo que fuera asumible ver caer a su vecina. A la buena de Rosa.

El temblor cesó. Las estatuas comandaron la retirada con la heredera en brazos. Muchas abandonaron el edificio a través del destruido techo. Los demonios de fuego, que sabían cuál era el objetivo principal, hicieron un último intento de llegar hasta Zenobia y salieron en su persecución. Los Conversos aprovecharon para hacer un corredor de seguridad hacia el portón. Carrà se había transformado en alguien menos malherido que su cuerpo anterior, pero identificaron que era ella cuando se dirigió a ellos.

—¡Seguidnos! ¡Os llevaremos de vuelta a la torre!

—Germán y yo saldremos por aquí con el cuerpo —dijo Morrison aún en la forma de Rosa.

No hubo demasiado tiempo para disentir y Germán no llegó a saber si Bea y Manuel oyeron aquello mientras corrían. Por un instante no importó el humo, ni las llamas, ni que Morrison aún tuviera el aspecto de Rosa. Solo podía ver el cadáver de su vecina tendido en el suelo.

Normalmente las muertes acaban con el disparo o el llanto.

En las pesadillas o en las películas, que es cuando por lo general alguien ve muertos. Pero Germán sabía que la muerte también era suciedad y cansancio y tener que tomar decisiones banales e inevitables: elegir la madera del ataúd, llamar a la compañía telefónica para dar de baja un número o —igual ahora que cuando murió Javier— pensar cómo arrastrar el cadáver. Pero Morrison no lo movía. Así que Germán se inquietó y volvió a la realidad de aquel escenario de destrucción.

—Los Conversos ya no somos seres del Caos. Pero puede que por haberlo sido sepamos más del dolor —le dijo a Germán todo lo afable que pudo.

—Vamos... Esto se va a caer y todavía nos pueden atacar y...

—Tengo aún su alma —dijo Morrison—. Y no la retornaré a su cuerpo muerto.

—¿Qué? —Germán no entendía nada.

—No es fácil hacer lo que voy a hacer, pero ella lo merece. Eso me dijiste, ¿no? Esta alma despertará en uno de los cuerpos en coma del hospital. Elegiré bien su identidad. Que no tenga mucha familia. Que no viva en esta ciudad.

—¿Puedes hacer eso? —preguntó Germán emocionado.

—Despertará ahora mismo. Se irá acostumbrando poco a poco a su nuevo cuerpo sin recordar nada de esto y abandonará el hospital. Lejos de su pasado. De vez en cuando tendrá extraños sueños y muchas preguntas que hacerse. Pero también tendrá un futuro que descubrir. Su alma es fuerte. Seguro que sabrá adaptarse.

Los bomberos entraban en el edificio cuando Morrison y Germán salieron por la otra puerta y dejaron atrás el recinto incendiado del colegio.

Se pasaron el resto del fin de semana metidos en la torre. No resultó fácil sobreponerse a la pérdida de Rosa y eso que le habían dado una segunda oportunidad. Una oportunidad que tal vez ella había buscado toda su vida pero que, a la vez, hacía que ya nunca más volviera a ser ella.

La policía había concluido su investigación. El hallazgo en el incendio del colegio del Pilar del cadáver de una mujer implicada en el crimen de un familiar se saldó con el sabroso titular: «Crimen de bandas». Era curioso: el velo que cubría aquella realidad mágica ignoró la declaración de su nieta, quitó importancia al testimonio de muchos vecinos del barrio de Salamanca que hablaban de una batalla antes de que llegaran los bomberos, negó la existencia de seres que robaban el alma y de demonios hechos de fuego, pero mantuvo íntegro el racismo de este mundo.

Al menos Nuria ya no tenía que preocuparse por mantenerse alejada de la torre, y podía llorar a gusto con los suyos y no en aquella Corte de los Milagros del rey Jerónimo o en casa de sus padres, cada vez más inquietos por el estado de ánimo de su hija.

—Es terrible que crean que alguien como Rosa pudiera estar implicada en una guerra de bandas latinas —dijo Nuria.

—La verdad de lo que ocurrió es casi peor —replicó Manuel—. Si la hubieras visto...

—Me da igual. No era ella. Ella no era así.

—Lo dices como si la conociéramos de verdad. Hace dos meses no os conocía a ninguno. —Sintió que estaba siendo demasiado frío—. Es horrible. Pero tenemos que intentar que no nos afecte.

—Joder. Espero que si me pasa a mí no lo lleves tan bien, ¿eh?

—Yo lo que espero es que esto no sea como *Diez negritos*. Quedamos ocho.

Nuria se estremeció de pensarlo. Germán les había dicho que de alguna manera el alma de Rosa seguiría viviendo en otra persona. ¿Acaso no era lo que algunas culturas pensaban sobre la reencarnación? Estando en África trabajando de enfermera en la ONG, Nuria había conocido muchas creencias religiosas distintas. Pero ella siempre se fijaba en los que quedaban en la tierra muertos de dolor por la ausencia de un ser querido. Esperaba que llorar a Rosa fuera lo más duro que tuviera que hacer. Pero era verdad que tal vez debería reservar sus lágrimas para cuando todo acabara. Y concentrarse en eso. En que aquello acabara.

—¿Y dices que te pidió que no contaras a nadie lo del alma de Rosa en otro cuerpo? Tampoco creas que es muy diferente de morirte si pierdes todo lo que tenías —dijo Manuel que tampoco sabía cómo encajar aquello en el duelo.

Germán parecía más sereno, y eso que había tenido que encargarse del cadáver de una mujer que, tal como les confesó, le había ayudado mucho. Y ya que había roto un secreto, creyó justo contarles por qué sí que le pareció un consuelo aquello:

—Hicimos lo que pudimos. Todo lo que estuvo en nuestra mano. Os aseguro que daría lo que fuera por haber hecho por mi hermano pequeño lo que hicimos por Rosa.

Manuel y Nuria sabían que Germán casi nunca mencionaba a su familia o su pasado, y cuando lo hacía había un vuelco en su estado de ánimo, como si su memoria hubiera tropezado con algo. Pero hasta ese día, Germán no les reveló quién era Javier y cómo había muerto. Le escucharon durante dos horas, aunque todo se pudiera contar en diez minutos. Pero compartirlo con sus amigos era también poder ponerle pausas, detalles y lágrimas, como si estuviera corrigiendo un texto en su memoria. Hasta que al final hubo un silencio largo que podía romperse para volver a la cotidianidad de los que seguían allí, vivos.

—Ah, y si esto es como *Diez negritos* quiero caer el sexto, ¿eh?, je, je —bromeó Manuel.

—¿Por? —preguntó Nuria.

—No te quiero destripar la novela, joder.

—Pues me la cuentas entera mientras me acompañas a la residencia, anda.

Nuria había decidido dejar su trabajo de cuidadora de ancianos. Había faltado mucho en las últimas semanas y ahora tenía demasiado de lo que ocuparse como futura investida de la Esfera de los Proveedores.

—¿Seguro que no quieres pedir una excedencia? —le planteó Manuel—. Mira que lo mismo todo esto acaba bien y en enero va a ser difícil volver a buscar piso y trabajo con la cabeza hecha un lío.

Tres meses para la coronación, les había dicho Pip, ¿empezarían el nuevo año alejados de todo aquello con los recuerdo de la torre «atenuaos»? Daba algo de miedo cómo funcionaría aquel «reseteo mental» que les habían anunciado. Pero más miedo daba el no llegar a la coronación.

—Si todo sale bien, buscaré empleo en un hospital o en un ambulatorio, pues no creo que vaya a ser feliz con ancianos. No quiero dedicarme a cuidar a gente que vive de recuerdos sin que yo pueda fiarme de los míos.

Los dos amigos se alejaron por el portón. Germán pulsó el timbre de la puerta de Rafael. Bea le había contado que cuando se enteró de lo que había pasado en el colegio del Pilar se había puesto a dar puñetazos a la pared como un loco. Rafael le abrió y le ofreció alcohol. En el suelo rodaba una botella y el propio portero de discoteca estaba a punto de seguir el mismo camino.

—No me mires así. Eso es lo que quiere mi esfera, ¿no? Mientras mataban a Rosa, querían que yo me emborrachara.

Germán trató de llegar a él. No solo para que no se cayera, sino más allá, siendo merecedor de aquella confianza que había depositado en él.

—No fue así. Rosa estaba fuera de toda salvación. Tienes que dejar que tu esfera te lo cuente. Y que te enseñen para que tú puedas controlarlo. No creo que dentro de la torre vayas a hacer nada, por muy borracho que estés.

—Ya. Tengo que hacer esto mismo, pero en el espejo del baño de un pub. Suena divertido, ¿no crees? Salvo cuando hacen que tu cuerpo se pudra o que se te vaya la cabeza.

—Rafa... Los Conversos hicieron todo lo que pudieron.

—Seguro. Y vosotros también. Todo el mundo hace lo que considera que está bien, pero alguien siempre cae.

A la mierda el secreto. No quería comprometer la palabra que le dio a Morrison para que el Cónclave y el resto de las esferas no pudieran protestar por la marcha de una investida y sobre todo no quería comprometer la nueva oportunidad de Rosa, pero al igual que no podía ver a sus amigos llorar porque no sabían la verdad, no iba a dejar que ahora Rafa se autodestruyera. Él era también un Converso, como Rosa o Morrison, al fin y al cabo.

—Rafael, no puedes decir nada a nadie, pero Rosa no murió. O no del todo. Llevaron su mente al cuerpo de una mujer en coma. Tendrá una nueva vida y no recordará nada de esto.

Rafael se quedó mirándole unos segundos. Y Germán volvió a comprobar que aquel regalo de la vida seguía sin impresionar a nadie.

—Y a mi perro Lucas no lo remataron con la escopeta, sino que se lo llevaron a una granja, donde vivió feliz. Eres más ingenuo que yo, chaval.

—Creo que el mayor error que hemos cometido es ser incrédulos —dijo desafiándole.

Rafael tiró la botella contra la pared. Justo en el momento en que todos los cristales salían despedidos se abalanzó sobre Germán. Este sintió cómo la sangre bombeaba con fuerza en cada uno de sus músculos, pero no notó el terror habitual en él ante la violencia. Parecía que su cuerpo deseaba ese enfrentamiento. Y, entonces, Rafael pasó a través de él, como si fuera un fantasma. Aquello le desconcertó totalmente y Rafael aterrizó sobre el suelo. Ahora sin la pelea inminente que había bloqueado sus emociones, Germán se dio cuenta de que Rafael estaba llorando e intentó ayudarle a levantarse, pero de nuevo sus manos le atravesaban como si fuera un fantasma.

—¡Déjame, vete!

Germán se fue despacio sin saber qué responderle. Por fortuna, en el jardín estaban Astrid y Bea. Las dos chicas hablaban amigablemente de lo que Astrid le había dicho a Germán el día anterior. Había encontrado su esfera y fue corriendo a contárselo. Pero enseguida se dio cuenta de que había pasado algo y cuando le explicó lo de Rosa ya no quiso seguir hablando de su triunfo. Solo le abrazó. Fue realmente agradable volver a sentir su cuerpo. Pero la situación no permitía nada más. Ahora la chica sentía que era más adecuado compartirlo.

—Todo empezó a encajar cuando vi las señales. Es la Esfera de los Eruditos, ¿no? Tenían que dar información de alguna manera. ¿Y qué información puede haber en el metro? Pues toda. Todo son señales de adónde y cómo ir. Y no solo eso; el metro no es solo una red de estaciones, sino de conversaciones... Hay un intercambio constante de datos. Como si las noticias del día, lo que pasa arriba, poco a poco fueran teniendo su eco allí abajo, ¿sabéis?

Aquel plural le incluía a él, así que Germán se acercó para integrarse en la charla.

—La gente comenta lo que ocurre. En las estaciones en las que hay cobertura lo hablan con sus móviles; en las que no, lo comparten con sus compañeros de vagón... Y leemos. ¿No es el metro el sitio donde más se lee? ¡Más que en cualquier biblioteca! En fin, empecé a fijarme en esos detalles y pronto se convirtieron en letreros luminosos que me proporcionaban pistas. Algunas literales, como los relojes que anuncian cuánto tiempo tarda el metro. ¿Os habéis dado cuenta de que no siguen siempre el tiempo real? No nos damos cuenta, ¿eh?, pero ahí está. Empecé a no subirme a los metros que venían antes o después de lo que decían los letreros. Solo me montaba en los que coincidían. O lo del sonido de los metros: cuando un tren se acerca se oye siempre más fuerte en la vía contraria. Y si no era así, era otra señal para que lo cogiera. ¿Y luego qué? Pues seguí ese hilo de pistas. Ese vagón, ese vagón concreto, si llegaba a una estación con un letrero donde un viajero estaba señalando otra estación, ya me daba la pista de adónde tenía que ir... y luego allí buscaba otra pista. He tardado porque si perdía el rastro tenía que volver a empezar desde otro lado.

—Suena muy complicado —dijo Germán—. ¿Y no había ninguno de ellos que te dijera a qué sitio concreto tenías que ir como a Nuria?

—No. Es que no hay un lugar concreto. El acertijo cambia cada día y con él la meta. Los Eruditos saben las pistas que se dan o las descifraban antes que yo para ir al final de ellas y esperarme allí si yo también acertaba. Es como competir con ellos y ser capaz de seguir su misma combinación de pensamiento: coger el vagón sincronizado con el rótulo, bajarte porque alguien grita que ha llegado a su parada, allí ver el rótulo arrancado de una estación, buscarla, correr detrás de alguien...

—¿Correr detrás de alguien?

—¿Sabéis esa gente que de repente echa a correr por la escalera mecánica como si el metro estuviera a punto de irse, pero si las sigues a todo correr ves que luego se paran sin sentido o cambian su rumbo y van a otro andén? Pues creo que ese comportamiento es uno de los favoritos de los Eruditos para marcar la localización del encuentro.

—Los flechas —dijo Bea—. Así los llamaba yo. Aunque lo mismo yo también he sido una de esas alguna vez... En mi caso por saltar el torniquete sin billete.

—Me gusta lo de los flechas. Os juro que parece complicado, pero una vez que coges el truco, solo hay que unir seis o siete de esas pistas y en media hora llegas a un punto de encuentro. Una vez que estás frente a uno de ellos es fácil. Su trato es amable y enseguida te guían hasta una puerta de metal. ¿Habéis visto la cantidad de puertas y compuertas que hay en el metro? En los andenes, al principio de los túneles o arriba de las estaciones. Nunca había visto ninguna abierta. Pero cuando las abren ya estás dentro de túneles que nadie más transita. Entre cables, ratas y charcos te llevan al lugar donde se reúnen... Los Eruditos no deben de ser más de cincuenta. Nada que ver con los Proveedores. Estos... estos parecen más como monjes. Una orden de monjes. Hay ancianos y novicios. Más hombres que mujeres, aunque la líder de los Eruditos es una mujer. La Fundadora, la llaman. Aún no la he conocido.

—¿Se llaman hermanos entre ellos también, como los Conversos?

—No... todos tienen nombres extraños, pero no se llaman hermanos y no tienen nombres de músicos.

Morrison. Carrà. Sabina. Germán se dio cuenta de que no había caído hasta ahora. ¿Qué hacían aquellos metamorfos secuestradores de almas con apellidos de músicos?

Astrid parecía realmente feliz de todo ese mundo que se abría ante ella.

Bea resopló agobiada.

—¿Y de tu esfera nada? —le preguntó Astrid—. Pensaba que Zenobia iba a llevarte a ver a su madrina

—No, no puede hacerlo. Fui yo quien quiso que saliera un poco de la torre a dar un paseo. La llevé a tomar un helado. Creo que nunca había probado uno.

Astrid no miró un solo instante a Germán, pero este sabía que su siguiente frase iba dirigida a él.

—Se nos olvida lo importante que es que sigamos cuidándonos. Más que nunca.

—Pues cuando quieras te enseño el mejor jardín de Madrid. Fue una vez un huerto y ahora está escondido entre edificios antiguos en La Latina.

Astrid sonrió feliz y besó a Bea en la mejilla. Lo mismo no se estaba dirigiendo a él, sino simplemente a Bea. Germán no sabía distinguir si sentía culpa o celos. Al menos Bea se apartó algo incómoda y se despidió, así que cuando Astrid se estiró y se le quedó mirando, Germán vio su oportunidad de citarse con ella a solas.

—Yo te iba a invitar esta noche al cine —le dijo—. Pero si quieres hacemos tiempo dando un paseo. Mañana volveré con Manuel a buscar la esfera, así que agradecería no tener que pensar mucho hasta entonces.

—También me vale, Germán —aceptó Astrid.

Los dos pasearon en ese veranillo fugaz de mediados de octubre que hacía que las calles de Madrid se hubieran vuelto a llenar de vida.

Tras andar más de una hora se toparon con un mercadillo de artesanía.

—Espera —le pidió Germán—. Quédate aquí un segundo.

Sacó dinero y se lo tendió a la mujer de un puesto y volvió con un colgante para Astrid.

—Demonios de fuego. Eso es lo que nos atacó anoche, Astrid. ¿Entiendes?

Puso el colgante plateado alrededor del cuello de la joven. Tenía la forma de una llama.

—Existió. Lo que viste de pequeña fue real. Yo los vi ayer. Tú nunca hiciste nada malo. Lo viste antes que cualquiera.

Astrid no pudo evitar emocionarse y abrazó a Germán, quien acercó sus labios a su oído.

—La llama es para recordarte que creas siempre en ti. Aunque nadie más lo haga.

Astrid le besó y los dos se sentaron en un banco alejados del centro. Después le contó a ella también lo de su hermano Javier, y esta vez Astrid supo guardar silencio y solo acariciarle hasta que paró de hablar. Después de eso solo quisieron regresar a casa para dormir abrazados.

Al día siguiente, desde primera hora, Manuel y él recorrieron varias delegaciones de tráfico, frustrados y sintiéndose ridículos de estar allí vagando sin saber qué preguntar o adónde ir. Iban juntos o se separaban para cubrir más edificios. Cargaban con los abrigos o se los ponían esperando que el tiempo se decantara de una vez si había llegado el frío. Se devanaban los sesos repasando las notas de Alexander y a ratos intentaban hablar de otros temas para que no les estallara la cabeza.

—A lo mejor no es el tráfico. Ruido. Pero ¿qué ruido? ¿Una moto? Era temprano. ¿Un camión con mercancía? También pegaría, ¿eh? Incluso molaría que los Centinelas fueran en plan Mad Max, ¿no? Mañana podríamos ir a algún consorcio de transporte.

—Tendrás que ir tú solo. He quedado con Astrid en asistir a unas conferencias en la Complutense.

—Vaya. Supertípico lo de dejar a tu colega por una chica. Y ella no es de la Patrulla Calderón.

—¿La Patrulla Calderón?

—Sí, bueno, Zenobia, Bea, tú y yo. Los que estuvimos en el Calderón fuimos los mismos que los del incendio, ¿no te diste cuenta? La jefa, la de los poderes energéticos, el típico fuerza física y el cerebro que soy yo, claro. ¿Bien con Astrid entonces?

—Sí. Muy bien. Es raro después de todo lo que ha pasado

con Rosa, pero ¿sabes?, de alguna manera es como si le estuviera haciendo caso. «Menos preocuparte y más ocuparte», o algo así me hubiera dicho, ¿verdad? Y sobre todo hacer las cosas bien. No sé, Manuel... quiero hacer las cosas bien. De hecho, una de las conferencias es sobre el Madrid mágico. Astrid cree que eso puede ayudar a Bea. Recuerda que también faltan ella y Amanda por encontrar su esfera.

—Vale, buen samaritano, pero entonces acompáñame hoy a un último sitio.

Eran las tres y media de la tarde y aún no habían comido, pero a Germán no le quedó otro remedio que acompañar en el metro a Manuel. Estuvo fijándose en esos detalles que le había explicado Astrid, pero a él todo le parecía igual de relevante o de absurdo. Si tuviera que seguir un rastro de esos, era probable que acabara perdido en aquella ciudad subterránea durante días.

—Aquí está —le dijo Manuel después de salir a la superficie y andar unos pocos metros por el centro.

Germán supo, un instante antes de ver la placa, adónde le había traído su vecino de planta.

La Umbraesfera, la inscripción en el suelo de la plaza de la Luna donde Manuel se había empecinado en que debían buscar. Leyó todo aquel galimatías de entradas a otras dimensiones, de sectas...

—¿En serio? ¿Y qué sugieres que hagamos ahora? ¿Que cavemos un túnel por debajo?

—Bueno, pero no me digas que esto no es el Madrid mágico.

La plaza de la Luna estaba llena de terrazas en torno a unas fuentes. Lo que hacía años fue un lugar poco recomendable de Madrid por su delincuencia, como muchas de las callejuelas anexas a la Gran Vía, ahora parecía un sitio bastante tranquilo, con pubs y niños jugando. Tal vez por la inmensa comisaría de policía que la presidía. No lejos de otra a pocos metros. Todo lleno de comisarías de policía. «Mierda», se dijo Germán.

—Manuel... —Empezó a preocuparse—. Vámonos de aquí.

Lejos de extrañarse, Manuel ya estaba cogiéndole del brazo.

—Sí, vamos, deprisa.

Salieron por la calle que iba directa a la Gran Vía. Todo estaba lleno de gente y era de día, pero sentían miedo. Sobre todo, Manuel.

—¿Le has visto?

—¿A quién? Te pedí que nos fuéramos porque me di cuenta de que estábamos rodeados de comisarías.

—Ah, joder, ¡es verdad! Pues yo vi un hombre raro que nos señalaba, pero ya no nos sigue. Espera... —Manuel se volvió apenas unos segundos—. Germán, sí que nos sigue, ¡corre!

Germán solo tuvo tiempo de ver una figura alta caminar de manera resuelta detrás de ellos. Tenía los brazos a la espalda en una extraña pose y estaba enmascarado. Manuel y él corrieron a lo largo de la Gran Vía. Pronto la multitud se convirtió en una muralla entre el peligro y ellos. Cuando se atrevieron a parar, no parecía que los siguiera nadie.

—Lo mismo nos hemos emparanoiado —comentó Manuel.

—No —dijo Germán señalando a las alturas.

La estatua de Diana Cazadora había bajado el arco y estaba apuntando cerca de donde se hallaban ellos. Si aquella enorme escultura de la Gran Vía había reaccionado así, era que el peligro había sido real.

—No. Nos hemos emparanoiado —replicó Manuel agarrando la cabeza de Germán para que mirara de frente y no hacia arriba.

A tres metros delante de ellos, el Ave Fénix que coronaba los tejados de la otra acera se había posado en el pavimento. La gente lo rodeaba, sorprendida de que la enorme estatua estuviera en la acera. Pero los únicos que le veían mover el cuerpo en actitud defensiva eran Manuel y Germán.

Por la noche le contaron lo sucedido con las estatuas a Zenobia. La heredera parecía recuperada del todo tras haber sido malherida en la catástrofe de Rosa.

—No solo tenemos una Guardia Real como la que os ha ayudado. También tenemos a quien nos cura de cualquier dolencia física. Lástima que no sirviera con Rosa. Pero vosotros sí que estáis a tiempo de cuidaros. No volváis por esa zona. Creo que os perseguía Esguince. Y eso podría ser la peor de las noticias.

—¿Esguince? Joder, ¿es uno de los señores del Caos chungo? —preguntó Manuel.

—Entonces se confirma que no debemos dejar que nos detenga la policía —intervino Bea, que también estaba allí.

—Hasta ahora hemos tenido que hacer frente a las criaturas del Caos. A la jauría, a las polillas, a los demonios de fuego... Seres malvados que actúan por su cuenta, con los suyos. Pero Esguince no es un depredador como ellos. Es un general. Si está aquí, tal vez el Caos está organizándose más de lo que pensábamos. Puede que sea inminente que envíe a su ejército.

Hablaba de ejércitos. Eso era una guerra. No un ataque aislado, sino la guerra. De nuevo Germán sintió rabia hacia el reino y sus esferas por haberlos reclutado en algo así. O tal vez era solo la frustración de no conseguir encontrar su esfera.

Al día siguiente Germán fue a las jornadas «Un Madrid insólito» acompañado de Astrid. Agradeció la presencia de la chica porque no le resultaba fácil volver al entorno universitario. Estudiantes en el césped, apuntes en la cafetería, aquel ambiente desenfadado entre las amistades y los agobios por los exámenes. Demasiadas cosas que remitían al pasado y aún más que remitían a un futuro que ya nunca podría tener.

Y, además, tuvo que volver a coincidir Jesús, tras su encontronazo. Su jefe fue demasiado formal con él y demasiado simpático con Astrid, como si estuviera redefiniendo la relación que iban a tener a partir de ese momento. Después estuvieron escuchando varias conferencias. Astrid era quien decidía cuáles podrían ser más oportunas. A ratos, durante aquel largo día, iba viendo los mensajes que le mandaba Manuel al móvil sobre sus pesquisas. Su amigo no encontró nada de interés en ninguno de los lugares a los que fue. Germán ya ni le contestaba, salvo para disuadirle cuando le escribió desde una tienda de antigüedades de la plaza Mayor, adjuntando la foto de una espada medieval toledana y un mensaje que decía: «Si no voy a tener poderes, a lo mejor debería ir armado, ¿no?».

—Mira, creo que deberías hablar con ese hombre —le dijo Astrid, señalándole a uno de los ponentes—. Creo que es el que más nos puede ayudar.

La fotógrafa no dudó en invitarle a un café para continuar la charla más tranquilamente. Pronto dio sus frutos.

Serenos. Es lo primero que le vino a la cabeza a aquel experto cuando le preguntaron por los «centinelas» de Madrid. Era un cuerpo de funcionarios ya extinto, pero tal vez siguiera en pie algún edificio donde pudieran haberse reunido, o algún museo que contara su historia. Astrid se despidió abruptamente de él, para lo amable que había sido. Con tono de urgencia le pidió a Germán que fuera tras otra de las ponentes que ya se estaba yendo del campus. Era la que había dado la charla sobre el Madrid mágico.

—Pregúntale por lo de Bea.

Germán abordó a la mujer y le preguntó en concreto por las zonas de naturaleza que pudieran ser mágicas.

—La Casa de Campo, sin duda. El Retiro tiene más fama de lugar romántico, pero si nos atenemos a las leyendas y los puntos energéticos, yo probaría allí.

—¿No tiene un lago enorme ese sitio? Busco... bueno, criaturas mágicas que puedan vivir en entornos naturales. —Tras haber escuchado todas las bobadas que aquella mujer había dicho en su ponencia, Germán no se sintió avergonzado de preguntarle por aquello.

—Si están relacionadas con la naturaleza, el lago no te sirve. Es artificial. Siempre lo fue, pero hay otros afluentes naturales y llegan a las fuentes, que son potables. Mira, aquí y aquí —le dijo señalándole puntos en un mapa.

La Fuente del Agua, Fuente de la Salud, Fuente de las Siete Hermanas. Aquella tenía un nombre bastante adecuado, lástima que no fueran seis.

—Y también está la Fuente del Pajarito. Es un punto energético muy importante. Desde hace siglos la gente se reúne en esa explanada con antorchas para el entierro de la sardina. Ya sabes, el fin del carnaval y el inicio de la Cuaresma.

Casa de Campo. Afluentes. Pajarito. Sardinas. Costumbres ancestrales. Si no era el lugar perfecto para buscar, desde luego tampoco haría el ridículo llevando a Bea allí aquella misma noche.

—Pero tendrás que ir tú solo con ella —le dijo Astrid durante el camino de regreso—. Yo tengo que reunirme con los Eruditos esta noche.

—¿No vas a venir? Seguro que eso decepciona a Bea.

—¡Qué tonto! No, no puedo. Me están enseñando cosas muy interesantes sobre mis dones.

—Sabes que nunca hemos hablado de ellos, ¿verdad? No te veía muy cómoda con el tema.

—No lo estaba. Y en dos días ya me han dado alguna clave importante. Por eso tengo que ir. Pero estate pendiente, tengo una sorpresa para ti —dijo enigmática.

Bea no mostró entusiasmo cuando Germán le dijo que tenía una pista sobre dónde podía estar aquella criatura que los niños llamaban «madrina» y que la acompañaría aquella noche. Simplemente cogió una chaqueta vieja y se la puso encima y echó a andar delante de él.

—Que venga Amanda es imposible, ¿no? —preguntó Germán.

—La última vez que hablé con ella fue para comunicarle que había muerto Rosa. Y ya ni siquiera montó su número dramático como cuando lo de Emilio. Se limitó a decir: «Es una pena. Pero ya sabíamos cuando entramos que aquí no podíamos quedarnos todos hasta el final». Ah, y dice que ella ya ha hablado con dirección y que no tiene que buscar nada más. Me cuesta no tirarla por la escalera, la verdad.

—Pues a Manuel puedo sujetarle, pero a ti no, así que será mejor que te controles, Beatriz. —dijo Germán con una sonrisa.

Se dio cuenta de que quería caerle bien a aquella chica. A la misma que intrigaba tanto a Astrid y que era capaz de hacer que Zenobia pareciera su amiga de instituto. Acompañándola a la Casa de Campo, pudo entender cómo aquella muchacha había pasado de provocarle compasión a sentir por ella una profunda admiración.

A los pocos minutos de dejar sus jardines y atravesar el Manzanares por la Puerta del Rey, la muchacha semejaba una dama medieval, con cresta en vez de tocado, que estuviera abandonando la ciudad. Y al entrar en la Casa del Campo, aquel enorme parque que era cinco veces más grande que el mítico Central Park, Bea se convirtió en una rastreadora, oteando la oscuridad. Germán, con todo el cuerpo de guerrero que la torre le había dado, parecía o su escudero o su protegido. Y cuando la chica oteó la inmensidad frondosa con poco convencimiento sintió que debía volver a explicarle por qué la había traído a la Fuente del Pajarito.

—Dice esa experta que es un punto energético, lo que quiera que eso signifique.

—Lo de la Casa de Campo es obvio —comentó quitándole importancia—. Toda esta naturaleza y tan cerca de la torre, y más del río adonde fueron los herederos a buscar a su madrina. Pero pensé que sería un sitio más oculto y más salvaje que una fuente donde se celebren rituales.

La Casa de Campo parecía un auténtico bosque deshabitado. Aquella noche del 15 de octubre el viento soplaba con fuerza entre los árboles. Se toparon con algún corredor y con alguna pareja furtiva, pero a medida que se adentraban, la zona se tornaba más solitaria, lo que era especialmente singular en una ciudad como Madrid.

Al llegar a la Fuente del Pajarito los dos se sintieron decepcionados.

—Pensé que la fuente tendría un pilón —dijo Germán al ver aquella rudimentaria fuente en una explanada como todas las demás.

—¿Y que en el pilón viviría la madrina? Creo que eso sería igualmente decepcionante.

Germán alumbró con su móvil los alrededores. No sentía el tipo de energía de la que había hablado la charlatana. Bea abrió la fuente para beber de ella. El chorro de agua reflejaba la luz del dispositivo de Germán. Pero cuando este se volvió con el haz del móvil intranquilo por un repentino ulular de los árboles, se dieron cuenta de que el agua estaba brillando por sí misma.

Bea se apartó y tragó saliva. El chorro de agua parecía salir con más fuerza. Germán no se atrevía a apagar su móvil, ya sabiendo seguro que iba a presenciar algo mágico. El agua empezó a rebotar contra el suelo y a ascender mientras seguía saliendo su caudal del grifo de la Fuente del Pajarito. Parecía un géiser que brillara con una luz tan plateada que Bea creyó ver a la misma luna dentro del agua.

Desde unos pasos más atrás, Germán podía observar lo que se estaba formando y a la vez entendió qué ocurría.

—Creíamos que la madrina era una criatura acuática... pero no. ¡Era la misma agua!

Bea tardó en darse cuenta de que toda aquella agua que se erguía frente a ella tenía la forma de una mujer. Pero una vez que vio esos dos puntos luminosos como ojos ya no pudo ver nada más que los rasgos enigmáticos y bellos de una mujer. Incluso las trazas inferiores del agua formaban pliegos como si fuera una túnica, y no una cualquiera.

—Germán... parece una mujer musulmana...

Germán asintió en silencio, sin darse cuenta de que su compañera no le estaba mirando. Y entonces, el agua habló.

—Soy Mayrit, señora de los afluentes, madrina de los chapoteadores. Tu alma está sedienta y tienes la marca de la Encrucijada.

Su voz era la cascada rebotando contra las rocas. Ver a aquella criatura era como oír el repique de las gotas en la tormenta. Resultaba tan hipnótico que Germán tardó en darse cuenta del detalle de su nombre.

—Soy Bea y busco la Esfera de los Ancestros para que me guíe.

Dudó un instante y añadió:

—No quiero hacerte daño. No quiero hacer daño a tus niños. Me gustaría ayudarte.

Solo alguien como Bea sería capaz de decirle a una mujer que medía el triple que ella y que en cualquier momento podía inundar aquella explanada que no quería hacerle daño.

«Mayrit... ¿De qué me suena ese nombre?», pensó Germán. Entonces lo recordó. Con aquel hiyab hecho de agua en el que asomaban unos ojos que le escudriñaban, cayó en la cuenta.

Mayrit, en árabe, significa «afluente» o «río». Tal como Germán había leído en una de las guías turísticas, Mayrit fue el nombre que pusieron a una tierra que estaba llena de afluentes y con unas aguas que se mantuvieron siempre puras, incluso cuando aquella villa se convirtió en una gran urbe contaminada.

El nombre de Mayrit derivó en Madrid. Aquel Ancestro, la madrina de los herederos, era la misma esencia de Madrid.

La mujer fluctuó y su rostro se estiró hasta llegar a pocos centímetros de Germán como si le examinara. En sus cavilaciones, el joven no advirtió que el agua le rodeaba y ya no brillaba clara y transparente.

—Es un compañero de otra esfera. No tendría que estar aquí, pero ha querido ayudarme a encontrarte —intercedió Bea.

Germán retrocedió un paso y aquella masa de agua volvió a su lugar frente a Bea, quien dijo:

—Germán, será mejor que te vayas. Esto lo tengo que hacer yo sola.

Fue una orden brusca, pero justo antes de irse por donde había venido, vio que Bea le sonreía y supo que estaba agradecida. Tardó mucho tiempo en dejar de escuchar el agua, y cuando lo hizo su cabeza sintió el peso del enorme significado de aquello. En pocas semanas había visto monstruos y magia. Había comprobado que la realidad nunca era como se la contaron, pero el hecho de que el origen de Madrid enlazara con la existencia de los Ancestros, era más que hacer viva una leyenda. Se trataba de un descubrimiento histórico, y aquello le hacía sentirse importante y a la vez vulnerable, como si le fuera a pasar algo antes de poder contarlo. Apresuró la marcha.

Aquello también contradecía lo que había creído hasta ahora: que las leyendas de Madrid no tenían relación alguna con el reino y sus criaturas. ¿Por qué en ese caso sí guardaba una conexión?

Cierto es que había pocas historias sobre la ciudad más antiguas que el origen de su nombre. Era el misterio cero. Tal vez todas las otras historias que vinieron después ya fueron invenciones del hombre. Tal vez el cuento de las esferas solo estuvo en el principio, en la pequeña villa árabe que fue Madrid, frente a la legión de santos, sucesos y dramas escritos que hubiera de conocer la ciudad.

Estaba algo desorientado. Volvió a oír el viento, a sentir el frío erizando cada vello de su cuerpo. Se daba cuenta de que estaba viendo en la oscura noche sin ayuda de la linterna de su móvil. Sus sentidos estaban a plena potencia, al igual que su fortaleza o su destreza, dándole tanta información que confundía su sentido de la orientación.

En medio de aquel bosque oscuro, oyó una voz en su cabeza y pegó un salto.

—¡Sorpresa! —gritó alguien.

Miró a su alrededor y empezó a correr hasta que vio que la ciudad estaba ahí al lado. Pero la voz no cesó.

—Germán, soy yo, Astrid. Este es mi don y los Eruditos me están enseñando a usarlo.

No solo escuchaba sus palabras, como le pasaba con sus propios pensamientos; era como si Astrid estuviera dentro de él, llenando su cabeza.

—¿Astrid? —Lo dijo en voz alta. No sabía qué más hacer.

—Sí, soy yo. Asusta eso de poder proyectar mi mente en otros así, pero en cuanto he aprendido a controlarlo ya no siento como si me lanzara al vacío. Estar contigo no da miedo.

Cada una de sus palabras reverberaba, reconfortándole durante el resto del trayecto. Al llegar a la torre, la voz de Astrid se despidió de él y se desvaneció. Una hora más tarde, llamó a su puerta en carne y hueso. Estaba feliz.

—Ha sido increíble... Era como estar dentro de ti...

Germán no podía negarlo.

—¿Queda muy mal que diga que me ha puesto muy cachondo todo esto? Si dices que los de tu esfera son como monjes, lo mismo no les hace gracia.

—Tendrán que acostumbrarse. Y también a que no duerma hoy en mi planta.

Se besaron e hicieron el amor toda la noche.

Al amanecer, una duda asaltó a Germán.

—Oye, ¿puedes meterte en mi cabeza siempre que quieras? Hay recuerdos o pensamientos...

Ella sonrió amorosamente.

—Tranquilo. Solo puedo leer la mente si la persona me deja entrar. Ayer te dije que estuvieras pendiente por si te daba una sorpresa y por eso pude hacer la conexión. Es casi como si los demás buscaran mi mente. O como lo tuyo de invitarme aquí a tu cama.

—¿No pasaba eso con los vampiros? Que solo pueden entrar si se les da permiso.

Astrid le mordió juguetona el cuello y los dos rieron.

Estuvieron juntos toda la mañana. Fundiéndose en el plano físico y en el mental. El don de Astrid le permitía experimentar cosas que nunca había creído posibles. Además, Germán poseía un cuerpo y un vigor que nunca antes había tenido. Así que practicaron sexo jugando y asombrándose como niños, porque era la única manera de poder tomarse todo ello.

Cuando finalmente se fue de su apartamento, a Germán le extrañó que Astrid le volviera a llamar de inmediato. Luego fue incapaz de recordar si lo hizo a gritos o mentalmente; lo único que tenía claro era que le pidió que acudiera con urgencia. Por suerte, se puso algo de ropa, porque cuando salió de su apartamento vio que el motivo nada tenía que ver con el sexo.

En el descansillo, junto a la puerta de Manuel, se arremolinaban los vecinos: Nuria, Bea, Alexander, Astrid y el propio Manuel, que mostraba en su tableta un vídeo que iba volviendo a poner a los que se incorporaban. Al principio Germán no entendía nada; parecía un desfile militar.

—Es del pasado fin de semana, del 12 de octubre; fue al día

siguiente de lo de Rosa. Lo he visto casi por casualidad buscando cosas de Madrid.

Era el día de la Hispanidad, la fiesta nacional de España. Las imágenes mostraban el tradicional desfile de las Fuerzas Armadas frente al rey, el presidente del gobierno y las autoridades. Pero había algo más. Algo que al parecer el resto de los seres humanos era incapaz de ver en el vídeo.

—¡Ahí está, mirad, mirad!

Cuando el acto finalizó, y aprovechando el corte de tráfico en la Castellana, frente a unas gradas que aún estaban llenas de curiosos pero que ya empezaban a desalojarse, comenzó un segundo desfile militar. Cientos de soldados con armadura y espadas marchaban con solemnidad. Detrás, unos monstruos enormes con tambores marcaban el paso antes de que un ejército de esqueletos vivientes sacara sus armas y saludaran a unos humanos que no los veían. Unas criaturas gigantescas semejantes a cangrejos acorazados arrastraban catapultas mientras unos pajarracos deformes sobrevolaban el desfile. Justo cuando unos encapuchados empezaron a lanzar bolas de energía al aire la grabación acabó. Pero parecía que solo habían visto la punta de lanza de las fuerzas del Caos que habían invadido Madrid. Porque todo eso había pasado hacía apenas unos días.

Manuel pulsó de nuevo el *play* y avanzó hasta el fragmento que quería enseñarle a Germán.

—Ahí está. Es Esguince, ese general enviado por el Caos que vimos antes de ayer.

En las gradas presidenciales, al lado del ministro de Defensa, un hombre de más de dos metros, yelmo oscuro y coraza saludaba a sus tropas. Y cuando lo hizo, en vez de brazos sacó dos enormes mandobles que tenía por extremidades.

V

«Y vosotros pensando que la cabra de la Legión da cosica», tuiteó Nuria mientras esperaban a que llegara Zenobia.

La princesa había salido a toda prisa de la torre a ese lugar desconocido que llamaban «La Bóveda de las Luces» para hablar con el Cónclave tan pronto como le enseñaron esas imágenes. Vieron el miedo en su rostro. El asunto era grave. En los jardines, Bea estaba inquieta.

—No debería ir sola, tendríamos que haberla acompañado. ¡Hay todo un ejército del Caos ahí fuera!

—No ha ido con nosotros, pero eso no significa que esté sola, Bea —dijo Alexander—. Tenemos que tranquilizarnos. Vimos al ejército de Caos, pero todavía no hemos visto la fuerza de las Seis Esferas juntas, ¿no? Seguro que el reino es igual de poderoso. Y para mantenerlo unido hasta la coronación estamos nosotros. No podemos ponernos en peligro.

—No hemos salido mucho de la torre desde lo de Rosa. Tal vez eso nos haya salvado —comentó Astrid con tristeza.

—Pero hay algo que nunca he terminado de entender —dijo Nuria—. ¿De qué va a servir que Zenobia sea reina si ya nos han invadido esos monstruos? Dicen que todo acabará con la coronación, que podremos irnos de aquí y hasta olvidar lo que ocurre. Pero el peligro seguirá estando presente, aunque como el resto del mundo ya ni lo veamos venir, ¿no?

Todos se quedaron en silencio. El no saber parecía igual de escalofriante.

—No es eso —replicó Bea—. No es un tema de poder político, sino de poder real. El trono puede alejar al Caos de alguna manera... como lo hace esta torre. Zenobia está preparándose para ese momento.

—Sí —intervino Alexander, que no pudo evitar sonreír pese a todas aquellas caras de inquietud—. Recordad que nos dijeron que el Trono de Todo era un instrumento con un poder enorme y que todas las esferas deberían colaborar juntas. Debe de ser alguna ceremonia mágica.

—Todos ayudarán a traer el trono. Zenobia se sentará en él y, ¡pum!, el mal se desvanecerá de golpe. Como en los cuentos —dijo Nuria incrédula hasta que ella misma cayó en la cuenta de que la realidad había resultado ser el mayor de los cuentos—. Lo peor es que tiene sentido.

—Pero ¿por qué las estatuas no avisaron? No han entrado de manera sigilosa en la ciudad, que digamos... —planteó Manuel.

—Yo creo que no deberíamos confiar toda nuestra seguridad a las estatuas. Parece que están fallando —dijo Germán repitiendo el aviso que le había dado Morrison.

Eso le hizo recordar que también le había hablado de la muerte del guardián, a la que nadie había vuelto a referirse, y que había muerto también otra hermana de los Conversos. Había una trama oculta que eran incapaces de desentrañar habiendo tenido que asimilar primero los elementos del nuevo mundo. Pero a Germán cada vez le resultaba más evidente que no estaban viendo todo el tablero de juego y que aquello podía afectarlos.

Oyeron pasos que procedían de la verja. Muchos de los árboles del Campo del Moro habían perdido sus hojas, así que ahora podían ver y ser vistos desde más distancia, pero el otoño aún no había cubierto con sus colores los jardines en aquel clima tan imprevisible. Zenobia venía acompañada de Ozz. Traía un rostro serio, pero parecía más serena.

—He podido reunirme con el Cónclave. La situación es

complicada, pero sabíamos que el desembarco del Caos en este mundo iba a ocurrir tarde o temprano. Es la razón por la que estamos haciendo todo esto. No debemos dejarnos intimidar. La Torre de la Encrucijada sigue siendo invisible e impenetrable para el Caos. Y no van a realizar un ataque frontal a la ciudad. No mientras no puedan aún discernir bien esta realidad.

—Pero a nosotros sí que nos ven, ¿no? —objetó Nuria.

—La mayoría de vosotros ya estáis protegidos por vuestras esferas. Y no entendemos qué está ocurriendo con la Guardia Real, pero siguen siendo un inmenso apoyo para...

—Germán y yo no tenemos aún esfera —interrumpió Manuel—. Tenemos que salir a buscarla ahí fuera y nos decís que no sabéis por qué no han funcionado las estatuas... Pues perdonad que un poco intimidado sí esté.

Zenobia no sabía cómo explicarlo y pidió ayuda con la mirada a Ozz, que hasta ese momento había permanecido en un discreto segundo plano. Todos le miraron las manos pensando que iba a volver a generar aquellos hologramas para contar lo que ocurría. Pero no. Simplemente las usó para gesticular. Su primer gesto fue pedirle a Nuria que guardara el móvil. Siempre lo pedía con una sonrisa, pero su padecimiento parecía muy real.

—La sincronización entre los dos mundos es más tempestuosa que nunca. Jamás los dos universos habían estado tan cerca, y eso parece alterar a la Guardia Real. Debéis saber que no todos los seres del reino viven en este mundo en cuerpo y alma. Las mentes de la Guardia Real viven lejos de sus prisiones pétreas, en el mundo que abandonamos, y ahora la conexión se ha visto alterada como... como si fuera una tormenta estática en vuestros aparatos electrónicos, ¿entendéis? Es un imprevisto con el que no contábamos, ciertamente, y al afectar este fenómeno también al Cónclave está dificultando que puedan solucionarlo.

—Perdón, Ozz. Pero ¿qué es exactamente el Cónclave? —preguntó Alexander—. Nos hablan de las esferas, de la Corona, pero este gobierno provisional está constantemente tomando decisiones y todavía no los conocemos.

—Precisamente, Alexander, El Cónclave también está a caballo entre los dos universos y de manera opuesta a la Guardia Real. En la colonia de Madrid están sus mentes, mientras que sus cuerpos están en nuestro mundo original. Fueron elegidos para coordinar al resto de las esferas hasta la coronación, y el hecho de permanecer entre los dos mundos los hace extremadamente valiosos.

A Germán le escamaba toda aquella complacencia. Siempre había halagos para ese Cónclave que dictaminaba órdenes desde su misteriosa bóveda de luces y para las estatuas protectoras. Seguro que Rafa ya le hubiera respondido algo, pero no estaba allí con ellos. Al parecer se había recobrado un poco de la muerte de Rosa, pero había ido a su bola desde entonces. En ausencia de su vecino de la planta primera, decidió que él era el más adecuado para tomar su relevo de fiscal.

—¿Y podemos fiarnos de ellos? —preguntó con suspicacia.

Ozz ni siquiera tuvo tiempo de decir nada. Habló Zenobia y fue tajante.

—La lealtad y el sacrificio que el Cónclave ha hecho por esta causa están fuera de toda duda. Tenemos que parar de sembrar sospechas y recoger el fruto de la cizaña cuando el Caos está invadiendo este mundo. Conoceréis al Cónclave cuando podamos empezar a preparar la coronación, es decir, cuando todas las esferas tengan un representante.

Avergonzado, Manuel bajó la cabeza. Eso iba por ellos. ¿Estarían lastrando toda la investidura? Astrid, Nuria y el propio Ozz miraron compasivos a Germán, quien, sin embargo, encajó aquella airada estocada como una confirmación a sus teorías. Tal y como había hablado la heredera, no debía de ser el único que estaba intranquilo con la labor del Cónclave. Alexander parecía que también se había dado cuenta de ello. Habría que estar atentos para saber qué se les estaba escapando de todo aquel discurso oficial.

—Lo intentaremos —respondió omitiendo en el último momento un «alteza» que hubiera sonado demasiado burlón.

—Hacedlo mejor de día que de noche. Y si veis a algún ser del Caos, alejaos rápido. Recordad que tardan unos instantes en percibir a los seres de este mundo. Aprovechad que tenéis la iniciativa —recomendó Zenobia intentando rebajar su enfado mientras se alejaba.

Astrid propuso que estuvieran en guardia y más en contacto que nunca, teniendo especial cuidado en el trayecto que mediaba entre la torre y sus respectivas esferas, donde les protegían y enseñaban a protegerse a cada uno. La gran paradoja era que Manuel y Germán no tenían esfera adonde ir o que les protegiera y a la vez eran los que más necesitaban salir de la torre para buscarla. Hicieron al día siguiente un intento siguiendo la pista de los serenos. A Manuel también le había encantado la imagen de aquellos hombres que antaño encendían las farolas y que acabaron velando el sueño de los madrileños. Fueron a ver la estatua que había en Madrid en honor al último sereno y se sorprendieron al enterarse de que había una iniciativa del ayuntamiento para volver a poner el servicio en activo con nuevas funciones. Para solicitar plaza había que pasar exámenes teóricos y prácticos.

—¡Sí, hombre! —exclamó Manuel—. Lo que me faltaba ya. ¡Tener que estudiar también para la investidura! Nuria solo ha tenido que hablar con los pesados de Callao, Astrid coger metros al tuntún, Rafael emborracharse, ¿y tú y yo tenemos que hacer oposiciones? ¡Prefiero enfrentarme al pulpo de Bea!

Sin nuevas ideas, no hicieron demasiadas salidas a la ciudad los siguientes días. Aunque probaron otras vías ingeniosas. Manuel dedicó una noche entera a reproducir diferentes sonidos de la ciudad para ver si alguno les evocaba el recuerdo de lo que fuera que había provocado que Alexander anotara aquello de «ruido» en su libreta sin precisar qué era.

—Hay que estar más en meditación, casi como hipnosis. Venga, concéntrate. ¿Te viene ya algo? ¡Eh, ya sé!

Esto último lo dijo tan alto que Germán, que se estaba quedando medio dormido, se cayó de la silla del susto.

—Ja, ja, ja, perdona, ja, ja, ja, es que pensé que tal vez Astrid pueda usar sus poderes y hacernos recordar exactamente lo que vimos aquella mañana.

—No funciona así, Manuel.

—Joder, pues menuda chusta de telépata. Os quedáis todos a medio camino con esto de los podercitos, ¿eh? Ya verás cuando se activen los míos como lo hago mejor.

Para Germán no suponía un problema no salir de la torre. De hecho, no le importaba no salir de la cama que compartía con Astrid. Ella le decía que al final tendría razón Amanda y se convertirían en una de esas parejas de los *realities* que pasan mucho tiempo juntos desconectados de todo. Él le respondía que ya ni se acordaba de su vida anterior. Y estar con ella lo hacía más fácil.

Casi todos los días, Manuel invitaba a sus amigos a visitarlo a la torre. Germán entendía que tenía el mismo derecho a divertirse que Astrid y él, pero cada vez había un grupo más numeroso de gente por allí, jugando al rol en el apartamento de Manuel o correteando disfrazados por la escalera y los jardines. Germán pensaba que aquello se le estaba yendo de las manos. Una mañana se quedó estupefacto al ver a Sil y Mat, los pequeños herederos, totalmente integrados en sus juegos. Aquello fue la gota que colmó el vaso y decidió hablar con su amigo.

—Manuel, no creo que sea buena idea que tanta gente conozca a los niños. El Caos no puede entrar aquí, pero sí los psicópatas locales de toda la vida.

—Vamos, Germán, no pensarás que porque juegan al rol ya son psicópatas.

—Pues no sé, la verdad, porque cada vez veo más gente que no conozco haciendo cosas raras.

Los gritos de emoción le interrumpían. Manuel trataba de atenderle mientras hacía señas a unos nuevos invitados que aparecieron con bolsas de comida y bebida para que se unieran a un corro al lado de la fuente. Y parecía que en su apartamento seguía habiendo gente.

—¿Cuántos han venido hoy?

—No sé... unos quince o veinte. Es que Mat nos está enseñando a tirar con el arco y a manejar la espada y son cosas que siempre...

—¿Qué arco? ¿Qué espada?

—Ah, Moisés, el de la tienda de cómics, tiene una colección de armas medievales. El otro día Mat le enseñó un truco para apuntar, así que ha traído hoy nuevos alumnos para aprender a manejar armas.

En efecto, Germán pudo ver que un grupo de gente rodeaba a Mat, el cual les daba instrucciones.

Otro estaba con Sil. Alguien preguntó a Manuel al verle acercarse:

—¿Cómo se llama la niña? ¿No habla?

Mat, que siempre estaba pendiente de su hermana, tan pronto dio las últimas instrucciones acudió para contestar.

—Se llama Sil. Su nombre completo es Silenciosa Montaraz.

Todos rieron y aplaudieron la ocurrencia.

—Como yo, que mi nombre largo es Matamonstruos.

El jolgorio continuó mientras Manuel se justificaba ante Germán.

—¿Ves? Hoy hemos aprendido otra cosa de los herederos, y ya me dirás qué hay de malo en que aprendamos a manejar armas. A mí, al menos, no me vendría mal con toda la que hay montada.

Mat tiró de la chaqueta de Manuel.

—Manuel, dijiste que hoy me llevarías al cuartel. ¿Por qué no hemos ido aún?

Germán abrió desmesuradamente los ojos y respiró hondo mientras Manuel trataba de quitar peso a aquello.

—Es el centro cultural Conde Duque, Mat. Ya te expliqué que fue un cuartel en la antigüedad, pero que ahora es un sitio de paz y diversión... —Y luego le dijo a Germán—: Es que van a hacer talleres para niños y le dije que a lo mejor, con el permiso de su hermana y eso, algún día... pero vamos, que no concreté ni nada.

Mat se dirigió a otro de los jugadores de rol.

—Llévame ahora al cuartel del Conde Duque. Te lo ordeno.

Manuel hizo una mueca al ver que tal vez había metido la pata y aquel niño no había entendido nada. Aprovechando la reputación que había adquirido esos días como el mejor anfitrión de partidas de rol de la zona, cortó de golpe aquel evento de combate medieval y subió a los niños de vuelta a su casa. Pero Germán no había acabado de echarle la bronca.

—Esta es la típica estupidez que no necesitamos en este momento. ¡No puede ser más inoportuno llenar la casa con entusiastas de la fantasía y la cabeza de los niños con la idea de hacer excursiones fuera del edificio!

Por la noche Germán vio cómo Rafael salía de la torre. Ya puestos, también debería hablar con él. Seguía su ritmo habitual de salidas nocturnas, ignorando el toque de queda. Aunque era difícil saber si iba a trabajar o a verse con su esfera. Ambas cosas tenían que ver con los garitos nocturnos.

—Rafael, no sé si sabes lo del ejército del Caos...

—Ya me lo dijeron mis coleguitas de los baños de los bares. Y no, no es tan divertido como suena.

Desde que se había quedado solo en la primera planta volvía a ser bastante borde, pero al menos parecía sobrio.

—Solo te digo que te andes con ojo, por favor —aconsejó Germán algo más tranquilo al saber que seguía en contacto con su esfera.

Le vio alejarse por el jardín y se percató de que Alexander estaba recogiendo piedras entre los árboles. Se sobresaltó cuando Germán se acercó.

—Perdón, Germán, estaba aprendiendo a usar mi don.

Germán se sentó a su lado y se acurrucó lo que pudo para no pasar frío y hacerle ver a Alexander que era todo oídos.

—Puedo leer los objetos, así como Astrid lee a las personas. Si cojo esta piedra puedo saber quién la tiró. Si toco la fuente puedo ver el día en que esculpieron los tritones que la adornan. Bueno, todavía no sé delimitar un periodo de tiempo pasado, pero ya puedo ver las cosas con más nitidez. Creo que esto tiene mucho que ver con mi propia esencia, si se puede llamar así.

Germán asintió, pero Alexander parecía hablar más para persuadirse a sí mismo que por auténtico convencimiento.

—Aunque lo de leer la mente es más útil que la arqueología, ¿no? Bueno, o al menos eso piensan en mi esfera... Estuve a punto de coger primero ese apartamento. Creo que me las di de listo pero tu novia fue más rápida. Es tu novia, ¿no? ¡Tenemos una pareja interesfera!

Germán prefirió cambiar de tema y preguntarle por la diferencia de poderes entre una puerta y otra.

—¿Has logrado averiguar qué es eso de dentro afuera? ¿Por qué cada uno tiene un poder y cambia o no físicamente?

Alexander tiró la roca y dedicó toda su atención a Germán. Es lo que tenían las piedras, que no podían escuchar sus brillantes deducciones.

—Si nos fijamos en lo más obvio, Emilio hacía desaparecer las cosas y Nuria las atrae. Emilio vivía en el A, donde la torre da hacia fuera de los jardines, y Nuria en el B, que da hacia adentro.

»Rosa vivía en el A; también sacaba su poder hacia afuera, ¿no? Lo proyectaba. Y Rafael, que vive en el B, tiene su poder hacia adentro, hacia su propio cuerpo.

—Es una posibilidad, pero no me termina de cuadrar —replicó Germán—. Yo debería ser hacia fuera, pero mi cuerpo ha cambiado y... Astrid está en el A también, pero no proyecta sino que atrae como Nuria.

—Hasta que no sepamos cuál es el poder de Manuel no estaré seguro del tuyo, pero te equivocas con nosotros. Yo soy al que le llegan imágenes de las cosas. Astrid, en cambio...

—¡Ayuda! ¡Han desaparecido!

La petición de auxilio procedía del edificio. Las luces de los apartamentos empezaron a encenderse una tras otra mientras los vecinos iban despertándose. Germán y Alexander corrieron a la puerta principal. Gritando y aporreando las puertas de todos, llegó hasta ellos Zenobia.

—¡Mis hermanos! —dijo desesperada—. ¡No están! ¡No están en la torre!

Los vecinos se congregaron soñolientos.

—¿Has buscado bien? —dijo Alexander—. Yo he estado fuera desde hace rato y solo he visto salir a Rafael.

—¿Habéis probado en el apartamento de Amanda? —dijo Nuria al comprobar que su vecina tampoco estaba—. A veces se ha quedado ella con los niños, ¿no?

—Fue la primera puerta que golpeé, pero no me abrió.

—Eso es nuevo —se inquietó Bea—. No sale nunca, pero suele abrir a todos. O solía. Cada vez está más rara.

Zenobia no encontraba consuelo.

—Mis hermanos... son como luciérnagas en la noche para el Caos. Irán a por ellos. ¿Adónde han podido ir?

Manuel trató de quitarse de la cabeza la primera idea que se le había ocurrido. Un grupo de vecinos volvió a llamar a la puerta de Amanda.

—Tengo que avisar al Cónclave —dijo Zenobia.

—Espera —le pidió Astrid—. Estoy conectada con Ozz de manera permanente. Puedo llamarle y pedirle que se encargue. Tú no deberías ir sola. ¿Y dices que no has visto a nadie, Alexander?

—Han podido ir por el ascensor —dijo de repente Zenobia.

Los que quedaban abajo la acompañaron para que les enseñara lo que quería decir. Aquel ascensor, que tenía solo dos paradas y dos botones encerraba un secreto que hasta ahora no había sido desvelado.

—Si estando en la planta primera vuelves a darle tres veces al uno —explicó señalando la de descenso—, apareces en un túnel bajo los jardines y puedes salir dentro del Palacio Real de los humanos.

Germán recordaba haber leído sobre eso. Pero, aun así, ¿por qué Mat y Sil habrían querido salir de la torre?

Los telefonillos sonaron. Manuel y Germán corrieron a descolgar.

Oyeron la voz de Amanda. Estaba muy alterada.

—Me pidió que los llevara allí. ¡Solo quise cumplir su deseo!

Lo terrible de aquel telefonillo que emitía frases del futuro era que desconocían el contexto, que podía cambiar el significado de la advertencia en el auricular. En este caso no podían saber qué lugar era «allí». O si estaban bien.

—¡Es Amanda! —informó Germán al resto—. Se los ha llevado.

—No me jodas —espetó Nuria—. ¿Vive metida en casa y hoy decide irse con los niños? Puta loca.

Miró a Manuel, que era el máximo detractor de la seguidora de *realities*, pero él tenía que sacar lo que le estaba martirizando por dentro.

—Creo que sé adónde han ido. Le prometí a Mat que le llevaría al centro cultural Conde Duque a una cosa de... No creo que se dé cuenta siquiera de que es de madrugada. Está muy cerca de aquí, tenemos que ir para allá de inmediato.

A los jardines llegó Ozz muy apurado.

—Ya está avisado el Cónclave y también las esferas. Tranquila, Zenobia, los localizaremos.

—La Guardia Real ha abandonado sus pedestales y patrulla los tejados, pero dicen que no los han visto —sollozó Zenobia—. Es todo muy extraño.

—Dejad que aporte algo de luz a todo esto —dijo Ozz.

Alzó la mano y se concentró durante bastante tiempo hasta que una luz azulada llegó flotando por el aire y aterrizó en su mano. Como si fuera un huevo, lo abrió y esparció su contenido con las manos, volviendo a formar figuras. En este caso la de Amanda, encima de una barca frente a lo que parecía una jungla.

—¿Dónde está? —preguntó Alexander.

—En la isla de *Supervivientes* —dijo titubeante Nuria—. ¿No estaba hablando todo el rato de eso?

Ozz giró la imagen y la amplió. Entonces vieron que había más barcas detrás de la de Amanda, pero también estructuras de metal y una enorme noria.

—¡No está en ninguna isla de verdad! —exclamó Nuria—. ¡Ese es el Parque de Atracciones de Madrid! Debe de estar en algún tipo de atracción.

—Pero ¿dónde están los niños? —preguntó Manuel—. Ha podido dejarlos en el centro Conde Duque y luego irse ella a cumplir sus putos delirios.

Zenobia no sabía qué hacer y le preguntó directamente a Ozz.

—¿Cuál es la pista acertada? ¿Qué lugar debemos elegir?

—Como siempre que sea posible, alteza, elegir las dos opciones a la vez.

Ozz propuso que se dividieran para ir a los dos sitios.

—Manuel, Germán: id vosotros al centro Conde Duque. Nuria, tú puedes acompañarlos y así ir cubiertos por los Proveedores. Bea y Zenobia pueden ir a esa feria que decís. Alexander, tú deberías ir con ellas. Astrid y yo nos quedaremos aquí.

—Yo prefiero ir con ellos —objetó Astrid.

—Y yo quiero quedarme —replicó Alexander.

—Astrid y yo vamos a subir allí arriba —dijo Ozz señalando la Torre de Madrid que se divisaba en la plaza de España—. Para conseguir la tranquilidad y perspectiva necesaria para que Astrid pueda enlazaros mentalmente con su poder. Yo la guiaré en todo momento. Es fundamental que los dos grupos estéis conectados para que en cuanto encontremos a los herederos, podáis volver todos a casa de inmediato. Hoy, el tiempo es tan enemigo nuestro como el Caos. Vamos, Alexander, tu poder será más útil sobre el terreno.

Ozz y Astrid fueron los primeros en marcharse. Ella no tuvo tiempo siquiera de darle un beso a Germán de despedida. Pero le miró mientras agarraba su colgante con la llama, y Germán se sintió reconfortado.

Tan pronto como tomaron la dirección opuesta al otro grupo, dos extraños empezaron a caminar a los flancos de Manuel, Nuria y Germán, acompasándose a su paso, sin dejar de mirar al frente con aire desafiante. Aquellos escoltas podrían imponer respeto de no ser una anciana y un señor achaparrado de tez morena.

—Manuel, Germán; estos son Perdón y Noentendí —dijo Nuria haciendo las presentaciones de los Proveedores y sabiendo lo cómico que sonaba aquello.

Nuria ya se había acostumbrado a verlos siempre que mirara a cualquier lado cuando caminaba por la ciudad. Podían estar subidos a un andamio o haber reemplazado sin saber cómo a la camarera de su cafetería habitual. Ahora iban sin más disfraces de subterfugio que sus ropas viejas y oscuras. Debían de haberles comunicado la situación de emergencia. Las Seis Esferas estaban en guardia.

En medio de esa madrugada, al otro lado de la calle Princesa, creyeron oír ruidos extraños que pertenecían a las pesadillas y no a la ciudad: un grito ahogado, pasos a la carrera, graznidos... Supieron que no solo era su imaginación atemorizada cuando del edificio Ocaso se descolgó una enorme estatua negra, que portaba una antorcha. Arriba quedó otra más pequeña oteando los tejados.

—Estáis entrando en una zona peligrosa. Os acompañaré —dijo el gigante de piedra al llegar junto a ellos. Y su antorcha se iluminó como si fuera una farola.

Germán miró hacia atrás, al rascacielos donde estaría Astrid como una segunda luz que le acompañaría, así que hizo acopio de valor. Cruzaron por un costado del Palacio de Liria siguiendo la luz de la estatua. Germán se imaginó por un momento cómo sería la visión si alguien se asomara a la ventana y pudiera verlos. Tres jóvenes y dos vagabundos conducidos por un guía de piedra. Nuria observó que, en presencia de la estatua, Perdón y Noentendí se mostraban más cohibidos. Apenas se peleaban entre sí y no iban subiéndose a los coches aparcados como en otras ocasiones.

Manuel sentía que estaba inmerso en una de las misiones fantásticas a las que tanto había jugado en videojuegos o en partidas de rol o visto en las películas. Ahora era cuando iba a sonar una música épica para infundir valor a los protagonistas y a los espectadores. Pero esa música también significaba que cualquier personaje podía morir. Y en la vida real, ellos eran los personajes.

—Germán, ¿me oyes? —Era Astrid dentro de él.

Germán ya no necesitaba hablar para comunicarse con ella. Sabía que solo debía pensar de manera clara su respuesta.

—Lo he logrado con los que más he practicado mi poder —siguió diciendo—. Estoy conectada a la vez con Alexander y contigo. Pero no oiréis solo mi voz; si os concentráis, como cuando queréis hablarme, veréis lo que está pasando en el otro lado. Tened mucho cuidado, por favor.

Iba a decirle que estaba orgulloso de ella, pero al tratar de mandarle el mensaje recibió la imagen del parque de atracciones. Al estar cerrado a aquellas horas, el silencio y la oscuridad le daban un aspecto fantasmagórico. Cerró los ojos unos instantes y al abrirlos de nuevo desapareció la escena del otro grupo. Volvía a estar en la calle que subía a la portada del centro Conde Duque. Por ella patrullaban arriba y abajo dos parejas de soldados. Tenían aspecto humanoide, pero tras sus armaduras y lanzas creyó ver unos ojos amarillos y unos rasgos deformes. Aunque le intimidaban aquellas armas, se sentía más tranquilo en su grupo. Por eso tembló cuando la estatua dijo:

—Será mejor que me quede aquí y entréis vosotros.

No sabía qué podían hacer aquellos dos locos vagabundos, pero desde luego el gigante de piedra era su mayor garantía de enfrentarse a esos guardias.

—Pero ¿qué dices? Eres mucho más poderoso que esos cuatro —protestó Manuel.

—Son patrullas de reconocimiento —dijo la estatua impasible—. Eso significa que tienen una base cerca y que podrían aparecer muchos en cualquier momento.

—Razón de más para que nos protejas —intervino Germán, que sintió de nuevo que las estatuas jugaban con su esperanza continuamente.

Pero esta vez había una razón de peso, tal y como explicó la anciana llamada Perdón.

—A él le ven los seres del Caos. —Le dio una palmada en el trasero—. Mucho, además. Es mejor que vayamos nosotros con sigilo.

Manuel tardó un poco en caer en que no se refería a que la estatua del Ocaso fuera un blanco fácil por su tamaño, sino por el hecho de que los seres del Caos podían ver a los del reino, pero solo en determinadas ocasiones podían ver a los durmientes. Ellos estaban en un punto intermedio de su espectro de visión, lo que les proporcionaba cierta cobertura y al mismo tiempo suponía una terrible incertidumbre cada vez que se topaban con aquellas criaturas. Los demonios de fuego los habían atacado enseguida, así que intuía que cuanto más estuvieran con otros seres del reino, más visibles resultarían. Eso dejaba en el aire otra cuestión.

—¿Y a vosotros no os verán? —preguntó a los Proveedores.

—Las incursiones son nuestra especialidad, querido. A nuestra señal corred a la portada —dijo Perdón mientras su compañero Noentendí se encendía un cigarrillo y asentía.

La estatua apagó su antorcha y empezó a caminar hacia atrás hasta quedar inmóvil al final de la calle, cubriendo la retaguardia. Germán aprovechó para ver cómo le iba al otro grupo. Cerró los ojos y se concentró. Le llegó una escena y sintió un escalofrío. Estaban ya dentro del parque e inexplicablemente había algunas atracciones encendidas, que arrojaban luces y ruidos raros a aquella ciudad de norias, dándole un aspecto aún más aterrador. Germán pensó que merodear por allí tratando de encontrar a Amanda o a los niños daba mucho más miedo que cruzar una calle con una patrulla de reconocimiento. Le pareció que le hablaban a Alexander. Bea le instaba a que usara su poder para obtener información. Debía de estar también algo ansiosa por encontrar un rastro. La escena se desvaneció cuando el canto de los vagabundos interrumpió su visión.

Los dos Proveedores se iban acercando juntos, como si estuvieran bailando un vals que ellos mismos cantaban. Chocaron con dos de los soldados y los abatieron. Germán creyó ver el fulgor de un cuchillo cortar entre el yelmo y el peto, a la altura del cuello. Tras degollar a sus enemigos de manera tan eficiente, Perdón y Noentendí subieron corriendo hasta el final de la calle, donde estaba la otra pareja de soldados. El camino hasta la portada estaba despejado.

—Vamos —dijo Nuria—. ¡Ahora!

Corrieron por la calle con el muro de piedra del cuartel a un lado y una plaza de árboles al otro. Las enormes puertas estaban abiertas.

—Debería haber un guardia de seguridad aquí. Un guardia

humano, me refiero —comentó Germán—. Esto no puede ser bueno.

—Pero los niños pueden estar dentro entonces —replicó Manuel—. Tenemos que entrar.

No tuvieron otra opción, porque por la plaza acababa de aparecer uno de esos perros gigantescos que ya conocían Manuel y Germán. Nuria ahogó un grito. Un instante después llegó una segunda bestia con uno de esos seres cadavéricos que llamaban los «amos de los perros». Sus escoltas vagabundos estaban lejos, calle arriba. La estatua, en el otro extremo. La jauría se hallaba más cerca ahora de ellos y, lo que era peor, aquellos dos enormes huargos los miraron fijamente mientras levantaban su hocico y sus fauces. Los estaban viendo.

Corrieron hacia el interior del enorme patio central del cuartel del Conde Duque. Germán pensó en que deberían haber cerrado de alguna manera la portada tras ellos, pero la adrenalina le impedía pararse a reflexionar. Solo corría tirando de Nuria mientras Manuel gritaba el nombre de Mat. El eco en las paredes rojizas de ladrillo se lo devolvía.

—Hay más patios después de este, ¿no? —preguntó jadeando Manuel.

No los perseguían. Tal vez los Proveedores habían podido detenerlos. O el portador de la antorcha al verlos en peligro había declarado el fin del sigilo y entrado en la refriega. Nada de eso siguió siendo importante cuando en una de las torres vieron un enorme monstruo alado posado vigilante. Lo más cercano que su mente les remitía era a un ave prehistórica, tan grande que llevaba de montura a dos soldados del Caos.

Nuria notó que estaba llorando de miedo. Manuel se quedó lívido. Si ese monstruo los atacaba podía partirlos en dos con su enorme pico. Retrocedieron andando hacia atrás sin perderlo de vista, tratando de que sus pasos no hicieran ruido en el suelo empedrado.

—¡Los han encontrado! —gritó de repente Astrid en la cabeza de Germán—. ¡Estaban en el parque con Amanda! ¡El Caos os persigue a todos! ¡Salid de allí y volved a la torre!

—Los tienen... Los niños están bien —informó Germán a Manuel y a Nuria y ocultando que el otro grupo también estaba en peligro—. Vamos... aún no nos ha visto.

Pero al tratar de salir se toparon con el amo de los perros con dos de aquellos monstruos, cerrándoles el paso. Si no habían entrado a perseguirlos era porque sabían que no irían muy lejos con aquel pteranodon vigilando.

Fuera se oía una lucha, pero ellos estaban atrapados en el cuartel. Con la jauría delante, a punto de soltar a aquellas fieras sobre ellos, y el horripilante dinosaurio detrás, que a cada segundo les parecía que estaba a punto de detectarlos. Germán apretó los puños. Sabía que no podría con todos, pero no podía quedarse quieto. Entonces, Nuria chasqueó la lengua.

—Tapaos la cara —dijo esperando que su decisión no empeorase las cosas.

Al segundo siguiente un bote apareció en la mano de Nuria, que lo lanzó sin estilo ni clase contra aquel ser y sus dos perros. El bote empezó a echar humo en todas las direcciones. Los perros se alborotaron rabiosos, pero su rugido se ahogó rápidamente cuando el humo penetró en sus pulmones. Era gas lacrimógeno que Nuria había hecho aparecer de la nada. Y tanto las fieras como su amo se retorcían y dispersaban entre la humareda densa.

—¡Corred, corred! —dijo metiendo la boca y la nariz bajo su jersey.

Germán y Manuel la siguieron. Nuria estaba decidida a pasar entre ellos en línea recta con la salida de aquel edificio. Aun advertidos y medio cubiertos, el gas lacrimógeno impedía ver con nitidez y respirar, y Germán sintió un terrible dolor en la pierna. Creyó ver que Manuel se ponía detrás de Nuria y que esta había tirado algo delante. Pero él no podía avanzar. En una de las dentelladas que un huargo había dado al aire había conseguido morderle la pierna, y dado el tamaño de aquellas fauces, actuaba como un enorme cepo que primero le atrapó y luego le derribó al suelo.

Sintió que caía a cámara lenta y vio que unos irritados ojos rojos se abalanzaban sobre él. Aprovechó su propia gravedad para golpear con la pierna libre bajo su mandíbula. El impulso y su fuerza hizo que aquel animal abriera la boca, y entonces Germán se levantó y con el puño golpeó despiadado entre aquellos ojos rojos. El huargo gritó de dolor y se alejó lo suficiente para que Germán pudiera escapar. Fuera, en la calle junto a la portada, estaban Manuel y Nuria. La joven portaba un enorme escudo de los que usan los antidisturbios y que había empleado de ariete para salir del cuartel. Había por lo menos otros tres perros y dos amos más en la plaza, pero la estatua había acudido al ver que el combate había estallado y estaba luchando con todos a la vez.

—¿Estás bien, Germán? —preguntó Manuel.

Tenía el pantalón destrozado y una dentellada marcada en la piel desde la cintura hasta el tobillo, pero aun con dolor podía moverse. Entonces le vino una imagen del otro grupo, casi sin concentrarse. Entre todas aquellas atracciones, estaba la antigua del Tren de la Bruja. Una atracción para los más pequeños que, sin embargo, se había transformado en una pesadilla para Alexander y Bea cuando una auténtica bruja salió de ella y los atacó lanzándoles poderosos rayos que iluminaban toda la noche. No pudo ver a Zenobia, ni a Amanda ni a los niños, a los que se suponía que habían rescatado, por ningún lado. Bea se encaró a la bruja mientras Alexander se escondía aterrorizado tras una caseta. Tanto debía de ser su miedo que había proyectado a la fuerza lo que estaba viviendo en la cabeza de Germán.

También le transmitió el miedo, y tan pronto como se cortó la visión corrió cojeando calle arriba con Manuel y Nuria, que había tirado el escudo al suelo para que Germán pudiera apoyarse en él. En su huida no oyeron cómo la estatua, ocupada con la jauría, les gritaba que no fueran en esa dirección. Llegaron al final de la calle donde Perdón y Noentendí estaban agazapados, escondidos en un pequeño parque con un campo de fútbol sala.

Perdón les contó por señas lo que ocurría. En aquella calle había muchos edificios de imponentes fachadas y estilo militar, que históricamente habían sido instalaciones del ejército y algunos seguían siéndolo hoy en día, al contrario que el ahora centro cultural Conde Duque. Todos esos edificios estaban tomados por patrullas de monstruos, que vigilaban desde los tejados y marchaban por las calles. El Caos había instalado en aquella manzana su propio cuartel. Una tropa de más de veinte soldados se encaminaba hacia allí.

Manuel, Nuria y Germán se agacharon también. Además de ellos, había tres o cuatro personas paseando sus perros. No, no eran perros. Eran personas con caretas de perros que andaban a cuatro patas e imitaban a los canes con ridículos ladridos.

Perdón gritó la señal cuando la tropa de soldados del Caos llegó hasta ellos, y tanto los que hacían de perros como los que hacían de sus dueños se levantaron en pie de guerra y emboscaron a sus enemigos. Manuel no las tenía todas consigo. Aunque estuvieran venciéndolos gracias al elemento sorpresa, el Caos estaba mejor armado y de aquellos edificios podían salir muchos más.

Entonces algo le agarró por la espalda. Fue de una manera tan limpia que apenas sintió dolor. Solo que algo tiraba de él hacia arriba. Gritó cuando se dio cuenta de que una enorme garra le estaba levantando en el aire. Pero su garganta se cerró de terror cuando, al girarse, reconoció al pteranodon que habían visto en el cuartel y que había volado hasta dar con su presa: él.

Cuando Germán y Nuria pudieron reaccionar, Manuel estaba a unos diez metros del suelo y cazado por un dinosaurio que se lo podía llevar lejos en cualquier momento o despedazarle con sus garras o con sus dientes.

—¡Los Proveedores al rescate! —gritó Perdón al percatarse.

Cuatro o cinco de aquellos esperpénticos luchadores sacaron cuerdas con garfio y las lanzaron al animal volador. Las cuerdas pasaron por encima de los dos soldados, que dudaron si dirigir al monstruo contra ellos o alejarse con el que habían cazado. En su titubeo, los Proveedores habían conseguido amarrar un ala y el cuello, y entre todos tiraban para derribar al dinosaurio. El pteranodon era más fuerte que ellos, pero lo anclaron aprovechando la verja y las porterías del campo de fútbol y enredando en ellas las cuerdas, lo que desequilibró al animal, que empezó a graznar de manera horrible.

Manuel también gritaba cuando daba vueltas en el aire pensando que iba a estrellarse, pero la alternativa de que le alejaran de la tierra era aún peor; mientras, el animal batía con fuerza sus alas cartilaginosas tratando de liberarse. Uno de sus jinetes cayó al suelo y uno de los Proveedores fue despedido contra la portería contraria.

De súbito el animal le soltó y Manuel cayó desde una considerable altura contra el cemento de la cancha. Escuchó cómo sus huesos se quebraban. Nuria y Manuel corrieron hacia él. Mientras varios Proveedores estaban ocupados con el monstruo, los soldados del Caos se habían reagrupado y ahora estaban ganando el combate.

Germán apartó la vista al ver el brazo de su amigo doblado en un ángulo imposible. El húmero estaba totalmente desplazado, salido del hombro y asomaba a la altura del codo desgarrando todo a su paso. Nuria, que tenía mucho más estómago para las heridas, le ayudó a levantarse. Cuando vio su brazo, Manuel empezó a gritar pensando que iba a desmayarse en cualquier momento. Pero la adrenalina o el shock no le liberaban de aquello dejándolo inconsciente. La pesadilla continuaba.

El dinosaurio huía herido por el aire, pero otra tropa de soldados del Caos estaba llegando y los Proveedores se desperdigaban en todas direcciones. Noentendí los llamó desde una esquina.

—¡Por aquí, corred!

—¿Puedes moverte, Manuel? —le preguntó Germán. Aunque no sabía si él mismo podría hacerlo con la herida de la pierna.

Manuel asintió, aunque su brazo parecía que iba a desprenderse en cualquier momento de su cuerpo, por lo que caminaron con sumo cuidado. Como podían, cogidos los tres, seguían a Noentendí por las calles que se internaban en Malasaña.

—Así, nos alcanzarán. Tengo que... tengo que... —Nuria soltó a su compañero.

Germán se dio cuenta de que en esa misma calle había estado viendo pisos unas semanas atrás. Parecía otra vida. ¿Qué habría pasado si hubiera tenido más paciencia o hubiera sido menos exigente? Era demasiado doloroso siquiera pensarlo y Germán ya había transitado por ese camino muchos años. Si aquel era el fin, debía afrontarlo como hasta ahora. Estaba orgulloso de no haberse quedado paralizado y haber seguido peleando.

Oyó el grito de los soldados del Caos que avanzaban como una horda en vez de en formación. Frente a ellos una pareja de humanos con un perro de verdad paseaban por en medio. El hombre apartó la vista del móvil como si hubiera oído algo. La chica se los quedó mirando un momento. A ellos los veía, pero no parecía ser consciente del peligro de la escena o de las heridas de Manuel y Germán. Parecieron dudar en dirigirse a ellos cuando su perro sí pareció alertarse, pero siguieron su paseo. Observar a la gente caminando sin ver al Caos era escalofriante.

Nuria le llamó. Estaba apoyada en una furgoneta mientras trataba de concentrarse. En su mano aparecieron unas llaves. Las llaves que abrían precisamente aquel vehículo.

—Deprisa, deprisa, mete a Manuel detrás.

Su amigo resistía estoicamente cuando Germán le ayudó a acomodarse en el asiento de atrás. La furgoneta arrancó de golpe y él solo tuvo tiempo de cerrar y permanecer junto a Manuel mientras Nuria conducía. Oyeron un golpe seco en el techo de la furgoneta. Se asustaron pensando que les estaban lanzando proyectiles, pero una cara apareció en el parabrisas. Era Noentendí, que iba subido encima y los guio desde arriba.

Nuria se metió por calles estrechas a toda velocidad. Germán no sabía si lo hacía para despistar a sus enemigos o porque no tenía ni idea de por dónde estaba yendo, pues en algunos tramos la furgoneta apenas pasaba por entre los bolardos que separaban las aceras.

—Estoy despierto, ¿verdad? —preguntó Manuel que no podía dejar de ver su hueso asomado y no sabía si se había adentrado en una fase de delirio—. Lo siento, siento haberme equivocado con dónde estaría Mat. Pensé que...

—Estás despierto, pero no dejas de decir gilipolleces. Espérate a que estemos a salvo —dijo Germán. Manuel no habría querido ir al centro Conde Duque si él no le hubiera regañado tanto por aquella ocurrencia de llevar allí a los niños—. Nuria, sal por donde sea... Me ha parecido verlos detrás cruzar por ahí... ¡No, da la vuelta!

La furgoneta se metió por una calle prohibida y tuvo que dar marcha atrás cuando se topó con otro coche. Afortunadamente, al volver a la dirección correcta no vieron más soldados. Estaban enfrente de un par de bares con jóvenes en su puerta, fumando, bebiendo y ocupando la carretera. Cada noche, aquella zona de copas estaba llena de vida.

Nuria desaceleró. Solo les faltaba que acabaran en comisaría por infringir alguna norma de circulación. Y por ir con una furgoneta robada. Recuperando el aliento, Germán se concentró rápidamente para averiguar qué había pasado con los demás, que también se hallaban en una situación de peligro. Al cerrar los ojos vio que Alexander llevaba a la niña en brazos de manera torpe. El profesor colombiano parecía al borde del infarto y le costaba respirar. A su lado estaba Amanda, que llevaba a Mat en brazos. Agachada, Zenobia imploraba a los cielos, y a su lado... Bea yacía en el suelo. Parte de su piel estaba en carne viva, con enormes quemaduras; por su abdomen se le salían las vísceras y la presión que hacía Zenobia con sus manos apenas podía contener la hemorragia. La mente de Germán se quedó bloqueada en ese escenario durante unos segundos.

Pero ellos tampoco estaban a salvo. En esa calle llena de gente aparecieron los guerreros del Caos. Fueron hacia ellos empujando a los jóvenes que, ajenos, obstaculizaban su trayectoria. Un grupo de esos clientes del bar reaccionó a los empujones, y al agarrar a los soldados estos se revolvieron y empezaron a usar sus armas contra los chicos.

—¡Se están viendo, se están viendo todos! —gritó Nuria sacando a Germán del trance.

Un chico cayó encima del capó con un tajo en la espalda. A otra chica la cogieron por el cuello y le clavaron una daga. Era una masacre y Germán, que volvía de presenciar más muerte, no podía ni reaccionar. Pero Nuria no iba a consentirlo. Se concentró y un cuchillo grande apareció en su mano derecha mientras dirigía la izquierda a la puerta del vehículo para salir a ayudar. Noentendí aporreó desde arriba su ventana.

—¡No salgas! ¡Hay que irse!

Nuria empujó con más fuerza y, ante la posibilidad de que la futura investida de la Casa de los Proveedores saliera, fue Noentendí quien saltó hacia el grupo. Empezó a empujar a soldados y a adolescentes en todas las direcciones como una madre que separa a dos chicos. Robó un arma y la utilizó para clavársela a un soldado que estaba rematando en el suelo a alguien. Germán reaccionó al fin.

—¡Nuria, tenemos que ir a la Casa de Campo! ¡Bea está muy mal!

En la calle ya solo quedaban soldados del Caos y varios jóvenes heridos o muertos. La mayoría del grupo se había encerrado en los bares para huir de la carnicería. Nuria ya estaba arrancando el vehículo cuando una lanza atravesó el cuerpo de Noentendí, que murió gritando en dirección a la furgoneta que salieran de allí.

Nuria dio marcha atrás como pudo y giró por una calle, pero un camión de la basura los bloqueaba, así que se metió por la calle contraria. Saltaron a cerrarles el paso cuatro seres del Caos, ya sin yelmo y algunos sin armadura. Con las armas desenfundadas, sus enemigos gritaban con ansia de matar. Sin recobrarse todavía de la muerte de aquel guardaespaldas extraño cuyo nombre real jamás conocería, Nuria pisó con fuerza el acelerador. Los embistió. Oyeron cómo sus cuerpos eran golpeados por el morro de metal, pero la furgoneta se descontroló y se empotró contra la fachada de un edificio.

El impacto hizo que Germán y Manuel se vieran sacudidos hacia delante. Manuel gritó al ver su brazo moverse como un alambre. El capó empezó a echar humo. Nuria estaba atrapada por la puerta abollada. La furgoneta se había quedado encajada entre dos bolardos. Dos de aquellos orcos que se habían apartado a tiempo de la embestida corrían detrás. Germán vio que su puerta sí que podía abrirse. Tenía que luchar contra aquellos dos como fuera. Nuria le ofreció el cuchillo y sintió un miedo enorme de estar mandando a la muerte a su amigo. Germán salió de la furgoneta y los orcos se desplegaron para atacarle desde diferentes flancos.

Nuria le quiso decir algo, pero Germán no podía oírlo. El ruido del camión de basura rebotaba en la calle. Al oír aquello, Manuel sacó la cabeza por la puerta para gritarle algo importante que acababa de recordar. Algo aún más importante que estar a punto de ser asesinados por los soldados del Caos.

No hacía falta. Germán también lo había recordado. Golpeó el cubo de basura que tenía al lado rezando por tener razón. Lo volvió a golpear con fuerza sin dejar de mirar al frente, donde se encontraba el camión de basura. Lo golpeó como quien golpea un tambor de guerra llamando a las tropas. Sus atacantes se acercaban más y más. Ruido. Ruido de contenedores volcando. Un camión que maniobraba en la mañana y un agente que debía de estar intentando que no interfiriera con el tráfico.

Pero no era él el representante de su esfera. Ni la policía, ni el ejército, ni los serenos... Dos basureros salieron del camión de basura y fueron hacia ellos. Por un instante su vestimenta característica de los limpiadores hizo dudar a Germán de si no habría cometido su último error. Pero el único error fue no haberse dado cuenta de cómo los recolectores de desechos de Madrid eran en realidad los Centinelas.

Uno de ellos sacó un puñal de su espalda y lo lanzó a la cabeza de uno de los soldados. El otro, con el palo de la escoba, lo hizo girar por encima de su cabeza y golpeó al soldado desarmándolo. Después, en un movimiento preciso, golpeó las piernas de su oponente y, una vez derribado, lo mató de dos golpes en la cabeza. El otro recogió su cuchillo y remató a los que Nuria había derribado con la furgoneta. Se quedaron mirando a Germán y le dijeron sin ningún tipo de celebración:

—Ya era hora.

Ayudaron a salir a Nuria y a Manuel del vehículo y los metieron en el camión. Sintiéndose seguro por vez primera desde que había salido de la torre, Germán trató de conectar mentalmente con el otro grupo, pero ya no había ninguna imagen. Ya no estaba conectado con Alexander. Por fortuna, sí escuchó la voz de Astrid.

—Germán, he pasado mucho miedo. Nos vemos en el punto de encuentro.

Los Centinelas debían de saber a qué se refería porque, sin que les dijera nada, el camión arrancó. Llegaron al paseo de Rosales en aquel camión de la basura. Astrid y Ozz ya estaban allí junto a otra mujer, que debía de ser de su esfera. Germán abrazó a su chica.

—¿Cómo está Bea?

—Muy malherida. Ozz dice que, si la traen a tiempo, El Curandero podrá hacer algo. ¿Y tu pierna? Ay, sigue sangrando, Germán... ¿Y Manuel?

—Manuel no sé cómo no se ha desmayado ya —dijo Germán.

Todos empezaban a ser conscientes de que habían sobrevivido y a lo que habían sobrevivido. Solo esperaban que Bea pudiera conseguirlo también.

—Ahí llegan —anunció Ozz señalando las alturas.

Cruzando por el cielo llegó una cabina de teleférico. El teleférico de Madrid cruzaba desde la Casa de Campo hasta ese barrio, atravesando la naturaleza con el *skyline* de la ciudad dibujado al fondo. Germán había montado una vez de pequeño y se le había antojado mágico cómo se veían las cosas desde allí arriba. Los edificios brotaban como si fueran plantas de aquella pradera verde. Le parecía que, desde el aire, él estaba construyendo una ciudad.

Pero no debía de ser nada comparado con lo que aquel viaje debió de parecerles a los tripulantes de aquella cabina solitaria, que se movía silenciosa por los cables, sin ningún motor que la impulsara, sino por una bandada de pájaros blancos que resplandecían incluso en aquella oscura noche.

Cuando dejaron la cabina en el suelo, los pájaros formaron la figura de un hombre, que entre picos, alas y cuerpos hizo un gesto de reverencia a Zenobia cuando esta salió de la cabina acompañada de sus hermanos; luego desapareció en la noche de nuevo transformado en una decena de pájaros.

—¿Sigue con vida? —preguntó Ozz a Zenobia, y resopló cuando la interpelada afirmó con la cabeza—. ¡Rápido, hay que llevar a todos los heridos al Curandero!

—La Esfera de los Centinelas se ocupa —dijo uno de los basureros, que hincó la rodilla al ver a los herederos, mientras el otro se dirigía a la cabina y sacaba a Bea de allí, envuelta en una tela, como si fuera un sudario. Detrás salieron Alexander y Amanda.

Nuria bajó del camión al ver que por la calle llegaba Perdón. Aquella anciana venía cargando con el cadáver de Noentendí como si fuera un hatillo, pero cuando vio que los ojos de la enfermera se llenaban de lágrimas dejó al muerto en el suelo y corrió a enjugarle las lágrimas con el pañuelo que adornaba su pelo sucio y que humedeció con saliva para limpiarle mejor la cara.

—No te preocupes, niña. Siempre trajo cosas y se fue sin dejarse nada. Es lo mejor que nos puede pasar a los Proveedores.

Ya habían cargado a los heridos en el camión de basura: Bea, Manuel, Germán y Alexander. El colombiano tenía sudores fríos y se llevaba la mano al pecho como si el corazón se le fuera a parar en cualquier momento.

—Yo voy con mi esfera —dijo Nuria—. Quiero acompañar el cadáver de Noentendí... Me gustaría explicar lo que ocurrió.

Ozz asintió.

—Los Conversos están llevando a Rafael de vuelta a la torre, los Proveedores te protegerán a ti, los Centinelas se ocuparán de los heridos y los Eruditos iremos a la torre con el resto.

Todo estaba perfectamente coordinado, todos totalmente seguros de una manera casi elegante. ¿Por qué ocurría eso siempre después de los desastres? ¿Por qué imperaba en la calma la lógica y el orden cuando ya no era necesario?

Amanda paseaba despreocupada tras el susto del ataque inicial.

—Yo voy a la torre con los niños y a ponerme guapa, que me parece que esta noche va a haber gala de nominaciones.

Su frívola enajenación resultó especialmente hiriente. Germán sí que creyó confirmar que ella también había cambiado. Si Bea había crecido, ella había rejuvenecido algunos años, lo que en su carácter ya de por sí inmaduro y trastornado podía ser la explicación de que su locura hubiera aumentado, como poner en peligro a todos al llevarse a los niños. Germán se quedó pensando en ello mientras aquel camión los llevaba por la ciudad. ¿Por qué los había llevado al parque de atracciones? ¿Sería otro de los lugares que habría oído mencionar Mat a aquellos jugadores de rol con los que se había relacionado últimamente? El dolor en su pierna era cada vez mayor. Bea empezó a vomitar sangre en el asiento de atrás. Un camión de la basura no era el mejor lugar para llevar a alguien en ese estado. Pero el absurdo no había hecho más que empezar aquella noche.

El camión se detuvo cerca de la plaza de Lavapiés, frente a uno de los muchos locales de kebabs. Uno de los Centinelas sacó a Bea del asiento. Con su traje fluorescente de encargado de limpieza y aquel fardo agónico que era Beatriz, podría parecer que iba a tirarla en cualquier contenedor. Pero meterla en el establecimiento de comida rápida resultaba incluso más inapropiado.

Germán fue a ayudar a Manuel, pero quien se asió a él fue Alexander, que de nuevo se veía desfallecer, tal vez por el olor a cordero asado y de especias. Había dos clientes sentados en los bancos laterales. No había mesas. Uno apuraba su kebab envuelto en papel de aluminio y el otro bebía de una lata de cerveza mirando al infinito. Tras la barra, un árabe joven y bastante bizco los atendió como si fueran a hacer un pedido.

—En nombre de las Seis Esferas, traemos heridos que requieren del Curandero —dijo el Centinela.

—¿Para llevar o para comer aquí? —preguntó sin inmutarse.

Tras él se veía por un ventanuco una cocina grande y humeante.

—Para comer aquí —respondió el Centinela.

Salió de la barra para dirigirse adonde estaban ellos. Vislumbraron a alguien en las cocinas. El joven árabe dijo a los clientes que se marcharan y que dejaran los bancos libres para ellos.

—Sentaos; enseguida saldrá el pedido —dijo.

Cada vez que hablaba, sus dos hileras de dientes se movían totalmente descompasadas con la mandíbula. Daba mucha grima.

El Centinela puso a Bea encima de la barra; ya no sabían si lo que goteaba sobre el suelo sucio era sangre o salsa de tomate.

—Creo que voy a desmayarme —dijo Manuel, que ya no sabía cómo colocarse la escápula o el codo.

Germán le miraba con aprensión. Una fractura así de abierta debía ser lo bastante grave como para ser atendida con urgencia. Después de haber visto tantas cosas increíbles, no dudaba de que existiría alguna explicación fantástica por la que los habían traído allí, pero no creía que los microbios discernieran un mundo de otro. Una infección podía acabar con ellos. Su propia pierna cada vez le dolía más y se había puesto de un color negruzco.

Por fin el hombre que ejercía de cocinero salió. Era un árabe grande. Un turbante tapaba su rizada melena, que se confundía con su larguísima barba, totalmente desaliñadas. Iba sin camiseta, dejando a la vista un pecho en extremo velludo tapado solo con un delantal sucio y roñoso. Echó un vistazo rápido a Manuel y a Germán, que estaban en un banco, y a Alexander, que estaba tumbado en el de enfrente. Examinó a Bea en la barra. Con sus mugrientas manos la desenvolvió como si estuviera comprobando un pedido.

—Said, ponle a este tres tiras de carne y algo de salsa, por si acaso. Y a este otro dale una pajita —dijo señalando primero a Germán y luego a Alexander—. A estos otros dos me los llevo a la cocina. Y cierra, estamos completos.

—¿Ese señor... es El Curandero? —preguntó Germán.

El ayudante asintió y cerró el local, dejando antes que el Centinela saliera.

Se habían quedado solos en aquel horripilante establecimiento y Germán ya no veía a Manuel, a Bea o al Curandero. Said trajo unas tiras de carne del kebab que estaba a la vista tras la barra y se las puso a Germán en la pierna. Tal cual. Después le dio una pajita a Alexander.

—¿Qué se supone que tengo que hacer con esto? —inquirió Alexander.

—Soplar. ¿Queréis algo de beber o preferís quedaros así mirando?

Germán pidió un refresco frío y se recostó en el banco a tomárselo. Alexander soplaba sin ganas la pajita. Said se puso a limpiar. Cuando se apartaba de la barra podían ver algo de la cocina donde estaban Manuel y Bea.

—Me capturó un pteranodon —oyó decir a su amigo, y Germán sonrió por cómo lo dijo.

Entonces se dirigió a Alexander.

—¿Qué pasó en el parque de atracciones, Alexander? No pude estar siempre en contacto.

—Yo ni lo intenté contigo. Estaba muy asustado. Tampoco tuve que usar mi don porque encontramos antes a Amanda y nos llevó adonde estaban los niños, dormidos debajo de un árbol. Y cuando ya nos íbamos a ir de ese lugar lleno de fantasmas y mientras Zenobia intentaba entender por qué Amanda se había llevado a Mat y a Sil, apareció una especie de...

—¿De bruja?

Alexander asintió mientras seguía narrando lo sucedido sin dejar de soplar de tanto en tanto por aquella pajita.

—Levitaba y proyectaba una especie de energía... como relámpagos en sus manos. Bea se enfrentó a ella y pudo esquivar uno de esos rayos. Yo le dije que se escondiera, pero uno le dio y la levantó por el aire y... entonces Bea explotó cuando la alcanzó otro rayo. Fue horrible. Zenobia había cogido la espada de su hermano y sin pensarlo atacó a la bruja, pero la única que pudo vencerla fue la madrina de los niños.

—¿Mayrit? —preguntó Germán mientras se le cerraban los ojos de puro cansancio.

—Se transformó en un ciclón de agua y arrojó a la bruja contra los árboles. Luego llamó a otro de los Ancestros, un hombre hecho de muchos pájaros, y nos sacaron de ahí.

—Fue una suerte que apareciera y os salvara.

Le costaba hablar. Entonces se dio cuenta de que debían de haberle echado algo en la bebida para dormirle. «¿Queréis algo de beber o preferís quedaros así mirando?», había dicho aquel siniestro ayudante.

Alexander, mientras, daba vueltas a lo ocurrido.

—Creo que ya estaba ahí, pero solo se decidió a actuar cuando vio a Zenobia en peligro.

Germán percibió la preocupación en el tono de Alexander, pero él se estaba quedando inconsciente y no le importaba. Cayó dormido sobre el banco.

Cuando Germán abrió los ojos vio, que ya era de día. La luz se colaba por debajo del cierre de aquel establecimiento de kebabs. Alguien gritaba. Se incorporó acordándose de que se había quedado dormido de golpe. Se dirigió instintivamente a la cocina, de donde procedían los gritos. Era Manuel.

—¡La ha cocinado! ¡Dios, la ha cocinado!

Entró y vio que El Curandero estaba allí y también Said, quien parecía estar ayudándole con algo. Alexander hacía esfuerzos por calmar a Manuel, que tenía el brazo colocado en su sitio y estaba cubierto por entero de servilletas de papel.

—¡Germán, me durmieron y al despertarme he visto a... mira!

Bea estaba envuelta en una especie de rollo de harina. Y metida de la cabeza a la cintura en el horno.

—Tranquilo, Manuel —dijo Alexander—. Creo que solo la está curando. ¡Mira la pierna de Germán!

Germán se acordó de su herida. Ya no tenía tiras de carne pegadas a la pierna. Era como si su cuerpo las hubiera absorbido... y no quedaba ni rastro de la mordedura del huargo.

—Saca el *dürüm* —pidió El Curandero a Said.

Said abrió el horno y desenvolvió a Bea. Estaba despierta,

pero desorientada. No era de extrañar. Se hallaba totalmente ilesa. Manuel la tocó como si no se lo creyera. Ninguna quemadura o herida. Su vientre recompuesto del todo.

—¡Cuidado! —exclamó Said—. No la toques demasiado. Aún está blandita y la puedes deformar.

—Y tú no tomes nada picante en los próximos días —le dijo El Curandero a Germán—. O te dará una reacción alérgica.

Manuel se empezó a quitar las servilletas que tenía pegadas al brazo. Parecía que el hueso había vuelto a su sitio.

—Gracias —dijo Bea, aún en estado de shock.

El Curandero asintió sin darse importancia y se puso a picotear de la freidora los restos de alguna comida que había quedado allí. Said los acompañó a la puerta.

—Haced caso a las recomendaciones. Si os precipitáis en vuestra recuperación, puede haber secuelas. ¡Sé de lo que hablo! —Se rio y sus ojos botaron dentro de su cráneo.

Regresaron andando a la torre. Al contrario que sus cuerpos, la ropa que vestían seguía medio deshecha, así que tenían algo de frío. No importaba. Necesitaban despejarse y a la vez asumir el milagro de su recuperación.

Cuando llegaron a la torre, los herederos estaban esperándolos con sus capas de abrigo. Mat rompió el elegante recibimiento corriendo hacia Manuel para subirse encima, pero el joven apartó al niño con cierta aprensión. A él no le habían dado ninguna indicación, pero apenas le quedaban servilletas pegadas al brazo y aún le costaba mucho moverlo.

—Me han dicho que pensaste que yo era tan cabeza hueca como tú —le dijo Mat a Manuel—. ¿Cómo iba a ir al cuartel de noche cuando no hay nadie?

—Ya. Tiene sentido. Pero ¿por qué te fuiste?

—Creo que eso se lo tenemos que preguntar a ella —intervino Bea señalando a Amanda, que apareció por la puerta con un petate al hombro.

—Ah, ya estáis de vuelta, ¡sois unos auténticos supervivientes! —dijo Amanda.

—Amanda, Mat dice que fuiste tú quien decidió llevárselos.

Él no te pidió nada. De hecho te los llevaste a los dos mientras dormían. ¿Por qué actuaste así?

—Que os pongan el vídeo y lo entenderéis —respondió ella. Pero parecía más apurada que otras veces.

—Amanda —dijo Bea—. Nos han atacado. Casi nos matan. ¿Eso es todo lo que tienes que decir?

—Esto de la unificación es una malísima idea. No lo paguéis conmigo, que yo siempre he cumplido con el programa, ¿eh?

—¡No has salido de tu puto apartamento durante semanas enteras con tu rollo de tarada y decides secuestrar a los niños! —gritó Manuel fuera de sí.

—¡Eso es mentira! Pero mira, no hace falta hacer recuento de votos. Estoy fuera, ¿no? Pues me voy al palafito y así no os molesto —dijo yéndose por el jardín.

—Amanda, no puedes irte —objetó Germán cogiéndola del abrigo para tratar de imponer algo de sentido común en la mujer.

—No estropees mi despedida —protestó Amanda, tirando el abrigo y dejando a la vista un vestido de gala a juego con sus tacones.

—¡Te matarán! —Germán hizo un último intento, aun sabiendo que era más difícil llegar a ella que a Rosa. Porque Amanda estaba perdida desde el principio.

—¡Hasta nunqui, puta loca! —volvió a gritar Manuel sin hacer ni un amago de detenerla.

Cuando llegó a la verja, Amanda se dio la vuelta y sonrió mientras tiraba besos a todos con la mano.

—¡No seáis tan dramáticos, chicos, siempre puede haber una repesca!

Los inquilinos subieron a sus pisos.

Germán se duchó y se vistió; luego se reunió con Manuel, que había hecho lo mismo.

—Te juro que sigo oliendo a kebab —dijo oliéndose el brazo.

—Pero ¿te duele? —preguntó Germán—. Oye, ¿por qué tú

sí tienes marcas? —dijo dándose cuenta de que Manuel aún tenía grandes hematomas en las articulaciones y que no podía mover bien el brazo.

—Para mi cuerpo nunca hay presupuesto —se lamentó Manuel volviendo a compararse con el vecino.

Llamaron a la puerta. Era Nuria. Se abrazó a ellos hecha polvo. Y la pusieron al día.

—Hubiera matado al rey Jerónimo y a toda mi esfera. Después de contarle todo, me dijo que no iba a perder a mi guardaespaldas, que Noentendí estaba curándose bien, y luego volvió con un tío gordo que no había visto en mi vida. Y me dice que es él y el otro dice que sí. ¡Me han dado el cambiazo y le han puesto vendas para que parezca real! Es demencial. El verdadero Noentendí estaba allí muerto a mis pies. Creo que al menos Perdón sí que sintió su muerte.

Volvieron a llamar a la puerta. Era Rafael.

—¿Estáis bien? Me contaron que hubo jarana y he oído en las noticias que ha habido varios muertos esta noche y...

Se dio cuenta de que Nuria estaba llorando.

—Bajad todos a mi apartamento. Tengo churros y alguna porra.

En el apartamento de Rafael repasaron todos los sucesos de la noche y, por supuesto, Manuel volvió a explicar que había sido atrapado por un dinosaurio gigante. También que Nuria había actuado como una auténtica heroína.

—Si no es por ti no lo contamos —dijo Manuel.

Germán le secundó.

—Si no es por ti y por Noentendí hubiera muerto más gente, Nuria, piénsalo.

Rafael le puso la mano en el hombro a Nuria mientras le decía a Germán:

—Y tú me decías que me anduviera con ojo. En la radio de uno de los bares empezaron a decir que un loco estaba matando chavales en Malasaña cuando los putos monjes de mi esfera me trajeron aquí y me contaron lo que realmente había pasado. ¡No nos sirve de nada ir con cuidado!

Viendo que el ambiente volvía a entristecerse, Manuel decidió plantear una cuestión que lo desconcertaba.

—Nuria, ¿por qué una bomba de humo? Si puedes teleportar cualquier cosa, ¿por qué no una granada? ¿O una bazuca?

—No es tan fácil, joder. Luego hay que aprender a manejar esas cosas, y todo lo que he practicado con armas de fuego ha sido un desastre.

—Yo estoy deseando que mi esfera me enseñe ya a manejar armas. Si vieras la destreza que tenían. A lo mejor a ti te puede enseñar Rafa.

—Entonces ¿Amanda se ha ido? —preguntó Rafael cambiando de tema.

—Digamos que la hemos nominado y ha salido expulsada —respondió Germán.

—Ojalá hubiéramos sabido antes que esa era la fórmula —añadió Manuel.

Oyeron el ruido de un camión desde la planta baja donde estaban.

—Parece que vienen a buscar la basura —les dijo Rafael.

Los acompañaron hasta la verja, donde un enorme camión de basura esperaba a Manuel y Germán. Eran dos hombres diferentes, pero parecían igual de duros que los anteriores. Resultaba curioso cómo no se habían fijado antes en que cualquier basurero de la ciudad, si le quitabas su uniforme fluorescente, podía pasar perfectamente por un guerrero curtido en mil batallas. El camión los llevó al norte, a un barrio de las afueras, atravesando una zona de naves industriales hasta unos hangares donde había otros camiones de basura.

—Al menos no es el vertedero —comentó Manuel.

Un grupo numeroso corría en formación por aquel polígono industrial. No llevaban el uniforme de limpiadores, sino sencillas calzas y camisas. Pero en aquel lugar aislado de la ciudad no cabía duda de que eran Centinelas. Había de todas las edades y también vieron varias mujeres. Todos ellos, indistintamente, parecían estar entrenando físicamente a un altísimo nivel. Siguieron corriendo sin detenerse al llegar hasta ellos, salvo una mujer, que parecía dirigir la instrucción.

—Somos los nuevos miembros de los Centinelas —dijo Germán—. ¿Podríamos hablar con el responsable de esta esfera?

—Vamos, corred delante de mí —dijo seca la mujer, casi empujándolos.

Podía tener casi cincuenta años, pero parecía dura y fibrada como una atleta. Manuel y Germán comprendieron que no les quedaba otra opción que obedecer sus órdenes. Dieron tres vueltas enteras al recinto a una velocidad más que considerable. Germán podía hacerlo con sus nuevas habilidades físicas, pero Manuel no seguía el ritmo.

—Perdón, perdón, pero estoy lesionado —se lamentó Manuel señalando su brazo.

La mujer corrió hasta su misma altura.

—Por eso os hemos dejado unas horas para descansar. Más tarde las tendréis que recuperar.

Dos vueltas después les pusieron a hacer flexiones. Germán no tenía ni cuerpo ni ganas para seguir jugando a los marines. Paró y examinó el lugar. Además de aquel grupo, había otros haciendo otros ejercicios. Realmente parecía un cuartel militar. En la distancia dos hombres los observaban. Los dos iban con armaduras y espadas. Llegó a la conclusión de que debían de estar al mando. «Es con ellos con quien debería hablar y no...» Le golpearon fuerte en la nuca. Le costó no caer doblado de rodillas. Era de nuevo aquella mujer. Germán no había sobrevivido a la jauría para dejarse amedrentar ahora.

—¿Tú quién eres? —se enfrentó a la mujer—. Somos los investidos de la torre, hemos ayudado a los herederos a...

—Mi nombre es Katya. Y que seas investido no significa que puedas desobedecer nuestras normas.

—Pero, pero... —farfulló Manuel que acababa de vomitar en el suelo el chocolate con churros—. Somos de los vuestros, se supone que tenéis que enseñarnos a usar nuestros poderes. Yo he venido a aprender a usar armas.

—Centinelas, ¡en círculo! —gritó Katya.

A su orden, el grupo detuvo las flexiones y formó un círculo alrededor de ellos.

Apareció otro grupo que portaba arcos y ballestas a la espalda. Formaron un círculo exterior. Los dos hombres con armadura se acercaron también. Uno de los dos era anciano. Todos parecían más relajados y Manuel pensó que tal vez se trataba de algún ritual de bienvenida como las novatadas de su colegio mayor.

—¡Centinelas! Dicen que son de los nuestros. ¿Qué decís?

Algunos alzaron sus puños al aire, otros sus arcos y en la lejanía algunos levantaron espadas. Todos gritaban en señal de desaprobación.

—¡Centinelas! Los recién despertados dicen que quieren aprender. ¿Cuál es la única lección de la Mula de Muchas Cabezas, de los Valientes Suicidas, de los Donadores de Sangre?

La tropa de doscientos hombres gritó enfurecida contra ellos.

—¡Mi vida vale menos que tu espada! —exclamaron al unísono.

Algunos se reían, otros parecían furiosos, pero ninguno de ellos parecía tenerles el más mínimo respeto.

Katya se dirigió entonces donde estaban Germán y Manuel y les dijo:

—Aprenderéis a usar una espada cuando ya no os importe que os corten con ella. ¡Llevadlos al Espabilador! No han venido con ganas de darlo todo en su primer día.

Mientras los conducían a lo que parecía un circuito de pruebas infernales, Manuel le comentó a Germán:

—Los Valientes Suicidas, ¿eh? ¡Qué buena planta elegimos en la torre!

Aunque lo dijo sonriendo, no pudo evitar que se le escapara un sollozo.

VI

Los diez días que le restaban al mes de octubre se hicieron eternos. La alegría de haber encontrado a su esfera y el alivio de haber sobrevivido al ataque del Caos iban diluyéndose con el sudor, las arcadas y el dolor de aquel entrenamiento que duraba desde que amanecía hasta que se ponía el sol. Con todo, no era la extenuación física lo que más afectaba a Germán. Le atormentaba la humillación a la que los sometían. ¿De verdad era necesario que les dieran ese trato para enseñarles a desarrollar sus habilidades como Centinelas?

No había tiempo nunca para explicaciones, pero sí que se podía detener cualquier ejercicio para señalar sus errores. Apenas se dirigían a ellos y siempre lo hacían con monosílabos rudos, pero afloraban las burlas y las risas cada vez que se caían desfallecidos en el suelo o se lastimaban levantando un peso o resbalando de las poleas. No era una cuestión de imponer una férrea disciplina. Tenía que ver con demostrarles constantemente quién mandaba allí.

Todo eso le recordaba a los campamentos que tanto odiaba de pequeño. También duraban diez días esas supuestas experiencias de aventuras y compañerismo, pero en las que había que seguir ciegamente a un monitor y respetar las normas que se le iban ocurriendo. Y si a alguien le resultaba difícil cumplir con aquellas arbitrarias reglas se le castigaba con una dosis mayor de autoridad.

Cuando tenía once años se rebeló y dijo que no quería ir a un sitio en el que no le dejaban pensar por sí mismo. Aquella frase hizo reír a sus padres y fue recordada durante años en la familia, pero fue tan reveladora que sus padres dejaron de obligarle a ir a los campamentos de verano. El resto de su vida siguió sin entender cualquier tipo de instrucción cuyo único objetivo fuera doblegar al otro. No entendía el ejército o el empeño de algunos profesores de imponer su autoridad antes que de enseñar.

Y allí estaba, con veintisiete años, dando vueltas corriendo a un hangar, trepando por empalizadas, cargando con sacos y arrastrándose por circuitos de pruebas con nombres tan sugerentes como «Rompecaderas», «el Espabilador» o «Muerte Súbita». Germán se encontraba en forma, tenía capacidad atlética más que de sobra para terminar los ejercicios pese a ser un novato, pero nunca bastaba. Siempre le pedían más y siempre le hacían de menos.

Desde que habían llegado no parecían tener ningún derecho frente a los demás, que podían disponer a su antojo de ellos para lo que quisieran. No solo Katya, que parecía dirigir todo aquello y se había transformado en su agobiante sombra, sino que cualquiera de los otros supuestos compañeros podía quitarles el agua o la comida del ligero almuerzo que tenían en toda la jornada. Una vez, uno se subió a la espalda de Manuel sin pedírselo siquiera para alcanzar unas varas de madera en un estante.

Germán se revolvió contra él y al instante tuvo a todo un grupo rodeándole. Sabía que era más fuerte y más ágil que un humano corriente, pero ignoraba si era rival para esos guerreros. Es más, ¿cuál hubiera sido la consecuencia de pelear contra su propia esfera?

A cambio de contener su rabia, se prometió a sí mismo no olvidar aquel abuso sobre ellos. No se congraciaría con las migajas de amabilidad o los pequeños detalles positivos que pudieran tener. Eso también lo recordaba de los campamentos: acabar normalizando lo malo para que lo que fuera regular pareciera bueno.

Manuel, por el contrario, se aferraba a esos momentos como pequeños premios durante el día: no vomitar un día, acabar media hora antes, que otro Centinela le hubiera quitado la cantimplora sin empujarle o que le empezara a gustar una de sus compañeras.

—Se llama Dunia, tío. No, claro, a mí no me lo ha dicho. Pero se lo he oído decir a otro. A ver si mañana no acabo el último en lo de las flexiones y puedo verla más de cerca.

Podía resultar patético, pero Manuel, que seguía sin desarrollar ninguna habilidad sobrehumana ni capacidad de lucha, lo tenía aún más complicado que él para sobrellevar aquello.

Cuando volvía a la torre al anochecer en el camión de la basura para ir a dormir, y solo eso, con Astrid, apoyando la cabeza en la ventanilla mientras veía la ciudad de noche, Germán sentía, para mayor frustración, que ni siquiera podía quejarse de su situación.

Madrid aún investigaba las muertes de la noche de la desaparición de los niños. Y habría más sucesos a los que darían alguna explicación banal. Ellos sabían la verdad. Ellos estaban vivos. Solo podrían entenderlos sus vecinos de la torre, pero casi todos pensaban que salían ganando en la comparación.

—Al menos os pasáis todo el día haciendo ejercicio. Y salís al exterior —les dijo Rafael—. Yo me tiro las noches en cuartuchos de baño de bares malolientes o de hospitales. Acabo siempre con la ropa empapada de meados o teniendo que enfrentarme a la peor calaña de los bares que quieren tirar la puerta abajo. La misma que no dejaba entrar al bar, ahora no debo dejarlos entrar al baño, tiene cojones la cosa. Casi me alegro cuando han dejado algún resto de algo en el lavabo y... En fin, que es jodido estar despierto toda la noche sentado en un váter frente a un espejo, inmóvil, tratando de discernir si al otro lado veo sombras con las que comunicarme.

Les costaba imaginar qué era lo que hacía exactamente Rafael con su esfera o por qué tenía que tirarse noches allí.

—Nosotros no tenemos váter, tenemos letrina y quien la usa ha de limpiar todo lo que hay en ella antes —replicó Manuel—. Te juro que me encantaría estar sentado todo el rato.

—Siempre he dicho que a vuestra generación le hacía falta

una mili. ¿Cómo crees que era eso, joder? Solo tenéis que intentar pasar inadvertidos y dejar que corran los días.

—Aunque nos traten como mierda, todos saben que somos los humanos investidos de la torre. No es fácil pasar inadvertidos —dijo Germán.

—Prueba a ser maricón en un cuartel militar —sentenció Rafael.

Nuria tampoco los compadeció una de las pocas veces que en aquellos días pudieron coincidir con ella.

—Tenéis normas y disciplina. Ya no me digáis más. Yo vivo en el desorden más absoluto. No entiendo nunca qué hacen los Proveedores y nada de lo que el rey Jerónimo organiza tiene sentido. Y a los cinco minutos todo ha vuelto a cambiar. Es como estar en un carnaval de violencia continuo. Os juro que pienso que me van a volver loca. ¡Loca! —dijo a gritos mirando adrede en dirección a la verja, donde escondidos siempre la acompañaban la anciana Perdón y el nuevo Noentendí.

Bea era la única que abiertamente parecía contenta con su integración en la Esfera de los Ancestros. Y eso que, además de llegar siempre tan agotada y llena de moratones como Germán y Manuel, ella hacía su entrenamiento casi desnuda en aquellos días que cada vez eran más fríos.

—Claro que es al aire libre, pero en unos sitios... No sabía que en Madrid pudiera caber aún tanta naturaleza. Hasta el mismo río Manzanares parece haberse vuelto de nuevo salvaje y lleno de vida. Hay algo especial en Madrid. Por eso, aunque tenga tanta contaminación, sigue teniendo ese color de cielo y esas aguas tan puras. ¡Cómo no voy a querer formar parte de todo eso! Voy buscando criaturas inimaginables con las que poder mimetizar mi poder. Es cierto que a veces eso significa enfrentarse al Caos, pero me siento más viva que nunca.

—Lo tuyo no son prácticas. Realmente te la juegas —le comentó luego Germán a Astrid mientras la chica le daba un masaje en su vapuleado cuerpo.

—Lo de los Eruditos tampoco, no te vayas a creer —dijo ella cansada.

Germán se levantó para preparar la cena. Casi siempre era Astrid la que tenía que aguantar el cansancio de él, y era evidente que no por no ser física su actividad resultaba menos complicada.

—Exactamente, ¿qué hacéis allí en los túneles? Me dijiste que os dedicabais a recoger información, pero ¿de qué?

—Cada uno de lo que puede. Hay otros telépatas como yo. Unos saben captar las ondas, otros las imágenes del pasado o del futuro. Cogemos lo que captamos, lo depuramos, lo ensamblamos con lo que ya se supo y todo ello lo volcamos en el navegador.

Germán ya se había perdido, pero intentó prestar atención.

—¿El navegador?

—Es una especie de pantalla con información. Lo estamos construyendo a medida que nos van entrenando, porque será necesario para la coronación, como si fuera una carta náutica. En fin, no te lo sé ni explicar porque no sé ni lo que hago durante horas... a veces creo que me va a estallar la cabeza. Menos mal que nos han dicho que ya falta poco para la ceremonia de investidura. Y a partir de ahí será cuestión de días que empiece el traslado del trono a este mundo, y, con un poco de suerte, todo acabará.

—¿Ves? Al menos a vosotros os cuentan estas cosas.

—¿A nosotros? No hables en plural. Alexander cada día está más raro conmigo. Creo que está rabioso porque los Eruditos me dan más responsabilidades que a él. Tú al menos estás pasando esto con Manuel. Yo me siento igual de sola que Bea, Nuria o Rafael.

Era verdad que él compartía cada segundo con quien ya era su amigo, pero cada uno afrontaba aquello de manera cada vez más diferente: Germán ponía su cabeza en automático. Centrarse solo en obedecer y cumplir cada ejercicio sin pensar en el siguiente. Manuel se había refugiado ya en el rol del patoso torpe al que todo le resultaba imposible. Verle de bufón era algo duro, pero cuando empezaron los ejercicios que llamaban de fusión, fue un problema para el propio Germán. Un mediodía Katya suspendió el entrenamiento físico habitual de Germán y Manuel y los llevó a otro hangar, donde había un grupo entrenando una serie de coreografía que alguna vez habían visto en la distancia. Pero no era ningún baile.

—Los Centinelas somos un millar, pero actuamos como uno. Un solo cuerpo. Una sola espada. Tenéis que aprender a moveros a la vez, a respirar con el cuerpo del otro, a pensar con su cabeza. Cuando podáis sentir la empuñadura de su espada como si la sostuvierais vosotros, estaréis preparados.

Desde entonces dedicaban la mitad del entrenamiento a ese tipo de ejercicios, junto al resto de los Centinelas. En el nivel más avanzado estaban los que luchaban a espadazos, el uno contra el otro, con los ojos cerrados. Debían hacerlo a gran velocidad sin herirse. Otros corrían en grupos de seis o siete Centinelas y saltaban a la vez sobre unas argollas que colgaban de una estructura en equilibrio. Si alguno se colgaba un segundo antes o después, la estructura se desestabilizaba y caía sobre ellos. Otros, que empezaban a identificar como los más novatos después de ellos, se colocaban en hileras enfrentadas y debían correr hacia el otro y parar un centímetro antes de golpearse.

Manuel y Germán comenzaron con el nivel más básico de sincronización. Los ataron por los tobillos y las muñecas, y debían hacer así todos los circuitos físicos. Por mucho que con su nueva fuerza Germán pudiera cargar con Manuel, era imposible pasar por aquellas pruebas con alguien tan descoordinado. Era como tratar de nadar con alguien que se ahogaba y no cesaba de patalear.

—Vamos, Manuel, que tú jugabas al baloncesto, ¡un poco más de atención! —dijo Germán la tercera vez que cayeron desde una altura considerable.

—No pesaba cien kilos y no iba amarrado al Capitán América. ¿Cómo quieres que atienda? Me duele todo.

Oyeron el sonido de un caballo y vieron que se acercaba uno de los dos hombres que estaba supervisando el hangar el primer día que llegaron. No debía de tener más de cuarenta años, aunque Germán se preguntaba si el tiempo seguía las mismas escalas para los habitantes del reino. Como todos los Centinelas, estaba en excelente forma física. Sobre su melena y su barba castaña ya había varias canas y en sus ojos se adivinaba un constante cansancio. Vestía con armadura como un auténtico caballero. Su presencia debió de poner nerviosos a los Centinelas, porque uno de los que corría de cabeza hacia otro no solo no frenó, sino que además se llevó por delante la estructura de las argollas tirando a otros cinco Centinelas al suelo. Hubo risas generalizadas y Germán se sorprendió de estar riéndose con ellos. Aliarse contra el que fallaba. Eso también formaba parte de aquella mentalidad militar. Pero lo cierto era que el ambiente se había distendido.

El caballero bajó del caballo y todos volvieron a formar en círculos concéntricos con actitud relajada. Hasta les contestó cuando preguntaron quién era. Tristán Sin Paz, hijo de Cedric Sin Paz, adalid de los Centinelas.

—El otro hombre que iba con él debía de ser su padre. Ese es el señor de nuestra esfera, Manuel —le dijo Germán. Tenían que intentar hablar con él cuando fuera.

Tristán, acompañado de Katya, empezó a hablar a las tropas.

—Centinelas, pronto los herederos habrán de encargarnos nuestra parte en la custodia del Trono de Todo. Llegado el día, dedicaremos toda nuestra sangre a su causa.

Todos gritaron jaleando.

—Por eso, si queremos ganar terreno al Caos, hemos de hacerlo ahora. Aún no se han adaptado a este mundo. Mi padre ha ordenado que conquistemos sus bases y establezcamos nuestro cuartel donde ahora moran sus huestes.

De nuevo los hombres jalearon, pero hubo un instante previo de emoción contenida.

—¡Centinelas! ¡Preparaos para la batalla! —exclamó levantando su espada.

Katya levantó un hacha de guerra y todos la secundaron.

La siguiente noche, todo el ejército de los Centinelas estaba rodeando aquel barrio del centro donde el Caos había establecido sus posiciones. La misma manzana del antiguo cuartel del Conde Duque y los edificios militares desde donde los habían atacado hacía casi dos semanas. Ahora, el ejército de Cedric Sin Paz iba a recuperar aquellos estratégicos fuertes para el reino.

A las tropas del cuartel del norte se habían unido otras dos del mismo tamaño y que Germán y Manuel no habían visto aún. Con los que se quedaran en otros puestos, ya sí que sumaban el millar anunciado. Pero para su sorpresa, la que comandaba toda la operación era la propia Katya. Además de lanzarles órdenes como si fuera el sargento de hierro, era la comandante de los Centinelas.

A Manuel y Germán les habían asignado a un escuadrón que desde una de las calles traseras tenía el objetivo de subir a la azotea de uno de los inmuebles residenciales, al lado de un imponente edificio con torres y reloj. Manuel se lamentaba de que ninguna de las tres mujeres de su escuadrón fuera Dunia.

—Le hubiera podido contar que en ese parque me atacó un pteranodon —explicó sin poder siquiera levantar el escudo grande que les habían dado a cada uno, aparte de una espada que apenas habían manejado en los días anteriores.

Estaban a punto de dar la señal de ataque. La jefa del escuadrón se dirigió a ellos dos.

—Sin detenernos iremos hasta el tejado y destruiremos una de las lanzaderas. No estará muy protegida, pero el edificio de al lado sí que está lleno de soldados del Caos y podríamos tener visitas. Ante cualquier dificultad, decidlo y antes de que os deis cuenta tendréis ayuda. ¿Entendido?

Aquellas palabras destilaban más amabilidad que las que habían escuchado en todas las jornadas de entrenamiento, pero no hubo tiempo de emocionarse porque enseguida se oyó como un trueno el grito de guerra:

—¡Mi vida vale menos que tu espada!

—¡Uno, uno, uno! —gritaron los Centinelas mientras asaltaban desde todas las direcciones la manzana que tenían rodeada.

El escuadrón de Germán y Manuel se dirigió al portal de la vivienda. Germán oyó un par de golpes secos, pero no se dio cuenta de que les habían disparado con flechas hasta que las vio clavadas en los escudos de los compañeros que los habían cubierto.

De un golpe abrieron la puerta y empezó un trepidante ascenso de siete pisos por la escalera. Germán y Manuel iban los últimos, pero alcanzaron a ver a los monstruos que salían a detenerlos y eran derribados por el ariete humano que era su escuadrón. Algunos fueron arrojados por el hueco de la escalera. Uno de ellos no cayó hasta abajo, sino al tramo de escalera anterior y subió con dificultad por detrás de Manuel y Germán. Uno de sus compañeros Centinelas lo abatió metiendo la espada entre medias de las cabezas de Manuel y Germán y ya se quedó atrás por si otro volvía a intentar sorprenderlos por la espalda. No podían estar mejor protegidos.

—Es como cuando *hackeé* aquel juego de combate y me pasé toda la pantalla sin tocar el mando —fue lo único que se le ocurrió decir a Manuel.

Al llegar al tejado, aquel entorno protector se rompió. Alguien lanzó un enorme proyectil y el grupo se dispersó alrededor de una especie de doble catapulta con arpones en los costados. Esa debía de ser la lanzadera que tenían como objetivo. Germán vio cómo un soldado del Caos se dirigía hacia ellos y le hizo frente con el escudo y la espada deseando que los hubieran entrenado más en esgrima y no tanto en el Espabilador. Afortunadamente, aquel ser del Caos estaba en retirada y fue fácil para Germán abatirle y para Manuel clavarle la espada una vez en el suelo.

Tras eso se cubrieron con el escudo. Notaron cómo las flechas ahora sí se insertaban en estos. Pero sus compañeros habían tomado la lanzadera y la estaban disparando contra otro edificio cercano. Todo estaba saliendo bien. Desde las alturas podían contemplar cómo los Centinelas iban tomando todos los edificios. Solo tuvieron un momento de inquietud cuando oyeron los graznidos de los dinosaurios voladores.

Los Centinelas no solo atacaban con armas medievales. De hecho, eran pocos los que iban a caballo. La mayoría usaba los pequeños vehículos de limpieza como apoyo a los grandes camiones. Les vieron emplear mangueras y sopladores de hojas con unos niveles de potencia que resultaban devastadores. Desde su posición segura, Germán se sorprendió al sentir ganas de que algún otro soldado saltara a su tejado. Pero no pudo detenerse demasiado en analizar aquel extraño deseo. Ni nadie volvió a atacarlos. Los seres del Caos apenas habían desembarcado en este mundo y tardaban unos fatales segundos en poder percibir a unos Centinelas que llevaban meses, tal vez años, preparándose para la guerra. En menos de una hora los gritos de los combates fueron reemplazados por el sonido de una campana. La batalla había terminado.

—¡Victoria! —gritaron todos jubilosos.

Sus compañeros de escuadrón corrieron junto a Germán y Manuel para preguntarles si estaban bien y para abrazarlos en la celebración. Todas aquellas muestras de alegría y afecto contrastaban con lo que habían vivido los días pasados. Pensaron que en un principio habían caído en el peor de los cuarteles, pero mientras bajaban a la calle, caras conocidas que se habían entrenado con ellos también los abrazaban y felicitaban por su misión. La propia Katya sonreía y en aquel rostro pétreo era un efecto demasiado chocante.

—Muy bien, Manuel y Germán, parece ser que sois mucho más eficaces en la guerra que en la paz.

—Tal vez es porque en la guerra os comportáis como aliados y en la paz como enemigos —dijo Germán rápido.

La mujer no respondió a gritos como siempre.

—No sé cómo has podido sobrevivir al asalto si realmente crees que cualquiera de nosotros será alguna vez tu enemigo.

Un caballo se acercó al galope y Katya hincó la rodilla tras dirigir una mirada cómplice a los chicos para que hicieran lo mismo. Cedric Sin Paz, el anciano caballero y señor de los Centinelas, cabalgó hacia donde estaban. No llevaba yelmo, pero sí una armadura dorada a juego con su imponente espada.

—¿Hemos tenido bajas, comandante?

—Mínimas, señor —respondió Katya.

—Gran trabajo. Estos edificios serán un gran bastión de los

Centinelas. Y a vosotros —dijo, mirando en dirección a Germán y Manuel— os veré mañana por la mañana tras los festejos.

¿Festejos? Por las calles aledañas ya se oía la música que acompañaba a un desfile de viandas que se iban repartiendo entre las tropas. Algunos Centinelas encendieron fogatas de fiesta que ayudaban a combatir el frío, mientras otros directamente bailaban y se abrazaban. Todo el protocolo parecía haber caído.

—¿Qué crees que pensarán los vecinos que se asomen ahora a estas calles? —preguntó Germán.

—¿Que el servicio de limpieza del ayuntamiento celebra Halloween con un día de adelanto? —respondió Manuel pensativo.

—Ja, ja, ja, menos mal que no pueden ver todo. Sería difícil explicar eso —dijo Germán señalando a cuatro hombres que arrastraban por la calzada un pteranodon muerto.

Nadie les dio un cuenco o una copa para comer y beber, y cuando por fin Manuel localizó a Dunia, que estaba bailando en un grupo, la chica, amable, los echó de allí.

—El festejo es solo para los Centinelas. Vosotros aún no sois de los nuestros, chicos. Id con los reclutas —dijo señalando una plaza alejada de todo el jolgorio.

—Era demasiado bueno para que durara —se lamentó Germán.

—Lo que me dura es este maldito olor a kebab. Me estoy convirtiendo en un repelente para mujeres —dijo Manuel más dolido por la respuesta de Dunia que por volver a estar en una categoría inferior tras el fragor de la batalla.

Llegaron a un pequeño campamento frente a una gran iglesia. En la plaza también festejaban de manera más humilde un grupo de Centinelas que no debían de tener más de dieciséis años. Al menos seguían siendo amables con ellos.

—Sois los investidos, ¿verdad? Me llamo Rast. ¿Cómo os tratan en el cuartel del norte? A los demás reclutas nos tienen repartidos en los otros tres cuarteles. Pero ahora que hemos conquistado este lugar, seguramente nos reunirán a todos.

Eso parecía alegrar enormemente a los reclutas.

—Pues yo prefería irme a vuestro cuartel y alejarme de la comandante. La tiene tomada con los que somos de este mundo, me temo —dijo Manuel.

—¿La comandante? No puede ser ese el motivo. Ella es también de aquí, ya sabéis, una durmiente —explicó la chica de aquella pandilla de adolescentes.

—¿Katya? —espetó Germán, atónito, y todos asintieron.

—Hace muchos años que hizo el juramento de la espada, pero es como vosotros. Por lo menos hay otros diez que lo son. Cualquiera que se prepare con los Centinelas y pase la prueba, puede ser uno de ellos —les aclaró Rast.

Aquella información era sorprendente. Hasta ahora no habían oído de ningún durmiente que hubiera acabado formando parte del reino, aunque no era del todo extraño viendo las conexiones que durante siglos habían existido entre los dos mundos.

Comieron y bebieron con aquellos chicos en la humilde celebración, pero el cansancio pudo al fin con ellos y acurrucados con mantas durmieron hasta que llegó el alba y fueron a la torre del reloj para reunirse con el señor de su esfera.

—No estaba seguro por la noche, pero sí, este es el ICAI —dijo Manuel al entrar en la sede de aquella universidad prestigiosa y elitista.

Se echó a reír mientras subían hasta los aposentos de Cedric Sin Paz.

—¡Me pregunto qué pensarán los pijos de esta universidad de que ahora sea la base central de los basureros de Madrid!

Al final de la escalera los estaba esperando Tristán, el hijo, que los acompañó cortés en la presencia de su padre. Aquel rey o señor o adalid, como se referían a él, parecía más anciano sin su armadura. Colgada en la pared estaba su espada, que Manuel rápidamente se paró a admirar nada más saludar ceremonioso.

—¿Es mágica?

—Su nombre es *Cadalso* —dijo el hombre, acercándose para enseñársela mejor. Sus ojos, al contrario que los de su hijo, estaban llenos de una ilusión casi infantil—. Nombre más que adecuado para el arma que juzga y ejecuta al enemigo y preside las ceremonias de los nuestros.

Tenía una empuñadura de oro y dos piedras preciosas, una obsidiana negra y un zafiro blanco en la guarda previa al filo. En él se leía la inscripción: «Mi vida vale menos que tu espada». Cedric Sin Paz se dio cuenta de que los labios de aquellos chicos se movían leyendo el lema de la Esfera de los Centinelas.

—Os resulta confuso, ¿verdad?

—Hay algo que no me cuadra, sí —admitió Manuel—. Si fuera que mi vida vale menos que la de otro podría entenderlo como un ejemplo de sacrificio. Pero así escrito...

—Porque no solo se refiere a dar nuestra vida por los nuestros. También se lo decimos a nuestros enemigos. Si pensáramos que nuestras vidas valen más que las suyas, jamás osaríamos combatirlos.

No era solo un lema de entrega por el otro, se trataba de una expresión kamikaze.

—Creo, padre, que ellos también están confusos con su inclusión en nuestra esfera —apostilló Tristán.

El anciano no parecía entender el motivo de la confusión.

—Señor —intervino Germán—. Como habitantes de la Torre de la Encrucijada hemos seguido fielmente todo el plan de las Seis Esferas. Pensábamos que al encontraros seríamos Centinelas. No sé si están esperando a la presentación oficial o...

—Os llamé para anunciaros precisamente que la ceremonia de investidura de las Seis Esferas será en un par de días, aunque es solo una ceremonia protocolaria. Para cualquier esfera, desde el momento en que nos encontráis ya sois investidos y participaréis en el advenimiento del trono. Pero eso no os hace Centinelas. La única manera de serlo y a la vez el único requisito, sin importar la clase o condición del aspirante, ha sido siempre superar la prueba del Último Lastre.

Aquella esfera tenía un don para llamar a las cosas de una manera tan ridícula como atemorizante. Pero la meta de Germán no era ser un Centinela.

—Entonces no es necesario que pasemos esa prueba para

acabar con nuestro cometido con la coronación y la torre —dedujo Germán.

—¿Y en qué consiste esa prueba? —preguntó Manuel a la vez que Germán decía lo otro.

Manuel no ocultó su entusiasmo. El que acababa el último en todos los entrenamientos no podía ahora dejar de emocionarse por formar parte de una orden de guerreros. El sueño de todo jugador de rol, tal vez. Tristan se echó a reír al verlos tan poco coordinados. Aquello era peor que darse un cabezazo en una de las pruebas de fusión.

Cedric Sin Paz contestó primero a Germán.

—No. No es necesario. De hecho, los entrenamientos y la formación serán pronto secundarios a la misión del trono. Pero tampoco desarrollaréis esas habilidades que a buen seguro os están siendo útiles.

Un soldado llamó a la puerta y requirió la atención de Tristán para supervisar el traslado. Manuel se dirigió a Germán de manera discreta.

—Tío, yo quiero aprender a usar mis poderes y a ser un guerrero y...

—Manuel, si en dos meses esto ha acabado nada tendrá sentido.

—Pero por intentarlo... No sé, para ti es más fácil.

—No tenéis que decidirlo ahora. Si llegado el momento queréis hacer la prueba solo tenéis que decirlo. La tendremos lista para entonces —dijo el señor de los Centinelas interviniendo en su conversación—. De hecho, os quería pedir si puedo quedarme a solas con cada uno.

Tristán hizo una seña a Germán para que le acompañara fuera y dejó a Manuel allí con Cedric, quien había demostrado que bajo su ternura de anciano escondía la fortaleza del que debió de ser una leyenda en el combate. Tristán empezó a supervisar los cargamentos que subían las tropas a los diferentes pisos.

—¿Cómo está siendo... la adaptación? —le preguntó Tristán mientras paseaban por los corredores que se iban adornando con los emblemas de guerra.

—Muy complicada. Hace dos meses todo esto me hubiera parecido un cuento de terror. O una broma pesada —dijo Germán sincerándose con el hijo del adalid—. Y ahora formo parte de todo esto en un cuerpo que ni siquiera reconozco como mío.

—Puedo entenderlo —dijo Tristán—. Y no solo por haber reclutado a otros durmientes en el pasado. Nosotros también somos exiliados de nuestro mundo. Nos ha resultado más que complicado entender las leyes de este. A veces parece que todo se inventa sobre la marcha.

Resultaba reconfortante saber que el efecto era el mismo a la inversa.

—Pero aquí podrás preocuparte por muchas cosas, pero no por el Caos.

—¿Cómo que no? Tenéis monstruos también, Germán, y mucho más organizados y discretos que el Caos. En vuestro mundo la gente muere por una escalada de efectos invisibles. En el nuestro, cada muerto puede saber quién fue su asesino.

Germán rumiaba en silencio aquella reflexión mientras Tristán Sin Paz se asomaba al arco bajo el reloj desde donde iba contemplando la toma de posiciones de los Centinelas. Ahora en todo el barrio ondeaba el estandarte de los Centinelas: una espada cogida por la empuñadura por dos guanteletes distintos.

Abajo en la calle, los estudiantes se agolpaban en la puerta, sorprendidos de que estuviera cerrada. El 31 de octubre nunca había sido fiesta en España, sino el día 1, día de Todos los Santos. Y en el ICAI no eran de hacer puentes largos por su cuenta.

Germán se dio cuenta de que Tristán estaba un paso más adelante del borde del arco, suspendido en el vacío.

—Mi padre es un hombre ya anciano. Ha luchado en las dos últimas guerras contra el Caos. Para él esto supone un exilio duro y aferrarse a las costumbres de nuestra esfera es lo único que le queda —dijo allí flotando, con su mano agarrada al pomo de una espada que llevaba al cinto y cuyo acero lanzaba destellos plateados al aire.

Germán pensó que, después de haber visto en acción a los Centinelas, si además de tener ese código de honor del guerrero portaban armas mágicas, seguro que Manuel iba a estar totalmente entregado a la causa.

—¿Qué es eso de la prueba del Último Lastre? —preguntó.

Ahora entendía lo de su apellido, Sin Paz. Realmente su esfera tenía su razón de existir en el combate y que él hubiera caído en ella constituía una terrible broma cósmica.

—El Último Lastre que impide a un guerrero entregarse por completo en la batalla es el miedo. El miedo es último aliado de la supervivencia cuando ya nos hemos desprendido de la razón y de todos los principios. Si queremos vivir a toda costa no seremos capaces de luchar hasta el final. Para ser un Centinela, cada uno tiene que vencer su terror más profundo. Cada prueba se prepara para que los candidatos se enfrenten a lo que más temen.

—¿Y cómo saben...?

—Habría otras formas de averiguarlo, pero la tradición es la tradición y el adalid de los Centinelas prefiere preguntarlo directamente y confiar en que le dirán la verdad. Hasta ahora no ha fallado. Verás como con vosotros tampoco.

Germán tenía miedos donde elegir, y aun así no estaba en sus planes ingresar en ningún ejército, ni de este mundo ni de otro.

Manuel salió por fin y Germán le notó algo nervioso. Cuando entró, Cedric Sin Paz se estaba peleando con un vulgar bolígrafo intentando escribir lo que Manuel le hubiera contado. Sus manos torpes manchadas de tinta contrastaban con la destreza con la que tantas veces había empuñado aquella legendaria espada llamada *Cadalso*.

Tras explicarle lo que Tristán ya le había contado acerca de aquella prueba final, le miró con aquellos profundos ojos azules que daban vida a aquel rostro lleno de arrugas y aquella barba que debió de ser blanca antes incluso de que Germán naciera.

—¿Y bien, Germán? Dime... ¿cuál es el mayor miedo de Manuel?

—¿Perdón? ¿De... Manuel?

Eso no se lo esperaba.

—Claro. Una sola mente, varios brazos. Vamos, tu amigo ya ha dicho el tuyo.

—Niños... —dijo contento de su respuesta—. Manuel tiene terror a los niños.

Pero Cedric no parecía conforme con aquello.

—No deja de ser inquietante y divertido a la vez imaginarle peleando con infantes para ser uno de nosotros, pero seguro que hay algo más profundo en el alma inquieta de ese muchacho.

Germán estaba bloqueado. No quería mencionar el pteranodon. ¿Le traerían a uno para combatirlo si lo decía? No quería volver a ver a una de esas criaturas cerca ni en pintura. Así que aquel anciano pasó la hoja llena de manchurrones mientras pronunciaba cada una de sus palabras con voz grave y penetrante mirada.

—Mira lo que él ha dicho de ti: tu mayor miedo es enfrentarte a la muerte de tu hermano, asesinado de un navajazo en los Bajos de Argüelles cuando medió en una pelea tuya.

Los ojos de Germán se llenaron de lágrimas de repente. Él ni siquiera era capaz de repetir aquella frase. Tardó mucho tiempo en contar a sus amigos de la torre lo que pasó y en un solo instante Manuel había quebrado dicha confianza. Necesitaba irse de allí, pero aquel hombre ya tenía una mano en su hombro.

—Vamos, Germán... Seguro que sabes qué es lo que más le cuesta a Manuel.

—Ser un mediocre —dijo apenas sin voz—. No ser capaz de destacar en nada ni de lograr nada real en su vida.

Ni siquiera sabía cómo aquello podía ser una prueba. No pensaba en eso. Solo en devolver el daño. Manuel le acababa de demostrar que a cambio de ser algo especial había sido capaz de todo.

Mientras se marchaban de allí, Manuel iba animado.

—Lo bueno es que ahora estamos a diez minutos andando de casa, tío. Oye, ¿sabías que *Cadalso* es realmente una espada mágica? Dicen que cuanto más oscura es el alma del contrincante más daño hace. Y Tristán me ha dicho que la suya se llama *Ventolera* y que puede...

—¿Cómo has sido capaz de contar lo de Javier, Manuel? —le interrumpió Germán.

—Ah, joder. Me preguntó qué era lo que más temías y no se me ocurría nada. Pensaba que se trataba de un ejercicio psicológico. Luego me contó lo de la prueba. Pero, bueno, si no la vas a hacer no pasa nada, ¿no? No entiendo qué...

—Tú sí la vas a hacer, claro, y esta era tu manera de quedar por encima de mí.

—Germán, joder, que no es eso.

—¿Es envidia? ¿Envidia porque tenga estas habilidades físicas? ¿Envidia por lo de Astrid?

Manuel se detuvo. Jamás había visto a Germán así.

—Perdona, Germán. No pensé que fuera a ser importante.

—Antes de irme, ese viejo ha querido darme detalles de cómo sería mi prueba, ¿sabes? Van a elegir la localización donde Javier murió. La misma que no he podido volver a ver. Y van a a reproducir la pelea, los navajazos. Haga o no la prueba, me harán preguntas a diario para que todo sea exactamente igual, me volverán a hacer pasar por eso. ¿Y no pensaste que fuera importante?

—Lo mismo es que, además de ser más gordo, soy cada vez más tonto. No me extrañaría —replicó Manuel echando a andar en otra dirección.

—No te hagas encima la víctima, joder.

—¡Eso dítelo a ti mismo de una puta vez! —gritó Manuel furioso.

Germán enmudeció.

Resultaba frustrante que precisamente ese fuera el único día libre que había disfrutado en todo aquel tiempo. Casi echaba de menos los entrenamientos con los Centinelas para no tener tiempo para pensar. Casi.

Astrid no podía acompañarle. Ni siquiera mentalmente. Sus jornadas bajo tierra también eran largas.

Decidió ocupar el tiempo como fuera. Apenas veía a su madre últimamente, pero tenía una fiesta en casa de una vecina, así que su única opción de agarrarse a un trozo de cotidinaidad era el trabajo. De hecho, sabía que era algo que no podía eludir más.

Una noche, tras el entrenamiento, se ofreció para hacer un tour y se vio muy torpe reteniendo los datos con los que ilustrar a su grupo. Ya no contaba con el favor de Jesús, así que era inevitable que tarde o temprano le echaran. No era algo que le importara a esas alturas, pero pensaba que sería mejor dar un cierre digno a aquello y precisamente su jefe andaba como loco buscando un guía para esa noche. Cuando fue a la agencia a recoger la información del tour entendió el porqué. Era la noche de Halloween y aquella celebración estadounidense se había implementado muy bien en una ciudad que no necesitaba ninguna excusa para montar una noche de fiesta.

Germán quedó con el grupo asignado, mayoritariamente extranjeros, para un recorrido por el «Madrid del terror». Empezaba en el Palacio de Linares y de ahí iban a la Casa de las Siete Chimeneas para internarse en las callejuelas aledañas y sus leyendas, aunque no sabía cuáles serían pura invención de marketing. Germán ojeaba los folletos tratando de memorizarlos, pero el ambiente no se lo ponía fácil. Aquella docena de guiris se había contagiado de aquel «juernes» de disfraces. Germán estaba tenso y aún le dolía la discusión con Manuel. Uno de sus clientes adolescentes estaba haciendo fotos a la Cibeles, y la famosa estatua, en vez de disimular o permanecer vigilante, posaba coqueta para él. Empezó a dudar de que los durmientes no pudieran ver realmente aquella magia y, sobre todo, empezó a dudar de su propia percepción. Cada vez que veía a alguien disfrazado, Germán necesitaba un momento para saber si eran personas vestidas de monstruos o si podía encontrarse con alguna patrulla del Caos.

Empezó a darse cuenta de que no estaba preparado para hacerse cargo de nadie esa noche.

—Perdón, ¿empieza *now*? —le apremió un turista del grupo.

Tan pronto como les habló del fantasma del palacio, para lo cual tuvo que leer nervioso varias veces, intentó alejar al grupo de aquel maremágnum, pero al llegar a las calles del barrio de Chueca, la fiesta era la misma y el espacio más pequeño. Veía armas y no sabía si eran de juguete. Veía máscaras y no sabía si eran caras. Y el peligro al doblar cada esquina era inminente. Alguien soltó un petardo a su lado y dio un bote asustado.

Entonces una mano peluda le tocó en el hombro.

Gritando, aferró aquel brazo y efectuó una llave que lanzó el cuerpo del supuesto agresor por encima de él contra la pared. El tremendo sonido que hizo al impactar con su espalda y los gritos del resto del grupo le sacaron al instante de su error. La falsa garra del disfraz se soltó de la mano del bromista extranjero que había tratado de asustar a Germán cuando quedó inconsciente en el suelo. Germán empezó a disculparse ante la novia de su cliente, que gritaba desesperada mientras alguien llamaba a una ambulancia. Otra persona llamó a la policía. Germán salió corriendo de allí.

Había sido capaz de sobrevivir a una persecución en territorio del Caos y había podido batallar en su reconquista, y nada había sido tan grave como tratar de guiar a un grupo de turistas por Madrid. Podría haber matado a alguien. Él, nada menos. Que aún no se había recuperado de la muerte de su hermano.

Al llegar a la torre entró y salió innumerables veces de su apartamento sin atreverse a llamar por teléfono, pero sabía que el remordimiento no le dejaría dormir. Finalmente fue capaz de llamar a Jesús. Su jefe estaba en el hospital, dando la cara por él. El turista al que Germán había agredido tenía las costillas rotas y una fuerte conmoción, pero la columna vertebral no había sufrido daños permanentes. Se recuperaría. Él estaba despedido, pero eso era lo que menos podía importar a Germán.

Igual que durante las primeras noches, no pudo dejar de moverse inquieto en la cama, pero esta vez estaba despierto. Al menos eso creía cuando el sonido persistente del timbre le despertó por la mañana. Hecho polvo, abrió la puerta y se sorprendió al ver a Pip.

—Buenos días, Germán, vengo a cobrar el alquiler. Son doscientos cuatro euros, ¿lo recuerda?

Eso también se le había olvidado.

—Tengo que ir a sacar dinero al cajero. Ayer no tuve un buen día. ¿Es posible?

—Ha de darme el dinero antes de que me vaya de la torre, pero usted es rápido, ¿verdad? —dijo Pip sonriendo—. Puede parecer un asunto menor, pero no lo es en absoluto.

—Se lo puedo poner yo, ¿no? —preguntó Manuel desde el umbral de su puerta.

—¡Por supuesto! ¡Como buenos vecinos y compañeros de esfera! —exclamó aliviado el hombrecillo.

Manuel entró a buscar el dinero. No se atrevía aún a cruzar la mirada con Germán, así que preguntó algo que llevaba rumiando mucho tiempo.

—¿Por qué doscientos cuatro euros, Pip? ¿Por qué justo esa cantidad?

—Es a lo que equivaldría hoy en día un doblón de oro. Ese es el precio de la Torre de la Encrucijada. Un doblón de oro.

Luego Pip subió a seguir cobrando el alquiler a la siguiente planta.

Germán se acercó a Manuel.

—Manuel, perdóname, no debí saltar así. Lo siento —dijo hecho polvo.

—Tío, joder, ven aquí. —Manuel le dio un fuerte abrazo—. Todo está bien.

—No, no lo está. Actúo antes de pensar. Ayer ataqué a una persona. Mi cuerpo todo el rato está en tensión, como si necesitara descargar. Creo que tanto entrenamiento militar me ha hecho estar en guardia constante.

Manuel se soltó de golpe del abrazo con cara de preocupación y entró en su apartamento. Germán se quedó unos instantes en el rellano sin saber si había dicho algo que no debiera. Oía cómo Pip subía ya a la planta de Bea. Manuel no tardó en regresar.

—No es el entrenamiento. Es esta torre. Mira, estos son mis apuntes de la facultad. ¿Te suenan? Deberían, porque es la misma página que hace dos meses, ya sabes mi ritmo. Pues no soy capaz de recordar nada de ellos. Creo que de verdad este sitio me ha vuelto más tonto. Me cuesta no meter la pata. Y puede que a ti te esté pasando lo mismo.

Un aluvión de imágenes le vino de golpe, como si acabara de despertar. Su reacción con Jesús o ante los soldados del Caos. Su incapacidad de prestar atención y de quedarse quieto en su apartamento. Toda aquella impulsividad y su creciente agresividad. Su mente había cambiado. Tanto como para no darse cuenta siquiera de esto. Germán se echó las manos a la cabeza. Se estaba volviendo a marear, a punto de sufrir un ataque de ansiedad. Y por la escalera el entusiasmo de Pip resonó como un eco.

—¡Vecinos, vecinos, tengo que hacer un importante anuncio!

Algunos esperaban que volviera a colgarse del ascensor, pero como esta vez no venía a resolver inquietudes, prefirió volver a personarse en cada apartamento para repetir el mismo anuncio a todos.

—Pasado mañana es el día escogido para hacer la ceremonia de investidura. Será en el cementerio de la Almudena el día 3 de noviembre, justo el día después al día de los Difuntos que se celebra en esta ciudad. La ceremonia debe realizarse ante la mayor multitud posible. No importa que esa multitud sea de muertos en vez de vivos, así que con esta opción tendremos mucha más tranquilidad. Nunca un cementerio está más lleno de muertos y más vacío de vivos que el 3 de noviembre, el día siguiente de que los familiares han cumplido su compromiso de visitar a sus seres queridos. Ustedes serán entregados a sus esferas en presencia de Zenobia. Y dado que hubo guardián de la torre, yo tendré el honor de guiarlos.

Germán escuchaba todo esto repitiendo sus frases para ver si se estaba enterando de algo. No estaba seguro. Pip le dejó allí absorto con sus pensamientos. Después llegaron las chicas, que parecían haber estado más atentas y habían logrado sacarle más información.

—Pip me ha dicho que la puerta de Amanda estaba abierta y que había dejado el dinero antes de irse —les contó Bea—, ¿pensará volver para la presentación ante nuestra esfera?

—Yo he cogido su testigo en materia de frivolidad —dijo

Nuria—. Le pregunté si debíamos ir vestidos de alguna manera y me dijo que sí, que desnudos. ¿Es infantil decir que pese a todo lo que hemos pasado me muero de la vergüenza de algo así?

Astrid se rio, pero notó que les pasaba algo a los chicos.

—Germán, ¿qué os ocurre?

—Manuel y yo creemos... creemos que nuestra esfera nos está volviendo tontos. Más aptos para la lucha, pero menos para pensar.

—¡Anda ya! ¡Estáis como siempre!

—Lo mismo nos decíais con nuestros cuerpos hasta que el cambio fue evidente. Puede que no nos hayamos dado cuenta, pero no puedo concentrarme, estoy todo el rato a la defensiva, no puedo estar quieto, no...

—¡No he sido capaz de estudiar en dos meses! —se quejó Manuel.

—¡Pero antes tampoco! —rio Nuria. Pero paró cuando advirtió que los chicos lo estaban pasando realmente mal.

—Me hubiera dado cuenta de algo así, Germán —dijo Astrid—. Creo que os está afectando todo ese entrenamiento y probablemente os estén enseñando a actuar antes de pensar, pero no creo que te esté cambiando.

—¿Cómo lo sabes? ¡Me conoces desde hace apenas dos meses! —replicó Germán—. He dejado de hacer todo lo que me gustaba. He renunciado a todo lo que me había propuesto. No puedes saber quién era.

Bea, que había estado callada hasta ese momento, se acercó.

—Yo sí creo que habéis cambiado. ¿Cómo no hacerlo después de todo lo que nos ha pasado? Yo ahora me agobio más en los espacios cerrados o en medio de la multitud. Y han dejado de interesarme otras cosas. Pero no creo que hayamos perdido nada. Ha cambiado nuestro equilibrio y tenemos que volver a recuperarlo. Como cuando crecemos y de repente estamos más torpes porque se ha movido nuestro punto de... nuestro. ¿Cómo se llama eso?

—¿El centro de gravedad? —preguntó Manuel.

—¿Ves como si te acuerdas de cosas? —dijo Bea con picardía.

Astrid y Nuria unieron sus miradas a la de la chica, para

tratar de convencerlos. Manuel pareció tranquilizarse, pero Germán seguía sintiendo vértigo ante aquellos cambios tan rápidos y profundos. El ejemplo que había puesto Bea no era casual. Ahora ya era evidente que su vecina también había sufrido una transformación física. Realmente en aquellos dos meses había crecido y madurado como si hubieran pasado dos años.

—No es fácil encajar nada cuando ya no sé quién soy. No lo sé desde hace años. Estaba intentando descubrirlo cuando vine a esta torre y ahora...

—Ahora tienes que hacer algo muy importante —le interrumpió Bea.

—¿El qué? —preguntó Germán ávido de respuestas.

—Echarte una buena siesta. Tu cabeza no sé, pero tu aspecto es terrible.

La siesta fue tan larga que, al despertarse, ya era de noche. Y de nuevo en su cabeza albergaba dudas. Necesitaba encontrarse a sí mismo. Hacer algo de lo que antes hacía y disfrutaba. Se le ocurrió ir al cine. Tal vez era más fácil que ponerse a leer un libro.

Fue a la Filmoteca sin saber que ponían un ciclo de cine fantástico, de lo contrario hubiera elegido otro cine. Estaba programada la película *El increíble hombre menguante*. Temeroso de que si cambiaba de planes volviera a perder el hilo de lo que tenía que descubrir, Germán entró en la sala.

La película tenía demasiadas situaciones que ahora ya no le parecían tan de ficción. ¿Tendría que luchar él alguna vez con algún gato gigante? Empezó a sentir la angustia del protagonista. La fatalidad había hecho que tuviera que presenciar cómo aquel personaje iba cambiando, menguando, sin poder hacer nada por evitarlo.

El resto de los espectadores eran en su mayoría gente moderna y culta; todo lo que él había querido ser desde que estaba en Londres. Sentía que, si se iba ahora, jamás podría regresar. Revolviéndose en la butaca, se dio cuenta de que ya había pasado más de la mitad de la película. Su cabeza no tenía problemas en seguir la versión original. Como dominaba el inglés, sustituía la lectura de los subtítulos por aquellas reflexiones personales que de alguna manera acompañaban a la trama de aquel hombre que ya era del tamaño de un gnomo.

Comprendió que si era capaz de cuestionarse su inteligencia no podía ser tan tonto. Si había podido permanecer atento, en un lugar atestado de culturetas, disfrutando de aquella película en blanco y negro, tal vez quedaba una parte de él a la que aferrarse. Y entonces llegó el monólogo final de aquel protagonista que se había vuelto del tamaño de un átomo. No podía ser coincidencia. Tal vez el resto de los espectadores no lo supieran, pero aquella película le estaba hablando a él de esas maneras mágicas en que ahora funcionaba el mundo, pero que en este caso le reconfortaron: «... Y sentí mi cuerpo menguando, fundiéndose, convirtiéndose en nada. Mis miedos se desvanecieron y en su lugar llegó la aceptación. Toda esta vasta gloria de la creación tenía que significar algo. Y yo significaba algo también...».

La película acababa con una frase que Germán se contuvo para no gritar en medio de aquella sala entregada: «¡Todavía existo!».

Enjugándose las lágrimas salió de la sala sin saber que su epifanía aún no había acabado. La gran revelación le estaba esperando en el vestíbulo de aquellos legendarios cines. La misma chica que creyó haber visto el día que vio el anuncio de la torre.

Allí estaba. Clara.

La novia de su hermano Javier.

En los segundos que tardó en reaccionar y saludarla salió de su incredulidad. Tenía toda la razón de ser el encontrársela allí. De hecho, fue allí donde la había conocido, y luego se la había acabado presentando a sus amigos y a su hermano.

—¿Germán? —dijo ella sonriéndole temblorosa.

—Hola, Clara.

—¡Cuánto tiempo! ¿Viniste a ver la película? —le preguntó mientras Germán se afanaba en encontrar algo que decirle—. Bueno, claro, te he visto dentro, qué tontería.

—Sí, he tenido un día de mierda y necesitaba despejarme —dijo él premiando su iniciativa con confianza.

—Es emocionante, ¿verdad? Yo creo que no la había visto nunca. Pero mi novio me insistía en que es más existencialista que fantástica.

—Lo es —afirmó, y volvieron a humedecérsele los ojos.

—Está en el baño —dijo ella algo cortada.

Germán se dio cuenta de que tal vez ella pensaba que podía dolerle que tuviera novio.

—Perdóname, me pillas con la cabeza en otra parte. Acaban de echarme del trabajo por meterme en una pelea y...

—Como siempre metiéndote en líos —comentó ella con una sonrisa.

Como siempre. Aquello sonaba demasiado tentador.

—Ojalá. He cambiado mucho, Clara.

—Si quieres que te diga que se nota que ahora te gustan los gimnasios, dímelo, pero por lo demás estás igual, el primero en divertirte y el primero en arrepentirte, ¿no? —dijo sin reproche alguno, pero por si hacía falta le sonrió y añadió—. Al más puro estilo «Germán, the German».

Aquel mote que jugaba con su nombre y su aspecto de alemán parecía de otra vida. Otra vida que había vuelto al instante con fuerza.

—¿Sabes qué? He sido un idiota por no querer volver a verte.

—A mí también me ha costado cuando te he visto sentarte en la sala. Olvida todo lo que te dije antes. No me he enterado de nada de la película ni sé por qué es existencialista. —Se rio avergonzada—. Me he tirado las dos horas girada, observándote, con la luz de la pantalla así reflejada en tu cara, nervioso, sin poder dejar de moverte, perdido en tu mundo, como siempre.

Un chico se acercó a ellos y se quedó esperando a que terminaran de hablar, así que Germán se despidió con un cariñoso beso.

—Cuídate mucho, Clara.

—Espera, Germán, no sé si... Mira, este es Jorge. Jorge, él es Germán, el hermano de Javier.

Germán le estrechó la mano amigablemente. Y ella le agradeció lo que acababa de hacer fundiéndose en un largo abrazo con él. Pero en realidad se estaban abrazando el deseo de avanzar hacia el futuro y la necesidad de no olvidar el pasado. Aquel abrazo daba significado a sus vidas y también a la de Javier.

«Todavía existimos», se dijo cuando salió a la calle.

Y pese a la larga siesta, pudo dormir aquella noche plácidamente.

—¿Preparados? —dijo Pip guiñando un ojo ante la puerta del cementerio.

El 3 de noviembre amaneció soleado y claro y el azul del cielo de Madrid y el sol arrancaba el fulgor a las blancas lápidas que también lucían más limpias que de costumbre después del día de los Difuntos. También de blanco iba vestido Pip, con el mismo frac que el día en que los había llevado a la torre.

Hoy haría la presentación ante cada esfera. Pero ahora ellas estaban visibles, solemnes, esperando su llegada. Y ellos iban a ser investidos ante los Hijos del Cisne.

Los siete caminaban detrás del maestro de ceremonias totalmente desnudos. Al correspondiente pudor de participar así en la ceremonia, se sumó la extraña sensación de marchar entre las lápidas, pisando con los pies descalzos los ramos aún frescos que el viento de la noche había esparcido por los caminos. Llegaron a un claro donde había un montón de gente. Además de la multitud de ojos cerrados de los muertos, se congregaban las representaciones de las Seis Esferas, los hombres y mujeres más importantes del reino en aquella colonia de Madrid.

En el centro, subidos a una gran lápida, estaban Zenobia y los pequeños infantes. Ella, con un vestido escarlata, parecía una gota de sangre imposible de dejar de mirar. Mat, vestido con cota de cuero, su espada al cinto y el cuerno colgado al cuello, formaba a su lado. Sil, que jugaba informal a hacer equilibrios, tampoco desentonaba en aquella potente imagen de los herederos.

Antes de llegar a ellos se encontraron a un grupo de ancianas de luto que lloraban en torno a un sacerdote robusto de melena blanca. Germán no los identificó hasta que Pip dijo:

—Rafael Marquina, en la Esfera de los Conversos.

Aquellos eran los Conversos, tomando el alma y los aspectos de las mujeres desesperadas que estuvieran llorando frente a las tumbas de sus seres queridos. Las viudas vistieron con una túnica negra el cuerpo grisáceo y huesudo de Rafael. El sacerdote cogió una capa oscura y terminó de abrigarle. Por cómo se habían dirigido todos a él dedujo que bajo ese aspecto estaba Händel, el señor de aquella hermandad de arrepentidos seres del Caos. Antes de dejar a Rafael allí para seguir la ceremonia, notó cómo una de las viudas le guiñaba un ojo. Debía de ser Morrison. Se alegró de que todo aquel dolor del hospital psiquiátrico le proporcionara ahora un aliado en otra esfera.

Seguían caminando sin acercarse a los herederos. Llegaron a un grupo de enterradores con un ataúd abierto y en pie, mostrando el cadáver de un hombre de melena rubia y pintorescas ropas.

—Nuria Barberá, en la Esfera de los Proveedores.

El cadáver abrió los ojos y sin salir de su caja sonrió como si fueran a hacerle una fotografía. Seguro que se trataba del rey Jerónimo. No cabía duda por la descripción que Nuria les había dado, la cual fue vestida con elegantes andrajos, que ella sospechaba que podían ser de cadáveres reales. Dejaron a la amortajada Nuria en compañía de otros enterradores, que ya no parecían los mismos de antes y entre los que estaba la anciana que los había escoltado en la incursión al centro cultural Conde Duque.

—Manuel Herrera y Germán Soler, en la Esfera de los Centinelas.

Era su turno. Un poco más adelante, siguiendo la curva que estaban trazando, estaba esperándolos Cedric Sin Paz, flanqueado por su hijo Tristán y la comandante Katya. Les pusieron el uniforme verde con parches luminiscentes de los recogedores de residuos. El mismo que llevaban Tristán y la dura instructora, pero complementado con armas, cinto y yelmo que hacían que parecieran más trajes de superhéroes que de limpiadores. Ninguno podía eclipsar al del adalid de los Centinelas. Cedric Sin Paz llevaba los mismos colores, pero en una armadura de color verde oscuro y dorado brillante. Y al cinto la imponente *Cadalso*, la espada con empuñadura de oro y piedras incrustadas.

Pip siguió adelante con Astrid, Alexander y Bea. Germán se dio cuenta entonces de que la procesión seguía una espiral, con Zenobia en el centro. Una auténtica escalera de caracol, como la que subía a la torre.

—Astrid Pérez y Alexander Álvarez, en la Esfera de los Eruditos.

Los Eruditos iban vestidos con túnicas blancas con capucha. La Fundadora, de hecho, ni siquiera enseñaba su rostro. Sí vieron el de Ozz y el de otros hombres y mujeres, todos de edad avanzada.

Quedaba Bea, que fue convergiendo más cerca de los herederos. Era la última esfera, la de los Ancestros. Y sin duda, eran las criaturas más extrañas que estaban allí. Mayrit no se hallaba presente. Aquella madrina parecía seguir mostrando su oposición a todo lo que tuviera que ver con aquel pacto entre las esferas. Sí que agradeció no ver allí al kraken del viaducto. Los ancestros no tendrían la maldad del Caos, pero eran criaturas salvajes, y aquel había devorado a varios humanos aunque llevara años controlado. También estaba aquella bandada de pájaros con forma de hombre. Eran cuervos esta vez. Y a su lado había una criatura sin rasgos faciales, como si fuera un maniquí rústico de piel azul de porcelana. Se movía mediante gestos robóticos y delicados y tenía un pequeño televisor con reproductor entre los brazos.

—Beatriz Madroñal, en la Esfera de los Ancestros —dijo Pip.

Germán se dio cuenta de que en el hombro de aquel maniquí había un pequeño roedor vestido como si fuera una persona diminuta que susurró algo a la máscara azul. El maniquí encendió el televisor y metió un disco. Desde donde estaba Germán no se veía bien, pero luego le contaron que eran imágenes de Amanda, como si se hubiera grabado para un casting. Era desde la torre, así que debía de ser del pasado. Pip se quedó sin saber qué hacer ante aquella reivindicación de la otra investida desaparecida, pero Germán pensó que era un buen detalle. Ni los Conversos ni los Proveedores habían mencionado a Rosa o a Emilio.

—... Y Amanda Omaña —dijo finalmente Pip.

Con aquellas patéticas tomas de Amanda acabó lo que había comenzado como una solemne procesión.

Era el turno de Zenobia.

—Las Seis Esferas ya tienen sus investidos de la Torre de la Encrucijada.

Todos aplaudieron. No solo los representantes de las esferas que estaban formando en la espiral, sino que por los límites de aquel escenario natural llegaron estatuas y seres del reino que no pertenecían a ninguna esfera, como El Curandero o la señorita Dalia. Pip se unió a ese grupo indeterminado que también aplaudía. Germán se fijó en que allí también estaba aquel enano deforme de escamas del callejón de los Gatos Locos. Nunca había preguntado quién era.

—Habitantes del reino —dijo Zenobia a todos los presentes—. Hace dos meses estos durmientes fueron escogidos para saber la verdad de su mundo y para ayudarnos a salvar el reino. El que iba a ser el guardián de la torre murió el mismo día en que debía recibirlos. Hoy, Samuel Kantor debería haberlos presentado. Sin embargo, su sacrificio no ha sido en vano y su misión ha tenido éxito. Los habitantes de la Torre de la Encrucijada también han sufrido y hecho importantes sacrificios. Unos han perdido la vida. Todos nos la han entregado de la manera más heroica. Son un ejemplo para mis hermanos y para mí y espero que infundan en todos vosotros ese mismo ánimo de lucha y unión que necesitaremos para la coronación.

La emoción que desprendían sus palabras recorrió la necrópolis, primero recordando todo lo que habían vivido hacía ya una vida, y luego anunciando lo que tanto tiempo llevaban esperando.

—El Trono de Todo está preparado para dejar el antiguo palacio de mi madre en nuestro viejo reino y venir a Madrid. Necesito la ayuda de todas las esferas para lograr el poder que nos puede alejar del Caos. Seré yo quien deba controlar las energías entre los dos universos, pero todos vosotros tendréis vuestro cometido en custodiar el trono tan pronto como aparezca por el portal de la Umbraesfera.

Manuel empezó a pegar codazos a Germán.

—¡La Umbraesfera, la Umbraesfera! Sabía que tenía que significar algo. ¡Lo sabía! ¡Ja, ja!

Gritó tan alto que su risa se oyó en todo el cementerio y contagió algo de sus nervios y entusiasmo a todos. La propia Zenobia interrumpió su discurso unos momentos. La risa de un investido ante la aventura que todos tenían por delante era más importante que cualquiera de sus palabras de ánimo. Germán también reía pese al peligro y al absurdo de un mundo que no entendía, pero del que empezaba a formar parte. Y sintió que el Caos no podría hacer nada frente a esas Seis Esferas que se habían unido en un mismo sueño.

* * * * * *

Samuel Kantor salió corriendo de la garita frente a la torre a la que en pocas horas llegarían sus inquilinos.

No le dio tiempo a subir a avisar a Zenobia de su marcha, pero tampoco sabía si sería bueno alarmarla el mismo día en que aguardaban a los durmientes. El aviso que había recibido era demasiado inquietante. Cogió su espada y salió corriendo por los jardines esperando encontrarse a la comitiva de Pip antes de que tuvieran problemas.

Su cabeza trataba de pensar más rápido incluso que sus piernas.

Ya se hallaban al corriente de que algo oscuro estaba gestándose. Sabina, su fiel amiga de los Conversos, había muerto, y Samuel estaba seguro de que algo de lo que había descubierto accidentalmente había firmado su sentencia de muerte.

¿Qué ser del Caos podría estar acechando a los futuros inquilinos para emboscarlos antes de que llegaran al refugio de la torre? Eran muy pocas las criaturas que pudieran tener ese poder y no podían rivalizar aún con el reino. ¿Habría subestimado el Cónclave la llegada del Caos? ¿Habían sido partícipes de una trampa a los herederos? En pocos segundos había logrado salir de los jardines y ya veía la catedral. Por allí tendrían que pasar los futuros investidos.

Frenó su marcha y trató de pensar qué debía hacer. Si todo era una falsa alarma, asustaría sin duda a aquellos humanos.

Miró atrás. La torre estaba oculta entre los árboles. ¿Y si fuera al revés? ¿Y si fuera todo una estratagema para sacarle de allí y dejar a los niños desprotegidos? Luchó contra su principal miedo con la convicción de que la magia de la torre los protegía de cualquiera que quisiera entrar.

Por el rabillo del ojo vio el fulgor de una daga. La esquivó y dio muerte a su asaltante en un solo movimiento. Pero lanzándose por la muralla antigua que rodeaba aquella zona, otros seis guerreros le saltaron encima. Luchó con ferocidad porque ahora entendía que la trampa no se la habían tendido a Pip ni a los herederos. Él era el objetivo. Y quien le había dado el mensaje mintiéndole acerca del peligro probablemente le quería muerto. Era mucho peor de lo que pensaba. Porque no era el Caos quien estaba detrás de su emboscada.

Se defendió de los asaltantes y pudo matar a dos antes de que una espada le atravesara el costado. A lo lejos le apuntaban arcos por si aquel grupo que le rodeaba no rematada su misión. Y a Samuel Kantor solo le sostenía la desesperación de que si caía no podría avisar de la traición. Cuando una espada cercenó su mano desarmándolo, un sentimiento de protección se sobrepuso al inmenso dolor, y con él la certeza de en quién podía confiar. Avanzó unos pasos. Y pronto más espadas se clavaron en su cuerpo, matando al guardián de la torre antes de que lograra avisar de que su asesinato había sido orquestado dentro de las Seis Esferas.

*   *   *   *   *   *

TERCERA PARTE

La coronación

Uno

Germán dio las gracias a la camarera que acababa de servirles el pedido. Siete desayunos para la mesa del sofá y las sillas del fondo en la que estaban todos reunidos en corro.

—¿Sabéis qué? —les dijo—. Aquí es donde descifré el acertijo de la caseta del Retiro. Si la cafetería hubiera estado cerrada esa noche, a lo mejor ahora viviría en la sierra con mi madre.

—Y no te hubiéramos conocido nunca —replicó Astrid. Se dio cuenta de que aquello era demasiado cursi, así que añadió para contrarrestar—: Me habría liado con el que escogieran para tu piso. Cachas se iba a poner igual, ¿no?

Germán la besó. Nuria, que estaba sentada al lado de Astrid, pegada contra el balcón de la segunda planta de aquella preciosa cafetería, aprovechó para resarcirse de sus propios resquemores. Y un poco también para interrumpir el besuqueo.

—No le piques tanto, Astrid. No nos ha querido llevar a la cafetería de enfrente porque le recuerda demasiado a la cita que tuvimos él y yo. Creo que aún no ha superado lo nuestro.

Manuel, en la silla acoplada, había devorado ya su tostada con tomate y miraba con ternura cómo Bea se comía el gofre. Pocas veces podían ver a aquella chica tan alegre como cuando engullía dulces.

—Ahora que lo pienso, es la primera vez que estamos todos reunidos fuera de la torre sin muertos de por medio —comentó Manuel.

Era 9 de noviembre, día de la Almudena, patrona de la ciudad de Madrid. Aquel festivo había caído en un sábado de otoño frío y oscuro, pero en el interior de la cafetería había una iluminación cálida gracias a las pequeñas guirnaldas de leds que iban desde los balcones del piso de arriba hasta la escalera de la planta inferior. El local estaba lleno y, entre los clientes habituales y los turistas, ellos podrían describirse como un grupo que, por alguna razón extraña, habían establecido lazos de amistad.

Desde la ceremonia de investidura entre las esferas también se habían reforzado los vínculos. Hasta ese momento los inquilinos de la torre solo habían sido testigos de pequeños recelos, nada que ver con la confrontación que había hecho necesario el famoso Pacto del Malabarista y que condujo a que recurrieran a ellos como mediadores neutrales. Había que reconocer que, desde que el reino preparaba unido la llegada del Trono de Todo, era seguro pisar las calles de Madrid de nuevo. Todas las esferas colaboraban para proteger no solo a sus propios investidos, sino también a todos los inquilinos de la Torre de la Encrucijada por igual. Y más en un día como aquel en el que tanta gente deambulaba por la ciudad, unos pocos para participar de la festividad y la gran mayoría para darse un respiro en la semana, como quien abre la ventana para que entre el aire frío en la oficina y en el aula.

Mientras ellos conversaban, Rafael leía el periódico un poco más alejado de la mesa. Él llevaba mucho tiempo sin disfrutar de esta clase de respiros. Incluso con su aspecto huesudo y su tez grisácea, pasaba por una persona mayor que tenía algún problema de salud. En la atestada cafetería alguien le había cedido una silla para arrimarse junto a sus vecinos. Rafael nunca había provocado compasión en nadie. Siendo un perdedor, daba miedo, y ahora que daba lástima era en verdad más poderoso que nunca. Se reía de su maldita suerte, pero había empezado a verle las ventajas.

—Bueno, ¿así que estamos todos en el paro? —dijo con sorna al mirar la estampa de sus vecinos vagueando como modernos urbanitas.

Realmente Alexander y Bea no habían trabajado desde que

los conocían. Astrid vendía reportajes fotográficos de vez en cuando y Manuel estaba estudiando.

Nuria había dejado la residencia de ancianos hacía poco y todos suponían que el horario de portero nocturno de Rafael había resultado incompatible con su instrucción por las noches con los Conversos. Ninguno entendía a carta cabal la manera en que estaban enseñándole a Rafa los secretos de las artes demoníacas.

Del resto sí que iban haciéndose una idea. Entendían, por ejemplo, que el entrenamiento de Bea con los Ancestros estaba más cerca de una cacería que de unas prácticas al aire libre; el de Alexander y Astrid parecía un curso intensivo en el mundo virtual; lo de Manuel y Germán era claramente un entrenamiento militar, y lo de Nuria era como estar en un patio de colegio jugando a las adivinanzas. Pero aquello de los baños y los espejos que les relataba Rafael era complicado de imaginar.

La instrucción en cada esfera continuaba, pero en la última semana las jornadas de todos habían disminuido. El tiempo que les dedicaban antes era ahora para el trono. Sin él, ni la torre ni el exilio a este otro mundo podría tener sentido.

Germán era el que más tenía que contar acerca del trabajo.

—Sí. Fui a la agencia el otro día con mi madre y una amiga suya abogada. Queríamos averiguar si los seguros cubrían todo el incidente que tuve con el cliente que acabó en el hospital y confirmar que no me denunció. De momento todo está en orden.

Era curioso cómo estaban viviendo la invasión de un ejército de monstruos en la ciudad, y para algunas cosas Germán aún necesitaba a su madre. Jesús, el jefe, se despidió de Germán sin miramientos, diciéndole que había sido una decepción para él en todos los sentidos. Carmen se había quedado más preocupada que avergonzada. Cuando creía que Germán estaba empezando una nueva vida, volvía a estar implicado en una pelea. No lo había visto venir.

Germán se vio en la necesidad de contarle a su madre el increíble secreto que le tenía tan descentrado. Su madre agarró el brazo de su amiga por si aún tenía que asustarse de algo más serio cuando le oyó decir que estaba empezando a salir con alguien. Y, por supuesto, se moría de ganas de presentársela. Sabía que aquello borraría cualquier inquietud de su madre de golpe.

—Me marcho ya. Lo dejo todo pagado —dijo Rafael levantándose—. No he salido de la torre para quedarme aquí todo el día. No te olvides el sombrero, profesor, está debajo de la mesa.

Que Rafael fuera cortés con Alexander era lo máximo que podían pedirle al ambiente de cordialidad de aquella mañana. Aquellos dos hombres no podían ser más diferentes. Cuando se fue Rafael, Manuel se inclinó sobre la mesa a cuchichear.

—Rafa está forrado. El otro día le vi la cartera y tenía un montón de billetes de cincuenta. ¿Será el finiquito?

—Ni de coña. ¿No le habían echado por no cumplir sus horas? —respondió Nuria—. A lo mejor su esfera le da una paga. A mí cada día me traen algo que consideran muy preciado y que resulta ser horrible.

—Joder, pues ya me podrían pagar a mí por soportar todas las mierdas —espetó Manuel.

Los Centinelas habían acordado que para cuando Manuel quisiera hacer la prueba del Último Lastre tendría que haberse sentido absolutamente inútil hasta entonces. Si antes ya era el último en los ejercicios, ahora se había convertido en el bufón del cuartel. La humillación resultaba difícil de soportar incluso pese al buen temple de Manuel y la seguridad de que aquello no podría durar mucho más.

—Lo jodido es que el hacerme sentir un mediocre, tal y como les contó aquí mi buen amigo Germán, incluye no revelarme nada del poder que pudiera tener.

—Tú soportas la humillación allí sabiendo que van a putearte a muerte por una prueba —le trató de animar Nuria—. Yo la tengo que soportar todos los días sin explicación alguna. Mirad.

Señaló en dirección a la mesita del fondo, donde Perdón y Noentendí fingían ser una pareja de guiris. Hablaban muy alto en un idioma claramente inventado. Tal vez fueran buenos guardaespaldas, pero iban llamando la atención por todas partes.

—¿Sabéis de lo que no hemos hablado lo suficiente? —preguntó Manuel.

—¿De la Umbraesfera? —dijo Astrid sonriendo a los demás.

—No, de que yo tenía razón acerca de ella, ¡ja! Lo mismo ese es mi poder. Tener siempre razón. Pensadlo. Germán la va perdiendo y yo en cambio la gano.

Alexander esperó la respuesta de Germán. Quería saber en qué había quedado todo eso.

—No he perdido el juicio —replicó Germán—. Pienso de otra manera y creo que durante unos días eso me bloqueó. Pero cuéntales, cuéntales que tú estabas echando la culpa a la torre de no poder estudiar. ¡Hace falta valor!

Todos rieron.

—Al menos ya ha dejado de explicar una y otra vez lo del pteranodon. Te juro que en la última versión creí escucharle que él fue quien se lanzó contra el dinosaurio —le dijo Nuria a Bea, que también sonreía.

Acabaron de desayunar y Nuria se levantó para dar los restos de su refresco a Perdón. Aquella anciana sin dientes se pirraba por chupar siempre los hielos que quedaban en el vaso y Nuria ya había aprendido a reservarle alguno.

El resto también se fue levantando, excepto Bea, que le dijo a Germán:

—¿Te arrepientes?

—¿De qué?

—Antes dijiste que de no venir a este bar no hubieras entrado en la torre. ¿Te arrepientes de haberlo hecho?

Germán no supo qué contestar y a Bea eso ya le pareció una respuesta.

Manuel y Nuria se fueron de compras.

Germán y Astrid se abrigaron bien para ir a dar un paseo.

—¿Cómo lleva el Ancestro Mayrit la conmemoración de este día? —preguntó Alexander a Bea.

—¿A qué te refieres? —repuso Bea desconcertada.

—Hoy es el día de la Virgen de la Almudena, cuya aparición se vincula con la reconquista de la ciudad contra los árabes. ¿No es esa mujer de agua de origen árabe?

Germán vio que Bea se sentía incómoda, pero él mismo

tenía curiosidad por saber la respuesta. Astrid respondió por ella.

—Creo que los Ancestros están por encima de nuestras ideologías y religiones.

Bea dudó.

—No sé si es árabe —dijo al fin—, pero yo sí que diría que tiene una manera de pensar muy particular. No está nada feliz con la coronación.

Estaban despidiéndose cuando oyeron un sonido. Por un momento Germán pensó que se trataba de la bocina de un coche. Pero era mucho más audible. Astrid miraba en todas direcciones también. Pero la gente de alrededor no, así que solo podía ser una cosa: el cuerno de los herederos. Ese cuerno que convocaba desde cualquier lugar.

Sabían que se estaba soplando desde muy lejos, sabían exactamente desde qué punto del horizonte se estaba usando aquel instrumento. Y no cabía otra opción que encaminarse hacia allí. Porque no paraba de sonar.

Las estatuas los miraban; dos Centinelas desde una esquina vestidos como limpiadores también estaban pendientes, y Perdón y Noentendí no habían cogido en volandas a Nuria, así que no debía de ser una llamada de socorro.

Solo podía significar una cosa.

—Creo que vamos a conocer la Bóveda de las Luces —dijo Alexander.

Sí, había llegado la hora de conocer al Cónclave.

Aun con sus limitaciones físicas, Alexander se resistía a coger un taxi para no tener que ir caminando hasta allí, pero después de andar diez minutos sabían que faltaba mucho más. Y cuando fueron alcanzados por Nuria y Manuel en un taxi pensaron que era la mejor idea.

—Es al sur —les dijo Nuria—; siempre pensé que con ese nombre se referirían al Prado o el Planetario o algún sitio así. ¿Nos vemos allí?

Asintieron y tomaron el primer taxi libre. Estaban en uno de los barrios del sur, Usera u Orcasitas. No estaban seguros porque no se dirigieron a ningún edificio especial, sino entre viejos inmuebles de viviendas. Pararon simplemente cuando por aquella llamada de viento supieron que habían llegado.

Astrid estaba diciendo que le recordaba a su Moratalaz natal cuando apareció Rafael con una bicicleta con motor de las que se alquilan. Estaba justo cogiendo una cuando había oído aquella tuba en su cabeza. Todos se preguntaban si realmente aquel sería el lugar cuando vieron a los tres hijos de Gadea sentados en el alféizar de una ventana baja. Matt tenía el famoso cuerno y Zenobia les anunció:

—El Cónclave quiere veros.

Cogió una llave escondida en el macetero de la ventana y abrió la puerta de un restaurante asador a pie de calle que llevaba cerrado años. Dentro había mucho polvo y agujeros en el techo que permitían ver los pisos de arriba, y un patio interior. Por eso la oscuridad no era total en aquel viejo restaurante de muebles arcaicos de madera, donde los insectos debían de ser los únicos comensales desde hacía años.

—Esperad —dijo Zenobia.

Todos confiaban en que Zenobia tocaría un resorte mágico que transformaría aquel lugar ruinoso en una maravillosa sala. Pero lo único que hizo fue abrir un poco las viejas persianas.

—Fijaos. Es precioso —les dijo Mat sin poder aguantar un minuto más.

Tras la decepción de no ver ninguna transformación, Germán se paseó por aquel salón donde los rayos de luz, incluso en aquel día tan gris, alumbraban con sólidos haces el interior del comedor. Las franjas de luz entre las sombras contrastaban con la tenue luminosidad que entraba por aberturas más grandes que daban al patio. Además de esas dos diferentes intensidades, algunos de los rayos de luz rebotaban en los bronces y en las maderas, arrojando colores dorados y ocres.

Empezó a darse cuenta de lo que quería decir el niño.

La penumbra era asaltada por franjas de luz que parecían

sólidas, como un telar de energía en el que, si se miraba con atención, se veían las partículas de polvo iluminadas, con destellos dentro de aquella corriente. Otras nubes de polvo se movían con el crujir de la madera al paso de los visitantes y entonces daba la impresión de que la luz se hacía gaseosa. Por último, la luz producía manchas de claridad en las superficies pulidas de los muebles y hacía parecer que estaban llenos de gotas, como si los mismos rayos fueran líquidos. Una sinfonía de luz y de belleza. Era algo sutil, cotidiano, que podía verse en aquel mesón abandonado en un humilde barrio de la periferia o en el salón de casa una mañana en que uno se hubiera detenido a fijarse.

Como todo lo que tenía que ver con el reino, al final, era cuestión de pararse y fijarse donde no se había hecho antes.

—Siento presencias —dijo Bea.

Germán no notaba nada. Por supuesto que en aquel lugar podía imaginarse fantasmas caminando entre ellos, pero no sabía si eran meras elucubraciones.

—El Cónclave está aquí, pero es difícil que lo veáis. Su presencia en este universo está limitada a sus mentes. Las mentes de seis de los sabios más importantes del reino. Sus cuerpos fueron enterrados en nuestra tierra en un ritual arcano y sus mentes viajaron a este mundo para unirse entre ellas. Perdieron su forma física y su individualidad porque era la única manera de que pudieran ayudarnos a todos. Pagaron un alto precio para convertirse en el nexo entre las Seis Esferas y también entre los dos mundos.

Ozz les había contado algo de que la Guardia Real formada por las estatuas también estaba disociada entre los dos mundos. Pero el Cónclave parecía más bien cumplir a lo grande la función que había ejercido Astrid durante la búsqueda de los niños: mantener a todos conectados mentalmente.

—Yo también creo que veo algo —dijo Rafael—. Es parecido a lo que veo de los Conversos cuando no están en el cuerpo de ningún desesperado.

Zenobia comprendió que responder a aquellas dudas sería la perfecta introducción a lo que los investidos habían venido a escuchar.

—Ignoro si mi madre, la difunta reina Gadea, tenía esto presente cuando dividió el reino en esferas. Pero cada una de ellas puede estar en este mundo de manera distinta.

»Los Conversos de Händel cazan las almas de los desesperados y adquieren durante un momento su aspecto y su mente, para lograr tener una fugaz existencia en este plano.

Entonces, como un eco que repitiera palabras distintas, escucharon un coro de la nada.

—No tienen espacio. No tienen tiempo.

Zenobia siguió hablando.

—Los Proveedores del rey Jerónimo tienen cuerpo y mente, pero no disponen del tiempo para ser alguien. Sus identidades son mercancía.

De nuevo un coro dijo:

—Tienen poco espacio. No tienen tiempo.

Cada vez era más nítida aquella polifonía. Germán miró a Rafael y a Bea, quienes además de escuchar, se diría que podían ver de dónde procedían las voces.

—Los Centinelas del adalid Cedric Sin Paz —continuó la heredera— tienen espacios y tiempos definidos dentro de la orden en la que entran para servir a una sola causa.

—Tienen poco espacio. Tienen poco tiempo.

—Los Eruditos de la Fundadora pueden abarcar su lugar en el mundo y no tienen fronteras en el mundo de los humanos salvo la de su propia mortalidad.

—Tienen espacio. Tienen poco tiempo.

Ahora Germán creyó ver que el aire no poseía la misma densidad en todas las zonas de la sala y que no todo eran nubes de polvo.

—Los Ancestros entremezclan sus historias con las de los humanos desde hace siglos —añadió Zenobia—. No tienen líderes, no tienen normas.

—Tienen espacio. Tienen tiempo —dijeron las voces de manera desacompasada.

—Por último, los Soñadores... huérfanos de Gadea... niños perdidos con cortas vidas y siempre guardados en torreones, bajo las miradas de los seres de piedra, ante los desafíos de las demás esferas. Pero somos los únicos capaces de atravesar el cuento y viajar de un mundo al otro sin pagar un precio.

—Al otro. El otro. Tienen otro espacio. Tienen otro tiempo.

—¿Está hablando el Cónclave? —La pregunta resonó en la sala.

Germán pensó que la había formulado uno de sus compañeros.

O tal vez lo dijo aquel coro de presencias que reclamaba su turno de palabra.

Zenobia se sacó del pelo una aguja de plata que mantenía recogido su peinado y con la cabellera suelta puso la aguja en el suelo entre dos haces de luz y la hizo girar, haciendo que la composición se rompiera y las luces reflejadas en aquella aguja tan brillante salieran despedidas por la pared y el techo, dando vueltas y más vueltas.

Germán tuvo que apartar la mirada un momento y cuando pudo volver a dirigirla al carrusel de luces, se habían fundido en una luz potente en mitad de todos los asistentes. Era un núcleo de luz con formas cambiantes, del que emergían rostros como si trataran de escapar de esa fusión de luz, pero solo lo consiguieran por instantes, volviendo de nuevo a la fuente o mezclándose con otros rostros. Resultaba difícil identificar si en verdad eran seis caras diferentes porque muy pocas veces las seis estaban separadas en entes de luz distintos, pero ahora ya todos podían ver y escuchar al Cónclave.

—En tres días empieza todo. Siempre hubo portales entre los dos mundos. Seres de uno y otro accidentalmente lo cruzan. Accidente. Siempre hubo portales.

Las cabezas giraban y hablaban. A veces decían al tiempo una frase; otras, alguien hacía de corifeo y las demás voces repetían. En ciertos momentos, una frase ya dicha era rescatada de nuevo por alguna de esas bocas de luz, creando un efecto aún más dramático.

—Cuando el reino estaba a punto de ser conquistado por el Caos. Por el Caos. Caos. Gadea decidió hacer un éxodo a esta colonia. Éxodo. Madrid. Murió abriendo un puente entre los dos mundos. En esta nueva colonia las esferas podrían recuperar su poder y algún día volver a su mundo y liberarlo. Liberarlo. Volver. Algún día.

»Sabíamos que el Caos nos acabaría encontrando, pero habríamos ganado el tiempo para realizar la coronación siempre que las Seis Esferas pudieran trabajar unidas. Siempre que. El Pacto del Malabarista. El Pacto del Malabarista garantiza la alianza entre todas las esferas, la protección de los herederos y la preparación de la coronación. Alianza. Todo ello a través de. Protección. La torre. Coronación. Todo ello a través de la Torre de la Encrucijada. La Torre de la Encrucijada. Cada esfera representada por dos nuevos miembros. Cada inquilino investido en poder de su esfera. Todos protegidos del Caos por la Torre de la Encrucijada. Una torre entre dos caminos. Una torre entre dos mundos.

El orbe de rostros empezó a agitarse como si lo que narraran fuera más difícil de explicar. Como si en vez de recitar, cada una de aquellas caras opinara sobre lo sucedido.

—Pero cuando el éxodo cruzó el puente entre los dos mundos, la distancia entre los dos mundos se redujo.

—Como la pasarela que se coloca para abordar un barco y cambia el rumbo de los navíos haciéndolos chocar.

—Como dos placas que al tocarse se sobreponen.

—Cuanto más cerca, más fácil le fue al Caos cruzarla y los mundos se acercaron más aún.

—Más rápido de lo que se calculaba.

—Como la pasarela que se coloca para abordar un barco y cambia el rumbo de los navíos haciéndolos chocar.

—La cercanía entre los dos mundos amplificó el poder de la torre y descontroló la energía sobre los inquilinos.

—Más rápido de lo que se calculaba.

Tanto Mat como Sil pusieron las manos en horizontal y las unieron con las yemas; luego poco a poco fueron juntando las palmas. Representaban lo que estaba ocurriendo con los dos mundos y, a la vez, parecía que acabaran en un gesto de plegaria.

—El Cónclave y la Guardia Real que transitábamos entre los dos mundos sufrimos también las turbulencias de la velocidad.

La Guardia Real tiene sus mentes allí y los cuerpos aquí. El Cónclave tiene nuestras mentes aquí y los cuerpos allí. La Guardia Real no puede despertar aquí siempre para proteger a los herederos. El Cónclave no puede despertar allí siempre para vigilar lo que está ocurriendo.

—Más rápido de lo que se calculaba.

—Pero el plan sigue adelante. El Pacto del Malabarista sigue adelante. La Torre de la Encrucijada sigue adelante. El plan sigue adelante porque el Trono de Todo puede cortar el puente.

—Como un rey que prudente ordena volver a levantar el puente levadizo.

—Como el capitán de un barco que inteligentemente ordena derribar la pasarela de abordaje.

—El Trono de Todo no es ningún asiento de poder. Es un timón. Sentarse en él es poder controlar el rumbo de los dos mundos. Los dos mundos se alejarán suavemente rompiendo el puente que los une. El plan sigue adelante. El Caos no podrá seguir invadiendo Madrid. Este cuento. Este mundo. Madrid. El reino empezará un nuevo cuento y volverá a ser fuerte. En Madrid. Los dos mundos seguirán estando cerca. En sus órbitas paralelas. Y un día el reino regresará a casa y reconquistará nuestro mundo. El Caos será vencido.

Tras las últimas palabras, el Cónclave calló. Sus caras de nuevo diluidas en la masa de luz que alumbraba a fogonazos aquel restaurante en ruinas.

Mat y Sil aprovecharon para, con sus manos juntas, ir hacia su hermana y pedirle algo con la mirada. Zenobia no estaba para sus representaciones. Quería saber si los investidos entendían lo que estaba en juego, pero le costaba menos seguir la mímica a sus hermanos que tratar de regañarlos. Con la mano tocó la punta de los dedos de las palmas juntas y estas fueron separándose, por las palmas y luego por los dedos, hasta volver a quedar horizontales, cercanas pero sin tocarse, en equilibrio.

Germán comprendió por fin por qué era tan importante coronar a Zenobia para vencer al Caos. No se trataba de tener una reina que unificara aquel alocado reino para luchar contra el

Caos. La coronación significaba dotarla de un instrumento mágico con el que podría detener la invasión porque podría separar aquellos dos mundos que se habían acercado demasiado por culpa de toda la migración que se había producido, primero del reino tratando de escapar y después del Caos en su persecución. Por eso, una vez que se virara el rumbo con el Trono de Todo y se lograra separar los dos mundos, la misión estaría cumplida y ellos podrían volver a sus vidas.

El reino que quedara en Madrid podría derrotar a las tropas del Caos que ya hubieran desembarcado en él. No sería fácil, pero disponían de las fuerzas suficientes sin necesidad de recurrir a aquellos humanos embajadores. Los dos universos volverían a tener la misma relación que al parecer tuvieron desde siempre, y si él había podido vivir veintisiete años sin saber de su existencia o sufrir sus consecuencias, creía que podría seguir así el resto de su vida.

—¿Cuándo traemos ese trono? —preguntó Nuria ansiosa al llegar por su cuenta a la misma conclusión.

Se fijó en los rostros de sus compañeros. No los veía tan contentos. O tal vez estaban vislumbrando ya el final y pensando cómo sería que toda aquella experiencia se fuera «atenuando».

El Cónclave volvió a recuperar cierto orden para hablar. Lo que venía ahora seguía un protocolo totalmente establecido.

—La coronación se hará en dos fases.

—En la primera fase participarán las tres esferas de abajo y consistirá en traer el trono desde nuestro hogar a través de la Umbraesfera.

—La Umbraesfera se abre en noches de luna llena, así que el 12 de noviembre será la noche escogida.

—Los Conversos estarán en el umbral. Son los únicos que pueden transitar en ese limbo. Traerán el armazón de poder.

—Los Proveedores lo recogerán y lo revestirán con las gradas y el dosel.

—Los Centinelas lo defenderán hasta llevarlo a un lugar seguro.

—La coronación se hará en dos fases.

—En la segunda fase participarán las tres esferas de arriba y se preparará a la heredera para que pueda manejar el trono.

—Los Eruditos harán el mapa que guíe a la heredera con los puntos cardinales del mundo que han ido almacenando en el navegador.

—Los Ancestros buscarán y protegerán el lugar donde las corrientes sean más favorables para usar el trono.

—El trono se convertirá en el timón entre los dos mundos en la luna nueva, el 26 de noviembre.

—Y al final cuando Zenobia se encuentre preparada, se sentará frente al timón y moverá los mundos hasta que el puente caiga.

Germán había memorizado la división de tareas. Las tres esferas de abajo y las tres de arriba. Y dos semanas entre medias. Estaba haciendo cálculos mentales cuando vio que Alexander lo estaba apuntando todo en una nueva libreta. Últimamente le veían mucho con ella.

—Zenobia, ¿cuándo crees que estarás preparada? —preguntó el colombiano.

La angustia de la chica se reflejaba en su rostro. Bastante bien aguantaba la presión para tener que mover dos universos paralelos. No era más que una adolescente.

—Da igual lo que piense. Debo hacerlo lo antes posible. El Caos notará la llegada del trono en cuanto aparezca por la Umbraesfera. De ahí que tengamos que defenderlo a capa y espada hasta conducirlo a un lugar seguro. Y lo volverán a intentar dos semanas después, cuando tengamos que llevarlo al enclave mágico desde donde empezar a usarlo. Comenzaré mi entrenamiento sin demora, pero tal vez necesite una semana. Dos...

Eso sería primeros de diciembre. Como mucho mediados.

—¡Vamos, chicos, que volvemos a casa por Navidad! —exclamó Manuel.

Aquel ser policéfalo no iba a dejar que esa fuera la última frase.

—Solo hay un Trono de Todo y la reina Gadea murió mientras lo ocupaba. Cada segundo que se demore la coronación, el peligro será mayor. Y si no se produjera. Si no se produjera. Si no se produce, el Caos aniquilará este mundo como está haciendo con el nuestro. Aniquilará. No solo será nuestro final, sino el fin del cuento para todos los seres de este mundo. Aniquilará.

»En tres días tendréis la misión de vuestras vidas. Las nuestras ya las dimos.

»En tres días empieza todo para el resto.

Germán entendió por qué Zenobia había reaccionado con furia cuando él había cuestionado la lealtad del Cónclave. Tanto si conseguían romper el puente como si el Caos los invadía, las mentes de aquellos hombres ya no volverían a sus cuerpos jamás. Los seis hombres más sabios del reino se habían presentado voluntarios para fusionarse en aquel ente en un viaje sin retorno.

La luz fue desintegrándose en focos y luego en destellos provocados por la aguja de plata que aún giraba en el suelo. Cuando Zenobia la recogió del suelo, ya habían olvidado que estaban en un mesón del extrarradio en una fría mañana de noviembre.

Al salir, en mitad de la carretera frente a aquel humilde bloque de viviendas esperaba una estatua de ángel para llevarse a los niños al centro, de vuelta a la torre. Zenobia le pasó discretamente la mano por el rostro, comprobando que estuviera habitada por aquellas mentes que aún quedaban en el reino y que estaban sufriendo los imprevistos de la cercanía de ambos mundos.

—Al final es la historia de siempre —dijo Manuel rompiendo las cavilaciones de todos—. Siempre hay que escoger las plantas de arriba. Normalmente es una cuestión de luz, de vistas o de tranquilidad. Pero en el caso de la torre hubiéramos tenido más tiempo y más espacio, o algo así. Vamos, que estaríamos más arriba en la jerarquía de las esferas, ¿no?

Mat, antes de subirse a la espalda del ángel, preguntó:

—¿Qué es jerarquía, Zenobia?

—Manuel cree que tienen más importancia las esferas de arriba que las de abajo. Pero está equivocado —respondió sonriendo a su hermano y al extremeño.

—Claro —dijo Mat—. Hay cuentos muy cortos que son muy bonitos. Y hay historias que transcurren en un solo sitio y son las más importantes. ¿Verdad, Zenobia?

Y los tres niños se alejaron volando sobre la espalda de aquel ángel un poco más oscuro que el gris del cielo. Eso sí que sería una revelación divina para los que celebraran la aparición de la Virgen de la Almudena.

Se quedaron inmóviles sin saber bien qué decir. O, mejor dicho, cómo decirlo.

—«¿Sabéis la típica pregunta de qué haríais si en tres semanas se acabara el mundo?» —tuiteó Nuria para poder hacerlo real antes de expresarlo en voz alta—. «Pues subo la apuesta: ¿qué haríais si en tres semanas tuvierais que salvarlo vosotros?»

Dejó de escribir en el móvil y se encontró con la cara de Rafael.

—¿Un pincho de tortilla? —preguntó él señalando el bar de la esquina—. Eso es desayunar y no los *brunches* de modernos, joder.

Bea animó al resto a seguirle con una amplia sonrisa.

Los Centinelas no esperaron ni siquiera al alba para recogerlos. Era aún de madrugada cuando el camión de la basura pitó frente a la Torre de la Encrucijada para llevar a Germán y a Manuel al cercano cuartel. No había un minuto que perder y como el Cónclave había transmitido el mismo mensaje a todos a la vez, Cedric Sin Paz ya había reunido a la totalidad de su ejército para elaborar la toma de la plaza de la Luna.

Germán se preguntaba si sería suficiente aquel soldado con mil espadas para llevarse de allí el Trono de Todo. Porque el rumor de que el mal habitaba en las comisarías se había confirmado como un plan del Caos para vigilar aquel portal de la Umbraesfera. Ahora entendían que uno de los generales del Caos, aquel ser con mandobles por brazos llamado Esguince, estuviera en aquel lugar.

Cedric y su hijo daban instrucciones a caballo mientras los

Centinelas formaban ansiosos en líneas, pertrechados con sus armas medievales y entre los vehículos y utensilios de limpieza. Casi parecían felices de poder participar por fin en la que sabían que era la misión más importante desde que habían llegado a la ciudad: proteger y escoltar el trono hasta la Torre de la Encrucijada, el lugar donde podría estar seguro hasta que tuvieran que cumplir la segunda fase de la coronación.

Las distancias cuadraban. El antiguo cuartel del Conde Duque, reconvertido en centro cultural, estaba a pocas manzanas de la plaza de la Luna y formaba un triángulo cuyo tercer vértice era precisamente la torre. Su casa. Pero en aquella fría oscuridad, alumbrada por las luces de emergencia de los camiones, con aquel clima inminente de batalla, su cama parecía lejana.

Los grupos fueron rompiendo filas para entrenarse en batallones por objetivos. Germán y Manuel empezaron a entender que el plan consistía en sitiar todo el centro de la ciudad estableciendo una muralla de Centinelas para que el Caos no pudiera enviar refuerzos desde fuera, una vez que el trono se materializara en la comisaría de la plaza de la Luna.

Después, Katya seleccionó personalmente un escuadrón reducido con los mejores hombres y mujeres para entrar en el edificio y salir de allí con el trono.

—Debemos ser rápidos y precisos. La otra comisaría está cerca, y si en esta han podido infiltrar a sus soldados, puede que en la otra también haya un grupo de apoyo que quiera intervenir. Tenemos que ser todo lo eficaces que no van a ser nuestros compañeros de la otra esfera.

Esa era precisamente la tarea que Cedric Sin Paz tenía encomendada a Manuel y Germán.

—No intervendréis en el combate directo, pero os necesito en la plaza. Los otros investidos estarán allí con sus esferas y seguís siendo los mejores mediadores de los conflictos que pueda haber entre ellas. He dado órdenes a mis hombres de que os obedezcan en todo lo que tenga que ver con la coordinación con los Proveedores y los Conversos.

Manuel miró a Germán. Carecían de todo conocimiento de

estrategia militar, así que esperaban que su coordinación fuera poder estar con Rafa y Nuria y que ellos tuvieran mejores dotes de liderazgo.

—Los arrepentidos del Caos no serán problema —siguió diciendo Cedric mientras su hijo Tristán asentía—. Su misión está en el limbo entre nuestros mundos, pero esos alborotadores de los Proveedores tienen que armar el trono dentro de la comisaría y seguro que acabamos chocando. No parece que hablemos el mismo idioma de la cordura, y sus planes se trazan en el suelo con tizas de colores. Es fácil que se les olvide y empiecen los problemas.

Pero el problema empezó allí mismo, cuando Manuel quiso aclarar una pequeña duda que le rondaba la cabeza.

—¿Y qué pasa con los policías que haya en la comisaría?

—Serán eliminados.

—Me refiero a los de verdad, a los humanos. No sé cuántos puede haber dentro de madrugada, pero imagino que siendo un lugar tan grande habrá bastantes. Y si ven entrar a un grupo de mendigos y a unos limpiadores con armas podría dar pie a, ya sabes, la típica batalla entre buenos por equívoco.

—No habrá equívoco. Todos los que estén en ese lugar serán eliminados. No pueden interponerse.

Cedric Sin Paz se alejó cabalgando sin ni siquiera mirar atrás. Sí lo hizo Tristán con cara de resignación, pero no dijo nada.

Manuel lo dijo por él.

—¡Germán, no podemos dejar que lo hagan! No pueden asesinar a los policías.

Germán asintió. No podían caer inocentes así. Tenían que hablar con Zenobia o...

—Ven conmigo, Manuel.

Esperaron hasta tener la oportunidad de poder dirigirse a Katya. La comandante era de este mundo. Ella tenía que entenderlo.

Germán se lo contó temblando de frío después de haber estado aguantando hasta que se hizo de día. Pero Katya se mostró tan imperturbable como su señor.

—No podemos hacer nada. Esos policías no lo comprenderían. No podemos arriesgarnos a que abran fuego o a que apresen a los Proveedores que construirán el trono.

—Sois hábiles guerreros, joder —espetó Manuel más acalorado—. Podéis darles un golpe con la empuñadura de la espada o hacerles la típica llave para dejarlos inconscientes y...

—Esto no es una película, Manuel —le interrumpió Katya haciendo la única mención que denotaba que había pertenecido al mismo mundo que ellos—. No puede haber riesgos. Toda la misión funcionará si somos discretos y rápidos. Morirán Centinelas mientras contienen las fuerzas que vengan de fuera. Esos son mis hombres y mis mujeres.

—No, no vamos a participar en algo así porque tú lo decidas —dijo Germán lanzando un órdago, aunque sabía que no serviría con los Centinelas. Estaba intentando convencer a una orden de guerreros que creían que la vida valía menos que la espada del enemigo.

Katya respondió de manera tajante a su desafío.

—Claro que vais a participar. Estaréis allí tomando decisiones, ¿recordáis? Así que tenéis casi dos días para trazar un plan brillante. Descuidad: los Centinelas os obedecerán incluso si mandáis a cientos de ellos a la muerte para salvar unas decenas de vidas.

Fuera o no su intención, la comandante les había dado un resquicio de esperanza.

Llegaron deprisa a la torre para hablar con Rafael y Nuria. Si sabían exactamente qué iban a hacer las otras esferas, tal vez hubiera alguna manera de impedir una masacre de inocentes.

No fue difícil encontrar a Rafa. Estaba peleando con Alexander junto a la verja de entrada. Rafael le había tirado al suelo furioso después de que aquel obeso pedante hubiera querido golpearle tras el primer toque de aviso. Sabían que la cordialidad de los días anteriores no iba a durar, pero jamás habían llegado a las manos.

Desde el suelo Alexander chilló «¡Auxilio!» a Manuel y Germán cuando los vio aparecer.

—¡Rafa!, déjale —dijo Germán mientras Manuel ayudaba al profesor a levantarse.

Había un montón de papeles rotos a su alrededor. Rafael los había arrancado de la libreta de Alexander que ahora tenía en la mano.

—¡Me atacó el hijueputa! Me estaba espiando y me siguió —explicó Alexander muy alterado señalando a Rafael—. ¡Lo hizo siendo invisible! ¡Y después me atacó!

—Y tenía que haberlo hecho antes. ¿Sabéis lo que ha apuntado en esta libreta? ¡Todo lo que ha ocurrido! Escuchad, escuchad: «Querido Alexander, tal vez no recuerdes nada de lo que vas a leer, pero cuando termines entenderás el porqué y podrás retomar la investigación de...». ¿Qué os parece más patético? ¿Que se salude a sí mismo con un «queridísimo» o que quisiera mandarse por correo certificado esa libreta donde lo ha registrado todo? ¡Quiere recordarlo todo por si acaso le hacen olvidar!

—¡Son mis notas! ¡Puedo hacer lo que me dé la gana! No sé qué voy a recordar y qué no, y puedo tener un plan B.

Astrid y Nuria, que debían de estar dentro de la torre, salieron también hacia la verja.

—Ay, no, viejo loco, no puedes. Porque yo sí quiero olvidar. Y ahí sale mi nombre y todo lo que me ha pasado. En la libreta detallas exactamente lo que he perdido. Y no me servirá nada que todo esto se desvanezca de mi mente si un día aparece un gordo colombiano y me enseña lo que pone ahí. Si salgo vivo de esta no va a venir nadie a volverme loco.

—No entiendo, Alexander, ¿por qué apuntarlo todo en una libreta? —preguntó Germán—. Dijeron que podríamos decidir si deseábamos olvidar e irnos o permanecer aquí.

—¡Porque no quiero quedarme en mi esfera! —exclamó el aludido haciendo pucheros—. Pero tampoco quiero que todo se pierda. ¿No lo entendéis? No estoy soportando todo esto para que...

Se dio cuenta de que Astrid le miraba con tristeza y se calló.

—Está a tu nombre, pero es un apartado postal particular. ¿Por qué te la ibas a mandar por correo? —quiso saber Manuel.

—Es el mismo lugar adonde me llegaron los papeles de Facundo Artiaga. Ya os hablé de él. Era mi director de tesis sobre las sectas. El profesor Artiaga alcanzó a descifrar el misterio de la Torre de la Encrucijada y las Seis Esferas, pero un día decidió dejarlo todo para irse a la costa. Creo que todo empezó a atenuarse en su cabeza, eso dicen que pasa, ¿no?, pero en el último momento de lucidez me mandó su trabajo. ¿Entendéis? No traicionaré su último aliento de investigador. Ni tampoco el mío. Supuse que si a ese apartado de correos llegó todo sin que las Seis Esferas lo interceptaran, podría ocurrir lo mismo si en el futuro... ¡Devuélveme mi libreta!

—Vamos, Rafa, dásela. Creo que ya le ha quedado claro que no querrás saber nada de esto. Por si acaso, escríbetelo, Alexander. Déjate anotado que no debes buscar a los demás.

Rafael le devolvió la libreta y se sacudió la solapa de un traje que acababa de estrenar.

Alexander se fue con sus notas a la torre.

—Estás muy elegante, Rafa —le comentó Astrid curiosa.

—No he debido alterarme tanto con ese imbécil, pero es que no le soporto... Si le hubierais visto allí silbando esperando a que abriera correos... En fin... Deberíamos centrarnos en mañana noche, ¿no?

—De eso te queríamos hablar. Y a ti, Nuria —dijo Germán—. Imagino que os lo habrán explicado ya, pero hay un asunto grave.

Mientras caminaban por los jardines del Campo del Moro, Germán les contó el problema de los policías humanos. Rafael no dijo nada y se limitó a sacudir la cabeza. Pero Nuria estaba aún más decidida que ellos a impedirlo.

—Podría pedir a los Proveedores que detuvieran a los Centinelas.

—Los Centinelas los atacarían sin dudarlo. Acordémonos de que el enemigo es el Caos —replicó Germán.

—¿Y si los Proveedores distrajeran a los policías de alguna manera? —propuso Astrid intentando echarles una mano, aunque ella no fuera a estar presente en la primera fase.

—Distraerlos, vacilarlos, morderlos, apuñalarlos... para ellos es lo mismo. No podemos fiarnos de que no vayan a hacerles daño.

—¿Veis? —intervino Rafa—. Yo preocupándome por olvidar todo esto cuando lo cierto es que si mañana la cagamos no vamos a tener cabeza que borrar.

—Yo no sé si querría olvidarlo todo todo. Me encantaría recordarlo como una partida de rol... o como...

Manuel miró los jardines donde habían estado recreando aquellas aventuras de mentira.

—¡Esperad! —exclamó con entusiasmo—. Mañana es 11 del 11, ¿no? El trono llega el 12, pero podrían estar allí desde antes. ¿En qué cae? Lunes. Bueno, para un día que salen estos no les importaría... Si lo montamos bien. Joder, ¡puede funcionar! ¡Tenemos que aprovechar tanta coincidencia! Chicos, creo que ya sé quién va a salvar a esos polis.

—¿Quién? —le preguntaron los demás.

No entendían nada de la argumentación de Manuel, pero no pudieron evitar esperanzarse al verlo tan contento y tan decidido.

—¡El mago Hodrum! Y da igual que no sepáis quién es. Lo que tenemos que hacer es lograr que vengan en masa los que sí lo conocen. Todo depende de eso.

La plaza de la Luna estaba llena, como llena estaba la luna que alumbraba a aquellos centenares de personas que se concentraban en la primera convocatoria del día de Hodrum.

El 11 del 11 era una fecha señalada para los jugadores de rol, esa minoría tan alejada del mundo corriente. Aunque ni siquiera para todos ellos. Solo para los jugadores de rol de partidas online. Esos frikis que ya no hacían ni el esfuerzo de salir de casa y quedar con otros seres humanos para poder jugar sus partidas de aventuras. El día de Hodrum el sistema entero de rol online se paralizaba y el dibujo de un mago de colores aparecía en las webs como si fuera un virus. Todas las imágenes eran sustituidas por el simpático monigote y cada palabra que se quisiera escribir era reemplazada por el nombre de Hodrum. Los aficionados a ese juego conocían aquella broma anual y disfrutaban de ella sabiendo que el 11 de noviembre no se podía jugar al rol desde casa. ¿Por qué no dar un paso más? ¿Y si el día de Hodrum lo que hubiera que hacer era apagar el ordenador y salir a festejar en la calle aquello de lo que otros viernes y sábados ellos se privaban?

A su modo, aquellos jugadores de rol podrían ser también seres de otro mundo y tener su propia esfera de reglas inventadas ajenas al mundo real. O al menos para Rafael, Germán y Nuria así era.

Pero Manuel sabía que los astros se habían alineado, y si conocía tan bien como creía a sus compañeros de dados y de manuales larguísimos, ellos también lo verían del mismo modo. Después de haber compartido con ellos la maravilla de los jardines y de la torre, y de haber organizado talleres con aquellos dos niños tan extraños, era bastante popular entre los jugadores de la zona. Todos estaban más que receptivos a la idea de inventarse una tradición local. Y, por otra parte, en cien metros a la redonda de la plaza de la Luna había doce tiendas de cómics y de juegos de mesa. Y otra media docena en un círculo un poco más amplio. Tal vez no era una minoría tan selecta. Y la masiva respuesta de la quedada confirmó que algo debía tener aquel lugar de Madrid que atraía tanto a los deseosos de vivir aventuras un lunes por la noche.

Manuel había organizado algunas actividades para entretener a toda la congregación hasta que llegaran al día 12. Tenerlos en la plaza esperando cuando por la noche había quince grados de diferencia respecto al día podía hacer que muchos de ellos abandonaran la convocatoria antes de lo necesario. Había puesto una diana para realizar prácticas de tiro con arco y una parrilla de barbacoa rodeada de barriles de cerveza, música de Gwendal y Enya, y un atril con megáfono para subastar y sortear réplicas de armas medievales que en verdad eran armas reales. Pero no hacía falta.

Aquella convocatoria entusiasta promovida el día anterior

por las tiendas de cómics de la zona, que habían puesto sus propios stands con juegos en la calle, había superado todas las expectativas. No tenía permiso del ayuntamiento para montar nada de eso, claro. Pero así era Hodrum, irreverente y bromista, se decían. La mayoría de ellos habían acudido disfrazados y con sus propias bolsas con bebida y comida, y hacían corros. No faltaba quien quisiera tirar los dados allí mismo ante la mirada de los curiosos, mientras que muchos de los convocados se habían lanzado a bailar por la plaza.

Sobre la famosa placa de la Umbraesfera, un grupo de jugadores había desplegado una banda y estandartes donde se leía COMUNIDAD UMBRÍA. Ellos también habrían oído aquella leyenda. Aunque taponaran la entrada, ya le habían explicado a Manuel que la Umbraesfera no estaba en ese punto exacto, sino en los subterráneos de toda la plaza. Eso le había decepcionado un poco, pero lo peor es que él era el único que al final no podría adentrarse en ella. Tenía que estar fuera con los de la fiesta, manteniéndola bien animada y provocando la jugada clave en todo el plan: que la policía acabara saliendo para poner orden.

Los dueños de las terrazas se quejaban, pero aquel movimiento era imparable. La presa se había roto y ya no había vuelta atrás. De hecho, algunos vecinos molestos ya estaban golpeando los cristales de la fachada de la dependencia policial requiriendo intervención.

La rapidez en la organización de aquel evento había cogido por sorpresa a los policías. No había tantos efectivos en un lunes por la noche anormalmente lleno de incidencias en el tráfico, y al tenerlos frente a la puerta, iban a verse obligados a encargarse ellos sí o sí.

—Ya salen, ya salen —anunció Manuel, disfrazado con una túnica azul y un gorro puntiagudo, para orgullo de sus compañeros organizadores y para vergüenza del grupo de Centinelas que tenía ante él.

—Vamos, seguidme —dijo Rafa a Nuria y a Germán y a sus respectivos grupos de las esferas.

Nuria llevaba un grupo de cuatro Proveedores. Al resto los

había mandado a cortar la Castellana y la Gran Vía con el propósito de desviar en lo posible la atención de lo que iba a pasar allí aquella noche. No quería arriesgarse a mezclar a los vagabundos con toda aquella panda. Sería casi imposible distinguir a unos de otros antes de que se prendiera la mecha por cualquier desastre.

Germán y Manuel solo habían dado una orden a los Centinelas. Y como estaba en relación con coordinarse con las otras esferas, la habían acatado: entrar en la comisaría con los Proveedores por la misma vía que utilizarían los Conversos para llevar allí el trono, en vez de entrar por la puerta principal abatiendo policías. Si a la hora de hacer frente al Caos, se había quedado de guardia un único policía humano, tal vez sí que pudieran abatirle sin matarle. Y si no... al menos habrían salvado al resto.

Germán siguió a Rafa, mirando sin cesar hacia atrás para ver cuántos policías de la comisaría iban hacia los stands y atendían las quejas del resto de los locales. La tarea de los agentes no resultaría nada sencilla. Germán se chocó con la espalda de un hombre con la máscara de un minotauro, que formaba parte de un corro situado alrededor de un tragafuegos que hacía sus delicias. Trató de relajarse y seguir al grupo. Le seguía preocupando involucrarse en una pelea, pero ahora por las razones opuestas a las que albergaba antes de tener aquellas habilidades sobrehumanas. Notaba que día a día iba controlándolo todo mejor. Ojalá hubiera hecho tantos avances en el manejo de la espada y el escudo que de nuevo portaba. Porque, eso no debía olvidarlo, en el nuevo plan él iba a estar dentro: frente a frente con el enemigo. Y ese no era el mayor problema.

Nuria y él tenían demasiado presente lo que había ocurrido en los bares cercanos de Malasaña cuando los jóvenes habían colisionado con el Caos. Aunque de entrada no podían verse y el Caos no saldría al exterior una vez que detectara el trono dentro, si se retrasaban demasiado, si los agentes de policía volvían antes de tiempo a la comisaría y todo se desbordaba, podían provocar una masacre sin precedentes. El Caos vería a cientos de humanos y serían una presa fácil. Morirían cientos por salvar a una docena. Y sería su responsabilidad.

—Aquí es —dijo Rafael entrando en la coctelería de la esquina.

El Josealfredo era un local de copas muy conocido de la zona. Música independiente con un aire distinguido setentero que mantendría fuera a todos aquellos adultos de espíritu peterpanesco disfrazados de sus personajes preferidos. Detrás de él iba Nuria con cuatro Proveedores camuflados de obreros y sus cajas de herramientas y Germán con el escuadrón de Centinelas comandado por Katya.

La camarera les hizo un gesto de bienvenida y les señaló la escalera que descendía a los baños del pub. Se trataba de un miembro de los Conversos que había adoptado la forma de una de las empleadas en horas bajas y se había presentado a trabajar, aunque no tuviera turno. Luego no le resultó difícil encerrar al encargado y a la camarera en la cocina para despejar el camino a la operación. Era un lunes noche tranquilo y solo tenían que aguantar un rato más la mascarada. Subió el volumen de la música para ahogar los golpes que los dos empleados encerrados daban contra la puerta. El grupo entró en el baño de hombres. Rafa se quedó mirando el espejo y puso su mano derecha en el cristal. Todos le observaban a él y a la vez a sus propios rostros expectantes reflejados.

—Ahí están.

Germán no veía nada diferente en el espejo hasta que en los márgenes de los reflejos empezó a vislumbrar algo, como si la oscuridad del baño reflejada en el espejo fuera de una consistencia diferente a la real. Manchas en el cristal, como si desde dentro lo estuvieran ahumando.

Katya escudriñó desde más cerca y se sobresaltó cuando el rostro de un demonio salió del espejo y se asomó en el atestado baño de aquel pub. Tenía dos grandes cuernos de cabra enroscados en una tez roja escamada como la de las serpientes. Si ese era el aspecto de los Conversos en su plano de existencia, entendía que el resto de las esferas aún los temieran.

—Händel tiene el armazón del trono. Seguidle por la Umbraesfera hasta que salgáis por el otro espejo. Para que no os desviéis de los límites, los hermanos os señalarán por dónde no debéis ir.

La cabeza volvió a meterse en el interior del cristal. Rafael puso su otra mano en el espejo.

—Es muy importante no salirse del camino que marca la propia Umbraesfera —les advirtió—. No podéis vivir en el limbo. Y yo de momento solo hago inmersiones controladas.

Con las dos manos ahora apoyadas, inclinado sobre el lavabo, Rafael se concentró. Enseguida sus manos empezaron a atravesar el cristal, al igual que el demonio que había salido. Se subió a la pila y la atravesó mientras les decía:

—Seguidme.

Germán le siguió detrás y, tras él, el resto de la expedición.

El otro lado era un pasillo oscuro, como podía ser el de cualquier lavabo. En el margen izquierdo había espejos. De algunos salía alguna luz. Y en el margen derecho había la nada. La nada en la que flotaban demonios, pero que ahora luchaban en el aire contra las corrientes para poder estar lo más cerca en el linde del camino y marcar la frontera que no tenían que cruzar.

Germán se percató de que Rafael no encabezaba la marcha. Su vecino seguía a un enorme demonio, como si un dragón caminara erguido, que portaba entre sus garras delanteras una luz. Debía de ser Händel con el armazón del Trono de Todo.

Había otro elemento que le llamaba la atención: la música. La música del Josealfredo continuaba oyéndose perfectamente en aquel lugar, y cuando iban avanzando por el pasillo, que atravesaba por debajo los bares de la plaza de la Luna hasta llegar a la comisaría, podían oír también a través de los distintos espejos la música que ponían en los otros locales.

Rafael se paró un momento para ver si todos le seguían. Nuria corrió a coger del brazo a Germán y este aprovechó para preguntar a su vecino:

—¿Y aquí es donde te entrenan?

—No. Todo este pasillo entre realidades solo existe por la Umbraesfera en noches de luna llena. He estado antes en este bar y no había esto. Solo aquello —dijo señalando el torbellino de oscuridad en donde volaban los demonios—. Ahí es donde paso las putas noches. Y en el cuarto de baño entre medias, claro.

Germán casi se alegró de que Rosa no hubiera tenido que pasar por aquello. Sobre todo, cuando el enorme demonio se detuvo y señaló un espejo en concreto. Rafael condujo al grupo por él y salieron a un amplio e iluminado lavabo. Habían llegado a la comisaría. Frente a ellos estaba el armazón del trono.

Tocaba el turno de los Proveedores. Abrieron sus cajas de herramientas y de ellas salieron otras, cada vez más grandes, con un montón de piezas.

—Dejadnos hacer nuestro trabajo —dijo uno de ellos.

Antes de salir, Katya ya estaba haciendo señas a su tropa para que se desplegara en cuanto abandonaran el aseo. Y hacía bien en estar preparada. Nuria, Rafael y Germán aún no habían visto qué había más allá del baño cuando oyeron el choque de espadas. Un montón de esqueletos brotaban del suelo y de los pasillos de aquel lugar, y antes siquiera de erguirse ya blandían armas tan viejas y letales como los cuerpos que las empuñaban. Pero los Centinelas habían previsto aquel ejército de esqueletos. Si el Caos llevaba tiempo vigilando aquel lugar y habían necesitado infiltrar a sus monstruos, debían ser tan discretos como aquellas pilas de huesos que solo se activarían llegado el momento. Y ese momento era ahora. Para todos.

Tres Centinelas avanzaron dando espadazos en todas direcciones, haciendo suyo el lema de actuar como uno, y media docena de esqueletos fue barrida. Katya ordenó a un Centinela que se encaminara por otro pasillo donde un par de policías se acercaban. Hizo el gesto de abatirlos sin armas y Germán se lo agradeció con la mirada.

—Controlad que el resto de los policías no regresen. Si lo hacen, no habrá otro remedio que acabar con ellos.

Por ese mismo pasillo en el que ahora yacían inconscientes los dos agentes se llegaba a la cristalera desde la que se veía toda la plaza. Germán y Rafael corrieron hacia allí. Nuria no sabía qué hacer. Volvió a entrar en el baño donde los Proveedores estaban montando algo. Por su actitud parecía que acababan de montar un mueble de Ikea y no el timón del universo. Uno de ellos fumaba y daba instrucciones desde lejos a los otros.

Nuria escuchó un grito y vio que avanzaba otra horda de esqueletos. O tal vez eran los huesos derribados que volvían a cobrar vida. Ante la opción de encerrarse en el baño con los Proveedores, decidió correr junto a Rafa y Germán.

—¿Cómo van? —le preguntó Germán—. En la plaza empieza a haber disturbios.

—Van lentos, joder, y allí están Perdón y Noentendi, míralos —dijo señalando al otro lado de la pared de cristal—. Ya sabía que también me seguirían aquí.

En la plaza, Manuel estaba metiendo toda la bronca que podía con su ridículo disfraz y vio a sus vecinos apoyando sus caras contra el cristal. También les gritó cuando vio lo que se les acercaba por la espalda.

Oyeron el desenvainar de espadas justo a pocos metros y al girarse vieron que Esguince, con sus dos mandobles, se disponía a atacarlos. Katya y dos Centinelas aparecieron y aprovecharon la amplitud de la estancia en la que estaban para arremeter contra él por varios flancos. Katya luchaba con una lanza de doble filo contra el general de las tropas del Caos.

—¡Salid de aquí! —les ordenó señalando la escalera que daba arriba.

Pero en un instante también aquella sala se llenó de esqueletos. Varios de ellos saltaron desde los escalones de arriba sobre Germán y Rafa mientras Nuria se apretaba contra la pared.

Germán se cubrió con el escudo y atacó con la espada a uno de ellos, pero su arma fue interceptada por otro. Tenía que luchar con los dos. Decidió no cubrirse y agacharse para recuperar la iniciativa. Su espada ahora sí impactó contra el cuerpo de uno mientras que el otro no acertaba a darle. Germán no sabía lo que estaba haciendo, pero se movía muy rápido y clavó su espada en el ojo del otro. Sintió el placer de ver derrumbarse a esas criaturas hasta que se percató de que otro atacaba a Rafael. La espada del esqueleto le atravesó. Pero como si fuera un fantasma: Rafael había logrado hacerse intangible y aquellos seres no podían herirle. Un ruido les indicó lo que hacía Nuria. Había invocado una sierra mecánica y abatido al esqueleto que había atacado a Rafael y a otro que subía detrás de ellos. Era una suerte que Rafael fuera intangible o probablemente en su desesperación Nuria le hubiera acabado cortando a él por la mitad también.

Ante los gritos de sus compañeros y sin saber cómo apagarla, se deshizo de la sierra tirándola escaleras abajo. Al asomarse desde arriba, comprobaron que la situación había empeorado. Dentro de la comisaría Esguince había abatido a uno de los Centinelas, que yacía muerto. Katya aguantaba los embistes de aquel mandoble humano, pero tuvo que mandar al otro Centinela a proteger el pasillo que daba al baño donde trabajaban los Proveedores, ante otra oleada de esqueletos.

Fuera, en la plaza, la fiesta había acabado y una revuelta de cientos de personas disfrazadas hacía frente a un grupo de agentes de policía cada vez menos transigentes con aquella ocupación y que se veían solos para enfrentarse al desorden. Manuel estaba entre medias de aquella gente, empujado por unos y por otros, sin poder dejar de seguir lo que atisbaba tras la fachada de cristal de la comisaría y a la vez con miedo de morir aplastado por los jugadores de rol. Sería tan patético que hasta parecía un final probable para él.

Y en los tejados de los edificios de la plaza, Germán se fijó en que había Centinelas y que parecían protegerse de algo que venía volando. Eso solo podía significar que el Caos había roto el cerco y que se disponía a atacar la plaza llena de gente desde el aire.

—¡Tienen que acabar ya! —gritó Nuria.

Sin demora, la joven bajó la escalera aprovechando que el pasillo estaba despejado. Por si acaso, volvió a invocar la sierra mecánica. Aparentemente se le daba mejor hacerla aparecer en sus manos que apagarla.

—¡Vamos! —aulló dando una patada al baño como una posesa—. ¡Tenéis que acabar ya!

Germán y Manuel bajaron también. Katya luchaba de manera endiáblada contra aquel ser. Su arma de dos manos contra su doble mandoble. Eran cuatro filos girando a toda velocidad.

—Tenemos que ayudarla —dijo Germán.

Empezó a acercarse con su espada, aunque era consciente de que incluso con su destreza y su velocidad sería incapaz de anticiparse a la vorágine de ataques y acrobacias entre los dos comandantes.

Rafael iba a secundarle cuando Nuria y los cuatro Proveedores salieron del baño a toda velocidad. Parecían cofrades en una carrera hacia la puerta de la comisaría. Rafael corrió con ellos para escoltarlos con los pocos Centinelas que quedaban vivos. Germán gritó a Katya que ya estaba, pero Esguince, loco de rabia al ver cruzar el trono ante sus narices, arremetió sin cesar contra la guerrera hasta que quebró su lanza en dos.

Germán se puso al lado de la mujer desarmada. Fue la primera vez que sintió que su cuerpo y su cabeza hacían algo al unísono. Lo que también sintió fue mucho miedo, así que no debía de ser aún un bravo Centinela. Uno de los mandobles de Esguince partió el escudo de Germán, que cayó al suelo por el impacto. El otro se hundió en el costado de Katya.

Esguince aprovechó para echar a correr detrás del trono. Germán se quedó estúpidamente sentado en el suelo, sin saber si con su acto había evitado al menos que fueran los dos brazos de Esguince los que se habían clavado en su comandante. La respuesta se la dio Katya cuando se levantó aún con fuerzas para abalanzarse contra Esguince por la espalda y atravesar los dos el cristal de la comisaría.

Germán reaccionó y salió por la abertura. El trono estaba en la plaza ya, intentando avanzar sin éxito. Manuel, Rafael y Nuria se hallaban junto a él. Pero nadie hacía caso a la batalla o al cristal roto, porque en una calle aledaña acababa de explotar un vehículo. De la comisaría, detrás de Germán, salió una bruja voladora y acto seguido una tropa del Caos, directos contra el trono, directos contra la multitud de personas, que tal vez no verían aún a aquel ejército de sombras, pero sí habían percibido la explosión del coche y se miraban unos a otros asustados.

El joven vio cómo todas aquellas cabezas giraban a la vez en la misma dirección, al lado contrario de donde venía el peligro. Unos jinetes aparecieron con espadas interceptando el ataque del Caos. Entre ellos se encontraba Tristán, que irrumpió volando y blandiendo su arma *Ventolera*, con la que bloqueó en el aire a la bruja y la derribó antes de que pudiera lanzar otra descarga. Pero ni siquiera aquel caballero volador hacía sombra a Cedric Sin Paz, quien a lomos de un caballo empuñaba a *Cadalso*, que lucía como una estrella y desintegraba a sus enemigos nada más tocarlos. Aquel anciano parecía derretir con su arma las tinieblas.

Resultaba difícil discernir qué estarían percibiendo los policías o los jugadores de rol de todo aquello, pero algunos de estos últimos se aproximaron hacia allí sacando sus móviles y aplaudiendo sin miedo. Probablemente creerían que se trataba de una exhibición, la sorpresa final de aquella noche tan especial.

La plaza se despejó en parte y el trono pudo salir de allí rumbo a la torre. Germán logró acercarse a Katya, que estaba herida en el suelo, pero viva, afortunadamente. No había ni rastro de Esguince. El señor del Caos había huido en la confusión. Lo que no dejaba de ser una gran victoria para ellos. Cedric Sin Paz se volvió hacia la multitud. Se quitó el yelmo y bajó con mucho esfuerzo del caballo, pero estaba feliz. Su hijo Tristán alzó la espada en el aire, pero fue Manuel quien gritó entusiasmado la victoria.

—¡Uno, uno, uno! —clamó.

Y todos los frikis de la plaza de la Luna se unieron a aquel coro vitoreando a quien pensaron que era un especialista, aunque ni en todas las partidas de rol de sus vidas hubieran imaginado un héroe así.

Dos

El Trono de Todo ocupaba el vestíbulo de la planta baja de la Torre de la Encrucijada. Justo apoyado en el que había sido el apartamento de Rosa para que no bloqueara la escalera o la entrada ni la puerta del apartamento de Rafael. Ahora lo veían cada vez que llegaban a casa. Les recordaba lo bien que había salido todo.

Habían muerto once miembros de los Centinelas y uno de los Proveedores, este atropellado cuando intentaba cortar el tráfico. Catorce personas habían resultado heridas en los altercados, incluyendo cuatro policías. Y Katya tendría que probar los falafeles del Curandero. Pero era indudable que la primera fase de la coronación había sido un rotundo éxito.

Astrid, Alexander, Bea y los tres herederos los recibieron con vítores cuando finalmente llegaron. El trono había llegado antes que ellos, pero estuvieron esperando a sus compañeros para saber todos los detalles. No fue fácil salir de la plaza de la Luna porque, tras la gran fiesta, Manuel se había convertido en el hombre más popular del barrio.

Con el transcurso de los días todo fue atenuándose, como lo describían en el reino: esa frustrante normalización de algo que pareció muy importante en algún momento. De lo ocurrido en el día de Hodrum se conservó en la memoria de todos sus participantes que fue una gran noche con algún problema con la policía y algunas exhibiciones interesantes. Suficiente como para convertirlo en un acontecimiento anual. Pero que faltó algo de comida y que los organizadores, en plural, pues no recordaban a ninguno en concreto, deberían prohibir el uso de petardos para no prender fuego a ningún automóvil. Al menos las denuncias de la policía y las multas del ayuntamiento también quedaron en nada.

Ahora tenían por delante dos semanas acompañando a la luna en su desaparición de los cielos hasta el 26 de noviembre, cuando habrían de mover el trono de nuevo. Lo llevarían al metro, donde moraban los Eruditos, para que pudieran implementar eso que llamaban «el navegador» en un hueco que los Proveedores habían montado en uno de los brazos de aquel aparato. Sería entonces cuando los Ancestros lo moverían al lugar escogido hasta que Zenobia estuviera lista para pilotarlo.

Bea decía que el lugar aún no estaba elegido. Los Ancestros no tenían a nadie que mandara sobre los demás, así que resultaba difícil ponerse de acuerdo. Y aquellos debates entre criaturas que no eran humanas escapaban a la comprensión de la chica.

—Creo que uno de los lugares a debatir son los Viajes de Agua. Creo que son unos túneles antiguos.

—Sí, es una red de canales subterráneos —dijo Alexander—. De la época árabe, además. Parece bastante adecuado porque sería fácil conectarla con el metro, que es desde donde se llevará el trono.

—Viajes de Agua... suena a Mayrit —comentó Germán.

—Pues justo es ella la que se opone. Dice que ese lugar no se puede mancillar con el trono —explicó Bea.

—Qué raro... —dijo Astrid.

Mientras tanto, aquellos días Zenobia ya había empezado a prepararse para su misión. Acudía a diario con Ozz al lugar donde los Eruditos finiquitaban el navegador. La futura reina tenía que aprender a manejar todas las coordenadas mentales que desde hacía tiempo aquella esfera había ido reuniendo, extrayéndolas de este mundo y distinguiéndolas de los recuerdos y esencias del mundo del que un día habían venido.

La labor se antojaba realmente complicada, pero al menos Astrid ya no tenía que estar tan ocupada en la elaboración. Parecía que la tarea dura había terminado, aunque Germán sabía que él sufriría cuando Bea, Alexander y ella tuvieran que estar presentes con sus esferas en el nuevo traslado del trono. A Germán y a los vecinos de abajo los tocaría esperar y sufrir.

—Hubo un momento en que pensé cómo tendrías que decirle a mi madre que yo había muerto —le confesó Germán a Astrid una tarde en el sofá del salón bajo una manta.

—Ay, calla...

—No, déjame que lo cuente, por favor. Me cuesta hablar de estas cosas, pero creo que a veces tenemos que expresarlas.

—Tienes razón. Perdona. ¿Por qué querrías que fuera yo? —preguntó Astrid incorporándose y acariciándole el pelo.

—Porque lo único que no la mataría del disgusto es que le dijeras que fui el mejor novio del mundo. Cuerdo, sensato e increíble en la cama —dijo sin poder contener más la risa.

—¡Idiota! —exclamó Astrid golpeándole con el cojín y sintiéndose estúpida por haberse puesto seria—. Además, ni siquiera la conozco.

—Pues lleva varios días insistiéndome mucho en que vaya a comer con ella. Si quieres te vienes y te presento.

—¿A la sierra? No sé si debería alejarme tanto de aquí. Podrían reclamarme... pero dile que venga a cenar ella.

—¿Con todo lo que está ocurriendo? ¿Decirle que venga a la torre?

—Es el sitio más seguro. Solo tendrás que explicarle lo del trono. Manuel ya dijo a los suyos que era de Rafael, que era cofrade de Semana Santa, y coló.

Germán se rio y se dejó llevar; mandó un mensaje a su madre.

Carmen no tardó ni un minuto en responder que iría esa misma noche.

Astrid había cocinado para Germán y para Carmen. El apartamento lucía con detalles de decoración que demostraban que aquella despampanante chica llevaba muchos días haciendo vida con su hijo. Eso lo sabía una madre. Desde que su hijo se había mudado no había vuelto a la torre, pero tanto en aquella ocasión como en esta, había salido abrumada de lo bien que le iba. Tal vez demasiado.

—No es normal que mi madre esté tan callada, Astrid. Yo creo que estás flipando con todo esto, ¿verdad, mamá?

—Sí. Cuando en la agencia me dijiste que tenías que contarme algo bueno que te había pasado, pensé que ibas a decir que tenías un perro. Lo de la novia era inimaginable.

—¡Mamá!

—Un perro es lo que más ilusión te hacía del mundo, por eso lo decía, ¿eh? —aclaró Carmen al darse cuenta de que la comparación podía ser ofensiva.

—Tranquila, me parece un gran piropo; muchas gracias, Carmen —dijo Astrid sirviendo el postre.

Más tarde, al acompañarla al coche, Germán no logró saber por qué su madre no se alegraba de que él tuviera mejor aspecto que nunca y a la vez estuviera saliendo con una chica como Astrid. ¿Notaría que en el fondo del corazón de Germán anidaba el miedo inminente a perderlo todo o se sentía triste ante tanta felicidad conseguida tan lejos de ella?

El coche de su madre ya se alejaba cuando vio a Zenobia salir de un vehículo aparcado junto a la verja y darle una patada de manera airada. Extrañado, se quedó mirando y vio dentro del coche a Bea igual de disgustada. Debían de estar discutiendo. Pocas veces había visto a la princesa perder la compostura de ese modo, así que, aunque no tenía tanta confianza con ella como Bea, se acercó hasta el coche.

Zenobia lloraba de rabia cuando Germán le preguntó qué le ocurría.

—No puedo, no puedo hacerlo. Si no puedo entender el navegador, cómo voy a manejarlo cuando lo pongan en el trono. No puedo.

Germán se asomó al interior del coche. En el asiento del conductor Bea se encendía un cigarro para calmarse. No parecía querer hablar, así que volvió a dirigirse a Zenobia y se limitó a escucharla.

—Los Eruditos insisten en que tengo que memorizar todas

esas imágenes, sonidos, olores, y que cuanto más sepa distinguir a qué mundo pertenece cada uno, menos fallos cometeré a la hora de manejarlo. ¿Cómo voy a saber diferenciar cada insignificante detalle si viví refugiada en palacio mientras el Caos arrasaba mi mundo y en este exilio estoy encerrada en esta torre? Dicen que debo ser la reina, pero no he tenido vida y apenas he conocido otras. Creo que lo mejor sería que muriera manejándolo como mi madre. Lograr romper el puente, pero no tener que ser luego reina de nadie.

Tras desahogarse con Germán, la heredera abrió la puerta trasera del vehículo y se dejó caer en el asiento.

De culpas sí que entendía Germán, así que abrió la puerta del copiloto y se sentó al lado de Bea.

—¿Y tú qué haces en este coche? ¿De dónde lo has sacado?

—Le estaba enseñando a arrancar el coche. No sé cómo va ese trono pero puede practicar con esto al menos, ¿no? —dijo Bea.

—Beatriz quiere ayudarme, pero no entiende lo difícil que es todo —comentó Zenobia desde atrás—. Nunca lo entiende.

Germán sintió ternura. Realmente lo del coche no parecía el mejor símil. Y lo más probable era que Bea lo hubiera robado de algún lado. Se giró del todo para hablar con Zenobia.

—Seguro que no lo entendemos, pero te hemos visto este tiempo. Es verdad que apenas nos conocemos, pero ya hemos compartido muchas cosas. Y creo que eres más que capaz de arrancar el trono y movernos a todos.

Su tono había sido de irónica dulzura, pero enfadó a Zenobia.

—No es solo moverlo. Si no lo alejo lo suficiente no romperé el puente, pero no puedo hacerlo bruscamente o ambos mundos colisionarían.

Bea apagó el cigarro en el panel de mandos y arrancó el coche. Lo movió en paralelo, las ruedas sin apenas rozar la acera, hasta que poco a poco lo separó un metro.

—Y a mí no me ha enseñado nadie a hacerlo —dijo volviéndolo a apagar.

—No es igual. Si un mundo golpea al otro, el impactado sufriría un daño devastador. Y tampoco puedo alejar ambos mundos demasiado y destruir los portales naturales que existen desde siempre y que algún día nos permitirán volver. Siempre prometimos regresar. Le dijimos a los que se exiliaron con nosotros que retornaríamos a casa y a los que quedaron allí que regresaríamos a liberarlos algún día.

De nuevo volvió a llorar, así que Germán decidió usar la psicología inversa.

—Si tú mueres, ¿qué más te da entonces lo que pase después?

Zenobia levantó la cabeza y volvió a mirarle desafiante y enfadada.

—Porque se lo prometimos. Muera yo o no, se lo prometimos. Ni siquiera sé si mi pueblo aún resiste, si estará esclavizado o habrá sido exterminado por el Caos. Pero cuando vivían se lo prometimos y la palabra es lo último que debe perderse.

Germán sonrió.

—No sé si eso te lo han enseñado los Eruditos, pero lo que has dicho no es algo que suela estilarse en este mundo, así que será mejor que vivas para recordárnoslo.

Bea volvió a encender el cigarro y puso la radio del coche. Empezó a sonar alguna cantante de jazz. Bea la acompañaba sin saber las letras. Tenía una voz grave y bonita cantando.

Germán siguió hablando a Zenobia.

—¿Es cierto que tu madre era aquí? Por lo que he creído entender, ella llegó a vuestro mundo y sabía de la existencia del nuestro. Y Gadea puede ser un nombre español.

—Eso creen muchos. Recuerdo la primera vez que llegué. Subida a una explanada contemplaba la ciudad y sus torres. Todo era tan extraño que daba miedo, pero pensar que mi madre algún día había estado aquí, que venir a esta tierra era continuar su cuento... Hizo todo un poco más fácil. ¡Qué irónico que sentir los dos mundos como uno me hizo feliz y ahora todo dependa de que pueda separarlos!

—¿Y tu padre? —preguntó Germán viendo que aquella sonrisa de nostalgia se empezaba a borrar de nuevo de su rostro.

Zenobia se encogió de hombros.

—Nunca le conocí. Mi madre lo hizo todo.

—Te dio el nombre bonito al menos —dijo Germán recordando los de sus hermanos, Matamonstruos y Silenciosa Montaraz.

Zenobia sonrió mientras se enjugaba las lágrimas.

—Mis hermanos tienen otro nombre, pero les gusta más el que eligieron para ellos.

—Mi madre se llama como yo —reveló Bea de repente—. Mi padre la abandonó cuando se quedó embarazada.

—Nunca me has hablado de ella —dijo Zenobia.

—A mí tampoco —intervino Germán—. Y siendo los tres que estamos aquí hijos e hijas del matriarcado, podrías contárnoslo.

La música seguía sonando en el interior del vehículo.

—Se llamaba Beatriz y era de Asturias.

—Asturias. Me encanta ese nombre, parece de cuento —comentó Zenobia.

—Cuando tenía diez años mi madre se casó con otro hombre. Le pegaba. Me pegaba. Y un día no aguanté más y le tiré por la escalera.

Germán y Zenobia se quedaron callados.

—No murió, pero quedó paralítico. Y ya nunca más le pegó. Así que valió la pena. De eso hace ya dos años.

—¿Por eso te fuiste de casa? ¿Por ese hombre?

—No. Mi madre me echó después por lo que había hecho. Dijo que les había destrozado la vida. No se ha dado cuenta aún de nada.

Germán extendió su mano hasta tocar el brazo de Bea. Necesitaba hacerlo.

—Debe ser difícil, Beatriz. Siendo tan joven y tener que cargar con algo así.

—¿Cargar? No cargo con nada. Hice bien. Yo sé que lo hice bien. Mi madre es feliz ahora cuidando a ese hombre y sin volver a recibir ni un golpe. Quiero a mi madre y por eso tengo que estar feliz.

Volvió a canturrear durante largo rato sin que nadie dijera

nada. El vaho del interior del coche había empañado las ventanillas.

Zenobia puso una mano en el hombro de Bea.

—Cantas muy bien.

—Es cierto. Debes de ser la reina de los karaokes —le dijo Germán.

—Nunca he estado en uno.

Germán se incorporó de golpe. Ya sabía qué final darle a la noche. A aquellas dos adolescentes que no las habían dejado vivir vidas de verdad.

—Pues eso lo arreglamos ahora. Llamo a Astrid y vamos para allá. Pero devuelve este coche, que está cerca para ir andando —dijo Germán con una sonrisa.

Media hora después Astrid, Bea y Zenobia estaban subidas al escenario de un conocido karaoke del centro.

Germán recordaba haber acabado muchas noches allí. Un lugar abierto cualquier día de la semana donde podías encontrarte siempre de todo: despedidas de soltera, artistas profesionales, hombres solitarios, grupos de guiris borrachos... Tal vez no cantara demasiado allí, nunca mejor dicho, que la superviviente asturiana y la princesa de otro cuento fueran menores de edad.

Las tres se pusieron a cantar *Resistiré*, del Duo Dinámico, tras haber intentado sin éxito el *I will survive*, de Gloria Gaynor. La intención era clara. En menos de una semana aquellas tres mujeres estarían al lado del Trono de Todo y por tanto en peligro de nuevo.

Germán bebió de su copa. Hacía mucho que no bebía de madrugada, pero aquella ocasión lo merecía. Bea y Zenobia no se sabían la letra, pero bailaban divertidas y repetían lo que Astrid iba diciéndoles. Reían.

—Se acabaron las canciones melocotonazo —dijo una chica joven latinoamericana con una corona en la cabeza—. Siempre pasa. La música nos hace viajar, pero hay estaciones comunes. Verás como las siguientes también son del pop español, Germán.

Germán se quedó mirando a aquella mujer, extrañado.

—Soy yo. Morrison.

Germán no supo qué decir, pero al menos el alcohol en su sangre hacía más fluidas las apariciones de aquel loco cambiaformas. Se quedó pensando por qué estaría tan desesperada una mujer en su despedida de soltera para ceder su alma así al Converso. Se rio y finalmente dijo:

—Claro. Tú preferirás las de The Doors, ¿no? Jim Morrison.

Devolviéndole la sonrisa veía claramente que era él.

—Es el mejor. Y no solo como artista. También como muerto.

—¿Habláis con los muertos también los Conversos? —preguntó Germán dubitativo.

—No —rió bamboleando sus pechos—. En su epitafio. ¿Sabes lo que dice?: «De acuerdo con su propio demonio».

Brindó con él y luego le señaló la música.

—¿Ves? Se acabó el rock americano.

Un hombre ahora cantaba *Pongamos que hablo de Madrid.* Las chicas habían bajado del escenario y estaban pidiendo en la barra. El barman dudaba de la edad de ellas, pero Astrid no iba a aceptar un no por respuesta.

—Al menos no es mala —continuó Morrison a propósito del cantante que entonaba aquella canción sin el pudor de llevar la garganta rota por la noche—. Por Sabina. —Alzó la copa en honor a la compañera que llevaba el nombre del cantautor.

—¿Por qué esa melomanía de los Conversos? No caí al principio.

—Ya te dije que los Conversos tenemos una sensibilidad especial. Solo las almas que sufren pueden apreciar los agudos y los graves de las emociones que...

—¡No, ya sé! Es lo único que os llega de nuestro mundo cuando estáis en el limbo —le interrumpió Germán, que había podido vislumbrar lo que era ese reino incorpóreo—. La música.

—Se escucha mejor que aquí —sonrió Morrison—. Un momento, ¿esa letra es así?

—¿La canción de *Pongamos que hablo de Madrid*? A ver... sí.

No había duda. Mientras aquel borracho cantaba todos podían leer la letra que entonaba. La mujer parecía turbada.

—Hacía mucho que no la escuchaba, no pensé... Tengo que comprobar una cosa. Sueños días, Germán.

Salió del bar justo cuando las tres chicas se sentaban a su mesa con las copas.

—¿Quién era? ¿Le has hecho replantearse lo de casarse o qué? —dijo Astrid.

Germán brindó con su nueva copa con las chicas antes de que le obligaran a él a salir a cantar.

A la mañana siguiente también se dio cuenta de lo mucho que hacía que no sufría una resaca, pero al menos aquel día no tenían entrenamiento con los Centinelas. Salvo el traslado del trono de nuevo al metro, los Centinelas ya habían acabado con su parte en la coronación y habían vuelto aquellos duros ejercicios. Pero aquella noche la esfera celebraba la prueba del Último Lastre de uno de los reclutas. De hecho, le reconocieron cuando llegaron aquella madrugada a la Torre Picasso. Era Rast, uno de los chicos con los que había compartido la noche de celebración tras la reconquista del cuartel del Conde Duque.

A las limpiadoras del rascacielos les resultó fácil desconectar la alarma de seguridad antes de ponerse sus ropas de Centinelas y dejar entrar al resto de su orden a la azotea. Allí, aprovechando la camaradería fuera de los entrenamientos, Manuel se acercó a Dunia. Se había echado mucha colonia esta vez, porque seguía obsesionado con que, desde lo del Curandero, le venía a veces olor a kebab.

—Se enfrentará a su miedo final y si lo consigue, hará el juramento ante *Cadalso* y nos iremos de fiesta —les explicó la guapa Centinela—. Si no, no podrá volver a intentarlo hasta el año que viene. Rast se juega tanto que estoy segura de que arriesgará todo para poder entrar.

El miedo mayor de Rast eran las alturas. Las pruebas de las cuerdas, trepar por las fachadas, habían sido siempre su mayor terror. Ahora tenía que correr por la cornisa de aquel rascacielos parando las flechas que desde el centro le lanzaran sus compañeros. Respiró hondo. Se notaba lo mucho que se había preparado para el abismo. Y empezó la carrera. Lo hacía bastante bien.

Katya se acercó a Germán. Estaba totalmente recuperada.

—Antes de la fiesta quiero enseñarte una cosa.

—¿Crees que lo conseguirá y que hará el juramento ante Cedric y *Cadalso*? —le preguntó Germán.

—Tengo que tener la misma fe en él que tendría en mí, así que sí. Pero no lo hará nuestro señor. El adalid de los Centinelas está algo cansado tras la embestida de la otra noche. Por derecho será Tristán quien le entregue hoy a *Cadalso*.

La prueba se resolvió tan pronto que Manuel y Germán intercambiaron una mirada por lo estúpidos que habían sido los dos al elegir para cada uno algo tan difícil.

Tristán Sin Paz le entregó la espada envuelta en una tela. Al contrario que cuando se armaban caballeros en las épocas antiguas de este mundo, aquí era el propio candidato quien la empuñaba mientras repetía las palabras y después se clavaba el arma en el vientre. Si su alma era pura no debía temer atravesarse con la espada, pues solo hacía daño al Caos. Rast cogió la espada ceremonioso. Probablemente sería la primera vez, y la última, que tendría en sus manos a *Cadalso*. Pero había una inquietante expectación que Dunia no tardó en revelar con una sonrisa.

—No es *Cadalso* la espada. La prueba de las alturas no ha terminado —dijo riendo traviesa.

Katya parecía tan sorprendida como ellos, pero nada que ver con la reacción de terror de Rast cuando al coger el arma y destapar la tela vio que era *Ventolera*, la espada de Tristán. Y al instante siguiente salió propulsado como un cohete mientras gritaba.

Todos rieron un segundo, pero empezaron a asustarse cuando vieron que no descendía. Le oían gritar por las alturas mientras aquella espada mágica daba cabriolas en el vacío hasta que ni la voz le salía de los pulmones. Manuel se debatía entre la compasión que aquel pobre chaval le despertaba y el ver actuar a la espada mágica. Katya no estaba contenta. No parecía importarle tanto la vida de Rast como la herejía que suponía haber dado el cambiazo a *Cadalso*.

Rast se soltó de la espada. Unos dirían que no fue capaz de aguantar más y otros que entendió que debía desprenderse de su miedo para superar la prueba. Lo único seguro es que cayó como un saco sobre la azotea a una altura que hizo crujir su cuerpo, pero que le permitió levantarse. Ahora sí, Tristán le dio la espada de su padre. Todos volvieron a reír al ver cómo comprobaba dos veces que era *Cadalso*. Pronunció sus palabras de ingreso en la orden de los Centinelas que acababa con la frase:

—Mi vida vale menos que tu espada.

Se hizo el harakiri con el arma, que le atravesó como si estuviera hecho de aire.

Mientras todos se iban a celebrar al cuartel el éxito de la prueba, Germán acompañó a Katya en una moto de limpieza tal y como le había pedido. En cuanto vio el Faro de Moncloa a lo lejos adivinó qué le quería enseñar. A su lado estaba el Arco de la Victoria, un encargo del régimen franquista. A la izquierda el Cuartel General del Ejército del Aire, que con sus torres se asemejaba a los edificios de las películas de nazis. A la derecha otro edificio de corte parecido, que en dos arcos daba la entrada a los Bajos de Argüelles, la zona de copas donde su hermano había perdido la vida.

Justo hasta el obelisco, en cuya cumbre había un águila negra, había arrastrado Germán a Javier aquella noche. No había vuelto a poder verlo. Ahora, con algo más de calma, veía lo terrible que era toda aquella simbología fascista en aquella zona. Había atraído a grupos de neonazis y a gente de mala calaña en una zona que se suponía que era para salir los más jóvenes por la noche. Incluso aunque no se frecuentara los bares, se trataba de una zona universitaria. Una de las entradas de Madrid. De pequeño, cuando venía de la sierra, aquel arco le parecía que le daba la bienvenida a la ciudad.

—Aquí es donde tendrás que batirte con tus fantasmas el día que decidas hacer la prueba del Último Lastre —le señaló aquella mujer seca y dura que había rebasado el medio siglo—. Habrá puñales, pero estás más que capacitado para superar el trance con éxito.

—No voy a hacerlo, Katya. En un par de semanas espero que Zenobia se siente en el Trono de Todo y volver a mi vida. No sé qué recordaré o qué sentido habré dado a haber estado un mes entrenando con marines de otros mundos, pero te aseguro que será de lo más extraño que tenga que encajar.

—El día que reclames la prueba, estará lista —zanjó la comandante—. Eres un guerrero. Lo demostraste en la comisaría.

Lo peor era que resultaba imposible tomársela a broma cuando se ponía así de seria, de modo que simplemente negó con la cabeza y pidió volver a la celebración.

El dolor de cabeza del karaoke se juntó con la tristeza que le daba vueltas al estómago, así que cuando llegó no tenía demasiadas ganas de quedarse allí a la intemperie con los reclutas más jóvenes y las jarras de vino más baratas. Manuel estaba hablando animadamente al grupo cuando Katya condujo hasta allí a su amigo. Sabiendo a lo que debían de haber ido, por la cara que traía Germán, le preguntó a la comandante si a él no iban a enseñarle su prueba.

—¿Tu prueba? —le dijo Katya tajante—. Tenías que enfrentarte a no destacar y ser el último de todos, y en la guardia de la Umbraesfera tiraste por tierra lo que podrías haber ganado. Te harán falta meses para que la retomes después de tanta heroicidad.

Manuel se sentía confuso. No sabía si alegrarse o desesperarse. Pero sí tenía el interés del resto del grupo.

—¿A qué seres del Caos os habéis enfrentado hasta ahora? —les preguntaron.

—Pues a ver: a los huargos y a sus amos; también hemos visto a los duendes esos que confunden, a los demonios de fuego, a los orcos, a los pteranodones, a los esqueletos, a la bruja eléctrica esa; no sé, son muchos ya. ¿Cuáles son los más chungos?

El grupo estaba confundido con los nombres que Manuel inventaba para las criaturas del Caos, pero los fueron traduciendo: la jauría, las polillas, los demonios de fuego, y cuando preguntó aquello, dos respondieron a la vez:

—¡Los insexterminadores! Son bestias depredadoras con un horripilante aspecto de insecto. Y muy inteligentes. Afortunadamente no hay una legión de ellos o no habría nada que hacer.

Más que por el bestiario completo del Caos, a Germán le intrigaba la idea de que hubiera un general que organizara a aquellos monstruos.

—¿Y hay algún otro que esté al mando como Esguince?

—La Quebrantánimas ha sido avistada. Pero no suele aparecer en las batallas. O al menos solo lo hace después de las mismas, para encargarse de los pocos capturados que haga el Caos tras el combate.

Germán y Manuel sintieron que ya habían tenido suficiente. Sobre todo, porque les quedaba otra noche de fiesta.

La noche del 26 de noviembre, la misma en la que Bea, Alexander, Astrid y los herederos tendrían que recibir el trono, colocar el navegador y llevarlo al lugar mágico elegido, no iban a quedarse nerviosos en casa.

Rafael no se hallaba en su apartamento la tarde previa. No le habían visto demasiado esos días. Estaba cordial, pero de nuevo iba a su aire.

Finalmente le vieron aparecer en un coche lujoso.

—¿Qué? ¿Os gusta? Acabo de comprármelo —dijo Rafa orgulloso.

Manuel ya no aguantó más.

—¿Por qué estás tan forrado? —preguntó.

Rafael se pensó un minuto si responderles.

—Hay cosas que son muy fáciles para un fantasma —dijo al fin—. Estoy procurándome mi propio plan de pensiones.

¿Acababa de confesar que estaba usando sus poderes de invisibilidad e intangibilidad para robar?

—Pero eso no... o sea, es el típico dilema de quien tiene poderes, pero te aseguro que el final es siempre el mismo —dijo

Manuel haciendo mención al manido debate de la moral en los superhéroes.

—Tranquilo. No voy a acabar en prisión. No van a cogerme —replicó Rafael—. Solo es este mes. Después, si ganamos, perderé mis poderes. Y si perdemos, no se podrá sacar dinero de una ciudad arrasada.

—No me refería a eso, era más bien que lo que está mal, está mal siempre —le dijo Manuel—. Con o sin poderes.

—Sabes mejor que nadie qué es que te roben —añadió Germán metiendo el dedo en la llaga del pasado de Rafa.

—¡Precisamente por eso! No voy a volver a ser un perdedor cuando esto acabe. Estaré forrado, y a no ser que el imbécil de Alexander venga a revelarme de dónde y cómo saqué el dinero, voy a estar contento, os lo aseguro.

—Rafa... —dijo Germán.

—¡Me lo deben! Vine a este piso creyendo que sería un chollo. Pues bien, ¡no lo fue! He pagado mucho más de lo que cuesta un coche. No tengo trabajo, ha cambiado mi cuerpo... ¡Consideradlo una puta indemnización!

Tras decir esto, Rafa se fue airado hacia su apartamento.

—No iba a decirte eso —replicó Germán, que no se atrevía a juzgar aquello—. Solo quería decirte que andaras con ojo.

Rafael volvió a asomarse.

—¡No! Eso sí que no, la última vez que me dijiste eso casi acabamos todos muertos. No hay que andarse con ojo, Germán. ¿Viste lo que le hiciste a ese esqueleto clavándole aquí el cuchillo? Pues eso. ¡No hay que andar con ojo! ¡Hay que apuntar al ojo!

Germán y Manuel sonrieron. Ahí había estado acertado. Aun así no vieron oportuno proponerle que se uniera a ellos a beber aquella noche. Nuria sí que se había apuntado, aunque estaba bastante desbordada y alterada. Al principio no quería hablar, pero antes de llegar a Chueca ya iba hablando casi a gritos.

—A ver, para empezar, Noentendí II ha muerto, ¿vale? Sí, y ni siquiera sé si me da pena. ¡Se tiró a las vías del metro como un imbécil! Todos los Proveedores se comportan de un modo extraño. Pensé que todo había acabado con la construcción del trono, pero están más locos que nunca. O al revés, están más cuerdos y eso es lo raro.

Todo aquello se merecía tres pintas para empezar a digerirlo.

Más calmada Nuria les contó que los Proveedores deberían estar haciendo el traslado desde las Galerías Canalejas ante su inminente inauguración y buscando cualquier otro edificio en obras. Algo que debería ser rápido en una ciudad como Madrid, pero ellos se pasaban el día ensayando maniobras lideradas por el rey Jerónimo. Al principio no entendía aquellas *performances*, hasta que hacía un par de días habían empezado a ensayarlas fuera, con la consiguiente muerte absurda de su guardaespaldas.

—Por supuesto ya me han puesto el reemplazo. Dicen que le operaron y salió bien. Pues debió de ser una operación de pechos, porque ahora es una tía. No puedo con ellos.

Un poco más desahogada, fueron a por la segunda ronda. Un grupo de música tocaba en directo y empezaron a animarse los tres. Después de bailar y de otro par de pintas, se refugiaron en una mesa al fondo de aquel pub.

—¿Sabéis que Audrey Hepburn vivió en la misma época en Holanda que Ana Frank? —les comentó Manuel.

Germán y Nuria no sabían a qué venía eso de repente.

—No se conocieron allí, claro, pero cuando Audrey leyó el libro de su diario le impactó mucho. Sobre todo lo fuerte que es el espíritu de supervivencia. La propia Ana Frank decía que estaba deprimida y al día siguiente montaba en bici. Da que pensar, ¿eh? ¿Qué pasa? ¡No leo solo cómics!

—Por muchos días de montar en bici —brindó Germán.

—¡Y porque acabemos como Audrey y no como Ana! —añadió Nuria.

—Tengo que hablar con vosotros —dijo el batería del grupo de música en directo, que se había acercado a su mesa y a la vez seguía sentado en el escenario, abstraído y sin tocar.

—¿Morrison? —dedujo Germán.

Era la explicación a aquel desdoblamiento, y debía de tratarse de un asunto urgente para arriesgarse a adoptar el aspecto de alguien del mismo garito y que debería estar con el alma bien puesta en su sitio. Morrison se sentó con ellos. A Nuria y a Manuel aún les costó un poco entender qué ocurría, pero enseguida se percataron de que tenía que comunicarles un hallazgo muy importante.

—Una de nuestras hermanas, Sabina, murió unos días antes de que llegarais a la torre. La mataron a cuchilladas. Había comentado que había oído en la ciudad de manera casual algo que le había perturbado mucho. Era amiga de Samuel Kantor, quien también murió. Siempre nos sorprendió que el Caos hubiera podido acabar así con ellos. Entonces, como siempre, surgieron nuestras propias desconfianzas hacia las otras esferas.

—Que no los hubieran podido proteger —dijo Germán.

—Que fue alguien del reino quien los mató —espetó Morrison.

—¿Y ella no dijo a nadie lo que había oído? —preguntó Manuel ante un misterio que le había quitado la borrachera de golpe.

—No hasta que fueron a por ella. Creo que lo que escuchó era demasiado grave. Tal vez intentó convencerse a sí misma de que lo había oído mal. Pero cuando agonizaba entendió que la habían matado por eso y... y me dio un mensaje.

Morrison pidió papel y un bolígrafo y Nuria los hizo aparecer de la nada.

—Yo pude verla en la ambulancia en la que se la llevaron. Comprendí que la perdíamos. Por eso supe que no la había matado nadie de este mundo. No podía cambiarse a otro cuerpo. Su alma estaba herida. Me cogió de la mano y me cantó una estrofa de Sabina, su ídolo.

—¿De Joaquín Sabina?

—¿La canción *Pongamos que hablo de Madrid*? —preguntó Germán.

—O eso pensaba yo, pero el otro día la escuché y no es así la letra. No puede ser un error. Sabina era una experta en juegos de palabras. De ahí su amor al cantautor.

—¿Qué es lo que te dijo? —preguntó Nuria.

Morrison escribió en el papel y todos lo leyeron.

Allí donde se cruzan los caminos,
la vida un metro a punto de partir,
la muerte pasa en ambulancias blancas,
pongamos que hablo de Madrid.

—La canción no es así, la canción no es así —dijo Manuel muy nervioso.

Morrison iba señalando estrofas.

—«Allí donde se cruzan los caminos»... ¿Sabéis lo que es eso?

—Una encrucijada —dijo Germán—. Es la Torre de la Encrucijada.

—Y mirad el final: «la muerte pasa en ambulancias blancas». Estaba hablando de que por saber eso la habían matado o que alguien más podía morir.

—¿Por saber qué? —dijo Manuel casi a gritos.

—«La vida un metro a punto de partir» —leyó Germán señalando la última clave que faltaba—. Mierda. Hoy están todos en el túnel del metro.

—Un metro. Joder. Eso es lo que están haciendo los Proveedores toda la semana —intervino Nuria—. Representan estar en un vagón de metro y hacen maniobras. Salen y entran de ese vagón imaginario y luego han empezado a practicarlo fuera.

—No es fácil encontrar la estación de los Eruditos. ¿Crees que eso es lo que están planeando? —preguntó Germán.

—¿Y para qué? —protestó Manuel.

—No lo sé... pero hay que avisarlos —dijo Germán—. Hay que llegar allí y contarle a Zenobia y al resto de las esferas lo que está pasando. Esta noche es crucial para todos.

Los tres se levantaron de la mesa.

—Morrison, avisa a Rafa. Explícale qué ocurre. Nosotros vamos para allá. Aún no ha salido el último metro, ¡vamos!

A la una de la mañana los metros circulaban muy espaciados. Un martes de madrugada los vagones iban vacíos, sin el ajetreo de los jóvenes que regresaban con urgencia a casa por haber apurado hasta la última copa o aquellos que la traían consigo sentados en el suelo.

Ahora solo había personas dormidas, que venían o volvían de trabajar. Silencio. Algún móvil sonando, pero donde se adentraban Nuria, Manuel y Germán no debía de haber cobertura.

Habían cogido el primer tren que había aparecido y buscaban señales por todos lados.

El tren iba pasando por todas las estaciones y en cada una se preguntaban si debían o no bajarse.

—Esto es absurdo. Es una red enorme. Incluso delimitando las que no tienen cobertura. Pronto los trenes dejarán de pasar. ¿Y entonces qué? —se quejó Nuria.

Estaba contrariada porque al salir del pub le dijeron que tenían que perderse entre la multitud antes de que Perdón y Noentendi III los siguieran. Sus guardaespaldas, que no la perdían de vista, podían ser ahora los espías que revelaran lo que iban a hacer. Que su propia esfera estuviera metida en algo tan oscuro le hacía sentir mal. Era estúpido. Nadie arremetía más que ella contra el rey Jerónimo y su corte. Pero ahora le salía responsabilizarse de los pecados de su esfera.

—Esperad —dijo Germán que sacaba la cabeza cada vez que se paraban en una estación. Sabía que sus sentidos también funcionaban mejor que los de una persona normal. Esperaba que eso pudiera darle la clave.

Oyó una carrera. En aquellas horas los metros se paraban más tiempo de lo normal, sabedores de que eran literalmente el último tren que uno podría coger aquella noche. Pero entonces se dio cuenta.

—¡Corre alejándose! ¡Es un flecha! ¡Vamos!

Manuel y Nuria salieron corriendo detrás de él. Germán iba mucho más rápido, subiendo los escalones de dos en dos, creyendo ver al girar el cuerpo de alguien correr hacia un pasillo. Y allí estaba. Otro metro esperando.

Se colocó en la puerta del vagón mientras sonaba el silbato que anunciaba el cierre e inminente arranque. Nuria y Manuel aún no habían llegado.

Cuando iba a la universidad y cogía el metro a diario, llegó a una importante reflexión. Aquellos que corren y creen que el metro les cierra las puertas en las narices, no se dan cuenta de que los de dentro del vagón pueden estar esperando desde hace tiempo. ¿Quién hace esperar a quién? La necedad humana de pensar que los horarios iban contra uno siempre y la mayor necedad aún de una sociedad que marcaba que un día fuera diferente si se cogía un tren o el siguiente, si se llegaba diez minutos pronto o cinco tarde. Pero ahora era realmente importante que sus compañeros se subieran con él. No podía dejar de pensar en Astrid y los demás, y el inminente peligro en que estaban.

Las puertas se empezaron a cerrar sobre él cuando Manuel y Nuria llegaron por fin e hizo fuerza para contenerlas flexionando todos los músculos de sus hombros. Las puertas se abrieron de nuevo, como en una arcada, y sus amigos entraron en el vagón.

Ahí estaban de nuevo yendo en otra dirección.

Nuria estaba casi desmayada sobre el asiento del tren. No se hubiera bebido tres pintas de saber que acabaría corriendo por todo el metro.

—Joder, esto es como en la peli *Cube*. Como nos perdamos una pista, ya no hay manera de llegar —dijo Manuel.

En la siguiente estación, Germán no oyó nada. Pero al girarse para contestar a Manuel vio en el andén de enfrente a cuatro vagabundos haciendo cabriolas.

—¡Los Proveedores! ¡Enfrente! ¡Vamos!

Manuel salió detrás, pero Nuria no pudo ni reaccionar. Cuando intentó salir, las puertas se cerraron inexorablemente y el vagón siguió su camino con ella en su interior, que aporreó las ventanillas hasta perderse en el túnel.

—¡Nuria! ¿Qué hacemos, Germán?

—¡Tenemos que seguir nosotros! Además, a Nuria la iban a reconocer los de su esfera. Corre, Manuel.

Dieron la vuelta por arriba hasta llegar al andén, donde había otro metro esperando. Debía de ser de los últimos ya. Iba vacío, así que, para no llamar la atención, se metieron en el vagón de al lado, aprovechando que era de esos modelos que no tienen un vagón continuo.

Iban agazapados, espiando por la ventanilla entre vagones. Al llegar a la siguiente estación vieron que era Esperanza en la línea 4.

—*Próxima estación... Esperanza* —dijo Manuel en voz baja, casi para sí, pensando que a lo mejor aparecía Manu Chao allí cantando esa canción.

Pero lo que no esperaban es que una bandada de pájaros descendiera por la escalera hasta el andén y se metiera en el vagón para atacar a los Proveedores. Estos no parecían sorprendidos por el ataque y sacaron trabucos antiguos para liarse a tiros con la bandada allí mismo. Manuel y Germán se agacharon. El metro no arrancaba. Tras un combate encarnizado, pájaros y cazadores salieron del vagón. Había pájaros caídos en la vía y un Proveedor había perdido los ojos y deambulaba sin rumbo.

—¿Los seguimos? —preguntó Manuel—. Espera... ¿qué es eso?

Dos pájaros heridos se acababan de juntar en uno para tener dos alas con las que volar. Y la nueva ave había salido del vagón para ir en dirección contraria por el túnel.

—Creo que tenemos que seguirlo —dijo Germán tragando saliva—. Es uno de los Ancestros, ¿verdad?

—¿Por el túnel? Joder, ¿y si viene otro tren?

—No debe de haber muchos a estas horas, Manuel, con movernos a la otra vía... Vamos, ¡se está yendo!

Con cierta aprensión, Manuel y Germán descendieron a las vías y se internaron en el túnel. Oían el aleteo y lo siguieron oyendo cuando se dieron cuenta de que había torcido por un pasadizo, desviándose de la línea de metro. La oscuridad era total. Manuel sacó su móvil para encender la linterna y comprobó que no había conexión a internet. Entonces vieron al fondo la luz de otra estación de metro. Aceleraron la marcha y llegaron a una estación extraña, que podría estar perfectamente operativa, salvo que no tenía nombre ni letreros que indicaran nada. En el silencio de aquella estación desierta oyeron el aletear de aquel pájaro internarse por los vestíbulos, así que salieron de la vía y subieron a una escalera mecánica especialmente alta y empinada. Al llegar a lo más alto, se oyó un pequeño graznido y el sonido de algo al aplastarse. Giraron con cuidado el pasillo y vieron que el pájaro estaba en la boca del monstruo más horrible que habían visto nunca. Con sus patas peludas colgaba del techo y con su cuerpo y fauces la bestia había devorado al pájaro. Pero lo peor era su rostro demoníaco, casi humano, que sonrió al ver que su festín podía alargarse.

—¡Es un insectinator, un alien, un alien de esos! —gritó Manuel aterrado.

El monstruo se lanzó a por él y Germán tiró hacia atrás de su amigo; los dos corrieron en otra dirección y llegaron adonde había otra escalera mecánica de subida. No habían visto ninguna de bajada, pero con el insexterminador persiguiéndolos, Germán agarró a Manuel y empezó a descender a la contra de la escalera, esperando que fuera más rápido que el mecanismo mecánico. Pero abajo había otro de aquellos depredadores de pesadilla. Viéndose rodeados, miró hacia la barandilla de la escalera. Abajo, a una altura considerable, estaba la vía del metro. Ni él ni Manuel iban armados, ¿cómo podrían escapar de allí? Tal vez podrían ir descolgándose con cuidado.

Un fogonazo de luces irrumpió en el túnel bajo ellos. Era un metro que pasaba sin parar por aquella estación fantasma y Germán tuvo una idea mejor. Le hizo una señal a Manuel a la vez que se lanzaba con él por la barandilla. Los dos cayeron sobre el techo del metro y se alejaron de allí a toda velocidad. Germán había caído con cierta gracia, pero Manuel cayó de bruces y a punto estuvo de precipitarse a las vías.

El metro no pasaba por ninguna estación iluminada, con Manuel y él de monturas, aún sin recuperarse del susto. Manuel no debía de estar herido, porque dijo con entusiasmo:

—¡Este no es un metro normal, Germán, creo que lo hemos conseguido!

El vagón se detuvo en una estación: El Capricho. Era de la línea 5, una conexión inexistente e imposible desde la última que habían reconocido.

—El Parque del Capricho está arriba —dijo Germán—. Es uno de los más bonitos de Madrid, tiene estatuas, estanque, y fijo que es lo suficientemente mágico para poner allí el trono. ¡Hemos llegado!

—Vale, pero ¿cómo bajamos?

Había muy poco espacio entre el techo y las puertas laterales. Germán vio una trampilla y, aún con cierto miedo de volverse a perder, se la señaló a Manuel. Al menos en aquel conducto de ventilación veían niveles inferiores con Eruditos paseándose por allí. Les gritaron, pero no los oían, así que buscaron una manera de descender y encontrar al resto.

—¿Qué es eso? —preguntó Manuel cuando llegaron a una pequeña sala con un prisma colgando del techo.

Fue mirar aquellos cristales y a Germán le vino un recuerdo a la mente. Llevaba a hombros el ataúd de su hermano y su padre detuvo la comitiva fúnebre y le dijo que se fuera. Paró todo aquello en medio del más desgarrador de los dolores. Entre familiares, amigos y bajo el cadáver de su hermano pequeño, le hizo quitarse porque él no debía estar allí. Germán dejó que un primo se pusiera en su lado de porteador. Su madre se rompió en un llanto mudo. Y eso fue peor que el odio en la mirada de su padre.

—Germán, Germán...

Manuel le sacó de su pesadilla moviéndole la cabeza para que dejara de mirar aquel prisma colgante.

—¿Qué? ¿Qué ha pasado?

—No sé. Lo vi y de repente vi mi hoja de apuntes de segundo.

—¿Tus apuntes?

—Te lo juro. Es la puta página en que estuve dos meses atascado. Espera, ¿tú qué has visto?

—Algo casi igual de malo. Casi igual.

—Debe de ser una especie de cachivache de la vergüenza o algo así, ¿no? Mira, una escalera que baja.

Les costó reponerse, pero siguiendo por aquel camino se toparon por fin con algunos Eruditos que los miraban extrañados. Unos torniquetes anunciaban un vestíbulo cerrado de entrada al metro. Los saltaron y entraron en una sala donde se hallaban todos reunidos, a punto de empezar la segunda fase de la elaboración del trono.

Allí estaba Zenobia, frente al Trono de Todo, con Ozz a un lado y dos Eruditos que sostenían una especie de panel de luces y coordenadas. También estaban Alexander y Astrid. Y del otro lado, Mayrit con Mat y Sil; los abrazaba sin tocarlos para no mojárlos. Los acompañaba Bea.

En un nivel inferior, separado por un tramo de escalera se encontraban otros asistentes. Debían de ser unos treinta. En el techo había una claraboya desde donde la oscuridad de la luna nueva dejaba ver más estrellas que nunca. La vegetación cubría parte de aquella ventana al exterior. En aquella estación de metro bajo el Parque del Capricho.

Todos se volvieron al verlos, pero cuando Manuel se fijó en que entre el público había varios Proveedores con el rey Jerónimo empezó a gritar:

—¡Es una trampa! ¡Es una trampa! ¡Detened todo!

—Manuel, Germán, ¿qué está ocurriendo?

Una mano le tocó el hombro. Era el adalid Cedric Sin Paz con dos Centinelas. Germán supuso que se habrían quedado a la implantación del navegador después de haber transportado el Trono de Todo hasta allí. Se alegró de que estuvieran aquellos hombres armados, porque los Eruditos no parecían preparados para el combate y, en cambio, sabía que los Proveedores podían ser letales. Por no hablar de...

—El Caos. Hay monstruos del Caos en los túneles. Han entrado. —Germán comunicó lo más urgente.

Todos se alarmaron.

—¿Cómo ha entrado el Caos aquí? Las señales son invisibles para ellos —replicó Ozz.

—Siguiendo a esos Proveedores —dijo Manuel señalando con un dedo—. O a otros similares que andan por los túneles. ¡Lucharon contra un Ancestro!

Mayrit se hizo un torrente más alto y claro. Parecía contrariada.

—Germán, tranquilo, explica todo —intervino Astrid desde arriba antes de recibir una reprobación de Ozz. Era Zenobia quien tenía que hablar.

Todo aquel protocolo no hacía sino exasperarlos. Germán no quitaba el ojo a aquellos vagabundos por si en cualquier momento sacaban un cuchillo. Manuel no dejaba de mirar atrás por si los monstruos los habían seguido.

—Nuria nos dijo que los Proveedores estaban ensayando cómo entrar aquí estos días. Y nos ha llegado información de una fuente fiable que asegura que puede haber una conspiración interna para impedir hoy esta fase de la coronación —dijo tratando de sonar claro.

—¡Eso es una mentira y además es muy mentira! —protestó el rey Jerónimo ofendidísimo—. Y las cosas que son muy mentiras no se pueden decir.

—Eso lo veréis en breve cuando esos monstruos entren. No pueden andar muy lejos. Hay que salir de aquí —dijo Manuel.

Alexander asintió asustado. Bea no quitaba ojo a Mayrit.

—Cedric, contén a tus investidos. ¡Nadie va a acusar así a los Proveedores! —exigió el rey Jerónimo.

—Vámonos, niños. Otro día haremos lo del trono —dijo con su voz de lluvia la madrina de agua.

—¡Basta! —ordenó Zenobia imponiendo su voluntad en aquella sala que a Germán cada vez se le hacía más pequeña y vulnerable—. La Guardia Real vuelve a estar ausente. No puedo hablar con el Cónclave. Estamos a ciegas, así que ¡exijo que todos digáis la verdad! Se suponía que vosotros no debíais estar aquí —dijo a Germán y a Manuel—. Pero tampoco los señores de la Segunda y la Tercera Esfera. ¿Qué está ocurriendo aquí?

—Nosotros seguimos a los Proveedores, Zen... alteza —dijo Manuel.

Ozz dio un paso al frente y pidió a los Eruditos:

—Asegurad el paso y avisadnos si alguien llega. Yo puedo aportar algo de luz a todo esto.

Se dirigió a uno de los Proveedores y extrajo un núcleo de luz azulada de su pecho. Hizo espacio para depositarla y reproducir lo que había sucedido de una manera que todos los asistentes pudieran verlo.

Rápidamente las imágenes mostraron cientos de pájaros entrando por una boca del metro. Detrás entraron aquellas criaturas horripilantes que habían visto. A decenas. Y después los Proveedores, siguiendo a los invasores por el rastro de las plumas.

—Parece que fue Ululu quien los atrajo —afirmó Ozz circunspecto. Debía de referirse al ancestro que se transformaba en los pájaros que habían estado aquella noche en el metro.

—Tal y como sospechábamos —dijo el rey Jerónimo—. Por eso llevamos días entrenando para cazar pájaros dentro de vagones. No es fácil, os lo aseguro. ¡Tú, enseña los chichones que tienes de practicar!

Mientras un Proveedor enseñaba su calva, Germán trataba de encajar las piezas. Sabina había dicho que había una conspiración en las esferas, pero no cuál era la instigadora.

—¿Y por qué sospechabais de Ululu? —preguntó Mayrit—. Siempre ha servido a los herederos.

—Uy, esto va a ser más difícil de explicar —repuso el rey Jerónimo—. ¿Ozz?

Ozz dio la espalda a la criatura del agua y se dirigió a Zenobia arrodillándose.

—Lo primero es pedirte disculpas, mi querida niña y señora, por no haber compartido antes mis miedos contigo, pero esa es la razón por la que le he pedido a los señores de los Proveedores y de los Centinelas que nos acompañaran esta noche.

—Si pensabas que estábamos en peligro deberías haber traído a sus ejércitos, no a ellos —replicó Zenobia.

Manuel volvió a mirar aprensivo atrás.

—El peligro está en esta misma reunión y solo otros señores pueden apoyar la acusación que estoy a punto de hacer.

—¿A Ululu? —preguntó Zenobia—. ¿Por qué iba a querer hacerme daño?

—Él no. Todos sabemos que su mente es afable, pero dispersa. Creo que él ha seguido órdenes. ¿Puedo?

Volvió a invocar una luz de entre las cabezas de Alexander y Astrid, y la puso allí entre la docena de Eruditos, la media docena de Proveedores y Cedric y sus hombres, los cinco inquilinos de la torre, los tres herederos y Mayrit en aquel salón adornado por enredaderas. La luz dejó ver que estaban ante un auténtico juicio. Las imágenes les eran muy familiares.

En ellas Mayrit se dirigía a la Torre de la Encrucijada y como un géiser se asomaba a la ventana de la quinta planta. Amanda abría para saludarla y la madrina de agua le decía que se tenía que llevar esa misma noche a los niños.

—Sin sus hermanos, Zenobia no seguirá adelante —aseguraba aquel holograma de Mayrit—. No será capaz de sentarse en el Trono de Todo.

Hubo un murmullo generalizado en cuanto la luz que había revelado la escena desapareció. Zenobia no podía ni reaccionar y sus hermanos tampoco.

—El pequeño Mat no fue quien le pidió a Amanda ir a aquella feria. Fue ella. ¿Acaso ese parque de atracciones no está muy cerca de su morada? Y probablemente luego se deshizo de su investida —prosiguió Ozz.

Cedric desenvainó su espada.

—Majestad, deme la orden y me encargaré de que *Cadalso* juzgue tanta maldad.

Pero Ozz pidió de nuevo templanza.

—Sigo sin explicarme el porqué de su errático comportamiento. Pero sabemos que no ha estado nunca de acuerdo con el Pacto del Malabarista. Esta noche llegué a pensar que nos dejaría seguir adelante con la coronación, hasta que han llegado estos presagios. Aun así, pedí a las esferas primigenias que me acompañaran. No sabemos en dónde se posicionan los Conversos.

Germán se adelantó. No podía permitir que se dudara de ellos.

—Ozz, la fuente que nos avisó de la conspiración proviene de los propios Conversos. Uno de los suyos, Sabina, oyó hablar acerca de este momento. Gracias a ellos estamos aquí.

El rey Jerónimo y Cedric no parecían demasiado seguros de aquello, pero Ozz dio un paso hacia Germán y sacó otra bola de luz de su mano. Apareció una chica adolescente sentada detrás de un seto. Repetía asustada con los labios algo que estaba oyendo.

—Si nos unimos, Zenobia no manejará jamás el Trono de Todo.

Ozz movió las manos y toda la imagen se giró para enseñar el otro lado. Mayrit estaba hablando con aquel hombre hecho de pájaros. No se podía apreciar si había otros Ancestros con ellos.

Mayrit creció de tamaño y se volvió más turbia y oscura. Mat y Sil empezaron a asustarse, pero no se atrevían a moverse de su lado.

—¿No era esta Conversa la amante de Samuel Kantor? —planteó Ozz—. Majestad, creo que empiezo a entender a vuestra madrina. No hay nada más peligroso que una diosa invadida por los celos. ¿Qué hiciste con ellos? ¿Por qué te llevaste el cadáver de Samuel Kantor que fue encontrado en el puesto de tu esfera, bajo el puente?

—¡Basta, no permitiré más mentiras! —atajó Mayrit, y su voz empapaba y dolía como el granizo.

Cedric dio un paso al frente con la espada, mientras la cuadrilla de Proveedores también avanzaba. Zenobia les ordenó detenerse. Pero su rostro fue más severo aún al dirigirse a su madrina.

—Mayrit, ¿te llevaste a mis hermanos para sacarnos de la torre? Dime la verdad.

—Es peligroso. Todo esto fue siempre una encrucijada —dijo la deidad del agua.

—Mat, Sil, venid aquí —dijo Zenobia a sus hermanos tendiéndoles la mano para que acudieran a su lado.

Un Erudito entró vociferando:

—¡Se acercan! ¡Es una horda de insexterminadores! ¡Tenemos que evacuar!

—¡El trono y el navegador, hay que protegerlos! —gritó Astrid a sus vecinos.

Ozz se dirigió a Zenobia intentando mantener la calma.

—Debes desterrarla, alteza, solo tú puedes desposeerla de su cargo.

—Mayrit —dijo temblando la heredera—, ¿mataste tú a Samuel Kantor?

Entonces se oyó el grito de los Eruditos. Vieron cómo uno de aquellos hombres con túnica corría hacia ellos cuando una criatura le derribó y de dos bocados le arrancó la cabeza. Arrinconados en el vestíbulo sacaron las armas. Germán se percató de que Manuel se ponía detrás de él y miró a Astrid para suplicarle que escapara de allí. Entonces Meyrit se volvió más azul y grande que nunca y gritó:

—¡Fui sobre aguas edificada!

Germán conocía el origen de esa frase. Era el principio del lema de la ciudad de Madrid. Aquella tierra de manantiales donde uno, el más legendario, encolerizado acababa de invocar todo su poder. El agua rompió por la claraboya cuando cada estanque, cada arroyo, cada tubería de los edificios del Parque del Capricho vació su caudal sobre ellos.

Lo último que Germán vio fue el navegador hacerse pedazos, antes de que un torrente de agua destrozara las paredes y los arrastrara a todos por los túneles del metro inundados.

Tres

Cuando Germán abrió los ojos estaba hundido en el fondo y bajo un enorme trozo de escombro. No recordaba el impacto que había hecho que su cuerpo atravesara la pared del vestíbulo con la ayuda de la fuerza descomunal del agua que lo había arrastrado todo a su paso.

No recordaba tampoco cómo había acabado allí atrapado en el fondo. Como si todo lo que ocurriera bajo el agua tuviera el sonido apagado y los movimientos lentos de las pesadillas. La sensación era de irrealidad. También percibía que estaba quedándose sin aire en la penumbra oscura. Arriba, en la superficie, algún neón aún resistiría lanzando destellos intermitentes tras la destrucción. Alguien estaba a su lado, atrapado también por los escombros. Era Manuel. Se movía de manera tan torpe y desesperada que su agitación por fin sacó a Germán de su trance y empezó a empujar con fuerza con él. ¿Por qué decían que las cosas flotaban bajo el mar? El peso era terrible, pero finalmente cedió. Y una vez que pudo liberar las piernas, fue mucho más rápido salir a la superficie. Germán sintió que le iban a estallar los pulmones. El torpe de su amigo hacía menos aspavientos.

—Joder, joder, qué mal rato —se quejó Manuel—. Ya llevaba un montón de tiempo ahí, cuando vi que tú también te hundías. Intenté hacer más esfuerzos por liberarnos a los dos.

—Tus aspavientos han valido de algo —dijo Germán.

No pudo aguantar las ganas de darle un abrazo mientras se

aupaban a un andén. Pero no había tiempo para celebraciones. Un Erudito flotaba boca abajo. Muerto. Estaban en las dependencias destrozadas de aquellos sabios. El agua lo cubría todo. El caudal sonaba aún con fuerza en los pasillos estrechos y, además de los cuerpos, veían arrastrarse los paneles metálicos de las estaciones de metro.

—¡Astrid, Astrid! —gritó Germán desesperado.

—Ella y los demás estaban más altos que nosotros. Puede que el agua no los arrastrara.

Tras caminar, mientras se podía, y nadar, cuando no quedaba más remedio, por aquella desolación inundada parecía imposible pensar que alguien se hubiera salvado.

Como una campana celestial, la voz de la chica sonó en su cabeza.

«¡Germán, estamos todos bien! Bea está inconsciente, pero ya he dicho al resto que os he encontrado. Id hacia la torre, será lo más seguro. No sabemos qué ha sido de Mayrit.»

La posibilidad de volver a tropezarse con aquella colérica ninfa del agua les hizo acelerar el paso más que haber creído ver el cadáver de uno de aquellos insexterminadores aplastado bajo los escombros. Pero tan pronto como llegaron al pasillo principal de la estación de metro, todo cambió. El agua ya solo llegaba hasta los tobillos. Por la mañana los viajeros probablemente harían vídeos con su móvil y los subirían a las redes sociales para denunciar el estado de la red de transporte, ignorantes de la tragedia que allí se había producido.

Manuel y Germán treparon por la verja aún cerrada de la estación. A continuación, tomaron un taxi. Calado hasta los huesos, Germán temblaba en el vehículo que los llevaba a casa mientras el taxista mascullaba por haber recogido a aquellos dos que iban a mojarle la tapicería.

—Realmente el agua es la fuerza más destructora de la naturaleza —sentenció Manuel, que, además de sus excentricidades, también podía aportar este tipo de frases populares.

—La locura es la fuerza más destructora de la naturaleza —replicó Germán—. ¿Por qué atacó así?

—Porque se vio rodeada. Creo que no supo ver que sospechaban de ella desde el principio.

—Sí, fue perdiendo el control, pero me refiero a lo de llevar al Caos hasta los túneles anoche. ¿Por qué no simplemente sabotear la parte que tenían que hacer los Ancestros? Como cuando intentó llevarse a los niños de la torre. Fue más sutil.

—Tal vez saboteando el trono hubiera puesto en peligro a Zenobia —musitó Manuel—. Yo no creo que quisiera hacer daño a los herederos. Y si... espera. ¿Y si era todo un plan para quedar como su salvadora? ¿No hizo algo así también en el parque de atracciones? Tal vez busca desesperadamente ese amor. Joder, dicen que estaba enamorada del portero. Menudo triángulo. Eso sí que parece una canción de Joaquín Sabina.

Al llegar a la torre les pusieron al día. Había cosas que era mejor decir mirando a los ojos y no adentrándose en las mentes.

Los que estaban cerca de Mayrit, los niños y el trono habían podido sobrevivir, como había predicho Manuel. En el epicentro del huracán, cuando la Ancestro se transformó en parte del río que se los llevó por delante, pudieron agarrar el trono, pero no el navegador. Aquel panel que contenía el mapa para separar los dos mundos había sido destruido y con él, todo el esfuerzo de meses de los Eruditos y toda la confianza del reino en que Zenobia pudiera manejar el trono.

Alexander y Astrid quedaron cercados, pero no arrastrados por el agua. Ozz luchó por que el agua no se llevara el trono también, lastimándose la pierna mientras pedía que ayudaran a los niños a escapar. Finalmente, una estatua del Parque del Capricho rompió la claraboya y logró ayudar a salir de allí a todos los que quedaban en pie en la sala. Bea no fue una de ellas. Cuando vio que la tromba de agua embestía a sus amigos, se tiró detrás. Esperaba que su poder le otorgara el poder que la madrina tenía sobre aquel elemento. Pero fue imposible. Empezó a ahogarse en aquella riada dominada por la rabia y el dolor de la Ancestro. Sin saber cómo llegó allí, más tarde apareció inconsciente en el parque, tumbada en posición fetal en un jardín, hasta que Astrid pudo localizarla mentalmente.

Los investidos habían sobrevivido, pero los Eruditos habían sido diezmados y toda su ciudad subterránea devastada.

El rey Jerónimo estaba vivo. No sabían cuánto de aquello era cierto, pero se decía que sus hombres le habían fabricado una balsa humana para sacarle de allí con vida y que incluso habían cortado el brazo a uno para que pudiera tener un remo. Una gran salida sin honra para el déspota de los excesos.

Cedric Sin Paz había encontrado el final opuesto. El anciano guerrero, el adalid de los Centinelas, había fallecido, impotente ante una amenaza que no pudo combatir. Su cuerpo fue hallado kilómetros abajo en los túneles, arrugado y azul, desprovisto de su armadura, pero no de la gloria que sus ojos abiertos habían contemplado durante casi un siglo. *Cadalso* apareció clavada en la entrada de una estación de metro cercana, como si fuera la promoción de alguna película o serie medieval. Ambos fueron recuperados por las tropas, que no encontraban consuelo ante tan irremediable pérdida, pero estaban decididos a darle el final que su señor se merecía.

Desde una pequeña colina, Germán y Manuel contemplaban junto a otros Centinelas la procesión fúnebre que atravesaba aquel polígono industrial del sur. Las siluetas de los camiones de basura y las espadas en alto se recortaban en el atardecer entre las fábricas y los almacenes. Las chimeneas echaban humo negro en aquel paisaje apocalíptico de plásticos y armas de metal. De desechos residuales y de corazones maltrechos.

Tristán daba un discurso ante su padre, que iba a ser incinerado en una pira que se confundiría con el humo de las chimeneas y de los neumáticos ardiendo. Sin altavoces ni pantalla. Gritando a pleno pulmón.

A Germán le costaba distinguir lo que decía. O verlo siquiera. Había amanecido con fiebre. Creyó entender que Tristán se consolaba pensando que su padre lo había dado todo por el reino hasta el final y en este nuevo mundo había encontrado algún destello de grandeza en la lucha y en el corazón de todos los que estaban allí presentes. Manuel le puso la mano en la frente.

—Deberías ir al Curandero, Germán.

—Solo quiero dormir. ¿Qué ha hecho con *Cadalso*? —le preguntó a Manuel, ya que sabía que su amigo estaba pendiente de eso.

—Dice que no la va a empuñar él, que será siempre el legado de los Centinelas y seguirá siendo la manera de jurar al entrar en la causa, pero que él no se considera digno de llevarla. Joder, la suya puede hacerle volar pero nada puede compararse a *Cadalso*. ¡Fundía los monstruos como si fueran mantequilla!

Habían podido hablar con él antes de empezar la ceremonia. Cuando las mangueras estaban regando el asfalto que luego habría de cruzar Cedric Sin Paz en su último adiós, Katya ya les había dicho que deberían haber acudido a ellos para explicarles que sospechaban que la coronación corría peligro. Pero Tristán los había estrechado en un fuerte abrazo cuando le contaron todo.

—Sé que mi padre habrá muerto feliz de dar su vida por Zenobia, aliado con las esferas primigenias. La semana pasada temí que la perdiera tras cabalgar demasiado a caballo. Eso sí que sería indigno. O haber muerto en cualquier hospital de este mundo. Mi padre tenía que haber acabado su leyenda fuera del exilio —dijo con algo de tristeza antes de montar el cadáver de su padre en un caballo y subirse él detrás para el último paseo.

Ahora que la ceremonia había finalizado, Dunia se acercó a hablar con un emocionado Manuel. Germán se dirigió a una colina cercana donde estaban sus vecinos. Astrid también se dio cuenta de que estaba bastante enfermo. Le sentó en el suelo y le arropó con su abrigo azul. El funeral le hizo acordarse de algo.

—Astrid, cuando estábamos en los túneles, vimos algo muy extraño: una especie de prisma que arrojaba recuerdos al mirarlo y...

—¿El astrolabio? —preguntó Astrid distraída.

—No sé, ¿qué es eso?

Astrid se percató de que Germán apenas podría abrir los ojos.

—Ni idea, cosas de los Eruditos. Pero vámonos a casa.

—Sí, creo que estoy delirando. Yo también empiezo a encontrar bonito este lugar.

Germán prefirió pasar los días de sudores fríos y de malestar en su apartamento. No quería ir al Curandero, a un ser mágico de un mundo de intrigas que no había logrado evitar. No quería ponerse bien inmediatamente. Quería estar enfermo, sin preocuparse de nada más. Sin pensar en qué ocurriría a partir de entonces. Sabía que era una huida, pero estaba refrendada por la pulmonía o lo que hubiera cogido. Además, si su cuerpo estaba del revés aquellos días, el reino no estaba mejor.

El rey Jerónimo se había mostrado esquivo con Nuria. Puesto que ella se había sentido responsable de los actos de su esfera, no iba a quedarse callada si se tramaban cosas a sus espaldas. Pero el rey Jerónimo no quería ni oír una sola crítica negativa. Los Proveedores habían sido los héroes del reino y debían estar de fiesta más que nunca. Cuando finalmente le concedió una audiencia de apenas un minuto, le dijo muy serio que, por haber salvado a los herederos, él se merecía más desfiles que un señor muy mayor pasado por agua. Esas fueron sus palabras. De hecho, no había querido asistir al funeral de Cedric.

Quien sí lo hizo fue la Fundadora. La misteriosa matriarca de los Eruditos ocupaba sus días entre los humanos, ostentando posiciones de conocimiento y poder que les estaban permitidas a aquella esfera, pero que eran insuficientes para justificar la ausencia de la señora cuando todos aquellos recolectores de conocimiento habían sido masacrados. Había puesto su cargo a disposición de su pueblo, pero su pueblo no estaba para ocupar el vacío de poder. Ozz, que podía ser el que estaba más preparado, solo quería proporcionar una solución para el Trono de Todo y acompañaba a Zenobia para agotar todas las vías que tuvieran al alcance. Cada vez eran menos.

Otra consecuencia del fracaso de la segunda fase de la coronación, tal vez menos grave pero igual de escalofriante, era que desde que la madrina los había atacado, la pequeña Sil se había cosido la boca, como si su mutismo no fuera suficiente para acallar su rabia. Mat había jurado que él no tenía nada que ver. Imaginarse a aquella niña de cuatro o cinco años hacerse ese daño solita partía el alma. Pero desde que se había sellado la boca, antes incluso de que sanaran las heridas de los labios, cesó la incontrolable pataleta que tuvo cuando la sacaron de los túneles.

Y Zenobia no podía preocuparse ya por más cosas. La creciente proximidad de los dos mundos provocaba más turbulencias en el Cónclave. Sin su consejo Zenobia se sentía asustada; sin su función de conectar las esferas, tenía la impresión de que el reino se convertía en arena que se le escurría entre los dedos.

Al menos, había descubierto que no todas las estatuas se quedaban inertes. Unas pocas, como la que los había ayudado en el Parque del Capricho, parecían no depender de aquel flujo energético con el otro mundo. A falta de una mejor explicación, eran las estatuas que más entidad habían adquirido en este mundo las que podían actuar de manera más independiente. Como si hubieran construido su propia personalidad, alejada de la mente de quien la controlara desde fuera. La estatua del templete del Parque del Capricho, por ejemplo, era la favorita de los amantes humanos. Ante sus pétreos ojos habían desfilado tantas muestras de amor, tantos despertares sexuales, que había aprendido a abrir los ojos cuando quería para no perderse detalle.

Ozz buscaba también un nuevo enclave mágico, ahora que los Ancestros se habían dispersado o se mostraban más reacios que nunca a trabajar con las otras esferas. Si el Caos había llegado allí, pronto establecerían algún puesto de vigilancia en la zona, como habían hecho en la plaza de la Luna. Zenobia no sabía de qué serviría buscar de nuevo algún lugar, una vez que habían perdido el navegador y ella disponía de menos tiempo para aprender a manejar el trono. Iba por la ciudad como una mártir que va a sacrificarse por su pueblo.

Todo esto se lo contaron a Germán poco a poco los vecinos en las visitas que le hicieron en su convalecencia.

Una noche, Manuel le enseñó algunos vídeos que circulaban por las redes, como el desalojo en plena noche del hotel de lujo de la Torre PwC, uno de los rascacielos más altos de Madrid. Los testigos, a pie de calle, narraban una inexplicable escalada de asesinatos entre los huéspedes. Catorce personas habían muerto en sus habitaciones sin que se oyera un disparo o una pelea. Finalmente una mujer había descubierto por casualidad uno de los cadáveres y pudo dar la voz de alarma. No sabían qué hubiera ocurrido de no haberse dado cuenta de lo que sucedía.

—Ha sido el Caos. Pero como las víctimas son ricos y no son latinos ni jóvenes trasnochados, en vez de atribuirlo a guerra de bandas o a las drogas de diseño están hablando de terrorismo islámico. Lo grave no es que estén empezando a atacar a la población, sino que lo están haciendo de manera selectiva...Van a por las torres, tío. Van a por nosotros. Zenobia cree que pueden haber obtenido información y...

—Vamos, Manuel, vete ya a tu piso, que al final te lo va a pegar a ti —dijo Astrid para echar de allí a su vecino de rellano. Sabía que lo que más deseaba Germán era desconectar.

—Si no me lo pegó cuando le hice el boca a boca tras sacarle del agua... —bromeó Manuel, pero aceptó que debía dejarle descansar.

Sin embargo, Astrid no se atrevió a echar a Bea, que entró después de Manuel. La chica había comprado dos enormes palmeras de chocolate. Le pareció un gesto muy bonito para tratarse de una indigente. Así que la dejó allí de guardia con él. Bea se encendió un cigarro sin importarle si Germán tosía o si era adecuado que una embajadora de la naturaleza tuviera semejante hábito. Tras su ofrenda de dulces, confesó que estaba allí realmente con la intención de hablar con él. Germán pensó que podía ser sobre Zenobia y cómo ayudarla en su desesperación. Pero se trataba de otra cosa.

—He estado en los Viajes de Agua, buscando a Mayrit —le soltó sin preámbulos.

Germán recordaba que aquellos túneles subterráneos fueron la opción descartada para enclavar el trono por expresa oposición de Mayrit.

—No he dado con ella. Ningún Ancestro sabe dónde está. Están todos perdidos, desorientados. Si Ululu no ha muerto, tardará en volver a ser él mismo tras la exterminación de toda su bandada. Zaniah es la única que aún parece colaborar en el Pacto del Malabarista. Y no sé si llegué a conocerlos a todos.

Germán no lograba poner cara a ninguno de ellos. Todavía tenía algo de fiebre y todas las imágenes de los Ancestros se le mezclaban en la mente.

Bea se levantó para tirar la ceniza lejos de la colcha de Germán, antes de revelarle un dato importante.

—Lo que sí encontré en esos canales de agua fue la cripta.

—¿La cripta?

—El santuario de Samuel Kantor. Está allí. En un féretro de cristal. Rodeado de nenúfares y de insectos de colores. Creo que Mayrit le sigue visitando a menudo. Por eso no quería levantar allí el trono... porque ya había colocado algo más importante para ella.

—Si Mayrit amaba al guardián como para seguir adorándole en secreto una vez muerto, es que pudo ser capaz de todo al no tener su amor.

—No, Germán. No parece esa clase de amor. Le tiene rodeado de cosas, en una vitrina. No impide que ese hombre se esté pudriendo allí dentro, pero es como si quisiera seguirle velando. Algo así.

—¿Por qué fuiste en su búsqueda? —preguntó Germán.

—No me creo que Mayrit quisiera destruir el trono. Eso implicaría matar a sus ahijados. A mi modo de ver, estaba tratando de buscar otra opción, precisamente para no ponerlos en peligro. Pienso que todo lo que ha hecho ha sido para protegerlos, tal vez demasiado. En el parque de atracciones es cierto que no apareció hasta que atacaron a Zenobia. Pero nada la hubiera detenido para protegerla. Sé de lo que hablo —dijo dando una calada.

—La sobreprotección puede ser peligrosa también. Tal vez Mayrit no sea malvada pero está fuera de control.

—Alguien fuera de control no sigue cuidando a un muerto, Germán.

Germán se quedó pensativo.

—¿Se lo has dicho a Zenobia?

—¿Para qué? Si no encontramos un lugar mágico para el trono y una manera de conducirlo, el pasado va a ser aún menos importante de lo que ya es. Solo he venido a decirte que si en el futuro Mayrit vuelve a aparecer, deberíamos darle una oportunidad.

Aquella noche fue la última que Germán tuvo fiebre. En aquel final de sus delirios, soñó que su madre lloraba en un rincón de espaldas a él. La tocaba en el hombro para consolarla, pero al girarse veía que su madre no lloraba, sino que se había transformado en una fuente de agua. Él se veía reflejado en ella. Era mayor, tenía barba, pelo largo y alguna cana. Y estaba sonriendo.

Aquel reflejo se fue fundiendo con el del cristal de la ventana mientras abría los ojos. El cristal estaba congelado por fuera y lleno de vaho por dentro. Se despertó despejado y descansado por primera vez en días. Por eso pegó un grito y dio un salto en la cama cuando vio que golpeaban con el nudillo la ventana de su tercera planta. Con la sensación de que iba a volver a despertarse en cualquier momento, vio que era Pip quien llamaba.

Había trepado por fuera de la torre hasta allí. El joven abrió la ventana al hombrecillo del bombín que ese día venía con capa de abrigo.

—¡Buenos días, Germán! ¡Día de pago!

Eso signficaba que era 1 de diciembre. Le tendió el dinero que habían sacado por él sus vecinos del cajero automático.

—¿Hoy vienes escalando? —dijo asomándose, sin saber cómo se había encaramado a su ventana.

—Ah, sí, hoy es el último pago —respondió sin dejar de sonreír y sentándose allí mismo, en el alféizar—. Y Colorín también quería verlos. Como él no puede entrar, pensé que esta sería una buena manera de celebrar este día especial.

Germán se fijó en que la iguana estaba encaramada a uno de los árboles.

—¿El último día? —preguntó Germán.

—Del año, me refiero, claro. Seguro que habrá otros pagos. En esta torre o en donde vivan después, claro.

—Y Colorín ¿por qué quería venir hoy?

—Ah, también le ha estado viendo, en otros momentos, ¿eh? Pero en invierno ha tenido que despejar las ramas de aquellos árboles para que le vea. Ya le dije que le cae muy bien.

Germán se puso un jersey y unos vaqueros, y aunque sabía que, como convaleciente, era lo que menos le convenía, se acercó a la ventana y se sentó él también en el alféizar, al lado del agente inmobiliario. Si hubiera tenido pipa, hasta le hubiera ofrecido fumarla. Sentía que se trataba de una ocasión especial.

—¿Cómo ves tú todo, Pip? —dijo más cercano que nunca con la intención de romper la barrera de profesionalidad que siempre imponía el hombrecillo—. ¿Crees que encontraremos la manera de ayudar a Zenobia a usar el Trono de Todo antes de que sea tarde?

—¡No dejemos de confiar nunca en la suerte de los dados! —respondió Pip acariciando su colgante. El dado de las seis caras. El azar y las Seis Esferas. Podía ser perfectamente el emblema de aquel hombre estrambótico que siempre había traído alegría en sus visitas. Luego añadió—: También tenemos que entender que no siempre han de tirar los dados los mismos.

Pip miró a la iguana y esta miró a Germán. Algo pasaba.

—No es solo el último pago de 2019, ¿verdad?

—Ya le dije que sí, pero no creo que sea yo quien venga a recaudarlo, Germán —admitió—. Últimamente trotar entre los dos mundos no es nada fácil.

Germán sabía que Pip no pertenecía a ninguna esfera. Estaba por encima de ellas y a la vez a su servicio. Tenía sentido que fuera otro agente entre mundos como el Cónclave o las estatuas.

—Lamento oír eso.

—Ah, pero qué maravilla ha sido conocer esta ciudad, ¿verdad?

A Germán se le ocurrió hacerle la pregunta que él mismo se había estado haciendo durante mucho tiempo, pero que jamás había expresado en voz alta.

—¿Por qué Madrid, Pip? Quiero decir, ¿por qué no Londres, Nueva York o Cuenca? ¿Qué tiene esta ciudad?

Pip respiró una bocanada de aire frío y recitó:

—«Madrid simpatiza con todos los aventureros, con la sola condición de que sean valientes y no se dejen dominar por escrúpulos de vergüenza.» ¡Bravo! No es una frase mía, pero sí del bohemio más famoso de esta ciudad, y al que dicen que me puedo dar un aire. Él lo decía acerca de los aventureros que la patearon antes que él buscando a su vez leyendas. ¡Por algo será!

Germán asintió. ¿Qué otro lugar tendría como lema olvidado «Fui sobre aguas edificada, mis muros de fuego son»?

—Pero si quiere saber mi opinión —añadió Pip—, creo que se escogió sobre otras ciudades con más cuentos o con más poder porque en Madrid puede pasar todo sin que parezca que pasa nada, y todo lo que importa al final no parece tan importante. Como en agosto. ¿Recuerda nuestra primera conversación? Pues Madrid es un mes de agosto perpetuo.

Germán realmente echaba de menos no tener tabaco de pipa.

—¿Por qué te escogieron a ti? —Se arrepintió al instante de haber hecho esa pregunta y no otra, pero la respuesta le dejó aún más sorprendido.

—Bueno, no soy tan listo como mis hermanos pequeños, pero soy el más guapo de los siete. Yo estaba destinado al espectáculo.

—¿El Cónclave? ¿Eres hermano de...? —Germán se quedó sin palabras. Debía de ser muy duro saber que tus seres queridos vivían en aquel núcleo en fusión constante.

—Sí —dijo con una fugaz tristeza—. Malos tiempos últimamente para la familia. Por eso es importante hacerse una nueva. ¿Verdad, Germán?

Esa era la pregunta que quería hacerle.

—Pip, ¿por qué me escogisteis? En la caseta del Retiro, hace tres meses. ¿Por qué?

—¿Por qué cree usted que fue?

—Durante mucho tiempo pensé que fue porque acerté con aquello de reinventarme, de ser capaz de empezar de nuevo. Una respuesta prefabricada. También te reconozco que después, cuando creíamos que nos habíais metido en una secta, pensé que era porque no tenía a nadie realmente aquí y que por tanto podía ser prescindible.

—Tal vez supimos ver al de antes, al aventurero, y supimos que lo volvería a ser. Tal vez vimos que cambiaba para que algo suyo siempre siguiera igual.

—Fue Colorín, ¿verdad? ¿Puede leer las mentes?

—Ja, ja, ja, no. Colorín es mucho más que eso. Le diré su secreto para despedirme. Acérqueme su oído. Eso es. Ahora escuche. Colorín sabe cuándo empieza un cuento.

»No siempre son cuentos que tendrán final feliz, claro. Pero son cuentos que merece la pena vivir. Había un cuento detrás de su historia, Germán. Un cuento verdaderamente hermoso al que usted se empeñaba en poner un final. Recuerde: si Colorín no bosteza, es que el cuento está a punto de empezar.

Pip se despidió y empezó a trepar hacia otra ventana. Germán comprendió de súbito a qué respondía el nombre del animal. No era porque cambiara de color. Eso lo hacían los camaleones.

—Colorín, colorado, este cuento se ha acabado. Es por eso, ¿no?

—¡Qué hermoso, Germán! Empezamos con una visita, hablamos de la ciudad, hablamos de usted y hablamos de mí. Esa es la esencia de todos los cuentos. Buenos días.

Madrid ya vestía las luces de Navidad. Entre el cambio climático y las campañas publicitarias, pronto llegaría un día en que se fuera en bañador y chanclas a comprar un abeto de plástico. Pero para eso tenía que haber una ciudad en pie. Los ataques del Caos se iban propagando y hasta la distraída realidad empezaba a hablar de epidemia de catástrofes en la capital.

Alexander, Astrid, Manuel y Germán acompañaban a Zenobia tras el puente de diciembre en su recuento de las estatuas con las que pudiera contar en caso de emergencia.

Estaban frente a la Cibeles. Pocas estatuas podrían ser más famosas que la estatua de esa diosa con sus carros entre Alcalá, Prado y Recoletos. Si las estatuas que habían adquirido una personalidad propia en la ciudad estaban libres de los apagones, la Cibeles era la mejor candidata. Germán recordó lo vanidosa que le había parecido la noche de Halloween. Aquella mañana soleada de invierno en que de nuevo las estatuas dormían, la Cibeles discutía con Zenobia cruzada de brazos. No parecía contenta con eso de que la iban a reclutar. Demasiadas copas deportivas sobre ella, demasiadas canciones en su honor, como para tener que obedecer órdenes de una niña.

Aburrida y en un momento en que Mat estaba ocupado jugando con los leones de la fuente, Sil echó a correr en medio del tráfico. Astrid y Germán fueron corriendo detrás, sorteando los coches de la gran avenida hasta llegar donde estaba la pequeña. Cuando Germán la agarró, la cría se detuvo. Sus labios cosidos forzaban más un silencio que no sabían si era voluntario o de nacimiento. Germán se preguntó cómo comería o bebería con la boca así, pero parecía sana y bien alimentada. Astrid le acarició su maraña de pelo despeinada y le dijo a Germán:

—Perdió el habla cuando tenía uno o dos años. Estaba en brazos de su madre y le ocurrió algo terrible...

Mat, Manuel y Alexander los alcanzaron también. Germán les contó a todos el hallazgo, y ante la expresión atónita que Mat estaba poniendo al oír aquello de su hermana, le aclaró:

—Si Astrid ha podido leer su mente es porque tu hermana le ha dado permiso para hacerlo.

Sil se echó a llorar en brazos de su hermano, que con sus siete años no dudó en escarmentar a Astrid.

—¡No es verdad! Sil no quiere hablar nunca de eso.

Los dos niños se fueron corriendo y Manuel detrás.

—Vaya, con las ganas que tenía de que hoy todo saliera bien —se lamentó Astrid—. En fin, espero que se le pase. Voy de compras, ¿quedamos para comer?

—¿No quieres que vaya contigo?

—A ver, si tu novia te dice que se va de compras navideñas es porque quiere comprarte algo. Y si lo hace aunque puede que en un mes le hagan olvidar todas estas semanas es porque quiere seguir recordándote. Pase lo que pase.

Astrid besó a Germán, que se quedó sonriendo. «Hoy toca día de bicis, Audrey», se dijo.

Pero para Alexander verle hacer eso con los herederos y ver a Germán tan feliz fue la gota que colmó el vaso de su prudencia.

—Germán, creo que hay algo del poder de Astrid que no...
¿Recuerdas que una vez me dijiste que el poder de Astrid era
hacia adentro porque ella atraía los pensamientos?

—¿Eh? —dijo Germán, que paseaba distraído por la Castellana con Alexander pegado a él.

—Lo de los poderes hacia adentro. Los poderes hacia afuera.
El mío es hacia adentro, como el de Rafa, el de Nuria, el de Manuel o el de Bea. El de Astrid es hacia afuera.

—Ah, sí, ¿pero qué tiene que ver eso con Sil y su trauma?

—Que el niño tiene razón. No le ha dado permiso. Astrid
invadió su cabeza.

—Alexander, a veces son pensamientos muy fuertes y no
puede controlarlo. Entiendo que eso a las piedras no les pasa
—replicó Germán a ver si detenía aquel tono chismoso que intuía bastante malintencionado.

Alexander se paró, forzando a Germán a hacerlo.

—Te estoy diciendo que Astrid puede meterse en la mente de
los demás cuando quiere. Si no, ¿entonces cómo nos localiza
cuando estamos inconscientes? Siempre ha podido hacerlo y por
eso es de extrema utilidad para los Eruditos.

Germán sintió un calor repentino. No podía ser solo aquel
sol de invierno. Se revolvió molesto contra aquella declaración,
algo se le había agarrado en el estómago.

—¿Por qué no nos lo habría dicho? ¿Por qué no me lo habría
dicho? —preguntó.

—Tal vez porque sabe que os alejaríais de ella, como yo. Nadie quiere tener cerca a alguien que puede leerte cada deseo, cada
secreto. —Casi parecía que la justificaba, así que Alexander decidió no ser tan magnánimo. Llevaba demasiado tiempo callán-
dose—. O tal vez para ser la novia perfecta que sabe perfectamente cómo serlo en cada momento.

Germán tenía un nudo terrible en la garganta. Sentía que Astrid había entrado en su vida como nadie lo había hecho nunca.
Tan fácil. Tan rápido. ¿Y si tenía una llave maestra para hacerlo?
Era cierto que a veces no recordaba haberle dado permiso para que
le hablara en su cabeza. ¡Y él tan idiota se había creído aquel rollo

de que era porque su amor los conectaba siempre! Aquello no tenía sentido ni siquiera para el reino. Pero él había querido creerla.

—Pregúntale —le dijo Alexander—. De todas formas ya sabrá que te lo conté. No hay vuelta atrás. No la ha habido desde el primer día, cuando empezaron los juegos de las preguntas a cambio de tener wifi. No creo que les importara realmente aquella información pueril que tecleábamos, sino saber hasta dónde éramos capaces de revelar cosas de los demás. Cuáles eran nuestros escrúpulos, nuestra lealtad. Y con quién. Una prueba en la que quedé segundo, al parecer. Habla con ella. Dile que te diga cuál es el otro plan que siempre han tenido los Eruditos.

Fue duro oír hablar a Alexander de su propia esfera como si no fuera miembro de ella, con todo lo que había querido formar parte de aquello desde el principio... Pero ahora mismo Germán solo podía ocuparse de su dolor, que era mucho. Llegó a la puerta de los grandes almacenes, donde Astrid salía con un regalo. Al principio la chica sonrió distraída, pero pronto cambió la cara. Sabía que la habían descubierto. Y si lo sabía, era porque todo era verdad.

—Me has comprado el libro que quería, no me digas.

—Germán, no lo entiendes.

—¿Desde cuándo, Astrid? ¿Desde cuándo puedes leer las mentes?

—Desde la segunda o tercera semana. Al principio era aterrador. Luego descubrí que era el don que nos podía ayudar a todos a...

—En el Parque de las Siete Tetas ya sabías lo de mi hermano. Y me contaste tu cuento del incendio porque sabías que no soporto que los demás se sientan culpables.

—Germán, por favor, ¿cómo puedes pensar eso de mí? La historia es verdad. ¡Eso es verdad! —exclamó cogiendo el colgante en forma de llama que llevaba al cuello mientras los ojos se le llenaban de lágrimas—. Cuando me regalaste este colgante me dijiste que la llama era para que siempre creyera en mí. Ahora soy yo la que te pide que confíes en mí, por favor.

—¿Para qué lo hacías? ¿Cuál es ese plan de reserva? —le dijo lo más frío que pudo para no romperse.

—El astrolabio —respondió ella enjugándose las lágrimas—. Ese prisma que viste en la estación de metro. He ayudado a construirlo con vuestros recuerdos. Es un instrumento de navegación, como el navegador. Pronto estará listo y podremos volver a intentarlo. El astrolabio nos puede salvar a todos, pero era necesario mantenerlo en secreto. Imagínate que también lo hubiera destruido Mayrit o el Caos.

—El astrolabio. Eso que me dijiste que no sabías qué era. Otra mentira más.

Recordó lo que había visto en él. ¿Cómo podía mirar a Astrid a la cara después de lo que ella había visto de él?

Ella pareció leerle la mente de nuevo.

—He visto todo lo que hay dentro de ti y te amo. Te amo por y a pesar de todo. Nadie jamás podrá decirte con tanta seguridad lo bueno que hay en ti como yo, Germán.

—Ojalá pudiera decir lo mismo de ti, Astrid.

Germán se fue llorando por la pista de hielo artificial en la que bailaban las parejas. No quiso hablar con nadie hasta el día siguiente por la noche. Sabía que no podría mirarlos sin contarles lo que pasaba y sin sentirse también desnudo y estúpido ante ellos. Era como perderlo todo. Había llegado a saber quién era él, en medio del apocalipsis se había encontrado a sí mismo, pero de nada servía si ahora no sabía a quién había amado.

Cuando fue a comprar algo para cenar se dio cuenta de que tenía muchas llamadas y mensajes de Astrid. Le daba una dirección en Chamberí, cerca de allí, pero al norte del bullicio del centro. Aquello le recordaba con dolor cuando le citó en el parque aquella primera vez. Pero hubo algo que le convenció para acudir: había intentado llamarle por teléfono y no había recurrido a sus poderes mentales. Le quería demostrar algo. O tal vez es que Germán no sabía qué hacer aún con todo el amor que sentía por ella.

Acudió a la dirección y se sorprendió al ver que era una pequeña y antigua iglesia. Ella estaba en la primera fila de bancos. ¿Buscaba penitencia de una manera tan obvia? El lugar se hallaba vacío. La gente parecía recordar más a Dios en aquellas fechas dentro de los centros comerciales. Pero Astrid no estaba sola. Ozz la acompañaba y se levantó amistoso al verle venir. Parecía que se había traído a su protector para que intercediera por ella.

—Germán, quiero explicarte por qué Astrid ha estado haciendo esto. Estoy seguro de que todos vais a entender lo que está en juego.

Aquel «todos» englobaba a Zenobia y a sus hermanos, que salieron de la sacristía. Y por la puerta por la que había entrado él fueron llegando los demás vecinos al sonido del cuerno de Mat, que él no oía porque ya estaba allí. Rafael, Nuria, Manuel y Bea se fueron sentando en los bancos frente al altar. Alexander, algo más reticente, en uno de atrás. Todos estaban ansiosos por saber si habían encontrado una solución que pudiera salvar la coronación *in extremis*, pero la mayoría no entendía por qué German y Astrid estaban tan tristes.

Zenobia sacó la aguja de plata de su peinado. La hizo girar en aquella iglesia que podría ser otra bóveda de luces, con velas en vez de haces de luz a los costados y con la iluminación del altar en vez de la de un patio interior. Y con el Cónclave, claro, que se materializó allí señalando la importancia de lo que iba a acontecer.

Germán observó a los hermanos de Pip, pero estos no hablaban. Habían venido a escuchar esta vez.

—Estoy seguro de que todos vais a entender todo lo que está en juego —retomó Ozz el discurso dirigiéndose a su audiencia de parroquianos y cabezas flotantes—, y por qué los Eruditos trazamos un plan a espaldas del resto de las esferas. A veces, los malabaristas tienen una pelota escondida por si pierden una en la maniobra. Nosotros sospechábamos que la muerte del guardián no fue obra del Caos y que los Ancestros se oponían a la coronación. No preveíamos el alcance de la traición o hubiéramos actuado de otra manera. Como tampoco preveíamos el poder que la torre iba a conferir a nuestros investidos. Cuando vimos lo que podía hacer esta chica, esta durmiente encantadora —hizo hincapié, mirando a Astrid—, supimos que teníamos esa bola escondida que podría salvar toda la actuación. La entrenamos y le pedimos que recogiera pensamientos del resto de los inquilinos de la torre. Sus emociones, sus recuerdos... Hasta elaborar un instrumento mucho más pequeño y sencillo que el navegador, pero con el poder concentrado.

—¿Que ella ha hecho qué? —preguntó Rafael interrumpiéndole.

—Astrid, ¿qué está diciendo? —dijo Nuria.

Ozz se esforzó al máximo por contener la angustia. Era vital que todos le prestaran la máxima atención.

—Se lo pedimos nosotros y no fue fácil para ella. Cada vez que se metía en vuestras cabezas sentía la culpa y el miedo, pero también la convicción de que cada una de las experiencias que una vez vivisteis podría servir para salvar el mundo.

Bea se frotó la cabeza. Alexander la bajó. Astrid quería hablar, pero el Cónclave y Zenobia le indicaron con la mirada que fuera Ozz quien terminara de dar todas las explicaciones.

—Los pensamientos de la Torre de la Encrucijada son mucho más poderosos que los millones de pensamientos de la ciudad. Porque les pertenecen a ellos —dijo señalando a los vecinos en los bancos—. A seres que estaban viviendo entre dos mundos. Esa diferencia entre lo que veían y lo que creían ver, lo que descubrieron cuando el velo cayó, lo que recordaban de sus vidas que habían cambiado y el asombro del nuevo mundo ante ellos es justo lo que Zenobia necesita distinguir y dominar para poder manejar el trono.

»Durante semanas hemos elaborado ese prisma y en poco tiempo tendremos listo el astrolabio. Podremos incorporarlo al trono y saber la dirección en que mover los mundos. ¡Tenemos una nueva oportunidad!

Los vecinos no sabían ni qué decir, pero Manuel y Nuria intercambiaron una mirada con Germán y supieron por qué estaba sufriendo así. Él tampoco sabía nada de que su vecina les hubiera estado traicionando.

El Cónclave, en cambio, parecía asentir complacido.

Entonces Zenobia intervino.

—Aun teniendo el astrolabio, tenemos que encontrar un lugar mágico en el que pueda actuar el trono y...

—Es más complicado que eso, majestad, pero hoy hemos

venido con todas las soluciones. El navegador actuaba como un panel de mandos de un automóvil. No solo era un volante, servía para arrancarlo, acelerarlo; era un complejo sistema de control.

Germán miró a Bea y se preguntó si aquella información se la habría sacado Astrid de la cabeza también. Aquel recuerdo tan especial. Tan privado.

—En cambio —continuó Ozz—, el astrolabio solo indica una dirección, como una brújula. Es mucho más básico, pero por ello más preciso. El único problema es que no tiene la fuerza para arrancar el trono ni puede emplear las mismas fuerzas de los portales. Necesitamos un estallido de energía. Un estallido que cargue el trono de energía para que entonces, en ese preciso instante, usando el instrumento hecho de las impresiones de los dos mundos, tú, Zenobia, separes los mundos hasta su salvación.

—¿Usarlo en ese instante? ¡No puedo! —exclamó Zenobia—. No llegué a comprender el navegador, necesitaba semanas de... No puedo improvisar ahora.

Germán sentía pena por Zenobia. Debía de ser muy duro para ella romperse así delante del Cónclave, de los investidos y de sus hermanos pequeños. Aparentemente, aquel no era el día de nadie para conservar la dignidad.

Ozz también lo notó porque la cogió de las manos mientras le decía:

—Escucha, querida niña. Lo nuevo asusta, pero esto es mucho más fácil de manejar que el navegador. Imagina que tienes que aprender a navegar un barco, a soltar el ancla, manejar el timón, izar las velas e ir surcando el mar para acompasarte con las corrientes de viento que puedas encontrar. Eso era lo que ibas a hacer antes. Esperar durante días a que esas corrientes soplaran e irlas interpretando con los mapas del navegador y tratando de ir en su dirección. Ahora imagínate estar en una barca pequeña, con una vela enorme y que soplara un tremendo viento. Solo tendrías que virar un poco y serías lanzada en la dirección adecuada.

—Pero ¿qué puede provocar ese estallido? Pensé que las

corrientes de energía venían de los portales y que necesitábamos...

El Cónclave comprendió. Y también entendió que debían pronunciarse ante lo que iban a contar.

—Con el último aliento del Cónclave: las turbulencias entre los dos mundos.

—Entre los dos mundos son cada vez más potentes.

—Cada vez más potentes y podemos hacerlas estallar.

—Podemos hacerlas estallar y caerá nuestra conexión.

—Caerá nuestra conexión y a la vez impulsaremos el trono.

—Impulsaremos el trono con el último aliento del Cónclave.

Zenobia se dirigió a ellos.

—Pero en ese estallido moriréis. Y caerá toda la Guardia Real. Casi todas las estatuas y...

El Cónclave no dijo nada. Pero Ozz sí:

—Eso va a pasar igualmente, majestad. Su fin es inminente. Al menos, tal y como dieron su vida para poder llegar hasta aquí, darán su muerte en ofrenda para salvar los dos mundos.

Astrid buscaba la aprobación de Germán ante lo que no dejaba de ser un plan brillante: la coronación podría hacerse y los dos mundos salvarse. ¿No justificaba aquello cualquier cosa? Pero Germán evitaba su mirada sin poder precisar qué era lo que le seguía destrozando por dentro.

Zenobia empezó a asentir lentamente. Estaba dando su visto bueno a aquel plan.

—Ni siquiera necesitamos un enclave mágico —añadió Ozz—. Solo una antena que canalice toda la energía. No tenemos mucho tiempo hasta que el Caos os encuentre o destruya esta ciudad.

Fueron abandonando la iglesia, pero la misa no había acabado para Astrid. Cuando más tarde llegó a la torre, sus vecinos la estaban esperando. Querían saber si habían entendido bien.

—Joder —dijo Manuel queriendo poner algo de humor—. Es como jugar al «yo nunca» y acabar bebiendo solo tú. Germán, lo tuyo es peor, claro, pero al menos ella ya sabía que te masturbabas pensando en ella.

La broma de Manuel no distendió el ambiente. Nuria estaba furiosa. Hacía pública su vida en Twitter. No tenía grandes secretos que ocultar, pero aquello era una auténtica violación. Rafael tenía una reflexión aún más dura.

—Dicen que ese astrolabio está hecho con los pensamientos de todos los vecinos. ¿También de los que no están? ¿De Rosa? ¿De Emilio?

Astrid asintió. Iba encajando toda la rabia de sus compañeros, pero aquello la animó. Tal vez pensaran, como ella, que algo de ellos había quedado guardado para siempre.

—Entonces, mientras Emilio creía volverse loco y Rosa dejaba de creer en sí misma, tú lo sabías, lo sabías y no impediste su dolor.

—¡No! ¡No puedo leer todo todo el rato! Si hubiera sabido lo que iba a hacer Amanda o hubiera podido saber lo que Zenobia pensaba antes, ¿creéis que no hubiera intentado ayudar? ¡Todo esto lo he hecho porque me parecía que era la manera de salvarnos todos! ¿Por qué no podéis creerme?

—Hurgaste en nuestra cabeza —dijo Bea—. Aquí casi todos hemos pensado que jugaban con nuestras mentes, que nos volvíamos locos, que nos hundíamos, que nos volvíamos más tontos. Hurgabas en nuestras cabezas y nos sentíamos embotados, bloqueados o perdidos.

—¡No tengo nada que ver con eso! —gritó Astrid impotente leyendo en la mente de los que la juzgaban que ya la habían sentenciado—. Eran momentos puntuales. Cosas concretas. No podéis atribuirme a mí todo lo que nos ha costado adaptarnos a los cambios en la torre.. ¡Es injusto!

—Tal vez —intervino Nuria—. Pero ¿sabes qué? No podemos creerte.

Todos se fueron marchando y solo quedó Germán, que ya había descifrado qué era lo que más le dolía de aquello. No se trataba de que se hubiera bañado a diario en la piscina de su dolor. No pensaba que fuera la culpable de su crisis de identidad. Todo eso ya lo traía él de serie. Era otra cosa.

—Si me hubieras pedido coger mis recuerdos, mis sueños,

mis angustias —le dijo mientras la dejaba sola en la escalera—. Si tan solo hubieras confiado en mí, yo mismo te lo habría seguido dando todo.

«¡Cortylandia, Cortylandia, vamos todos a cantar! ¡Alegría en estas fechas porque ya es Navidad!» La música sonaba desde el panel de muñecos animados y dispositivos mecánicos que cada año desplegaban aquellos grandes almacenes en el centro de la ciudad. Todo se movía al compás de la interminable musiquita mientras aquel escenario iba incorporando cada año nuevas sorpresas de espectáculos coloridos y robots cada vez más sofisticados.

Aun así, costaba explicar las increíbles aglomeraciones que se formaban frente a la fachada del establecimiento. Había gente que venía desde fuera de la ciudad solo para contemplar en bucle el Cortylandia de cada año. El propio Germán de pequeño se desplazaba desde la sierra para verlo, así que no podía culpar a toda aquella gente. Pero sí podía protegerla. Cogió la espada y se metió por el hueco que había en uno de los decorados.

Por fuera, una de aquellas desagradables criaturas del Caos llamadas las polillas aprovechaba el embelesamiento de los asistentes para alzar las manos desde la fachada y coger a una niña pequeña de los hombros de su padre. Pero se le clavó una saeta en la cabeza.

Nuria, desde una distancia prudencial, había disparado su ballesta invocada, guiada por Manuel. Habían descubierto que en aquel navideño escenario infantil había un nido de esos monstruos que podían confundir los sentidos de los humanos hasta convertirlos en presa fácil para sus fauces. Cuanto más tiempo se escondían las polillas de cuerpos arrugados cerca de las mentes de los humanos, más podían ejercer su influencia. Ignoraban cuánto tiempo llevaba aquella gente hipnotizada, pero como Germán tardaba en salir, Manuel fue hacia allá, no fuera que hubieran podido jugar con su mente. Como su ex. Eso sí que sería el colmo para el pobre, pensaba Manuel.

No había peligro. Germán solo estaba creando su propio túnel de salida después de haber limpiado la instalación por dentro de aquellos monstruos. Con su espada abrió un boquete en aquel paisaje feliz y salió a la calle, lo que provocó quejas en el público que había despertado de golpe, constatando que había acabado con todas las polillas.

—Un respeto, señora, que estamos trabajando —dijo Manuel a una de las mujeres que más les gritaba que se apartaran. Como siempre, no sabía precisar qué estarían viendo exactamente los durmientes de todo aquello.

—Menuda tralla tengo en la cabeza —comentó Germán limpiando la espada de los rastros amarillentos de una de las bestezuelas.

—No deberían haber podido afectarte en tan poco tiempo.

—No, si la tralla es por la canción: «¡Cortylandia, Cortylandia!».

Mientras, Nuria compraba un helado a Perdón ante la celosa mirada de Noentendí III. Le había ofrecido un chocolate caliente, pero Perdón solo quería frío en su boca.

—Es como si estuvieras cuidando ancianas en la residencia todavía, ¿no? —le señaló Manuel.

—Qué va, es al revés; es como si después de haberme tirado esos meses atendiéndolas ahora el karma me lo devolviera con Perdón cuidándome a mí. Es como una especie de superabuela.

Lo cierto era que aquella vagabunda sin identidad había acuchillado a más de un soldado del Caos que había podido aproximarse a la investida de la Esfera de los Proveedores.

—Pero a Jerónimo no le gusta. Dice que mi presencia está alterando su corte. ¡Alterándola con orden! Lo que tengo que aguantar... ¡cualquier día proclamo la república!

Luego les contó que el asunto no era para tomárselo a broma. La máxima de los Proveedores se fundaba en traer cosas e irse sin nada, y desde que había sido investida, el rey notaba que su panda de piratas estaba más ávida de materialismo.

—Dice que, si dejan de ver todo como una mercancía, no serán útiles en la batalla contra el Caos.

Al día siguiente era el día D. El día en que no solo se realizaría la coronación, sino también el viaje. Todo en uno. Todo o nada. Ellos subirían a la antena con Zenobia y el trono. Para evitar posibles interferencias de otros recuerdos con el astrolabio, era mejor que solo los investidos estuvieran cerca. Así que los combatientes del resto de las esferas montarían un perímetro de seguridad para impedir que el Caos pudiera atacarlos en cuanto se produjera el estallido.

Un hombre se sonó los mocos junto al hombro de Germán. Antes de aquella guarrada estaba haciendo cola en la fila de todos los que esperaban comprar el boleto de la suerte para el día 22.

—Hola, Morrison —dijo Germán—. ¿Desesperado porque te toque el Gordo?

—Ay, sí —confirmó el Converso contento de que cada vez Germán tardara menos en reconocerle—. ¿No es preciosa la Navidad? ¡Música! ¡Música por todas partes! Y no puede haber más gente desesperada. Desesperada por las cenas familiares, desesperada por la nostalgia, desesperada por adelgazar. Aunque si te digo la verdad, he estado casi a punto de poder adoptar tu aspecto. ¿Tan mal van las cosas por la torre que estás tan triste, amigo?

Germán se alejó un poco para hablar con él del tema de Astrid.

Manuel y Nuria estaban igual de enfadados con la fotógrafa. Y Alexander ya podía hacer público su resentimiento hacia su compañera de planta y sus tejemanejes. Pero Germán tenía que reconocer que le tranquilizaba que Rafael y Bea aún hablaran con ella. No podían dejarla totalmente aislada.

—Tengo predilección por los estafadores, ya lo sabes —le había dicho Rafael, para luego añadir en serio—: La ha jodido, pero lo hemos hecho todos. Es verdad que todo esto es más importante que nuestra privacidad.

Resultaba muy irónico saber que el exvigilante y actual ladrón de bancos tenía ese concepto del perdón.

Lo de Bea aún fue más impactante.

—Claro que lo ha hecho mal. Pero ella pensaba que hacía el bien. ¿Qué más tiene que explicar?

Morrison escuchó la versión corta de su ruptura con Astrid.

Eso le recordó a Germán que no le había contado lo crucial que había sido en aquel juicio con Mayrit lo que Sabina había averiguado y que Ozz pudo enseñar al resto.

—Mmmm, pobre Sabina. ¿Qué haría fuera de sus antros habituales? Pensé que odiaba los parques —se lamentó Morrison.

—Se ve que ninguno conocemos bien a las mujeres. O a las demonias —dijo Germán sonriendo.

Esa noche apenas pudo dormir. Los nervios le sostenían cuando se despertó y se unió al resto. Los condujeron en uno de los camiones de basura hasta el lugar donde estaba la señal. En el vehículo pensó en hablar con Astrid después de llevar tantos días sin cruzarse apenas. Ella había volcado tanto su tiempo como su necesidad de redención en la construcción del astrolabio. El instrumento no era mayor que un puño, pero al menos ya no era aquel prisma con los recuerdos de todos ellos tan expuestos. Solo podría acceder a él quien se sentara en el trono. Aunque Zenobia había sugerido que Ozz usara su poder para acceder al astrolabio en modo remoto y poder ayudarla a controlarlo si surgía algún imprevisto.

—Te conozco desde que naciste y sé que puedes hacerlo tú sola. Tratemos de que el tremendo regalo que han hecho el resto de los inquilinos no se comparta demasiado —dijo Ozz mirando a todos con una sonrisa, consciente de que el grupo no había superado aún el haber descargado sus pensamientos en aquel trasto.

Se abrió la puerta del camión y se encontraron con aquel Ancestro cuyo aspecto era el de un maniquí azul sin rostro. Germán supo que era la nombrada Zaniah y que, como gesto de reconciliación de parte de los Ancestros que quedaban, había colaborado en la búsqueda de aquella antena de energía. No podía haberla encontrado más grande. El amplificador del estallido desde el que podrían activar el trono era la misma Torrespaña, la torre de comunicaciones de Madrid y responsable de la emisión de los canales de televisión. Aquel emisor y receptor de más de doscientos metros de altura era conocido por los madrileños como «el Pirulí», y su imagen era una de las más reconocibles del horizonte de la capital, pudiendo verse desde muchas partes.

Por ejemplo, Moratalaz y Vallecas, el barrio de Astrid, desde donde lo había contemplado en aquel atardecer de lienzo. Germán no podía subir allí sin decirle algo, pero cuando se giró para hablar con ella, vio sus ojos endurecidos por la pena, y en su cuello no lucía el colgante de la llama. Se lo había quitado en aquel momento tan importante. Como si ya no le importara la confianza de Germán. O como si ni ella misma creyera ya en ella.

Se quedó muy triste, mientras Ozz, Tristán, Jerónimo y Händel se dirigían a sus ejércitos, que aquel amanecer habían rodeado la base. Cuando dieran la señal y avanzando desde ella y siempre hacia fuera, para evitar las interferencias, irían despejando la zona del más que probable ataque inmediato del Caos. Ya no sería solo la aparición de ellos o la del trono la que actuaría como un imán, sino la propia energía liberada. Pero cubiertos por el reino, como estaban, y siendo su misión no salir de aquella torre, Germán no sentía en su cuerpo la pulsión ante la batalla inminente. Tampoco le preocupaba el ascenso cargando el trono por la escalera y luego por el ascensor privado hasta las plantas superiores. Zaniah dominaba la energía de las máquinas y les aseguró con sus gestos robóticos que el ascensor estaría operativo para ellos y que las cámaras de seguridad no los verían hasta llegar a la plataforma externa, donde no había personal. Solo cientos de antenas y repetidores entre aquel andamiaje de vértigo. No debían temer ningún encontronazo serio con el personal de seguridad. Lo aterrador era qué pasaría cuando Zenobia se sentara en el trono. Todo aquello de mover realidades sonaba ridículo, pero si realmente era así, puede que aquellos instantes de aquel 21 de diciembre fueran los más importantes de toda la humanidad. Y solo podrían ser testigos de algo que ni siquiera comprendían.

—Ha llegado el momento —dijo Zenobia en esa fría mañana a los pies de aquella torre.

Su momento. Si no lograban hacerlo a la primera, no habría energía para un segundo estallido. La heredera se quedaría sin Cónclave, sin estatuas, y con el Caos sobrepasándoles en número por vez primera. No había margen de error.

Para cumplir con el protocolo, primero implementaron el astrolabio en uno de los brazos del trono con la presencia de la Cuarta, Quinta y Sexta Esfera, que no pudieron cumplir su cometido aquella vez. Ozz y Zaniah hicieron los honores y Zenobia dio el último empujón al astrolabio. Dentro estaban los recuerdos de ella y de sus hermanos y de los investidos. Y la promesa hecha a su pueblo. Una vez cumplida aquella parte, quedaba producir el estallido energético, el apagón definitivo con el otro mundo y a la vez el viento que movería aquella pequeña barca que parecía ser el trono.

Germán se estaba preguntando cómo lo harían cuando vio cruzar la calle a Pip vestido con un traje de lentejuelas. Solo le habían visto fuera de la torre tres veces antes: en la caseta del Retiro, el día que los había llevado a la torre, el día que los había presentado en la investidura y hoy. El día en que se despedía de ellos. Germán se dio cuenta de que Pip también desaparecería. Y sintió una pena real que se unió a la que sentía de verse tan distante de Astrid y ser incapaz de alcanzar su mano. Pip, en cambio, sí que se la dio a todos, despidiéndose como hizo después de hacerles firmar el contrato de alquiler.

Un temblor a modo de mal presagio se apoderó de su cuerpo.

Pip se colocó en el centro y se quitó el sombrero con una mano mientras Zenobia, también llorando, le tendría la aguja en la otra. Pip se puso a dar vueltas sobre sí mismo mientras decía:

—¡Adiós a todos! ¡Adiós, Madrid! ¡Adiós, cuento querido!

Pip ya era un torbellino de energía que no dejó de sonreír casi hasta el final, cuando en un grito empezaron a volar también las cabezas del Cónclave.

De repente, Germán se dio cuenta de que Colorín no estaba con él. ¡No podía ser! Si no estaba la iguana, no podía asegurar que el cuento pudiera continuar. Tenía que decírselo a todos y parar aquello. Pero se empezaron a oír tambores de guerra. Cada señor de cada esfera mandó a sus tropas al ataque y Germán ya no pudo parar nada. El Caos se lanzaba contra ellos antes incluso de que se produjera el estallido de energía. De hecho, no fue un estallido, sino más bien un resquebrajo, como si la realidad fuera cruzada por un rayo que hubiera quedado detenido en el aire. Entonces la antena del Pirulí empezó a brillar.

—¡Vamos, deprisa! —oyó aquellas palabras y se percató de que era él quien las había pronunciado, animando al resto a entrar en la base.

Germán iba el primero portando la parte delantera del trono. La otra parte la llevaba Rafael. Nuria y Bea protegían en aquel ascenso a Zenobia y Manuel; Alexander y Astrid cerraban la marcha, la chica tan lejos de él durante todo ese tiempo. Solo hubo un momento en que su cuerpo rozó levemente la pierna de ella, en aquel ascensor privado donde de manera ridícula se metieron los ocho con el Trono de Todo. Al llegar arriba, la mayoría se dirigió hacia el exterior para instalar el trono. Hacía mucho frío y cualquier brisa allí arriba a la intemperie se notaba como un vendaval sobre la estructura de metal por cuyos huecos se intuían unas vistas de infarto.

Germán y Manuel inspeccionaron antes de salir la sala de control de Torrespaña. Estaba a oscuras, pero vislumbraron una figura apoyada en uno de los asientos frente a los monitores. Eso también era un mal presagio. Germán desenvainó la espada. Pero la silueta cayó a plomo. Era un cadáver. Y tras él, tres insexterminadores los estaban esperando. Retrocedieron hacia fuera, tratando de no resbalar en la plataforma. Allí estaban todos, inmóviles, rodeados por una horda de esos monstruos que venían reptando desde las plataformas inferiores y por encima de ellos, resbalando sobre la antena para atacarlos.

No eran presagios. Era el desastre. Y estaban indefensos.

Germán miró abajo y se dio cuenta de que las tropas del reino ya estaban bastante lejos de la base, ajenas a la emboscada que les habían tendido. O tal vez fuera todo culpa del maldito azar que, en su búsqueda de torres, el Caos había elegido aquella precisamente esa mañana.

—No, por favor, Dios, no —dijo Manuel mientras trataba de girar buscando una salida sin caerse, solo para acabar rodeado por el otro lado por aquellos monstruos que se relamían sin atacar, como si esperaran algo.

Rafa abrazó a Nuria protegiéndola. A su lado quedaron Germán y Alexander, y en otro grupo igual de rodeado que ellos estaban Manuel, Bea, Astrid y Zenobia.

A aquella pesadilla se le sumó una demonia gigantesca como una mole, que salió de la sala de control. Vestía una armadura de cuero negro que no tapaba sus flácidas carnes de serpiente escarlata. En sus ojos había fuego y en su boca palabras, algo extraordinario en los seres del Caos. Cuando llegó a la plataforma, esta tembló, y aquellos monstruos aprovecharon para aproximarse más a sus presas. Germán sintió cómo el cuerpo de uno de esos depredadores se cernía sobre su espalda mientras la garra de otro paseaba ante sus ojos.

La demonia habló:

—El reino en un disco sobre el aire. Podría decirse que estáis servidos en una bandeja. ¿Quién es Zenobia? ¿Quién es la heredera?

Zenobia fue valiente.

—Yo.

Dos demonios la cogieron y la levantaron como si fuera un trapo. Astrid gritó que la soltaran.

—Vais a decirme qué es la Torre de la Encrucijada aunque tenga que quebrar vuestras ánimas hasta conseguirlo.

Se agachó y con su garra de fuego partió el Trono de Todo por la mitad.

Rafael miró a Germán y le señaló el ojo. Estaba intentando decirle que debían atacar. Era una locura, pero sabía que no podían hacer otra cosa. Rafael se hizo intangible, pero Nuria resbaló al perder su apoyo y temieron que fuera a caer entre los hierros, así que tuvo que volver a hacerse corpóreo y agarrarla.

Pero Bea sí aprovechó aquella distracción para atacar. Su brazo se volvió demoníaco y golpeó a uno de los monstruos que sujetaba a Zenobia, logrando que la soltaran. Astrid intentó hacer lo mismo y entonces... Entonces ese insexterminator, ese alien, mitad insecto mitad fiera con rostro malévolo, hundió su boca en el pecho de Astrid y le arrancó buena parte del torso.

—¡Nooo! —gritó Manuel, y se lanzó contra el monstruo,

pero La Quebrantánimas lo cogió por el cuello y lo dejó asomando en el vacío.

Bea gritaba mientras los demonios la atrapaban y Zenobia recogió en sus brazos el cuerpo mutilado de Astrid. Con la sangre brotando a manantiales, ahora sí que buscó con una última mirada a Germán. Él sacó la espada y se lanzó por el aire. Le daba igual que sus anteriores intentos de pelea hubieran sido rechazados al instante. Le dio igual que los demás le secundaran o no. Se la logró clavar a otro demonio, aunque también se golpeó con uno de los radares. La Quebrantánimas le miró sin inmutarse mientras seguía apretando el cuello de Manuel suspendido en el aire.

Y entonces abrió la mano.

—¡No, no, no! —gritó histérico Germán mientras Manuel caía al vacío.

Germán no podía apartar los ojos. Nuria empezó a chillar. Mientras caía, Manuel se acordó de aquello de que antes de tocar el suelo, probablemente el desgraciado ha muerto de un ataque cardíaco. Él seguía vivo, sintiendo que el suelo se aproximaba. Rezando porque aquel no fuera el final. Pensó que tal vez podría volar. Sí. Tenía sentido. Que ese podría haber sido su poder todo ese tiempo y que ahora, como en las películas y los cómics, se le activaría en el momento justo y podría subir volando y rescatar al resto.

Ese fue el último pensamiento de Manuel antes de hacerse pedazos contra el asfalto.

Arriba, todo había quedado congelado, asfixiados en el terror más absoluto. Nuria no había parado de gritar. Germán, impotente con su espada, solo miraba en derredor, como un sonámbulo. Astrid y su preciosa mirada yacían sin vida. Pasaron varios minutos. Aquella general del Caos ya había demostrado que estaban en sus manos. Ahora la bestia sabía que antes de seguir la tortura necesitaban procesar sus pérdidas. Luego ya le dirían qué hacían allí y dónde estaba la famosa guarida mágica invisible para ellos. La Quebrantánimas cogió del suelo a Zenobia para volver a levantarla y sacarla de la plataforma. Los demás ya ni se movían. Ni siquiera Rafael era capaz de usar sus dones para huir. O Bea. O tal vez ninguno quería dejar allí a los que quedaban, como si después de morir dos de ellos, los demás ya no tuvieran derecho a escapar milagrosamente.

Pero cuando Zenobia ocupó el mismo sitio en el que había estado Manuel, se produjo el fin de la escena. Algo impactó contra la plataforma de abajo y todos sintieron la sacudida. Tristán Sin Paz apareció volando con su espada y rescató a Zenobia de las garras de la demonia torturadora.

—¡Saltad! —gritó hiriendo a otro demonio que trataba de alcanzarle en el aire.

Bajo ellos estaban Neptuno y Cibeles con sus carros voladores de tritones y leones, y Ozz subido dándoles instrucciones. Más tarde no supieron explicar cómo habían sido capaces de seguir ese instinto y saltar por la plataforma hasta las estatuas, que los sacaron volando de allí a toda velocidad. No fue un milagroso rescate, como diría Ozz después. Rescate hubiera sido si ahora Astrid estuviera con él, abrazándole y escuchándole decir que lo sentía. Milagro habría sido que Manuel hubiera visto por última vez aquella espada voladora que tanto le gustaba.

Era solo el fin de la escena. Y mientras Nuria lloraba abrazada a él, Germán miraba aquel cielo de Madrid, frío y blanco como la nada.

Germán cerró la maleta y la arrastró escaleras abajo hasta el portón de la torre. Había decidido alejarse de allí. No quería estar en el búnker mientras caían las bombas. No quería estar en un lugar mágico cuando la realidad le había hecho despertar. No quería estar en la torre en aquella encrucijada.

Abajo le esperaban Rafael, Alexander y Bea para despedirle. Zenobia y sus hermanos no habían vuelto a su apartamento. Así que las ventanas cerradas en la torre ya eran más que las que seguían abiertas. Rafael le dio un fuerte abrazo.

—Lo intentamos, Germán, lo intentamos.

Él estaba dispuesto a pasar los días que quedaran peleando

contra aquellos monstruos, antes de que el Caos se revelara a Madrid y luego al mundo. No tenía ningún sentido luchar por su cuenta cuando pronto la humanidad entera debería combatir contra su exterminio, pero era lo único que le salía. Alexander se despidió con un tímido saludo. Bea también se abrazó a él.

—Te querían —le dijo—. Y sabían que tú a ellos también.

Germán asintió. Lo sabía. No iba a dejarse llevar por la culpa otra vez. No podía llorar más por dentro. Pero pronto estarían todos muertos y lo que quedara de vida lo quería pasar con su madre en la sierra. Sentía que se lo debía.

No pudo despedirse de Nuria porque la enfermera se había ido un par de días antes con su familia. Quería estar en Nochebuena con ellos. Quería estar el tiempo que le quedara con ellos. Cuando hablaron por teléfono, tuvo esa extraña sensación que se tiene con alguien a quien se quiere mucho y que durante un tiempo que ya se perdió fue parte de cada día de su vida.

A su madre le había dicho que había roto con Astrid como motivo para explicar su profunda tristeza y para evitar que le preguntara por ella. Aun así, cuando fue a buscarle al tren, Carmen le dijo que aquella chica no parecía equivocarse nunca y que no la veía para él. Germán necesitaba una compañera de resbalones y traspiés.

Pasó la Nochebuena tratando de hacer que su madre disfrutara de un rato agradable después de las tristísimas noches anteriores. Hasta se colocó un gorrito de Papá Noel de medio lado y brindaron. Ella también intentó poner de su parte e invitó a gente a casa para que echaran alguna partida a las cartas en aquellas tardes largas de invierno de Navidad. Una de sus amigas vino con un par de críos con la misma diferencia de edad de Germán y Javier. Los llevó al cuarto de juegos y les dijo que podían coger los juguetes que quisieran. Cuando salieron con dos muñecos articulados, le preguntó a Germán si le parecía bien que se los diera.

—Claro, mamá, esos muñecos le gustaban a Javier. No a mí. Siempre confundes esas cosas.

Carmen dudó y tuvo una idea. La siguiente noche le tendió un sobre.

—Toma, regalo del 29 de diciembre —dijo sabiendo que era tarde para ser de Navidad y demasiado pronto para ser de Reyes.

—¿Me regalas por fin el perro? —comentó irónico al ver el envoltorio.

Germán lo abrió y encontró un billete de avión a Londres.

—Toma. Vuelve a Londres, hijo. Sigue buscando allí si ves que aquí no encuentras tu sitio. Es para el 31. Así no tienes ni que empezar el 2020 aquí.

—¿Me estás echando? —preguntó Germán.

—¡Sí! No quiero que te quedes por mí. Ha sido muy agradable verte, pero ahora te vas otra temporada. Londres os gustaba a los dos, ¿no? A Javier y a ti.

Germán sonrió. Sabía que allí tampoco huiría del Caos, pero si había venido a la sierra a hacerle un regalo a su madre, acababa de saber cuál era: volver a dejarse cuidar por ella.

De nuevo haciendo maletas. De nuevo yéndose a la ciudad de la bruma. Estaría bien despedirse también de Londres. Los muñecos de fantasía estaban sobre la cama al lado de la maleta. Aquellos críos al final no les habían dado tanta importancia como para llevárselos. Los estaba contemplando cuando Carmen apareció en la puerta.

—Y te equivocas.

—¿Mmmm?

—Que te equivocas con lo de los muñecos y con lo de la torre esa, que decías que a Javier le hubiera encantado vivir allí.

—A Javier le encantaba todo lo fantástico, mamá.

—Sí —dijo, y le besó en la mejilla durante mucho tiempo—. Pero le gustaba porque te gustaba a ti.

El taxi lo recogió pronto por la mañana. Le pareció ver nieve en las montañas cuando puso rumbo al aeropuerto.

* * * * * *

El avión 3537 con destino a Londres empezó a rodar por la cabecera de la pista del Aeropuerto Adolfo Suárez Madrid-Barajas. El comandante acababa de dedicar unas palabras al pasaje, avisándolos de que llegarían a media tarde a Heathrow, justo a tiempo de que los pasajeros pudieran celebrar el fin de año con sus familias, sabedor de que era el máximo miedo de quien cogía un avión un 31 de diciembre.

—Siempre que el tráfico aéreo no nos tenga dando vueltas una hora —dijo el copiloto cuando desconectó el altavoz.

—Hasta entonces estaremos tranquilos —adujo el comandante que ya sabía lo que podía ser un rosario de preguntas continuas para la tripulación.

Aceleró la nave para coger velocidad cuando vio algo en medio de la pista.

Instintivamente puso sus manos en el mando de vuelo. No habiendo aún iniciado el despegue podía frenar, pero no sabía si lo podría hacer a tiempo de no llevarse por delante a lo que ahora identificaba como una persona inmóvil que no se apartaba de la trayectoria del avión.

El avión se detuvo de golpe. Antes de que pudiera frenar y, más extraño aún, sin sufrir ninguna sacudida. Como si hubiera perdido toda su energía de repente.

El copiloto empezó a pulsar botones, pero ninguno respondía.

—Tenemos un apagón total.

Aquello ni siquiera era un término aeronáutico, pero el copiloto no sabía cómo definir lo que había ocurrido. Y su compañero a los mandos parecía aún más desconcertado.

—Hay una chica. Una chica en medio de la pista.

—¿Una chica?

—Iba con un abrigo largo y viejo. Y tenía una cresta punk.

—¿Qué?

Oyeron el sonido de un vehículo que rodaba por la pista hasta alcanzar el avión detenido. Observaron por la cabina que era un Ford Ranger amarillo, de los que usaban en el aeropuerto para asuntos de seguridad. De él salió una militar que esperó firme a que bajara la sobrecargo del avión.

Parecía que le hacía unas preguntas, y la encargada de la tripulación le enseñó un listado. Después subió. El comandante salió de la cabina, aunque sabía que eso le enfrentaría a las quejas, preguntas y angustias de todo el pasaje.

—¿Quién era? —preguntó a la sobrecargo—. ¿Estaban buscando a una chica?

—¿Una chica? No. Solo querían localizar a un pasajero de este vuelo. Pero ya le he dicho que no embarcó finalmente. Me ha pedido que lo compruebe.

La sobrecargo cogió el altavoz.

—Si se encuentra a bordo el pasajero Germán Soler le rogamos que se ponga en contacto con la tripulación. Germán Soler, le rogamos...

Abajo, Nuria arrancó el vehículo y rodeó el avión mientras tiraba la ridícula gorra militar. Se dejó puesta la credencial de máxima seguridad, por si al salir del aeropuerto la necesitaba. Cada vez veía más útil su don de invocar cosas, aunque no les hubiera servido de nada. Paró cerca de una alameda para recoger a Bea.

Bea aún desprendía la energía azulada de Zaniah, la Ancestro a la que había cogido prestado su poder.

Nuria le dijo frustrada que tampoco estaba allí. Los Proveedores habían tardado casi un día en localizar el chalet familiar de la sierra. Cuando finalmente dieron con su madre y esta les dijo que Germán estaba a punto de embarcar a Londres, empezó su desenfrenada y al parecer inútil carrera.

Tenían que encontrarle urgentemente, y aun así, Bea no pudo evitar sonreír. No se había ido. Germán había decidido quedarse.

* * * * * *

Cuatro

Germán había dejado que la última tarde del año fuera apagándose lentamente, sintiéndose en paz frente a su reflejo en el estanque del Retiro. Sentado entre los árboles al otro lado del monumento se había quedado solo, en silencio, bien envuelto en su abrigo para protegerse del frío helador que adormecía aquel lago.

Es curioso lo que ocurre con los recuerdos. Creemos que son nuestros y que son reales. Que son como los reflejos estáticos en el estanque, la única foto que nos queda del pasado. Y en el eterno debate de si nos hace felices ver lo que ocurrió o si nos atraviesa el corazón como un puñal, olvidamos que los recuerdos se imaginan cada vez que se evocan. Cuanto más los recordamos, más los cambiamos. Creemos que son pruebas fiables de lo que fuimos y por tanto de lo que somos. Y en verdad, como los cuentos, depende de cómo nos sintamos para darles un final u otro.

Hacía tres meses había llegado al Retiro buscando una caseta, y la culpa de querer empezar de cero le hizo recordar a su hermano en una de esas barcas, con miedo ante lo que Germán le contaba, víctima de sus gamberradas y de sus mofas. Pero ahora se daba cuenta de que aquella versión no tenía mucho sentido. Si Javier estaba con él, esa y tantas noches, era porque le encantaba compartir historias con Germán. Si se sabía tantas, era porque antes Germán se las había contado.

Aquel recuerdo en concreto tenía otro final: los dos en una barca tumbados boca arriba, mientras dos amigos hacían lo propio en la de al lado, contando historias de si habría mundos acuáticos en algún rincón del universo. ¿Cómo podía haber olvidado todo eso?

Desde que se había mudado a la Torre de la Encrucijada, había sentido el vértigo de que la realidad no fuera como la había conocido. Nadie realmente sabe cómo fue la realidad. Porque recordar siempre es imaginar.

Por eso no debía temer que las cosas se atenuaran, se olvidaran, dejaran de importar. Lo relevante era darse cuenta de que eso ya pasaba siempre, sin ningún hechizo mágico de por medio. Como ese cielo que se había ido atenuando hasta volverse oscuro. Pero que ahora, si cerraba los ojos, podía verlo de nuevo pintado de naranja con trazas rosas y celestes.

Volvió a oír el ruido entre los árboles. Ya demasiado cerca como para seguir ignorándolo. Se puso en pie sabiendo que aquel lugar no era seguro, por bonito que pudiera imaginarlo. De hecho, el Retiro tenía todo el aspecto de ser el mausoleo del reino. Un mundo de estatuas y palacios en un bosque, que ahora estaba condenado a morir. Las estatuas inertes no le seguían con la mirada. El monumento de columnas permanecía estático. En esos momentos el Retiro sí que parecía un mal recuerdo, una foto fija. Y los que habrían de volver a llenarlo de magia lo harían con el daño, la furia y el horror del Caos.

Rodeó la orilla por si tuviera que echarse al agua en caso de peligro. Cuando el comentario de su madre le había hecho darse cuenta de que había estado recordando mal todo este tiempo a su hermano y sintió la necesidad de regresar urgentemente al Retiro, solo había visto volando por encima de los árboles la estatua del Ángel Caído. Pero si las estatuas que quedaban con vida era porque conservaban su identidad, pedirle consejo al diablo no parecía lo más adecuado.

Entre los árboles salió un viejo conocido. Germán sonrió y se agachó a saludarlo.

—¡Colorín!

La iguana le miró fijamente. Podría haber vuelto al Retiro, donde tan feliz había sido cazando ardillas mientras Pip hacía las entrevistas en la caseta. Pero quería pensar que había venido a buscarlo a él.

—¿Listo para empezar un nuevo cuento?

La iguana no abrió la boca y Germán le acarició la cresta de la cabeza. Encendió el móvil para mandar un mensaje a su madre: «Te he cambiado el regalo de Londres por el de tener un perro. Te quiero».

No había terminado de mandar el mensaje cuando comprobó que tenía decenas de llamadas y mensajes en su móvil, que había permanecido apagado desde que había estado a punto de embarcar. De su madre, pero sobre todo de Nuria, que volvió a llamarle en ese mismo instante.

Germán las esperó en el Palacio de Cristal junto a Colorín para protegerse de unos copos grandes de nieve que empezaban a caer. En Madrid la nieve no era muy habitual, pero tampoco una extraña. Y, sin embargo, siempre que caía parecía que fuera la primera vez y que se hubieran dejado tan poco presupuesto en ella, que se antojaba de mentira. La rapidez y urgencia con la que Nuria le había dicho que tenían que hablar se confirmó cuando apenas tardaron media hora en llegar hasta él. Las recibió con una sonrisa.

—No habrá trono, no habrá coronación, pero tendremos nuestro propio Palacio de Cristal.

Nuria y Bea se abrazaron a él menos rato de lo que esperaba. Pero es que su frase tenía la mejor respuesta.

—Puede que aún haya coronación, Germán. Tenemos la última oportunidad —dijo Bea.

—Tuvimos la última oportunidad y volvimos a fallar —respondió triste.

—Si tenemos otra es que aquella no fue la última —insistió Bea.

—Por eso te hemos buscado por todas partes —intervino Nuria—. Fuimos a Barajas e interceptamos tu avión.

—¿En serio?

—No podemos hacerlo sin ti y tiene que ser esta misma noche —dijo Bea.

Entonces le contaron cómo lo ocurrido en Torrespaña había transformado a Zenobia. Durante unos días desapareció y pensaron que la derrota la había consumido. Mientras tanto, el Caos había construido una enorme fortaleza cerca del Parque del Capricho, uno de esos enclaves mágicos donde nunca había llegado a pasar el trono y que ahora era un portal de desembarco del ejército de las tinieblas.

Los misteriosos sucesos se fueron sucediendo en la capital, y cada vez flotaba más un clima de suspense y de miedo. Germán no había vuelto a ver en los diarios ninguna masacre de durmientes que no supieran justificar las autoridades, pero la explicación era aún más inquietante. El Caos estaba afinando su caza. Ya no buscaban imponentes rascacielos. Buscaban viviendas de pocas plantas por el centro. Eso solo podía significar que La Quebrantánimas había conseguido a quien torturar para sacarle información y se coordinaba con Esguince para rastrearlos. Pronto encontrarían la Torre de la Encrucijada. Pero en su mayor adversidad, o debido a ella, las chicas le explicaron que Zenobia había cambiado.

Bea le contó cómo Zenobia los había reunido para decirles que desde que había llegado había estado escondida, huyendo, tratando de escapar de los monstruos y buscando una manera de que no la encontraran.

Nuria siguió con la historia.

—Pero ella era Zenobia, princesa del reino. Coronada o no, con o sin trono, ella era la hija de la reina, y lo que es más importante, hija de su madre. Y no iba a permitir que volvieran a asustarla. «El escondite ha terminado. Es hora de pasar al ataque», nos dijo a todos.

»Luego nos explicó que si el Caos buscaba con tanto ahínco la torre era porque la temían. Y hacían bien, según Zenobia, porque era el arma más poderosa del reino, no había nada en este mundo que pudiera reunir mejor las energías de los dos mundos que la Torre de la Encrucijada. Nos dijo que nos había transformado a todos y que la representación de cada esfera había sido el mejor escudo contra el Caos, así que... ¡la Torre de la Encrucijada puede activar el Trono de Todo! —siguió contando Nuria con entusiasmo—. Usaremos su energía por última vez para lograrlo. Está en el umbral de dos espacios y deberá hacerse en el umbral entre dos tiempos. Entre el día 31 y el 1. Entre el viejo y el nuevo año. Así que, como nos iban a dar las uvas, literalmente, empezamos a buscarte a la carrera.

No podía ser todo más simbólico. Pero Germán tenía una pregunta.

—¿Y por qué debo estar yo?

Bea prefería que Nuria lo explicara. Ella creía haber entendido solo lo básico.

—No nos han dado los detalles. Pero parece que la energía de la torre es mucho más poderosa que el estallido de despedida del Cónclave. De hecho, la torre es detonante y antena a la vez. Si no estamos todos, con cada planta habitada, la energía saldrá de su control y puede ser el fin de todo. Eso nos dijo. Yo creo que es porque fue diseñada para unir a las esferas y eso debe ser su mecanismo de autodestrucción. Pero eso ya nos lo contará mejor Zenobia, porque vuelves a casa, ¿no?

—Menuda traca de fin de año para Madrid —dijo Germán.

Era un comentario que podría haber hecho Manuel. Ahora lo tenía que decir él. Le echaba de menos.

—Piénsalo, Germán. Hemos perdido a la mitad del grupo y, aun así, seguimos siendo uno por planta, uno de cada esfera. Es como una profecía final, como si el destino nos hubiera conducido hasta aquí.

—No sé si me gusta cómo conduce el destino. Ni los finales escritos. Prefiero empezar cosas, aunque vayan a durar muy poco. ¿Tú qué dices, Colorín?

Germán se agachó y la iguana los miró fijamente a los tres.

—Creo que le gusta el cuento. Contad conmigo.

Nuria saltó de alegría. Bea acarició a la iguana.

—¿De verdad habéis intentado detener un avión? —les preguntó Germán con curiosidad.

—¿Intentado? Lo hemos parado, chaval —respondió Nuria.

—¿Sabéis? —dijo Germán, que tuvo que aclararse la voz—. La primera vez que me fui a Londres, mientras iba subiendo por la pasarela e incluso sentado junto a la ventanilla, esperaba todo el rato que alguien apareciera y me impidiera marchar. Nadie lo hizo entonces. Gracias.

Ahora sí se abrazaron los tres un rato largo mientras aquellos copos que parecían gomaespuma los rodeaban. Nuria consultó la hora en el reloj.

—Al final nos sobra un poco de tiempo. Tengo que pediros un favor personal. No quiero irme sin hacer mi regalo de Navidad.

Había menú especial de Nochevieja en la residencia de ancianos donde antes trabajaba Nuria. Uvas también, claro, y disponibles desde las ocho de la tarde, para que los familiares de los internos pudieran tomarlas con ellos y luego irse a la cena de verdad, sin bandejas y con alcohol y con ganas de armar una juerga. Aquel símbolo a Nuria le parecía bonito. Daba igual qué hora fuera. Los ancianos podrían tener su tradición y al celebrar que empezaban un año podrían sentir que tenían hueco en la vida de los otros.

Como la anciana que contaba los cuentos del otro lado. Nuria y Bea la sacaron de su cama y la llevaron en brazos hasta la ventana, donde aguardaba Germán.

—Decía que la lleváramos al Curandero. Que quería amasar su sueño. Al principio no sabía lo que era y luego pensé que daba igual que estuviera dormida con todo lo que estaba ocurriendo. Pero después de pasar unos días con mi familia me he dado cuenta de que no quiero vivir ignorante ante la colisión de estos mundos. Prefiero estar despierta y saber. Creo que ella también.

Como a Germán la anciana le pesaba como una pluma, le resultó fácil trepar fuera con una sola mano y llevarla al coche, donde esperó a que salieran Nuria y Bea para poner rumbo a Lavapiés. Colorín se puso encima de Germán para dejar sitio a la anciana en el asiento de atrás mientras seguía soñando.

Tardaban más de lo que pensaban. El tráfico en aquel día era terrible e iban avanzando muy despacio. Germán se fijó en un grafiti que decía: «*Spoiler*: el rey Jerónimo muere», con grandes letras rojas en mayúsculas.

—¿Habéis visto eso? —les dijo dándose cuenta en ese momento de que ellas estaban a punto de comentárselo.

—Está por todas partes. Salió hace tres días, pero se ha hecho viral. Cada vez hay más pintadas, y no solo eso. Está en los móviles. En las redes sociales. Yo lo ignoraba para no implicarme mucho, pero es imposible. Me lo mandan en Twitter sin cesar.

Nuria le enseñó su cuenta. Había un mensaje que se repetía:

Spoiler: el rey Jerónimo muere. ¿Te han contado el cuento del traidor? Todo el reino sabe su final. Si los Proveedores quieren comer perdiz, deberán comerse también las uvas en casa. No dejes que nadie te lo cuente, escríbelo. Las mentiras pasan. Las palabras permanecen.

—Pero ¿qué significa? ¿Qué dice el rey Jerónimo de esto?

—No dice nada porque está desaparecido desde hace días —le contestó Nuria—. Zenobia teme que sea el prisionero que ha cogido el Caos para interrogarlo sobre la torre. Pero yo creo que lo mismo está colaborando de manera gustosa con ellos el muy cretino.

—¿Y los Proveedores?

—Fieles a su estilo. Al principio estaban locos de furia por lo que consideraban una amenaza. «No salgáis de casa si queréis un final feliz», venía a decir aquel mensaje. Y sin verlo venir, han pasado de querer matar a todo aquel que lo escribiera a escribirlo ellos por todas partes. Creo que se sienten abandonados y ya no saben qué creer.

—¿Y Perdón y Noentendí III? —A Germán le había extrañado no verlas cerca de Nuria.

—Noentendí IV, ya —dijo haciendo hincapié en el número—. No sé dónde anda, pero Perdón no va con ella. Cuando me fui a casa, la vi un día tras el árbol de Navidad. Mis padres sin enterarse. Menudo drama. El caso es que yo creo que cuando me vio con los míos dejó de estar tan pendiente. Si es que yo creo que esa vieja loca siempre quiso darme cariño.

Germán iba asimilando las noticias. Al torcer una esquina volvió a ver otra pintada idéntica a la anterior.

—Oye, ¿y se sabe de dónde salió?

Bea sacó un papel del bolsillo con fecha del 28 de diciembre.

—Sí. De una web de anuncios de alquiler de pisos. Parecía una inocentada, claro. Pero no ha dejado de propagarse. Fíjate en el nombre de la web. Es la misma que puso el anuncio de la torre, ¿verdad?

Bea lo dijo contenta. Tal vez sus sospechas iniciales de que el rey Jerónimo no era trigo limpio y de que tramaba algo aclararían por fin la acusación contra Mayrit, que ella nunca creyó, y algún día la madrina de agua regresaría. No habían vuelto a verla.

Llegaron al local de comida turca del Curandero. Germán sabía ya de la magia de aquel lugar y, aun así, sintió algo de aprensión al dejar a la anciana sobre la barra sucia para que El Curandero la cogiera con sus ennegrecidas manos y se la llevara dentro con Nuria acompañándola.

—¿Y Rafa y Alexander están bien? —le preguntó a Bea mientras esperaban los dos.

—Rafa no hace más que entrenar y luchar. Creo que podría haber sido un gran guerrero de haber tenido más tiempo.

—A tomar por culo el perdedor —dijo Germán con una sonrisa nostálgica mientras Colorín rebañaba algo del suelo.

—Y Alexander sigue enfrascado en sus libros estudiando y sin salir.

—Bueno, no todos podemos cambiar. Los veremos ahora, ¿no?

—Sí, hoy estaremos todos para preparar el final.

Nuria los llamó eufórica, y Said, el estrambótico ayudante del Curandero, los dejó pasar a la cocina, donde la anciana había abierto los ojos y sostenía la mano de Nuria.

—He tenido un sueño muy bonito —declaró la mujer—. Ahora que estoy despierta puedo soñarlo mejor.

El Curandero la había frotado con la misma brocha con que se adereza el cordero en el torno y la llevaba goteando por todos lados. La anciana se despidió de todos y se marchó sonriendo. Nuria no pudo evitar llorar. No habían podido salvar a sus amigos, pero sí a aquella mujer que estaba tan sola. Bea y Germán debieron de pensar lo mismo porque también afloraron las lágrimas a sus ojos.

—¿Y la tristeza no la curáis? —preguntó Nuria viendo el panorama.

—Eso no es ninguna herida —respondió El Curandero sin mirarlos.

Pero Said tuvo una ocurrencia y puso servilletas de papel sobre el cuerpo de los chicos. El Curandero se las quitó rápidamente.

—Nada de azúcar, servilletas o pajitas, Said. Dejemos de tratarlos como si fueran niños. Hoy van a salvar el reino por todos nosotros.

Parecía que en todo el reino sabían lo que se jugaban aquella noche. Y sin embargo...

—Sí sirve —replicó Germán—. A Manuel le curaste el brazo así.

—No —dijo Said—. El Curandero acierta, como siempre: las pajitas y las servilletas son para el coco. El Curandero no lo trata, pero yo sé lo que es estar un poco flojo —añadió dándose golpecitos que hacían que los ojos botaran en su cráneo.

Germán dejó de emocionarse y subió un poco el volumen de su voz. Le fastidiaba que se mintiera. Que los recuerdos no sean del todo reales no significa que debamos negarlos.

—Vino con el hueso del brazo destrozado y salió de aquí sano.

—Yo no curé a tu amigo. Solo a ella y a ti —dijo señalando a Bea, que tenía la misma cara de incredulidad que Germán—. Él se curó solo.

¿Cómo? Germán sintió que el corazón le latía de nuevo con fuerza. Eso era imposible. Pero tan imposible como que hubiera estado toda la noche corriendo con el brazo colgando sin desmayarse.

—Pero si siempre decía que se había quedado oliendo a kebab —fue todo lo que añadió Nuria.

El Curandero se encogió de hombros pensativo.

—Suena a una cuestión de higiene —concluyó el hombre mientras se limpiaba los restos de aceite en el pecho velludo.

Como en una película, las escenas se superponían en la cabeza de Germán: Manuel diciendo que había estado mucho tiempo bajo el agua, Manuel sin desfallecer o quejarse por el calor o el frío o los ejercicios de los Centinelas. Manuel sin enfermar nunca. Sin tener un solo moratón. Desde las primeras noches, cuando decía que sentía sus vísceras cambiar. Manuel engordando, haciéndose más sano sin un solo músculo. El poder físico hacia dentro. Todo encajaba como el montaje de un tráiler. De esos que le gustaban a Manuel.

—¡Chicos, chicos, nos dijo que se había dado un golpe terrible en la ducha y no tenía ni una brecha! —recordó Nuria, que como siguiera hiperventilando iba a acabar pidiendo la pajita—. Siempre pensé que exageraba.

Un poder exagerado, el de la invulnerabilidad, que de tan mágico había sido obviado.

Germán caminó despacio hacia la puerta. Necesitaba salir a la plaza de Lavapiés, donde a sus festivas calles llegaba el ruido de las cenas familiares de cada ventana. Necesitaba estar rodeado de vida para decirlo en voz alta.

—Creo que Manuel sobrevivió a la caída.

—Pero entonces ¿dónde está? —replicó Nuria angustiada con una esperanza que no quería dejar de tener—. Manuel no nos hubiera abandonado.

—El prisionero —intervino Bea—. El prisionero del Caos. El Caos estaba en la base del Pirulí. Nunca pudimos recoger el cadáver y desde entonces han intentado sacarle la información. Coinciden los tiempos. Y el lugar.

—¡Manuel está vivo! —gritó Germán—. ¡Tenemos que hablar con Zenobia!

Zenobia también tenía que hablar con ellos. Y con todos los demás.

Reunió a la Asamblea de las Esferas en los jardines del Campo del Moro, alrededor de la Fuente de los Tritones a modo de mesa redonda de las novelas artúricas. Una fina capa de nieve cubría los jardines, haciendo que todos los presentes parecieran figuritas de un belén más que personajes de leyenda.

Sin importarle el frío, Zenobia se había despojado de la suntuosa capa y mostraba su vestido blanco perlado y delicado para la coronación. Pero en vez de los zapatos de cristal, se había dejado las botas de montar, y en el cinto llevaba una espada corta. Mat, además de su cuerno, había cambiado la espada por un pequeño arco a la espalda para parecer que tenía más envergadura y que no se notara que le estaba algo grande el yelmo de su armadura de ceremonias. Sil llevaba un bonito vestido a juego con el de su hermana mayor. Estaba peinada y limpia como nunca, así que incluso con la boca cosida parecía un pequeño angelito.

A su derecha estaban los señores de las esferas: Händel en su forma de corpulento sacerdote, Tristán con *Ventolera* al cinto y la armadura completa para la batalla. Ozz llevaba una sencilla túnica gris, y representando a los Ancestros estaba aquel ratoncito vestido de persona, que tenía que encaramarse a la fuente para que se le pudiera ver.

A su izquierda los cinco investidos, los cinco representantes de cada planta que habrían de sostener la torre cuando esta fuera el anclaje para separar los dos mundos. Iban a usar la torre que había sido el puente entre los dos para derribar la pasarela. Pero aquella paradoja era muy peligrosa.

—Todos los habitantes de la Torre de la Encrucijada habremos de agitar el poder del edificio y estar presentes en ella para que podamos controlar esa energía una vez que alcance el punto crítico. No os preocupéis que nos darán instrucciones precisas en cuanto acabemos esta asamblea. Mis hermanos representarán a los Soñadores, porque yo tendré que estar con el trono un poco más apartada. Justo allí.

Señaló el Palacio de Oriente a sus espaldas iluminado como si fuera de plata, engalanado para la fiesta de los humanos.

—Montaremos el armazón del trono sobre otro que ya existió y en el que se sentaron los soberanos de este país. Tengo el astrolabio, y esta vez Ozz lo usará también. Dijisteis en el último intento que sería como si el viento soplara y lo debiera aprovechar en el momento para virar la vela. La Torre de la Encrucijada es como un huracán donde todos volaremos a la vez. Necesitaré tu guía.

Ozz hizo una reverencia y nadie puso objeciones.

«Un cohete —pensó Germán—. Esta torre al final va a ser un cohete con cuenta atrás de lanzamiento.» Pero no dijo nada porque no sabía si Zenobia entendería la referencia y aún quedaba el tema que ahora mismo más le preocupaba y sobre el que la heredera aún no había dicho nada cuando acudieron a ella tras volver del Curandero.

—Si todo va bien, si logramos usar el Trono de Todo con la energía de la Torre de la Encrucijada y se rompe el puente, mañana habremos ganado la victoria de nuestras vidas, pero no la última batalla. Lanzaremos un ataque contra el Caos que haya quedado atrapado en esta realidad hasta exterminarlo del todo. Empezaremos atacando su fortaleza para liberar a Manuel Herrera si aún estuviera vivo.

—Zenobia —interrumpió Germán—. Eso no puede hacerse así.

Había estado temiendo que postergara el rescate de Manuel. Los señores de las esferas parecieron incómodos por el hecho de que Germán la cortara de aquella manera cuando se estaba decidiendo el destino de dos mundos, pero Mat suplicó con la mirada a su hermana para que le dejara hablar.

—Majestad —siguió Germán—, la torre se hará visible cuando la activemos. ¿Para qué querrían mantener a un prisionero si ya saben dónde está? Incluso si ganamos, los que queden aquí se cobrarán en venganza su vida. Recuerda los ojos de La Quebrantánimas. Sabes que lo hará. Tenemos que rescatarlo antes.

Zenobia tragó saliva.

—Lo he consultado, Germán, y no es posible. El poder de la torre sube por la escalera, de manera gradual, aunque imparable. Para que pueda estar lista en el umbral del año nuevo que se nos requiere, hay que activarla ahora. Por eso estáis aquí reunidos.

Mierda. Germán insistió un poco más.

—Aunque nosotros nos quedemos, manda a los ejércitos ahora, majestad. Estoy seguro de que los Centinelas harían eso por uno de los suyos.

Zenobia miró al nuevo adalid. Tristán imitó la confianza que había desplegado Germán para dirigirse a su investido y ponerle la mano en el hombro.

—Es inviable, Germán. Hay tres portales conocidos por los que está llegando el Caos. He dividido a mis tropas para que los vigilen sin descanso y tan pronto como empiecen a aparecer en este mundo, aprovecharemos su ceguera inicial para emboscarlos. Estamos en inferioridad numérica y es la única manera de impedir que lleguen a la torre, que será como un faro para ellos. Ni siquiera es seguro que Manuel esté vivo. Todos sabíamos que era más duro de lo que él creía, pero sobrevivir a una altura así es impensable. No podemos arriesgarlo todo por una sospecha.

—La fortaleza es el castillo de la Alameda, ¿verdad? —dijo Nuria enseñando su móvil—. Está muy cerca del portal del Parque del Capricho. Precisamente por eso montaron allí su base. Solo tendrían que desviarse y comprobar si está prisionero y...

Tristán negó con la cabeza.

—Si descuidamos esa entrada, nos atraparán entre el portal y la fortaleza. No podemos abrir un frente más. Mi escolta personal y yo debemos estar aquí, protegiendo a Zenobia y a Ozz en todo momento. Después de lo que ocurrió la última vez, no podemos arriesgarnos.

—¿Y el resto de las esferas? —preguntaron a la vez Germán y Bea.

Zenobia retomó la palabra.

—Hemos estudiado las posibilidades. Los Conversos deben controlar la frontera con el limbo y avisarnos de lo que pueda llegar. Y los Ancestros... No es fácil coordinarlos a todos, pero sabemos que protegerán a los humanos cuando empiece el ataque. Hay cientos de miles de almas en las calles hoy, Germán.

Germán apretó fuerte la mandíbula. Manuel se había desesperado por salvar a unos policías. Y ahora los números le iban a la contra. Todos bajaron la cabeza. Salvo Mat, que dio una patada al suelo, y la pequeña Sil, que tampoco parecía conforme.

Ozz quiso intervenir.

—Hablas con la razón, Tristán, pero tanto corazón merece que al menos los demás nos pronunciemos. Deberíamos votar.

—No hablo por mí, sino en nombre de miles de personas que hoy correrán peligro y que si fracasamos en unos días serán millones —dijo Zenobia—. Mi voto debe ser no. Lo siento.

El pequeño roedor se quitó el sombrerito y se rascó la cabeza. Dijo con una vocecilla aguda:

—Los Ancestros no votamos nunca. Hacemos lo que queremos hacer.

—¿Eso es un sí, entonces? —inquirió Bea.

El roedor se encogió de hombros, pero viendo que Händel quería hablar lo pasaron rápidamente como una respuesta afirmativa, esperando que se desencadenara una oleada a favor. Al fin y al cabo, los Conversos siempre habían sido sensibles al dolor.

—Todo es un disparate —afirmó el gigantesco cura—. No podéis dejar la torre. No sabéis qué clase de energía puede liberar.

Era el tercer voto en contra. Ya no había nada que hacer. Pero en vez de saborear su victoria, Händel se volvió en tono desafiante hacia Tristán para remarcar que, aunque votaran lo mismo, ni de lejos estaban de acuerdo.

—Por eso mismo todo tu plan es absurdo, Tristán Sin Paz. ¡Dices que hay tres portales cuando esta torre es el mayor portal y si se activa su energía podría abrir brechas en todas partes! Nadie lo sabe porque nunca se ha hecho antes, pero hablas de estrategias de combate en un terreno que no comprendes. Crees que apostado en la puerta sorprenderás al enemigo sin darte cuenta de todas las ventanas que habrá a tu espalda.

—La sangre que siempre se ofrece al enemigo es la de los Valientes Suicidas. Tal vez si los Proveedores no nos hubieran abandonado, podríamos ponerlos a reparar ventanas, ¿no crees, Händel?

—No sé qué crees que debo creer. Solo sabemos lo mismo que tú: que el rey Jerónimo ha desaparecido. Lo pintan y lo susurran en las calles. Y en el alma. Los humanos empiezan a percibir que algo malo está ocurriendo con su mundo y lo asocian con esa frase. Tienen miedo, aunque lo disfracen con humor. Han compuesto un villancico con la letra de ese misterioso mensaje acerca de su traición.

Madrid, tan valiente y tan carente de pudor, recordó Germán.

—Canciones. Claro —dijo Tristán, ya sin disimular su desprecio hacia los seres del Caos—. ¿Hay algún otro Converso que se haya guardado algún secreto que debamos conocer antes de que mueran los nuestros, Händel? Porque de haber sabido antes lo de la conspiración tal vez ahora quedarían vivos más de un puñado de Eruditos que nos hubieran podido ayudar también hoy.

No mencionó a su padre, pero su rostro reflejaba mucha ira.

—Majestad, si no se me requiere de momento, daré las órdenes a la comandante y volveré aquí antes de la medianoche para escoltaros —dijo Tristán marchándose.

Händel calló e hizo un pequeño gesto con la cabeza antes de partir sin despedirse siquiera.

—¡Buenas noches, majestad; buenas noches, niños! —dijo el ratón yéndose también.

Ozz fue a prepararse con el astrolabio. Sonrió triste a los vecinos.

—Mi voto era un sí —les dijo.

Por segunda vez se había producido allí una votación. Y por segunda vez Germán la había perdido. Esperaba que esta vez también fuera la mejor opción, pero ahora mismo estaba devastado.

La llegada de la señorita Dalia, con su traje rojo contrastando con el blanco de la nieve, le abrigó un poco el alma. Además de su paraguas, traía los contratos en la mano. Así que esa era la manera en que iban a zarandear aquella torre hasta dispararla. Al parecer era el día de cerrar todos los círculos.

Zenobia la hizo pasar al centro para que fuera repartiendo los papeles que habían firmado hacía cuatro meses y para explicarles lo que tenían que hacer.

—Aquí tenéis los contratos de rescisión del alquiler junto con la copia del original. Debéis firmar en la línea de puntos.

Germán se había olvidado de lo aséptica y fría que era. Se preguntaba si echaría de menos a Pip. Él sí echaba de menos a los otros cinco dueños de los contratos que la mujer se dejó bajo el brazo.

—Una vez que la Torre de la Encrucijada se dé cuenta de que no tiene inquilinos comenzará a rebelarse. Su escalera se quejará y sus plantas empezarán a patalear. El ascensor subirá y bajará sin control. Pero, sobre todo, la energía de los dos mundos se irá liberando gradualmente. Entonces volveréis a firmar los nuevos contratos, pero será un acuerdo imposible. Porque firmaréis a la vez en dos tiempos. Dos días en uno. Dos años en uno. Incompatibilidad de contratos.

—La energía no podrá liberarse ni desaparecer —añadió Zenobia—. Y el Trono de Todo se impulsará en ella.

—Pero eso es imposible —dijo Nuria—. Incluso a las doce de la noche y una milésima de segundo ya es el día siguiente.

—No en Madrid —replicó la señorita Dalia muy firme.

—¿Por qué en...? ¡Las campanadas! ¡Las campanadas de la Puerta del Sol! ¿Es por eso?

Pocas capitales del mundo celebraban la llegada del nuevo año como Madrid, pero en ninguna se sentía esa fascinación por las campanadas de un reloj que marcaba el tiempo a todo el país. Desde la primera, acompañada por la primera uva, hasta la duodécima, todo se paraba. Nadie felicitaba durante las campanadas porque aún no había empezado el año. Nadie hablaba de otros temas porque no se estaba ya en año pasado. Era un limbo.

—Afirmativo —dijo ella—. Digamos que es un vacío legal.

Germán sonrió. ¿Qué habría dicho Emilio de eso? ¿Qué habría dicho de todo? Leyó su contrato, que seguía teniendo el mismo sentido para él que siempre. Vacío legal...

—Un momento. Tengo una pregunta.

La señorita Dalia se dirigió a él y lo animó a hablar.

—Debemos firmar ahora para dar tiempo a la torre a que despierte, o lo que sea, hasta que firmemos el nuevo contrato justo durante las campanadas, ¿es así?

—Afirmativo.

—¿Y por qué es necesaria nuestra presencia durante ese período? —preguntó Germán de nuevo esgrimiendo el contrato como si fuera a aparecer aquella respuesta en algún lado.

—Cuando los contratos sean incompatibles y la torre colapse, la energía será muy poderosa. Si falta alguno de vosotros, podría desestabilizarse y todo volaría por los aires.

—Vale, después de las campanadas tenemos que estar aquí, pero ¿y antes? ¿Ahora?

—La torre despertará de manera más suave si os nota en ella. Tarda más en darse cuenta de que sois okupas ilegales.

—Eso no es necesariamente malo, ¿no? Que vaya más rápido no es un problema.

—No mientras estéis en el momento del colapso.

Nuria y Germán se miraron.

—Entonces, podemos ir ahora a rescatar a Manuel —dijo Bea—. Podemos ir nosotros.

—A tomar por culo despertarla suavemente —la secundó Rafa—. La de pesadillas que nos dio ella a nosotros.

Zenobia empezó a asustarse. No podían hablar en serio.

—Sois cinco contra un ejército —dijo Zenobia—. Hoy es la noche de las heroicidades, pero no de los imposibles.

Alexander preguntó a la señorita Dalia:

—Señorita, ¿y cuánto tiempo tenemos? —Era fácil hacer la resta, pero quería que aquella mujer lo declarara en voz alta.

La señorita Dalia sacó el severo reloj con el que había marcado los tiempos en la plaza del Biombo.

—Faltan noventa y seis minutos para las doce de la noche.

—Entonces no es imposible —dijo Alexander. Pero rápidamente se dio cuenta de todo lo que implicaba aquella noche y matizó—: Aunque será complicado.

Había quedado bastante tibio, pero el entusiasmo de los demás lo dejó pasar.

—No perdemos nada por intentarlo —intervino Rafa mucho menos ambiguo—. Si no podemos sacarle de allí, volveremos. No somos gilipollas.

Zenobia se desesperó.

—¿Que no perdemos nada? Perdemos todo. No solo tendríais que volver vivos de una misión que es complicada para un ejército y suicida para vosotros. Es que tendríais que volver a tiempo. Cualquier segundo que os retrasarais haría estallar la torre por los aires.

Rafael miró los edificios cercanos. ¿Cómo explotaba una maldita torre mágica? ¿Arrasaría la plaza de España? ¿Llegaría la onda expansiva hasta la Puerta del Sol con veinte mil almas? ¿Cuántos morirían? Entonces se dio cuenta de que nada de eso importaba. Si la torre destruía el Palacio Real en su explosión, no habría mundo al que volver, porque sin trono para alejar al Caos, la ciudad caería.

—Además —prosiguió la heredera—, habéis olvidado una cosa: si activamos la torre, empezará a hacerse visible para el Caos. Vendrán aquí.

—No si los Centinelas ejecutan su plan tan bien trazado —dijo Germán.

—Y nosotros no estaremos aquí. Estaremos precisamente en la fortaleza, que empezará a vaciarse —repuso Bea—. Es perfecto.

—¡Mis hermanos sí estarán! —exclamó Zenobia que de nuevo volvía a ser la hermana y no la hija.

—¡Nos esconderemos, Zenobia! ¡No nos encontrarán! —dijo Mat valiente mientras Sil parecía sonreír entre zurcidos.

—Zenobia, permítenos ir —rogó Bea.

—Cambia tu voto. ¡Manuel lo cambió también! Lo cambió por ti. ¿Recuerdas? —le dijo Nuria.

Germán notó que algo áspero le rozaba. Cogió en brazos a Colorín y se dirigió a Zenobia. Se arrodilló ante ella. Se ponía en sus manos.

—Zenobia. Tú prometiste a tu pueblo que nunca los abandonarías. Me dijiste que una promesa es lo último que debe perderse.

Zenobia cerró los ojos y cuando volvió a abrirlos se agachó hasta ponerse a su misma altura y le preguntó a Germán:

—¿Tú le prometiste a Manuel que no le abandonarías?

—Sí. Muchas veces. Y él a mí —dijo Germán poniendo en aquellas palabras todo su corazón—. Era una promesa sagrada, además.

Zenobia le miró sin comprender.

—Una promesa sagrada es la que no hace falta decirla para saber que vas a cumplirla.

—Volved a tiempo. Y volved con él —dijo Zenobia asintiendo con una sonrisa.

Corrieron a la salida antes de que la emoción los sobrepasara, o la razón les impidiera moverse.

—Así que tenemos que salvar a Manuel, luego al mundo y encima nos han desahuciado —dijo Rafael—. ¿Y ahora qué, Germán? ¿Tienes una idea de qué hacer?

Germán miró fijamente a la iguana mientras decía:

—Parece una locura, pero ahora que no tengo un plan de vida, creo que voy a ingresar en el ejército.

—Quiero hacer la prueba del Último Lastre —le había dicho Germán a Katya en el cuartel de los Centinelas.

La comandante, que se hallaba reunida con sus generales sobre un plano de Madrid marcado con su estandarte, se quedó sorprendida. Había sido advertida por su señor de que los investidos andaban con misiones suicidas en la cabeza.

—Aunque seas Centinela hoy no podrás dar órdenes, Germán. No estaremos con otras esferas y nuestras órdenes están claras.

—No pretendo quitaros el puesto. Dijiste que cuando yo quisiera estaríais preparados, y lo quiero ahora.

No era el momento oportuno para que Katya cogiera a los tres hombres que habían sido entrenados para que Germán se enfrentara a su último miedo. Pero, además de la casual cercanía con el lugar al que debían acudir, sintió una punzada de orgullo. Germán había decidido enfrentarse en la batalla final siendo uno de ellos.

Moncloa no estaba vacía. Aunque no era hora de haber acabado la cena, la cercanía con Sol hacía que varios grupos de jóvenes cruzaran las calles en total estado de fiesta. Su ebriedad y el disfraz de limpiadores constituían sus mejores bazas para poder hacer aquella prueba sin atraer demasiado a los humanos. Acotaron la zona en torno a la estatua, un puesto de castañas asadas y el pórtico donde ella se quedó para observar a Germán, plantado allí, frente al lugar donde murió su hermano. Había dejado de caer la nieve y eso hacía que la noche fuera más fría. Al menos eso lo diferenciaba de aquella noche de junio. Germán tembló. Se sentía solo, aunque sabía que sus vecinos le estarían apoyando.

Había tomado aquella arriesgada decisión de hacer la prueba por una poderosa razón. Sabía también que la necesidad de rescatar a Manuel le obligaba a no darse la vuelta. Pero eso no impedía que Germán estuviera muerto de miedo. ¿Cómo podría vencer una prueba que precisamente consistía en librarse de él?

Katya dio la señal y tres de sus compañeros le rodearon. La tarea era clara. Parar todos y cada uno de sus golpes para que aquellos cuchillos no le mataran como a su hermano pequeño. No podía esquivar o contraatacar. Tenía que reproducir la misma coreografía que durante días le mantuvo ingresado en un psiquiátrico para evitar que se autolesionara y que, durante años, le impidió hacer frente al odio de su padre o a la pena de su madre.

El primer Centinela le atacó y Germán le paró en seco. Giró en torno a la estatua. No estaba allí aquel día, estaba dos calles más abajo, donde los bares. Allí arrastró el cuerpo él solo. El cuerpo ensangrentado de su hermano. No estaba allí. Allí era verano, allí era pasado. Cuando el segundo Centinela sacó el cuchillo y el metal brilló con un sonido peculiar, todo volvió a ocurrir otra vez.

Salían de un bar. Sus amigos se habían quedado dentro, pero Javier insistió en acompañarle al autobús dado su estado. Había tenido una mala noche y lo había pagado con todo el mundo. Incluso con desconocidos. Puede que el individuo que se le había quedado mirando ya le hubiera fichado en el bar, puede que solo pasara por allí, pero Germán le increpó.

—¿Tú qué miras?

Sintió la humillación del pandillero en su rostro. Javier le dio fuerte en el hombro para que dejara de hacer el idiota y eso le hizo envalentonarse aún más.

—Te he dicho que qué miras, gilipollas.

Salió hacia él como un toro y embistió a Germán, que cayó al suelo sin esfuerzo. Tal vez demasiado bien, porque eso no aplacó la ira de aquel hombre, que decidió sacar un cuchillo que brillaba como el de ahora. Fue entonces cuando Javier gritó y empujó de nuevo a su hermano contra el suelo para hacerle él frente.

Una segunda cuchillada casi no fue interceptada por Germán, absorto en su terror. Notó cómo le cortaba la palma de la mano hasta el antebrazo. Le dolió, pero no dejó de sentir miedo. ¿Cómo podría pasar la prueba? Una tercera cuchillada se dirigió a su pecho. La paró y se sorprendió de ver una cuarta en el mismo lugar. Una quinta le vino por detrás. Javier murió de una puñalada en el corazón. ¿De dónde venían tantos ataques? ¿Cuántas veces aguantó Javier aquellas acometidas?

Los Centinelas luchaban como uno. Él luchaba solo. Otra puñalada casi se le clava en el corazón. Como a Javier. Él no luchaba solo. Él luchaba con Javier. Javier luchó por él.

Es curioso lo que ocurre con los recuerdos.

Creemos que son reales, que son nuestros. Por eso los guardamos con recelo para que nadie pueda quitárnoslos nunca. Pero si los recuerdos no pueden preservarse es porque tampoco nos pertenecen. Los recuerdos siempre existen en relación con los demás. Incluso cuando estamos solos se guardan envueltos de lo que sentíamos por los demás en ese momento.

Germán estaba viviendo por vez primera el recuerdo de Javier de aquella noche. Su hermano esquivó todas las puñaladas menos una. Pero detuvo todas las que quería. Porque Javier luchó por él. No tuvo miedo. Cada gesto lo hizo conscientemente, de manera valiente y sacrificada para que no hicieran daño a Germán. Y había ganado. Porque su hermano mayor seguía vivo.

Germán se dio cuenta de que el ciclo de cuchilladas había vuelto a empezar y había acabado en una coreografía perfecta. El miedo volvería. Pero ya no más sobre aquella noche. Los tres Centinelas aplaudieron. Katya también, más lentamente. Y por derecho era ella quien tenía que ofrecerle a *Cadalso*. La desenvolvió con algo de dificultad y Germán la cogió. Sintió la empuñadura de oro en su mano y rozó con la otra, que aún sangraba, la obsidiana negra y la perla blanca. Se agachó y pronunció las palabras:

—Mi vida vale menos que tu espada.

Y con confianza se hundió el filo en el cuerpo. Sintió cómo su vientre se contraía, pero no le produjo herida. Y, desde luego, le hizo menos daño de lo que él estaba a punto de causar.

Cadalso se desprendió de su mano y empezó a flotar en el aire. Katya se quedó perpleja y los tres Centinelas detuvieron su celebración. Antes de que pudieran reaccionar, la espada desapareció en el aire.

Germán se levantó y retrocedió unos pasos. La señora del puesto de castañas calientes se quitó el pañuelo de la cabeza revelando que era una chica mucho más joven. Invocó un mechero en su mano y empujó el brasero de gas contra la calzada. Cubriéndose la cara, Nuria tiró el mechero contra la bombona y hubo una explosión que tuvieron que esquivar los Centinelas protegiéndose detrás de los coches.

—Lo siento, chicos. Lo vamos a tener que celebrar otro día —les dijo Germán, que empezó a correr hacia la calzada, seguido de Nuria.

Katya continuaba inmóvil, bloqueada, sin poder dar órdenes a sus hombres. Bea salió de encima del pórtico donde había estado escondida todo el tiempo. A escasos centímetros de la comandante, para que el poder que había robado a las polillas hiciera su efecto y neutralizara el mayor obstáculo que iban a tener para robar a *Cadalso*. Rafael se volvió visible con la espada bajo su abrigo, ya cerca del coche donde Alexander estaba esperándolos nervioso. Todos se metieron en el vehículo y Germán se vio obligado a gritar a su comandante:

—La devolveré, lo prometo. ¡Pero antes tengo que darle un uso glorioso! ¡Seguro que estarás aún más orgullosa de mí!

El coche arrancó. Debían existir poderosas razones para traicionar a su propia esfera y embarcar a sus amigos en el robo de la joya más preciada de los Centinelas. Debía tenerlas para haber profanado así una prueba milenaria sobre la lealtad y haber tirado las bolas del Pacto del Malabarista por los aires. Las tenía, en efecto. La única estrategia inteligente para poder entrar en la fortaleza del Caos era llevando el arma que más daño pudiera hacerles. Eran pocos y tenían menos tiempo aún, así que el factor sorpresa era crucial. Y para complementar su racionalidad estaba ahí la iguana, que le recordaba que en los cuentos, cuando todo está perdido para el personaje, la única manera de cambiar el final era modificando su propia trama y convertirse por fin en el protagonista, en un giro de locura o de pasión.

Pero contemplando a *Cadalso*, Germán tuvo que admitir que más allá de las razones de la inteligencia o de los cuentos, lo que había tenido en mente todo el tiempo desde que había ideado el plan era la cara de Manuel cuando le viera aparecer. Él no había tenido espada voladora que le salvara. Era justo que le rescatara la que podía fundir monstruos como si fueran mantequilla.

Cinco

El castillo de la Alameda no era otro vestigio medieval más de Madrid. Era el único castillo que aún se erguía dentro de la misma ciudad. El tiempo, imparable durante seiscientos años, no había logrado borrar aquella fortaleza y se había conformado con un armisticio en el que carreteras y edificios modernos tenían que convivir con aquella fortificación medio derruida. Semejante enclave legendario podría haberse remodelado en forma de diez apartamentos donde haber metido a diez elegidos. A falta de eso, era el lugar perfecto donde el Caos podía establecer su fortaleza.

El ejército de las tinieblas había asegurado de nuevo las murallas y levantado dos de las torres caídas usando a gigantescos cangrejos acorazados que arrastraban bloques de piedra como si fueran granitos de arroz. Allá donde quedaban brechas, se encendían hogueras que alumbraban de manera espectral el desfile de las monstruosas tropas de soldados que se apostaban en su recinto. Dos pteranodones en el aire eran otras dos almas visibles de las cientos de almas oscuras que escondía el castillo.

A ellos solo les importaba una. La de Manuel. Si es que no se habían equivocado en eso también. Porque faltaba media hora para la medianoche y la fortaleza seguía inexpugnable. Y habían perdido a la mitad del grupo.

Antes del salir del centro habían hecho una parada en el Viaducto de Segovia. En sus pilares, Bea había llamado al espectral ser de tentáculos que moraba allí y que se alimentaba de falsos suicidas. No era, por ello, uno de los Ancestros a los que más les preocupara la vida de los humanos, pero su poder resultaba mucho más útil que el de las polillas que Bea había cogido prestado. Y no podía volver a cambiarlo hasta que no se encontrara de nuevo con un ser mágico.

Se formó la luz espectral y aquella especie de kraken pareció entablar una interacción con Bea, que los demás, respetuosos, contemplaban desde arriba. Se oían petardos y algún fuego artificial prematuro. Desde allí podían ver el Palacio Real y se intuía la torre detrás. Al otro lado, en las callejuelas de La Latina, las ventanas encendidas indicaban la presencia de las familias que se habían reunido, entre cordero y cochinillo, besugo y gambas y las insustituibles uvas. En la Puerta del Sol se concentraba el espíritu festivo de la última noche del año, pero toda la ciudad palpitaba como un corazón. Y en el último latido, ellos deberían estar de vuelta en la torre.

Un hombre se acercó hasta ellos. Le habían visto merodear titubeante por la zona. Pero, de repente, había adquirido serenidad y determinación.

—¿Morrison? —preguntó Germán al cerciorarse de que se dirigía a ellos.

—No, Germán, soy Carrà —dijo.

No se había equivocado en identificar a uno de los Conversos. Pero era su discotequera compañera, siempre tan seria a diferencia de la diva italiana. Le supo mal que no fuera su amigo. Esa noche hubiera querido tener todos los presagios buenos de su lado.

—Necesito que Rafael me acompañe —anunció Carrà—. Es muy urgente.

Rafa se quedó perplejo, pero luego dijo:

—Lo siento, hoy no hay juego de esferas. Hoy somos nosotros el grupo.

—Rafael, Händel, nuestro señor, te lo ordena. La situación es grave. No está dispuesto a seguir el plan de la asamblea y te necesita como mediador ante Zenobia para que el resto de las esferas no le acuse de sedición.

—Carrà, hay cosas más importantes que los conflictos diplomáticos de los cojones —espetó Rafael.

Carrà parecía desesperada y eso, en el cuerpo de un desesperado, era bastante desesperación. Germán recordó que Händel había salido de los jardines enfrentado a los Centinelas y sin rendir la debida pleitesía a Zenobia. Su preocupación tenía que ser importante y sincera, o no estaría pidiéndoles ayuda de aquella manera.

—Rafa, creo que deberías ir. Los Conversos siempre fueron buenos con nosotros. Les debemos una.

Germán esperaba que Rosa, amnésica, sola, o en otro país, estuviera hoy brindando por el nuevo año. Rafael no lo veía tan claro. Suponía abandonar a esos chicos. Aunque pensándolo bien, tampoco les estaba dando la espalda porque compartiría su destino tras la duodécima campanada.

—Vale. Pero será mejor que volváis a tiempo. Porque yo estaré esperando como un cabrón y acabaré explotando también. Toda la vida esperando, joder —protestó dando una patada a la mampara del viaducto, pero aceptando acompañar a Carrà.

Ella, con el aspecto del perturbado, sí tenía respuesta para aquella queja, que había guardado en la manga por si no lograba convencerle.

—Händel dijo que, tú más que nadie, entenderías que no queramos acatar las órdenes. Hoy no seremos los porteros de la noche.

Cuando ya se iban, Alexander corrió detrás.

—¡Yo me devuelvo a la torre! —exclamó de repente—. ¿Me podéis dejar allá?

—¿No has oído que no te vas a librar de morir si estos no vuelven?

—Lo sé, pero tengo algo que hacer en la torre.

Germán miró con compasión al gordo profesor. Realmente ni sus poderes ni él eran útiles para el combate o para la aventura. El resto también lo entendía, aunque Rafael no iba a dejar que se escondiera bajo la cama.

—Pues entonces te quedas haciendo guardia en la torre hasta que volvamos todos. ¡Toma! —dijo tendiéndole su revólver—. ¿No eres colombiano? Pues ya sabe la tarea que te toca.

A Alexander le compensó no contestar a ese prejuicio con tal de poder irse de allí. Bea subió hasta el viaducto sin necesidad de usar las escaleras laterales de las cuestas. Lo hizo levantándose sobre sus propios tentáculos de energía que ya poseía. Partieron lo más rápido que pudieron, sorteando calles cortadas y el creciente aumento del tráfico.

Lo que no se movía, desde que habían llegado, era el ejército del Caos del castillo de la Alameda. Esperaban que la torre, cada vez más activada, empezara a atraer a aquellos seres. Deberían salir todos e ir siendo interceptados en los puntos que los Centinelas habían desplegado. La espera estaba siendo angustiosa. Ni siquiera sentían el helador frío de aquella noche en la que ya no quedaba nada de la nieve, como si no pudiera haber un solo elemento bonito en aquella estampa. Las chicas estaban enfocando la situación de manera muy distinta. Nuria no había dejado de consultar el móvil.

—T4. Vale, pero entonces, solución salina que amortigua y...

Germán no entendía qué estaba mirando, pero la T4 podía ser la terminal del aeropuerto, que se hallaba bastante cerca. Bea, en cambio, daba la impresión de estar contando cada enemigo, cada movimiento, como una depredadora. Su cresta más erguida que nunca y sus manos en constante tensión parecían ir ensayando ataques.

Vieron ajetreo y a un grupo de soldados alejarse de la puerta. Pensaron que tal vez les hubiera llegado la llamada a la torre, pero solo era para recibir a uno de esos cangrejos terribles que en sus pinzas traía un coche medio partido en dos. Tras él, dos soldados arrastraban los cuerpos de una pareja que debían de estar conduciendo por la zona y habían encontrado así la muerte, quién sabe si antes o después de despedirse de sus familias.

Germán ya sabía que al día siguiente los periódicos harían alguna alusión vaga, que la realidad de aquel cuento acabaría inventando una explicación plausible y que, poco a poco, las circunstancias extrañas se irían atenuando y solo quedaría la pena. Al menos así había sido hasta ahora. Mañana, si ganaba el Caos, el planeta iba a empezar a despertar. A despertar dentro de una pesadilla.

Pero se preguntaba qué habrían visto ellos, esa pareja que en ese momento descuartizaban. Tal vez la inminente muerte les permitió ver a un artrópodo gigante o a aquellos orcos sedientos de sangre. Se estaba poniendo melodramático, pero no podía evitarlo. Estaba decidido a ir hasta el final, a ser un héroe valiente, pero eso no significaba que fueran a ganar o que tuvieran posibilidades de hacer algo.

—No podemos esperar más —dijo Germán—. Hay que intentarlo ahora o no tendremos tiempo. Colorín, tú vete, por favor.

No sería capaz de estar mirándolo todo el rato. Había sido clave en inspirar la heroicidad, pero había empezado a surgir una duda en su mente que no quiso resolver. A lo mejor, simplemente las iguanas no podían bostezar, y no tendría forma de decirle que su cuento estaba terminando. Colorín se alejó entre la maleza. Bea asintió y respiró hondo, como si estuviera a punto de hacer una inmersión.

—Esperad, lo tengo —intervino Nuria.

Se retiró hacia atrás e invocó lo que solo podía ser un lanzamisiles del ejército. Lo levantó con mucho esfuerzo sobre su hombro. Pero lo consiguió y apuntó al castillo.

—¿Qué es eso? —inquirió Germán.

—Es un lanzamisiles AT4. En cuanto lo lance, aprovechamos la confusión y atacamos.

—Pero, Nuria, pero, Nuria... ¿sabes usar algo así?

—He estado viendo tutoriales en YouTube. Básicamente es fundamental que no os pongáis detrás.

Germán tenía la boca abierta cuando el misil impactó de frente contra las tropas enemigas. Hubo una enorme explosión y Bea, que seguía concentrada, dijo:

—¡Ahora!

Los tres, como un ariete, salieron hacia la fortaleza.

Bea se adelantó apoyada en esos tentáculos de energía que la levantaban por el aire, pero que sobre todo usaba contra las tropas caídas y quemadas, apartándolas como si fuera una excavadora. Germán fue corriendo hacia la puerta con *Cadalso*. Más tarde recordó haber hecho un quiebro a dos de los muchos soldados que aún quedaban en pie, pero no habían pasado diez segundos de carrera cuando un rayo desde detrás derribó parte de la muralla que tenía delante y cayó una lluvia de cascotes sobre él. Logró liberar los brazos de las rocas. Estaba entre escombros, al lado de un soldado muerto y de una hoguera peligrosamente cercana. Desde el suelo, vio ya dentro del recinto una entrada a la que podrían ser las mazmorras. Trató de quitarse el resto de las piedras usando su fuerza. Al menos la bruja que le había abatido le había sobrevolado e ignorado.

Todos iban a por Bea, que era visible desde cualquier punto y con su armazón espectral de tentáculos estaba haciendo estragos entre el Caos. Con uno de esos tentáculos tenía cogido a un pteranodon y con el otro hacía un barrido a las tropas. Los que no usaba para levantarse por el aire y desplazarse, los tenía recogidos a modo de escudo protector para ella y para Nuria, que estaba a su lado. Pero allí donde la destreza del Caos había fallado en acertarle, su superioridad numérica podía derribarla. Una avalancha de soldados se lanzó hacia ella para desestabilizar sus tentáculos. Bea cayó y el Caos se le echó encima ante la aterrada mirada de Nuria. Germán no podría quitarse todas las rocas a tiempo, así que alzó a *Cadalso* gritando:

—¡Nuria!

Su amiga le entendió de inmediato. Y al instante la espada desapareció de la mano de Germán y se materializó en la de ella. Nuria empezó a dar espadazos sin control. No le hacía falta. El arma mágica los cortaba como si fueran de papel. Al final no fue Germán quien estrenó la espada de Cedric Sin Paz.

—¡Libera a Bea! ¡No te preocupes, no puede herirla a ella!

Como un estilete, Nuria se adentró en la turba de monstruos y logró su objetivo. Bea volvió a levantarse y a sacudirse a los enemigos de encima. Con un tentáculo cogió a Nuria y echó a correr con aquellos zancos de energía hacia donde estaba Germán, que ya había logrado zafarse de los escombros y les señalaba la entrada de la mazmorra.

—¡Entra tú! ¡Nosotras te cubriremos desde aquí! —propuso Bea.

Nuria le devolvió a *Cadalso* mientras con los ojos le decía lo que él ya sabía. Germán entró en las mazmorras mientras aún oía el ruido de la batalla en el patio. El interior había sido excavado en el subsuelo y la oscuridad era total, salvo por el fulgor de las calderas al rojo vivo al fondo de los túneles. El hedor era terrible y la tensión parecía vibrar en su descenso, como si se estuviera tocando una campana invisible.

Germán, como un resorte, miró al techo. Dos de los insexterminadores estaban allí, babeando casi encima de él. Trató de dar a uno, pero saltó como una araña hacia atrás, para esperarle al frente, mientras el otro abría sus enormes fauces para devorarle. *Cadalso* atravesó el cuerpo de la criatura, cercenándola en dos mitades. Pero en la vida real los enemigos no desaparecen cuando se los toca con un arma mágica como ocurre en los videojuegos, y cuando se giró para atacar al otro, el monstruo mutilado aún tenía vida para morderle en el hombro.

Germán gritó de dolor. Ahora era él quien sentía el fuego en su carne. Corrigiendo su error volvió a blandir la espada para quitarse a la criatura de encima sabiendo, casi por intuición, que el otro iba a aprovechar para ir contra él, así que, sin girarse, dejó la espada apuntando en la dirección de la embestida y comprobó que se había ensartado. No había tiempo que perder, así que no quiso verse la herida. Si había podido usar la espada era suficiente para seguir avanzando.

Al llegar a las calderas, supo que estaba en la sala de torturas porque parecía haber sido sacada de uno de los círculos del Infierno de Dante. No tuvo tiempo de ver aquellas cabezas colgando, o los enormes charcos de sangre bajo aparatos diseñados para el sufrimiento, porque enseguida apareció ella: La Quebrantánimas. La demoníaca torturadora.

Cogió una cuchillo de carnicero y se tiró a por él. Detrás de ella había una sala. Manuel podía estar ahí. Manuel tenía que estar ahí. No iba a fallar ahora. Dio una patada fuerte a la mesa de tortura, que se desplazó pillando a la obesa carcelera del Caos contra la pared. Germán corrió por encima de aquella misma mesa que oprimía a la demonio y con un rápido movimiento le cortó la cabeza. A la única criatura del Caos que había oído hablar, no le dio tiempo a decir una sola palabra.

Cerró los ojos antes de dar un paso más. Ahí estaba la sala, y lo invadió un temor que ni siquiera se había atrevido a compartir con sus compañeras. ¿Y si no fuera Manuel quien estuviera allí? ¿Y si fuera Amanda? Era improbable que el rey Jerónimo hubiera sido capturado y torturado sin que nadie lo supiera, pero ¿y si la prisionera del Caos fuera Amanda? No habían vuelto a saber nada de ella y, al contrario de Rosa, había seguido vinculada a la torre de alguna manera. ¿Y si era ella por la que habían arriesgado todo? La rescataría, sin duda, pero resultaría irónico con todo lo que Manuel la detestaba que al final la segunda oportunidad fuera para...

—Me regenero. Germán, me... re... genero.

Su amigo Manuel yacía encadenado a la pared. Estaba vivo. No se habían equivocado. Durante un instante se sintió culpable de ser tan feliz con todo lo que estaba pasando y lo sintió por Amanda, pero jamás podría alegrarse de verla tanto como al grandullón de su compañero. Corrió hacia él y cortó sus cadenas con *Cadalso*. Manuel estaba en calzones, sucio y con un aspecto enfermizo. Pero Germán sonrió al ver cómo abría los ojos incrédulo al ver la espada con la misma expresión en la cara que había imaginado.

—Han intentado torturarme y sacarme lo de la torre, pero no les he dicho nada, Germán. Me regenero.

Cruzaron por donde estaba el cuerpo decapitado de La Quebrantánimas.

—Y si te lo sacaron ya no importa. Está muerta. Apóyate en mí —le dijo Germán, ya que Manuel no tenía fuerzas ni para caminar, después de haber estado sufriendo diez días bajo aquel castigo inimaginable. O tal vez no había sufrido tanto.

—Ah —dijo Manuel—. Jódete, bruja. Pero de verdad que no

he dicho nada. Me han cortado cachos. Me han hecho de todo. Pero nunca me dolía y siempre volvía todo a su sitio, así que era absurdo y...

Empezaron el ascenso cuando vieron a uno de los monstruos. Germán apoyó a su amigo sobre la pared y mató al tercero de esos aliens, como los llamaba Manuel, para luego a cargar a su compañero sobre su hombro, el sano, para salir de allí.

Manuel, ya plenamente consciente de que por fin le estaban sacando de ese lugar, después de haberse restregado los ojos y dado a sí mismo un par de bofetadas, dijo a Germán:

—Pero lo he pasado muy mal. —Y se echó a llorar como un niño.

—Vamos, vamos, Manuel. —A él también lo embargaba la emoción, pero estaba demasiado feliz. Tal vez no debería estarlo tanto, por la misma razón que le dijo a su amigo—. Lo mismo te hemos rescatado solo a tiempo de que veas el mundo implotar.

—¿Hemos? ¿Están aquí los Centinelas?

—Mejor. Mira.

Salieron al exterior. Bea y Nuria estaban cerca, refugiadas dentro de las murallas, donde contenían los ataques.

Nuria vio a Manuel y casi suelta de la alegría el bate de béisbol con el que torpemente remataba a los soldados que Bea derribaba, pero había que admirar la rabia y determinación de la enfermera.

Bea no era una chica, ni un Ancestro. Bea era una guerrera mohicana. Con su cresta y un arma en cada mano, se lanzaba a por los enemigos que saltaban la muralla, los que trataban de seguirlas por dentro o los que volaban. Accidental o intencionadamente ya no tenía el poder de los tentáculos y tenía el más terrenal, pero igual de letal, don de la lucha de uno de los insexterminadores.

Fueron a su lado mientras Germán cubría con *Cadalso* a Manuel. Si todo aquel ejército aún no las había atrapado, no solo era por su arrojo, sino porque el Caos había rodeado el castillo sabiendo que tarde o temprano tendrían que salir. Porque tampoco en la vida real los ejércitos enemigos desaparecen cuando se mata al monstruo final como en los videojuegos.

Estuvieron un par de preciosos minutos buscando una salida.

—Joder, Nuria, te dejo sola y vuelves a invocar cosas estúpidas, ¿no? —comentó Manuel a pocos metros del boquete del misil—. ¿Cuál es el plan?

Germán se dio cuenta de que Manuel hacía un esfuerzo delante de las chicas para que no vieran lo débil que estaba.

—Tenemos que llegar a la torre antes de la medianoche.

Consultó el reloj y vio que quedaban apenas quince minutos. Habían sobrepasado ya sus cálculos más pesimistas. Germán miró a las chicas con angustia. Manuel señaló algo en el horizonte.

—¡Ah, y también han venido los Centinelas!

Varios camiones de limpieza se dirigían allí a toda velocidad. Iban soltando Centinelas, que en cuanto tocaban suelo, sacaban las espadas y se unían a la melé que abrió el camino hasta ellos.

Una furgoneta en el centro de varios camiones era la que más rápido iba y se detuvo a los pies de la muralla donde estaban. De ella se bajó Dunia haciendo que, definitivamente, Manuel temiera estar soñando y no haber salido aún de aquel horror.

—Subid, la comandante ha ordenado que os llevemos urgentemente a la torre. ¡Tienen problemas!

A catorce minutos del apocalipsis y a catorce kilómetros de lo único que podía impedirlo.

En la furgoneta de limpieza, además de Dunia, llevaban al Centinela con más pericia de la orden como conductor. Aceleró en cuanto se metieron todos. Nuria no dejaba de abrazar a Manuel, al que había conseguido una camiseta y un pantalón para que se cubriera. Cuando vio que Germán estaba herido, fue invocando todo lo que necesitaba para curarle, aunque este se resistía.

—Ay, no podemos hacer nada ahora. Si sigo mirando el reloj voy a volverme loca, déjame al menos que te cure la herida del hombro. ¿Y tú, Bea?

—Yo estoy bien —dijo la chica, que estaba tan cubierta de sangre de monstruos y de vísceras que parecía que llevara pinturas de guerra. Y no desentonaban tampoco.

—Manuel, tenemos que llegar a la torre antes de la última campanada —le explicó Germán.

—¿Qué? —dijo mirándole el reloj de la muñeca—. Quedan diez minutos. Es imposible.

—Pues tendrá que ser posible o Mat y Sil y Alexander y Rafael volarán por los aires. Y probablemente el resto del universo detrás.

—¡No! —exclamó angustiado.

No merecía la pena explicarle que habían apurado todo por salvarle.

—Sí, pero imagino que la comandante Katya aún no me odia tanto si va a hacer todo lo posible por que lleguemos a tiempo.

Dunia se giró desde el asiento delantero.

—¿Qué? No sabemos nada de eso. Os llevamos porque en la Torre de la Encrucijada están teniendo graves problemas. Han aparecido portales al otro mundo en toda la ciudad, pero sobre todo a su alrededor. El Caos va a atacar desde allí mientras nuestras tropas están desplegadas en otros puntos e interceptadas por las nuevas apariciones del ejército de las tinieblas. La comandante dijo que debíais acelerar la coronación o toda la ciudad caerá.

Así que Händel tenía razón. La energía de la torre era demasiado poderosa y había abierto portales. Por eso aquellas tropas del Caos no se movían de la fortaleza. Otras atacarían la torre. Ojalá los Conversos hubieran podido convencer a Zenobia del error.

—No habrá ni siquiera coronación si no llegamos en ocho minutos —dijo Germán.

—¡Llegaremos! —El conductor aceleró más aún.

Al pasar por la plaza de toros de Las Ventas vieron un agujero en el cielo, como si fuera un roto en un decorado. De él caían, o más bien llovían, criaturas sin control. Pero ¿qué le importaba el orden al Caos?

La furgoneta no seguía ninguna indicación de tráfico. Había trazado una línea recta desde el castillo hasta el Campo del Moro e iba cogiendo cada vez más velocidad. Era la única línea que seguía, ya que iba moviéndose por los carriles, sorteando a los coches que encontraba y hasta acortando alguna rotonda. No lo hizo en la de Cibeles. La estatua estaba allí, con su carro dando vueltas, tratando de quitarse de encima un enjambre de demonios de fuego. Cuanto más se aproximaban al centro, más brechas abiertas veían y más monstruos colándose entre los descosidos de la realidad.

La furgoneta se detuvo de golpe y Bea, Manuel, Nuria y Germán se golpearon contra los asientos delanteros. El conductor dio marcha atrás y aceleró por otro lado, pero en pocos segundos volvió a detenerse. Ahora sí que se asomaron a ver qué ocurría. No podían pararse una tercera vez o no llegarían a tiempo. Pero ni siquiera iban a poder reanudar la marcha.

La estatua de Atenea yacía en medio de la calzada, arrancada del Círculo de Bellas Artes por un cíclope que junto con varios soldados del Caos tomaban las azoteas. Aún no debían de poder ver a los humanos, ni estos a ellos. Pero lo que sí podían ver todos era el monumental atasco que se había formado en torno a la vigía caída. Toda la Gran Vía permanecía cortada. Estaban a solo dos kilómetros de la torre, pero faltaban menos de tres minutos para las campanadas de medianoche. Bea miró a Germán y empezó a negar lentamente con la cabeza.

—¡Tenemos que llegar! —gritó desesperado Germán.

La furgoneta se metió por la acera luchando por cada metro, golpeando a la gente que esperaba el inminente momento de las uvas. Pero acabó chocando contra los bolardos de seguridad. Habían podido rescatar a Manuel de las hordas del Caos con una espada conseguida venciendo los traumas del pasado. Pero no habían podido superar el tráfico del centro. Tan absurdo, tan irónico. Tan propio de Madrid.

Empezaron a sonar campanas. Estaban a menos de un kilómetro, pero a segundos del final. Salieron de la furgoneta Germán, Bea y Nuria y ayudaron a Manuel a bajar, como si fuera una especie de ritual de despedida. Nuria se puso a llorar y reír a la vez. Bea dejó de mirar a los aires buscando una idea. Ninguno de sus poderes y ninguno de los de sus compañeros podría llevarlos hasta la torre. Ni siquiera la invulnerabilidad de Manuel.

La gente miraba las pantallas de los cines y teatros de la Gran Vía, donde estaban poniendo la retransmisión de la Puerta del Sol. Los humanos con vasitos llenos de uva de la suerte, emocionados y contentos esperando el nuevo año. Ellos esperando la muerte.

Las campanas seguían sonando, aunque Germán no llevaba la cuenta. De rodillas, deseó que la magia que existía en la vida también existiera en la muerte y que en unos segundos pudiera ver a su hermano. Y a Astrid.

—No os equivoquéis, esos han sido los cuartos —dijo la mujer de la tele—. Empiezan las campanadas.

Doce segundos, pues, para el fin del mundo. Sonó una campanada.

—Hola, chicos —volvió a decir la mujer de la pantalla.

Sonó la segunda.

—¿No estoy espectacular? —La mujer de la pantalla tenía una voz familiar.

Miraron a la enorme pantalla sobre ellos. Con un vestido de fiesta ceñido al lado de los otros presentadores estaba Amanda.

—¡Amanda! —gritaron todos, el que más fuerte Manuel.

Sonó la cuarta campanada.

—¡Os dije que habría una repesca! —exclamó la mujer, y acercándose a la pantalla sus brazos pixelados y llenos de luces salieron del cartel del cine y atravesaron el espacio hasta la acera, cogiendo a los cuatro.

Y al tocarlos, ellos también brillaron parpadeantes mientras eran metidos dentro de la pantalla. Germán jamás se había alegrado tanto en su vida de ver a alguien.

Sonó la sexta campanada.

Amanda miró a cámara, a esa cámara en el infinito que la había guiado en estos meses, y dijo:

—Y ahora ¡conectamos con la casa!

Salieron de aquella dimensión de lucecitas en el apartamento de Amanda. En la misma mesa que habían celebrado su cumpleaños estaban ahora sus contratos junto a siete doblones de oro. Rafael y Alexander ya se encontraban allí y habían firmado los suyos. Alexander parecía al borde del infarto. Rafael daba miedo de lo enfadado que se le veía. Ambos no podían estar más contentos.

Firmaron sus contratos. Aún escuchaban las campanadas. Les sobraron dos.

—¡Feliz 2020, chicos! —dijo Amanda abrazándolos—. Creo que esta semana voy a ser la favorita del público.

Todos se abrazaron. A Manuel, a Amanda.

Las energías de la torre estaban controladas.

—Apareció hace unos minutos —explicó Alexander—. Nos dijo que esperáramos aquí mientras iba a por vosotros.

—Pero ¿cómo que aparecí? —protestó Amanda ofendida—. ¡Si nunca me he ido! Es que de mí ponen pocos vídeos y os pensáis que no doy juego.

Seguía igual de chiflada que siempre, en su mundo de *realities* televisivos. O tal vez habían sido ellos los locos por no pensar que hablaba en serio, como cuando dijo que su piel cada día era más tersa o que ella ya había visitado su esfera.

Tras ella estaba la enredadera de la quinta planta, por la que habían emergido. Seguía igual de verde y frondosa, pero había dado por frutos unas bolas de luces, que la hacían parecer un enorme abeto de Navidad. Pero si se miraban detenidamente, en cada una de ellas se veía un lugar distinto y lejano. Algunos ni siquiera parecían de la vida real. Como ella.

—¿Has estado viajando por estos sitios? —preguntó Bea.

—Bastante. Pero siempre puntual para pagar mi alquiler, o para estar en las ceremonias como la investidura o lo del trono. ¿Quién crees que te sacó del agua, Bea? El resto del tiempo, sí. Es que hay que salir un poco más de casa, ¿eh?

—Por eso pudo sacar a Mat y a Sil dormidos sin que ninguno nos diéramos cuenta. Se teleporta o viaja entre mundos o algo así —dijo Manuel—. No es un poder tan guay como el mío, pero mola mucho.

—Pues ahora que no se vaya —replicó Rafael—. La cosa está muy jodida abajo. Ahora es cuando tenemos la batalla a muerte.

Bajaron por la escalera hasta la planta baja preparados casi para todo. Rafael no había estado en la fortaleza del Caos, ¿qué sabía él de batallas?

Pero cuando abrieron el portón entendieron que lo peor no había pasado. Lo peor estaba pasando y cada segundo la situación estaba aún más perdida.

Yendo hacia allí habían visto esos agujeros por donde entraban criaturas del Caos desde el otro lado del cuento. Habían podido entender el proceso que seguían.

Los portales se abrían y a veces se cerraban de nuevo, dando algo de esperanza, pero cuando uno permanecía abierto el suficiente tiempo, solía rasgar aún más el espacio y engrandecerse. Entonces empezaba un proceso sin cuenta atrás y sin duración establecida. Se llenaba de una luz oscura palpitante, como si el universo estuviera regurgitando, y después aparecían en ellas las criaturas del Caos. Tras un tiempo indeterminado, la luz negra desaparecía y se abría el portal, propulsando y escupiendo monstruos a la tierra. Al Caos le costaba unos segundos darse cuenta de que habían llegado a la ciudad que venían a conquistar. Y luego atacaban.

En los jardines del Campo del Moro no había uno sino varios de esos descosidos. Cerca de la verja, por el camino que tantas veces habían transitado, había un portal donde ya se vislumbraban al otro lado soldados del Caos y esqueletos armados. En el aire de detrás de la torre, había otro más grande, que parecía que ya no iba a cerrarse y convertirse en otro frente. Vieron otros dos o tres entre la Fuente de las Conchas y la entrada del paseo de la Virgen del Puerto. Eran aún pequeños y esperaban que pudieran revertir el proceso porque por cualquiera de aquellos portales podían seguir entrando indefinidamente criaturas, así que cubrir uno de ellos suponía una batalla continua. Varios frentes abiertos suponía estar en medio del desembarco de Normandía. O de Hiroshima.

La Torre de la Encrucijada era, en el transbordo de dos estaciones repletas, el eje de un molinillo huracanado. La colisión de dos barcos. Y por encima de todos ellos, en la noche de invierno del 1 de enero, los fuegos artificiales y los petardos se confundían con la rotura de las leyes del universo.

—Joder, es como el final de *Los vengadores*, pero con los buenos y malos al revés —comentó Manuel.

Le habían echado de menos.

Entre ellos y el horror que emergía de literalmente cualquier lado, se levantaban los Conversos. Händel había logrado cambiar el plan de la asamblea. Su lugar no estaba en el limbo. Debían estar al pie de la torre, defendiéndola de quienes a buen seguro iban a venir.

Allí estaban todos los Conversos de Madrid, que, para desgracia del reino, en estos instantes no llegaban a cuarenta almas. Cambiando siempre de aspecto, atrapados en aquel limbo donde la música era un bálsamo, era la primera vez que se los veía juntos a todos en la faz de la tierra. Solo entonces supieron que el camino de la redención se hallaba mucho menos transitado de lo que habían previsto. Solo treinta y siete demonios arrepentidos con el aspecto de treinta y siete humanos que querían dejar de sufrir en el momento en que fueron usurpados por los melómanos de detrás de los espejos.

Así que la línea defensiva de la Torre de la Encrucijada, hasta donde alcanzaban a ver sin alejarse allí, la formaban un adolescente con los cascos puestos, una médico en la guardia más dura del año, un niño con pijama de hospital, una presentadora de televisión que se había equivocado en directo, un par de suicidas románticos, muchos borrachos prematuros, algún accidentado de tráfico, un ama de casa con un pavo congelado en la mano y hasta un señor atragantado con una uva.

No podían tener ejército más adecuado que aquel.

El ascensor bajó y de él salieron Zenobia, Mat y Ozz. Zenobia ya sabía que lo habían logrado, pero aun así dio la bienvenida a Manuel, sonrió a Germán y le dio un fuerte abrazo a Bea. Ella tenía su propia preocupación. Habían estado buscando a Sil.

Gritó hacia la zona frondosa de los jardines, donde el portal del este ya estaba latiendo con luz oscura.

—¿Ha aparecido, Händel?

Una monja de dos metros y una adolescente con un vestido de fiesta oculto bajo la bata de estar por casa salieron de allí, donde debían estar buscándola. Sabían que la monja era Händel porque el señor de la Primera Esfera guardaba una constante en todos sus secuestros de alma. Siempre era algún personaje religioso y siempre de una corpulencia colosal e inquietante.

—No, majestad. Pero no correrá peligro. Tienes mi palabra.

Zenobia asintió y se animó.

—En cuanto Tristán y su escolta de Centinelas aseguren un pasillo libre de monstruos hasta el trono vendrán a ayudaros. A todos vosotros —dijo mirando a los vecinos.

Rafa le dijo a Germán:

—Lo tenemos jodido. Todos esos monstruos pueden atacarnos ahora que la torre es visible y está desprotegida. En cambio, nosotros no podemos movernos de este punto. Va a ser un combate en desventaja.

Lo decía como si fuera una cuestión de táctica y obviaba que incluso con la ayuda de los mejores guerreros de los Centinelas serían menos numerosos que la primera oleada de los soldados del Caos que ya estaba a punto de entrar por el portal de la verja. Y que luego vendrían muchos más. Millares, si el Trono de Todo no los paraba a tiempo.

¿Qué podría hacer la Conversa del ama de casa sin cenar? ¿Dar con el pollo congelado a los monstruos?

Händel, la monja descomunal, alzó las manos para decir a sus hermanos unas palabras.

—Fuimos siempre intrusos. En el reino, en Madrid, en los humanos. Pero hemos cambiado la letra a nuestra canción para demostrar al lado de quién estamos. Cuando la muerte venga a visitarme, no me despiertes, déjame dormir, aquí he vivido, aquí quiero quedarme. ¡Conversos, hoy empieza todo!

A Germán le pareció un buen homenaje a Sabina. Aquella no era la letra original, pero sí la que el cantautor modificó después de unos años viviendo en Madrid. Los Conversos también habían cambiado la letra de su propia canción. Solo le apenó no saber cuál de todos era Morrison. Le hubiera gustado despedirse. Los Conversos salieron aullando hacia el portal que empezó a escupir soldados.

Les fue fácil abatir a la primera oleada del Caos, aprovechando que acababan de entrar en la dimensión de la realidad. Aun así, aullaron celebrando su victoria. Los Conversos usaban los recursos de cada alma y cuando se veían comprometidos desaparecían durante unos segundos para volver con otra forma. Pero siempre eran el mismo número. No sería tan fácil si no se empezaran a abrir simultáneamente todos los portales.

—Es la hora —anunció Zenobia a los inquilinos—. No fallasteis a Manuel. No fallasteis al reino. Yo no os fallaré.

Ozz puso su mano en el hombro de Zenobia y le entregó el astrolabio. Nuria asintió y sintió mucho frío de golpe. Casi ninguno estaba vestido para aquel frío. Pero tampoco para la lucha. Se dio cuenta de que casi nadie pensaría en eso en el momento antes de perder la vida, pero a ella le hubiera encantado estar con un jersey gordo y una manta en un sillón. Bea quiso saber una última cosa.

—¿Cómo sabremos que ha acabado todo? Cuando te sientes en el Trono de Todo... ¿cómo sabremos si...? ¿Desaparecerán los portales?

En el fondo lo que quería preguntar era cómo sabría ella, aquella chica sin hogar y sin familia, que su amiga la princesa de otro mundo estaría bien.

—Los monstruos del Caos que ya hayan cruzado seguirán aquí. Por eso es importante hacerlo todo hoy. Cuando los dos mundos se distancien y se rompa la pasarela, el trono volverá a posarse y lo sabréis. Será como cuando escucháis el cuerno de Mat. Simplemente sabréis que todo está bien.

—Con héroes como vosotros, todo saldrá bien —apostilló Ozz.

Zenobia y Ozz se giraron hacia el Palacio de Oriente.

—Falso —intervino Alexander—. Me temo que no os puedo dejar ir..

Se giraron instintivamente, sin interés en lo que se le hubiera ocurrido ahora a Alexander, porque no esperaban verle allí apuntándolos con el arma que Rafael le había dado.

—Alexander, ¿qué haces? —dijo Nuria.

—Alejaos de Ozz, es un traidor —espetó nervioso.

La sensación de casi todos era de frustración ante lo inoportuno de ese brote. Pero Germán sintió miedo. Tal vez era por aquella maldita pistola, que desde el principio le había hecho recelar.

—¡Anda, dame eso, joder! —dijo Rafael, casi paternalista.

—¡No! —se negó Alexander—. Ozz ha estado siempre detrás de todo esto y no va a ayudar a Zenobia.

Ozz no parecía alterado.

—Alexander, no tenemos tiempo para esto —dijo—. Entiendo que han salido mal tus planes, pero pensaba lidiar contigo y con tu anuncio sobre el rey Jerónimo cuando todo esto acabara, que es lo que realmente importa.

—¿Sabías que yo puse el anuncio? —preguntó Alexander.

Ahora todos empezaban a estar más inquietos. ¿Lo de «*Spoiler*: el rey Jerónimo muere» lo había publicado Alexander? ¿Por qué? ¿Y por qué actuaba así cuando todo estaba en peligro y podía irse al traste en un instante?

Manuel le dijo a Nuria:

—¡Nuria, quítale la pistola!

Alexander se puso histérico ante la posibilidad de que el poder de Nuria lo desarmase. La movió hacia todos lados y después corrió hacia el borde que no debían cruzar. En cuanto puso un pie en él, se oyó un enorme estruendo. El aire y el suelo temblaron. Como si un rayo y un terremoto se hubieran unido. Se quedó allí al borde.

—¡Si venís a por mí, daré un paso, os los aseguro! Necesito que me escuchéis.

Algunos Conversos que estaban combatiendo contra la segunda oleada de asaltos del primer portal se giraron hacia la torre sin entender qué estaba pasando. Pero el segundo portal que había tras la torre, en medio del aire, ya clareaba dejando ver lo que se les iba a venir encima. Pronto serían minoría frente al Caos.

—No te preocupes, niña, es un cobarde y no lo hará —dijo Ozz a la heredera—. Debemos partir inmediatamente o no podrán parar el ataque.

—¡Claro! —gritó Alexander—. Eso es lo que te gustaría, ¿no? Que salte o que uno de nosotros no hubiera estado a tiempo. Te las hubieras arreglado para aprovechar de alguna manera la energía del trono. ¡Con el astrolabio que tú mismo creaste para tener también el control!

—¡Alexander, basta, te lo ruego, por favor, vuelve aquí! —gritó Nuria—. ¡Hazlo por nosotros!

Amanda interrumpió mostrando discrepancia con el resto de sus compañeros.

—Pues yo para juzgar su actuación querría ver cómo ha trabajado esta semana. ¿Podéis poner los vídeos?

Aquella mujer seguía inmersa en su *reality*, pero algo de lo que dijo picó a Ozz.

—¿Vídeos? —Se giró orgulloso—. ¡Yo puedo enseñaros vídeos!

Ozz usó su poder y en el suelo del jardín aparecieron las imágenes azuladas que representaban lo que había sucedido. Había dos personajes de luces principales: Alexander y el rey Jerónimo, hablando en aquellos mismos jardines. Germán se dio cuenta de que Alexander tenía la misma ropa que en ese momento, así que debió ser el mismo día. ¡Era eso lo que tenía que hacer cuando pidió volver corriendo a la torre! Tenía que reunirse con el rey de los Proveedores tras haber puesto ese anuncio que nadie entendía.

La escena de Ozz mostró que, tras saludarse Alexander y el rey Jerónimo, iniciaron una conversación.

—Rey Jerónimo —decía la figura de Alexander.

—No sé tu nombre, pero tampoco se me va a quedar, no te esfuerces. He de decir que estoy más que sorprendido por tu comportamiento. Pensé que preferías esconderte —respondía la del rey Jerónimo

—Algunas veces hay que hacer sacrificios.

—Eso aún me lo esperaba menos. —Se echó a reír el rey de los Proveedores—. ¿Qué dicen tus amigos de eso? Los vas a matar.

—No sospechan nada. Pero nos encargaremos de que no lleguen al trono.

Las luces del poder de Ozz se apagaron. Y la paciencia de los vecinos también.

Sin dejarle hablar, Bea se lanzó contra Alexander a toda velocidad. No hizo falta ni quitarle el arma porque Bea le pateó y luego le arrastró adonde estaban todos.

—¿Por qué, Alexander? ¿Por qué lo has hecho? —preguntó Nuria.

—El poder, niña —dijo Ozz—. Probablemente quería tu puesto en la esfera, ya que los Eruditos no le dimos lo que él consideraba justo.

Germán se acordó de que Alexander era el único de todos los inquilinos que sabía de la torre antes del anuncio. ¿Habría estado implicado desde el principio? ¿Desde antes de que le conocieran? No, dedujo. Astrid lo hubiera sabido.

—El único poder corrupto es el tuyo, Ozz —dijo Alexander entre muestras de dolor, tratando de incorporarse—. ¡Eso no fue lo que pasó!

Escucharon un fogonazo. El segundo portal ya era transitable y lo atravesaron brujas y arpías comandadas por una especie de brujo que no habían visto antes, con cuatro brazos danzantes. Aquel portal era mucho más peligroso y un primer Converso cayó sin volver a aparecer. Händel vengó la muerte de su hermano cogiendo a una de esas brujas y usando su poder único para expulsar el alma de la criatura del Caos y dejar su cuerpo como una carcasa vacía, antes de confrontar al brujo que parecía mucho más poderoso.

—Vámonos, majestad —apremió Ozz—. Es un asunto que hubiera resuelto después, pero seguimos sin tener tiempo para esto.

Zenobia no había hablado, perpleja ante lo que ocurría. Pero cuando vio que un tercer portal ya estaba engranándose, sintió furia hacia aquel investido y quiso echarle en cara a Alexander el error tan burdo que había cometido.

—Alexander, tu mayor infamia ha sido acusar a Ozz. Si hay algo por lo que se le conoce desde siempre es por traer la luz de los hechos. Por revelar la verdad de lo que ocurrió.

—Los hechos no son la verdad, majestad. ¡Ay! —Bea volvió a patear su barriga—. Solo una parte de ella y a menudo una parte interesada. Ese encuentro está cortado, igual que mis frases. Mis amigos lo saben, yo tiendo a ser mucho más petulante y me alargo en mis explicaciones, ¿es verdad o no?

Allí tirado, daba pena que los llamara amigos.

—Ahora estoy seguro de que hizo lo mismo con las escenas que nos mostró en el juicio a Mayrit. Puede manipular su teatrito de luces para manipular nuestras opiniones —dijo Alexander con esfuerzo y tosiendo sangre desde el suelo, asumiendo que no podría levantarse sin volver a ser derribado—. Tal vez cambió el orden de las escenas. Algo tan sencillo como eso. Montó la realidad en la que los Proveedores hicieron entrar al Caos y Ululu llegó después para detenerlos. ¿Y Sabina? Todos nos dimos cuenta de que escuchaba que había una conspiración. Después nos mostró a Mayrit hablando con Ululu. Pero podían no ser ellos. Podía estar en otro lado escuchándolo y por tanto ser otros los conspiradores.

Los Conversos luchaban cerca, esquivando los rayos y los ataques del aire. Germán recordó lo raro que le había parecido a Morrison que Sabina estuviera en un parque donde pudiera estar escuchando a aquellos Ancestros.

—Bea, para —dijo Germán.

Pero no hacía falta. Tan pronto como Bea oyó que podía haber un montaje contra la madrina de los niños había dejado de golpearlo.

Amanda fue aún más directa.

—Claro, es el problema de los vídeos. Por eso hay que poner el canal veinticuatro horas para saber realmente cómo es cada uno.

Alexander vio un rayo de esperanza.

—Ozz es muy inteligente —aseveró el colombiano—. Porque nos muestra con su luz lo que él quiere y lo hace pasar por revelaciones.

Ahora sí, Ozz estaba perdiendo los nervios.

—¡He servido a la reina Gadea y serviré a la reina Zenobia! He luchado por el reino en el otro mundo y en este, y tú no vas a poner en duda mi lealtad con el debate absurdo sobre tu estúpida manera de hablar.

—No es solo eso, no. Tiene que ver con cómo los seres humanos procesamos la realidad. Y eso ha sido así desde el principio de todo lo que tenía que ver con la Torre de la Encrucijada, ¿no? La realidad no es objetiva. Depende de nuestras emociones. De las cosas en las que creemos.

—Alexander, por tu padre, abrevia —exigió Manuel, que veía cómo en el tercer portal de la Fuente de las Conchas empezaba a latir luz negra.

—Mis amigos creen muchas cosas de mí, pero no que sea un cobarde. Y no es que les haya dado razones para que piensen lo contrario. Y hubo alguien que creyó completa e irracionalmente en mí: Astrid —declaró Alexander.

La mención de aquel nombre puso más tenso a Germán que el que los ataques cada vez se produjeran más cerca de ellos.

—Astrid creyó en mí. Y por eso me dio esto.

Alexander se abrió el abrigo y enseñó el colgante de Astrid. La llama. La llama que Germán le había regalado y que la joven no llevó el último día.

—Ella sabía que mi poder me permitía leer la memoria de las cosas. Y que si yo leía su colgante podría compartir conmigo todo lo que había averiguado mientras lo llevaba puesto. En los últimos días, ella misma le hablaba al colgante antes de acostarse, queriendo que todo quedara guardado.

—Estás haciendo daño a tus amigos al invocar a su amiga caída —dijo Ozz tratando de tirar un último dardo—. ¡La misma a la que tú envidiabas!

—Sí, ella era mucho mejor investigadora que yo. Pensaba

que la construcción de un astrolabio como plan alternativo señalaba la poca confianza en que el plan original saliera bien. Tú, Ozz, dejarías entrar al Caos. Pensabas detener el primer intento y a la vez deshacerte de los Eruditos de tu esfera. Ellos te iban a pillar tarde o temprano, ¿no? Y la jugada maestra era hacerlo acusando a Mayrit para deshacerte de quien podía arruinar tus planes. Se te da muy bien convertir en enemigos a la gente. Como has tratado de hacer conmigo.

»Mayrit era un objetivo desde el principio, como Samuel Kantor. Para tenernos siempre perdidos, enfrentados entre nosotros, precipitando la coronación para que Zenobia tuviera que manejar el trono sin estar preparada, cada vez con la torre más vacía, cada vez tú con un papel más importante en todo esto. Te deshiciste ya de varios investidos. Ya sacrificaste al Cónclave y a la Guardia Real de estatuas. Todo es más inestable y poderoso que nunca. Es tu momento, ¿verdad, Ozz? Justo ahora querías estar a su lado, solos. ¿Qué te hubiera costado en el último momento torcer ese timón y conseguir lo que sea que te propongas?

Todos miraban ahora a Ozz.

—¡Dice que mi luz es falsa y tenemos que fiarnos de lo que lee de un colgante! ¡Esa atribulada joven estaba perdida con su telepatía! ¡Os traicionó a todos!

—No has entendido nada. No importan los hechos. Lo que importa es el significado. Lo que significo yo, lo que significa Astrid y lo que significa este colgante. No es solo el diario de la valiente chica que te desenmascaró. Es un símbolo de la confianza: «Cree siempre en ti».

«Aunque nadie más lo haga», repitieron en silencio los labios de Germán mientras sus ojos se llenaban de lágrimas. Bea cogió a Zenobia de la mano y la apartó de Ozz.

—Astrid sabía que había caído en la trampa de su ego tan bien preparada por ti y ya no pudo salir —continuó Alexander—. Sus amigos nos habíamos alejado de ella y sabía que la espiabas constantemente. No podía explicarnos todo, por eso prefirió una huida hacia adelante. Si caía, tú caerías con ella. Antes de la misión en Torrespaña me mandó su colgante a mi apartado de correos privado. Me había oído decir que vosotros no erais capaces de interceptar ese buzón. Me llegó hace cuatro días. Tal vez sabía que pronto ibas a prescindir de ella. Dime, Ozz, ¿esperaste a que murieran los que te estorbaban en cada planta o señalaste directamente a la única que podría descubrirte?

—¡Hijo de puta! —gritó Manuel a Ozz.

Germán sentía fuego en el pecho.

Un marionetista con sus juegos de luces. Fingiendo siempre mostrar lo que ocurría. Con su actitud bondadosa, con su modestia, como si él solo fuera un enviado de la verdad. Pero, además, era perverso. Porque ellos estaban ciegos y perdidos. En la oscuridad del temor por un mundo que no conocían, aquel hombre había sido un fuego fatuo llevándolos a la perdición.

—¡Basta! Hay una manera de acabar con este juicio —dijo Germán desenfundando a *Cadalso* y sin querer pensarlo dos veces.

Ozz abrió los ojos en una mueca de terror mientras Germán le hundía la espada en el pecho. Había sido testigo de cómo aquella espada parecía fuego incandescente para criaturas del Caos y cómo pasaba intangible sobre aquellos que tenían el alma pura. En el caso del maquiavélico consejero, *Cadalso* se abrió paso entre sus vísceras haciendo que se retorciera de dolor antes de salir por su espalda. Su cuerpo cayó lleno de sangre al suelo. Y Alexander, ya más tranquilo, recuperó su sombrero y mirando el cadáver del anciano sibilino le dedicó un último pensamiento: «Ahí lo tienes, Ozz. Morir por una espada que juzga almas sí que es un hecho irrefutable: el de que eras un hombre malo».

Germán había ejecutado al verdadero asesino de Astrid. Por primera vez paladeó el sabor de la venganza. Pero eso no acalló el rugido sordo de su interior. Sí que lo hizo sostener el colgante de la llama, que le devolvió Alexander, y el abrazo que le dio Nuria por detrás. Su rabia se fue transformando en llanto.

Astrid había logrado encontrar la salida a su laberinto. Y supo antes de morir que Germán sabría la verdad. Y que los demás y sobre todo la propia Astrid podrían creer de nuevo en ella. Ese era el verdadero triunfo.

Amanda fue a darle un abrazo a Alexander, pero Nuria intervino para alivio del profesor, que se veía igual de incómodo ante las muestras de cariño que ante los golpes que le habían dado.

—Entonces ¿tú pusiste el anuncio que alborotó a todos los Proveedores?

—Sí. Si Ozz nos había engañado, era lógico pensar que Jerónimo estaba al tanto de todo. Al fin y al cabo fue a él a quien encubrió Ozz con su juego de luces cuando los Proveedores atrajeron al Caos a los túneles. Como no estaba seguro pensé en escribir algo ambiguo y esperar su reacción. Sabía que si producía desconfianza entre los conspiradores, empezarían a cometer errores. Un recordatorio constante de que no controlaban el tablero y de que cada vez más gente lo sabía.

Manuel miraba alrededor preocupado, sin hacer caso a nadie.

—Lo que no sabía era que el rey Jerónimo había perdido el favor de su corte —dijo Alexander dándole el mérito a Nuria—. Y que los propios Proveedores convertirían mi mensaje anónimo en un rumor imparable. Cuando estábamos en el viaducto vi al Rey Jerónimo asomado en la catedral, enseñando un cartel que decía que teníamos que hablar. Entonces vine aquí. Todo el diálogo que enseñó Ozz está manipulado. Yo hablaba de que los conspiradores no llegarían al trono y que más le valía retirarse a tiempo. Estoy seguro de que si no hubiera huido el rey Jerónimo, habría venido con sus matones a acabar con los que quedábamos aquí. Pero creo que lo asusté.

Rafael le dio una palmada en la espalda más fuerte de lo que hubiera querido:

—Así que lo que tenías que venir a hacer a la torre era desmantelar una conspiración y descabezar a dos esferas. No está mal.

—Lo que yo...

—Dame un abrazo, chiflado.

Zenobia y Mat miraban al que había sido el consejero de su madre y el tutor de la heredera desde que esta tenía memoria.

—He sido una estúpida. Ozz fue empujándome hasta este escenario, adelantando la coronación, aprovechándose de las ausencias del Cónclave, siempre haciéndome pensar, con su afabilidad y modestia, que no quería figurar como el autor de las ideas. Nos quitó al guardián y a nuestra madrina y se aprovechó de nuestra vulnerabilidad. He sido una estúpida y he dejado que me engañara.

—No, es al revés —la contradijo Bea—. Te engañó siempre. Y a tu madre. Por eso te ha hecho sentir siempre como una estúpida. Ahora vas a darte cuenta de que no lo eres.

—¡Perdonad, pero hay dos portales abiertos! —intervino Manuel histérico—. Tenemos tropas del Caos y surtido variado de tiradores aéreos de rayos. De los de la cuesta, solo ha quedado uno, pero está a punto de abrirse y al otro lado hay un puto minotauro y monstruos que se cagan en cualquiera de los que ya hemos visto. ¡A qué cojones estamos esperando!

—A Tristán y su escolta. Pero si no llegan, tendré que ir yo sola hasta allí —dijo Zenobia.

—Por eso es importante lo que estoy explicando —dijo Alexander a Manuel—. Ni el rey Jerónimo ni Ozz habían implicado a todos los Proveedores o Eruditos en su plan. No pudieron hacer esto solos, así que les faltaba una mano ejecutora, alguien que pudiera matar a Sabina y a Kantor. Pero si Ozz ya sabía que él no iba a presentarse y aun así seguía adelante con su plan, es que cuentan con alguien más...

No lo vieron venir. Les pareció que una ráfaga de viento los había tirado al suelo. Tal vez un portal que se había abierto sobre ellos. Pero cuando quisieron darse cuenta, Zenobia ya no estaba. Tristán Sin Paz se la llevaba por los aires, sujetando a *Ventolera*. El adalid de los Centinelas había perdido al resto de sus cómplices, pero ganado un tiempo que garantizaba su victoria.

Mientras él aterrizaba en el Palacio de Oriente, por los jardines apareció su escolta. Diez de los mejores y más leales Centinelas. Su misión no había sido la de despejar el camino de los seres del Caos, sino al contrario. Asegurarse de que nadie viera o se acercara a un portal más grande que la misma torre. Por él entrarían cientos de monstruos de manera inminente. La escolta avanzó hacia ellos, que instintivamente retrocedieron hasta pegar sus espaldas al muro. Los Conversos luchaban con las criaturas del primer y del segundo portal. Y los del tercero estaban a punto de entrar en acción.

Germán no pudo evitar calcular cuántos de aquellos perfectos guerreros, con armadura completa y mandobles, les tocaban a cada uno de sus compañeros. Tal vez Nuria pudiera con uno. Entre Manuel y Mat podrían con otro. Amanda y Alexander, mejor no contarles para esto. Rafael y él podrían con uno cada uno y Bea con dos. Las cuentas no le salían y solo le consolaba el hecho de que ni siquiera podía calcular lo que venía detrás del cuarto portal.

En el cielo seguían los fuegos artificiales y los petardos. Tal vez no era una mala manera de despedirse de la ciudad.

El oro de las armaduras de los Centinelas destacaba en el verde nocturno de los jardines y el gris de la piedra de la torre a la que se dirigían, cuando una manchita blanca salió de su escondite. Era Sil que, con su vestido blanco, se interpuso entre los Centinelas y los vecinos armada con unas pequeñas tijeras. Mat quiso correr hacia ella y Germán tuvo que pararle porque Manuel no tenía fuerzas para ello. Mat representaba a los Soñadores, y si se alejaba se destruiría todo. El pobre y valiente niño iba a morir con todos ellos. Al menos él sabía lo que se jugaba. Su hermanita pequeña ni siquiera debía de saber qué ocurría.

—¡Niña, ven aquí! —gritó Rafael viendo que aquellos traidores no tendrían reparo en usar a la cría de telonera de un espectáculo de sangre.

Sil miró a su hermano y con las tijeritas se cortó los hilos que sellaban su boca. Después miró a los soldados en el último tijeretazo y les escupió. Un chorro de agua salió de su boca. Un chorro que llevaba un mes escondido dentro de su ahijada. Apenas emergió de su refugio, Mayrit se transformó en un torrente que llenó la Fuente de las Conchas del Campo del Moro. Los Centinelas dudaron un instante mientras Germán tenía que agarrar a Mat de nuevo porque ahora el niño aplaudía y gritaba jubiloso.

Mayrit crecía como si la fuente seca tuviera aún agua en el subsuelo del que nutrirse. O tal vez era de algo mucho más hondo. De las leyendas de aquel Campo del Moro, de aquellas tropas árabes que eran tan originarias de Madrid como las cristianas que lo defendieron. Mayrit creció de manera gigantesca. Aun estando en la fuente más alejada de la torre podían ver perfectamente su figura subir en medio de los jardines. Incluso las brechas del espacio y los fuegos artificiales se reflejaban en su agua cristalina, haciendo que Mayrit luciera colores, más poderosa que nunca.

Daba la espalda a los Centinelas y solo sonreía emocionada mirando a Mat y a Sil.

—Mis niños —decía—. Mis niños...

Por vez primera Germán pensó que se lo decía también a ellos.

La escolta de asesinos intentó aprovechar su distracción para rodear la fuente. Pero no era una fuente. Era un Ancestro. Y no había olvidado a los asesinos de Samuel Kantor, quien siempre fue otro de sus niños protegidos.

—¡Fui sobre aguas edificada!

Con un gesto de su cabeza, los diez Centinelas fueron atraídos por el agua, levantándose del suelo y sumergiéndose en su torrente vertical, dando vueltas dentro de la deidad, como si fueran parásitos. Hasta que fueron succionados por la fuente y salieron despedidos por la cercana Fuente de los Tritones. Ahora había dos enormes chorros de agua.

—¡Mayrit, se han llevado a Zenobia! —gritó Amanda.

La madrina asintió desde una de las fuentes mientras los soldados seguían ahogándose impotentes dentro de la otra después de haber destrozado sus cuerpos al atravesar la tierra de una fuente a otra. Pero Mayrit, además de vengarse, había venido a subsanar su gran error.

—No podemos salvarnos solos. Ni podemos salvar solos. Todos tenemos que salvarnos a todos.

Esperaba que hubieran entendido el mensaje porque ella no podría moverse de la fuente. Tendría que estar allí usando todo su poder.

—¡Fui sobre aguas edificada, mis muros de fuego son!

Esa era la frase completa. El lema de Mayrit. La leyenda de Madrid.

Mayrit se transformó en fuego. Los hombres de Tristán fueron calcinados cuando las dos fuentes se prendieron y se convirtieron en poderosas llamas. Y desde ellas se trazó un círculo que incluía a la torre y parte de los jardines. Unas llamas que sobresalían de las copas de los árboles dejando fuera al cuarto portal, que hubiera comportado la destrucción definitiva. Mientras aguantaran sus aguas de fuego, no habría más portales.

Germán pensó en cómo los vecinos se habían salvado constantemente unos a otros. Esa misma noche habían salvado a Manuel, y Amanda a todos.

—¡Germán! —exclamó Bea—. Manuel y Amanda están aquí. ¡Nosotros podemos llegar al trono y ayudar a Zenobia!

Rafael asintió.

—Sois los únicos que podéis hacerlo. Nosotros aguantaremos aquí. ¡Corred!

Pero el muro protector de fuego apenas dejaba ver el Palacio de Oriente. ¿Cómo llegar a él?

Germán le dijo a Bea:

—Por los túneles. Iremos por los túneles secretos desde los jardines hasta el palacio.

Bea y Germán salieron corriendo al interior de la torre justo cuando el tercer portal se abrió. Un minotauro, dos cangrejos gigantes y una docena de aquellos perros de la jauría se lanzaron a por ellos. Varios Conversos ya no se levantaban del suelo. Händel seguía peleando con el brujo y había casi un centenar de enemigos.

—¿Qué dices, Nuria? —dijo Rafa—. ¿Nos los comemos con patatas?

Nuria quiso llorar. Ella era enfermera. Había estado en África, en catástrofes humanitarias. Solo sabía curar. No matar monstruos. Ella solo quería una casa cerca del trabajo. Ni siquiera quiso poner un último tuit.

—Manuel, Alexander y Amanda, meteos en el interior de la torre —pidió Rafael a los demás.

—Nada de eso —replicó Alexander—. Dime cómo quitar el maldito seguro de tu pistola. Tenemos que estar todos.

Manuel apenas se aguantaba de pie, así que Mat le dijo:

—Yo protegeré a Manuel y lucharemos los dos.

—No hace falta, canijo. ¿No te has enterado de que no pueden matarme?

—¡Y eso qué más da! Te pueden llevar otra vez. Yo te he echado mucho de menos.

Nuria sonrió emocionada viendo a aquel niño y a su amigo resucitado, y al profesor que quería luchar. ¿Y ella? Ella era enfermera. Seguiría salvando vidas hasta el final.

—¡A por ellos, chicos! —gritó.

Como contrapunto a la emoción contenida de todos, se oyó la voz cantarina de Amanda.

—Yo os voy dando botellas de agua o frases motivacionales o lo que necesitéis, ¿eh? ¡Que nada salga mal en este directo!

Dentro de la torre, en la planta baja, frente a una escalera que llevaba a seis plantas, la última habitada sin que inicialmente lo supieran, Bea llamó al ascensor. Junto a ella, Germán contempló al otro lado del portón a Morrison, con el mismo aspecto de loco que le había visto la primera vez, en el mismo lugar exacto.

—*Break on through to the other side* —le dijo.

Y Germán supo que el momento había llegado.

Seis

Todo lo de fuera hacia dentro.

De abajo arriba, subiendo una espiral.

Una mujer bailando en las fiestas de su pueblo frente al golfo de Guayaquil.

Dos hombres besándose en un ring de boxeo.

La fiesta de graduación del instituto con la nota de acceso a la carrera de Derecho bordada en la chaqueta.

La lluvia de África golpeando suave en las tiendas del hospital de campaña.

Dos hermanos en un cine de verano viendo un clásico en blanco y negro.

Un nervioso joven preparando la cama de sus padres para hacer el amor por vez primera con la chica que siempre le gustó.

Nadar desnuda en el mar de noche.

El abrazo de un padre a un hijo antes de alejarse en una furgoneta por la selva.

Una fiesta de disfraces en el hospital.

Frixuelos rellenos de chocolate.

Y vuelta a la inversa:

Todo lo de dentro hacia fuera.

De abajo arriba descendiendo en una espiral.

Abrir la ventana de la torre y poder volar sobre ella.

El olor de la pintura morada en un buzón que vas a enseñar a tus vecinos.

La llegada a la torre que tanto imaginaste en tus investigaciones.

El color del amanecer sobre la espalda desnuda del chico que amas.

Un grupo de jugadores de rol coreando tu nombre por haber sacado un crítico con los dados.

Ducharte bajo el agua caliente y sentirte de nuevo empezando algo.

Cenar pizza con tus amigos muerta de risa ante el absurdo.

La primera vez que le enseñas a tu chica el apartamento y todos sus enseres.

Invitar a chocolate con churros a tu casa sabiendo que no estás solo.

Acostar a tus nietos en la misma cama cubriéndolos con una fina sábana.

Zenobia puso la mano en el astrolabio incrustado en el trono. Acariciaba los recuerdos felices de cada uno de los diez investidos. Antes y después de haberlos encontrado. Con la otra mano sentía la energía que provenía de la Torre de la Encrucijada e imbuía al Trono de Todo con el combustible con el que iba a emprender su esperado y temido viaje. Y que no podía haber empezado peor.

Porque mientras se sentaba en aquel trono montado sobre el de los humanos que habían morado aquel palacio, construido con las vidas de tantos seres del reino y propulsado por la energía entre dos mundos, su cuello estaba a pocos centímetros de la espada de Tristán Sin Paz.

—¿Por qué haces esto, Tristán? Tu padre fue siempre leal a los Hijos del Cisne. Los Soñadores fuimos siempre protegidos por los Centinelas.

—Será mejor que no te distraiga *Ventolera*, ni los remordimientos, majestad. O todos saldremos por los aires. ¿Quieres destruir dos mundos?

Aquello animó a Zenobia más de lo que aquel traidor podría imaginar. Tras traerla hasta allí volando, la había dejado sentarse en el trono y ahora confirmaba que quería que lo manejara. Así que compartían misión. La única que realmente le importaba. Probablemente a ella la ejecutaría al terminar. Tristán diría que la heredera había muerto usándolo y empezaría su ascenso al poder.

Händel o cualquiera de los Ancestros no tenía su reputación. La Fundadora y Jerónimo estaban en paradero desconocido y Ozz había fallecido. Muerta ella y los habitantes de la Torre de la Encrucijada, podría reclamar la corona. Pero al menos habría algo que reclamar tras haber cumplido con su destino. Asintió dispuesta a seguirle el juego, pero entonces, sin poder evitarlo, una idea se cruzó en su mente.

—Mi madre murió usando el trono. Fuisteis vosotros, ¿verdad? La matasteis antes de que pudiera reunirse con nosotros.

—Los Soñadores y su constante imaginación —replicó irritado—. Seguís prefiriendo cuentos a la realidad.

Y aunque no respondió a su pregunta, Zenobia sintió dolor y necesitó volver a acariciar los recuerdos felices de la única familia que le quedaba en uno o en otro cuento. Los sentía cerca. El choque de los dos cuentos había juntado los espacios y su poder en el trono había juntado los tiempos de todos. Podía narrar sus batallas.

Germán y Bea pulsaron tres veces el botón del uno estando en la planta primera. Algo tan sencillo como eso, y el suelo de la torre se abrió entre los sótanos secretos de la primera planta a los pasadizos que antaño conectaron aquellos jardines con el Palacio de Oriente.

Germán fantaseó con qué hubiera ocurrido si en algún momento al poco de mudarse hubiera montado en aquel ascensor y, jugueteando con los botones, hubiera descendido hasta el subsuelo de modo accidental. Probablemente hubiera ido a contárselo a su jefe o a su madre. Qué lejana le parecía aquella vida ahora. Qué solo estaba entonces.

Antes de abrirse las puertas, Bea necesitaba decirle algo.

—Germán, estoy vacía de poder. Me esperé para coger la energía de alguna criatura de las de arriba. Pensé que sería lo más útil en la batalla final. No sabía que saldría corriendo. No he podido hacerme con el poder de ningún bicho poderoso.

A Germán le seguía doliendo mucho la herida del hombro. Él tampoco estaba en la mejor forma física, así que sonrió.

—Tú eres, sin duda, el bicho más poderoso de todos los que hay ahí arriba. Y ahora vamos a salvar a la princesa, ¿eh?

—Es ella quien nos tiene que salvar a todos —repuso Bea tajante.

Lo que decía era cierto. Cómo lo dijo fue lo que hizo que Germán se diera cuenta de lo mucho que Bea quería a Zenobia.

Zenobia también lo sentía. Podía narrar sus batallas.

En la torre y en los jardines del Campo del Moro todos habían ocupado sus posiciones. Amanda estaba en su piso. Decía que era la sala de control y de vez en cuando se asomaba por la ventana o por la escalera para animar al resto. Al menos Sil estaba con ella allí. Alexander también estaba dentro, pero no en su apartamento, sino en el de Rafael y con el arma de este, disparando discretamente por la ventana cuando tenía a tiro a algún enemigo y muy lejos a algún aliado. Manuel y Mat estaban en el portón, cada uno con una espada robada a los cadáveres calcinados de los Centinelas traidores. Mat deseaba que los Conversos dejaran algún soldado para que él pudiera rematarlo. Manuel sabía que tarde o temprano atacarían la torre y temía ese momento.

A diez metros de la torre, todo lo lejos que podían avanzar, Nuria y Rafael ya habían entrado en combate. Nuria había invocado una escopeta de caza y disparaba a las brujas del aire, mientras algunos Conversos las distraían abajo. Dada su poca habilidad era más bien al revés, y sus tiros eran la distracción para que los Conversos las derribaran. Rafael luchaba con sus hermanos de la esfera. Él no usurpaba otros cuerpos, así que usaba el suyo al máximo, volviéndose invisible para atacar desde la nada a los soldados del Caos.

Zenobia sí le veía. Los sentía cerca a todos.

Sintió el dolor cuando Händel y aquel brujo de cuatro brazos se enzarzaron en el último pulso a muerte. El brujo con sus dos brazos proyectó una energía que empezó a derretir la cabeza de Händel, pero antes de caer de rodillas este pudo finalmente expulsar su alma del cuerpo, dejándolo seco e inerte.

Aquellos dos demonios tan poderosos, cada uno en un bando, caían en medio de un muro de fuego que desafiaba los portales y que controlaba con toda su alma Mayrit. Su madrina resistía las embestidas del Caos, que trataba de entrar en su círculo de protección.

«Todos tenemos que salvarnos a todos», pensó Zenobia.

Y el Trono de Todo empezó a moverse. Sintió en su alma que se abría una vía entre los dos mundos. Zenobia pensó en monstruos, mentiras, terrores, culpas, fracasos de sus vecinos y el deseo por encima de todo de hacer las cosas bien. Tan simple y difícil como eso.

Germán y Bea penetraron en el túnel bajo tierra. La madera que alguna vez debió recubrirlo se había podrido y las raíces y la tierra habían ido moldeando aquella entrada. La naturaleza no era lo único que se abría paso en el pasadizo. En una de las paredes laterales había un portal que estaba materializándose. Era su luz negra intermitente la que parpadeaba, haciendo que todo estuviera en penumbra bajo tierra y al siguiente latido en una oscuridad total.

—Pasemos antes de que termine de ab...

Bea gritó de dolor cuando una espada le atravesó el vientre desde atrás. Germán hubiera gritado al recordar cómo murió Astrid, pero ni siquiera pudo hacerlo. Otra espada le había cogido por el cuello y levantado.

No eran dos espadas. Sino dos brazos espada. Esguince había esperado su oportunidad y los había sorprendido por la espalda, en la oscuridad de aquellos pasadizos.

Germán pudo ver, entre aquellas pulsaciones de oscuridad, cómo Bea caía hacia delante, desensartándose. Creía que estaba viva, pero no estaba seguro. Con las manos él trataba de hacer fuerza para que aquel filo que le tenía cogido por el cuello no lo decapitara. Pero sus manos se cortaban al contacto con los brazos de Esguince.

Zenobia sintió su desolación, pero su mente cada vez volaba más lejos con el trono. Veía Madrid desde el aire. Y la alarma por el destino de sus amigos se confundía con la alarma de los coches de bomberos que acudían a los jardines del Campo del Moro y al Palacio de Oriente ante el aviso de llamaradas gigantescas que mucha gente aseguraba haber visto.

Ya se había quemado aquel lugar una vez, cuando allí se levantaba el Real Alcázar. Sobre sus antiguos cimientos se había construido el Palacio Real. Zenobia creyó sobrevolar aquel tiempo también. Pero ahora los bomberos no veían rastro alguno de fuego. ¿Se habían puesto de acuerdo tantos bromistas a la vez? Estaba siendo una noche terrible para todos los servicios municipales del ayuntamiento, que no paraban de recibir todo tipo de llamadas y emergencias.

Pero, sin duda, nadie había tenido peor noche que el servicio de limpieza y de residuos. Los basureros de la comandante Katya vivían la peor de sus pesadillas. Tratando de coordinar demasiados frentes y luchando en muchas batallas, se había dado cuenta de que no estaban actuando unidos. Su adalid había dado órdenes extrañas antes de desaparecer con su escolta. Katya no sabía qué ocurría o si finalmente habrían llegado Germán, Manuel y los demás a la torre, ya que las enormes llamas, que ellos sí podían ver, les impedían entrar para ayudar. Dio una orden de desplegarse por los alrededores y tratar de contener como fuera el resto de los ataques a la ciudad.

Quien sí pudo atravesar las llamas fue Colorín. La iguana había llegado hasta allí y montada sobre ella iba el pequeño roedor de los Ancestros.

Amanda fue la primera en verlos y gritó desde la ventana a su compañero de esfera:

—¿Qué haces aquí? ¿No tenías que estar protegiendo a la gente de la Puerta del Sol?

—¡Lo está haciendo estupendamente la estatua del Oso y el Madroño! —gritó el ratón con su vocecita infantil.

Desmontó a la iguana y fue corriendo hacia donde tres perros de la jauría acechaban a Nuria y Alexander, que ahora estaban disparando juntos, desde dentro y desde el marco de la ventana. El ratón usó el poder de Ancestro que le hacía único y las enormes mandíbulas de aquellas bestias crujieron haciéndolas aullar de dolor al principio, y luego agonizar cuando uno a uno cada uno de sus colmillos era arrancado de la boca y salía por cualquier orificio de su rostro sin detenerse hasta llegar a las manitas de aquel roedor. La jauría, con sus bocas desdentadas y sus cabezas sangrantes y perforadas, aún tuvieron que sentir cómo el Ancestro, con dos de aquellos enormes dientes por arma, se subía a sus testas y los remataba hundiendo sus propios colmillos en el cerebro.

Nuria, que había sido testigo de toda aquella intervención dental, no tuvo tiempo de aplaudir. La visión de uno de esos horribles cangrejos acorazados que iba hacia ellos la asustó. Alexander se metió en el interior del apartamento, pero ella tuvo que correr y a punto estuvo de salirse de la zona que estabilizaba la torre. Se paró en seco y giró a su alrededor para darse justo de bruces con una patrulla de soldados que la estaban esperando.

Mientras tanto, Rafael se dio cuenta de que Händel no estaba. Cada vez volvían menos Conversos a la batalla, pero el señor de su esfera era su mayor baza contra los monstruos.

Como la del Caos era el enorme minotauro que se dirigía hacia la torre. No medía menos de cinco metros. Llevaba una armadura incluso en los cuernos. Y una maza que era tan grande como el propio Rafael.

Manuel oyó sonar el telefonillo de su tercera planta. No sabía que la torre estaba en condiciones de prestar aquel servicio. Pero mientras se distraía con eso, Mat se fue de su lado, tal vez al oír los gritos de Nuria. Una bruja le vio y desde el aire le lanzó una corriente de rayos, como los que casi habían desintegrado a Bea en el parque de atracciones.

Manuel se lanzó encima del pequeño Matamonstruos, cubriéndole en el momento del impacto del rayo. Su piel absorbió la letal descarga, quemando sus órganos y su piel. Lo único que notó fueron los codazos de Mat tratando de salir de debajo de él. Un disparo de un Converso abatió a la bruja, y él, ya a salvo, rodó hacia un lado hiperventilando. Su aspecto carbonizado pronto fue tornándose normal otra vez.

—¿Qué haces? ¡Me has tirado! —le regañó Mat—. ¡Ten más cuidado!

—Perdona, Mat. Es que, verás, me dio mucho miedo de repente y quería que me protegieras. Ayúdame a volver a la puerta, por favor.

El telefonillo había dejado de sonar. Manuel prefirió inventarse lo que habría escuchado de haberlo descolgado.

Sin que nadie pudiera ayudarla, Nuria quería protegerse del ataque de todas aquellas espadas que iban a herirla en cualquier momento. Miró en dirección a la catedral y se le ocurrió algo. Al instante una de las campanas se materializó alrededor de su cuerpo. Fue la peor idea que pudo tener. Las espadas de los soldados del Caos no lograron penetrar aquel armazón de metal, pero la reverberación de dentro partió los tímpanos de Nuria y le hizo perder el sentido.

Los soldados del Caos llamaron a uno de los cangrejos para que levantara la campana y poder rematar a la insensata.

Zenobia narraba el cuento de todos, pero ya no podía sentir el dolor. Había llegado a la frontera entre los dos universos. Ahora tenía que usar su poder y separar aquellas dos órbitas.

Abajo, en el túnel, Bea se arrastraba muy malherida, tratando de taparse la herida. Tras ella, Germán aún colgaba de aquellos dos filos, sin poder liberarse de Esguince. El joven había agarrado a *Cadalso*, pero no tenía ángulo para maniobrar. Cada segundo su garganta estaba más cerca de ser cercenada.

Tuvo una idea. Cogió la espada y se la clavó a sí mismo, como en la prueba del Último Lastre. La espada pasó limpia a través de él, pero quemó el pecho de Esguince al herirle.

Germán y *Cadalso* cayeron al suelo y Esguince retrocedió dolorido. Germán rápidamente cogió su espada mientras el general del Caos, herido, se levantaba para hacerle frente.

—¡Germán! Tenemos que irnos... —Bea le llamaba.

A su lado, el portal subterráneo estaba a punto de abrirse. Germán dudó. No podía dejar con vida de nuevo a aquel ser que, tarde o temprano, se cobraría su venganza. No ignoraba que ya era algo personal. Nadie sabía quién mandaba en el Caos. Todos aquellos monstruos semejaban las células de un organismo que actuaban coordinadas sin obedecer a nadie. Como un virus. Pero Esguince y otros pocos parecían tener su propia maldad encapsulada. El general del Caos había buscado por su cuenta su objetivo: matar a los que habían osado desafiarlo.

Bea le volvió a llamar.

—Yo no... puedo... sola.

Aquello fue suficiente para que Germán se diera la vuelta, la cogiera en brazos y corriera hacia el Palacio de Oriente. Sobre ellos, ajeno, Rafael miraba con aprensión al minotauro. Se volvió invisible sabiendo que si aquel monstruo le embestía arrasaría con él. Se le veía capaz de derribar a cabezazos la misma torre.

Un monje benedictino de gran tamaño llegó atravesando las llamas de Mayrit. Era Händel. Estaba ciego. Pese a cambiar de cuerpo, el señor de los Conversos había perdido para siempre la visión en su lucha con el brujo.

El minotauro aprovechó su confusión para arremeter contra él. Corrió en esa dirección y aplastó algo. Una bola de pelo vestido de hombrecillo minúsculo había sido aplastado.

—¡Oh, no! —gritó Amanda desde la ventana. Era duro ver morir a su compañero y pensó con tristeza que los niños le echarían mucho de menos, sobre todo en aquella época de turrones.

Rafael aprovechó la desgracia para intentar poner a Händel a salvo, pero aquel monje enorme sacudía su cilicio desesperado en todas direcciones. Rafael, tratando de calmarle y tirar de él, pisó fuera de la frontera. De nuevo un estruendo sacudió la torre y las inmediaciones. Algunos árboles se partieron, la fuente de Mayrit se agrietó y hasta las llamas tintinearon. Pero aun así, la torre seguía intacta. Ningún monstruo la podía derribar, así que tuvo una idea. Dejó a Händel allí, corrió al interior de la torre y empezó a subir la escalera a toda velocidad hasta llegar al piso de Alexander, donde el profesor estaba en ese momento, refugiado del peligro de las plantas bajas.

Mientras tanto, en los jardines, Nuria abrió los ojos. Su cabeza entera iba a estallar y se había quedado totalmente sorda. Se dio cuenta de que sangraba por los oídos y por la nariz. Estaba tirada en la tierra y ya no había llamas protectoras. Mayrit había aguantado todo lo que había podido. La campana que le había sacudido así había sido apartada, pero los soldados yacían muertos en torno a ella.

Dos cangrejos y más soldados se aproximaban.

Entonces alguien empezó a darle lametones en las orejas. No. No eran lametones. Eran besos de vieja.

Perdón estaba allí, a su lado. La había protegido en el último momento, y aunque ahora fueran a morir en el siguiente ataque, Nuria la abrazó. Como sus abuelitas de la residencia, Nuria tampoco iba a morir sola.

En la torre, Rafael cogió carrerilla y saltó desde la ventana de la cuarta planta hasta caer en el cuello del minotauro, que se revolvió en cuanto le tuvo encima. De nada serviría hacerse invisible. Lo que tenía que hacer era que no viera él. Bien sujeto desde arriba, rezando para no caerse, Rafael golpeó como un boxeador los ojos del minotauro con el cuchillo.

—¡Apunta al ojo, Rafa! —se decía a sí mismo para infundirse valor.

El minotauro mugió y empezó a dar bandazos. Rafael veía el cielo en el suelo y el jardín a los lados. Se dio cuenta también él de que ya no había llamas. Eso podía ser muy malo o la mejor de las noticias.

—¡Amanda! —gritó—. ¡Amanda, llámalo!

—Torito, toro —dijo Amanda desde la ventana.

Entre la sangre que cubría su visión, el minotauro vio el millón de lucecitas que era Amanda y corrió hacia ella, estrellándose contra la torre. En el último momento, Rafael se hizo intangible y atravesó el muro entre la segunda y la tercera planta. Desde dentro no había notado el impacto, pero cuando bajó y vio el resultado de su obra, se dio cuenta de que su teoría sobre la dureza de su hogar era cierta. Había despedazado los sesos del minotauro. Rafael exclamó de júbilo mientras Amanda le aplaudía. Todo un *knock out* técnico.

Alexander empezó a gritarles algo señalando al horizonte.

Nuria no oía nada. No podía invocar nada y le dolía todo. Perdón le hablaba pero no podía oírla. Había sacado su cuchillo, así que debía de pretender luchar hasta morir. Nuria se levantó para que la anciana no tuviera que estar agachada dándole la mano.

Los cangrejos estaban a punto de cogerlas cuando algo tiró de ellos hacia atrás con cuerdas. Y mientras algunos sujetaban así a los artrópodos, otro grupo atacaba a los soldados. Debían ser casi un centenar de Proveedores.

Ahora entendía lo que aquellos labios estaban diciendo: «Los Proveedores al rescate».

Nuria no supo por qué todos llevaban caretas. Le costó darse cuenta de que la mitad llevaba puesta la cara de Perdón en cartón y con una goma atada detrás, y otros tantos llevaban impreso el rostro de la propia Nuria haciendo una mueca bastante fea.

Los Proveedores bailaban por los jardines del Campo del Moro deshaciéndose de los enemigos en su alocada coreografía de júbilo y sangre.

—No entiendo. ¿Por qué van disfrazados de nosotras? —gritó tratando de oírse por encima de su sordera.

Perdón le dijo algo.

—¿Que quieren ser nosotras? —creyó entender Nuria.

Así que Perdón se lo tuvo que gritar.

—¡No! ¡No quieren ser! ¡Quieren tener! ¡Quieren tener lo que tenemos nosotras!

Nuria abrazó a Perdón mientras aquellos piratas con las caretas de sus rostros abrían el camino a los Centinelas leales al reino que por fin podían entrar en los jardines. Nuria miró a Mayrit. La diosa del agua había bajado sus muros de fuego en cuanto notó que los portales se cerraban. Ahora era del tamaño de Sil. Al fondo, Manuel levantaba a Mat por el aire en señal de victoria.

Ella miró en dirección al Palacio Real. Si los portales se habían cerrado, ello significaba que Zenobia había logrado cumplir su parte, pero entonces ¿por qué no habían sentido que todo había acabado bien? ¿Por qué no estaban con ellos aún los que trataban de dominar el Trono de Todo?

Germán subió los escalones del Palacio Real corriendo con Bea en sus brazos. Al llegar a los pasillos trató de repasar lo que sabía de aquel lugar, todo con tal de no pensar en la cantidad de sangre que aquella adolescente había perdido por el camino.

Sabía que el también llamado Palacio de Oriente era uno de los más grandes de Europa, el doble que el de Buckingham o el de Versalles. Sabía dónde estaba el Salón del Trono. Todo ello gracias a su frustrada carrera como guía turístico. «Tendrás una visión mucho más fresca de Madrid», le había dicho Jesús respecto al resto de los madrileños, para los que, según su jefe, «la ciudad es solo el lugar por el que uno transita del trabajo a casa y de ahí al bar de siempre». Su jefe se había equivocado en casi todo con él, pero en eso no, desde luego. Los guardias de seguridad muertos en algunas de las dependencias eran también tristes indicadores de que por allí había pasado Tristán con su cautiva.

Por fortuna, la familia real no estaría allí. Los reyes no utilizaban esos aposentos, aunque fuera la residencia oficial. Germán se preguntó qué era más real, una princesa de cuento que estaba dando su vida por salvar dos mundos o unos reyes de verdad que todo el mundo sabía que no gobernaban. Recordó las palabras del ahora traidor Tristán. Era cierto que a veces parecía que este mundo se inventaba sobre la marcha.

Bea no se quejaba y ni siquiera había cerrado los ojos. No era por el miedo a no volver a despertarse si se quedaba inconsciente estando así de grave. Era miedo a que Germán pensara que no podría luchar llegado el momento. Le hizo una señal afirmativa cuando llegaron.

Germán dio una patada a la puerta. El Salón del Trono tenía las paredes tapizadas en terciopelo rojo y había un gran ventanal que daba a la plaza de la Armería, desde donde no verían su querida torre. Ni el resultado de la batalla.

Toda aquella sala era suntuosa y recargada, pero sin duda destacaban los dos tronos, presididos por cuatro leones de bronce. Depositó en uno de ellos a Bea para poder desenfundar a *Cadalso*. El otro trono... estaba levitando en la sala con Zenobia encima. Proyectaba una luz plateada, como la que emite la luna, y toda aquella sala sacada de un museo parecía de pronto la misma que la de los reyes de verdad, que eran los de los cuentos.

Tristán Sin Paz no la había atacado en todo ese tiempo.

—Tenías que ser tú. Con ella —dijo refiriéndose a *Cadalso* y no a Bea—. Parece que será un duelo final entre caballeros.

Germán se sentía extraño. Como si supiera que tocaba enfrentarse al malo y sus planes, como si tuviera escrito ya el guion de un duelo con espadas y a la vez con frases brillantes. Pero ¿qué otra alternativa quedaba? ¿Tratar de luchar contra él en silencio? Necesitaba respuestas.

—No sé si se te puede definir así, Tristán Sin Paz. Tenías razón en que en tu mundo se puede saber al final quién es el malo de la historia.

—¿El malo? No llevas ni una hora con la espada de mi padre y ya hablas como él.

—¿Qué le estás haciendo a Zenobia? —gritó Bea desde el asiento. La muy bruta, a pesar de sus heridas, se estaba encaramando para tratar de llegar adonde estaba la princesa.

—Nada. Toda esa energía debía materializarse de alguna manera por fuera, sea con algo tan simple como la levitación —dijo Tristán acariciando a *Ventolera*—. Pero creedme, el trono está volando mucho más alto en este momento. Está logrando controlar el rumbo de los dos mundos. Mirad cómo sonríe.

Germán echó un vistazo rápido. No quería perder de vista a Tristán y a *Ventolera*, que seguía enfundada en su cinto.

Realmente Zenobia parecía feliz. Bea la miró con orgullo. Lo estaba consiguiendo. Tras tanto miedo, estaba cumpliendo el destino para el que se había preparado durante tanto tiempo.

—Si estás dejando que ponga fin a esta locura, ¿por qué secuestrarla? —preguntó Germán.

—Os dan pena, ¿verdad? Los Soñadores. Esos niños perdidos aquí o allí, cumpliendo sus profecías, persiguiendo sus fantasías. No creo que exista en tu mundo un ser como Gadea y sus malditas decisiones y secretos. Primero nos arrebató nuestro sistema de gobierno, nuestra cultura e historia, creando sus esferas. Imponiéndonos un orden y deshaciendo el nuestro, imperfecto tal vez, pero el nuestro. Eso lo hacen los dictadores en vuestro mundo, ¿me equivoco?

»Después nos arrebató la humanidad igualándonos a animales y demonios. Eso lo hacen vuestros genocidas. Y tras siglos de guerra decidió hacer que nos exiliáramos aquí. Nos arrebató incluso nuestro derecho a morir luchando. No creo que haya existido nadie en vuestra historia que haya hecho eso. ¿Y sabéis lo peor? Que a nosotros nos lo contaban en forma de cuento.

Germán empezó a entender la inquina. Tristán se mantenía calmado, y Zenobia parecía estar pilotando el trono, así que se acercó a Bea e intentó ver si podía taponar de alguna manera su herida.

—Gadea no ha hecho que exista el Caos ni que existan otros mundos —replicó Bea.

Germán se dio cuenta de que sus heridas no tenían solución inmediata y añadió:

—A todos nos ha costado adaptarnos a la realidad. Y vosotros, para vengaros de alguien que ni siquiera está en este mundo, aumentasteis ese dolor.

—Vamos a ser sinceros, Germán. Es lo que debe hacerse al final. ¿De qué dolor hablas? ¿Tenías menos antes? ¿Quién eras? ¿Quién eras tú, chica? Miraos ahora, sintiéndoos los héroes del cuento. Decidme que si volvierais atrás en el tiempo y supierais todo lo que iba a pasar no hubierais buscado la torre. Decídmelo.

Germán se había hecho esa pregunta demasiadas veces. La última vez que se la habían planteado lo había hecho la compañera que ahora sostenía en sus brazos.

—Volvería. Pero yo he sido capaz de hacer las paces con esa cuestión. Tú también deberías haberte adaptado aquí.

—Tú no has tenido que traer a esta aventura a tus seres queridos, a tus hermanos de armas, y verlos a todos perderse en el gris de esta urbe. Pero déjame que yo también sea sincero contigo. ¿Sabes cuál fue mi prueba del Último Lastre? ¿Sabes qué era a lo que tenía terror y que además tuve que confesárselo a mi propio padre? A *Cadalso*.

Germán apretó el arma. Eso era una buena noticia para ellos.

—Aún vivíamos en el otro mundo cuando tuvo que prepararme él mismo la prueba. Tardó mucho en hacerlo porque le aterraba la idea de que el hijo del adalid muriera al clavarse la espada, lo que suspendería la prueba para entrar en la orden de los Centinelas... y revelaría que su alma era oscura como los monstruos del Caos que quería matar. Al final fue un escenario muy simple: mi padre tendiéndome a *Cadalso* y yo clavándomela sin problema. Sin, por supuesto, morir...

»¡Porque mi padre no había entendido nada! No era el juicio de la espada el que me aterraba. ¡Era el de mi padre!: su simpleza moral. Su visión del mundo tan arcaica y a la vez tan peligrosa. Recuerdo que el Caos asolaba el reino y había miedo e ideas desesperadas. La gente caía o se sacrificaba. ¿Quién puede ser tan necio para creer saber quién necesita castigo? Ya existía el rumor de que Gadea buscaba el exilio en este universo. Un universo con una moral más compleja y unos peligros más abstractos. Sabía que mi padre no podría sobrevivir jamás a un mundo así. Desconfía siempre de quien te diga estar seguro de lo que está bien y lo que está mal.

—Yo lo estoy —intervino Bea, que no estaba dispuesta a ser ignorada en aquel duelo.

—¡Lo he conseguido! —declaró Zenobia de golpe abriendo los ojos. Tomó conciencia de dónde y en qué tiempo estaba. Ahora se sentía de nuevo cerca de sus amigos.

—¡Lo he conseguido! —exclamó de nuevo triunfante—. He logrado coger el timón de este mundo. Ahora tengo que empezar a moverlo despacio, muy despacio —añadió nerviosa aún.

Tristán se asomó al ventanal. Los portales del Caos empezaban a cerrarse.

—¡Claro que lo has conseguido! —dijo Bea.

Zenobia, pese a que había sentido la presencia de Germán y de Bea en el Salón del Trono y sabía que Bea estaba herida, no pudo evitar ahogar un grito al verla. No era lo mismo narrarlo que tenerla delante apenas sin vida. No podía bajar a ayudarla. Ahora quedaba la parte más sutil. Tenía que concentrarse de nuevo. Fue a decir a Germán que se llevara a Bea, pero antes miró a Tristán para discernir cuál iba a ser su siguiente movimiento. Para su desgracia, fue uno determinante.

—Empecemos, entonces —dijo Tristán—. Pero antes...

Germán desconocía que *Ventolera*, además de hacerle volar, podía hacerlo por ella misma, así que de nada sirvió haber estado vigilando a Tristán. La espada del conspirador salió despedida hacia él y lo hirió en la mano; además, el pomo le golpeó en la cara con pasmosa facilidad. Germán fue desarmado en un solo golpe, y antes de que pudiera reaccionar, Tristán ya tenía a *Cadalso* en su mano. La arrojó por el ventanal mientras *Ventolera* hacía su último trabajo. Fue directa al Trono de Todo y se clavó en el astrolabio destrozándolo. Zenobia gritó mientras el trono daba vueltas. ¿O era toda la habitación? ¿O todo el mundo acaso?

—¡Volvemos a casa, majestad! —anunció Tristán.

—¡No! —dijo horrorizada ante esa posibilidad—. Si ahora nos atrae el otro mundo, colisionaremos con él...

—Seremos como un meteorito contra el Caos que conquistó nuestro reino, sí.

Germán se acordó de que Zenobia les había explicado que, una vez logrado controlar el rumbo del mundo, tenía que alejarlo despacio para que no chocara contra el otro mundo y lo arrasara.

—No lo entiendes. ¡Morirán millones de personas! ¡Nuestro antiguo mundo será devastado y los humanos de este no resistirán en el otro! —arguyó Zenobia, que instintivamente quería bajarse de aquel trono y a la vez sabía que no podía.

—Si Ozz hubiera estado aquí, habría conducido el trono de vuelta de manera más suave. Pero cierto número de muertes sería inevitable, no sufras por ello. Los que hemos estado en ambos mundos tenemos más posibilidades de sobrevivir. No vosotros, lamentablemente.

Zenobia se sujetaba la cabeza como si le fuera a estallar mientras todo seguía girando. Bea trató de incorporarse, pero estaba tan débil que fue despedida de aquel carrusel. Germán sí fue lo suficiente ágil como para coger una de las espadas que lucían como emblemas en aquel salón, pero nada más darse la vuelta ya tenía a *Ventolera* sobre él. Y Tristán también se acercaba.

—¡Está sucediendo, vamos contra el otro mundo! ¡Detenlo, te lo imploro! —rogó Zenobia atrapada en corrientes que nadie más podía ver.

—Nosotros también imploramos a tu madre cuando decidió hacer que todos nos exiliáramos. Le rogamos que nos dejara quedarnos y defender nuestro mundo ante el Caos. Pero ella quería aprovechar ese momento fatídico de nuestro mundo para empezar de nuevo y hacer algo de limpieza en él.

—¿Y el suicidio es la solución? —preguntó Germán—. ¿Este era el sofisticado plan que teníais Jerónimo, Ozz y tú? ¿Volver donde ahora reina el Caos?

—Si somos el mundo golpeador, no nos llevaremos la peor parte. Y olvidas que gran parte del Caos estará entretenido destruyendo a los habitantes de esta ciudad —prosiguió el adalid—. Volveremos para reconquistar nuestro mundo. A la antigua usanza. Fundaremos un nuevo cuento desde las cenizas, según nuestra propia naturaleza, y no en un mundo cuyas leyes no respetan a las leyendas. Un reino sin esferas que limiten el derecho de cada hombre a conquistar el espacio y el tiempo que desee. Estoy deseando ver a los durmientes que sobrevivan al impacto tener que luchar por su propia vida. Sabía que mi padre no sobreviviría aquí, pero no que le humillarían así. Que pasaría sus últimos días sin entender para qué sirven los bolígrafos, la función de los semáforos ni nada de lo que pasaba a su alrededor, tratando de conservar tradiciones y lemas que ya no tenían ningún sentido, como *Cadalso*.

»Este mundo nos ha hecho perderlo todo. Y todo es mucho cuando no te queda nada.

»Jerónimo dejó de tener el control de su esfera. Sus Proveedores ahora querían tener más tiempo, ansiaban cosas. El rey Jerónimo decidió ayudarnos para no perder su puesto.

»¿Y Ozz? Por servir siempre a Gadea y a sus hijos, su recompensa fue soportar todas aquellas redes y ondas que le pulverizaban por dentro. Teniendo el don de la comunicación fue aislándose cada día en túneles y en cuevas. Conspiró para salvar su propia vida, sí.

»Y yo, ¿crees que a mí me mataría *Cadalso*? Yo no he luchado ni por mi cargo ni por mi vida. Lo he hecho por el honor de mi padre y los Centinelas. Recuerdo la cara de Cedric Sin Paz y sus bravos guerreros cuando entendieron que aquí estarían mezclados entre los cubos de basura. Aquí eran limpiadores.

—¡Aquí son guerreros! —exclamó Germán que no lograba avanzar con su arma de mentira a los requiebros de *Ventolera*—. La dignidad no tiene nada que ver con lo que dices. A mí me costó asimilarlo al principio. Entender la disciplina, la entrega, el sacrificio y la fusión con el otro de los Centinelas. Yo soy de este mundo y tuvieron que pasar varios combates para que me diera cuenta de quiénes eran los Centinelas. Creo que tú no has visto nunca esa heroicidad y no podrás hacerlo jamás. Porque para verla se tiene que tener antes —concluyó Germán quedándose a gusto por fin.

Tristán ya le tenía acorralado, así que no hacía falta pelear en dos frentes separados. *Ventolera* llegó a su mano para darle la estocada final y Germán se dio cuenta de que le faltaba una última frase en aquel duelo.

—Y sí, creo que *Cadalso* te hubiera destrozado.

—Lástima que no me juzgue la espada del bien —espetó con sarcasmo Tristán dando un paso hacia él.

Bea se tiró encima de Germán. Pero no estaba sacrificándose para llevarse el golpe. Sino que extendiendo su brazo atravesó el cuello de Tristán Sin Paz. Germán tardó un instante en darse cuenta de que todo el brazo de Bea era un gigantesco mandoble. Había podido coger el poder de Esguince cuando fue atacada, y ahora Tristán, además de muchas cosas, tampoco entendería qué le mató.

—Esto no fue un duelo de... caballeros —dijo Bea con esfuerzo pero feliz.

Ventolera, una vez muerto su amo, salió volando por el ventanal hacia la madrugada y ya no la volvieron a ver.

—¡Caemos, caemos! —gritó Zenobia, y todo empezó a girar de nuevo.

—¡Zenobia, tienes que controlar el trono! ¡Puedes hacerlo! —gritó Germán.

—¡No, no tengo el astrolabio... todo este poder... dentro y fuera de mí y no soy capaz de saber adónde ir! No poseo las experiencias de los habitantes del mundo ni vuestros recuerdos. Es imposible.

Germán se levantó y ayudó a Bea a hacerlo. Gritaban arriba y a los lados, allí donde el trono se movía.

—¡Tienes las tuyas, Zenobia! —dijo Germán—. Siempre decías que no habías podido vivir ni siquiera una vida, obligada a permanecer encerrada y escondida en los dos mundos. Pero no es cierto. Bea y yo sabemos cómo eres. Si lo sabemos y te queremos, tienes que tener tú también esos momentos guardados. ¡Puedes hacerlo!

Zenobia lloraba.

Los portales iban a volver a abrirse. Ella ya no narraba nada.

Bea empezó a gritar.

—El jazz y el mojito, y los gatos con collar...

—Tus hermanos, nosotros —añadió Germán—. ¡Puedes hacerlo!

Zenobia visualizaba lo que le decían. Su corazón reconocía en esas imágenes emociones que brillaban en medio de su angustia y de la caída de todo un mundo.

Nuria curándola mientras acariciaba el pelo de una anciana. Los jardines de nenúfares gigantes de la casa de su infancia. Rosa subiéndole una tarta que nadie al final había comido. Su cuarto de juegos mientras su madre le cantaba una nana. Emilio tratando de ayudarla al pensar que estaba perdida. El baile en palacio. La cara de Mat cuando Manuel le enseñaba lo que eran los videojuegos.

Zenobia empezó a anclar los recuerdos de los dos mundos. El trono dejó de dar vueltas. Pero tenía que tirar para arriba con fuerza. Tirar de un mundo. Tirar hasta lograr detenerlo y alejarlo.

Bea y Germán contenían la respiración cuando oyeron un ruido tremendo. Algo venía hacia ellos corriendo por los corredores del palacio. Germán miró en dirección a la puerta buscando de nuevo alguna arma con la que hacer frente a aquella amenaza.

Pero Esguince entró por una de las paredes, haciéndola añicos con sus poderosos brazos de acero.

Bea gritó y trató de parar su ataque. Brazo contra brazo. Cuatro espadas. Pero en su estado no era siquiera rival. Con sus dos potentes aspas Esguince la tiró contra la pared a gran velocidad. Cuando Bea tocó el suelo ya estaba inconsciente y con apenas pulso.

—¡Bea! —gritó Zenobia con los ojos en blanco y de nuevo el vacío de verse caer reflejado en su rostro.

—¡Zenobia, no pares! —exclamó Germán—. ¡Es mío! ¡Tú no debes parar!

De alguna manera no mentía. Germán sabía que Esguince iría primero a por él, así que corrió por el boquete que había dejado en la pared. Tenía que alejarlo de las chicas. Sabía que sin armas no tenía ni una sola posibilidad contra él, pero sí podía dar unos segundos a la heredera que bien valían una vida. Y dos mundos.

Zenobia trató de volver a concentrarse y ahora los dos mundos se unían en un solo cuento.

Amanda dejándole un vestido y las mandrágoras voladoras en la nieve roja.

Alexander cogiendo con torpeza a Sil en brazos en el parqué de atracciones y las gundalinas silvestres robando zarzaparrilla de sus manos.

Rafael llevándola en el descapotable por la autopista y una multitud bajo el balcón de la reina Gadea coreando el nombre de su primogénita.

Astrid pasándole el micrófono mientras bailaba y un dragón protegiendo a sus crías.

Todo se unía y a la vez todo tenía su lugar. Separado. Empezó a tener el control del Trono de Todo. Podía hacerlo. Debía hacerlo.

Se lo había prometido a su pueblo.

Germán corría poniendo distancia. Vio una especie de arma folclórica colgada de adorno en otra sala y la cogió pensando que podría aguantar un par de ataques de Esguince. Se equivocó por partida doble, como dobles eran aquellos espadones. El primero partió el arma, el segundo le tiró contra el cristal del balcón, a punto de partirle por la mitad.

Tras atravesarlo se golpeó contra los bordes de piedra de la balaustrada. Se dio cuenta de que sangraba. No se había apartado tan a tiempo como creía.

Zenobia sintió cómo los portales volvían a cerrarse.

El último beso de su madre y la promesa a su pueblo.

Bea y el roce de aquella mano y Germán y...

Germán trató de escapar, pero Esguince cubrió el hueco del balcón. No había mucha distancia. Tal vez pudiera saltar y buscar a *Cadalso* en el patio. No se rendiría en el último momento. Esguince partió en dos el balcón de piedra del palacio con tremenda ira.

Si Germán no cayó al vacío fue porque Esguince le había cogido, clavando la espada en su ropa, para poder empalarle él mismo. Germán lo sabía. Se giró desesperado y se dio cuenta de que ahora sí veía los jardines del Campo del Moro. En la noche oía gritos de júbilo. Al menos moriría sabiendo que sus amigos estaban bien.

Le extrañó no ver la torre. La Torre de la Encrucijada no estaba donde debía estar. En cambio, vio a Colorín en el muro que separaba la plaza del palacio de los jardines. La iguana se había desplazado para estar muy cerca de Germán. Para que Germán pudiera ver bien cómo abría la boca bostezando.

Esguince le subió sin cuidado y le susurró algo al oído. Una frase que Germán no sabía que aquel general del Caos pudiera siquiera decir. Una frase que abría un misterio que ya no sería capaz de resolver.

Esguince retiró su codo para ejecutarle.

Y un rayo de luz plateada le desintegró.

La metralla del metal y la carne golpeó al joven mientras desaparecía lo que le sostenía. Germán se quedó colgando del balcón del Palacio Real pensando que después de todo, del anuncio, las investigaciones y las revelaciones, después de todo no había entendido nada.

Una mano le ayudó a levantarse. Era Zenobia. La princesa le había salvado.

El cuerpo de Zenobia estaba bañado en la misma luz plateada que tenía el trono, el cual seguía en el aire. Ella se había bajado en marcha de él.

—Zenobia. El trono sigue... No siento la señal de que hayas puesto a salvo el mundo.

—No lo he podido hacer. No lo he querido hacer —rectificó—. Si llegaba hasta el final os perdería a Bea y a ti. Por eso no has sentido nada. No he logrado separar los mundos lo suficiente, solo he podido alejarlos un poco.

—Pero entonces la pasarela volverá a levantarse, ¡el Caos regresará a Madrid...!

—Tendrá que bastar por ahora. No podía faltar a mi promesa. La que os hice a vosotros. Era una de esas promesas sagradas, que no hace falta decirla para saber que vas a cumplirla.

La heredera sonrió a Germán en el balcón antes de empezar a saludar a los héroes de la batalla de la Encrucijada

Los Centinelas y los Ancestros se encargaron de llevar a Bea al Curandero. Todo fue tan rápido que no tuvo tiempo de ver a sus amigos. Solo supo que estaban todos bien. Y con muchas historias que contarle. Ellos también se habían enterado de que Zenobia no había llevado el mundo a su destino. Volvían a estar en la casilla de salida. Pero por alguna razón todos y cada uno de ellos lo estaban celebrando.

Germán no quiso pasar aún al local de comida rápida en la plaza de Lavapiés. Alguien le hizo una señal desde las alturas y Germán subió hasta los tejados de Madrid para reunirse con Zenobia, que le esperaba con dos cervezas.

—No lo entiendo. Sentí que era el final. La torre desapareció. Colorín bostezó y un engendro del mal estaba a punto de matarme. ¿Qué pasó? Todas las señales y profecías lo indicaban. Ese era el final de mi cuento.

—Y lo fue —confirmó ella. Mientras el alba del primer día empezaba a colorear la noche—. Pero a veces, cuando un cuento acaba, el cuento de otro nos recoge en el suyo. Los cuentos salvan cuentos.

Atardecía el 6 de enero sobre el Templo de Debod.

Había sido un día puramente invernal, pero el cielo estaba claro y el sol a ratos calentaba como si fuera primavera. La gente lo comentaba en las pastelerías de donde se llevaban el roscón para comer en familia. Lo comentaba con la misma extrañeza que habían comentado todos los sucesos anómalos de las últimas Navidades en la ciudad y con la misma naturalidad a la vez que mañana comentarían otra cosa.

La ciudad volvía lentamente a una siesta tras noches de ajetreo y misterios. El desfile final de la magia y fantasía no fue una investidura, ni una marcha militar, ni una procesión. Ni siquiera la habían hecho las criaturas del reino. Fue la cabalgata de Reyes de la noche anterior, en la que otros reyes también de cuento habían desfilado por Madrid en sus carruajes hechos con sueños de otros, arrojando caramelos y prometiendo regalos. Por la mañana algunos de esos regalos se habían cumplido. Otros no.

Varios niños jugaban con sus drones en el parque, los cuales revoloteaban por encima de Nuria, Manuel y Germán. Los tres observaban cómo se ponía el sol en uno de los miradores. Y algo más.

—¿Veis? No está —dijo Nuria señalando el Campo del Moro—. La torre no está. Es verdad que a ratos desaparece.

—Es que desde aquí jamás se vio la torre —replicó Manuel.

—¡Pero qué dices! Se veía desde muchas partes elevadas de los alrededores y ahora solo si te acercas puedes verla —dijo Nuria, que había recuperado por completo el oído.

—También desapareció cuando estaba luchando en palacio —les explicó Germán.

—¿Creéis que está reparándose o algo así? —se dio por vencido Manuel.

—A lo mejor se está mudando —comentó Nuria.

—O buscando dónde hacerlo —dijo Germán arqueando una ceja—. No es tan fácil encontrar un lugar en Madrid.

Regresaron con los demás, que estaban cerca del templo egipcio que daba nombre al parque.

Rafael estaba enseñando a jugar al fútbol a Mat y a Sil con

una pelota de plástico. Podrían pasar por un abuelo y sus dos nietos. O casi. A la pequeña le hicieron un regate y sacó un cuchillo de su bota y reventó la pelota sin piedad. Amanda y Alexander estaban sentados en la hierba a pocos metros. Amanda le acababa de regalar un sombrero a Alexander.

—Lo he comprado en Cuba. Creo que te encantará. ¡Chicos, tenéis que abrir vuestros regalos de Reyes también!

Manuel, Nuria y Germán se sentaron a su lado y junto a Colorín, vestido con un jersey de lana grueso de color naranja que le había puesto Nuria.

—¿De verdad te fuiste a esos sitios, Amanda? —preguntó Manuel—. Yo sigo sin pillarte. Contigo nunca se sabe qué es real y qué no.

—¡Gracias, Manuel! —dijo Amanda llevándose la mano al corazón—. ¡Es muy bonito lo que me dices! Estaba pensando que debimos haber ido tú y yo a rescatar a Zenobia en vez de nuestros compañero de planta. Nos quitaron el gran número de la gala, pero te digo yo que pronto haremos el mejor dúo, ¿eh?

—Es que no hay manera de sacarla de ahí.

—Tal vez con que ella lo crea vale —intervino Alexander—. Debemos dejar de ser tan escépticos y seguir más en lo que creemos.

—¿Es ese el final de tu tesis, profesor? —inquirió Rafael burlón tras llegar adonde estaban ellos.

Los niños corrían ahora al encuentro de su hermana mayor, que venía caminando con Bea por un sendero.

—Lo que creemos —dijo Manuel—. Veamos. Yo primero creí haber encontrado un chollo, luego una casa embrujada, después que una secta me había engañado, luego que no, que era la realidad la que me engañaba. Creía que hasta que no supiera cuáles eran mis poderes me tenían que salvar las esferas, y al final resultó que éramos nosotros los que debíamos salvar el mundo. ¿Con qué me quedo?

—No es lo que creas. Es lo que vayas creyendo —repuso Nuria. Y rápidamente apuntó la frase en una libreta. El Curandero le había dicho que durante unas semanas no debía usar el móvil.

Alexander se había quedado pensativo mientras todos hacían hueco a Bea y a los tres herederos del reino de Todo. De momento iban a seguir siendo infantes.

—Creo que no es ninguna tontería lo de las creencias —dijo Alexander finalmente—. La importancia de dar un significado a cada cosa. Eso es lo que no pudieron hacer los conspiradores. Ozz subestimó los símbolos de las cosas, Jerónimo los detalles que nos definen y Tristán las creencias. Ninguno de los tres supo encontrar significados. No me extraña que por eso los Soñadores sean la casa regente.

—Joder, eso es perfecto. ¿Puedes repetirlo más despacio? Con el boli soy muy lenta —dijo Nuria.

—¿Qué va a pasar con el reino ahora, Zenobia? —preguntó Rafael.

Zenobia los miró seria. Sus hermanos también se sentaron a su lado.

—El Pacto del Malabarista se ha roto. Los Conversos han perdido a muchos de los suyos y su líder está ciego, pero nadie podrá negarles ya su lugar entre las esferas. Los Proveedores están reinventándose y Jerónimo sigue en paradero desconocido. Los Centinelas han dado el mando a Katya, pero creo que han perdido la confianza que les hacía ser un solo guerrero. Los Eruditos prácticamente han desaparecido, salvo los pocos que continúan presentes entre los humanos. Y los Ancestros... los Ancestros aún son un misterio.

»Pronto volverá el Caos. El peligro no ha pasado y el reino está más desunido que nunca.

—Pero nos tendrás a nosotros —le dijo Rafael—. ¿No éramos eso? ¿Unos embajadores?

Zenobia le sonrió. Y uno a uno todos pusieron su mano encima del hombro y de la espalda de la princesa.

—Lo vendes fatal, Rafa. ¡Embajadores! Si es que necesitamos nombres en clave. Yo creo que tengo el mío para mí —intervino Manuel.

—¿El del Pteranodon? ¿El del Pirulí? —le dijo Germán burlón.

—No. El Quebrantaquebrantánimas. Estaba ya desesperadita la demonia conmigo, ¿eh? La putorrompí.

—Muy largo para un tío que huele a kebab —objetó Nuria.

—¡Habló la que literalmente dio la campanada en la batalla de Nochevieja!

Rieron. Estaban riendo juntos. Pero Bea se puso seria un segundo para decir:

—Toma, Zenobia. Quería darte un regalo de Reyes. Bueno, Germán y Astrid me ayudaron.

Zenobia abrió una pequeña caja de fieltro. Dentro estaba el colgante de la llama.

—Cree siempre en ti. Aunque nadie más lo haga —le recordó Bea. Y la besó en la mejilla.

Zenobia se emocionó y devolvió el beso a Bea antes de abrazar a Germán.

Germán miró el atardecer de oro en silencio.

El cielo era un lienzo. Cada día lo era.

Todos sabían lo que pensaba y se pusieron a mirar aquel rayo de la tarde en silencio. Hasta los pequeños cerraban los ojos para recibir en la cara aquella luz dorada.

Germán abrió un ojo y los vio a todos allí, como en una ceremonia. Y entonces, de repente se percató de algo.

—¡Esto sí que es extraño y jamás me había dado cuenta!

Los demás se sobresaltaron mientras Germán les señalaba el monumento que se alzaba ante ellos.

—Un templo egipcio de más de dos mil años, en Madrid, en medio de un parque. ¿No os parece que no es de este mundo?

Y mientras se hacía de noche, las luces de los drones que estrenaban los niños de Madrid realizaban piruetas bajo los portones de la Antigüedad.

* * * * * *

Anuncio para el lector

Se buscan nuevos inquilinos que disfruten la aventura de vivir en un lugar privilegiado con unas condiciones muy especiales. 204 euros al mes.

Para hacerte con uno de los tres apartamentos disponibles sigue las pistas que siempre tuviste delante: Las huellas en el césped al lado de los pedestales de las estatuas. La gente que corre en el metro sin que haya un tren esperando. El amigo que te encontraste en la calle y al día siguiente jura que no salió del bar... Si oyes voces extrañas en el telefonillo, si llevas puesta ropa que no es tuya, si piensas que los basureros parecen guerreros de la noche y que los pájaros de la ciudad forman la silueta de un hombre, estás cerca de encontrarnos. Enseña a los demás la Torre de la Encrucijada. Y puede que algún día seamos vecinos.

@nuriatuitea #TorreEncrucijada

* * * * * *

megustaleer

Descubre tu
próxima lectura

Apúntate y recibirás
recomendaciones de lecturas
personalizadas.

www.megustaleer.club

 megustaleerES

 @megustaleer

 @megustaleer